डॉ. आंबेडकर राष्ट्र दर्शन

डॉ. आंबेडकर
राष्ट्र दर्शन

संपादन

किशोर मकवाणा

प्रभात प्रकाशन

प्रकाशक
प्रभात प्रकाशन प्रा. लि.
4/19 आसफ अली रोड, नई दिल्ली-110002
फोन : 011-23289777 • हेल्पलाइन नं. : 7827007777
इ-मेल : prabhatbooks@gmail.com ❖ वेब ठिकाना : www.prabhatbooks.com

संस्करण
2025

पेपरबैक मूल्य
पाँच सौ रुपए

मुद्रक
नरुला प्रिंटर्स, दिल्ली

DR. AMBEDKAR : RASHTRA DARSHAN
Ed. Shri Kishor Makwana

Published by **PRABHAT PRAKASHAN PVT. LTD.**
4/19 Asaf Ali Road, New Delhi-110002

ISBN 978-93-5322-168-3

₹ 500.00 (PB)

समता···

स्वतंत्रता···

और

बंधुता की

नींव पर

अपनी राष्ट्रभावना को

सुदृढ करते हुए

'पहले भी राष्ट्र और अंत में भी राष्ट्र'

जैसे प्रेरक मंत्र के उद्‌गाता

महामानव **डॉ. भीमराव रामजी आंबेडकर**

के पावन चरणों में···

अपनी बात

भीमराव रामजी आंबेडकर केवल भारतीय संविधान के निर्माता एवं करोड़ों शोषित-पीड़ित भारतीयों के मसीहा ही नहीं थे, वे उत्तम समाज-सुधारक, श्रेष्ठ विचारक, तत्त्वचिंतक, अर्थशास्त्री, शिक्षाशास्त्री, पत्रकार, धर्म के ज्ञाता, कानून एवं नीति-निर्माता और महान् राष्ट्रभक्त थे। उन्होंने समाज और राष्ट्र-जीवन के हर पहलू पर अपनी अमिट छाप छोड़ी है। सामाजिक समता और बंधुता के आधार पर एक नूतन भारत के निर्माण की नींव उन्होंने रखी। उनका व्यक्तित्व एक विराट् सागर और कृतित्व उत्तुंग हिमालय जैसा था।

डॉ. बाबासाहब के जाज्वल्यमान जीवनदर्शन, विचार और कृतित्व पर अंग्रेजी सहित भारतीय भाषाओं में अब तक सैकड़ों ग्रंथ लिखे जा चुके हैं। भारत एवं विदेश में ऐसे बहुत कम महापुरुष होंगे, जिनके ऊपर इतनी विशाल संख्या में पुस्तकों का लेखन हुआ है। ऐसे में पाठकों के मन में एक प्रश्न जरूर उठ सकता है कि तो फिर पुन: और वह भी चार खंडों में पुस्तक तैयार करने की क्या आवश्यकता थी? यह सवाल अपने आप में सही भी है, मगर एक सत्य यह भी है कि आज भी इस महामानव के व्यक्तित्व के अनेक आयाम अनछुए रह गए हैं।

गत अनेक वर्षों से वैचारिक अस्पृश्यता और राजनीतिक स्वार्थ के लगातार बढ़ते जा रहे विस्तार ने हमारे जिन राष्ट्रनायकों के बारे में अनेक भ्रांतियुक्त धारणाओं को जनमानस में मजबूत करने का दूषित प्रयत्न किया है, उनमें डॉ. बाबासाहब आंबेडकर प्रमुख हैं। उन्हें किसी जाति या वर्ग विशेष अथवा दल विशेष तक सीमित कर दिए जाने के कारण सामाजिक समता-समरसता ही नहीं, राष्ट्रीय एकता की भी अक्षम्य क्षति हो रही है। डॉ. बाबासाहब को कुछ लोगों द्वारा एक चौखट में बंद कर देने से उनके महान् व्यक्तित्व को अक्षम्य नुकसान हुआ। आज कुछ राष्ट्र विरोधी ताकतों द्वारा अपने निजी स्वार्थ हेतु डॉ. बाबासाहब को एक गलत रास्ते पर ले जाने की कुचेष्टा हो रही है। ऐसे माहौल में डॉ. बाबासाहब का सही रूप भारतीयों के समक्ष आना

बहुत जरूरी है। डॉ. बाबासाहब आंबेडकर पर अब तक जितनी पुस्तकें अथवा ग्रंथ प्रकाशित हुए हैं, उनमें से एक-दो को छोड़कर प्राय: सभी एकांगी या एकपक्षीय होने के कारण उनके व्यक्तित्व एवं कृतित्व का सही आकलन करने में भारत के लोग समर्थ सिद्ध नहीं हुए हैं। इस दृष्टि से चार खंडों में खंड एक—'जीवन दर्शन', खंड दो—'व्यक्ति दर्शन', खंड तीन—'आयाम दर्शन' और खंड चार—'राष्ट्र दर्शन', प्रसिद्ध पुस्तक—'डॉ. बाबासाहब आंबेडकर : एक नाम विविध आयाम' डॉ. बाबासाहब भीमराव आंबेडकर को समग्रता में प्रस्तुत करनेवाला एक ऐसा अनन्यतम दस्तावेज है, जो डॉ.बाबासाहब आंबेडकर के बारे में फैले या फैलाए गए सारे भ्रमों के निवारण में तो समर्थ है ही, साथ ही उन्हें एक चरम कोटि के दृष्टापुरुष तथा राष्ट्रनायक के रूप में प्रस्थापित करने में भी समर्थ सिद्ध होगा। पुस्तक के चार खंडों में पहली बार बाबासाहब के व्यक्तित्व के हर आयाम को स्पर्श करने का प्रयत्न किया गया है।

बाबासाहब के विराट् व्यक्तित्व और राष्ट्रभाव से अभिभूत अंत:करण एवं जीवनदर्शन और विचार-तथ्यों को पुस्तक के इन चार खंडों द्वारा प्रकाश में लाने का प्रयत्न किया गया है। इनमें कई ऐसी बातें हैं, जिनके बारे में ज्यादा चर्चा अथवा लेखन नहीं हुआ है। आपको यह पुस्तक डॉ. बाबासाहब के व्यक्तित्व के अनेक नए आयामों का परिचय जरूर कराएगी। बाबासाहब का व्यक्तित्व विविधायामी है। उन्होंने अभावों, अपमानों और अड़चनों के पहाड़ों को चीरकर अपने सामर्थ्य और मेधावी शक्ति से सर्वोच्चता प्राप्त की थी। विपरीत धारा को पार कर शताब्दियों से अन्याय सह रहे और अधिकारों से वंचित बंधु-बांधवों के लिए अपना जीवन समर्पित कर दिया। उन्होंने अपने 65 वर्षीय जीवन में वह मुकाम हासिल करवाने की ठान ली थी, जिनसे अस्पृश्य समाज वंचित था।

डॉ. बाबासाहब आंबेडकर ने अनेक संघर्षों के बीच भी अपनी भारत भक्ति को हृदय से दूर नहीं किया। सामाजिक संघर्षों में भी केंद्रबिंदु एवं अंतिम लक्ष्य राष्ट्रीय हित ही रहा। डॉ. बाबासाहब आंबेडकर का जीवनदर्शन और महान् कार्य अनगिनत शताब्दियों तक प्रेरणा देते रहेंगे। भारतरत्न पूज्य डॉ. बाबासाहब आंबेडकर ने सालों पहले वर्तमान समय के राष्ट्र निर्माण के विभिन्न क्षेत्रों में भी कितना अधिक योगदान दिया है यह स्मरण करना समीचीन होगा। उनका मूल मंत्र कहें या सूत्र; यह है कि 'जब तक समाज के निचले तबके का मनुष्य आत्मगौरव से खड़ा नहीं हो पाएगा, जब तक यह देश भी खड़ा नहीं होगा।'

इस दृष्टि से देखें तो डॉ. बाबासाहब के अविस्मरणीय योगदान को दो अलग-अलग दृष्टिकोण से देखा जा सकता है। पहला, समाज और देश के लिए वे कैसे जिए? दूसरा, देश की एकता, विकास, देश के प्राकृतिक संसाधनों और देश की

सुरक्षा का विचार उन्होंने कैसे किया? बाबासाहेब ने अपने जीवन-यज्ञ को धधकते अग्निकुंड में तपाया था। सामान्य व्यक्ति को अगर ऊपर उठाना है तो शिक्षा की अत्यंत आवश्यकता है। इसलिए बाबासाहेब जब कहते थे, 'जीवन में आत्मविश्वास और शक्ति से ही आप सफल होंगे', तब यह उनका कोरा उपदेश नहीं होता था। अनेक प्रकार के अपमानजनक व्यवहार को झेलकर भी उनके मन में द्वेष नहीं आया, कलुषता भी नहीं आई। राष्ट्र और समाज को वे एक अच्छा दर्शन देने के लिए निरंतर प्रवृत्त रहे।

आर्थिक मुश्किलों के बावजूद विदेश में जाकर अनेक प्रकार की डिग्रियाँ उन्होंने प्राप्त कीं। आश्चर्य की बात यह है कि एक ऐसे गरीब परिवार में जन्म लेनेवाले, समाज में किसी भी प्रकार का सम्मान न प्राप्त करनेवाले युवा बाबासाहब कोलंबिया विश्वविद्यालय से एम.एस-सी. करते हैं। वे लंदन में जाकर लंदन स्कूल ऑफ इकोनॉमिक्स से एम.ए. करते हैं, पी-एच.डी. करते हैं और चार बड़ी-बड़ी डिग्री लेकर आते हैं। इस तरह वे असंभव को संभव करके दिखाते हैं। वे एम.ए. हैं, वे पी-एच.डी. हैं, वे एम.एस-सी. हैं, वे डी.एस-सी. हैं; परंतु ये चारों डिग्रियाँ जो हैं, सभी अर्थशास्त्र की ही हैं। उन्होंने बड़े-बड़े शोध-पत्र भी लिखे थे। क्या हमारा देश डॉ. बाबासाहब आंबेडकर के गुणों और उनके शोध शास्त्रों के बारे में जानता है? वे शोध में लिखते हैं कि हमारा देश कैसा महान् देश है। मेरे देश का भूगोल कैसा है? वे लिखते हैं कि मेरे देश का सारा उत्तरी भारत हिमालय से आच्छादित है, सुरक्षित है। मेरे देश का दक्षिणी भाग समुद्र से घिरा है। मेरे देश में कितने जीव-जंतु रहते हैं? मेरे देश में कितनी वनस्पतियाँ हैं? मेरे देश में कितने नेचुरल रिसोर्सेज हैं?' ये सारी बातें कोई देशभक्त ही लिख सकता है और डॉ. आंबेडकरजी ने यह सब लिखा है। 'पहले भी देश, बाद में भी देश और अंत में भी देश…' उनके ये शब्द प्रत्येक भारतीय के लिए राष्ट्रसूत्र सरीखे हैं।

साहित्यकार श्रीनेत्र पांडेय ने उचित ही कहा है—"शोषित-शूद्र-कुलोत्पन्न, दरिद्रता में पले, अस्पृश्यता के अभिशाप के भुक्तभोगी, दलितों के कर्णधार, दीन-दुखियों के दर्दनाक दुखों से द्रवीभूत होनेवाले पीड़ितों के आशा-प्रदीप एवं अधिवक्ता, भारत के महान् मनीषी, गंभीर ग्रंथकार, अप्रतिहत समाज-सुधारक, राजनीति तथा विधि-विधान के प्रकांड-पंडित, महान् विचारक एवं तत्त्व-चिंतक, घनघोर बुद्धिवादी, महान् मानवतावादी, भारतीय संविधान के प्रधान शिल्पी, हिंदू कोड बिल के प्रणेता, बौद्ध धर्म के पुनरावर्तक तथा विश्वबंधुत्व के उपदेशक डॉ. भीमराव बाबासाहब आंबेडकर के व्यक्तित्व में आक्रोश तथा आर्द्रता, विद्रोह तथा विराम, क्रांति तथा शांति, सहयोग तथा असहयोग, कठोरता तथा कोमलता, संकीर्णता तथा व्यापकता, जातीयता तथा राष्ट्रीयता, देशप्रेम तथा विश्वबंधुत्व का सुंदर समीकरण तथा समन्वयकारी चित्र दृष्टिगोचर होता है।"

सामाजिक संदर्भ में देखा जाए तो, उनका जन्म पूर्व की सभी सामाजिक क्रांतियों

की विफलताओं को सफल बनाने के लिए ही हुआ था। उनका जीवन हिंदू धर्म पर सदियों से काबिज वर्णभेद, जातिभेद तथा अस्पृश्यता जैसी सामाजिक विकृतियों के विरुद्ध सशक्त विद्रोह तथा सतत संघर्ष की रोचक, रोमांचक, विचारोत्तेजक एवं प्रेरणादायी अमरगाथा है। वास्तव में देखा जाए तो डॉ. बाबासाहब का राष्ट्र-निर्माण में सबसे बड़ा योगदान तो है यही कि उन्होंने समाज के निचले तबके के मनुष्य को जगाया। हजारों सालों से हिंदू समाज में पिछड़ी मानी गई जातियों को सामान्य नागरिक अधिकार, सामाजिक अधिकार, राजनीतिक अधिकार तक न थे। वे सामाजिक दासता से भी भयानक-बर्बरता में जी रहे थे। इस दासता को धर्म की मनगढ़ंत व्याख्या कर खड़ा किया गया था। इस कारण यह दासता धार्मिक दृष्टि से भी अपरिवर्तनीय बन गई थी। विषमता का शास्त्र खड़ा किया गया। अस्पृश्यता सामाजिक पाप है, इस बात की बाबासाहब के जन्म के पूर्व अस्पृश्य समाज को कोई जानकारी न थी।

बाबासाहब आंबेडकर के व्यक्तित्व एवं कृतित्व का मूल्यांकन करते हुए हिंदी जगत् के मूर्धन्य साहित्यकार क्रांतदर्शी मन्मथनाथ गुप्त ने एक स्थान पर अपने निबंध 'भारतीय समाज और डॉ.आंबेडकर' में कुछ वर्ष पूर्व लिखा था—''भारत का कुछ ऐसा दुर्भाग्य रहा है कि जब-जब यहाँ कोई क्रांतिकारी विचारों वाला व्यक्ति उत्पन्न हुआ है तो या तो उस पर कोई ध्यान ही नहीं दिया गया, या यदि वह ऐसा व्यक्ति हुआ कि उसके व्यक्तित्व को किसी तरह अस्वीकार नहीं किया जा सका, यदि उसका व्यक्तित्व ऐसा रहा कि वह जादू की तरह सिर पर चढ़कर बोला, तो उसके साथ यह चालाकी की गई कि उसके व्यक्तित्व को सम्मान तो दिया गया, उसे पूजा तो गया, उसे अवतार तो बना दिया गया, पर उसके विचारों को भुला दिया गया। भारत के इसी दुर्भाग्य के कारण भारत उस प्रकार से प्रगति नहीं कर पाया, जैसी कि उसे करनी चाहिए था। नतीजा यह हुआ कि भारत पिछड़ गया। वह सैकड़ों वर्षों तक पराधीन रहा और आज हम संसार के सबसे पिछड़े हुए देशों में हैं।''

डॉ. बाबासाहब के सार्वजनिक जीवन में उदय होने से पूर्व साधारणत: ऐसी परिस्थिति थी। सामाजिक दासता में जीनेवाले मनुष्य को सैकड़ों सालों की सामाजिक दासता की बेड़ियाँ तोड़ने हेतु प्रेरित करना, उसे संघर्ष के लिए खड़ा करना, यह साधारण बात नहीं है। बाबासाहब की यह सबसे बड़ी राष्ट्रसेवा है। बाबासाहब ने जो किया, उसे संक्षेप में इस प्रकार बताया जा सकता है—

1. उन्होंने निचले तबके के मनुष्य को सोचने के लिए प्रवृत्त किया, अन्यायी सामाजिक व्यवस्था को तोड़ने के लिए उन्हें विद्रोही बनाया।

2. आत्मसम्मान की ज्योति जगाई। इज्जत रक्षा की प्रेरणा जगाई और मूल्यों के लिए जीना-मरना सिखाया।

उनके जीवन के स्वाभाविक रूप से जो चार कालखंड बनते हैं, उसका भी उल्लेख करना आवश्यक है। उनके जीवन का प्रथम कालखंड सामान्यत: 1920 से 1935 तक माना जाता है। इस कालखंड की प्रमुख घटनाएँ हैं—महाड, कालाराम मंदिर, पार्वती सत्याग्रह, गोलमेज परिषद्, साइमन कमीशन के आगे निवेदन और पूना पैक्ट। इस कालखंड में बाबासाहब की वैचारिक भूमिका—अस्पृश्यता की समाप्ति, हिंदू समाज में जाति निर्मूलन और स्वतंत्रता, समता और बंधुता—इन तत्त्वत्रयी पर समाज की पुनर्रचना की रही है। महाड चवदार तालाब सत्याग्रह के समय उन्होंने जो घोषणा-पत्र प्रकाशित किया था, उसका शीर्षक था—'हिंदू मात्र के जन्मसिद्ध अधिकारों का घोषणा-पत्र।' गोलमेज परिषद् के समय के उनके घोषणा-पत्र का भी बहुत सा हिस्सा संविधान में है। साइमन कमीशन के सामने गवाही देते समय उन्होंने कुछ बातें कही थीं, जैसे 'हम हिंदू समाज का अंग नहीं हैं, हमें आप प्रोटेस्टेंट हिंदू अथवा नॉन कॉन्फार्मिस्ट हिंदू कहिए।' उनके इस कथन को हमें ठीक से समझना चाहिए। भारत पर मुसलिम आक्रमणों और गुलामी के कारणों पर डॉ. बाबासाहब की अलग मीमांसा है। उन्होंने कहा था, ''अस्पृश्यों के हाथों से अगर शस्त्र नहीं निकाले गए होते तो यह देश कभी गुलाम नहीं हो पाता।''

उनके जीवन का दूसरा कालखंड 1935 से 1947 तक का था। 1935 में उन्होंने येवला में घोषणा की थी, ''मैं हिंदू के रूप में जन्मा अवश्य हूँ, लेकिन हिंदू के रूप में मरूँगा नहीं।'' इसी कालखंड में उन्होंने इंडिपेंडेंट लेबर पार्टी की स्थापना की। 1942 में उसे बरखास्त करके 'शेड्यूल्ड कास्ट फेडरेशन' की स्थापना की। कारण था कि भारत की आजादी निकट आ रही थी। क्रिप्स कमीशन भारत से लौट गया था। संविधान सभा निर्माण की प्रक्रिया आरंभ हो गई थी। मुसलमानों को पाकिस्तान और हिंदुओं को खंडित भारत मिलने वाला था। बननेवाला हिंदुस्थान एक मायने में हिंदू राज्य ही होना था, यानी बहुसंख्यक हिंदुओं का राज्य। लेकिन ध्यान रहे, बाबासाहब वैसा नहीं मानते थे। देश की राजनीतिक परिस्थिति में तेजी से आते बदलाव को ध्यान में रखकर ही बाबासाहब ने शेड्यूल कास्ट फेडरेशन की स्थापना की। केवल अनुसूचित जातियों का दल बाबासाहब को इसलिए स्थापित करना पड़ा, क्योंकि उस दल के बिना इस वर्ग का स्वतंत्र प्रतिनिधित्व नहीं हो पाता। नागपुर में ऑल इंडिया डिप्रेस्ड क्लासेस की परिषद् हुई। इसमें 70,000 प्रतिनिधि आए। तीन प्रस्ताव पारित हुए। बाबासाहब का मानना था, मुसलमानों की तरह अनुसूचित जातियों को भी अल्पसंख्यक मानकर उनको अलग और संरक्षित राजनीतिक अधिकार मिलने चाहिए।

उनके जीवन का तीसरा कालखंड संविधान निर्माण का और चौथा कालखंड 1949 से 1956 का है। इस कालखंड में हम डॉ. बाबासाहब आंबेडकर को एक राष्ट्र

निर्माता और धम्म पुरुष के रूप में देख सकते हैं। राष्ट्र के प्रति उनका समर्पण भाव कितना अनन्य और अनुपम है, यह दिखाई देता है। राष्ट्र का विचार अर्थात् जन का विचार, भूमि का विचार, संस्कृति का विचार है। इस संदर्भ में डॉ. बाबासाहब का योगदान क्या है? जन का विचार करते समय बाबासाहेब ने 'शूद्र पहले कौन थे?' नामक पुस्तक में आर्य आक्रमण सिद्धांत को अस्वीकृत किया है। बाबासाहब ने बताया है, "वैदिक आर्यों का मूलस्थान हिंदुस्थान में ही होगा, इस बात के सबूत वैदिक साहित्य में ही प्राप्त होते हैं।" डॉ. बाबासाहब का यह प्रतिपादन भारतीय राष्ट्रवाद के संदर्भ में अत्यंत मौलिक है।

बाबासाहब ने जन की संस्कृति की ही तरह इस भूमि का भी विचार किया है। 'एनशिएंट इंडियन कॉमर्स' लेख में भारत का वर्णन उनके ही शब्दों में इस प्रकार है—"भारतभूमि समृद्ध भूमि थी। इसलिए वह अनेक आक्रांताओं के हमलों की शिकार बन गई।" प्राकृतिक संसाधनों के बारे में बाबासाहेब का स्वतंत्र दृष्टिकोण था। खेती का राष्ट्रीयकरण होना चाहिए। उस पर निजी अधिकार समाप्त करने चाहिए। खेती की उत्पादकता उसके आकार पर नहीं, बल्कि उर्वरक, मानव संसाधन, जन आदि पर निर्भर करती है। खेती पर निर्भर अतिरिक्त संख्या को कम करने हेतु भारत का तेजी से औद्योगीकरण करना आवश्यक है। अतिरिक्त मानव संसाधन उद्योग में लगाना चाहिए, ऐसा उनका मानना था।

डॉ. बाबासाहब आंबेडकर वायसराय के कार्यकारी मंडल में 1942 से 1946 तक श्रम मंत्री थे। जलसंपदा विभाग का कार्यभार भी उन पर था। बाबासाहब जब केंद्रीय मंत्री बने तब उनके कार्यकाल में दामोदर नदी पर हीराकुड बाँध परियोजना शुरू हुई थी। उनका कहना था, पानी का अभाव दूर करना है तो उसे जमा करना चाहिए। सबसे पहले बाबासाहब ने ही 'नदी जोड़' विषय रखा था। आज हम नदी जोड़ परियोजना पर बहस करते हैं, लेकिन इस बात को भूल जाते हैं कि यह अवधारणा बाबासाहब ने 1944 में ही रखी थी। महान् अर्थशास्त्री होने के कारण आज अमली भारत की सुवर्ण नीति और आर.बी.आई. की संकल्पना भी उनके ही विचारों की देन है।

25 नवंबर, 1949 को संविधान सभा के आखिरी भाषण में उन्होंने कहा, "जातियाँ राष्ट्र विघातक हैं। जल्दी हमें उनसे मुक्त होना चाहिए। एक अन्य भाषण में उन्होंने कहा, "मेरे विचार में जाति-रहित संघ बनकर हिंदू समाज आत्मरक्षा हेतु अधिक शक्तिशाली बन जाता है तो ही उससे कुछ आशा कर सकते हैं। अन्यथा हिंदुओं का स्वराज गुलामी के गर्त में उतरने का एक पायदान सिद्ध होगा।"

एक राष्ट्र की भावना कैसी निर्मित हो पाएगी, यह डॉ. बाबासाहब के चिंतन का

अत्यंत महत्त्वपूर्ण पहलू था। बाबासाहब के शब्दों में बताएँ तो इससे 'सह अस्तित्व की भावना' निर्मित नहीं होती है। एक तरफ सांस्कृतिक एकता है, भौगोलिक अखंडता है, इसके साथ ही यहाँ लोगों को एक-दूसरे से विभक्त करनेवाले वंश और पंथ हैं। जन, भूमि और संस्कृति, ये तीन घटक राष्ट्रवाद की जगमान्य त्रिमिति हैं। मगर उनसे ही राष्ट्र नहीं बनता है। यह बाबासाहेब ने अलग तरीके से समझाया है। उन्होंने कहा, चौथी मिति है सर्वत्र बंधुभाव, यानी कि हम सब एक ही परमात्मा की संतान हैं अथवा एक ही आत्मतत्त्व हम सब में विद्यमान है, इस तरह का भाव।

बाबासाहब लोकतंत्र के परम उपासक थे। लोकतांत्रिक व्यवस्था में उनकी प्रगाढ़ आस्था थी। उनकी लोकतंत्र की अवधारणा तीन तत्त्वों पर आधारित थी—समता, स्वतंत्रता और बंधुता। भारत जब आजाद हो रहा था तब 565 रजवाड़ों को भारत में शामिल करने का अत्यंत कठिन कार्य सरदार पटेल ने कर दिखाया। यह एक राज्य-एक राष्ट्र की अवधारणा थी। कठिन कार्य था भारत को 'नेशन-स्टेट' अर्थात् 'राष्ट्र-राज्य' के रूप में खड़ा करना। बाबासाहब ने मूर्त रूप में राष्ट्र-राज्य की अवधारणा रखी।

बाबासाहब हमारे सामने सामाजिक न्याय पर आधारित संविधानमूलक लोकतांत्रिक राष्ट्रवाद की संकल्पना रखते हैं। राष्ट्रनिर्माण में डॉ. बाबासाहब आंबेडकर का यह योगदान अलौकिक है। डॉ. बाबासाहब की नजर में राष्ट्रवाद और सामाजिक न्याय एक ही सिक्के के दो पहलू हैं। राष्ट्र का अर्थ होता है जन, भूमि और संस्कृति। जन, भूमि के आधार पर संस्कृति का विकास होता है और यह संस्कृति राष्ट्र को जोड़ने का काम करती है। डॉ. बाबासाहब ने 1916 में कोलंबिया यूनिवर्सिटी में 'कास्ट इन इंडिया' शोध निबंध प्रस्तुत किया, जिसमें उन्होंने लिखा है—"भारत में सर्वव्यापी सांस्कृतिक एकता है। यद्यपि समाज अनगित जातियों में बँटा है, फिर भी वह एक संस्कृति से बँधा हुआ है।" बाबासाहब का कहना है कि राष्ट्र केवल एक संस्कृति से खड़ा नहीं होता। राष्ट्र के खड़े होने के लिए सांस्कृतिक एकता के साथ-साथ सामाजिक एकता का भी इतना ही महत्त्व है। जब समाज विभिन्न जातियों में आपस में बँट जाता है, तब उसके आदर्श अलग-अलग होते हैं और वे एक-दूसरे से टकराते हैं। समाज का एक एकवर्णीय होना बहुत महत्त्वपूर्ण है।

आगे 50 वर्ष बाद बाबासाहब इसी बात को अपने जीवन के अंतिम ग्रंथ 'भगवान् बुद्ध और उनका धम्म' के पृष्ठ 236 पर अलग शब्दों में कहते हैं—"धर्म को सधर्म का स्वरूप देने के लिए धर्म में सामाजिक भेद से उत्पन्न सभी कानून नष्ट कर देने चाहिए। ब्राह्मण सबसे श्रेष्ठ और शूद्र सबसे कनिष्ठ, इस प्रकार की बात से राष्ट्र खड़ा नहीं होगा। राष्ट्र के खड़े होने के लिए 'जैसे दूसरे वैसा ही मैं, जैसे हम वैसे

ही दूसरे···। इस विचार से दूसरों के साथ समरस हो जाओ' इस विचार को खूले दिल से अपनाना होगा।''

सामाजिक एवं राष्ट्र-निर्माण में महत्त्वपूर्ण भूमिका अदा करनेवाले महानायक डॉ. बाबासाहब आंबेडकर के पहलू के दर्शन पर आधारित चार खंड एक—'डॉ. आंबेडकर : जीवन दर्शन', खंड दो—'डॉ. आंबेडकर : व्यक्ति दर्शन', खंड तीन—'डॉ. आंबेडकर : आयाम दर्शन' और खंड चार—'डॉ. आंबेडकर : राष्ट्र दर्शन' प्रकाशित पुस्तकों द्वारा भारतीय जनों को यथार्थ में डॉ. भीमराव बाबासाहब आंबेडकर के दर्शन होंगे, ऐसा मेरा विश्वास है।

डॉ. भीमराव आंबेडकर की इस जीवन और विचारयात्रा में मुझे सहयोग करनेवाली अनीता परमार (संपादक 'संवेदना समाज' पत्रिका-गुजराती) का हृदयपूर्वक धन्यवाद।

आज और भविष्य की पीढ़ी को डॉ. बाबासाहब आंबेडकर के व्यक्तित्व के सभी पहलुओं को समझने में और उस पर संशोधन करने में ये चार खंड सहायक होंगे तो मेरा परिश्रम व्यर्थ नहीं जाएँगा··

—किशोर मकवाणा

अनुक्रम

अपनी बात 7

1. सामाजिक विषमता हिंदू धर्म की शील के लिए अशोभनीय 19
2. राष्ट्र के पराजय का कारण 21
3. ...तभी राष्ट्र प्रगति कर सकता है 22
4. हिमालय से टक्कर ली है 24
5. जातिसूचक नामों को छोड़, सिर्फ हिंदू कहा जाना पर्याप्त होना चाहिए 25
6. हिंदू समाज में भाईचारा निर्माण होना चाहिए 27
7. प्राथमिक शिक्षा सबके लिए सुलभ हो 30
8. जागृति की ज्वाला कभी बूझनी नहीं चाहिए 34
9. महाड का धर्म-संग्राम व वरिष्ठ हिंदुओं की जिम्मेदारी 39
10. रामानुजाचार्य का अस्पृश्यता निवारण में योगदान 42
11. छुआछूत देश पर काला धब्बा है, ऐसा माननेवाले साहसी लोग चाहिए! 46
12. छुआछूत की वजह से देश की असीम क्षति हुई 47
13. राष्ट्रप्रेम होगा तभी वर्ण व्यवस्था जा सकती है 53
14. सत्याग्रह दृढता की कठिन परीक्षा 62
15. अछूतोद्धार महिलाओं की भी जिम्मेदारी 66
16. प्रसव पूर्व अवधि में माँ को आराम—राष्ट्र हित में... 69
17. जातिभेद के कारण हिंदू समाज का विकास बाधित हुआ 71

18. नेहरू समिति की योजना : इस देश में किसी बात की कमी है, तो वह है राष्ट्रीय भावना की··· 75
19. अंग्रेजी सरकार नहीं, जनता द्वारा चुनी गई सरकार··· 83
20. अछूतों का भाग्योदय होगा 86
21. राष्ट्र के भविष्य का निर्माण करते समय एक अस्पृश्य का लड़का, जो परिषद् में बैठेगा, किसी को विश्वास होगा? 88
22. हिंदुओं की भावी पीढ़ी मेरे कार्यों को सराहेगी 90
23. पूना समझौता : ऐसे मार्ग प्रयोग में लाए जाएँ, जिससे अस्पृश्य समाज हिंदू समाज से अलग न दिखे! 91
24. अस्पृश्यता नष्ट करने के मार्ग : कानून नहीं, केवल प्रेम का बंधन ही एक सूत्र में बाँध सकता है 94
25. हिंदू धर्म को समानता का धर्म बनना होगा 100
26. मैं हिंदू रहकर मरूँगा नहीं 102
27. हिंदू समाज जातिहीन बनेगा, तभी आत्मरक्षा की ताकत आएगी 104
28. ···इसलामी या ईसाई धर्म में गए तो अस्पृश्य लोग अराष्ट्रीय होंगे 113
29. चातुर्वर्ण्य भारत के पतन और अवनति का कारण 114
30. कांग्रेसी कहते हैं आंबेडकर विश्वासघाती है 116
31. जनसंख्या वृद्धि पर नियंत्रण करना चाहिए 118
32. बिना चरित्र के शिक्षित मनुष्य जानवरों से भी ज्यादा खतरनाक 122
33. मैं कम्युनिस्टों का पक्का दुश्मन हूँ 123
34. मैं प्रथम भारतीय तथा अंत में भी भारतीय हूँ 124
35. आत्मविश्वास दैवी शक्ति··· 126
36. स्वयं सुधरे बिना आप दूसरों को क्या सिखाएँगे? 130
37. मंदिर प्रवेश का संघर्ष हिंदू समाज में समानता के लिए था 133
38. सयाजीराव गायकवाड को श्रद्धांजलि : अस्पृश्य समाज पर उनके बहुत बड़े उपकार हैं 135

39. कांग्रेस जैसी देशद्रोही-स्वार्थसाधु से सहानुभूति कैसे दिखा सकता हूँ? 137
40. पत्रकारिता पर कानून का नियंत्रण आवश्यक 139
41. अपनी मातृभूमि की रक्षा के लिए जीवन न्योछावर कर दूँगा 141
42. समाज की प्रगति का मापदंड महिलाओं की प्रगति 142
43. अहिंसा और दुर्बलता में अंतर 144
44. भारत में विद्युत् ऊर्जा का रोडमैप विकास 146
45. राष्ट्रीय जल नीति 152
46. दामोदर नदी के पानी का उपयोग 155
47. नदियों पर बाँध बनाने से समृद्धि बढ़ेगी 159
48. कांग्रेस-कम्युनिस्ट का अछूतों के प्रति स्नेह नेस्तनाबूद करने के लिए 165
49. कम्युनिस्टों से सावधान रहो 168
50. मुझे व्यक्ति पूजा अच्छी नहीं लगती 170
51. महात्मा गांधी को श्रद्धांजलि, दलितों और पीड़ितों का सहारा चला गया… 172
52. हिंदू कोड बिल : मुख्य विशेषताएँ 173
53. समान नागरिक संहिता जरूरी 179
54. संविधान की प्रस्तावना में फेरबदल करने का कोई औचित्य नहीं 183
55. खून की आखरी बूँद रहने तक स्वतंत्रता की रक्षा का दृढ संकल्प… 185
56. हिंदू कोड कॉमन सिविल कोड की दिशा में एक सही कदम था 196
57. खिलजी ने नालंदा में छह हजार विद्यार्थियों की हत्या की 198
58. हिंदू कोड बिल से ही हिंदू धर्म का उद्धार होगा 201
59. लोकतंत्र की विफलता बगावत, अराजकता और साम्यवाद को जन्म देगी 214
60. समाज का पैसा डकारना जालसाजी 220
61. विद्यार्थी राष्ट्र का आदर्श नागरिक होगा या नहीं, वह शिक्षा प्रणाली तय करती है 223

62. आधुनिक लोकतंत्र की सफलता के लिए पूर्व शर्तें... 226
63. मैं ही भारत का संविधान जलाऊँगा 235
64. जो धर्म समझा, वही देश का कल्याण करेगा 237
65. दोषपूर्ण विदेश नीति 238
66. प्रधानमंत्री नेहरू अछूत विरोधी 242
67. मेरा जीवन दर्शन : स्वतंत्रता, समता एवं बंधुत्व 252
68. मेरे तीन उपास्य देवता—विद्या, स्वाभिमान एवं चरित्र 254
69. दलितों में राष्ट्रीयता की भावना जाग्रत् होने के कारण ईसाई धर्म शत्रुवत् लगने लगा 260
70. मलिन मन को शुद्ध करना ही धर्म है 262
71. जो धर्म साम्यवाद को जवाब नहीं दे सकता वह जीवित नहीं रहेगा 265
72. बौद्ध धर्म ग्रहण करने के पश्चात् मैं अछूत नहीं—आरक्षण का अधिकार नहीं 266
73. धर्म सबको चाहिए 268
74. कम्युनिस्ट को हिंसा प्रिय है 276
75. वैदिक काल में कहीं कोई अस्पृश्यता नहीं थी 281
76. भारत पर आर्य आक्रमण का सिद्धांत गलत 286
77. भारत विभाजन के पीछे की मानसिकता 292
संदर्भ सूची 304

सामाजिक विषमता हिंदू धर्म की शील के लिए अशोभनीय

'मूक नायक' पत्रिका : संपादकीय, अंक : 1, 31 जनवरी, 1920

"अभी मैं इच्छाएँ धारण करके क्या करूँ,
व्यर्थ ही तोमड़ी बजाकर क्या करूँ?
संसार में खामोश लोगों की कोई नहीं सुनता,
अभी कोई लाज हित सार्थक नहीं है।"

(संत तुकाराम)

अगर हिंदुस्तान में सृजित पदार्थों एवं मानव जाति के चित्रपट की ओर एक प्रेक्षक के नाते देखा जाए तो यह देश केवल विषमताओं का घर है। ऐसा निस्संदेह दृष्टिगोचर होगा।

धार्मिक विषमता दैहिक व मानव कोटि शाखाओं द्वारा उत्पन्न विषमता से अधिक ज्वलंत रूप में स्थिर है और कभी-कभी तो यह धार्मिक विषमता चर्मोत्कर्ष पर पहुँच जाती है और रक्तपात के लिए आधार बन जाती है। हिंदू, पारसी, यहूदी, मुसलमान, क्रिश्चियन वगैरह धार्मिक विषमता के भेद कतिपय रूपों में यहाँ पाए जाते हैं, परंतु अधिक सूक्ष्म दृष्टि से देखने पर हिंदू धर्मियों में विषमता का स्वरूप जितना कल्पनातीत है, उतना ही निंदास्पद है।

यह माँग, यह ब्राह्मण, यह शेणवी, यह मराठा, यह महार, यह चमार, यह कायस्थ, यह पारसी, यह कोरी, यह वैश्य इत्यादि भिन्न-भिन्न जातियों का हिंदू धर्म के अंतर्गत समावेश होता है। एक-एक धर्मसत्ता की भावना की अपेक्षा भिन्न जातित्व की भावना की जड़ें कितनी गहरी हैं, यह बात विज्ञ हिंदू जनों को बताने की जरूरत नहीं है। एकाध यूरोपियन व्यक्ति से पूछें कि आप कौन हैं? इस प्रश्न का अंग्रेज, जर्मन, फ्रेंच, इटालियन

इत्यादि प्रकार के उत्तर से किसी की तृप्ति नहीं होती। उसे अपनी जात क्या है, यह बताना पूर्ण आवश्यक है, अर्थात् अपनी निर्दिष्ट वैयक्तिकता व्यक्त करने के लिए प्रत्येक हिंदू को इसकी विषमता पग-पग पर उजागार करनी पड़ती है।

हिंदू धर्मियों में विद्यमान यह विषमता जितनी अनुपम है, उतनी ही निंदास्पद भी है। कारण कि इस विषमता के अनुरूप होने वाले व्यवहार का स्वरूप हिंदू धर्म की शील (नैतिकता) के लिए शोभनीय नहीं है।

हिंदू धर्म में समाविष्ट होनेवाली जातियाँ ऊँच-नीच की भावना से प्रेरित हैं, यह उजागर है। हिंदू समाज एक मीनार है और एक-एक जाति इस मीनार का एक-एक तल (मंजिल) है। ध्यान देने की बात यह है कि इस मीनार में सीढ़ियाँ नहीं हैं, एक तल से दूसरे तल में जाने का कोई मार्ग नहीं है। जो जिस तल (जाति) में जन्म लेता है, वह उस तल में मरता है। नीचे के तल का मनुष्य कितना ही लायक हो, उसका ऊपर के तल में प्रवेश संभव नहीं। परंतु ऊपर के तल का मनुष्य चाहे कितना भी नालायक हो, उसे नीचे केतल में धकेल देने की हिम्मत किसी में नहीं।

खुली भाषा में कहा जाए तो जाति-जाति में बसी ऊँच-नीच की भावना गुणावगुणों के आधार पर नहीं हैं। उच्च जाति में जनमा व्यक्ति कितना भी अवगुणी हो, उसे ऊँचा ही कहा जाएगा। इसके साथ ही नीच जाति में जनमा व्यक्ति कितना भी गुणी हो, तो भी नीचे रखा जाएगा।

दूसरे यह कि परस्पर रोटी-बेटी का व्यवहार न होने के कारण प्रत्येक जाति न घनिष्ठ संबंधों में स्वयंभू पृथक् जाति है। यदि निकट संबंधों की बात अलग कर दें, तब भी परस्पर बाह्य व्यवहार अनियंत्रित नहीं है। कुछ का व्यवहार दरवाजे तक है, तो कुछ जाति से बाहर अस्पृश्य हैं, अर्थात् इन जातियों के लोगों का स्पर्श होने से दूसरी जातियों के व्यक्ति अपवित्र हो जाते हैं। अपवित्रता के कारण बहुत कम व्यवहार (संबंधों का आदान-प्रदान) होता है। रोटी-बेटी के व्यवहार के अभाव कायम होने से परायापन स्पृश्यापृश्य भावना से इतना ओत-प्रोत है कि यह जाति हिंदू समाज से बाहर (बहिष्कृत) है, ऐसा कहना चाहिए।

लंबे समय से इनके मन-मस्तिष्क पर दासताजन्य हीनता की जो छाप पड़ी, वह उन्हें पीछे खींचती है। दरिद्रता को दरकिनार करने के लिए छुआछूत का धब्बा माथे पर लगा होने के कारण धनार्जन करने के लिए न अवसर हैं और न अनुमति। ये दोनों न होने से व्यापार, उद्यम इत्यादि धंधों के क्षेत्र में उनको विरले ही प्रवेश मिल पाता है। भाग्य आजमाने के लिए कोई जगह न मिलने के कारण केवल धरती की मिट्टी खाने के लिए वह विवश है।

□

राष्ट्र के पराजय का कारण

'मूक नायक' पत्रिका, संपादकीय अंक : 6, 10 अप्रैल, 1920

कोई भी सार्वजनिक राष्ट्रीय महत्त्व का कार्य मैं अकेला करूँगा, ऐसा यदि कोई दावा करता है तो उसके हाथ से वह कार्य तो होगा ही नहीं, अपितु समझदार लोग उसके अक्खड़पन और अहंकार पर दया करेंगे।

पुर्तगाली लोगों ने यहाँ पर अपना ठिकाना बनाया था और अनेक लोगों को क्रिश्चियन बनाया। प्रजा में राष्ट्रीय चेतना बिल्कुल नहीं थी और लोगों में वह भावना थी कि 'शत्रु आने दो, हमारा क्या जाता है?'

ब्रिटिश अमल से पहले प्रजा में एकता का अभाव होने के बहुत से कारण थे। अनेक धर्म, अनेक जाति, अनेक भाषा इत्यादि कारणों से प्रजा का एक जीव होना संभव नहीं था, फिर भी ऐसी प्रजा के लिए नियमन करनेवाली शक्ति अथवा सरकार एक ही रहती, तब हिंदी प्रजा एकजुट होती, यह खास बात है।

यूरोप जैसा हिंदुस्तान की प्रजा में एकता का भाव उत्पन्न क्यों नहीं हुआ, इसका कारण यह है कि ब्रिटिश राज्य के पहले यूरोप की तरह हिंदुस्तान में भी एक सरकार नहीं थी। एक सरकार के नीचे रहनेवाले हम नागरिक एक ही कायदे से बाँधे गए। हम सब प्रजा जन एक ही शासन पद्धति के नीचे सुख-दुःख अनुभव करनेवाले, हम लोगों में एकता इत्यादि की भावना जाग्रत् करके प्रजा को एकजुट करने के लिए एकच्छत्र राज्य जैसा दूसरा महत्त्वपूर्ण कारण नहीं। हिंदी प्रजा एक जान होने के लिए एकच्छत्र अंग्रेजी अमल जितना कारणीभूत हुआ है, वैसा ही अंग्रेजी भाषा का प्रचार भी कारणीभूत हुआ है।

पूर्ण स्वराज मिलने का पक्का निश्चय हिंदुस्तान भर में किए बगैर उसको पूर्ण स्वराज नहीं मिलेगा।

□

...तभी राष्ट्र प्रगति कर सकता है

'मूक नायक' पत्रिका, संपादकीय अंक : 15, 28 अगस्त, 1920

एक राष्ट्र में तथाकथित एक जाति या एक समाज राष्ट्र नहीं हो सकता। अनेक व्यक्तियों को मिलाकर कुटुंब बनता है, अनेक कुटुंबों से मिलकर समाज बनता है, समाज मिलकर गाँव बनता है, अनेक गाँव मिलकर प्रांत या देश बन सकता है। एक कुटुंब के व्यक्तियों में परस्पर अपनत्व की भावना होती है। वैसी ही प्रत्येक समाज में यह भावना होगी, तभी राष्ट्र जीवंत रह सकेगा और जहाँ जीवंतता नहीं है, उस स्थान पर दूसरों द्वारा चढ़ाई करने की संभावना रहती है। इसलिए यह चूक सुधार ली जाए। अगर परस्पर अपनेपन की भावना नहीं होगी तो उनमें अंदरूनी एकजुटता नहीं आएगी। राष्ट्रों में तो और अधिक एकता रखनी पड़ती है, तभी राष्ट्र प्रगति कर सकता है। हमारे विशाल राष्ट्र को देखो, उसकी क्या स्थिति है और छोटे से जापान की स्थिति क्या थी, और आज उसी जापान ने प्रगति करके दुनिया के प्रमुख राष्ट्रों में अपना स्थान बना लिया है। हिंदुस्तान में आज जो कृत्रिम जाति-भेद है, वह जापान में भी अस्तित्व में था, परंतु 'सामुराई' जाति के वरिष्ठ कहलानेवाले व्यक्तियों ने अपना जातिगत वरिष्ठपना छोड़कर अपने अज्ञानी और दुःखी बंधुओं को ज्ञानी व सुखी बनाया। इससे प्रेम संपादन से उनमें अपनेपन की नवीन राष्ट्रीय भावना उत्पन्न हुई। वह मातृभूमि को उन्नत अवस्था के लिए कारणीभूत हुई।

इस जापान के उदाहरण से हिंदुस्तान के हमारे नेता बंधु अवगत नहीं अथवा समझते नहीं, ऐसा नहीं है, परंतु कार्यान्वयन में आने के लिए उनमें आत्मीयता या धैर्य नहीं है। यह बड़े दुःख के साथ कहना पड़ रहा है। अपनी उन्नति के मार्ग में हिंदुस्तान का एक पंचमांश और हिंदुओं के तृतीयांश भाग को बहिष्कृतपन का कीड़ा लगा हुआ है, जिसे दूर करने का विचार किसी एक के भी मन में नहीं आता और जो सदविवेक से इस दिशा में कार्य करते हैं, उनका उपहास उड़ाया जाता है।

शास्त्रों का जुल्म ईश्वर निर्मित समझकर एक शब्द भी बिना बोले अपने ऐहिक

और परमार्थिक सुख की ओर ध्यान न देकर सबकुछ बरदाश्त करते गए और आज भी कर रहे हैं। स्वयं को पशु से भी नीच समझकर विपुल दारिद्रय से अपना घर भर लिया। अपने बच्चों को मोहताज होने की स्थिति में हम आ गए हैं, फिर भी हमारे ऊपर जुल्म कम न होकर और ज्यादा ही हो रहे हैं। यह ईश्वर निर्मित शास्त्रों का जुल्म नियम नहीं, जाति धर्म रूप शास्त्र द्वेष के कारण व जात्याभिमान के कारण अकारण ही जुल्म मात्र होते हैं। उनके अस्पृश्यता के जुल्म की वजह से किसी भी स्कूल में विद्या प्राप्त करने के लिए नहीं जा सकते। अन्य जातियों की तरह सरलता से शिक्षा न मिलने से वह और उनकी संतति इस लाभ से वंचित रहती है। उनके प्रयास में जाते समय उतरने की जगह व अन्न-पानी की कहीं भी व्यवस्था नहीं होने से उन्हें, जहाँ पशु भी नहीं रह सकते, ऐसे स्थानों पर रहकर बाधाएँ झेलनी पड़ती हैं। सरकार ने सार्वजनिक सुख-सुविधाओं के मार्गों में धर्मशालाएँ, कुएँ वगैरह बनवाए हैं। वहाँ भी उनको ये जुल्मी लोग नहीं रहने देते हैं और न पानी पीने देते हैं। सर्दियों में धर्मशालाओं के बाहर रहकर ही उन्हें भूखे-प्यासे अपना समय काटना पड़ता है।

···देश में सब जगह वरिष्ठ वर्ग का प्रभाव होने की वजह से बहिष्कृत वर्ग को राजनीतिक अथवा साहित्यिक कला कौशल का ज्ञान कहाँ से होगा? दुकानदार का माल भी हम अपने हाथों से स्पर्श नहीं कर सकते। उन्होंने विद्याहीन और अनाड़ी होने के कारण सब सहन किया। उनको मजदूरी भी नहीं मिल रही थी, ऐसी उनकी दुर्दशा थी। उनसे छुआछूत इतनी प्रबल होती थी कि उनकी छाया भी यदि किसी पर पड़ जाती तो बरदाश्त नहीं की जाती।

मुसलमान जब कोई भी सामान बेचने को जाता तो वह महार के सिर पर रखकर ले जाता है। तब खरीददार को कोई आपत्ति नहीं होती और खुद महार बेचें तो उसे कोई नहीं खरीदता। बहिष्कृत वर्ग की सामाजिक व आर्थिक स्थिति सुधारकर हिंदू धर्म और हिंदू समाज को इस हिंदी राष्ट्र को जो छुआछूत का कीड़ा लग गया है, उसको निकालने की किसी में हिम्मत नहीं होती। जब तक यह कीड़ा नहीं निकलेगा, तब तक राष्ट्र की सामाजिक व राजकीय प्रगति व्यर्थ होगी और हम दुनिया के प्रमुख राष्ट्रों से कटे रहकर एक कोने में पड़े रहेंगे। और इसके लिए जिम्मेदार सुशिक्षित वर्ग ही होगा।

हिंदू राष्ट्र एक जीव होने के लिए राष्ट्र में जाति भेद और धर्म भेद खत्म हुए बगैर हिंदुस्तान को एक राष्ट्र बनना मुश्किल है। यहाँ कुछ लोगों ने जाति बंधन तोड़ने का बहुत प्रयास किया, परंतु वह अभी भी गया नहीं है। ध्यान देने की बात है कि हम अनेक शतकों से जाति भेद के घेरे में फँस गए हैं और ऊपर आने का प्रयत्न करते हैं, वहीं लोग उनको दबाने का प्रयत्न करते हैं।

□

हिमालय से टक्कर ली है

9 मार्च, 1924 को दामोदर हॉल, मुंबई में सामाजिक कार्यकर्ताओं की बैठक आयोजित की गई थी। इस बैठक में डॉ. बाबासाहेब आंबेडकर ने सुझाव दिया कि इस संगठन को 'बहिष्कृत हितकारिणी सभा' का नाम दिया जाए तथा संस्था का घोष वाक्य 'Educate, Agitate and Organise' (शिक्षित करो, जाग्रत् करो तथा संगठित करो) यह हो। कार्यालय में वे बोले"

बंधुओ,

समाज के सर्वांगीण विकास हेतु मैं अपनी ज्ञानशक्ति का उपयोग केवल अपने परिवार या कुटुंब के लिए नहीं करूँगा। समाज की प्रगति हेतु मैंने अनेक योजनाएँ बनाई हैं। यदि योजनाएँ सफल हुईं तो निश्चित ही अस्पृश्य तथा स्पृश्य ऐसे दोनों समाज को लाभ पहुँचेगा।

अस्पृश्यों की समस्याएँ बहुत गंभीर है, मैं सब की सब हल नहीं कर पाऊँगा इसका मुझे एहसास है। किंतु इतना निश्चित है कि उन समस्याओं को, उन ज्वलंत प्रश्नों को विश्व के समक्ष लाकर मैं विश्व का ध्यान उन समस्याओं की तरफ जरूर आकर्षित कर सकता हूँ, इतना मुझे विश्वास है। अछूतों की समस्या यानी प्रचंड हिमालय समझिए। इस हिमालय से टक्कर मार-मारकर में अपना सिर फोड़ लूँगा। हिमालय गर धराशायी न हुआ, किंतु मेरा रक्त-रंजित सिर देखकर सात करोड़ अस्पृश्य लोग अपनी जान की बाजी लगाकर उस हिमालय को जमीदोस्त करने के लिए एक पैर पर तैयार होंगे, यह तुम जरूर ध्यान में रखो। अगर अपने-अपने में ही तुम खिंचातानी करते रहे, तो फिर मैं ही क्या, प्रत्यक्ष भगवान् भी आया तो वह भी तुम्हारे लिए कुछ कर नहीं पाएगा।

□

जातिसूचक नामों को छोड़, सिर्फ हिंदू कहा जाना पर्याप्त होना चाहिए

24 मई, 1924; मुंबई के बहिष्कृत वर्ग की परिषद्, बार्शी-जिला शोलापुर में भाषण का अंश

ये तो हमारा भाग्य अच्छा है कि हम अछूत गुलाम नहीं समझे जाते हैं, अन्यथा हम भी वस्तुओं या खेती के जानवरों की तरह खरीदे-बेचे जाते। बहरहाल, किसी को इस बात से संतुष्ट नहीं हो जाना चाहिए कि हम अपने आपको इस तरह की गुलामी में नहीं पाते हैं। दरअसल हम ऐसी दासता से काफी पहले मुक्त हो गए होते। इसे अलग तरह से देखें तो छुआछूत दरअसल दासता से भी बुरी है। इतिहास में ऐसे उदाहरण भरे हुए हैं, जहाँ दास मुक्त कर दिए गए और फिर वे देश या राज्य के स्वतंत्र नागरिक बन गए। लेकिन भारत में ऐसा एक भी उदाहरण नहीं है, जहाँ अछूत सवर्ण बन गए हों।

अस्पृश्यता से मुक्त होने का एक रास्ता विस्थापन है, मगर बेहद कम लोग ऐसा कर पाएँगे। इसलिए इस देश के दायरे में ही रहकर हमें छुआछूत के उन्मूलन के तरीके अवश्य ही खोजने चाहिए। दूसरा विकल्प धर्म-परिवर्तन का है। हमें किसी भी धर्म को विवेक और व्यवहार्यता के नजरिए से देखना चाहिए। दर्शन के संदर्भ में हिंदू धर्म उतना ही अच्छा है, जितना कि अन्य कोई धर्म, यहाँ तक कि यह बेहतर है।

'तमाम इनसानों में वही आत्मा वास करती है।'—हिंदू दर्शन का यह मूल सिद्धांत है। अगर हमारा सामाजिक संगठन वास्तव में इस आदर्श विचार का प्रतिबिंब होता तो हिंदुओं ने निश्चित रूप से सभी नागरिकों के साथ समान आदर के साथ व्यवहार किया होता। बहरहाल ऐसा नहीं हुआ है। हिंदू धर्म का व्यावहारिक रूप बुरी तरह भ्रष्ट हो गया है। विचारों और कार्य का मिलन कहाँ है ? यह सच्चाई तो और भी भयंकर है कि जिन लोगों का हिंदू धर्म में कोई विश्वास नहीं है, उनके साथ तो वे बराबरी के साथ पेश आते

हैं, लेकिन अछूतों के साथ नहीं। उनके लिए ईसाई न तो अछूत हैं और न ही अशुद्ध। हिंदू उनके स्पर्श से न तो भयभीत होते हैं और न ही वे उनके तहत काम करने से डरते हैं। एक नजरिया है कि मुसलमानों को, एक तरह से निचली जाति के हिंदुओं की तुलना में ज्यादा अछूत और अशुद्ध समझा जा सकता है, क्योंकि वे गोमांस खाते हैं। फिर भी मुसलमानों और ईसाइयों को हिंदू अपने बराबर समझते हैं, लेकिन हमें नहीं। हम उसी वैदिक दर्शन को मानते और पूजते हैं, लेकिन फिर भी वे हमसे धृणा करते हैं।

धर्म-परिवर्तन और विस्थापन के अतिरिक्त एक और विकल्प की चर्चा की जाती है, और वह है नामों का परिवर्तन। हाल में यह सुझाव दिया गया कि अछूतों को खुद को आदि-हिंदू कहना चाहिए। इसलिए हमें नाम-आधारित पहचान के उन्मूलन के उद्देश्य के लिए तैयारी करनी चाहिए। बहरहाल, मुझे इस बात पर जोर डालना समझ में नहीं आता कि अछूतों को खुद को आदि-हिंदू कहना चाहिए। अगर इसके पीछे मकसद तमाम अछूत जातियों में एकता स्थापित करना है तो 'बहिष्कृत' शब्द क्या इस उद्देश्य के लिए उपयुक्त नहीं होगा? अगर आप महसूस करते हैं कि ऐसे हथकंडों से छुआछूत गायब हो जाएगी तो यह सिर्फ एक भ्रम है। मद्रास प्रांत में अछूत खुद को आदि-द्रविड़ कहते हैं। क्या इससे वे अपनी जातिगत पहचान से मुक्त हो पाए हैं? शर्तिया नहीं। मेरे विचार में छुआछूत और जातिभेद नामों से जुड़े हुए हैं और इसीलिए हमें अपने नामों से छुटकारा पाना चाहिए। लेकिन यदि यह काम सिर्फ अछूत हिंदुओं तक सीमित रखा गया तो यह पर्याप्त नहीं होगा। तमाम लोगों को जातिसूचक नामों को छोड़ देना चाहिए और एक साझा नाम अपनाना चाहिए। ब्राह्मण, मराठा, चमार, मांग जैसे जातिसूचक नाम नहीं होने चाहिए और सिर्फ हिंदू कहा जाना पर्याप्त होना चाहिए। इस तरह कोई भी एक-दूसरे के साथ नीच सलूक नहीं करेगा, लोगों के बीच सहानुभूति जातिगत संबंध पर आधारित नहीं होगी, बल्कि यह भेदभाव से मुक्त होगी। इसलाम धर्म में एकता के पीछे यही कारण है। वे हरेक मुसलमान को अपना समझते हैं। यह बात हिंदुओं में भी होनी चाहिए।

वह ऐतिहासिक दिन होगा, जब ये तमाम बदलाव वाकई में होंगे। लेकिन बड़ा सवाल है कि यह बदलाव वस्तुत: कैसे होगा?

□

हिंदू समाज में भाईचारा निर्माण होना चाहिए

मुंबई प्रांतीय बहिष्कृत परिषद् के अधिवेशन में भाषण, नियानी, जिला बेलगाँव 11 अप्रैल, 1925

पहले राजनीतिक प्रश्न, फिर सामाजिक प्रश्न···यह सोच ही बहुत बचकानी है। हम देख रहे हैं कि हमारी राजकीय समस्या के बीच में कोई अगर अवरोध है, तो वह है हमारी सामाजिक समस्या। सामाजिक प्रश्न इतना अधिक महत्त्वपूर्ण है कि उसे अलग रखने पर भी उसे अलग रख नहीं पाते हैं। राजनीति के धुरंधरों ने सामाजिक प्रश्नों को दरकिनार कर केवल राजनीतिक समस्या पर ध्यान केंद्रित किया है। फलतः वे कुछ साध्य नहीं कर पाए हैं, उलटे सामाजिक प्रश्न को दरकिनार करने के परिणामस्वरूप राजकीय ध्येय प्राप्ति उलझन में पड़ गई है। इस बात की साक्ष्य हमें वर्तमान दे रहा है। यदि सामाजिक समस्या की ओर राजनेताओं ने ध्यान केंद्रित किया होता, तो आज जो चित्र हमें दिखाई पड़ रहा है, कदाचित् वह नहीं दिखाई देता। अतः सामाजिक अन्याय को दूर करना सबसे महत्त्वपूर्ण काम है। इस कार्य को हिंदवासियों को पवित्र कार्य समझकर करना चाहिए, ऐसा बतलानेवाला राजनीतिज्ञ इस देश में महात्मा गांधी के पहले कोई हुआ नहीं है। उनके अनुसार, सामाजिक तथा राजकीय बातें अलग न होकर एक ही हैं। इसीलिए हिंदू-मुसलमान एकता व अस्पृश्यता निवारण के बगैर स्वराज्य प्राप्ति असंभव है, ऐसा वे कहते हैं। कांग्रेस के बारे में आम राय है कि सुत बिना मत नहीं। ठीक इसी तरह यदि यह आग्रह होता···कि अस्पृश्यता निवारण बगैर कांग्रेस में प्रवेश नहीं मिलेगा, किंतु ऐसा आग्रह उनकी ओर से हो नहीं पाया।

जहाँ अछूतों को कोई अपने करीब नहीं करता है, वहाँ महात्मा गांधी ने जो सहानुभूति जतलाई है, वह कोई कम नहीं है। वैकम सत्याग्रह का कोई परिणाम निकल पाए, इसलिए महात्मा गांधी स्वयं वैकम गए थे। उन्होंने वहाँ पुरोहितों के समक्ष तीन सुझाव रखे थे—

1. जनता का जनमत ग्रहण करें।
2. शास्त्रों में अस्पृश्यता बतलाई गई है, वह सत्य है या असत्य है, इसका विद्वानों से निराकरण करा लें।
3. त्रावणकोर के दीवान को सरपंच नियुक्त कर विद्वान् पंचों के द्वारा इस समस्या का हल ढूँढ़े।

किंतु खेद के साथ कहना पड़ता है कि वहाँ के पुरोहितों ने तीन सुझावों में से किसी एक को भी मान्य नहीं किया। उन्होंने अछूतों का विरोध आज भी जारी रखा है। उलटे गांधी का कथन अन्यायपूर्ण है, ऐसा कह उन्होंने शास्त्रों की दुहाई दी।

एक तो हमें सभी शास्त्रों को जलाकर राख कर देना चाहिए, या फिर सभी शास्त्रों का निरीक्षण-परीक्षण कर अस्पृश्यता संबंधी वचनों को झूठा साबित करना चाहिए। यदि हम ऐसा नहीं कर पाए, तो यह अस्पृश्यता हमें अनादिकाल तक सहनी पड़ेगी।

सभी को आपस में बराबरी के संबंध कायम कर सामाजिक भाईचारा निर्माण हो, ऐसा व्यवहार करना चाहिए। वास्तव में समाज का यही उद्देश्य है। जब समाज के कुछ लोग बलपूर्वक अन्य लोगों पर अत्याचार करते हैं, तब समाज संगठन कमजोर हो जाता है। यह बात नजर में आते ही बिना समय गँवाए, अपने सब काम छोड़ कर इन अत्याचारी लोगों को पराजित करना समाज के प्रत्येक व्यक्ति का कर्तव्य है। हम तो केवल यह माँग कर रहे हैं, जो अधिकार मानवमात्र को प्राप्त है, यही अधिकार हमें भी प्राप्त होने चाहिए। किंतु इन अधिकारों की प्राप्ति में शास्त्र रोड़ा बनकर खड़े हैं।

यह बात ध्यान देने योग्य है कि हमारी इतनी अवहेलना होती है, इतने अन्याय-अत्याचार होते हैं, फिर भी हम मूक दर्शक बने हैं।

इसका कारण ढूँढ़ने पर मुख्यत: दो बातें सामने आती हैं। पहली तो यह कि हममें ज्ञान तथा चतुराई का अभाव है। जिनके पास यह सब था, उन्होंने बलपूर्वक हमारे समाज पर अन्याय, अत्याचार किया तथा अन्यायकारी नियम बनाकर उस अनुसार निर्वहन करने को मजबूर किया। हम अपने कर्तव्यों के प्रति सजग नहीं रहे, फलस्वरूप उसका अभिशाप हम आज भोग रहे हैं। इस प्रकार हमने ही अपने पैरों पर स्वयं पत्थर मारा है। हमारे लोग लड़कों की शादी करने के अलावा और कुछ नहीं करते हैं। एक तो कर्ज निकालकर शादी की जाती है, दूसरी ओर लड़का निरक्षर होने के कारण तथा स्वतंत्र रूप से जीविकोपार्जन के अभाव में वह कर्ज के बोझ में दब जाता है। फलस्वरूप गृहस्थी की गाड़ी ठीक से चल नहीं पाती है। फिर ऊपर से संतानों का आगमन, ऐसे में अच्छी शिक्षा देना बच्चों को असंभव हो जाता है। गृहस्थी पर आर्थिक बोझ पड़ने के कारण पिता अज्ञानी व निरक्षर बच्चों को किसी काम में लगाकर अपना संसार चलाता है। शादी के चक्कर में फँसने के कारण पिता खुद लाचार बन जाता है, किंतु समझदार नहीं बन पाता

है। उलटे अपनी संतान को भी इसी खाई में ढकेल देता है।

जिस प्रकार हमारे माता-पिता अपने लड़कों का नुकसान करते हैं, उसी प्रकार वे अपनी लड़कियों का भी जीवन बरबाद करते हैं। बालपन में ही लड़कों की शादी करने से समाज को जो नुकसान होता है, उससे भी कहीं बड़ा नुकसान लड़कियों को देवदासी बनाने में होता है। इस देवदासी को अपना देह विक्रय कर परिवार व कुटुंब का जीवन निर्वाह करना है। यह प्रथा जिस क्षेत्र में जारी है, वहाँ इस प्रथा की जड़ें बहुत गहराई तक पहुँची हुई हैं। इस अमानवीय प्रथा के जो लोग शिकार हैं, वे कानून को भी मानते नहीं हैं। ये लोग केवल अपनी पुत्री के ही दुश्मन न होकर समाज के भी दुश्मन हैं। इसका प्रमुख कारण यह है कि इस घिनौनी प्रथा से समाज की कौटुंबिक व्यवस्था पर ही आघात होता है। एक पति तथा एक पत्नी, यह आदर्श कुटुंब पद्धति है। कुटुंब यानी प्रजा के संरक्षण व संगोपन हेतु समाज द्वारा स्थापित संस्था है। यह संस्था चलाने वाले दांपत्य जितने शुद्ध, सात्त्विक तथा स्वाभिमानी होंगे, उतनी ही शुद्ध, सात्त्विक तथा स्वाभिमानी उनकी संतानें भी होंगी। एक स्त्री अनेकों पति बनाए या एक पुरुष अनेकों पत्नियाँ बनाए, यह कोई आदर्श कुटुंब पद्धति नहीं है।

हम आज मानसिक दुर्बलता के कारण दूसरों के गुलाम हो गए हैं। इसका एकमात्र कारण यह है कि जिनके हाथों में ईश्वर ने हमारा भविष्य सौंप रखा है, उन्हें अपने कर्तव्यों का एहसास तक नहीं है। यदि वे अपने कर्तव्यों के प्रति कर्तव्यपरायण होते तो आज हमारी यह दीन-हीन अवस्था नहीं हुई होती।

पुराना ही सोना होता है, ऐसा हमेशा कहना उचित नहीं होगा। पिता ने जो किया, वही पुत्र को करना चाहिए, यह धारणा उचित नहीं है। समय, काल, परिस्थितिनुसार आचार-विचार में बदलाव अति आवश्यक है। यदि हम वैसा नहीं कर पाए, तब परिस्थिति के साथ टकराने में हम समर्थ नहीं हो पाएँगे। केवल परंपरा पर आश्रित रहकर हम अपना भला नहीं कर पाएँगे। समय के साथ-साथ अपने हाथों से जो भी कुछ हो सकता है, वह करना अति आवश्यक है। यदि हम वैसा नहीं कर पाए, तब हमारी स्थिति में कोई भी सुधार असंभव है।

आज तक रचनात्मक कार्य के बगैर बहुत समय व्यतीत हो चुका है, अब और समय बरबाद करना उचित नहीं है।

□

प्राथमिक शिक्षा सबके लिए सुलभ हो

मुंबई प्रांत विधान परिषद् में भाषण, मुंबई लेजिस्लेटिव काउंसिल डिबेट्स, भाग-19, पृ. 971-76, 12 मार्च, 1927

मैं माननीय शिक्षा मंत्री के समक्ष कुछ बिंदुओं को विचारार्थ रखना चाहता हूँ। भारत सरकार द्वारा हाल ही में विकास पर जारी रिपोर्ट पढ़ना काफी दुःखद लगा। इसके अनुसार यदि शिक्षा की प्रगति वर्तमान दर से जारी रही, तो इससे स्कूल जाने की उम्रवाले तमाम लड़कों को शिक्षित करने में 40 वर्ष और लड़कियों को शिक्षित करने में 300 वर्ष लगेंगे। श्रीमान्, मैं विनम्रतापूर्वक कहना चाहता हूँ कि इस सदन के द्वारा इस तरह का मनन किया जाना काफी अंधकार को प्रकट करता है।

यदि हम सन् 1916-17 से लेकर 1922-23 के आँकड़े पर विचार करें, तो हम पाते हैं कि शिक्षा पर बढ़नेवाले व्यय का भार लगभग 100 प्रतिशत है, जबकि उसी अवधि में छात्रों की संख्या में होनेवाली वृद्धि मात्र 29 प्रतिशत है। इस प्रेसीडेंसी में दो विभाग ऐसे हैं, जिसे यदि मैं कहूँ तो वे विपरीत उद्देश्यों के लिए कार्य कर रहे हैं। एक तो हमारा शिक्षा का विभाग है, जिसका उद्देश्य है लोगों को नैतिकता व सामाजिकता के साँचे में ढालना, वहीं दूसरी ओर हमारा आबकारी विभाग है। श्रीमान् मेरा मानना है कि यदि मैं यह दलील दूँ कि शिक्षा पर हमें कम-से-कम उतना तो खर्च करना चाहिए, जितनी मात्रा में हम लोगों से आबकारी राजस्व प्राप्त करते हैं, तो यह एक बड़ी माँग नहीं होगी। इस प्रेसीडेंसी में हमारे द्वारा शिक्षा पर प्रति व्यक्ति व्यय की जानेवाली राशि मात्र चौदह आने (0.87 रुपए) है, लेकिन आबकारी राजस्व से हमें प्रति व्यक्ति 2.17 रुपए प्राप्त होते हैं। एक और विडंबनात्मक तथ्य, जिसकी ओर मैं माननीय साथी, शिक्षा मंत्री का ध्यान आकृष्ट करना चाहता हूँ, वह यह है कि वर्तमान में प्राथमिक शिक्षा पर हम जो पैसा खर्च कर रहे हैं, वह काफी हद तक व्यर्थ जाता है। प्राथमिक शिक्षा का उद्देश्य यह सुनिश्चित करना है कि हरेक बच्चा जो प्राथमिक शाला में प्रवेश करता है, वह एक

ऐसी अवस्था में बाहर आए, जब वह साक्षर हो चुका है और अपने भावी जीवन में निरंतर साक्षर होता रहे। किंतु यदि आँकड़ों पर नजर डालें तो हम पाते हैं कि प्राथमिक शालाओं में प्रवेश करनेवाले प्रति सैकड़ा बच्चों में से मात्र अठारह ही चौथी कक्षा तक पहुँचते हैं।

इसीलिए मैं माननीय शिक्षा मंत्री से अनुरोध करता हूँ कि प्राथमिक शिक्षा की मद पर और अधिक पैसा खर्च किया जाए। यदि कुछ और नहीं तो कम-से-कम यह देखने के लिए कि जितना वह खर्च करते हैं, उतना अंततः फलदायी होता है।

तीसरी बात, जिस पर मैं माननीय शिक्षा मंत्री का ध्यान आकृष्ट करना चाहता हूँ, वह यह है कि उस गणना पर नजर डालते हुए, जिससे हमें सूचना मिलती है कि मुंबई प्रेसीडेंसी में शिक्षा मद पर हम जो व्यय करते हैं, उसमें से हम जो कला महाविद्यालयों पर खर्च करते हैं, उसका करीब 36 प्रतिशत वित्त व्यवस्था शुल्कों से सुनिश्चित की जाती है। शिक्षा वह है जिसे प्रत्येक बच्चे की पहुँच पर लाया जाना चाहिए। शिक्षा विभाग एक ऐसा विभाग नहीं है जिसे हानि-लाभ के सिद्धांत पर व्यवहार में लाया जाना चाहिए। शिक्षा को हरसंभव तरीकों से एक बड़ी संभाव्य सीमा तक धारण किया जाना चाहिए।

चौथा बिंदु, जिस पर मैं अपने शिक्षा मंत्री, मित्र का ध्यान आकृष्ट करना चाहता हूँ, वह है प्रेसीडेंसी में विभिन्न वर्गों में शिक्षा की तुलनात्मक प्रगति पर बड़ी असमानता। प्रथम वर्ग को अग्रणी हिंदू कहा जाता है। दूसरे वर्ग को मध्यम हिंदू, जिसमें वे लोग भी शामिल हैं, जिन्हें राजनीतिक उद्देश्यों से गैर-ब्राह्मण कहा गया है, अर्थात् मराठा और सहयोगी जातियाँ। तीसरा वर्ग है, जिसे 'पिछड़ा वर्ग' कहा जाता है, जिसमें सम्मिलित हैं, अछूत वर्ग, पहाड़ी जनजातियाँ और अपराधी जनजातियाँ। इसके बाद आता है चौथा वर्ग, जिसमें मुसलिम शामिल हैं।

अभी मैंने विभिन्न संप्रदायों के शैक्षणिक विकास में तुलनात्मक असमानता पर एक राय दी है। किंतु आँकड़े हमारी प्रेसीडेंसी के विभिन्न संप्रदायों की प्रगति, असमानता के विस्तार को नहीं दरशाते। इसीलिए मैं अपने माननीय शिक्षा मंत्री के विचारार्थ निम्न गणना प्रस्तुत करना चाहता हूँ। सर्वप्रथम प्राथमिक शिक्षा को लेते हुए—

प्राथमिक शिक्षा—

अग्रणी हिंदू—उनकी जनसंख्या के प्रति हजार में 119 छात्र।

मुसलिम—उनकी जनसंख्या के प्रति हजार में 92 छात्र।

मध्यम वर्ग—उनकी जनसंख्या के प्रति हजार में 38 छात्र।

पिछड़ी जाति—उनकी जनसंख्या के प्रति हजार में 18 छात्र।

यह प्राथमिक शिक्षा की दशा है।

माध्यमिक शिक्षा—

अग्रणी हिंदू—उनकी जनसंख्या की प्रति एक लाख में 3,000 छात्र।

मुसलिम—उनकी जनसंख्या के प्रति एक लाख में 500 छात्र।

मध्यम वर्ग—उनकी जनसंख्या के प्रति एक लाख में 140 छात्र।

पिछड़ा वर्ग—उनकी जनसंख्या के प्रति एक लाख में 14 छात्र।

यह माध्यमिक शिक्षा की दशा है।

उच्च शिक्षा—

अग्रणी हिंदू—उनकी जनसंख्या के दो लाख लोगों में 1,000 छात्र।

मुसलिम—उनकी जनसंख्या के दो लाख लोगों में 52 छात्र।

मध्यम वर्ग—उनकी जनसंख्या के दो लाख लोगों में 14 छात्र।

पिछड़ा वर्ग—शून्य (या केवल एक मात्र)।

जहाँ तक महाविद्यालयीन शिक्षा का संबंध है, तो यह पिछड़े वर्ग की स्थिति है, जबकि उनकी कुल जनसंख्या 37.5 लाख है।

यह देश विभिन्न संप्रदायों से मिलकर बना है। ये सभी संप्रदाय अपनी स्थिति और प्रगति में एक-दूसरे से पृथक् हैं। यदि उन्हें बराबरी के स्तर पर लाए जाने की बात है, तो इसका एक ही उपाय है, असमानता का सिद्धांत अपनाना और जिनका स्तर निम्न है, उनके साथ विशेष व्यवहार करना। लेकिन मैं कहता हूँ, सरकार ने मुसलिमों पर इस सिद्धांत को अच्छी तरह अपनाया है। मेरी एकमात्र शिकायत यही है कि सरकार ने इस सिद्धांत को पिछड़े वर्ग में प्रयोग किया जाना उचित नहीं समझा है। इसलिए मैं सोचता हूँ कि इस मामले में विशेष व्यवहार का सिद्धांत अपनाया जाना चाहिए। जैसेकि मैंने स्पष्ट किया है कि उनकी स्थिति मुसलमानों की स्थिति से भी बुरी है, और मेरी यही दलील है कि यदि ऐसे लोगों के साथ विशेष व्यवहार किया जाता है, जो इसके लायक हैं, जिसकी उन्हें आवश्यकता है, तो पिछड़े वर्गों पर मुसलमानों की अपेक्षा ज्यादा ध्यान दिया जाना जरूरी है।

स्थानीय बोर्ड के सदस्य इतने अशिक्षित हैं कि वे शिक्षा की जरूरत को महसूस नहीं कर सकते। इसीलिए मैं कहता हूँ कि शिक्षा की जिम्मेदारी को ऐसे हाथ में सौंपकर, जो शिक्षा की आवश्यकता को समझते नहीं हैं, परिषद् ने एक बड़ी गलती की है। फिर स्थानीय संस्थाओं को शिक्षा स्थानांतरित करना भी गलत है; क्योंकि बोझ ऐसे कंधों पर डाल दिया गया, जो इसे उठाने के लिए उतने मजबूत नहीं हैं।

एक बात जो मैं कहना चाहता हूँ और जिस पर मुझे आशा है कि माननीय मंत्री विचार करेंगे, वह बहिष्कृत वर्ग के लड़कों को छात्रवृत्ति प्रदान करने की विधि से संबंधित है। एक अनुदान के रूप में छात्रवृत्ति से बड़ा अनुदान कुछ भी नहीं है। बहिष्कृत वर्ग के माता-पिता इतने गरीब और इतने नासमझ हैं कि यह नहीं समझ सकते कि शासन द्वारा की जा रही मदद वास्तव में उनके बच्चे की शिक्षा के विकास के लिए है। बच्चे

के माता-पिता छात्रवृत्ति को पारिवारिक मदद मान लेते हैं, ताकि वे अपने खर्चों को पूरा कर सकें। निश्चित रूप से यह बच्चों की शिक्षा के लिए प्रयुक्त नहीं की जाती है, जोकि छात्रवृत्ति से छात्र कभी भी अपने लक्ष्य तक नहीं पहुँच सका है। इसके विविध कारण हैं। बहिष्कृत वर्गों का कोई बालक बुराइयों से घिरे परिवेश में बढ़-पल रहा होता है। उसका ऐसे परिवेश में पालन-पोषण किया जाता है जो किसी भी तरह वांछनीय नहीं है। जब कोई बालक छात्रवृत्ति प्राप्त करता है तब वह सभी तरह की बुराइयों का आसानी से शिकार हो जाता है। बिना समुचित मार्गदर्शन के वह इन बुराइयों के आगे घुटने टेक देता है और पढ़ाई बीच में ही छोड़ देता है। इस तरह उसके ऊपर खर्च किया गया पैसा व्यर्थ जाता है।

□

जागृति की ज्वाला कभी बूझनी नहीं चाहिए

20 मार्च, 1927: कुलाबा, जिला,
बहिष्कृत परिषद् महाधिवेशन—प्रवचन के अंश

आज यहाँ आकर मुझे अति आनंद हो रहा है। किसी को अपने जन्मस्थान के प्रति यदि अभिमान नहीं रहे, फिर भी प्रेम जरूर रहता है। मेरे पिताजी को पेंशन मिलने के बाद वे स्थायी रूप से रहने हेतु दापोली आ गए। मेरी शिक्षा का प्रारंभ दापोली की पाठशाला से ही हुआ। पाँच वर्ष से लेकर कल तक मेरा जीवन पहाड़ी क्षेत्र में ही बिता। पच्चीस वर्ष के पश्चात् आज मैं पहाड़ से नीचे उतरा हूँ। यह क्षेत्र प्राकृतिक सौंदर्य की दृष्टि से अतिसंपन्न है। इस प्रदेश में आकर मुझे ही क्या, अन्य किसी को भी आनंद ही होगा। यहाँ आकर मेरा आनंद द्विगुणित हो गया है। किंतु आज इस अवसर पर मुझे आनंद के साथ-साथ खेद भी हो रहा है। ऐसा कहने में मुझे कोई संकोच नहीं हो रहा है। एक समय था, जब इस क्षेत्र के अछूत लोग बहुत प्रगति पथ पर थे। ऐसा कहना कोई अतिशयोक्तिपूर्ण नहीं होगा। उस समय अस्पृश्य जाति के अधिकारियों से यह क्षेत्र भरा पड़ा था। कुछ सफेदपोश लोगों को छोड़ दें, तो अन्य लोगों की तुलना में अछूत समाज शिक्षा के क्षेत्र में बहुत आगे निकल चुका था।

जिन कारणों से अछूत समाज प्रगति-पथ पर था, उसमें से प्रमुख कारण उनका सेना में नौकरी पर होना था।

एक समय तक, जो अस्पृश्य वर्ग समाज का केवल सेवक समझा जाता था, वही अस्पृश्य वर्ग सेना की नौकरी के कारण अधिकार संपन्न हुआ तथा दूसरे समाज पर उसने अपना प्रभुत्व कायम किया। सेना की नौकरी के परिणामस्वरूप हिंदू समाज रचना में एक अभूतपूर्व क्रांति हुई। इसमें कोई दो राय नहीं है, जिन महार, चमार लोगों को मराठे गाँव में स्पर्श तक नहीं करते थे, जिन अछूतों के राम-राम या जोहार न करने पर मराठे इसे अपना अपमान समझते थे, वही मराठे, हवालदार महार या सुबेदार चमार को झुककर

सलामी देने लगे। इतना बड़ा अधिकार देश के अन्य प्रदेशों में अछूत वर्ग को प्राप्त नहीं हो पाया था, किंतु इस प्रदेश के अस्पृश्यों ने अपना दरजा बढ़ाया। इतना ही नहीं, शिक्षा के क्षेत्र में इन्होंने नेत्र दीपक प्रगति की।

अस्पृश्य समाज में 90 प्रतिशत लोग साक्षर थे, इतना ही नहीं तो 50 प्रतिशत लोग उच्च विद्या विभूषित थे। विशेष ध्यान देने योग्य बात यह है कि शिक्षा का प्रसार केवल पुरुषों में न होकर स्त्रियों में भी था। कुछ महिलाओं ने शिक्षा में इतनी प्रवीणता प्राप्त कर ली थी कि वे सभा-सम्मेलनों में पुराण (धर्म ग्रंथ) पर विद्वत्ता के साथ भाष्य करती थीं। शिक्षा क्षेत्र में हुई प्रगति का श्रेय सेना में प्राप्त नौकरी को ही जाता है।

अंग्रेजी शासन को आज एक सौ पचास वर्ष हो रहे हैं, फिर भी प्राथमिक शिक्षा अनिवार्य तथा नि:शुल्क नहीं की गई है। इसलिए लोगों में नाराजगी है। लड़कों के साथ-साथ लड़कियों को भी प्राथमिक शिक्षा समान रूप से दी जाती थी। किंतु अनिवार्य शिक्षा का तरीका सरल नहीं था। बच्चा यदि स्कूल नहीं गया, तब पालक को दंड देना होता था। विशेष ध्यान देने योग्य बात यह थी कि यह अनिवार्यता केवल बच्चों तक ही सीमित नहीं थी, वरन् सेना में नई भरती होने पर उन्हें भी रात्रिकालीन पाठशाला में जाने की अनिवार्यता थी।

कंपनी का शासन समाप्त होने पर राजशाही का प्रारंभ हुआ। सन् 1857 का विद्रोह विफल होने के पश्चात् अंग्रेज सरकार ने सेना संबंधी जाँच हेतु आयोग की नियुक्ति की। उस समय आयोग के समक्ष कुछ लोगों ने राय रखी कि यदि सेना में शिक्षा का प्रसार जारी रहा तो भविष्य में अनर्थ हो सकता है। इस प्रलाप से भयभीत होकर सेना में शिक्षा के प्रति अनास्था उत्पन्न हुई तथा आगे चलकर शिक्षा देने का पवित्र काम ही बंद हो गया। जब तक सेना में शिक्षादान जारी था, तब तक अस्पृश्य समाज अत्यधिक लाभान्वित हुआ। इस प्रकार जिन्होंने शिक्षा का समुचित लाभ लिया, उसके लिए मैं बहुत गौरवान्वित महसूस कर रहा हूँ

सार्वजनिक कार्य करनेवालों का यदि वर्गीकरण किया जाए तो दृष्टिगोचर होता है कि कुछ नाम के लिए तो कुछ काम के लिए समाज सेवा में उतरते हैं। जो नाम के लिए इस क्षेत्र में पदार्पण करते हैं, ऐसे लोगों की संख्या अधिक है। वर्तमान में अस्पृश्यों में भी अधिकतर चालाक लोग नाम के लिए ही समाज सेवा में आए हैं। लोग कहते हैं कि अछूत समाज में आई चेतना, जागृति के हम मुख्य प्रवर्तक हैं। जो लोग जबरदस्ती में ऐसा सम्मान माँगते फिरते हैं, शायद उन्हें अस्पृश्यों की उन्नति के आंदोलन का वास्तविक इतिहास ज्ञात नहीं है।

अंग्रेज कितने अवसरवादी हैं, इसका और एक उदाहरण दिया जा सकता है। सन् 1914 में जब महायुद्ध का प्रारंभ हुआ, तब अंग्रेज सरकार को और हमारी याद हो आई।

हमारे अस्पृश्य बंधुओं को भी सेना में भरती होने का अतिउत्साह है। किंतु युद्ध समाप्त होते ही मितव्ययता के नाम पर पुनः पलटन बरखास्त की गई। सरकार के इस तुगलकी व्यवहार को आखिर क्या कहा जाए?

यही सरकार द्वारा हमारी उपेक्षा का मुख्य कारण है। हम पर जो अन्याय होता है, उसे हम चुपचाप सहन कर लेते हैं, किंतु प्रतिकार करने हेतु हमारा हाथ ऊपर नहीं उठता है। आकाश भी यदि हम पर गिर जाए, फिर भी हम उसे अपनी नियति समझ चुपचाप सहन कर लेंगे। इस प्रवृत्ति का हम जितने जल्दी त्याग कर दें, उतना ही वह हमारे हित में होगा। इसीलिए मैं आपको बताना चाहता हूँ कि जितनी जल्दी हो सके, हमको सैनिक भरती बंदी उठाने के लिए प्रयत्नशील रहना चाहिए।

अस्पृश्य समाज में व्यवसाय करनेवाले बहुत कम लोग हैं। चमार लोग व्यवसाय करते हैं, किंतु अब वे भी इस धंधे को छोड़ रहे हैं। देखा जाए तो हम लोगों में बिना उद्योग-व्यवसाय वालों की ही बहुलता है। इस देश में किसी एक व्यवसाय पर किसी विशेष जाति का एकाधिकार है। यदि जिन्हें कुछ करना है तो उन्हें ऐसा धंधा चुनना चाहिए, जो सभी जातियों के लिए खुला है। मुझे केवल दो ही धंधे नजर आ रहे हैं, जिसमें एक है नौकरी तथा दूसरा है खेती।

अस्पृश्य समाज के सुधार हेतु दो बातों की अत्यंत आवश्यकता है, ऐसा मेरा मानना है। पहली बात तो यह है कि दिमाग पर पुराने तथा अनिष्ट विचारों ने जो अपनी पैठ बना ली है, उससे मुक्त होना अति आवश्यक है।

विचार, वाणी तथा आचरण में जब तक शुद्धता नहीं आएगी, तब तक अस्पृश्य समाज में जागृति तथा प्रगति का बीजारोपण नहीं हो पाएगा। वर्तमान स्थिति में हमारे पथरीले दिमाग पर नया पौधा उगना कठिन है। हमें सभ्य होने के लिए, नौकरी-पेशा होना आवश्यक है। अछूतों को नौकरी क्यों करनी चाहिए, इसका भी एक दूसरा कारण है। सरकार जिस तरह सोचेगी, उस अनुसार क्रियान्वत होगा, किंतु यह नहीं भूलना चाहिए, सरकार जो भी करना चाहेगी, वह सबकुछ उसके कर्मचारियों के द्वारा ही हो पाएगा। सरकार का मत यानी उसके कर्मचारियों का मत होता है।

यदि हमें अपना कल्याण करना है, तो अस्पृश्य समाज को अधिक-से-अधिक सरकारी नौकरियाँ हासिल करनी चाहिए। इन नौकरियों से ही हमारी उन्नति संभव हो पाएगी। हमको समय रहते ही जाग जाना चाहिए तथा अधिकाधिक नौकरियाँ प्राप्त करने का प्रयत्न करना चाहिए।

इस समय मुझे एक दुःखदायक बात का स्मरण हो आता है। मैं पहले ही बता चुका हूँ कि किसी समय यह प्रदेश सेना के सुबेदारों से भरा पड़ा था। इन लोगों ने अनेक अच्छी बातें कीं, किंतु वे एक बात नहीं कर सके। यदि उन्होंने वह काम किया होता, तो

वह आज सबके काम आया होता। वह महत्त्वपूर्ण बात यह है कि उन्होंने अपने बच्चों को शिक्षित नहीं किया। यह लोग कोई गरीब नहीं थे। उस दौर में उन्हें बहुत पेंशन मिलती थी। यदि उस समय उन्होंने शिक्षा की बात मन में लाई होती, तो वे अपने बच्चों को बी.ए., एम.ए. तक शिक्षा दे सकते थे। इसका सुपरिणाम क्या होता, यह आप भी सोच सकते हैं! ये पढ़े-लिखे बच्चे आज तहसीलदार, कलेक्टर, मजिस्ट्रेट हुए होते तथा वह अस्पृश्य समाज इस गर्त में न पड़ा होता। उनकी छत्रच्छाया में हमारा विकास हुआ होता, किंतु आज वैसा न हो पाने के कारण हम धूप में सूखकर काँटा हुए जा रहे हैं।

मेरा यह दृढ विश्वास है कि इस तरह के प्रयत्न किए बिना हमारा विकास होना संभव नहीं है। हमारा विकास सरकारी नौकरियाँ प्राप्त करके ही संभव हो पाएगा। अत: मेरी आप सबको सूचना है कि आपको अपने बच्चों को ऊँची शिक्षा प्रदान करनी चाहिए। एक लड़के के बी.ए. होने पर अछूत समाज को जितना आधार मिलेगा, उतना एक हजार लड़कों के चौथी पास होने पर भी नहीं मिलेगा।

प्राथमिक शिक्षा को नजरअंदाज कर दिया जाए, ऐसा मैं कदापि नहीं कहूँगा। मेरा कहना है कि उच्च शिक्षा प्राप्त कर रहे बच्चों को जितनी जल्दी हो सके, ऊँची नौकरियों में आना चाहिए। इसलिए इस क्षेत्र में अपने लड़कों हेतु छात्रावास का होना अति आवश्यक है। दूसरा जो व्यवसाय आपको मैंने सुझाया है, वह खेती है। यह व्यवसाय सुझाने से मेरा आशय यह है कि हमारे अस्पृश्य समाज को स्वतंत्र रूप से अपना जीवन निर्वाह करना चाहिए। अछूत समाज में आज जितनी भी जातियाँ हैं, उनमें महार जाति की अवस्था भिखारियों की भाँति है। यह कहने में मुझे कोई संकोच नहीं है। प्रतिदिन दरवाजों-दरवाजों पर जाकर याचना कर बासी अन्न माँगकर उस पर अपना जीवन निर्वाह करने की इस जाति को आदत पड़ गई है।

इस प्रथा के कारण इस जाति को स्वतंत्र रूप से अपनी उन्नति का मार्ग ढूँढ़ पाना कठिन है। यदि आज वे मंदिर में प्रवेश करने का प्रयत्न करते हैं, तो कल गाँव से उन्हें बासी रोटियाँ मिलनी बंद हो जाएँगी। इसलिए जूठी तथा बासी रोटी के लिए अपनी इनसानियत बेचना बहुत ही लज्जा व शर्म की बात है। रोटी के बासी टुकड़ों को माँगना छोड़ औरों की तरह खेती करना क्या कठिन है? खेती खरीदना अछूतों के लिए जरूर कठिन होगा, किंतु वन विभाग की ढेर सारी परती जमीन है। यदि अछूतों ने उस जमीन की माँग की, तो उन्हें जमीन मिलना कोई कठिन नहीं है।

क्या हर माँ-बाप की यह इच्छा नहीं होती है कि उनकी संतानों की स्थिति उनसे बेहतर हो? यदि जिन माता-पिता की यह इच्छा नहीं होगी''तब ऐसे माता-पिता तथा पशु-पक्षियों के जोड़े में आखिर क्या फर्क रह जाता है? तुम अपने लिए न सही, किंतु अपनी संतानों के लिए मैं जो कह रहा हूँ, उस बात पर अवश्य ध्यान दो।

(कोलाबा जिला बहिष्कृत परिषद् की बैठक (महाड-महाराष्ट्र) से महाड सत्याग्रह का प्रारंभ हुआ। इस परिषद् की समाप्ति के बाद डॉ. बाबासाहेब के नेतृत्व में 3000 से अधिक जन समुदाय एक जुलुस बनाकर 'चवदार तालाब' पहुँचे और उन्होंने सार्वजनिक स्थान से पानी पीने का अपना अधिकार सिद्ध किया। यह ऐतिहासिक दिन 20 मार्च, 'समता दिवस' कहलाता है।)

□

महाड का धर्म-संग्राम व वरिष्ठ हिंदुओं की जिम्मेदारी

'बहिष्कृत भारत' पत्रिका, 22 अप्रैल, 1927 का महाड सत्याग्रह पर संपादकीय के अंश

हिंदुओं अस्पृश्य लोग पानी लेने 'चवदार तालाब' पर गए, इसलिए मार-पीट हुई। उसको दंगा न कहकर धर्म संग्राम कहना ज्यादा यथार्थ होगा और ऐसा हमारा मत भी है। कारण अस्पृश्य समाज के घटक और हिंदू धर्म के अनुयायी हैं, इस नाते इतर हिंदू जाति की तरह हम भी इस पानी को पीने के अधिकारी हैं और यही हमारा मुख्य उद्‌देश्य था।

महाड का 'धर्म संग्राम' हिंदू धर्म के तत्त्व विषयक मतभेद के कारण उत्पन्न हुआ, ऐसा कहना सही नहीं, महाड के धर्म संग्राम में दोनों (उभय) पक्ष के लोग धर्म संप्रदाय से एक ही हैं। यह निर्विवाद है। ऐसा होने पर भी कुछ धर्म बंधुओं ने अपने दूसरे धर्म बंधुओं से 'तुम सामाजिक दृष्टि से हमसे नीचे हो, तुम्हारे संसर्ग से हमारा अध:पतन होगा', यह सिद्ध करने के लिए दंगा किया। यह देखकर परकीय व्यक्ति को विस्मय होगा, इसमें शंका नहीं। सच पूछा जाए तो क्रिश्चियन और मुसलमानी धर्म-शास्त्र भी समानता के तत्त्व का समर्थन नहीं करते। उनके तत्त्व ज्ञान की सीमा एकदम संकुचित है। सभी इनसान भगवान् के बच्चे हैं, इतना ही उनका कहना है। मनुष्य आपस में एक-दूसरे की दृष्टि से भी समान हों, उतना प्रतिपादन करने की मंजिल तक उनके कदम नहीं गए।

हिंदू धर्म का सिद्धांत—हिंदू धर्म क्रिश्चियन व मोहम्मदी धर्म के सिद्धांत से भी कितना गुना अधिक समता के सिद्धांत का पोषक है। मनुष्य भगवान् के बच्चे हैं, वह इतने पर ही न रुककर, ये सब ईश्वर के ही रूप हैं, हिंदू धर्म यह सब स्पष्ट कहता है। जहाँ पर सभी ईश्वर के रूप हैं, वहाँ ऊँच-नीच का भेदभाव करना उचित नहीं है। यह इस

धर्म का साम्राज्य स्थापित करने के लिए इससे दूसरा बहुत बड़ा आधार मिलना कठिन है। ऐसा होने पर भी सामाजिक संस्था, जो क्रिश्चियन और मोहम्मदी देशों में देखने में आता है, वैसा हिंदू समाज में नहीं मिलता। वह जो समता स्थापित करने का प्रयत्न चल रहा है, उसको हिंदू धर्मीय कहनेवालों की ओर से उसमें अड़ंगा डाला जा रहा है। इससे ऐसा स्पष्ट दीखता है कि सच्चे हिंदू धर्मीय लोगों को अपने धर्म की कितनी कम पहचान है। हम एक ही धर्म के लोग हैं, फिर भी हिंदू हमारे साथ बुरा बर्ताव करते हैं। जैसा किन्हीं विधर्मियों के साथ किया जाता है। इस धर्म को सामर्थ्यवान बनाने के लिए हिंदू लोग ऐसा मुद्दा रखते हैं कि हिंदू धर्म के ये दो अंग हैं—

1. तत्त्वज्ञान, और 2. आचार।

उसमें तत्त्वज्ञान की दृष्टि से अगर अस्पृश्य लोग स्पृश्य लोगों के समान हैं, ऐसा है, फिर भी आचार की दृष्टि से वे असमान ही नहीं, अपवित्र मान लिये हैं, इसलिए उनके साथ व्यवहार करना अधर्म है, यह रूढ़ि सम्मत है।

तत्त्व क्या सिर्फ चाटने के लिए है, ऐसा हल्ला मचाकर नंगा नाच करने लगते हैं। वही लोग आचारात्मक धर्म को प्राधान्य देकर वेद अर्थात् तात्त्विक धर्म व्यवहार के लिए उपयोगी नहीं, ऐसा कहना क्या यह निर्लज्जता नहीं है ? धर्म के उपरोक्त दो अंग हैं और यह मत यदि मान्य किए जाएँ तो धर्म का आचारात्मक भाग उस धर्म के तत्त्वज्ञान पर भी अधिष्ठित होता है, यह हमें भूलना नहीं चाहिए। ऐसा अगर नहीं होगा तो वह उस धर्म का अंतिम ध्येय नहीं, ऐसा कहना पड़ेगा। समाज का आचारात्मक धर्म अगर उस समाज के विचारात्मक धर्म के नग्गर से (जहाज का बाँधनेवाला रस्सा) नहीं जकड़ा गया तो वह समाज एक बगैर नग्गर (डोका यंत्र) के समुद्र में डाल दिए गए जहाज की तरह होगा। जो किसी चट्टान से टकरा जाएगा, जिसका कोई भरोसा नहीं। इस न्याय से अगर देखें तो वेदांत में नीति और धर्म के सिद्धांत बताए गए हैं। व्यवहार में अगर नीति और धर्म की आवश्यकता है, तब वेदांत धर्म व्यवहारोपयोगी नहीं, ऐसा कहने के बदले उसे व्यवहारोपयोगी करने का धैर्य इन दुर्बल लोगों में नहीं है, ऐसा कहना पड़ेगा। हमारा कहना यह नहीं है कि धर्म आचार-विचार इनका हमेशा मिलाप ही हुआ है। ऐसी बात नहीं है। कभी-कभी उनमें विरोधाभास भी नजर आता है। परंतु जब-जब धर्म के आचार उस धर्म के विचारों के विरोधी होते हैं, तब-तब धार्मिक आचार में फेरबदल करके उन्हें धार्मिक विचारों के साथ सुसंग कर लेना अत्यंत आवश्यक है।

हमें ऐसा लगता है कि ये लोग मुँह से तो मनुष्य ईश्वर का रूप हैं, ऐसा बोलते हैं और मन में केवल वह अमुक जात में जनमा होने से उसको अपवित्र मानते हैं, यह हिंदू धर्म पर आनेवाला दांभिकता का आरोप खत्म करने के लिए इन वरिष्ठ लोगों को प्रयत्न करना चाहिए था।

हमें हिंदू लोगों से इतना कहना है कि महात्मा गांधी की तरह हम भी सोचते थे कि अस्पृश्यता हिंदू धर्म पर कलंक है। परंतु अब हमारी दृष्टि बदल गई है। अब वह हमारी नर देह पर कलंक है, ऐसा हम समझने लगे हैं। यह हिंदू धर्म पर कलंक है, ऐसा जब तक हम मानते रहे, तब तक उसे दूर करने का काम हमने आप (हिंदुओं) पर छोड़ रखा था। 'यह हमारे ऊपर कलंक है' जब से हमें यह जानकारी हुई है, तब से अपने ऊपर लिया है। इस कार्यसिद्धि को प्राप्त करने के लिए हममें से कुछ लोगों को आत्मयज्ञ (बलिदान) करना पड़े तो भी हम आगे-पीछे नहीं देखेंगे। आप लोगों ने तालाब शुद्ध करके हमारी अपवित्रता सिद्ध करने के लिए महाड में जो नीचतापूर्ण प्रयत्न किए, वैसे चाहे तो और भी करो, परंतु हम पवित्र हैं। यह हम स्वयं तो मानते ही हैं, अपितु तुम्हारे मुँह से भी कहलवाने के बाद ही हमें शांति मिलेगी। तुमने जो हिंदू धर्म पर कलंक लगाया है, हम उसे भी अपने खून से धो डालेंगे। ऐसा यदि ईश्वर ने चाहा तो हम स्वयं को अत्यंत भाग्यशाली समझेंगे। जय-पराजय, यश-अपयश की भी हमें इच्छा नहीं, स्वजनोद्धार और स्वधर्मोद्धार के महान् कार्य में यश-प्राप्ति के लिए खून-खराबा नहीं होना चाहिए, यही हमारी उत्कंठ इच्छा है।

□

रामानुजाचार्य का अस्पृश्यता निवारण में योगदान

'बहिष्कृत भारत' पत्रिका, संपादकीय, 3 जून, 1927

अस्पृश्यता की कल्पना केवल हिंदू धर्म की है, ऐसी बात नहीं है। हिंदू धर्म की तरह ही वह इतर धर्मों में भी दिखाई पड़ती है। यहूदी धर्म में प्रेत को छू लेने से आदमी अपवित्र हो जाता है, ऐसा कहा गया है। कुछ धर्मों में (यवनों में) जो मांस खाने का चलन था, वह पवित्र होकर ही भक्षण कर सकता था। उसमें जो स्वयं को पवित्र समझता, वह दूसरों को अपवित्र समझता। स्त्रियों को अशौच और महावारियों के समय अछूत समझना यहूदी धर्म में बताया गया था। इतना ही नहीं, आदमी के शरीर से रक्तस्राव होने पर उसको अस्पृश्य मानना यहूदी धर्म की आज्ञा है। पारसी धर्मग्रंथ की दृष्टि से देखने पर कोई भी व्यक्ति तीन कारणों से अछूत हो सकता है—

1. मृत व्यक्ति का स्पर्श करने से।
2. माहवारी में स्त्रियों का स्पर्श करने से।
3. इन दोनों का स्पर्श करने से।

ऊपर दिए गए हिंदू धर्म जैसी इन दोनों धर्मों में अस्पृश्यता का प्रादुर्भाव होने पर भी हिंदू धर्म में ही यह अस्पृश्य वर्ग का निर्माण क्यों हुआ? हिंदू धर्म की अस्पृश्यता त्रिकालीन बन गई और इतर धर्म में वह तात्कालिक बनी। दूसरे धर्म में अस्पृश्यता रूपी बहिष्कार में से कैसा मार्ग अपनाया और हिंदू धर्म में उसे क्यों बनाए रखा? इत्यादि प्रश्न चर्चा करने लायक हैं और उन पर एक बार गंभीर चर्चा करने का हमारा मानस (मन) है। आज केवल अस्पृश्यता निवारण का प्रयत्न करने की हमने विचार योजना बनाई है। इसलिए केवल इतना ही कहना है कि अस्पृश्यता की कल्पना यद्यपि सब देशों में देखने में आती है, फिर भी पीढ़ी-दर-पीढ़ी अस्पृश्य वर्ग हिंदुस्तान से अन्यत्र कहीं भी नहीं है।

इस पीढ़ी-दर-पीढ़ी अस्पृश्य वर्ग को अस्पृश्य बनाने के लिए कुछ भी कुप्रवास नहीं हुए, ऐसा नहीं कह सकते। इस बाबत जो कुप्रयास हुए, वे कालानुसार हैं—

1. प्राचीन कालीन प्रयत्न।
2. आधुनिक काल के प्रयत्न।

प्राचीन काल में प्रथम गौतम बौद्ध ने अस्पृश्यता निवारण का शुभारंभ (मुहूर्तकाल) किया। वेदांत में भी समता प्रतिपादित की थी, फिर भी कर्मकांडी लोगों के प्राबल्य से वेदांत में से इस तत्त्व को कहीं भी स्थान नहीं मिला। धर्म के नाम के नीचे समता और प्रीति रहनी चाहिए थी। कर्मकांडी लोगों की छाप पड़ने से वह मानवीय प्यार और समता एक ओर रखकर उसकी जगह जातिभेद, विषमता और हिंसा शुरू हो गई और इसी विषमता खंडन के लिए बौद्ध का उदय हुआ। 'बौद्ध' ने सभी पर आत्मवत् दृष्टि रखना, दूसरों को किसी प्रकार का दुःख न होने देना, इस मत का उपदेश दिया था। इतना ही नहीं, बल्कि सभी मनुष्यों में के नैसर्गिक एक जिंसीपन को व्यवहार में उतारा, उसका एक ही उदाहरण देना काफी है।

'हिंदू वर्ग में भिक्षु वर्ग केवल ब्राह्मण वर्ग का व्यक्ति ही हो सकता था। परंतु बौद्ध ने अपने भिक्षुक वर्ग में सभी जातियों को स्थान दिया। 'स्थविर' नामक एक भंगी को बौद्ध द्वारा अपने भिक्षु वर्ग में लेने की कथा सुप्रसिद्ध है। बौद्ध धर्म की पराजय होकर जब हिंदू धर्म की पुनर्स्थापना होने लगी, तब, बौद्ध द्वारा आरंभ किए हुए अस्पृश्यता निवारण के कार्य पीछे रह गए।

और अद्वैतपन स्थापित करनेवाले शंकराचार्य ने व्यावहारिक और परमार्थिक, ऐसे आचरण और सत्य के दो भेद किए। समता का प्रकार परमार्थिक दशा तक ही है, ऐसा ठहराया। समता के तत्त्व पर इस तरह मर्यादा डाली गई। इसलिए व्यवहारिक दशा में भेदाभेद बढ़ता गया। और उसको रोकने की जरूरत शंकराचार्यों एवं उनके अनुयायी माधवाचार्य व वल्लभाचार्य को भी ऐसा नहीं लगा। परंतु विशिष्टाद्वेत पंथ के आदि प्रवर्तक श्री रामानुजाचार्य ने इस दिशा में उत्कृष्ट कार्य किया। हिंदू धर्म के अंदर समता का अगर जोरदार कार्य करने का, उसे अमल में लाने का प्रयास किसी ने किया तो इसी आचार्य ने किया। स्वयं रामानुजाचार्य का गुरु ब्राह्मण नहीं था। उसने काँचीपूर्ण नामक गैरब्राह्मण को गुरु बनाया। इतना ही नहीं, अपितु उसकी सनातन रीति-रिवाज पर चलनेवाली अपनी पत्नी, जिसने काँचीपूर्ण के खाना खाने के बाद उस स्थान को शुद्ध करने का उपक्रम करके गुरु का अपमान किया, तो उससे संतृप्त होकर उन्होंने अपनी पत्नी को घर से निकाल दिया और स्वयं संन्यासी बन गए। और संन्यास ग्रहण कर उपदेश देने लगे। बाद में कुंभकोन (स्थान) में उनकी विजय होने के बाद वे तिरूवल्ली गए। जहाँ उनका मुकाम था, वहाँ एक चांडाल स्त्री से उनका संवाद हुआ। उस समय

उनको ऐसा लगा कि उस स्त्री की मानसिक स्थिति बहुत उन्नत थी। तब उन्होंने सबके सामने कहा, 'ऐ चांडाल महिला मुझे क्षमा कर, तू मुझसे ज्यादा पवित्र है।' ऐसा कहकर तत्काल उन्होंने उसे अपने पंथ की दीक्षा दी और उसकी मूर्ति बनवाकर वहाँ के मंदिर में स्थापित की। उसकी मूर्ति आज भी वहाँ के मंदिर में दिखाई देती है। और भाव युक्त लोग भक्तिभाव से उसकी पूजा करते हैं। धनुर्दास अछूत था। परंतु रामानुजाचार्य ने उसको अपना शिष्य बनाया और उस पर आचार्य का इतना प्रेम था कि वह नदी पर स्नान को जाते वक्त अपने 'दशरथी' नामक शिष्य के कंधे पर हाथ रखकर जाते थे। परंतु स्नान करके वापस आते वक्त वे धनुर्दास के कंधे पर हाथ रखकर आते थे। ऐसा करने में उनका हेतु स्पष्ट है कि वे अस्पृश्यता को अस्वीकार करते थे। यादवगिरी में नारायण का मंदिर जब रामानुजाचार्य ने बनवाया, तब उसमें सभी अछूत लोगों का प्रवेश होना चाहिए, इसकी पूर्व योजना बनाकर रखी थी। मंदिर के निकट के तालाब में सभी अंत्यजों को स्नान करने की स्वीकृति थी और उन्हें मंदिर में देवदर्शन को जाने की स्वतंत्रता थी। अब वह आज्ञा केवल उत्सव के दिनों तक ही नियमित कर दी गई है। यह सच है, परंतु उससे आचार्य के मूल उद्देश्य, कितने समतावादी थे, इसका पता चलता है। आचार्य ने अपने संप्रदाय के प्रचार-प्रसार के लिए सात सौ मठों की स्थापना की थी। परंतु उनकी ओर से प्रधान आचार्य द्वारा आरंभ किए गए अंत्यजोद्धार के कार्य अधिक नहीं हो पाए। रामानुजाचार्य से पाँचवें आचार्य रामानंद ने अस्पृश्यता निवारण के बहुत से कार्य किए। जिन 12 शिष्यों के हाथों से उन्होंने अपना व्यापक कार्यक्रम चलाया, वे सब हीन मानी हुई जातियों से ही थे। रामानुज संप्रदाय ने सभी प्रकार से स्पृश्य-अस्पृश्य भेद नष्ट करने का प्रयत्न किया। उसी तरह 'चैतन्य संप्रदाय' ने भी इससे ज्यादा प्रमाण में किया। ऐसा कह सकते हैं, जिस प्रकार रामानुजाचार्य ने जगह-जगह मंदिर अंत्यजों के लिए खोले, उसी प्रकार चैतन्य गुरु ने जगन्नाथ का मंदिर सभी लोगों के लिए खुलवा दिया। अंत्यज आज भी अनेक वर्षों से जगन्नाथ के मंदिर में आजादी से जाते हैं। किसी भी व्यक्ति को वहाँ से दूर नहीं किया जाता। सभी जातियों और सभी मतों के लोग आपसी भेदभाव भूलकर ऊँच-नीच का प्रचार किए बगैर वहाँ इकट्ठे होते हैं। वह जगन्नाथजी का मंदिर है, इन सब प्रयत्नों का कोई खास परिणाम नहीं है।

* * *

धर्म के नाम पर अस्पृश्यता जैसे अनेक सामाजिक अन्याय के फोड़े-फुंसी हिंदू लोगों के बदन पर उगे हुए हैं। इसलिए हिंदू संस्कृति का और हिंदू चरित्रों का घिनौना स्वरूप ही सामने आता है। इतना ही नहीं, अस्पृश्यता का सामाजिक अन्याय का फोड़ा पहाड़ की तरह बड़ा हो गया है, उसके कारण अछूत समाज अभी तक कराहता हुआ जैसे-तैसे रास्ते पर चल रहा था। परंतु अब वह फोड़ा इतना फैल गया है कि हिंदू समाज

के हृदय पर भी उसका दर्द पहुँच रहा है। हिंदू समाज मरणासन्न स्थिति में है। ऐसे समय में यह फोड़ा फोड़ने के लिए किसी को भी अपने हाथ में नस्तर लेना जरूरी है। परंतु जहाँ चिकित्सक को ही फोड़े हों तो समाज के फोड़ों पर नस्तर चलाते हुए अपनी ही धार्मिक धमनियाँ दुखने लगेंगी, ऐसा जिसको डर लगता है। वह हिंदू समाज चिकित्सक समाज पर नस्तर चलाने को कैसे तैयार होगा ?

□

छुआछूत देश पर काला धब्बा है, ऐसा माननेवाले साहसी लोग चाहिए!

'बहिष्कृत हितकारिणी सभा' द्वारा आयोजित
'महाड सत्याग्रह' के लिए मीटिंग, मालाड, मुंबई
(3 जुलाई, 1927), 'बहिष्कृत भारत' (15 जुलाई, 1927)

सत्याग्रह का अर्थ है जंग, लेकिन यह जंग तलवारों, बंदूकों, तोपों और बमों से नहीं लड़ी जानी है। यह शस्त्रहीन जंग है। पतुल्लाखली और वैकोम जैसी जगह पर लोगों द्वारा किए गए सत्याग्रह की तरह हम महाड में सत्याग्रह करने जा रहे हैं। इस सत्याग्रह के दौरान सरकार हमें किसी अनुच्छेद के तहत शांति भंग करने के लिए गिरफ्तार भी कर सकती है। आपको जेल जाने के लिए भी तैयार रहना होगा। ऐसे लोग, जो परिवारों की देखभाल करना चाहते हैं, उन्हें मैं कहूँगा कि वे इस सत्याग्रह में भाग न लें। सत्याग्रह के लिए हमें साहसी एवं स्वाभिमानी व्यक्तियों की जरूरत है और केवल ऐसे बहादुर हृदयवाले लोग, जो मानते हैं कि छुआछूत इस देश पर काला धब्बा है और जो इसे समाप्त करने को दृढ संकल्पित हैं, केवल उन्हीं को सत्याग्रह अपने हाथों में लेना चाहिए। मुझे यकीन है कि बहिष्कृत वर्गों में हमें पर्याप्त बहादुर हृदय के लोग मिल सकते हैं।

□

छुआछूत की वजह से देश की असीम क्षति हुई

'बहिष्कृत भारत' संपादकीय, 25 नवंबर, 1927

न जानपदिकं दु:खमेक: शोचितमर्हति।
अशोचन्प्रति कुर्वीत यदि पश्येदुपक्रमम्।।

जो दु:ख सार्वजनिक है, उसका शोक करते रहना उचित नहीं। उसके लिए रोने बैठने के बजाय प्रतिकार करने के लिए जो उपचार सूझे, ज्ञानी पुरुष वह करें।

अपहाय निजं कर्म कृष्ण: कृष्णेति वादिन:।
ते हरेर्द्वेषिण: पापा: धर्मार्थ जन्म यद्धरे:।।

अपने कर्म छोड़कर केवल हरि-हरि कहते रहनेवाले लोग हरिदुष्टा और पापी हैं। क्योंकि स्वयं हरि का जन्म भी तो धर्म की रक्षार्थ हुआ।

स्पृश्य और अस्पृश्य लोग एक ही धर्म के लोग हैं, यह सब लोग मानते हैं। 1910 की जनगणना के समय कुछ मुसलमान लोगों ने अछूतों की गणना हिंदुओं में किए जाने पर आपत्ति व्यक्त की थी। परंतु सनातनी और स्पृश्य सुधारकों ने एक मत से कहा था कि हम अछूतों सहित सब हिंदू हैं और सभी एकधर्मीय हैं। प्राचीन काल से ही सछूत और अछूत दोनों को लग रहा है कि हम एक हैं। किंतु अब दोनों के दृष्टिकोण में अंतर आ गया है। अछूत के जहन में यह प्रश्न है कि जहाँ से सछूत पानी भरते हैं, वहाँ से अछूत क्यों नहीं भरते? हमें सभी हिंदुओं की तरह मंदिरों में जाने का समान अधिकार क्यों नहीं है? अस्तु, हम मंदिर प्रवेश का आग्रह करते हैं, तो हमारा यह आग्रह सत्याग्रह होगा।

कोई भी कार्य जितना साधन सामग्री पर निर्भर होता है, उतना ही नैतिक स्वरूप पर निर्भर होता है। कार्य यदि सत्य के लिए है, तो अंतत: उसकी विजय ही होती है। इसलिए अपने कार्य का नैतिक स्वरूप क्या है, इसका प्रत्येक दलित को विचार कर लेना चाहिए।

सत्य क्या है? पहले यह निश्चित हो जाने के बाद जिस सत्याग्रह के द्वारा यह कार्य संपन्न होगा, उसे करने के लिए आत्मबल को मजबूत करना चाहिए। सत्य क्या है? यह सत्याग्रही व्यक्ति को समझ लेना बहुत जरूरी है। लोकमत एक जैसा नहीं होता। किसी को कोई चीज सही लगती है तो दूसरे को सही नहीं लगती। स्वार्थी व्यक्ति से कोई महान् कार्य नहीं होगा, क्योंकि उसका मन शुद्ध नहीं होता, तो उसके हाथ से यह कार्य संपादन नहीं होता। जहाँ लोक संग्रह (जन संगठन) है, वहीं सत्य कार्य है, और ऐसे कार्य का जो आग्रह है, वही सत्याग्रह है। सत्याग्रह की यही व्याख्या है।

यह विचारसारिणी हमारी नहीं। हमने यह 'गीता' से ली है। सत्याग्रह के बाबत हम 'गीता' का आधार लेते हैं। इस पर कई लोगों को आश्चर्य होगा। कारण सत्याग्रह 'गीता' का विषय नहीं, ऐसी आम लोगों की धारणा है। परंतु हमारे मत से यह गलत है। 'सत्याग्रह', गीता का मुख्य प्रतिपादित विषय है। गीता का उपदेश अच्छी तरह ध्यान में लाया जाए तो हमारे कथन की सत्यता समझ में आ जाएगी। श्रीकृष्ण ने अर्जुन के प्रश्न का क्या जवाब दिया था? उस पर गौर करें, तो पता चलेगा कि अर्जुन जिस रथ के नीचे उतरकर बैठ गया था, उसे उठाते हुए कृष्ण ने कहा था कि बैठो मत, क्योंकि जिन कौरवों ने तुम्हारा राज्याधिकार हड़प लिया है, उनसे युद्ध करने को तैयार हो जाओ। तब अर्जुन ने प्रश्न किया। यह सत्याग्रह कैसा है? इस एक प्रश्न का दिया गया उत्तर ही 'गीता' है, अर्थात् 'गीता' ग्रंथ में सत्याग्रह के अलावा दूसरा कोई प्रतिपादित विषय होना संभव नहीं। अछूत लोग सछूत लोगों से जो समान अधिकार पाने का आग्रह करते हैं, वह सत्याग्रह है कि नहीं, यह तय करने के लिए हमने 'गीता' का आधार लिया है। 'गीता' सत्याग्रह पर एक मीमांसा है। परंतु इस कार्य में 'गीता' का आधार देने का दूसरा कारण भी है, क्योंकि यह धर्मग्रंथ सछूत और अछूत दोनों को मान्य है। यदि हमने अन्य ग्रंथ का आधार दिया होता, तो कुछ-न-कुछ निमित्त करके स्पृश्य लोग कहते हैं कि 'हमें तुम्हारा आधार मान्य नहीं है। अछूतों ने जो सत्याग्रह करना आरंभ किया है, वह 'गीता' की कसौटी पर खरा उतरेगा। तब स्पृश्य लोगों को मुँह खोलने के लिए जगह नहीं बचेगी। अन्यथा वैसा करना 'गीता' को अमान्य करने जैसा होगा।

अब यह सत्याग्रह 'गीता' की कसौटी पर खरा उतरता है कि नहीं, हमें यह देखना है। प्रथमत: हमने जो कार्य शुरू किया है, वह लोकसंग्रह का कार्य है कि नहीं? अस्पृश्यता हटाकर स्पृश्य होना ही इस आंदोलन का उद्देश्य है, ऐसा कुछ लोग समझते हैं। परंतु यह समझना गलत है, क्योंकि छुआछूत की वजह से केवल अछूतों का नुकसान हुआ हो, ऐसी बात नहीं। अपितु अछूतों और हमारे इस समूचे देश की भी असीम क्षति हुई है। छुआछूत के कलंक से अछूत तो कलंकित हुए ही हैं, स्पृश्य भी हुए हैं, क्योंकि अछूत मानने से अछूत का अपमान तो होता ही है, अपितु जो दूसरो को अछूत मानते हैं,

उनका भी नैतिक पतन होता है। छुआछूत के गर्त से निकलकर अपना स्वातंत्र्य अगर अछूतों को प्राप्त होगा, तो वे अपनी उन्नति तो करेंगे ही, अपितु अपने पराक्रम व उद्यम से देश को भी और अधिक संपन्न करेंगे। इस दृष्टि से देखा जाए तो छुआछूत निवारण, यह पतितोद्धार का आंदोलन नहीं है, बल्कि यह सच्चे अर्थों में जनता की आत्मीय एकता स्थापित करने का आंदोलन है। अछूत यदि स्वार्थपरक दृष्टि रखकर अपना ही उद्धार करना चाहते तो वे सत्याग्रह जैसा कठिन मार्ग नहीं अपनाते। आज वे समता और इनसानियत के अपने दरजे को प्राप्त करना चाहते हैं, तो इसे वे धर्मांतरण के जरिए सहज प्राप्त कर सकते हैं, परंतु अस्पृश्यता निवारण में उन्हें जिस शक्ति का प्रयोग करना है, उस शक्ति को वे शैक्षिक व आर्थिक कार्यो में उपयोग करना ज्यादा अच्छा समझते हैं। हिंदू धर्मी लोगों के आचार में मजेदार बात यह है कि हिंदू धर्म में पाप-पुण्य, स्पृश्य-अस्पृश्य ऐसे भेदभावपूर्ण नियम मौजूद हैं। परंतु वही व्यक्ति हिंदू धर्म का परित्याग कर देता है तो इनमें से कोई भी नियम उस पर लागू नहीं होता। ये लोग अछूत के साथ छुआछूत बरतते हैं, लेकिन कुत्ते, बिल्ली और मुसलमानों के साथ छूत-छात नहीं मानते। क्रिश्चियन होने के बाद छूत-छात नहीं बरतते। तो इसका मतलब यह हुआ कि ये अछूतों को इसलिए तंग करते हैं कि वे हिंदू धर्म में क्यों हैं? और इसीलिए इन्हें हिंदू धर्म के नियमों का पालन करना पड़ता है। परंतु कुत्ते-बिल्ली को ये नियम पालन नहीं करने पड़ते। इसलिए हमारा यह अछूत आंदोलन अपने स्वयं के उद्धार से ज्यादा हिंदू धर्म के उद्धार के लिए है। यानी जो सब हिंदुओं के लिए है, वह हमें भी हो और 'गीता' की कसौटी पर यह अछूत आंदोलन सच्चा सत्याग्रह है।

हमारे विरोधी लोगों का कहना है कि हम अछूतों को मंदिर में नहीं आने देते, तो वे भगवान् के मंदिर अलग स्थापित करने के लिए स्वतंत्र हैं। उनका यह सोचना गलत है। हमारा उनसे सवाल है कि रेलवे अधिकारियों ने अगर गोरे लीगों के लिए रेलवे के डिब्बे अलग रखे हैं और उनमें काले लोगों को नहीं बैठने देंगे तो तुम इस भेदभाव के खिलाफ क्यों लड़ते हो? अस्पृश्यों का भी उत्तर उसी प्रकार है। अलग-अलग देवता की स्थापना करके कोई कार्यसिद्धि नहीं होती है। जिस भगवान् के अंदर पवित्रता है, उसी भगवान् की उपासना का आग्रह अछूतों को रखना बहुत जरूरी है। अस्पृश्यों के कारण मंदिर अपवित्र नहीं होगा, यदि होगा तो पापियों के कारण होगा। और अछूत पापी नहीं हैं। भगवान् के उपासकों में पवित्र-अपवित्र का कोई भेद नहीं है। यही इस आंदोलन का तत्त्व है। इसलिए हम लोग मंदिर में जाना चाहते हैं। हमारा यह आग्रह सत्याग्रह नहीं है, ऐसा कौन कह सकता है?

अस्पृश्यों के सत्याग्रह का प्रश्न केवल छुआछूत का प्रश्न ही नहीं है। वह सामाजिक न्याय का प्रश्न भी है। 'अमरावती' के 'अंबा देवी' के पंचों के मत से अछूत लोगों की

मंदिर प्रवेश की अर्जी को एक ओर फेंक दिया जाए। यह मंदिर अगर स्पृश्य लोगों ने बनाए होंगे, तो भी वह हिंदू धर्मी होकर हिंदू धर्म के लिए बनाए हैं, अर्थात् जो हिंदू हैं, उन सबको हिंदू मंदिरों में प्रवेश का अधिकार खुद-ब-खुद प्राप्त होता है। हिंदुत्व पर जितनी स्पृश्यों की सत्ता है, उतनी ही अछूतों की है। हिंदुत्व की जितनी प्रामाणिक प्रतिष्ठा वशिष्ठ जैसे ब्राह्मण, कृष्ण जैसे क्षत्रिय, हर्ष जैसे वैश्य और तुकाराम जैसे शूद्र ने की है, उतनी ही वाल्मीकि, चोखामेला और रोहिताश ने भी की है। हिंदुत्व का रक्षण करने के लिए हजारों अछूतों ने अपने प्राण न्योछावर किए हैं। ब्याध गीता के अनुसार, 'खरडे' की लड़ाई में सारे अछूतों ने हिंदुत्व रक्षण के लिए अपनी बेशुमार गरदनें कटाईं। इसलिए अन्य हिंदुओं की भाँति अछूतों को भी उतना ही हक है, जितना सछूतों को। जो रास्ता सबके लिए है, उस पर पहले से यदि अछूत नहीं चले तो अब क्यों नहीं चलेंगे? हिंदू धर्म को रास्ता दिखानेवाले हम अछूत ही देव-दूत हैं। अगर ऐसा हम मानें तो कोई अतिश्योक्ति नहीं। क्योंकि मानव धर्म का पालन करना ही हमेशा से हमारा कर्तव्य रहा है। फिलहाल इस सत्याग्रह के रास्ते पर हम निकले हैं। हम कैसे सफल होंगे, इसी का विचार करना है।

सत्याग्रह की रीति कैसी है, यह निश्चित होना जरूरी है। यह कार्य यदि सत्कार्य होगा तो उसके लिए किए हुए आग्रह को सत्याग्रह कहना चाहिए और जो असत्य के लिए हो, उसे दुराग्रह। हिंसा-अहिंसा ये केवल आग्रह की सिद्धि साधन हैं। हम किसी कारण यदि दुराग्रह से ही अहिंसा का रास्ता पकड़ते हैं तो हम ऐसे दुराग्रह को सत्याग्रह नहीं कह सकते। 'गीता' में 'श्रीकृष्ण' ने 'अर्जुन' को सत्याग्रह की सिद्धि के लिए जो हिंसा के मार्ग पर चलने को विवश किया, उसको क्या कहें? क्या वे पापी थे? और 'कृष्ण' को पापी कहने के लिए क्या कोई हिंदू तैयार होगा? क्योंकि अहिंसा परमोधर्मा कहने पर भी हर स्थान (स्थिति) में अहिंसा पालन करना संभव नहीं। आपको हर जगह जीव-जंतु दिखते हैं। हवा में, फलों में, पानी इत्यादि में हजारों जंतु हैं, तो उनकी हिंसा कैसे बंद होगी? डॉ. जगदीशचंद्र बोस ने शोध करके बताया है कि वनस्पतियों में भी जान होती है, तो अहिंसा की बड़ाई करनेवाला ब्राह्मण, जैन तीर्थंकर क्यों घमंड जताते हैं? अगर आपकी पत्नी या बेटी पर बलात्कार हो या आपका घर जलाया जाए, तो क्या आप आँख बंद करके अहिंसा का जाप करते रहेंगे और अपने दायित्व निर्वाह की उपेक्षा कर देंगे? जब तक संभव हो, तब तक अहिंसा और जरूरत पड़ने पर हिंसा, यह सत्याग्रही व्यक्ति की सिद्धि का रास्ता है। इतना ही नहीं, नीति की दृष्टि से भी यह एकदम उचित है। जिसको हम सत्याग्रह कहते हैं, लोग उसी को दुराग्रह कहेंगे। हिंसा नैतिक स्वरूप को बाधित नहीं करती, क्योंकि सत्याग्रह संपन्न करने के लिए तात्त्विक दृष्टि से कोई आपत्ति नहीं है, परंतु आज की परिस्थिति में वैसा करने की किसी को फुरसत नहीं। क्योंकि इस देश की सारी प्रजा निःशस्त्र है। सत्याग्रह की सिद्धि के लिए अहिंसा का ही मार्ग मिला है।

अस्पृश्यों को इस पर जोर देकर आत्मविश्वास के साथ आगे चलना जरूरी है। छुआछूत निवारण के लिए सत्याग्रह शुरू हो रहा है और यह अहिंसात्मक प्रकार से ही होगा।

सत्याग्रह किसके विरुद्ध करना है ? अस्पृश्य वर्ग, जो अपने अधिकारों की माँग कर रहे हैं, स्पृश्य वर्ग ही उनका विरोध करता है, तो स्पृश्य वर्ग के विरुद्ध ही हमें सत्याग्रह करना है। अस्पृश्य अपना सत्याग्रह 'मंदिर', 'तालाब' आदि का इस्तेमाल करने के लिए करेंगे तो स्पृश्य लोग आएँगे। तब हम क्या करें ? हमारे विरोध करने से शांति भंग होने का डर है, तो सरकार की इसमें क्या भूमिका होगी ? अगर सरकार न्याय के अनुसार चलेगी, तो यह प्रश्न वह चुटकी में हल कर सकती है, अन्यथा हमें सरकार का भी विरोध करना होगा। हम जानते हैं कि सरकारी कानून तोड़ेंगे तो हमें जेल भी जाना पड़ेगा। इसलिए जेल जाने की तैयारी भी हमें रखनी चाहिए। हिंदू लोग 'गौ मूत्र' छिड़ककर स्वयं को पवित्र करते हैं, परंतु अस्पृश्यों का हाथ लग जाने भर से वे तिरस्कार करते हैं। हिंदुओं के इस बुरे बर्ताव के विरुद्ध लड़ते हुए अछूतों के प्राण भी चले जाएँ तो भी हर्ज नहीं। क्योंकि आज नहीं तो कल, मृत्यु तो सभी की होनी ही है, तो फिर बलिदानों के कष्ट से रोना क्यों ? डरना क्यों ? काक बलि खाकर कौए लंबी उम्र भी जीते हैं, परंतु उनके जीने में क्या कोई पुरुषार्थ है ? बहुत से महापुरुषों ने अपने कर्तव्य के लिए, अपने देश के लिए, सत्य के लिए अपनी जाति के यश के लिए, वृत्त के लिए, प्राणीमात्र के लिए, अपने प्राणों की आहुतियाँ दी हैं। महाभारत में वीर पत्नी 'मृदुला' ने अपने पुत्रों से कहा था कि "बिस्तर पर पड़े, सड़ते रहने और सौ साल का निरर्थक जीवन जीने से तो पराक्रम करके मरना अच्छा है।" अब दलित माताओं को भी अपने बच्चों से यही बात कहने का समय आ गया है। फिलहाल आप केवल जेल जाने भर को तैयार रहें। किसी बड़े स्वार्थ का त्याग करने की हम अभी माँग नहीं कर रहे। अगर इतना भी नहीं कर पाए तो अछूत लोगों में पुरुषत्व नहीं, वे हिजड़े हैं, ऐसा कहना पड़ेगा। सरकार यदि अन्याय से अछूतों को जेल में डालेगी, तो वह कितने दिन और कितने लोगों को जेल में रख पाएगी ? सरकार को भी हमारी बात सुनने को बाध्य होना पड़ेगा। हम अपना सत्याग्रह बहुत बड़े पैमाने पर करेंगे, तो जेलें भी भर जाएँगी और सरकार को भी लगेगा कि हमारी बात में दम है।

सत्याग्रह किसको करना है ? यह विचार कर लेना आवश्यक है कि सत्याग्रह अपने मानवीय अधिकारों की प्राप्ति का उपाय है। स्पृश्य लोग अछूत को अछूत मानते हैं। यह बात जितनी सच है, उतनी ही अछूत लोग स्वयं को अशुद्ध, अपवित्र मानते हैं, यह बात भी उतनी सच है, जितनी पहली। आज तक स्पृश्य लोगों का अछूतों पर वर्चस्व कायम रहा, इसका कारण हमारे वर्ग के लोग खुद को नीच और हीन व दूसरे वर्ग को उच्च व पवित्र मानते रहे हैं। हमें यह आत्मघाती सोच तुरंत त्याग देनी चाहिए, क्योंकि अछूतों में आत्मजागृति उत्पन्न हुए बगैर छुआछूत समाप्त नहीं होगी।

स्पृश्य लोग इस सत्याग्रह के आड़े आएँगे, वे यह भी कहेंगे कि आपकी छुआछूत की समस्या का समाधान हम करेंगे। क्या स्पृश्य लोग खुशी और स्वेच्छा से छुआछूत का हल निकालेंगे? ऐसी इनसे हमें बिल्कुल भी आशा नहीं है, क्योंकि ये कहते हैं कि यह समान अधिकार का प्रश्न ही नहीं है। यह सिर्फ धर्म तत्त्व का प्रश्न है।

अमेरिका में गुलामगिरी नष्ट करने की जब शुरुआत हुई तो उस समय गोरे लोगों में दो पक्ष थे। कुछ लोग गोरों की तरफ थे, कुछ कालों की तरफ। जो कुछ गोरे थे, उन्होंने कालों के साथ मिलकर सहकार्य कर उनकी स्वतंत्रता के लिए मदद की और अपनी ही जाति के गोरों के विरुद्ध लड़ाई की। वैसे ही यहाँ के कुछ स्पृश्य हम लोगों को सहानुभूति दिखाने का प्रयत्न करेंगे, परंतु गोरों की तरह वह कृत्य वे नहीं करेंगे, तो हमारा उनके ऊपर विश्वास नहीं।

स्पृश्य और अस्पृश्य एक ही समाज के घटक हैं, तो अपने ही स्वकीय के खिलाफ सत्याग्रह क्यों करते हो? यह तो परकीयों के विरुद्ध करना होता है। तुम तो हमारे ही समाज के हो! यह उपदेश तो बहुत मीठा है, परंतु हम वह क्यों सुनें? क्योंकि भाइयो, आपके धर्म में हमें सम्मानीय स्थान नहीं है, तो हम आपके लिए क्यों मरेंगे? आज तक आप लोगों का हमने संरक्षण किया, यही हमारी गलती रही। ऐसा अब हमें लगने लगा है। आपस में नहीं लड़ना चाहिए। ऐसा ये लोग कहते हैं। इस वक्त 'गीता' की याद आती है। 'गीता' में कृष्ण ने अर्जुन को उपदेश दिया है। वह इससे भिन्न नहीं है। जब कुरूक्षेत्र में लड़ाई के लिए दोनों पक्ष खड़े थे। अर्जुन ने रथ के ऊपर से दृष्टि फैलाई तो चारों ओर अपने ही गुरु, भाई, चाचा, ताऊ आदि नजर आए। यह देख वह धनुष-बाण छोड़कर बैठ गया तो कृष्ण ने कहा कि यह हिजड़ापन छोड़कर युद्ध के लिए तैयार हो जाओ; और यह इसलिए किया कि कौरवों ने पांडवों का राज्य छीन लिया था। अछूत लोग भी जो सत्याग्रह कर रहे हैं, वह इनसानियत के लिए है, देश की उपलब्धियाँ में सहभागिता के लिए है। इनसानियत जाने से आदमी का सबकुछ चला जाता है। दलित लोग भी चलती-फिरती लाशों की तरह बना दिए गए हैं।

वास्तव में देखा जाए तो यह अन्याय, जो हमने इतने दिन सहन किया, उसी को फेंक देने का निश्चय हमने कर लिया है। अस्पृश्य लोगों ने भी अपनी आँखें खुली रखकर अपने ऊपर हो रहे अन्याय का प्रतिकार समय पर ही किया होता, तो 'अस्पृश्य' शब्द इतिहास का शब्द ही रह जाता। पीछे की पीढ़ी ने अशिक्षित होने की वजह से कुछ नहीं किया। परंतु आज की पीढ़ी को कुछ ज्ञान प्राप्त हो गया है। और जो पिछली पीढ़ी नहीं कर पाई, उसे करना, इस पीढ़ी का कर्तव्य हो गया है। अगर यह समाज के लिए कोई काम नहीं करेंगे तो इनको कुलांगार ही कहना पड़ेगा।

□

राष्ट्रप्रेम होगा तभी वर्ण व्यवस्था जा सकती है

महाड सत्याग्रह के दौरान 25 दिसंबर, 1927 को दिया गया भाषण

19 मार्च, 1927 को हमारा यदि विरोध न हुआ होता तो यह बात एकदम जगजाहिर हो जाती कि तालाब पर पानी भरने का हमारा अधिकार सवर्ण वर्ग को मान्य है तथा आज हमें यह कार्यक्रम न करना पड़ा होता।

किंतु दुःख के साथ कहना पड़ता है कि ऐसा कुछ हो नहीं पाया। महाड के स्पृश्य लोग इतने अधिक समझदार हैं कि वे स्वयं तो तालाब का पानी ले जाते हैं, साथ ही उन्होंने अन्य धर्म के लोगों को भी पानी भरने की इजाजत दे रखी है। फलस्वरूप मुसलिम धर्म के लोग तालाब से पानी भरकर ले जाते हैं। मनुष्यों को जाने दें, वे पशु-पक्षियों को भी पानी पीने से मना नहीं करते हैं। इतना ही क्यों, अछूतों द्वारा पाले गए जानवरों को भी वे तालाब का पानी पीने देते हैं।

सवर्ण हिंदू दया का सागर है। वे कभी किसी की हिंसा नहीं करते हैं, न ही किसी से छल करते हैं। स्पृश्य वर्ग कृपण तथा स्वार्थी नहीं है। साधु-संतों की अनगिनत संख्या उनकी दानवीरता का ज्वलंत प्रमाण है। वे परोपकार को पुण्य तथा परपीड़ा को पाप समझते हैं।

इतना ही नहीं, दूसरे के दुःख को अपना दुःख समझना उनका स्वभाव है। गाय जैसे निरूपद्रवी प्राणी के साथ वे दयाभाव से व्यवहार करते हैं। वे साँप जैसे उपद्रवी प्राणी का भी रक्षण करते हैं। अत: सबमें एक ही आत्मा का वास है, इस तरह का उनका सदाचरण है। ऐसे दया के सागर स्पृश्यजन अपने धर्म के कुछ लोगों को चवदार तालाब से पानी भरने की क्यों मनाई करते हैं? किसी के भी मन में यह प्रश्न उत्पन्न हुए बिना रहेगा नहीं।

महाड के स्पृश्य लोग अछूतों को चवदार तालाब का पानी पीने नहीं देना चाहते हैं। कारण यह नहीं कि पानी को अछूतों द्वारा स्पर्श किए जाने पर वह पानी दूषित होगा या फिर भाप बनकर उड़ जाएगा! अछूतों को पानी पीने से रोकने का एकमात्र कारण यह है कि शास्त्रों ने जिन जातियों को निम्न घोषित किया है, उन जातियों को तालाब का पानी भरने की इजाजत देकर वे जातियाँ हमारी तरह समान हैं, यह स्वीकार करने की उनकी इच्छा नहीं है।

हमने जिस विवाद को प्रारंभ किया है, उस विवाद का भावार्थ क्या है, उसे आप जान ही गए होंगे। सत्याग्रह समिति ने आप लोगों को महाड बुलाया है। आप सबको महाड के चवदार तालाब का पानी पीने हेतु बुलाया गया है, यह आप कदापि न समझें।

चवदार तालाब का पानी पीकर हम अमर हो जाएँगे, ऐसी बात नहीं है। आज तक हमने चवदार तालाब का पानी नहीं पिया, इसलिए हम मर तो नहीं गए? हमें चवदार तालाब पर केवल पानी पीने हेतु नहीं जाना है, वरन् दूसरों की तरह हम भी आदमी हैं, इस कारण हमें तालाब पर जाना है। अत: हमने यह सभा समता की मुहूर्तमेढ़ स्थापना हेतु बुलाई है, यह एकदम स्पष्ट है।

इस दृष्टि से यदि हम सभा का विचार करें, तो ज्ञात होगा कि यह सभा अति महत्त्वपूर्ण है, आज का दिन अभूतपूर्व है। भारत के इतिहास में ऐसा उदाहरण ढूँढ़ने से नहीं मिलेगा, ऐसा मेरा विश्वास है।

विश्व इतिहास में यदि इस आशय की सभा का शोध करने पर हमें यूरोप महाद्वीप में फ्रांस के इतिहास के पन्ने पलटने होंगे। 138 वर्ष पूर्व फ्रांस देश के सोलहवें लुई राजा ने 24 जनवरी, 1789 को एक आदेश निकालकर अपने राज्य की प्रजा के प्रतिनिधियों की ऐसी ही एक सभा बुलाई थी। इस फ्रेंच राष्ट्रीय सभा को इतिहासकार भला-बुरा कहते हैं।

मेरे मतानुसार राष्ट्रीय सभा के इस महान् कार्य का आकलन नहीं हो पाया, आखिर यही कहना पड़ेगा। इस क्रांति के परिणामस्वरूप केवल फ्रांस का कल्याण नहीं हुआ, अपितु समस्त यूरोप महाद्वीप का कल्याण हुआ। आज यूरोपीय राष्ट्र-सुख समृद्धि के साथ-साथ प्रगति पथ पर है। उसका एकमात्र कारण है 1789 की फ्रेंच क्रांति। इस राष्ट्रीय सभा ने समाज संगठन के धूल-धूसरित हुए तत्त्व फ्रांस देश के समक्ष रख उन्हें अमल में लाने की ओर जबरदस्ती की। उन्हीं तत्त्वों को यूरोप महाद्वीप ने भी माना तथा आचरण में लाया।

इस फ्रेंच राष्ट्रीय सभा का महत्त्व तथा उसके उद्‌देश्य को समझने हेतु उस समय के फ्रेंच समाज की स्थिति की जानकारी होना अति आवश्यक है। अपना हिंदू समाज वर्ण व्यवस्था पर आधारित है, यह हम सबको ज्ञात है। ऐसी ही वर्णाश्रम व्यवस्था फ्रांस

में सन् 1789 में थी। अंतर केवल इतना था कि फ्रेंच समाज तीन वर्णीय था। उस समाज में भी ब्राह्मण, क्षत्रिय वर्ण थे तथा वैश्य, शूद्र, अतिशूद्र ऐसे तीन अलग-अलग वर्ण न होकर इन तीनों को मिलाकर एक ही वर्ण था। यह अंतर बहुत गौण था। विशेष ध्यान देने योग्य बात यह कि वर्ण व्यवस्था एक जैसी थी। यहाँ की भाँति ही फ्रेंच समाज में भी असमानता थी। फ्रांस में असमानता का स्वरूप अलग था। वहाँ पर एक-दूसरे के बीच असमानता आर्थिक स्वरूप की थी, किंतु वह भी उतनी ही तीव्र थी। ध्यान देने योग्य बात यह है कि आज की अपनी सभा तथा फ्रांस में वारसा स्थित 5 मई, 1789 को आयोजित फ्रेंच लोगों की क्रांतिकारी राष्ट्रीय सभा में बहुत समानता है। हमें एक-दूसरे की स्थिति में समानता नजर आती है। इतना ही नहीं, उनके बहुत सारे ध्येय में समानता नजर आती है। फ्रेंच लोगों की वह सभा फ्रेंच समाज के संगठन हेतु बुलाई गई थी। संगठन का गठन किन सिद्धांतों पर आधारित होगा, इसकी चर्चा करने के पूर्व फ्रेंच लोगों की सभा ने फ्रांस का संगठन करने हेतु कौन सी नीति का अवलंब किया तथा किन तत्त्वों का आधार लिया, इसकी हम सबको जानकारी होनी चाहिए। फ्रेंच सभा का स्वरूप हमारी सभा से बहुत व्यापक था। फ्रेंच लोगों की सभा द्वारा राजकीय, सामाजिक व धार्मिक ऐसे अनेक संगठन तैयार किए जाने थे। किंतु हमें यहाँ सामाजिक तथा धार्मिक संगठन संबंधी विचार करना है। हमें वर्तमान में राजकीय संगठन की जरूरत न होने के कारण धार्मिक व सामाजिक संगठन के संदर्भ में फ्रेच सभा ने क्या किया था, इतना ही हमें आज देखना है। फ्रेंच सभा ने सामाजिक तथा धार्मिक संगठन हेतु जिन नियमों का अवलंब किया था, वे नियम कौन से थे? उस दौर में फ्रेंच सभा ने तीन महत्त्वपूर्ण घोषणा-पत्र (जाहीरनामा) जारी किए थे। पहला घोषणापत्र 17 जून, 1789 को निकाला गया था, जो फ्रांस के वर्णाश्रम धर्म से संबंधित था। मैं पहले ही बता चुका हूँ कि फ्रेंच समाज त्रिवर्णीय था। इस घोषणा-पत्र द्वारा तीन वर्णीय व्यवस्था नष्ट कर समस्त समाज को एक वर्णीय किया गया। इतना ही नहीं, राजकीय सभागृह में तीसरे वर्ण के लिए जो सीटें सुरक्षित रखी गई थीं, उन्हें भी समाप्त किया गया।

दूसरा घोषणा-पत्र धर्म उपदेशकों से संबंधित था। पुरानी रूढ़ि-परंपरानुसार धर्मोपदेशक की नियुक्ति या हटाने का अधिकार राष्ट्र के अधीन न होकर पोप जैसे विदेशी धर्माधकारी की बपौती बन चुका था। पोप जिसे चाहे उसे धर्मउपदेशक नियुक्त कर सकता था, भले ही वह उस अधिकार के लायक न हो। इस घोषणापत्रानुसार धर्माधिकारी वर्ग समाप्त किया गया। अब यह स्वतंत्रता दी गई कि यह कार्य कोई भी कर सकता है। कौन योग्य है या कौन अयोग्य है ? किसे वेतन दिया जाए या किसे वेतन न दिया जाए ? यह निश्चित करने का अधिकार फ्रांस राष्ट्र को दिया गया।

तीसरा घोषणा-पत्र राजकीय, आर्थिक तथा धार्मिक व्यवस्था से संबंधित नहीं

था, अपितु वह सर्वसाधारण था। सामाजिक व्यवस्था किन नीति-नियमों पर आधारित होगी ? यह वह तीसरा पत्र था, जो अत्यंत महत्त्वपूर्ण था। दूसरे शब्दों में कहा जाए तो यह घोषणा-पत्र सभी घोषणा-पत्रों का राजा था। इस घोषणा-पत्र को समस्त विश्व के मानवीय अधिकारों का घोषणा-पत्र कहा गया है। यह घोषणा-पत्र फ्रांस के इतिहास हेतु ही अभूतपूर्व नहीं, वरन् प्रगतिशील राष्ट्रों हेतु भी अभूतपूर्व है। वजह यह है कि इस सभा का अनुकरण कर यूरोप महाद्वीप के प्रत्येक राष्ट्र ने अपनी राज्यव्यवस्था में इसका समावेश किया है। इस घोषणा-पत्र ने केवल फ्रांस में ही क्रांति नहीं की, अपितु समस्त विश्व में क्रांति की, ऐसा कहना कोई अतिशयोक्तिपूर्ण नहीं होगा। इस घोषणा-पत्र में कुल 17 बातों का उल्लेख है, जिनमें से महत्त्वपूर्ण बिंदु निम्नानुसार हैं—

1. हर मनुष्य का जन्म से दरजा समान है तथा मरने तक दरजा समान रहता है। लोकहित की दृष्टि से उनके दरजे में अंतर किया जा सकता है। फिर भी उनका समान दरजा यथावत् रहना चाहिए।
2. उपर्युक्त जन्मसिद्ध मानवीय अधिकार बना रहे, यही राजनीति का अंतिम लक्ष्य होना चाहिए।
3. अखिल प्रजा सर्वाधिकार की जननी है। किसी व्यक्ति, समुदाय या विशिष्ट वर्ग के अधिकार, जो प्रजा ने नहीं दिए हैं, वे राजनीति या धर्म के आधार पर मान्य नहीं किए जाएँगे।
4. किसी भी व्यक्ति को अपने जन्मसिद्ध अधिकारों के अनुसार आचरण करने की पूर्ण स्वतंत्रता है। यदि उस पर कुछ बंधन लगाए भी गए तो वह दूसरे व्यक्ति को जन्म सिद्ध अधिकार का उपयोग करने तक ही सीमित होंगे। ऐसे बंधन कानून द्वारा ही निर्धारित किए जाएँगे। ये बंधन धर्मशास्त्र या अन्य आधार पर नहीं तय किए जाएँगे।
5. जो बातें समाज हेतु विघातक होंगी, ऐसी बातों पर कानून द्वारा रोक लगाई जाएगी। जिस बात की कानून द्वारा मनाही नहीं होगी, उसे करने हेतु सब स्वतंत्र होंगे। जो बात करने के लिए कानून ने कोई आवश्यकता नहीं दरशाई है, ऐसी बात करने हेतु किसी को बाध्य नहीं किया जाएगा।
6. कानून का तात्पर्य किसी वर्ग-विशेष द्वारा बनाए गए नियम या बंधन नहीं है। कानून के निर्धारण का अधिकार प्रजा या उसके प्रतिनिधि का होगा। फिर वह कानून संरक्षणात्मक हो या शासनात्मक हो, वह सबके लिए समान होगा। सब समान है, इस सिद्धांत के आधार पर कोई भी व्यक्ति मान-सम्मान, अधिकार तथा व्यवसाय हेतु समान योग्यता रखता है। यदि कुछ भेदाभेद हुआ भी, तो वह भेद उसके जन्म के आधार पर न होकर गुणों के आधार पर होगा।

आज की अपनी सभा को फ्रेंच राष्ट्रीय सभा का आदर्श अपने आँखों के समक्ष रखना चाहिए, ऐसा मुझे प्रतीत होता है। उस सभा ने फ्रांस की प्रगति हेतु जो रास्ता सुझाया था तथा जिसे समस्त प्रगतिशील राष्ट्रों ने मान्य किया था, वही रास्ता हिंदू समाज की प्रगति हेतु इस सभा को अधोरेखित करना चाहिए। बेटी बंदी से लेकर भेंटबंदी तक वर्णाश्रम चौखट की कीलें उखाड़कर हिंदू समाज को एकवर्णीय करना चाहिए। उसके बगैर न अस्पृश्यता जाएगी और न ही समता स्थापित हो पाएगी।

जब तक वर्णव्यवस्था कायम है, तब तक ब्राह्मण वर्ग का श्रेष्ठत्व कायम है। कोई भी स्वखुशी से अपने हाथों की सत्ता छोड़ने को तैयार नहीं होगा। ब्राह्मण वर्ग कई सदियों से दूसरे वर्गों पर अपना सार्वभौमित्व स्थापित किए हुए है, वह छोड़कर, वे दूसरों के साथ समानता के व्यवहार हेतु कदापि तैयार नहीं होंगे। जापान के सामुराई वर्ग का राष्ट्रप्रेम ब्राह्मण वर्ग में नहीं है। सामुराई वर्ग ने राष्ट्रीय एकता के लिए अपने विशेष सामाजिक अधिकार छोड़ दिए थे। समता पर आधारित राष्ट्र एकता के लिए उन्होंने स्वार्थ त्याग किया है।

अस्पृश्यता निवारण कर समता प्रस्थापित करने का भार हमने अपने सिर पर उठाया है, उसे हमें पूरा करना चाहिए। अपने सिवाय दूसरों के हाथों से यह कार्य संभव नहीं है। अपना जन्म ही इस कार्य के लिए हुआ है, ऐसा सोचकर हमें यह कार्य करना चाहिए। इसी में हमारे जीवन की सार्थकता है। हमें जो यह पुण्य लाभ मिल रहा है, उसे हमें अवश्य ग्रहण करना चाहिए।

यह कार्य आत्मोद्धार का भी है। इस कार्य से हमारे उन्नति के मार्ग की बाधाएँ दूर होंगी। कुल मिलाकर अस्पृश्यता सीधी-सीधी बात न होकर दरिद्रता तथा हीनता की जननी है। इसी कारण हमारी आज विपन्नावस्था है। यदि हमें इस हीन दशा से ऊपर आना है, तो हमें यह कार्य अपने हाथों में लेना ही होगा। इसके बगैर हमारी उन्नति संभव नहीं है। यह कार्य स्वहित के साथ-साथ राष्ट्रहित का भी है।

चातुर्वर्ण व्यवस्था में अस्पृश्यता नष्ट हुए बिना हिंदू समाज का भला नहीं हो सकता है। पारस्परिक जीवन संबंधों में कलह निर्माण होने पर उसको दूर करने के लिए समाज जिन साधनों का प्रयोग करता है, उन साधनों में सामाजिक नैतिकता एक बहुत बड़ा साधन है। यह बात तो किसी को भी कबूल करनी ही होगी। जो बातें समाज की एकता हेतु घातक है, उन्हें ही योग्य समझा जाता है तथा जिन बातों से समाज एकसंघ रहता है, उनका तिरस्कार किया जाता है। ऐसे समाज को जीवनांतर्गत कलह में हार स्वीकार करनी पड़ती है। इसके विपरीत, जिस समाज की नैतिकता इस प्रकार की है कि जहाँ सामाजिक एकता की प्रशंसा होती है तथा जिन कारणों से समाज का विघटन होता है, उन कारणों की निंदा की जाती है, तब ऐसे समाज में जीवन कलह होने पर

भी यश-प्राप्ति हुए बिना नहीं रहती है।

यही न्याय हिंदू समाज व्यवस्था पर लागू होता है। चातुर्वर्णव्यवस्था यह लोकविग्रहकारी व्यवस्था है, जबकि एकवर्णीय व्यवस्था यह लोकसंग्रहकारी व्यवस्था है। यह हमें खुली आँख से दिखने पर भी यदि हम विघटनकारी व्यवस्था का गुणगान करते रहे और हिंदू समाज को पग-पग पर मुँह की खानी पड़े तो इसमें आश्चर्य कैसा? यदि यह चित्र बदलना है तो चातुर्वर्णव्यवस्था को समाप्त कर एकवर्णीय व्यवस्था कायम करना होगा।

समानता के व्यवहार से एक व्यक्ति में जो गुण है, वह गुण दूसरे व्यक्ति में न भी उत्पन्न हो, फिर भी इतना तो सत्य है कि समानता के व्यवहार बिना नैसर्गिक गुणों का विकास नहीं हो पाता है। उसी भाँति समता के व्यवहार बिना व्यक्ति के गुणों की कद्र नहीं होती है।

एक ओर हिंदू समाज की असमानता व्यक्ति के विकास को अवरुद्ध कर समाज को बौना बनाती है, तो दूसरी ओर यही असमानता व्यक्ति के संचित गुणों व शक्ति का समाज हेतु उपयोग नहीं होने देती है। दोनों ओर से चातुर्वर्ण व्यवस्था से छिन्न-भिन्न हुए हिंदू समाज को असमानता दुर्बल किए जा रही है।

यदि हिंदू समाज को सामर्थ्यवान बनाना हो तो चातुर्वर्ण तथा असमानता का उच्चाटन कर हिंदू समाज की रचना समता तथा एकवर्णीय व्यवस्था के आधार पर करनी होगी। अस्पृश्यता निवारण का कार्य हिंदू समाज को बलशाली बनाएगा। इसीलिए मैं कहता हूँ कि हमारा कार्य स्वहित के साथ-साथ राष्ट्रहित का भी है।

यह काम हमने समाज क्रांति हेतु प्रारंभ किया है। अत: इस काम की गति को रोक पाना अब किसी के लिए संभव नहीं है। आज यहाँ जिस समाज क्रांति का शुभारंभ होने जा रहा है, वह समाज क्रांति शांतिमय ढंग से पूरी हो, यही मनोकामना है।

अपने विरोधियों को हम बताना चाहते हैं कि तुम हमारा विरोध मत करो। धर्मशास्त्रों को एक ओर रखकर न्याय का सम्मान करो। हम तुम्हें विश्वास दिलाते हैं कि हम यह कार्यक्रम शांतिपूर्ण ढंग से संपन्न करेंगे।

बाबासाहेब आंबेडकर द्वारा महाड परिषद् में रखे गए प्रस्ताव

सामाजिक अन्याय, धार्मिक ग्लानि, राजकीय अवनति तथा आर्थिक गुलामी के कारण राष्ट्र का अध:पतन होता है। इसका ज्वलंत उदाहरण यहाँ का हिंदू समाज है, ऐसा मेरा स्पष्ट मत है। हिंदू समाज की दुर्दशा का मुख्य कारण यह है कि मनुष्य के जन्मसिद्ध अधिकार कौन से हैं? इसकी जानकारी तथा आवश्यकता आज तक बहुजन समाज ने महसूस नहीं की है, न ही उन्होंने स्वार्थी तत्त्वों की कारगुजारी पर अंकुश

लगाया है। अपने जन्मसिद्ध अधिकारों को जानना, उनका रक्षण करना तथा परस्पर व्यवहार में उनका हनन न होने देना, यह सब सावधानी बरतना समाज के प्रत्येक नागरिक का परम कर्तव्य है। हिंदू समाज के जन्मसिद्ध अधिकार कौन से हैं, यह प्रत्येक हिंदू की आँखों के समक्ष सदैव रहना चाहिए। इसीलिए यह सभा निम्न जाहीरनामा (घोषणा-पत्र) सबकी जानकारी हेतु जारी कर रही है—

1. सभी मनुष्य जन्म से समान दरजे के हैं तथा मरते दम तक समान ही रहेंगे। लोक उपयोगिता की दृष्टि से उनके दरजे में अंतर आ सक़ता है, फिर भी उनका समान दरजा कायम रहना चाहिए। व्यवहार में समानता के सिद्धांत को कोई बाधा न पहुँचे तथा ऐसी कोई भी क्रिया न हो, यह सभा का मत है।
2. उपर्युक्त जन्मसिद्ध मानवीय अधिकार यथावत् बने रहें, यही राज्य व्यवस्था तथा समाज व्यवस्था का अंतिम लक्ष्य होना चाहिए। इसलिए हिंदू समाज की विषमतामूलक समाज रचना तथा उसका समर्थन करनेवाले प्राचीन तथा अर्वाचीन वचनों का सभा तीव्र निषेध करती है।
3. अखिल प्रजा सभी प्रकार के अधिकार तथा सत्ता की जन्मदाता है। कोई भी व्यक्ति, समुदाय या वर्ण के विशेष अधिकार, यदि बहुजनों ने प्रदान नहीं किए हैं, तब ऐसे अधिकार चाहे वे राजनीतिक हों या धार्मिक हों, मान्य नहीं होंगे। इसी भाँति समाज व्यवस्था के संदर्भ में श्रृती, स्मृति, पुराण आदि ग्रंथों के प्रमाण कबूल करने को सभा तैयार नहीं है।
4. किसी भी व्यक्ति को अपने जन्मसिद्ध अधिकारों के अनुसार व्यवहार करने की स्वतंत्रता है। यदि उस पर बंधन लादे गए, तब दूसरे व्यक्ति को उसी भाँति जन्म सिद्ध अधिकारों के उपभोग का अवसर मिलना चाहिए। बंधन यहीं तक सीमित होंगे। यह बंधन लोगों द्वारा बनाए नियमांतर्गत होने चाहिए। धर्मग्रंथ या दूसरे किसी आधार पर उनका निर्धारण न होने पाए। सभा अष्टाधिकार की भाँति जाति-जाति में निर्धारित असमान व्यवस्था का निषेध करती है।
5. जो बातें समाज के लिए घातक हैं, कानून द्वारा वही बातें न करने हेतु निषेध करना चाहिए। जिन बातों के लिए कानूनन कोई रुकावट नहीं है, उन्हें अन्य कोई भी मना नहीं कर सकता है। रास्ता, सार्वजनिक स्थल, सार्वजनिक कुएँ, तालाब तथा देवालय का उपयोग करने के लिए कोई मना नहीं कर सकता है। यदि कोई ऐसा करता है, तब ये लोग सुव्यवस्थित समाज रचना तथा न्याय के दुश्मन हैं, ऐसा सभा समझती है।
6. कानून का तात्पर्य किसी एक वर्ग द्वारा लादे गए बंधन नहीं हैं। कानून किस प्रकार का हो, यह निश्चित करने का अधिकार संपूर्ण प्रजा या उसके

प्रतिनिधियों को है। यह कानून संरक्षणात्मक हो या प्रशासनात्मक हो, वह सब पर समान रूप से लागू रहेगा। समाज रचना का आधार समानता होने के कारण मान-सम्मान, अधिकार तथा व्यवसाय में जाति रोड़ा न बने। भेदाभेद व्यक्ति के गुणों के आधार पर हो, न कि जन्म के आधार पर हो। अत: सभा जातिभेद तथा विषमता का तीव्र निषेध करती है।

दूसरा प्रस्ताव

शूद्र जाति का अपमान करनेवाले, उसकी प्रगति रोकनेवाले, उसका आत्मबल नष्ट कर सामाजिक, राजकीय तथा आर्थिक गुलामी कायम करनेवाले 'मनुस्मृति' के वचनों को ध्यान में रख, हिंदुओं के जन्मसिद्ध अधिकार के घोषणा-पत्र के तत्त्वों की तुलना कर उपरोक्त ग्रंथ (मनुस्मृति), धर्मग्रंथ जैसे पवित्र नाम को धारण करने अयोग्य हैं, ऐसा इस सभा का मत है तथा अपना यह मत व्यक्त करने हेतु ऐसे लोक विरोधी व मानवता को नष्ट करने वाले इस ग्रंथ का सभा दहन करती है।

तीसरा प्रस्ताव

समस्त हिंदू धर्मीय, एक वर्णीय समझे जाएँ। 'हिंदू' संज्ञा से संपूर्ण समाज पहचाना जाए। ब्राह्मण, क्षत्रिय, वैश्य, शूद्र आदि जातिविषयक संज्ञाओं के संबोधन पर कानून द्वारा निषेध किया जाए, ऐसा सभा का मत है। व्यवसाय के आधार पर दरजी, सुनार, माली तथा प्रांत के आधार पर मराठा, कोकणस्थ, देशस्थ आदि कथन पर कोई आपत्ति नहीं है।

चौथा प्रस्ताव

इस परिषद् का मत है कि…

1. धर्म-अधिकारी यह संस्था लोक अनुवर्तीय तथा लोकनियुक्त की जाए।
2. धर्माधिकारी (पुरोहित) यह व्यवसाय स्वीकार करने का तथा उसके लिए योग्यता प्राप्त करने का अधिकार प्रत्येक हिंदू को मिलना चाहिए।
3. धर्माधिकारी की परीक्षा लेकर फिर उन्हें प्रमाण-पत्र दिए जाएँ। प्रमाण-पत्र न मिले, तब तक किसी भी व्यक्ति को धर्माधिकारी कहलाने की तथा विधि कर्म करने की कानूनन मनाही की जाए।
4. ग्राम धर्माधिकारी, तहसील धर्माधिकारी तथा प्रांत धर्माधिकारी, ऐसा नियोजन किया जाए।

5. उपरोक्त नियोजित धर्माधिकारियों को धर्म विधि करने पर दक्षिणा, पारिश्रमिक या पारितोषिक प्राप्त करने का अधिकार न हो। अन्य विभागों के अधिकारियों की भाँति इस विभाग के छोटे-बड़े अधिकारियों को सरकारी कर्मचारी समझा जाए व उन्हें सरकार की ओर से उचित वेतन दिया जाए।

□

सत्याग्रह दृढता की कठिन परीक्षा

26 दिसंबर, 1927 को सम्मेलन ने एक समिति का गठन किया, क्योंकि आंदोलन से जुड़े कई प्रस्तावों को पारित करना था। उसके अनुसार डॉ. आंबेडकर ने कार्यकर्ताओं को हॉल के भीतर किसी बाहरी व्यक्ति को प्रवेश की अनुमति नहीं देने के लिए कहा। इसके बाद उन्होंने यह प्रस्ताव रखा।

डॉ. आंबेडकर ने कहा, "कल मुझे कलेक्टर ने बैठक के लिए बुलाया था। उन्होंने मुझसे कहा कि प्रशासन सत्याग्रह के खिलाफ नहीं है, लेकिन चूँकि सवर्ण हिंदुओं ने अदालत में अपील करके महाड झील तक जाने की हमारी काररवाई के खिलाफ निषेधाज्ञा हासिल कर ली है तो उन्हें दखल देना पड़ा। मैंने कहा कि मैं भी सत्याग्रह को लेकर अडिग हूँ और मैं अपने फैसले में बदलाव नहीं करूँगा। मैं अपने लोगों को भी यही सलाह दूँगा। हालाँकि मैं उन पर इसके लिए दबाव नहीं बनाऊँगा। इसके बाद कलेक्टर ने कहा कि यदि हमारे अधिकांश लोग सत्याग्रह में सम्मिलित होना चाहते हैं तो वे उनसे बात करना चाहेंगे। मैंने उनसे वादा किया कि उन्हें यह मौका मिलेगा। इसके अलावा मैंने कोई और वादा नहीं किया है।

लेकिन मैं आप पर छोड़ता हूँ, आप जो फैसला लेना चाहें, ले सकते हैं। हमें एक बात याद रखनी होगी कि यदि हमें दीर्घकालिक फायदे के लिए कुछ हासिल करना है तो कठिनाइयों का सामना करने को तैयार रहें। इतिहास में कोई ऐसा वाकया नहीं है, जहाँ कठोर संघर्ष के बिना सफलता मिली हो। इसलिए निषेधाज्ञा तोड़ने के कारण यदि हमें जेल भी जाना पड़े तो हमें डरना नहीं चाहिए। निषेधाज्ञा परंपरा के आधार पर मिली है। यह तय करना है कि यह कथित परंपरा उचित है या अनुचित, अन्यथा हम अदालत के आदेश का पालन करने की कोशिश में इस अन्याय को सहन करने को राजी हो जाएँगे। सत्याग्रह दृढता की कठिन परीक्षा है। सत्याग्रह की राह में आनेवाली मुश्किलों का सामना करने की प्रक्रिया में आपको कई सख्तियों से गुजरना होगा। हम अपना जीवन दूसरों के

लिए अपनी मरजी से दे रहे हैं। आपको सत्याग्रह स्थल पर लाठियाँ लाने की अनुमति नहीं होगी। आप सरकारी अधिकारियों के किसी आदेश की अवहेलना नहीं कर सकते। सत्याग्रह के दौरान गिरफ्तार होने पर कोई माफी का अनुरोध नहीं करेगा। आपको आखिर तक कहना है कि आपने जो किया, वह सही है। कुल मिलाकर—

1. कोई लाठी लेकर नहीं आएगा, 2. सरकारी आदेशों का पालन होगा, 3. जेल जाने के लिए तैयार रहें, 4. सत्याग्रह करने के लिए माफी की अपेक्षा न करें।

"आपको कड़ाई से इन नियमों का पालन करना है। इसके बाद ही आप सत्याग्रह में भाग ले सकते हैं। इसलिए इस आंदोलन का हिस्सा इसलिए न बनें, क्योंकि मैं आपसे कह रहा हूँ। हमारी लड़ाई इनसाफ के लिए है। यदि आप आश्वस्त हैं और परेशानियों का सामना करने को तैयार हैं, तभी आप सत्याग्रह में शामिल होइए।"

अपने भाषण के बाद आंबेडकर ने दूसरों को प्रस्ताव के पक्ष और विपक्ष में बोलने तथा उसके अनुरूप फैसला लेने के लिए कहा। ऐसा भाषण खत्म होने के बाद डॉ. आंबेडकर ने कहा—

"सभी भाषणों को सुनने के बाद लगता है कि यह समिति सत्याग्रह के पक्ष में है। मैं इससे बहुत खुश हूँ, लेकिन मैं अंधानुकरण करनेवाले लोग नहीं चाहता। मैं ऐसे लोग नहीं चाहता, जो मेरे लिए सत्याग्रह में भाग लेकर जेल जाने के बाद पछताएँ। इसलिए हम सत्याग्रह करने का फैसला करें, इससे पहले यह जानना जरूरी है कि आपमें से कितने यह कठिन काम करने को तैयार हैं? यह हाथ उठाने से पता नहीं चलेगा। हमें यह गिनना होगा कि कितने लोग जेल जाने को तैयार हैं? यदि आप में से अधिकांश सत्याग्रह के लिए तैयार हैं तो मैं कलेक्टर को बता दूँगा और उन्हें शाम को आपको संबोधित करने के लिए बुलाऊँगा। यदि आप कलेक्टर को सुनने के बाद भी सत्याग्रह के अपने फैसले पर अडिग रहें तो हम आंदोलन शुरू करेंगे।"

यह जानने के बाद कि अधिकांश लोग सत्याग्रह के पक्ष में हैं, कलेक्टर को उन्हें संबोधित करने के लिए बुलाया गया। कलेक्टर ने अदालत द्वारा लगाई गई निषेधाज्ञा के बारे में बोला और लोगों को सत्याग्रह नहीं करने की सलाह दी। उन्होंने यह भी चेतावनी दी कि यदि वे फिर भी सत्याग्रह करते हैं तो सरकार नाराज हो जाएगी, जो फिलहाल समानता की उनकी माँगों के पक्ष में है।

कलेक्टर के जाने के बाद लोगों ने फिर सत्याग्रह के पक्ष में बोला, लेकिन डॉ. आंबेडकर ने कहा कि इस बारे में शाम को फिर बात की जाएगी और अगले दिन सुबह फैसला लिया जाएगा। कुछ चुनिंदा नेताओं के बीच बातचीत के बाद यह तय किया गया कि कुछ समय के लिए सत्याग्रह टाल दिया जाए। इसकी जगह महाड झील के आसपास गाँवों में रैली का आयोजन किया जाएगा। इसके अनुसार शाम को कलेक्टर को जानकारी

दे दी गई। लेकिन समिति के समक्ष सत्याग्रह स्थगित करने का प्रस्ताव कौन रखेगा? फिर यह तय किया गया कि डॉ. आंबेडकर यह काम करेंगे, क्योंकि लोग किसी और नेता की बात नहीं सुनेंगे।

27 दिसंबर, 1927 को यह प्रस्ताव रखा गया कि सवर्णों द्वारा दायर की गई दीवानी याचिका पर अदालत का फैसला आने तक सत्याग्रह टाल दिया जाए। इसे रखते समय डॉ. आंबेडकर ने कहा—

"कल मैंने सत्याग्रह के पक्ष में एक प्रस्ताव रखा था और आज मैं इसे स्थगित करने के लिए प्रस्ताव रख रहा हूँ। आपको लगेगा कि मैं ढुल-मुल किस्म का इनसान हूँ, लेकिन यह सही नहीं है। मैंने दोनों चीजें काफी सोच-समझकर की हैं। कल मैं देखना चाहता था कि आपके फैसले में कितनी गहराई है। मैंने देख लिया कि आप अपने फैसले पर अडिग हैं। इसमें किसी को कोई शक नहीं है। मैं इससे संतुष्ट हूँ। हममें अडिग फैसले की कमी थी और यह हमारी बड़ी कमजोरी थी। अब वह दूर हो गई है तथा आप मजबूत हो गए हैं।

मैंने सत्याग्रह स्थगित करने का फैसला भी काफी सोच-समझकर लिया है। अपनी ताकत का सिर्फ इसलिए तुरंत इस्तेमाल करना सही नहीं है, क्योंकि आपने यह ताकत फिर हासिल कर ली है। हमें अपनी ताकत का इस्तेमाल सही समय पर और संयम के साथ करना चाहिए। काफी सोचने के बाद मैंने कहा है कि हमें अपनी ताकत का इस्तेमाल आज नहीं करना चाहिए। यदि हम आज सत्याग्रह करेंगे तो वह सरकार के खिलाफ होगा। यदि सरकार हमारे साथ नहीं होगी तो हम अपना सत्याग्रह सरकार के खिलाफ भी करेंगे। उसमें कोई बुराई नहीं है। लेकिन क्या सरकार हमारे पक्ष में नहीं है? सरकार हमारे पक्ष में है और यह हमारे लिए सकारात्मक बात है। फिर बिना वजह सरकार को कठिनाई में क्यों डालें? दूसरा, सवर्ण बिल्कुल भी हमारे पक्ष में नहीं हैं। उनका रवैया पूरी तरह से असहयोगात्मक है। बाजार हमारे लिए बंद हो चुके हैं, हमसे जमीन छीन ली गई है, हमारे जानवरों को चरने की अनुमति नहीं है। हम इन सभी उत्पीड़नों से गुजर रहे हैं, लिहाजा इससे बाहर निकलने के लिए सरकार का सहयोग जरूरी है। ऐसी स्थिति में हमें सरकार के खिलाफ सत्याग्रह करके उसकी सहानुभूति यूँ ही गँवानी नहीं चाहिए। इसलिए मैं आपसे अनुरोध करता हूँ कि इस प्रस्ताव को पारित किया जाए।

आप पर कोई नहीं हँस सकता। कलेक्टर ने खुद आपसे अनुरोध किया है। कोई नहीं कह सकता कि आप कायर हैं, इसलिए आपने सत्याग्रह टाल दिया। कोई ऐसा नहीं कह सकता। ज्यादा-से-ज्यादा लोग इतना ही कहेंगे कि आपके नेता पीछे हट गए। आपको इसकी चिंता करने की जरूरत नहीं है। मैं चिंतित नहीं हूँ। मैं खुश हूँ, बल्कि गौरवान्वित हूँ कि मेरे अनुयायी मुझसे एक कदम आगे बढ़ गए हैं।

हम यह सत्याग्रह टाल रहे हैं, लेकिन ध्यान रहे कि हमारा लक्ष्य इस महाड झील पर कब्जा करना है और जब तक हम उसमें कामयाब नहीं होते, चुपचाप नहीं बैठेंगे।

(इसके बाद सभी एकत्रित लोगों ने महाड की सड़कों पर विशाल रैली निकाली और झील के आस-पास से गुजरे। यह रैली इतना विशाल थी कि इतनी छोटी जगह पर भी उसे दो घंटे से अधिक समय लगा। यह काफी अनुशासित थी। सवर्ण हिंदू अपने घरों के भीतर दुबक गए और सभी दुकानें बंद थीं। सत्याग्रह महाड झील तक नहीं पहुँच पाया, लेकिन चारों तरफ से रैली निकालकर इसे घेर लिया गया था।)

□

अछूतोद्धार महिलाओं की भी जिम्मेदारी

महाड सत्याग्रही महिलाओं के समक्ष भाषण, 27 दिसंबर, 1927

तुम सब इस सभा में आए, इसका मुझे अति आनंद हो रहा है। घर-गृहस्थी में जो अड़चनें आती हैं, उन्हें स्त्री-पुरुष दोनों मिलकर दूर करते हैं। उसी प्रकार सामाजिक अड़चनों को पुरुषों तथा महिलाओं को मिलकर दूर करना चाहिए। केवल पुरुषों ने यह काम अपने कंधों पर लिया, तो उसे हल करने में उन्हें बहुत समय लगेगा, इसमें कोई दो राय नहीं है। वही काम यदि महिलाओं ने किया, तो काम जल्दी होगा, ऐसा मेरा विचार है। केवल महिलाएँ काम का भार अपने ऊपर न लेते हुए ये पुरुषों के साथ सहयोग अवश्य करें। भविष्य में तुम सबको परिषद् में हमेशा उपस्थित रहना चाहिए, ऐसा मेरा सबको सुझाव है। वास्तविक रूप में अस्पृश्यता निवारण का प्रश्न पुरुषों का न होकर तुम महिलाओं का है।

तुमने हम सब पुरुषों को जन्म दिया है। दूसरे लोग हमारे साथ जानवरों से भी बदतर व्यवहार करते हैं, यह सब तुम्हें मालूम है। कुछ स्थानों पर तो हमारी परछाईं तक से परहेज है। दूसरे लोगों को कोर्ट-कचहरी में मान-सम्मान की जगह मिलती है, परंतु तुम्हारे पेट से जन्म लिये बच्चों को पुलिस विभाग में सिपाही की नौकरी तक नहीं मिलती है, इतना हमारा हीन दरजा है। यह सब मालूम होकर भी तुमने हमें जन्म क्यों दिया? ऐसा प्रश्न यदि तुमसे किसी ने पूछा, तब तुम क्या उत्तर दोगे? कायस्थ तथा स्पृश्य स्त्रियों के पेट से जनमे बच्चों में तथा इस सभा में बैठे तुम्हारे पेट से जनमे हम बच्चों में क्या अंतर है? तुमको विचार करना चाहिए कि ब्राह्मण स्त्रियों में जितना शील-सदाचार है, उतना वह तुममें भी है। ब्राह्मण स्त्रियों में जितनी पतिव्रता है, उतनी पतिव्रता तुम में भी है। जितना धीरज व साहस तुममें है, उतना ब्राह्मण स्त्रियों में नहीं है। इतना होते हुए ब्राह्मण स्त्रियों के पेट से जनमे बालक को क्यों सम्मान मिलता है? तथा तुम्हारे पेट से जनमे बालक को क्यों अपमान मिलता है? उसे मनुष्य का अधिकार क्यों नहीं है? क्या इसका तुमने

कभी विचार किया है ? मुझे लगता है, इसका तुमने कभी विचार नहीं किया है। तुमने यदि इसका विचार किया होता तो तुमने पुरुषों के पहले सत्याग्रह किया होता, कारण तुम्हारे पेट से जन्म लेने का पाप हमसे हुआ है तथा उस पाप के परिणामस्वरूप हमें अस्पृश्यता की सजा भोगनी पड़ रही है। अत: तुम्हें इसका अवश्य विचार करना चाहिए कि तुम्हारे पेट से जन्म लेना पाप क्यों है ? तथा दूसरे स्त्रियों के पेट से जन्म लेना पुण्य क्यों है ? इस प्रश्न का विचार करने पर या तो तुम्हें संतान उत्पत्ति बंद करनी होगी या फिर तुम्हें यह लगा हुआ कलंक धोना होगा। अत: इन दोनों में से कोई एक बात तुम्हें करनी होगी। तुम प्रतिज्ञा करो कि "ऐसी कलंकित अवस्था में हम आगे जीवन नहीं जिएँगे।" समाजोन्नति करने का जैसा पुरुषों ने निश्चय किया है, वही निश्चय तुमने भी करना चाहिए।

दूसरी बात जो आपको बतानी है, वह यह है कि अब तुम्हें सभी पुरानी व गंदी रीति, नीति तथा परंपरा छोड़नी चाहिए। सच तो यह है कि अछूत व्यक्ति को वह अछूत है, ऐसी पहचान करानेवाला सिक्का उसके मस्तक पर लगा नहीं है। परंतु अछूतों की चाल-चलन ही कुछ ऐसी है कि जिसके कारण फलाँ व्यक्ति अस्पृश्य जाति का है, यह तुरंत पहचाना जाता है। एक समय ऐसी बातें हम पर जबरदस्ती लादी गई थीं, ऐसा मेरा मानना है। किंतु अंग्रेजों के राज्य में ऐसी जोर-जबरदस्ती अब हो नहीं सकती है। अत: जिन बातों से लोग हमें अस्पृश्यों के रूप में पहचानते हैं, उन सब बातों को हमें बंद करना चाहिए। जिस ढंग से तुम साड़ी पहनते हो, वह पद्धति तुम्हारे अछूतपन को प्रतिबिंबित करती है, अत: वह पहचान तुम्हें छोड़नी चाहिए। सवर्ण वर्ग की महिलाएँ जिस तरह से साड़ी पहनती हैं, वैसे ही तुम्हें भी पहननी चाहिए, ऐसा करने में तुम्हें कोई खर्च नहीं आता है। उसी भाँति गले में ढेर सारी मणियों की मालाएँ व हाथ में कथिल या चाँदी की बहुत सारी गोठ, पटली (आभूषण) तुम्हारे अछूतपन की पहचान कराती हैं। गले में एक माला से अधिक की जरूरत नहीं है। अधिक पहनने से पति की आयु बढ़ती है या अपना शरीर शोभायमान होता है, ऐसी कोई बात नहीं है। आभूषणों से कहीं अधिक कपड़ों से मनुष्य शोभायमान नजर आता है। अत: कथिल या चाँदी के आभूषणों पर खर्च करने के बजाय तुम्हें कपड़ों पर रुपए खर्च करने चाहिए। आभूषण पहनने का यदि शौक है, तो सोने के आभूषण पहनो, अन्यथा न पहनना ही बेहतर है। उसी प्रकार स्वच्छता से रहना सीखो।

तुम घर की गृह लक्ष्मी हो। घर में किसी प्रकार कोई अमंगल न हो, इसकी तुम्हें सावधानी बरतनी चाहिए। पिछले मार्च महीने से सब लोगों ने मरे हुए जानवरों का मांस खाना बंद कर दिया है, यह बात बहुत प्रशंसनीय है। यदि किसी घर में ऐसा नहीं हो रहा है, तब यह सब करवाने की जिम्मेदारी तुम महिलाओं को अपने कंधों पर लेनी चाहिए। जो पति अपने घर में मरे हुए जानवर का मांस लेकर आएगा, तब तुम्हें उससे स्पष्ट कहना होगा कि अब इस घर में ऐसा कुछ नहीं चलेगा। मेरा विश्वास है कि यदि तुमने

मन में ठान ली, तो घर में इस तरह के अमंगल व्यवहार बंद हो जाएँगे। उसी भाँति तुम्हें अपने बच्चों को शिक्षित करना चाहिए।

ज्ञान तथा शिक्षा यह केवल पुरुषों हेतु ही नहीं है, वरन् यह महिलाओं हेतु भी आवश्यक है। यह बात अपने पूर्वजों ने भी पहचानी थी। अन्यथा जो लोग सेना में थे, उन्होंने अपनी लड़कियों को शिक्षित न कराया होता। 'खान जैसी वैसी मिट्टी' यह कहावत ध्यान में रखते हुए यदि आगे की पीढ़ियाँ को तुमको सुधारना हो तो तुम अपनी लड़कियों को शिक्षित जरूर करो। मैंने यह जो उपदेश तुम्हें दिया है, वह एक कान से सुन दूसरे कान से निकालोगे नहीं, ऐसा मुझे विश्वास है। इसके अमल में ढिलाई बरतने की जरूरत नहीं। तुम जब सुबह अपने घर जाओगे, तब अपने साड़ी पहनने के तरीके में बदलाव करके ही जाओगे, ऐसी मेरी तुम सबसे अपेक्षा है।

□

प्रसव पूर्व अवधि में माँ को आराम– राष्ट्र हित में...

मुंबई विधान परिषद्, मुंबई लेजिस्लेटिव काउंसिल डिबेट्स, भाग-23 (28 जुलाई, 1928) (मातृत्व लाभ विधेयक पर भाषण)

मैं इस विधेयक के प्रथम पठन के समर्थन में खड़ा हूँ। और ऐसा करते हुए मैं उन कुछ बिंदुओं का जवाब देना चाहूँगा, जो इस विधेयक के विरुद्ध बहस के दौरान उठाए गए हैं।

माननीय सदस्य ने इस बिल के विरुद्ध बोलते हुए सर्वप्रथम इशारा किया, यह एक दुर्घटना नहीं है—दुर्घटना से आशय जैसा हम वर्कमेंस कॉम्पेनसेटरी ऐक्ट-कामगार क्षतिपूर्ति अधिनियम कामगार से समझते हैं, और इसलिए कामगार क्षतिपूर्ति अधिनियम का सिद्धांत ऐसी महिलाओं के लिए नहीं है, जो इस विशेष विधेयक के तहत लाभान्वित होने की अधिकारी हैं। महोदय, मैं स्वीकार करता हूँ कि यह एक दुर्घटना नहीं है। लेकिन इससे यह आशय नहीं है कि ये औरतें उन लाभ को प्राप्त करने की अधिकारी नहीं हैं, जो यह प्रस्तावित विधेयक उन्हें प्रदान करना चाहता है।

यह विधेयक जिस सिद्धांत पर आधारित है, यह पूरी तरह पक्षपातपूर्ण है। मेरा यकीन है कि इस प्रस्ताव पर पूर्ण मतैक्यता है कि प्रसव पूर्व की दशाएँ, जो माँ और उसके पश्चात् बच्चे के पालन-पोषण को प्रभावित करती हैं, वे इस विधेयक के महत्त्वपूर्ण घटक हैं। मैं नहीं समझता कि कोई इस प्रस्ताव पर विवाद करेगा। महोदय, इसीलिए मुझे यकीन है कि यह राष्ट्र के हित में है कि प्रसव पूर्व अवधि में माँ को कुछ आराम प्रदान किया जाए और प्रसव के बाद भी। यह विधेयक पूर्णरूपेण इसी सिद्धांत पर आधारित है।

इस स्थिति में महोदय, मैं इस तथ्य को स्वीकारता हूँ कि इसका बोझ ज्यादातर सरकार को वहन करना चाहिए। मैं इस तथ्य को इसलिए स्वीकारता हूँ, क्योंकि लोगों की

भलाई का संरक्षण प्राथमिक रूप से सरकारी की चिंता का विषय है। इसीलिए प्रत्येक देश में जहाँ मातृत्व लाभ को अपनाया गया है, आप पाएँगे कि मातृत्व लाभ के संदर्भ में प्रभार में कुछ सीमा तक सरकार को रखा गया है। लेकिन इन स्थिति में श्रीमान्, मैं यह स्वीकार करने को तैयार नहीं हूँ कि नियोक्ता, जो महिला को इस परिस्थिति में रोजगार में रखता है, वह महिला के हित में ऐसे लाभ के दायित्व से पूरी तरह मुक्त होता है और इसकी वजह है—निस्संदेह एक नियोक्ता ऐसे कुछ उद्योगों में औरतों को नियुक्त करता है, जहाँ वह पाता है कि पुरुषों को नियुक्त करने की अपेक्षा औरतों को नियुक्त करने में ज्यादा लाभ होगा। ऐसी स्थिति में यह कहना पूरी तरह तर्कसंगत है कि कम-से-कम कुछ सीमा तक नियोक्ता औरत कर्मचारियों के इस लाभ के लिए जिम्मेदार होगा, क्योंकि उसे पुरुषों की अपेक्षा महिलाओं को नियुक्त करने में ज्यादा लाभ है। इसीलिए मेरा कहना है कि यद्यपि मातृत्व लाभ के मसले पर कुछ जिम्मेदारी सरकार पर रोपित की जानी चाहिए थी, तथापि मैं सोचता हूँ कि विधेयक पूरी तरह गलत तब तक नहीं है, जब तक वर्तमान परिस्थिति के अंतर्गत यह नियोक्ता पर दायित्व रोपित करने पर विचार करता हो। इसीलिए इस आधार पर मैं विधेयक का समर्थन करता हूँ।

कहा जाता है कि विधेयक मात्र कारखानों पर लागू होगा व अन्य उद्योगों एवं कृषि व्यवसाय पर लागू नहीं होगा। इसका जवाब काफी सहज है। ऐसे उद्योग जहाँ की दशाएँ ऐसी हैं कि वे खासतौर पर एक महिला के स्वास्थ्य को प्रभावित करती हैं, उसके लिए इस सिद्धांत का विस्तार किया गया है। कृषि व दूसरे व्यवसायों में महिलाएँ उन खतरों या उन घटकों का सामना नहीं करतीं, जो कारखानों में पाए जाते हैं और जो वहाँ काम करनेवाली औरतों के स्वास्थ्य को प्रभावित करते हैं। यही कारण है जिसकी वजह से यह विधेयक मात्र कारखानों तक सीमित है। यही बात उदाहरण के तौर पर कामगार क्षतिपूर्ति अधिनियम के संबंध में कही जा सकती है। यह अधिनियम उस दुर्घटना पर लागू होता है जो कारखानों में श्रम के नियोजन के दौरान हो सकती है और इसलिए आप पाएँगे कि यह विधेयक अन्य व्यवसायों की अपेक्षा मात्र कारखानों तक सीमित है।

अब उद्योगों पर पड़नेवाले बोझ के विषय में माननीय सदस्य ने कहा कि इसके परिणामस्वरूप मजदूरी में कमी आएगी। भले ही ऐसा होता है, पर इसका तात्पर्य यह होगा कि उद्योगों का भार कहीं और स्थानांतरित होगा और माननीय सदस्य को इस आधार पर कोई आपत्ति नहीं होनी चाहिए, ताकि इसके उत्पादन में लगे उत्पादनकर्ता को लाभ हो सके।

फिर ऐसा कहा जाता है कि इस विधेयक को मात्र मुंबई प्रेसीडेंसी तक सीमित नहीं कर देना चाहिए और इसका विस्तार सारे भारत में होना चाहिए।

□

जातिभेद के कारण हिंदू समाज का विकास बाधित हुआ

बहिष्कृत भारत, संपादकीय, 21 दिसंबर, 1928

समाजशास्त्री बताते हैं कि जातिभेद के परिणामस्वरूप हिंदू समाज कमजोर हो गया है। जाति में जन्म, जाति में मरण, जाति में भोजन, जाति में विवाह, ऐसी हिंदू समाज की संरचना होने के कारण सार्वजनिक काम जातिब्राह्य माने जाते हैं। मनुष्य जितना लोगों से दूर रहेगा, उतनी उसकी जाति शुद्ध मानी जाती है। जो घर की गाड़ी छोड़ रेलवे से यात्रा नहीं करेगा, जो चोरों की तरह सब लोगों से अलग रहेगा, वह उतना जातिनिष्ठ समझा जाता है। जो बिल के चूहे की तरह निरुपयोगी न रहते हुए सामाजिक जीवन में बिना भेदभाव किए सक्रिय रहता है, वह उतना जातिभ्रष्ट माना जाता है। सार्वजनिक ऋणानुबंध की गाँठें बाँध, सामाजिक एकता में जातिभेद बहुत बड़ी कैंची है। जातिभेद एकता की भावना उत्पन्न नहीं होने देता है, वरन् इससे हिंदुओं का जीवन भयानक जातिमय हुआ है। एक जाति को दूसरी जाति पराई लगती है तथा व्यवहार करते समय अपनी जाति का अधिकाधिक फायदा तथा दूसरी जाति का नुकसान, यही नीति रहती है। फिर वह कितनी भी अन्यायकारक क्यों न हो? उसका ही पालन किया जाता है। इन कारण हिंदू जातियों में एक-दूसरे के प्रति गैर विश्वास स्थापित हुआ है।

विदेशी राजा होने पर लोग यहाँ संतुष्ट रहते हैं, किंतु स्वदेशी राजा की नियुक्ति करने पर लोग उसे स्वीकार नहीं करते हैं। कारण यह कि स्वदेशी राजा होने पर उसकी जाति कौन सी होगी? किसी जाति का राजा बनने पर दूसरी जातियों को वह पराया व अविश्वसनीय लगेगा। इसी भावना के परिणामस्वरूप अच्छा नेता भी किसी जाति विशेष का होने के कारण अन्य जातियों को वह मान्य नहीं होता है। हर जाति को अपनी ही जाति का नेता हो, ऐसा महसूस होता है। दूसरी जाति के विद्वान् नेता का अनुकरण करने के

बजाय अपनी जाति के बेवकूफ नेता के पीछे जाना ही अच्छा माना जाता है। जातीय दुराव के परिणामस्वरूप नेतागण भी एक नहीं हो पाते हैं। स्वराज्य के लिए कोई विशेष रूप से चिंतित नहीं है। इसका एकमात्र कारण जातिभेद है। प्रत्येक जाति को लगता है कि स्वराज आने पर हो सकता है कि दूसरे जाति के हाथों में सत्ता चली जाए, जिससे फिर हमारी जाति संकट में आ जाएगी। इससे तो विदेशी हाथों में सत्ता रहना ही बेहतर है। जातिभेद के कारण जातीय विद्वेष पनपता है। इसी कारण जातीय विद्वेष वंश परंपरा से चलते आता है।

जातिभेद के कारण हिंदू समाज का विकास बाधित हुआ है तथा उसका क्षरण हो रहा है। हिंदू समाज के किसी भी व्यक्ति को दूसरे धर्म में जाने की मनाही नहीं है, उलटे हिंदू धर्म की अमानवीय दुष्ट रीति-रिवाज के कारण अनेकों लोग दूसरे धर्म में जा रहे हैं। ईसाई तथा मुसलिम समाज का प्रसार हो रहा है, असंतुष्ट हिंदू उनसे जाकर मिल रहे हैं। इसके विपरीत, दूसरे धर्म के लोगों को हिंदू धर्म में कोई अवसर नहीं है। परधर्म के किसी व्यक्ति का शुद्धीकरण कर यदि उसे हिंदू धर्म में लेना हो, तो फिर उसे किस जाति में लेना होगा? यह मुख्य प्रश्न है। यद्यपि जाति तो जन्म से प्राप्त होती है, जो जिस जाति में जन्म लेगा, वह उसकी जाति होती है। यह हिंदू समाज का नियम होने के कारण नया शुद्धिकृत व्यक्ति आखिर किस जाति का होगा? हिंदू समाज में जाति बिना सद्गति नहीं है व जन्म बिना जाति नहीं है। इसी कारण परधर्मीय हिंदू धर्म में आने का साहस नहीं कर पाता है। उलटे हिंदू धर्म ने बाहर जाने का मार्ग खुला छोड़ रखा है, परंतु बाहर से अंदर आने का मार्ग एकदम बंद रखा गया है। इस विधि के कारण पानी अंदर लेनेवाला नल बंद है, परंतु पानी छोड़नेवाला नल खुला होने के कारण जलकुंभ सुख जाता है। उसमें पानी की एक बूँद नहीं रहती है। ऐसी अवस्था हिंदू समाज की न हो, यदि ऐसा मन से लगता हो, तो फिर जातिभेद का उच्चाटन करना अति आवश्यक है।

सामाजिक बंधनों के कारण जहाँ अछूतों के लिए सीमा निर्धारित कर दी गई है, जिन पर हजारों वर्षों की अस्पृश्यता ने अपनी अमिट छाप छोड़ रखी है, वहाँ उन अछूतों में अपनी सीमा के बाहर जाने की मानसिक शक्ति ही नहीं होती है। मन मृतप्राय होता है तथा आशाओं के अभाव में वे कुछ कर नहीं सकते हैं। वे यह मान बैठते हैं कि हमें निर्धारित कर दी गई सीमा के उस पार जाने का प्रयत्न करना यानी अक्षम्य अपराध है। निम्न वर्ग के लोगों में गुणवान पैदा नहीं होते, ऐसी बात नहीं है। दरसल गुणवान लोगों के तैयार न होने में सबसे प्रमुख अवरोध यह है कि तुम्हारे नसीब में बड़प्पन नहीं है, यह हिंदू समाज की शिक्षा ही एकमात्र कारण है। हिंदू समाज की इस विपरीत शिक्षा के कारण स्त्री तथा शूद्रों के गुणों से हिंदू समाज वंचित हुआ है। बड़े लोग समाज के आधारस्तंभ होते हैं, इसके बिना समाज बड़ा नहीं हो सकता है। ये लोग जिस भी वर्ग से मिलें, उन्हें स्वीकार करना चाहिए। हिंदू समाज सुदृढ होने हेतु यह आवश्यक है कि जिस-जिसके पास जो

गुण है, उन गुणों के पूर्ण विकास हेतु अवसर प्राप्त होने चाहिए।

धर्मशास्त्रों की आज्ञानुसार आचरण करने के कारण ही हिंदू समाज आज तक टिका हुआ है। हिंदू समाज द्वारा धर्मशास्त्रों के विरुद्ध आचरण करने पर, उसके बराबर के अन्य समाज जैसे विलुप्त हो गए, उसी भाँति उस समाज का भी हश्र होता। ऐसा बहुत लोगों का विचार है और इसी कारण लोगों का धर्मशास्त्रों पर अटूट विश्वास है। किंतु यह कथन अर्थशून्य है। इस बात को अधिक स्पष्ट करने हेतु बहुत विचार करने की आवश्यकता नहीं है। प्राचीन काल में जिन राष्ट्रों का उदय हुआ, उनमें हिंदू राष्ट्र भी एक है। यह बात इतनी प्रसिद्ध है कि इसे किसी को स्मरण कराने की आवश्यकता नहीं है। इसके साथ के मिस्त्र, आसीरिया, रोम, ग्रीस आदि राष्ट्रों का अस्तित्व समाप्त हो गया है, परंतु हिंदू राष्ट्र आज भी जीवित है, इसलिए वह शक्तिशाली है। यह कथन विचारशून्यता को परिलक्षित करता है, ऐसा हमें महसूस होता है। जीवन जीने के अनेक ढंग हैं तथा वे सभी बलदर्शक तथा स्वाभिमान दर्शक हैं, ऐसी भी बात नहीं है। शत्रु की ओर से आक्रमक होने पर उसे परास्त कर अपनी स्वतंत्रता कायम रख जीवन जीना गौरवपूर्ण है। तो दूसरी ओर शत्रु की शरण में जाकर उसकी दासता में जीना ही है। वास्तव में स्वतंत्रतापूर्ण जीवन की बराबरी दासतापूर्ण जीवन कभी भी नहीं कर सकता है। हिंदू समाज सदियों से जीवित है, किंतु वह गुलाम राष्ट्र बनकर ही जिया है, फिर भी वह अपने को गौरवान्वित महसूस करता है। किंतु हमें ऐसे जीने पर शर्म महसूस होती है। हमें लगता है, ऐसा जीवन बेकार है। हम आज तक जीवित हैं, कहने के बजाय हमें विजेताओं ने जीवित रखा है, यह कथन हमें ईमानदारी से भरा लगता है।

अत्यंत प्राचीन काल में विजेता उतने बौद्धिमान नहीं थे, किंतु इसके पश्चात् उनमें समझदारी आने के कारण उन्होंने पराजित लोगों का संहार करने के बजाय उनसे खेती तथा अन्य काम करवाना शुरू किया। दूसरें शब्दों में कहें तो मौत के घाट उतारने की प्रथा का अंत होकर गुलाम प्रथा का प्रारंभ हुआ। हिंदू राष्ट्र जीवित रहा, इसमें उनका पराक्रम न होकर विजेताओं ने उन्हें जीवित रखा, यह सच्चाई है। यदि विजेताओं ने हिंदुओं का नरसंहार किया होता, तब इस गुलाम राष्ट्र का न अस्तित्व रहा होता और न हम पर गुलाम राष्ट्र कहने की बारी आई होती। जीने के अनेक तरीके हैं तथा हम जिस ढंग से जीवित रहे, वह कोई गौरवास्पद बात नहीं है। फिर भी यदि हम जीवित रहे, तो वह धर्मशास्त्रों के आज्ञारूपी आचरण से नहीं, वरन् हमें शत्रुओं ने मौत के घाट उतारा नहीं, इस कारण हम जीवित रहे हैं। शास्त्रों के अनुसार आचरण कर यदि कुछ हुआ ही है, तो वह यह कि हम अन्य राष्ट्रों की तरह बलहीन रहे तथा दूसरों के साथ संघर्ष करने की हममें शक्ति नहीं रही। एक राष्ट्र के समक्ष दूसरा राष्ट्र टिक नहीं पाया, इसके अनेक कारण हैं। किंतु उनमें से प्रमुख कारण यह है कि एक समाज की रीति-नीति दूसरे समाज

की रीति-नीति से ज्यादा लोचदार तथा न्यायप्रिय थी। इसके बगैर एक राष्ट्र का आधिपत्य दूसरे राष्ट्र पर अधिक दिनों तक रह नहीं पाता है। हमें लगता है, यही सिद्धांत सही है। दरअसल हिंदू राष्ट्र के अपयश का कारण समाज की विपरीत रीति-नीति है। हिंदुओं का समाज-संगठन धर्मशास्त्रानुरूप होने के कारण हिंदू राष्ट्र का अध:पतन धर्मशास्त्रों के कारण हुआ है। जिन सनातनी लोगों ने इस प्रकार के निर्णय दिए, उन्होंने कभी यह विचार नहीं किया कि विश्व कहाँ से कहाँ पहुँच गया है, जबकि हम कहाँ खड़े हैं?

आँख खोलकर हम देखें तो ज्ञात होगा कि सामाजिक सुधार के संदर्भ में दुनिया कहाँ से कहाँ निकल गई है, किंतु हम जहाँ के तहाँ खड़े हैं। स्त्री तथा शूद्रों पर हीनता का दाग दुनिया में कहीं भी नहीं है। गृहकार्यों तक सीमित रहनेवाली स्त्रियाँ आज किसी भी क्षेत्र में प्रवेश कर शिखर तक पहुँच गई हैं, यह दृश्य यूरोप के किसी भी राष्ट्र की सामाजिक गतिविधि को देखकर ज्ञात हो जाता है। नेपोलियन जैसे चमार का लड़का आधे यूरोपीय महाद्वीप का बादशाह बन सकता है; माँ-बाप का पता नहीं, ऐसा अनाथ रेमजे मेकडानल्ड बलशाली इंग्लैंड राष्ट्र का प्रधानमंत्री हो सकता है, किसी समय सेवक माना जानेवाला शूद्र वर्ग विश्व में सेवा देकर बड़े-बड़े अधिकार पदों तक पहुँच जाता है। विश्व बहुत आगे निकल गया है। परंतु हमारे देश में स्त्री जाति तथा शूद्रों को विद्याध्ययन का सादा अधिकार नहीं है, किंतु यहाँ ऐसे ही शास्त्रों की दुहाई दी जाती है।

हिंदू समाज की बौद्धि को धर्मशास्त्रों तथा धर्माचार्यों ने जो ग्रहण लगाया है, वह जब तक छूटेगा नहीं, तब तक उसकी प्रगति असंभव है। केवल मनमोहक बातों पर खुश होने से कोई लाभ नहीं है। जो मत रखे जाते हैं, उनका आधार कौन सा धर्मशास्त्र या समाजशास्त्र है? इसकी जाँच-परख होना अति आवश्यक है। उसके बगैर हिंदू समाज बाहर से कितना ही सुंदर दिखे, फिर भी अंदर से वह उस खंभे की भाँति है, जिसे कीड़ों ने अंदर से खोखला बना दिया है। इसीलिए धर्मशास्त्र का क्षेत्र तथा धर्माचार्यों के अधिकारों का क्षेत्र निश्चित होना अति आवश्यक है।

□

नेहरू समिति की योजना

इस देश में किसी बात की कमी है, तो वह है राष्ट्रीय भावना की…

'बहिष्कृत भारत' संपादकीय अंश, 18 जनवरी, 1929

हमारा मुद्दा यह है कि नेहरू समिति द्वारा की गई निर्वाचन क्षेत्रों की योजना पक्षपातपूर्ण है। अगर यह बात सही नहीं है, तो जो सुविधाएँ मुसलमानों को प्रदान की गई हैं, वही सुविधाएँ पिछड़े हिंदुओं तथा अछूतों को भी प्रदान की जानी चाहिए थीं। सुविधाएँ न देने का कारण नेहरू समिति का कुछ भी हो, किंतु हमें दिखाई पड़ रहा कारण कुछ दूसरा ही है।

लखनऊ समझौता यानी अछूतों की दुर्दशा

पिछड़े हिंदुओं तथा अछूतों को पीछे धकेलकर यदि नेहरू समिति ने सवर्ण हिंदुओं का हित साधा होता, तो भी हमें उसका कुछ आनंद जरूर होता। किंतु समिति वह भी नहीं कर पाई। मुसलमानों को राजनीतिक दृष्टि से सभी अधिकार प्राप्त हो चुके हैं। इसका श्रेय सन् 1917 में कांग्रेस तथा मुसलिम लीग के बीच हुए 'लखनऊ समझौते' को है। हिंदुओं की कांग्रेस तथा मुसलमानों की मुसलिम लीग, इन दो पार्टियों के बीच सन् 1917 के पूर्व इतनी दुश्मनी थी कि एक का मुँह पूर्व की ओर, तो दूसरी का मुँह पश्चिम की ओर रहता था। फलतः एक पार्टी का अधिवेशन जिस शहर में होता था, वहाँ दूसरी पार्टी का अधिवेशन नहीं होता था। हिंदुस्तान में स्वराज्य स्थापित करने का घोषणा-पत्र जब दिनांक 30 जुलाई, 1917 को जारी किया गया था, तब से इन दोनों पार्टियों ने अपनी दुश्मनी कम न कर तालमेल की शुरुआत की थी और उसी तालमेल ने 'लखनऊ

समझौते' को जन्म दिया। इस समझौते में मुसलमानों को सुविधाओं की खैरात बाँटी गई। आरक्षित जगहों की सुविधा मुसलमानों को अधूरी लगने लगी, तब कांग्रेस पार्टी ने उनके स्वतंत्र निर्वाचन क्षेत्र की माँग भी मान्य की।

वास्तव में स्वतंत्र निर्वाचन क्षेत्र की सुविधा नियमानुसार केवल अल्पसंख्यकों हेतु मान्य की गई है, अर्थात् जिस प्रांत में मुसलमान अल्पसंख्यक हैं, वहाँ यह सुविधा उन्हें देनी चाहिए थी। परंतु जिस क्षेत्र में मुसलमान बहुसंख्यक हैं, वहाँ पर भी उन्होंने यह सुविधा प्रदान करने का आग्रह किया तथा कांग्रेस पार्टी ने उनके आग्रह को मान्य करते हुए उन्हें सुविधाएँ बहाल कीं। स्वतंत्र निर्वाचन क्षेत्रों की प्राप्ति के पश्चात् भी मुसलमान संतुष्ट नहीं हो पाए, फिर उन्होंने प्रतिनिधियों की संख्या के संदर्भ में माँग रखी। कांग्रेस पार्टी को मुसलमानों को यह बात मंजूर नहीं थी। लोकसंख्या के आधार पर प्रतिनिधि संख्या होने से हमारी लोकसंख्या कम होने के कारण हमें प्रतिनिधि ज्यादा नहीं मिल पाएँगे तथा कायदा कौंसिल में हमारा प्रभाव नहीं पड़ेगा। अत: हमारा अतीत में जो वैभव रहा है, उस अनुसार हमें प्रतिनिधित्व दिया जाए, ऐसा आग्रह किया गया और फिर उसे भी कांग्रेस ने मान्य कर लिया।

स्वराज्य संबंधी नए नियम जब 1921 में तैयार किए गए, तब उसमें 'लखनऊ समझौते' को शामिल किया गया। जो शर्तें दोनों पाटियों ने मान्य कीं, वे कितनी ही अनुचित क्यों न हों, फिर भी उन शर्तों को इनकार किए बगैर अंग्रेज सरकार ने उसे जस की तस मान्य कर उसे कानून का रूप दिया। अंग्रेज सरकार ने 'लखनऊ समझौते' के एक बिंदु पर बदलाव किया तथा वह था मुसलमानों को दिए गए प्रतिनिधियों का अनुपात। मुसलमानों को 'लखनऊ समझौते' के अंतर्गत दिए गए प्रतिनिधियों का अनुपात किसी भी दृष्टि से अनुचित था। केवल मुसलमानों की मरजी संपादित करने के लिए यह सब मान्य किया गया था। निजी व्यवहार में हुई गलती मनुष्य को हानि पहुँचाती है। यदि उसमें सुधार न किया गया, तो भी चल जाता है, किंतु राज्य व्यवस्था में हुई गलती के परिणाम को संपूर्ण समाज को भुगतना पड़ता है। ऐसी गलती की यथासमय दुरुस्ती करना अति आवश्यक होता है।

'लखनऊ समझौते' में नेहरू समिति ने दो महत्त्वपूर्ण परिवर्तन किए। पहला परिवर्तन यह कि स्वतंत्र निर्वाचन क्षेत्र के स्थान पर संयुक्त निर्वाचन क्षेत्र तथा आरक्षित स्थानों की व्यवस्था व दूसरा परिवर्तन जनसंख्या के अनुपात में प्रतिनिधियों की संख्या। ये दोनों परिवर्तन महत्त्वपूर्ण थे, इससे किसी ने इनकार नहीं किया। नेहरू समिति ने यदि इतना ही किया होता, तो उसका आभार मानना उचित होता। किंतु समिति ने उपर्युक्त जो दो परिवर्तन किए तथा उसे जोड़कर तीसरा और परिवर्तन किया, जिसके कारण उपर्युक्त दोनों परिवर्तनों का जो सापेक्ष परिणाम होना था, वह समूल नष्ट होकर उलटे हिंदू समाज

पर उपकार करने के बजाय संकट उत्पन्न हो गया, ऐसा हमें विवश होकर कहना पड़ रहा है। यह तीसरा अतिरिक्त परिवर्तन यानी नई प्रदेश रचना है। उस नवीन प्रदेश रचना अनुरूप नेहरू समिति ने ऐसा सुझाव दिया है कि सिंध प्रदेश बंबई प्रदेश से अलग किया जाए तथा बलुचिस्तान तथा वायव्य सरहद के प्रदेश स्वायत्त कर, अन्य राज्यों का संविधान इन प्रदेशों में भी लागू किया जाए। इस प्रदेश रचना का आखिर क्या उद्देश्य है? इसका अर्थ अधिकांश लोग समझ नहीं पाए हैं। अन्यथा नेहरू समिति पर आज हिंदू लोग जितने खुश हैं, वे कदापि खुश न हुए होते, ऐसा हमें विश्वास है। नेहरू समिति ने सच्चाई लोगों को मालूम न हो, इसलिए उनकी दिशाभूल करने का प्रयत्न किया है। समिति बताती है कि हमारे द्वारा की गई नई प्रदेश रचना भाषा के आधार पर है।

भाषा अनुसार प्रदेश रचना का सिद्धांत ठीक है, किंतु उसे अमल में लाने पर देश का अपरिमित नुकसान होगा, ऐसा हमारा प्रामाणिक मत है। इस देश में किसी बात की कमी है, तो वह है राष्ट्रीय भावना की। इस देश में राष्ट्रीय भावना पैदा नहीं हो पाई, उसके अनेक कारण हैं। जिसमें प्रमुख कारण यहाँ की अनेक भाषाएँ हैं। यह कारण नष्ट हुए बिना लोगों में राष्ट्रीय भावना उत्पन्न होना असंभव है। भाषा के आधार पर प्रदेशों की निर्मिती यानी एकता की भावना पर कुठाराघात है। जितने अधिक प्रमाण पर प्रांतीय भावना को प्रोत्साहित किया जाएगा, उतनी ही तीव्र गति से राष्ट्रीय भावना का प्रवाह सूखते जाएगा। पुरानी प्रांत रचना से राष्ट्रीय भावना जन्म न ले सकी, यह सत्य है। किंतु भाषानुसार नई प्रदेश रचना होने पर राष्ट्रीय भावन कभी भी जन्म नहीं ले पाएगी। भाषा के आधार पर प्रदेश रचना करने के बजाय संपूर्ण राष्ट्र की एक भाषा हो, इसका प्रयत्न करना अति आवश्यक है। इसी में राष्ट्रहित है, ऐसा हमारा विश्वास है।

नेहरू समिति ने जिस आधार पर प्रदेशों की रचना की है, वे भले ही न बताएँ, फिर भी यह बात लोगों से छुपी नहीं है। समिति ने जो योजना बनाई है, वह मूल रूप से मुसलमानों हेतु है। यह बात आज भी बहुत लोगों के ध्यान में नहीं आ रही है।

20 मार्च, 1927 को दिल्ली में मुसलमानों ने जो माँगें रखी थीं, नेहरू समिति ने जो योजना प्रस्तुत की है, उससे एकदम स्पष्ट होता है कि समिति ने नया कुछ नहीं किया है। मुसलमानों ने जो माँगें रखी थीं, उसी आधार पर समिति ने योजना बनाई है।

मुसलमानों हेतु स्वतंत्र निर्वाचन क्षेत्र रहने देना ठीक है, किंतु नेहरू समिति की नई योजना ठीक नहीं है, ऐसा हमारा स्पष्ट मत है। हिंदू हितों के संदर्भ में नेहरू समिति ने इतनी बेपरवाही की है कि अल्पसंख्यक हिंदुओं को नहीं प्रदान किए गए हैं। उदाहरणार्थ जिन-जिन प्रांतों में मुसलिम अल्पसंख्यक हैं, उन-उन प्रांतों में उनके लिए कायदा-कौंसिल में निश्चित सीटें आरक्षित की गई हैं। पंजाब तथा बंगाल इन दो प्रांतों में हिंदू अल्पसंख्यक हैं, किंतु इन प्रदेशों में नेहरू समिति ने अल्पसंख्यकों हेतु आरक्षित सीटों

की व्यवस्था नहीं की है। इन दो प्रांतों में शायद हिंदुओं को आरक्षित सुविधाओं की आवश्यकता नहीं होगी, किंतु यदि उन्हें वैसी सुविधाएँ प्रदान की जातीं तो कुछ गलत नहीं हुआ होता।

खाई के ऊपर से कूदकर जाने से बेहतर है कि उस पर पुल बाँधकर जाया जाए, इसी में बौद्धिमानी है। व्यवहार में हिम्मत से अधिक बौद्धि को महत्त्व है। अब कुछ लोग कहेंगे कि हमने जो भयसूचक घंटी बजाई है, वह अकारण है। मुसलिम बहुसंख्या वाले कुछ प्रांत यदि निर्माण भी हुए, फिर भी उनकी तुलना में हिंदू बहुसंख्या वाले भी कुछ प्रांत अस्तित्व में हैं। मुसलिम बहुसंख्या वाले प्रांतों में हिंदुओं को अपने दुःख स्वयं ही दूर करने होंगे। दूसरे प्रांतों के हिंदुओं की पीड़ा दूर करने हेतु वे अपने प्रांत के मुसलमानों का छल करेंगे, यह संभव नहीं है। किंतु मुसलमानों के अनाचार के कारण यदि ऐसा होता है, तब परस्पर एक-दूसरे के दबाव में दोनों समाज का निर्वहण संभव हुआ, तब भी वह अभिनंदनीय बिल्कुल नहीं होगा। सत्ता के संतुलन का सिद्धांत देश के व्यवहार में कानून की दृष्टि से उचित भी होगा। किंतु जिस समाज को एक ही देश में पास-पास रहना है तथा जिनके हित-संबंध एक-दूसरे पर आश्रित हैं, तब वे एक-दूसरे के साथ आनंदपूर्वक हैं, यह व्यवस्था करने के बजाय यदि दोनों एक-दूसरे की ओर साशंक दृष्टि से देखते रहें व एक-दूसरे से लड़ने-भिड़ने के लिए उतारू रहें, ऐसी व्यवस्था करना केवल हमारी मूर्खता ही होगी। अपने प्रदेश के हिंदू जन हमारे बंधक हैं, ऐसा मुसलमानों को समझना तथा हमारे प्रदेश में मुसलमान हमारे बंधक हैं, यह हिंदुओं को समझना, ऐसा दोनों पक्षों का निश्चय होने पर किसी भी प्रांत के व्यक्ति सुख-समाधान से नहीं रह पाएँगे, यह हमारा विश्वास है। एक प्रदेश के बहुसंख्यक लोग वहाँ के अल्पसंख्यकों का छल करेंगे। इसलिए अन्य प्रांतों के बहुसंख्यकों को वहाँ के अल्पसंख्यकों का छल करना चाहिए, यह कृति अन्यायपूर्ण तथा जंगली होगी।

अब नेहरू समिति के लोग कहेंगे कि हमने जिस प्रदेश रचना की योजना तैयार की है, वह 'एक भाषा-एक प्रांत' इस भावना से की है। उसका परिणाम यदि किसी प्रांत में हिंदुओं की बहुलता तथा किसी प्रांत में मुसलमानों की बहुलता के रूप में होता हो तो उसमें हमारी असमर्थता है। इस बात का हमारा प्रतिउत्तर यह है कि कौन सी व्यवस्था अच्छी है तथा कौन सी बुरी है, यह मूलतः उसके उद्देश्य पर आधारित रहती है। व्यवस्था दिखने को कितनी भी अच्छी रही, किंतु उसका उद्देश्य यदि खराब है, तब उसके परिणाम भी गलत रहेंगे। जैसी भावना वैसे फल, यह कहावत प्रसिद्ध है।

एक भाषा बोलनेवाले एक साथ आएँ, वे मिल-जुलकर संगठित रहें, संस्कृति समृद्ध हो तथा राष्ट्र वैभवशाली बने। यदि यह भाषावार प्रांत रचना का उद्देश्य होता, तो हमने उसे स्वीकार किया होता। किंतु भाषा अनुरूप प्रांत रचना का यह उद्देश्य नहीं है।

मुसलिम लोगों ने स्पष्ट कर दिया है कि कुछ प्रांतों में हमारी दाढ़ी हिंदुओं के हाथों में तथा कुछ प्रांतों में हिंदुओं की चोटी मुसलमानों के हाथ में हो। अत: इस तरह की प्रदेश रचना आवश्यक है, ऐसा उन्होंने साफ तौर पर बताया है।

प्रांतीय सरकार तथा केंद्रीय सरकार इन दोनों के बीच संबंध किस प्रकार हो? यह महत्त्वपूर्ण प्रश्न है। राज्य सरकार तथा केंद्र सरकार के बीच अधिकार विभाजित किए जाते हैं, जिससे कि प्रशासकीय कारोबार सुचारु रूप से चलाया जा सके। किंतु अधिकारों के विभाजन के दौरान दो प्रश्न उपस्थित होते हैं, पहला यह कि राज्य सरकार को दिए गए अधिकारों पर नियंत्रण रखने का अधिकार केंद्रीय सरकार को हो या न हो? दूसरा प्रश्न उपस्थित होता है वह यह कि अधिकारों के विभाजन के पश्चात् शेष अधिकार किसके पास हों? वे राज्य सरकार के पास हों या फिर केंद्र सरकार के पास हों?

कल तक मुसलमानों की यह नीति रही कि राज्य सरकार को जो अधिकार प्रदान किए गए हैं, उन पर केंद्र सरकार का नियंत्रण रहना चाहिए, परंतु वही मुसलमान आज अलग माँग रख रहे हैं। अब वे कहने लगे हैं कि राज्य सरकार को जो अधिकार प्राप्त होंगे, उनके अच्छे या बुरे उपयोग करने हेतु वे स्वतंत्र होंगे। नेहरू समिति ने भी मुसलमानों की माँगों को मान्य कर लिया है। इस योजना के संबंध में दुराग्रह का कोई कारण नहीं है। वजह यह है कि इस तरह की योजना दूसरे देशों में भी है। किंतु अब दृष्टिकोण में एकाएक इतना बदलाव आया है, यह अवश्य ही विचारणीय है। इस बदलाव का कारण कोई कुछ भी दे, किंतु हमें महसूस होता है कि मुसलमानों की यह माँग हिंदू-मुसलमानों के बीच सत्ता-संतुलन की चाल है तथा उसी की पूर्ति हेतु ऐसी प्रांत योजना नियोजित की गई है। राज्य व्यवस्था केंद्रीय सरकार द्वारा नियंत्रित होने पर नवीन प्रांत रचनानुसार मुसलमान हिंदुओं की चोटी मरोड़ने हेतु स्वतंत्र नहीं रह सकेंगे। कारण, अब राज्य सरकार पर केंद्रीय सरकार का नियंत्रण होगा। किसी प्रांत के बहुसंख्यक मुसलमान वहाँ के अल्पसंख्यक हिंदुओं पर अत्याचार करने लगें, तब केंद्रीय सरकार उसे रोकेगी। इसीलिए मुसलमानों ने उस प्रदेश रचना की माँग की है, जिसमें हिंदुओं पर अत्याचार करने के बावजूद भी राज्य सरकार केंद्र सरकार के नियंत्रण में न रहकर स्वनियंत्रण में रहे। परंतु नेहरू समिति ने ऐसी गलत माँग को मानकर हिंदुओं का बहुत बड़ा अहित किया है।

नेहरू समिति की योजना में हिंदुओं को धोखा है। इतना ही नहीं, हिंदुस्तान पर आपत्ति आनेवाली है, ऐसा हमें कहना पड़ता है। राज्य सरकार का अधिकार संबंध कैसा हो? यह प्रश्न बहुत अधिक महत्त्वपूर्ण है। देश की केंद्रीय सरकार तथा अंग्रेज सरकार के बीच संबंध कैसे हों? यह बात महत्त्वपूर्ण है। यह संबंध निश्चित करते समय राष्ट्र का ध्येय क्या है? साम्राज्य अंतर्गत स्वराज्य हो या फिर स्वतंत्र हो, यह दो प्रश्न सहज

रूप में उपस्थित होते हैं। नेहरू समिति ने हिंदुस्तान के लिए साम्राज्य अंतर्गत स्वराज्य के ध्येय की सिफारिश की है। परंतु सन् 1927 में कांग्रेस ने स्वराज्य हिंदुस्तान का ध्येय है, ऐसा प्रस्ताव पारित किया था। अर्थात् नेहरू समिति के ध्येय में तथा कांग्रेस के ध्येय में विरोधाभास उत्पन्न हुआ है तथा इस विरोध का भूत इतना जबरदस्त है कि जिसका अनुभव कांग्रेस अधिवेशन में सबको हो चुका है। इस भूत का विनाश कर, एक सुर में विवाद समाप्ति पर एक प्रस्ताव पारित किया गया है, किंतु वह प्रस्ताव इतना गोल-मोल है कि हर कोई अपनी सुविधा अनुसार उसका अर्थ निकाल सकता है। इतना सत्य है कि नेहरू समिति की योजना को छेड़छाड़ किए बिना, स्वतंत्रता, यही हिंदुस्तान का ध्येय है, ऐसा मान्य किया गया।

अपने देश को स्वतंत्रता न मिले, अपना देश हमेशा गुलामी की जंजीरों में जकड़ा रहे, ऐसा एक भी स्वदेशाभिमानी मनुष्य हमें ढूँढ़ने से नहीं मिलेगा। स्वतंत्रता के लिए सबको सहानुभूति है, किंतु इस प्रश्न का केवल सैद्धांतिक विचार करने से कुछ नहीं होगा, अपितु हमें व्यवहारिक दृष्टि से विचार करना अति आवश्यक है।

जो कोई यदि एशिया महाद्वीप के नक्शे की ओर दृष्टिपात करेगा, तो उसे महसूस होगा कि यह देश कितना भँवरजाल में फँसा हुआ है! एक और भिन्न संस्कृति के चीन और जापान जैसे राष्ट्र हैं, तो दूसरी ओर तुर्किस्तान, अफगानिस्तान तथा पर्शिया जैसे तीन मुसलिम राष्ट्र हैं। इन दोनों के बीच में फँसे इस देश को सोच-विचारकर कदम रखने चाहिए, ऐसा हमें लगता है। इन सब राष्ट्रों का एक संघ तैयार होगा तथा इस महाद्वीप के लोग भाईचारे की भावना से प्रेरित होकर आनंदपूर्वक रहेंगे, ऐसा चित्र फिलहाल नजर नहीं आता है। एक संस्कृति के लोग यूरोप महाद्वीप में रह रहे हैं, फिर भी वहाँ पर आज तक युद्ध समाप्त नहीं हुआ है। एशिया महाद्वीप में विरोधी संस्कृति के लोग रहते हैं, फिर उनका मिलाप होगा, ऐसी आशा करना मृगजल सदृश्य ही होगा। अत: वास्तविकता को ध्यान में रखकर उस अनुसार व्यवहार करना श्रेयस्कर होगा। इस परिस्थिति में चीन तथा जापान की ओर से आक्रमण होने पर युद्ध में कौन पराजित होगा? इस संबंध में विश्वासपूर्वक कुछ भी कहना कठिन है। फिर भी इस आक्रमण का सब मिलकर मुँहतोड़ जवाब देंगे, इतना निश्चित है। परंतु यदि तुर्की, अफगानिस्तान या पर्शिया इन तीन राष्ट्रों में से किसी एक के आक्रमण करने पर सब लोग मिलकर इसका सामना करेंगे, इसकी विश्वसनीयता कितनी है? इस संदर्भ में हम सशंक हैं।

हिंद के मुसलमानों का झुकाव मुसलिम संस्कृति की ओर होना स्वाभाविक है। यह झुकाव अधिक प्रबल है कि मुसलिम संस्कृति का प्रसार कर मुसलिम राष्ट्रों का संघ तैयार कर, फिर गैर मुसलिम (काफिर) राष्ट्रों को अपने आधिपत्य में लाने का उनका ध्येय है। इन विचारों के कारण, जिनके पैर हिंदुस्तान में हों, फिर भी उनकी आँखें

तुर्किस्तान या अफगानिस्तान की ओर लगी हुई हों, हिंदुस्तान अपना देश है, इसका जिनको अभिमान नहीं है तथा अपने निकटवर्ती बंधुओं के प्रति उनमें अपनेपन का भाव नहीं है, ऐसे मुसलमान विदेशी आक्रमण के दौरान हिंदुस्तान का संरक्षण करेंगे; ऐसा सोचना धोखादायक है। यही हमें महसूस होता है। स्वतंत्रता की रक्षा करते समय केवल मुसलिम मनोवृत्ति का विचार न करते हुए, इस देश की प्रांत रचना का भी विचार करना आवश्यक है। सभी मुसलिम प्रांत हिंदुस्तान की सरहद पर हैं। विध्यांचल पर्वत तक सारी धरती इसलाममय है। इस कारण मुसलमान स्वतंत्र हिंदुस्तान के द्वारपाल हैं, उन्होंने यदि शत्रुओं को रोककर रखा तो ठीक है, किंतु यदि उन्होंने शत्रुओं को सहायता की या फिर तटस्थ रहे, तब ऐसी स्थिति में आधा मकान कब्जा करने तक उसे रोक पाना मुश्किल है। घर के ही व्यक्ति की सहायता होने पर शत्रु को बाहर खदेड़ना कठिन होता है। इसका एहसास हर हिंदू का होना अति आवश्यक है। मुसलिम प्रवाह किस दिशा की ओर बह रहा है, इस बारे में कोई संदेह नहीं रह गया है।

किसी समय राजनिष्ठ प्रजा में मुसलमनों की गणना होती थी। ब्रिटिश साम्राज्य के उपासक बन मुसलमानों ने अराजक कांग्रेस पार्टी से स्नेह संबंध नहीं बनाया, वही मुसलमान आज स्वतंत्रता के प्रशंसक बने बैठे हैं। किंतु यह उनका स्वतंत्रता प्रेम राष्ट्र के कारण उत्पन्न नहीं हुआ है, वरन् ब्रिटिश साम्राज्य में शांतिपूर्वक रह रहे इस देश को मुसलिम साम्राज्य की चौखट में कैद करने का यह हथकंडा है। यही बात मुसलमानों के नेता सर अली इमाम कर रहे हैं। हमारे महात्मा गांधी यह जरूर कहते हैं कि मुसलमानों की मत-भिन्नता यह राष्ट्रप्रेम का द्योतक है। इसी आधार पर वे सन् 1939 से स्वतंत्रता आंदोलन की शुरुआत करनेवाले हैं। ईश्वर करे कि महात्मा गांधी के चंगुल से देश को शीघ्र मुक्ति मिले!

अछूतों को ही नहीं, वरन् हिंदुओं को भी धोखा

देश-बंधुओं को हमारा निवेदन है कि हमने नेहरू समिति की योजना का जो पोस्टमोर्टम किया है, उसपर वे अवश्य विचार करें। यह छानबीन हमने स्वार्थ में अंधे होकर नहीं की है। नेहरू समिति की योजना का हमने जो विरोध किया है, वह समिति द्वारा अछूतों की हो रही प्रताड़ना के कारण नहीं, वरन् उससे हिंदुओं को व राष्ट्र को धोखा है, इसलिए हमने योजना का विरोध किया है। इस योजना से कुछ धोखा नहीं है, ऐसा कहकर कुछ लोग उसका समर्थन करते होंगे या कुछ धोखा है, यह जानकर भी समर्थन करते होंगे। तब ऐसे दोनों वर्गों के बारे में हमारा कुछ कहना नहीं है। परंतु इन दोनों वर्गों के अतिरिक्त तीसरा ऐसा बड़ा वर्ग है, जो इस धोखे को न जानते हुए इस योजना का समर्थन कर रहा है। उस वर्ग को सही स्थिति ज्ञात हो, अत: यह सब उनके

लिए है। यह प्रयत्न फलीभूत हो, इसलिए हमने दो टूक शब्दों में अपनी बात रखी है। इस संपादकीय की स्पष्टता हेतु हमें कुछ लोग भला-बुरा भी कहेंगे। व्यवहार में कुछ समय सत्य छिपाना लाभदायक होता है तथा कुछ समय सत्य उजागर करना हानिकारक होता है। किंतु वर्तमान में हमें सच कहने को एकदम विवश होना पड़ा है। हमने कुछ लोगों की निंदा की परवाह किए बगैर बहुत ही निर्भीकता के साथ अपने विचार जनता के समक्ष रखे हैं। हिंदू समाज का रोष हम पर तो है ही, किंतु अब मुसलमानों का रोष भी हम पर होगा, इसकी हमें पूरी जानकारी है। किंतु जिसमें देश का अकल्याण है, वहाँ हमारा भी अकल्याण होगा, ऐसी हमारी भावना होने के कारण हमने यह जोखिम अपने सिर पर ली है। हमें आशा है कि जनमत वस्तुस्थिति को भली-भाँति समझ पाएगा।

□

अंग्रेजी सरकार नहीं, जनता द्वारा चुनी गई सरकार...

प्रथम गोलमेज परिषद् के पूर्ण अधिवेशन की पाँचवीं बैठक में 20 नवंबर, 1930 को दिया गया भाषण

मैं इस सभा में संवैधानिक सुधारों के प्रश्न पर उन दलित वर्गों का पक्ष प्रस्तुत कर रहा हूँ, जिनका मुझे और मेरे सहयोगी राव बहादुर श्रीनिवासन को प्रतिनिधित्व करने का सौभाग्य प्राप्त हुआ है। यह ब्रिटिश भारत की 430 लाख जनता अथवा 1/5 जनसंख्या का पक्ष है। दलित वर्ग स्वयं में ऐसे लोगों का समूह है, जो मुसलमानों से भिन्न एवं अलग है। यद्यपि उन्हें हिंदू कहा जाता है, किंतु वे हिंदू जाति का किसी भी अर्थ में अविभाज्य अंग नहीं हैं। वे न केवल उनसे अलग रहते हैं, अपितु उन्हें जो दरजा प्राप्त है, वह भी भारत में अन्य जातियों के दरजे से बिल्कुल भिन्न है। भारत में अनेक जातियाँ अत्यंत दयनीय एवं गुलामी की स्थिति में रह रही हैं, किंतु दलित वर्गों की स्थिति बिल्कुल भिन्न है। अंतर केवल इतना है कि कृषि कर्मियों और नौकरों के साथ अस्पृश्यता का बर्ताव नहीं किया जाता, जबकि दलित वर्ग अस्पृश्यता के अभिशाप का शिकार है। उससे भी खराब बात यह है कि अस्पृश्यता के कारण उन पर लादी गई गुलामी से न केवल सार्वजनिक जीवन में उनके साथ भेदभाव बरता जाता है, बल्कि उन्हें समान अवसरों और मानवीय जीवन के लिए आवश्यक नागरिक अधिकारों से भी वंचित रखा जाता है। मुझे विश्वास है कि इतने बड़े वर्ग, जिसकी जनसंख्या इंग्लैंड अथवा फ्रांस की जनसंख्या के बराबर है और जो अपने अस्तित्व के लिए संघर्ष करने के लिए भी सक्षम नहीं हैं, के दृष्टिकोण को हृदयगंम करने से ही राजनीतिक समस्या का सही समाधान संभव होगा। मैं चाहता हूँ कि उस दृष्टिकोण से यह अधिवेशन प्रारंभ से ही अवगत हो जाए।

मैं दलित वर्गों के पक्ष को यथासंभव संक्षेप में रखने का प्रयास करूँगा। भारत में

नौकरशाह शासन प्रणाली को बदलकर एक ऐसी सरकार स्थापित की जाए, जो जनता की हो, जनता द्वारा चलाई जाए और जनता के लिए हो। अपनी परिस्थितियों को ध्यान में रखकर हमने वर्तमान सरकार का मूल्यांकन किया है और देखा है कि इसमें एक अच्छी सरकार के आवश्यक आधारभूत तत्त्वों का भी अभाव है। जब हम अंग्रेजी शासन से पहले ही अपनी दुर्भाग्यपूर्ण स्थिति से अपनी वर्तमान स्थिति की तुलना करते हैं, तो हम देखते हैं कि आगे बढ़ने के बजाय हम वहीं-के-वहीं खड़े हैं। अंग्रेजी शासन से पहले अस्पृश्यता के अभिशाप के कारण हम घृणास्पद जीवन व्यतीत कर रहे थे। क्या अंग्रेजी शासन ने अस्पृश्यता को दूर करने के लिए कोई कदम उठाया है? अंग्रेजी शासन से पहले मंदिरों में हमारा प्रवेश वर्जित था। क्या अब हम मंदिरों में प्रवेश कर सकते हैं? अंग्रेजी शासन में पहले हमें पुलिस में नौकरी नहीं दी जाती थी। क्या अब हम इस पुलिस में जा सकते हैं? अंग्रेजी शासन से पहले हम सेना में भरती नहीं हो सकते थे। क्या सरकार ने हमारे लिए यह रास्ता खोला? इन प्रश्नों में से किसी प्रश्न का उत्तर 'हाँ' में नहीं है। हम पर अंग्रेजी शासन का लंबे अरसे तक काफी प्रभाव रहा है। उन्होंने हमारा जो भी भला किया, हम उसे स्वीकार करते हैं। किंतु हमारी स्थिति में निश्चय ही कोई मूलभूत अंतर नहीं आया है। वस्तुत: जहाँ तक हमारा संबंध है, ब्रिटिश सरकार ने सामाजिक व्यवस्थाओं को ज्यों-का-त्यों स्वीकार कर लिया और विश्वासपूर्वक उन्हें उस चीनी दरजी की भाँति सुरक्षित रखा, जिसे पुराने कोट के नमूने पर जब नया कोट सिलने दिया गया, तो उसमें गर्व से पैबंद, खोंच आदि सभी लगा दिए गए। अंग्रेजी शासन के 150 वर्ष बीत जाने पर भी हमारी तकलीफें उन खुले घावों की तरह हैं, जिनपर मरहम लगाने का कोई प्रयास नहीं किया गया।

हमारा आरोप यह नहीं है कि अंग्रेजी शासन ने हमारी उपेक्षा की है अथवा उनकी हमारे प्रति सहानुभूति नहीं है। हम इस निष्कर्ष पर पहुँचे हैं कि वह हमारी समस्याओं का समाधान कर ही नहीं सकते। यदि उन्होंने हमारी उपेक्षा की होती, तो बात इतनी गंभीर नहीं थी और उसके कारण हमारे विचारों में इतना गंभीर परिवर्तन नहीं आता। स्थिति का गहन विश्लेषण कर हम यह जान गए हैं कि यह केवल उपेक्षा का मामला नहीं है, बल्कि इस कार्य को करने के लिए उनमें बिल्कुल भी काबिलीयत नहीं है। भारत सरकार जानती है कि जमींदार जनता का खून चूस रहे हैं और पूँजीपति कामगारों को जीवनयापन के लिए उचित मजदूरी नहीं दे रहे हैं तथा उनके लिए काम की बेहतर स्थिति भी पैदा नहीं करते हैं। बड़े दु:ख की बात है कि सरकार ने इन बुराइयों को दूर करने का साहस नहीं दिखाया। इसका कारण क्या है? क्या इन बुराइयों को दूर करने के लिए उसके पास कानूनी शक्ति का अभाव है? नहीं, यह बात नहीं है। इसका कारण यह है कि उसे भय है कि वर्तमान सामाजिक और आर्थिक व्यवस्था में परिवर्तन करने से उसका विरोध

होगा। ऐसी सरकार जनता के लिए किस काम की है? इन दो सीमाओं के पाटों में फँसी सरकार दलित वर्गों की स्थिति में सुधार करने और उनके जीवन को बेहतर बनाने के लिए कुछ नहीं कर सकती। हमें ऐसी सरकार चाहिए, जिसमें सत्ता में बैठे व्यक्ति देश के हित में अविभाजित राज्यनिष्ठा प्रदान करेंगे। हमें ऐसी सरकार चाहिए, जिसमें सत्ता में बैठे व्यक्ति इस बात को समझते हों कि कब सरकार की आज्ञाकारिता समाप्त हो जाती है और प्रतिरोध आरंभ हो जाता है, फिर वे न्याय और समय की आवश्यकताओं को देखते हुए सामाजिक और आर्थिक जीवन की आचार संहिताओं में परिवर्तन करने में नहीं हिचकिचाएँ। अंग्रेजी सरकार यह भूमिका कभी नहीं निभा सकेगी। यह कार्य केवल वही सरकार कर सकती है, जो जनता सरकार हो, जनता के लिए हो तथा जनता द्वारा चुनी गई हो।

इसलिए दलित वर्ग इस अनिवार्य निष्कर्ष पर पहुँचे हैं कि भारत की नौकरशाह सरकार सदाशय के बावजूद हमारी तकलीफों को दूर करने के लिए किसी प्रकार का परिवर्तन नहीं ला सकती। हम महसूस करते हैं कि हमारे अतिरिक्त हमारे दुःख-दर्द को कोई भी दूर नहीं कर सकता और जब तक राजनीतिक शक्ति हमारे हाथों में नहीं आती, हम भी उसे दूर नहीं कर सकते। जब तक अंग्रेजी सरकार बनी रहेगी, तब तक इस राजनीतिक सत्ता का अंशमात्र भी हमें मिलनेवाला नहीं। स्वराज्य के अंतर्गत ही हमें राजनीतिक सत्ता में साझेदारी का कोई अवसर मिल सकता है, राजनीतिक सत्ता के बिना हमारे लोगों का उद्धार संभव नहीं है।

मेरा तार्किकों के साथ कोई झगड़ा नहीं है, किंतु मैं उन्हें चेतावनी देना चाहता हूँ कि यदि वे अपने निष्कर्षों के लिए सही तर्कों का चयन नहीं करेंगे, तो निश्चय ही उसके विनाशकारी परिणाम होंगे। मुझे भय है कि इस बात को पूरी तरह से महसूस नहीं किया जा रहा है कि देश की वर्तमान मानसिकता को देखते हुए ऐसा कोई संविधान सफल नहीं होगा, जो अधिकांश जनता को मान्य न हो। वे दिन चले गए, जब आप जैसा भी निर्णय लेते थे, भारत उसे मान लेता था। अब वे समय कभी वापस नहीं आएगा। यदि आप चाहते हैं कि आपका संविधान मान्य हो, तो आप उसे तर्क पर नहीं, जनता की सहमति के आधार पर बनाएँ।

□

अछूतों का भाग्योदय होगा

डॉ. बाबासाहेब आंबेडकर के पत्र, लंदन, दिनांक 31 जनवरी, 1931

अभी रात का एक बज रहा है। भीड़भाड़ वाला यह लंदन शहर अभी नींद में चुपचाप सोया हुआ है। सब तरफ नीरव शांति पसरी हुई है।

यहाँ गोलमेज परिषद् के लिए आने से पूर्व मेरी मित्र मंडली में यह चर्चा निकली थी कि मैं 'इंग्लैंड में क्यों जाऊँ?' यह बात आप लोगों को भी ज्ञात होगी। मेरे यहाँ आने के अनेक कारण व उद्देश्य बताए गए थे। किंतु मेरे एक मित्र ने यह भी कहा था कि इंग्लैंड जाने से मुझे विश्राम मिलेगा तथा स्थलांतर भी हो जाएगा। यह वक्तव्य बहुत ही मोहक तथा विनोदपूर्ण था। स्थलांतर की बात तो समझ में आ सकती है, किंतु विश्राम? आग से निकलकर अंगारों में फँसने जैसी मेरी अवस्था है। दिन में विश्राम की बात तो जाने दो, किंतु रात को भी एक बजे से पहले किसी दिन भी यह बात न संभव हुई। अस्पृश्यों की ओर से गोलमेज परिषद् के समक्ष सादर करने हेतु मैंने जो प्रतिवेदन तैयार किया है, उसकी एक प्रति मैं इस पत्र के साथ भेज रहा हूँ। यह रिपोर्ट तैयार करते समय जो मुझे परिश्रम करना पड़ा, उसे शब्दों में व्यक्त नहीं किया जा सकता है। इस रिपोर्ट का अनुवाद सरल मराठी भाषा में कर सब तक पहुँचाओ।

इस तरह विश्राम शब्द का उत्तर तो अब मिल गया होगा। वैसे विश्राम की मैंने कभी अपेक्षा नहीं की थी। अत: इस विश्राम के बारे में मेरा निराश होने का कोई कारण नहीं है, क्योंकि विश्राम के स्थान पर कठिन परिश्रम मेरे जीवन का हिस्सा बन चुका है। इस पत्र से आप सब स्नेही मंडली को ज्ञात हो ही जाएगा कि हम अपने उद्देश्य में कहाँ तक सफल हुए हैं। इस संबंध में आप लोगों को विस्तार सहित बहुत कुछ बताना है। वह सब प्रत्यक्ष मुलाकात से ही संभव हो पाएगा। इसका 'जनता' के पाठकों को बहुत लाभ होनेवाला है। अमेरिका जाने का कार्यक्रम मैंने अब रद्द कर दिया है। इसके कारण आप सबसे मुलाकात बहुत शीघ्र ही होगी।

'अभी रात के दो बज रहे हैं। मैंने जिस काम के लिए इतनी रात को पत्र लिखना शुरू किया है, उसका उल्लेख मैंने नहीं किया है। 'जनता' के अभी तक चार अंक मेरे पढ़ने में आए हैं। मुझे इसके पहले ही आपका अभिनंदन करना था तथा आपके इस लोककल्याणकारी कार्य हेतु धन्यवाद देना था। परंतु आज 'जनता' का अंक मेरे हाथों में आया है, जिसे पढ़कर आपको, श्री कद्रेकर, प्रधान आदि सहयोगी मित्रों को धन्यवाद दिए बगैर रहा नहीं जा रहा है। मेरी भावनाओं के तथा अस्पृश्यों के सुख-दुःख, आशा-आकांक्षाओं के साथ आप लोग इतने समरस हो गए हो कि आप लोग हमारी तरह जन्म से अस्पृश्य नहीं हो, बस यही आप लोगों का दोष है।

'समता' के पीछे-पीछे 'बहिष्कृत भारत', ये दोनों समाचार-पत्र बंद हो जाने के कारण हमारे लोग समाचार-पत्र के लिए बहुत अधीर हो गए थे। अपना भी समाचार-पत्र हो, ऐसी इनकी स्वाभाविक इच्छा थी। उसे आपने 'जनता' के माध्यम से पूरा किया है, जिससे मेरे पीछे की यह समस्या समाप्त हुई है। अस्पृश्य जनता को इस 'जनता' को भरपूर सहयोग तथा आश्रय देना चाहिए। 'जनता' की आवाज स्पृश्य लोगों के कानों तक पहुँचकर उनकी नींद गायब हो जानी चाहिए। इतना संपन्न तथा समर्थ 'जनता' को अस्पृश्य समाज को करना चाहिए। मेरे मतानुसार यह बात असंभव नहीं है। भविष्य काल कष्टदायक तथा कठिनाई भरा है, फिर भी वह काल अछूतों के भाग्योदय का है। यह बात अस्पृश्य तथा पददलित समाज को अवश्य ध्यान में रखना चाहिए। इस भाग्य उदय के लिए जो साधन महत्त्वपूर्ण साबित होंगे, उसमें 'जनता' का स्थान सर्वोपरि होगा। इस बात को अछूत बंधुओं को नजरअंदाज नहीं करना चाहिए। मुझे विश्वास है कि 'जनता' साप्ताहिक पत्र को सहयोग करने में मेरे दलित बंधु लापरवाही नहीं करेंगे। स्पृश्य वर्ग के उदार मतवाले बंधुओं ने भी 'जनता' के विचारों का अपने समाज में प्रसार करने का श्रेय लेना चाहिए। कारण, भविष्य में इन्हीं विचारों की विजय होगी। यह बात किसी को नहीं भूलनी चाहिए। मैं बहुत कुछ लिखना चाहता था, किंतु बहुत थक जाने के कारण अब पत्र यहीं समाप्त करता हूँ।

□

राष्ट्र के भविष्य का निर्माण करते समय एक अस्पृश्य का लड़का, जो परिषद् में बैठेगा, किसी को विश्वास होगा?

दूसरी गोलमेज परिषद् में जाते समय
डॉ. बाबासाहेब आंबेडकर द्वारा लिखे गए पत्र का अंश—सन् 1931

मुंबई छोड़े आज मुझे पाँच दिन हो रहे हैं। अभी तक की यात्रा सुखद नहीं रही। तूफानी हवा के कारण समुद्र ने रौद्र रूप धारण किया है। इतनी विशाल बोट (जहाज) भी ऊँची लहरों के कारण नीचे-ऊपर हो रही है। इतनी अच्छी बात है कि बोट इधर-उधर नहीं डोल रही है, न ही वह हिचकोले खा रही है, अन्यथा यह यात्रा बहुत ही कष्टदायी होती।

लहरों के बीच घनघोर युद्ध जारी है। मन में दूसरों के साथ बात करने की इच्छा होकर भी समुद्र की भयंकर लहरों की गर्जना के बीच वह मन-के-मन में नष्ट हो जाती है। ऐसे समय विचार अंतर्मुखी होकर मन भूतकाल की ओर भागता है। मेरे मित्रों तथा मेरे संपर्क में आए हुए सज्जनों को ज्ञात होगा कि मेरा स्वभाव काव्यमय नहीं है। मैं भी स्वयं को ऐसा ही समझता हूँ। मेरा स्वभाव या मेरी प्रवृत्ति काव्यमय न भी रही हो, किंतु मेरा जीवन क्या अपूर्व तथा प्रचंड काव्य नहीं है?

हिंदुस्तान के एक अस्पृश्य महार का लड़का आगे चलकर गोलमेज परिषद् में बैठेगा तथा राष्ट्र के भविष्य का निर्माण करते समय प्रमुख रूप से भाग लेगा, क्या किसी को भी इस बात पर विश्वास होगा? कल्पना की उड़ान भी कमजोर पड़ जाए! उसे भी आकलन न हो पाए? क्या यह घटना इतनी काव्यमय तथा चमत्कारपूर्ण नहीं है? जिसे काव्य तथा रोमांस कहते हैं, उसमें तथा मेरे जीवन के घटनाक्रम में ऐसा अभूतपूर्व और क्या हो सकता है?

दूसरों को जाने दें, किंतु बड़ोदा के महाराज की उदारता के परिणामस्वरूप मैं जब उच्च शिक्षा के लिए न्यूयॉर्क (अमेरिका) जाने को निकला, तब मेरा उद्देश्य भविष्य में विद्यार्जन कर स्वयं का हित साधने तक सीमित था। किंतु अल्पावधि में ही मेरी गूँगी पददलित जनता के सुख-दुःख में समरस होकर मेरा जीवन सार्वजनिक तथा महत्त्वपूर्ण बनेगा, इसकी मुझे सपने में भी कल्पना नहीं थी। सन् 1913 में अमेरिका जाने के लिए सर्वप्रथम मैंने जब हिंदुस्तान की धरती को छोड़ा, तब मैं विद्यार्जन करने हेतु जानेवाला एक साधारण व गुमनाम विद्यार्थी था। मेरे कुटुंब के अतिरिक्त कोई भी मुझे विदा करने मुंबई के बंदरगाह तक नहीं आया था। सन् 1917 में जब मैं विद्या प्राप्ति का कार्य संपन्न कर वापस आया, तब भी मैं साधारण तथा अनजान व्यक्ति ही था। मेरी अर्जित विद्या अकेले की थी। मेरा गुणगान या स्वागत करने की इतनी अपनेपन की भावना मेरे अछूत भाइयों में उत्पन्न नहीं हुई थी। इसके पश्चात् मैं जब तीन साल तक मुंबई में रहा, उस दौरान मेरा परिचय यहाँ की जनता से हुआ। मेरे विद्यार्जन के कारण मुझे थोड़ी प्रसिद्धि भी मिली, किंतु वह एकदम साधारण थी। जब दूसरी बार सन् 1920 में मैंने यूरोप यात्रा के लिए हिंदुस्तान से प्रयाण किया तथा अपनी शिक्षा में और अधिक पदवियों की बढ़ोत्तरी कर जब मैं वापस हुआ, तब भी मेरे जाने-आने की ओर किसी ने ध्यान नहीं दिया था। किंतु जब मैं तीसरी व चौथी बार विदेश गया, तब मेरे जाने-आने को कल्पना के बाहर सब ओर से विशेष महत्त्व आ गया है। मेरी जनता के अपार प्रेम का मैं पात्र हूँ, ऐसा भी मुझे कभी नहीं लगा। जिसे भविष्य कहते हैं, उस भविष्य का पात्र होकर पूर्व संकेतानुसार मेरे निजी महत्त्वहीन व काव्यहीन जीवन को अब महत्त्व प्राप्त हो गया है, ऐसा मुझे अब लगने लगा है। वह कुछ भी हो, परंतु मेरी जनता के उद्धार का एक साधन समझकर प्रकृति ने मुझे यह कार्य सौंपा है। इस एहसास से मुझे जो अद्वितीय संतोष मिला है, ऐसा अवसर बहुत कम लोगों के हिस्से में आता है। पूर्व संकेतानुसार मुझ पर जो जिम्मेदारी आई है तथा मैं अपने लोगों के प्रेम व विश्वास पर खरा उतरूँ, यही मेरी आकांक्षा है। □

हिंदुओं की भावी पीढ़ी मेरे कार्यों को सराहेगी

धन्यवाद समारोह, लंदन से दूसरी गोलमेज परिषद् से वापस लौटने पर आर.टी.सी. मुंबई (29 जनवरी, 1932)

अपने अनुयायियों के प्रेम और कृतज्ञता से भाव-विभोर होकर डॉ. आंबेडकर ने विशाल श्रोताओं के सामने घोषणा की कि जो भी सेवाएँ वे कर सके, वे उनके कार्यकर्ताओं के सहयोग और उनके अपने लोगों के अडिग समर्थन का परिणाम थीं। उन्होंने कहा कि कोई भी नेता किसी मिशन की सफलता और असफलता के लिए स्वयं जिम्मेदार नहीं होता, अत: उन्होंने उनसे संघर्ष जारी रखने के लिए कहा।

डॉ. आंबेडकर ने कहा, "मुझे कांग्रेसियों के द्वारा देशद्रोही कहा जाता है, क्योंकि मैंने गांधीजी का विरोध किया। मुझे इस आरोप से कोई परेशानी नहीं है। यह आरोप आधारहीन, झूठा और द्वेषयुक्त है। लेकिन दुनिया के लिए यह एक भारी आघात था कि आपकी बेड़ियों को तोड़ने के लिए स्वयं गांधी ने हिंसात्मक विरोध प्रायोजित किया था। मुझे विश्वास है कि हिंदुओं की भावी पीढ़ियाँ राउंड टेबल के इतिहास को पढ़कर मेरे कार्यों को सराहेंगी।"

डॉ. आंबेडकर ने अल्पसंख्यकों के मुद्दे पर गांधी के दृष्टिकोण की आलोचना करते हुए कहा कि बहिष्कृत वर्ग से समझौता वार्त्ता करते समय वे चोरी-छुपे मुसलमानों से साँठ-गाँठ कर रहे थे। उन्होंने श्रोताओं से कहा कि ये किसी नेता पर विश्वास करने की बजाय अपनी ताकत पर भरोसा रखें। सभा की समाप्ति पर डॉ. आंबेडकर ने नासिक मंदिर-प्रवेश के सत्याग्रह (लगभग उसी समय डॉ. आंबेडकर के अनुयायियों ने सत्याग्रह करके कला राम मंदिर, नासिक में प्रवेश किया।) को बधाई दी।

□

पूना समझौता : ऐसे मार्ग प्रयोग में लाए जाएँ, जिससे अस्पृश्य समाज हिंदू समाज से अलग न दिखे!

Thus Spoke Dr. Ambedkar—भीम पत्रिका प्रकाशन, 1932

कुछ दिन पहले मैं जिस धर्मसंकट में पड़ा था, शायद ही वैसी स्थिति में कोई आया होगा। यदि मैं ऐसा कहूँ तो कोई अतिशयोक्ति नहीं होगी। दो गंभीर पर्याय में से मैं किसी एक को चुनूँ, ऐसी गंभीर स्थिति मुझ पर आई थी।

एक ओर भारत के सबसे श्रेष्ठ व्यक्ति के प्राण बचाने की जिम्मेदारी मुझ पर थी, तो दूसरी ओर गोलमेज परिषद् में मेरी क्षमतानुसार उचित मार्ग से जिन अस्पृश्य वर्ग के कल्याण हेतु मैं प्रयत्नशील था, उनके संरक्षण तथा कल्याण संबंधी प्रश्नों को हल करने की जिम्मेदारी मुझ पर थी। आप सबके सहयोग से ढूँढ़ निकाली गई उपाय योजना के कारण मैं आज बहुत खुश हूँ। एक तरफ मैं महात्मा गांधी के जीवन की रक्षा कर पाया, तो दूसरी ओर अस्पृश्य वर्ग के भावी कल्याण तथा सुरक्षा संबंधी प्रश्नों को हल कर पाया। इस समझौते का बहुत सा श्रेय महात्मा गांधी को जाता है। मैं जब उनसे मिला था, तब मुझे लगा कि हम दोनों के विचारों में बहुत सी समानता है। उस समय मुझे बहुत आश्चर्य हुआ था, यह बात मैं मान्य करता हूँ।

सर तेज बहादुर सप्रू ने आपको बताया ही है कि जब भी किसी समस्या को उनकी ओर ले जाया गया, तब वह समस्या और अधिक गहन होती गई। गोलमेज परिषद् में मेरे विचारों से अपने अलग विचार रखनेवाला यह व्यक्ति दूसरी ओर जाने के बजाय मेरी सहायता हेतु दौड़कर आया। यह देख मुझे बहुत आश्चर्य हुआ। अत्यंत विकट परिस्थिति में मैं फँसा होने पर भी उस परिस्थिति से महात्माजी ने मुझे मुक्त किया, इसके लिए मैं

उनका बहुत आभारी हूँ। इस तरह की उदारता गांधीजी ने गोलमेज परिषद् में क्यों नहीं दिखाई? इस बात का मुझे बहुत दु:ख है। यदि उसी समय उन्होंने मेरे दृष्टिकोण को समझ लिया होता तो मुझे इस भीषण परिस्थिति से न गुजरना पड़ा होता। किंतु अब यह सब भूतकाल की बातें हैं। अब मैं इस प्रस्ताव का समर्थन करने के लिए खड़ा हूँ, इसका मुझे बहुत आनंद हो रहा है।

समाचार-पत्रों ने एक प्रश्न उपस्थित किया है कि क्या इस समझौते को संपूर्ण अस्पृश्य वर्ग का समर्थन है? जहाँ तक मेरा तथा मेरे साथ जो जनसमूह है, उनकी ओर से मैं स्पष्ट करना चाहता हूँ कि इस समझौते को हमारा पूर्ण समर्थन है। इसमें संदेह बिल्कुल नहीं है।

हिंदू समाज इस समझौते के साथ प्रतिबद्ध रहेगा या नहीं, यह उनसे संबंधित प्रश्न है। दुर्भाग्य के साथ कहना पड़ता है कि हिंदू समाज एक संघ न होकर अनेक छोटी-छोटी जातियों का संघ है। इसका हमें अच्छी तरह अनुभव है। फिर भी हिंदू समाज इस समझौते की ओर पवित्र दृष्टि से देखेगा तथा आदरपूर्ण भावना के साथ भविष्य में कार्य करेगा, ऐसा मुझे पूर्ण विश्वास है।

मैं यह बताना चाहता हूँ कि इस समझौते में जिन-जिन मित्रों ने भाग लिया, मैं उन सबका अत्यंत ऋणी हूँ। यहाँ पर विशेष रूप से सर तेज बहादुर सप्रू तथा श्री सी. राजगोपालाचारी का उल्लेख करना चाहूँगा। तेज बहादुर सप्रू के बगैर बहुत सारे बिंदुओं पर निर्णय लेना कठिन होता। पिछले दो वर्षो के अनुभव से मुझे यह कबूल करना चाहिए कि जातीय पूर्वग्रहों से मुक्त यदि कोई भारतीय है, तो वह है सर तेज बहादुर सप्रू। भारत के नए संविधान में हमें सुरक्षा मिले, इसके लिए जो-जो अल्पसंख्यक प्रयत्नशील हैं, उनको सर तेज बहादुर सप्रू की प्रामाणिकता तथा न्यायप्रियता का हमेशा साथ मिला है।

मेरे मित्र राजगोपालाचारी का यहाँ उल्लेख करना अति आवश्यक है। हम जब मतभेदों के दो बिंदुओं पर खड़े थे, तब ये हमारी मदद के लिए दौड़कर आए। उनकी प्रतिभा के बगैर 'पूना समझौता' होना असंभव था। पंडित मालवीय ने तीखी बहस तथा वैचारिक लेन-देन के बीच जो सभ्यता तथा सहनशीलता दिखाई, उस हेतु उनका आभार मानना आवश्यक है। 'स्वतंत्र निर्वाचन क्षेत्र राष्ट्र के लिए अहितकारी होगा', इसी बात के कारण 'कम्यूनल अवार्ड' में बदलाव किया गया है, इस बात पर मुझे आज भी संतोष नहीं है। बहुसंख्यक प्रतिनिधित्व के लिए स्वतंत्र निर्वाचन क्षेत्र घातक है, इस बात को मैं समझ सकता हूँ। किंतु स्वतंत्र निर्वाचन क्षेत्र गलत है, यह बात मुझे आज भी जँचती नहीं है।

संयुक्त निर्वाचन क्षेत्र के कारण दलित समाज हिंदू समाज से पूर्णत: एकरूप हो जाएगा, इस बात पर मेरा विश्वास नहीं है। निर्वाचन क्षेत्र संबंधी कोई भी बड़ा समझौता

सामाजिक समस्या हल करने का अंतिम उपाय नहीं हो सकता है, मैं इस विचारधारा को मानता हूँ। किसी भी राजकीय समझौते से अन्य बात कहीं अधिक महत्त्वपूर्ण होती है। अत: मैं ऐसी आशा व्यक्त करता हूँ कि आज हम जो कुछ कर रहे हैं, उससे (राजकीय व्यवस्था) कहीं और आगे जाना संभव हो सकेगा। इस तरह के साधन तथा मार्ग प्रयोग में लाए जाएँ, जिससे कि अस्पृश्य समाज हिंदू समाज से जोड़ा हुआ भाग नहीं रहेगा, वरन् दलित समाज को समानता तथा सम्मान का दरजा प्राप्त हो सकेगा।

जब तक अस्पृश्य समाज अज्ञान में था, तब तक उसमें स्वाभिमान तथा स्फूर्ति का अभाव था। वह हिंदू कानून अनुसार सामाजिक भेदभाव का शिकार था। परंतु जैसे-जैसे उन्हें शिक्षा प्राप्त होगी, वैसे-वैसे उन्हें गलत सामाजिक नियमों का एहसास होगा, वेदना होगी। तब इन लोगों द्वारा हिंदू समाज से विभक्त होने का खतरा पैदा होगा। इन सब बातों पर गहराई से विचार कर आप लोग आवश्यक तथा उचित उपाय करेंगे, योजनाएँ क्रियान्वित करेंगे, ऐसी मैं आशा व्यक्त करता हूँ।

□

अस्पृश्यता नष्ट करने के मार्ग : कानून नहीं, केवल प्रेम का बंधन ही एक सूत्र में बाँध सकता है

डॉ. बाबासाहेब आंबेडकर द्वारा श्री अमृतलाल ठक्कर (ठक्करबापा) को दिनांक 14 नवंबर, 1932 को लिखा गया पोर्ट सईद से पत्र। 'पूना समझौते' के पश्चात् गांधीजी के नेतृत्व में 'अस्पृश्यता निवारक संघ' की स्थापना करने का विचार हुआ था। उसी संदर्भ में एक पत्र लिखा गया था। पत्र का अंश—

प्रिय ठक्कर, वि.वि.

लंदन जाने हेतु निकलने के पूर्व ही आपका तार मिला था। मेरी सूचना के अनुसार आपने रायबहादुर श्रीनिवासन को केंद्रीय बोर्ड के सदस्य तथा श्री देवराव नाईक को प्रांतीय बोर्ड के सदस्य के रूप में मनोनीत किया है, यह समाचार मुझे तार द्वारा ज्ञात हुआ है। मेरी सूचना को स्वीकार कर यह प्रश्न संतोषजनक ढंग से हल हुआ है, यह बहुत आनंद की बात है। अब हम सब मिलकर अस्पृश्यता निवारक संघ का कार्यक्रम अपने हाथों में ले सकते हैं। इस संघ का कार्यक्रम किन-किन नियमों से अधिक परिणामकारी होगा ? इस बारे में संघ के सदस्यों से विचार-विनिमय करने का यदि मुझे अवसर मिला होता, तो वह ज्यादा बेहतर हुआ होता। परंतु लंदन अचानक जाने के कारण यह अवसर प्राप्त नहीं हो सका है।

दलित समाज की उन्नति संबंधी प्रश्न को देखने के मेरे दो दृष्टिकोण हैं। अस्पृश्य समाज के व्यक्ति का भविष्य उस व्यक्ति के व्यवहार पर आधारित रहता है। इस सिद्धांत को मानकर तथा उस दृष्टि से विचार करनेवाले कुछ लोग हैं। अछूत समाज का व्यक्ति दु:ख तथा दरिद्रता में डूबा हुआ है, तब वह व्यक्ति दुष्ट तथा दुर्गुणी होना चाहिए। इस विचारधारा के समाज सुधारक अछूत व्यक्ति के सद्गुणों में वृद्धि करने हेतु प्रयत्नशील

रहते हैं। अपने सब साधनों का उपयोग वे एक ही बात के लिए करते रहते हैं, व्यक्ति विशेष में सद्गुणों की वृद्धि के लिए। इस विचारधारा के सामाजिक कार्यकर्ता शराबबंदी, स्वास्थ्य विषयक सरकारी जागृति, वाचनालय तथा पाठशाला खोलने के कार्यक्रम हाथों में लेते हैं। अछूत समाज के लोगों को अधिक सद्गुणी बनाने का इनका प्रयत्न रहता है।

मेरे मतानुसार अछूतों की उन्नति करने का दूसरा भी एक मार्ग है। जिस स्थिति में तथा जिन बंधनों में व्यक्ति को अपना जीवन गुजारना पड़ता है, वह परिस्थिति उस व्यक्ति के भविष्य के लिए जिम्मेदार रहती है। यदि किसी व्यक्ति के आस-पास का सार्वजनिक वातावरण प्रतिकूल है, इसी सिद्धांत पर दूसरी कार्यपद्धति आधारित है। मेरा विश्वास है कि इन दो विचार प्रणालियों में दूसरी विचार प्रणाली वस्तुस्थिति को देखते हुए अधिक उचित है। पहली पद्धति से कुछ चुनिंदा लोगों के सामाजिक स्तर में विकास हो सकता है, किंतु इस प्रणाली से संपूर्ण समाज के सामाजिक दरजे का विकास नहीं किया जा सकता है। अस्पृश्य समाज को कुछ मिले, उन्हें सहायता प्रदान करने के लिए इस संस्था का जन्म नहीं हुआ है, वरन् अछूत समाज का सर्वांगीण विकास करना, यह अस्पृश्यता निवारक संस्था का ध्येय है। अत: व्यक्ति विशेष के गुणों में वृद्धि करने हेतु अपनाते साधन व समय का उपयोग न किया जाए, ऐसा मुझे प्रतीत होता है। अत: अस्पृश्यता निवारक मंडल ने अछूत-समाज के सर्वांगीण विकास तथा सामाजिक स्थिति में परिवर्तन कर सुधार कैसे होगा? इस तरह का प्रयत्न करना चाहिए तथा इसी आधार पर उन्हें अपनी नीतियाँ बनानी चाहिए।

इस संबंध में मेरी कैसी सोच है, इसका अल्प परिचय आपको हो जाएगा। अत: इसी संदर्भ में मैं कुछ निश्चित तथा विधायक योजना आपके समक्ष रखने का साहस कर रहा हूँ।

1. नागरिकता संबंधी अधिकार-प्राप्ति की योजना

मेरे मतानुसार हमारी संस्था को यदि पहला कोई कार्यक्रम अपने हाथों में लेना हो तो वह अस्पृश्य वर्ग को नागरिक अधिकार दिलाने का होना चाहिए। गाँवों में कुओं से पानी भरने की अछूतों को खुली छूट देना, गाँव की पाठशालाओं में अन्य लड़कों के साथ अछूत लड़कों की बैठने की तथा शिक्षा की व्यवस्था होना, गाँव की पंचायत में उन्हें प्रवेश देना, बैलगाड़ी, तांगा, मोटर, नाव इत्यादि सार्वजनिक वाहनों का अन्य लोगों की भाँति अछूतों द्वारा बेरोक-टोक प्रयोग करना आदि बातों का इस कार्यक्रम में समावेश होना चाहिए। यह कार्यक्रम गाँव-गाँव तक पहुँचाने की व्यवस्था होने पर ही अछूतों को हिंदू समाज में सामाजिक समता का दरजा प्राप्त हो सकेगा तथा हिंदू जनता की (क्रांतिकारी) मानसिक तैयारी हो सकेगी। हिंदू जनता के विचारों में इस तरह की

क्रांति हुए बगैर वह अस्पृश्यों के साथ समानता का व्यवहार करने को तैयार नहीं होंगे। इस कार्यक्रम का क्रियान्वयन गाँवों में करते समय अस्पृश्यता निवारक मंडल को कौन-कौन सी कठिनाइयों का सामना करना पड़ेगा, इस बात का अनुमान हम सबको होना अति आवश्यक है। इस काम में किस प्रकार की अड़चनें आती हैं, यह मैं अपने अनुभव से बता सकता हूँ।

डिप्रेस्ड क्लास इंस्टिट्यूट व समाज समता संघ का अध्यक्ष रहते समय उपर्युक्त कार्यक्रम की शुरुआत जब मैंने कुलाबा तथा नासिक जिलों में की थी, तब वहाँ मुझे अच्छा अनुभव प्राप्त हुआ था। प्रथम, स्पृश्य तथा अस्पृश्यों के बीच मारपीट होकर उसका अंत सिर फुटौव्वल में हुआ और फिर मामला कचहरी तक पहुँचा। ऐसे झगड़ों में अस्पृश्य समाज का बहुत बुरा हाल होता है। कारण, पुलिस तथा न्यायालय, ये दोनों विभाग अछूतों के ही विरोध में रहते हैं। नासिक तथा कुलाबा जिलों में अछूत वर्ग को नागरिकता का सामान्य अधिकार के लिए जो आंदोलन किया गया, उसमें एक भी ऐसा उदाहरण देखने के नहीं मिलता है, जहाँ पुलिस तथा न्यायाधीश की ओर से अछूतों को कोई सहायता या न्याय मिला हो, जबकि अछूतों की माँगें एकदम वाजिब थीं।

यह कार्यक्रम हाथ में लेने पर दूसरी आपत्ति सामने आएगी। गाँव-गाँव के सवर्ण हिंदू अछूतों का बहिष्कार करेंगे। अस्पृश्य लोगों द्वारा बराबरी का प्रयत्न करने पर गाँव के स्पृश्य हिंदू अछूतों का बहिष्कार करने लगेंगे तथा उनका नमक-पानी बंद कर देंगे, जिससे भुखमरी की समस्या उत्पन्न होगी। उनका अनवरत मानसिक तथा शारीरिक छल किया जाएगा। यह सब करुण कहानी स्टार्ट समिति का सदस्य होने के नाते मुझे अच्छी तरह ज्ञात है। इस पत्र में मैं अछूतों की दयनीय अवस्था का विस्तार से वर्णन नहीं करना चाहता हूँ। अछूतों की नागरिकता के लिए आपकी संस्था की ओर से मेरी सूचनानुसार यदि कोई अभियान प्रारंभ किया गया, तो उस मार्ग में आनेवाली केवल दो अड़चनों का ही मैंने यहाँ उल्लेख किया है। बाकी दूसरी अड़चनों का प्रतिकार करने के लिए आपको समाज-सेवकों की एक सेना ही बनानी होगी, जो गाँव-गाँव में जाकर लोक जागृति करेगी तथा अछूतों की सहायता करेगी। इस तरह से स्वयंसेवक आपको हर जगह तैयार करने होंगे। अपने अधिकारों के लिए लड़नेवाले अस्पृश्यों को ये स्वयंसेवक प्रोत्साहन देंगे। उसी भाँति सरकार-दरबार में अछूतों को न्याय दिला देने के लिए आर्थिक तथा अन्य सहायता करेंगे, संघ द्वारा ऐसी व्यवस्था होनी चाहिए। यह कार्यक्रम प्रभावी ढंग से सफल होगा, इस बात में मुझे कुछ भी संदेह नहीं है।

अछूतों को नागरिकता दिलाने हेतु अपने अस्पृश्यता निवारक मंडल को प्रभावशाली कार्यक्रम हाथों में लेना चाहिए। यह मेरा आप सबको आग्रहपूर्वक सुझाव है। इस मार्ग में आनेवाली कठिनाइयों का मुझे पूरा एहसास है। इस संबंध में मुझे जो अनुभव हुआ है, उस

आधार पर मैं कह सकता हूँ कि यह कार्यक्रम सफल बनाने के लिए शासकीय नियमों का प्रत्यक्ष आधार होना अति आवश्यक है।

2. समान अवसर

हमारे अस्पृश्यता निवारक संघ के हाथ में लेने का दूसरा कार्यक्रम यानी जीवन कलह की स्पर्धा में अछूतों को समान अवसर मिला देना है। अछूत समाज के दुःख व दरिद्रता के लिए जो बातें प्रमुख रूप में उत्तरदायी हैं, उन सब में प्रमुख बात समान अवसर का अभाव है। स्पृश्यों के मन में अछूतपन की भावना के कारण दलितों को समान अवसर नहीं मिल पाते हैं, यह बात विशेष तौर पर सबको ध्यान में लानी चाहिए। सब्जी-भाजी का व्यापार, दूध-दही का धंधा आदि उदर निर्वाह के सामान्य कार्य अन्य मानव जाति हेतु खुले हैं, किंतु अस्पृश्य समाज की गाँवों की छोड़ें, परंतु शहरों में भी उनको यह रोजगार करने की मनाही है, जो हिंदू नहीं हैं, ऐसे अन्य धर्मीय के पास से स्पृश्य हिंदू सामान खरीद कर सकते हैं, किंतु अस्पृश्यों की ओर से वह सामान नहीं खरीदते हैं। नौकरी के संबंध में तो अछूतों की स्थिति और भी दयनीय है। स्पृश्य हिंदुओं द्वारा लादी गई अस्पृश्यता इन अभागों के लिए सरकारी नौकरियों में कदम-कदम पर अवरोध उत्पन्न करती है। अस्पृश्यता के कारण पुलिस, हवालदार या चपरासी की छोटी सी नौकरी भी मिलना मुश्किल काम है। कारखानों तथा फैक्टरियों में भी अस्पृश्यता उनका पीछा छोड़ने को तैयार नहीं है।

अपनी अस्पृश्यता निवारक संस्था को इन प्रश्नों को ध्यान में रखते हुए इस विषमता के विरुद्ध जनमत तैयार करना चाहिए। इस पक्षपातपूर्ण व्यवस्था के विरोध में तथा निवारण के लिए जगह-जगह संस्था की शाखाएँ स्थापित करना उचित तथा आवश्यक है।

3. पारंपरिक सामाजिक संबंध तथा सहवास

अपने संघ को एक दूसरा भी प्रयास करना चाहिए। अस्पृश्य हिंदुओं के मन में अस्पृश्यों के प्रति जो तिरस्कार की भावना है, उसे नष्ट करना अति आवश्यक है। स्पृश्यों के तिरस्कार स्वरूप स्पृश्य-अस्पृश्य, ये दो वर्ग तैयार हुए हैं। इस तिरस्कार की भावना को नष्ट करने का एक उत्तम उपाय यानी दोनों वर्गों के बीच परस्पर संबंध तथा सहवास का होना है। फलस्वरूप आपसी व्यवहार के कारण अपनेपन का भाव उत्पन्न होगा। ऐसी स्थिति हमें उत्पन्न करनी होगी। इन दो भिन्न वर्गों का एक-दूसरे के प्रति परायापन दूर करने के लिए उन्हें किसी सामान्य कार्यक्रम में एकत्र करना होगा। स्पृश्यों के घरों

में अछूतों को बुलाना या उन्हें नौकरी पर रखना आदि प्रयोग करने पर उसका सुपरिणाम यह होगा कि सवर्णों के मन से तिरस्कार की भावना नष्ट होगी। यह इतना उत्तम साधन है कि इस जैसा दूसरा परिणामकारी उपाय कोई नहीं हो सकता है। इस तरह चलते-बोलते संबंध व सहवास स्थापित होने पर दोनों वर्गों के बीच सामान्य वतावरण का निर्माण होगा। सामान्य जीवन-शैली के बीच अपनेपन की भावना जन्म लेगी। हम सामाजिक एकता के लिए आज जितनी कोशिश कर रहे हैं, वह इस व्यवहार से साध्य हो जाएगी।

अमेरिका में नीग्रो की गुलामी नष्ट करने के लिए वहाँ के गोरे जिस तरह अपने ही सजातीय लोगों से लड़े, उसी भाँति हमारी अस्पृश्यता नष्ट करने के लिए अस्पृश्यता निवारक संघ के सवर्ण सदस्य तथा कार्यकर्ता क्या अपने सवर्ण भाइयों के साथ संघर्ष करने को तैयार हैं? जब तक अस्पृश्यों को इस बात का विश्वास नहीं होगा, तब तक उनका संघ के सदस्यों का यह अंतिम उपाय हम यदि पास में रख भी दें, तो भी संघ को यह बताना होगा कि अछूतों के साथ सवर्णों का समता तथा स्नेह के साथ व्यवहार करना कितना आवश्यक है! इसके लिए सवर्णों को अपने घर में अस्पृश्यों को स्नेहभाव से बुलाना चाहिए या फिर नौकर रखना चाहिए, जिससे कि परस्पर संबंध दृढ हो सकें।

4. कार्यकर्ता कैसे हों?

अपना कार्यक्रम सफल बनाने के लिए अस्पृश्यता निवारक संघ को कार्यकर्ताओं, समाजसेवकों की एक सेना ही गठित करनी होगी। यदि ऐसी सोच होगी कि कार्यकर्ताओं का चयन करना एक सामान्य बात है। किंतु मेरे मतानुसार इस काम के लिए योग्य व्यक्ति का चयन करना बहुत ही महत्त्व तथा जिम्मेदारी का काम है। किसी भी काम को करने के लिए किराए पर बहुत से आदमी मिल सकते हैं, किंतु ऐसे कार्य के लिए इन लोगों का कोई उपयोग नहीं है। अछूतोद्धार के लिए आस्था तथा निष्ठा के कार्यकर्ताओं का होना अति आवश्यक है। आवश्यक होने पर ऐसे व्यक्ति अस्पृश्य समाज से भी ढूँढ़ निकालना होगा। इस कार्य के लिए कौन सी योजना तैयार की जाए तथा कौन सी न की जाए, इस का चयन करते समय संघ को सभी बातों को ध्यान में रखना आवश्यक है। अछूतोद्धार के नाम पर अपना स्वार्थ साधनेवाले हरामखोर आदमी अछूत समाज में नहीं हैं, ऐसा मैं नहीं कहूँगा। वास्तव में ऐसे लोग इस समाज में भी हैं। सामान्य तौर पर अछूतोद्धार के कार्य हेतु अस्पृश्य समाज के कार्यकर्ता तथा समाजसेवकों को इस योजना में सम्मिलित करने पर वे इस काम को स्वाभाविक रूप से तथा अपनेपन की भावना के साथ करेंगे। ऐसे काम को सफल बनाने के लिए अपनेपन की भावना की नितांत आवश्यकता होती है।

इस प्रश्न पर विचार करते समय हमको दूसरी भी सावधानी रखना अति आवश्यक

है। समाजसेवा तथा अस्पृश्योद्धार के कार्य हेतु आज अनेक संस्थाएँ इस देश में अवतरित हुई हैं। किसी निश्चित ध्येय के अभाव में ये संस्थाएँ 'जिधर दम, उधर हम' की नीति पर अपने समाजोद्धार की गाड़ी आगे धकेलती रहती हैं। इन कामचलाऊ संस्थाओं की अपने संघ ने यदि थोड़ी-बहुत आर्थिक सहायता की, तो ये संस्थाएँ संघ के कार्य में कुछ मददगार साबित होंगी। किंतु यह भी सच है कि इस तरह उधारी की पद्धति से किए गए काम टिकाऊ नहीं हो पाएँगे। निश्चित ध्येय को लेकर काम करनेवाले व्यक्ति ऐसे काम हेतु आवश्यक होते हैं। अपना कार्य उत्साह तथा एकाग्रता से करना सुलभ हो, ऐसे ही व्यक्ति अपने कार्यक्षेत्र के प्रति सजग रहते हैं। अत: यह काम यदि दूसरों पर सौंपना हो, तब ऐसे ही व्यक्तियों को काम सौंपें, जो अछूतोद्धार के लिए ही अपना सर्वस्व अर्पण करने को तैयार हैं।

पत्र बहुत ही लंबा हो चला है। मुझे और भी कुछ बातें सुझानी थी, किंतु उन्हें फिर कभी कहूँगा। पत्र समाप्ति के पूर्व मैं एक बात अवश्यक कहना चाहता हूँ। मि. बेलफोर ने कहा है···"ब्रिटिश साम्राज्य को यदि टिककर रहना है, तो उसे कानून के बंधनों में रहने के बजाय प्रेम के बंधनों में रहना होगा।" मुझे भी लगता है कि यह सिद्धांत हिंदू समाज पर एकदम फिट बैठता है। स्पृश्य तथा अस्पृश्य समाज कानून के बंधनों में या स्वतंत्र निर्वाचन क्षेत्र व संयुक्त निर्वाचन क्षेत्र की अदला-बदली से एक संघ नहीं हो सकता है। केवल प्रेम का बंधन ही उन्हें एक सूत्र में बाँध सकता है और यह भी सही है कि न्याय तथा समानता को स्वीकार किए बगैर प्रेम का प्रादुर्भाव नहीं हो पाएगा। अत: अस्पृश्य हिंदुओं की ओर से अस्पृश्यों के साथ न्यायपूर्ण व्यवहार की अपेक्षा है। यदि अछूतों के साथ सवर्ण हिंदू न्याय व समानता का व्यवहार नहीं करते हैं, तब अस्पृश्यता निवारक संघ को ऐसी परिस्थिति निर्माण करनी होगी। संघ को इस काम को अपना प्रमुख कर्तव्य समझना चाहिए और यही बात संघ के अस्तित्व हेतु आवश्यक है।

□

हिंदू धर्म को समानता का धर्म बनना होगा

कालाराम मंदिर प्रवेश सत्याग्रह पर
डॉ. आंबेडकर द्वारा प्रसिद्ध पत्रक का अंश, 14 फरवरी, 1934

मंदिर प्रवेश के आंदोलन में मुझे सक्रिय सहयोग देना चाहिए, ऐसा मुझसे हमेशा आग्रह किया जाता है। इस संदर्भ में मैं अपने विचार इस पत्रक के माध्यम से व्यक्त कर रहा हूँ।

क्या अछूतों के लिए मंदिर प्रवेश का आंदोलन चलाना चाहिए? यह प्रश्न मन में उपस्थित होने पर दूसरा प्रश्न फिर जन्म लेता है ··· वह यह कि मंदिर प्रवेश के संबंध में अछूत लोग उत्सुक है या नहीं? इस विषय पर अस्पृश्य दो तरह से विचार करते हैं। पहला विचार यह है कि उनका सामाजिक स्तर ऊँचा होने पर हिंदुओं का दृष्टिकोण अपने आप बदल जाएगा। उनका सामाजिक स्तर ऊँचा करने के लिए उन्हें उच्च शिक्षा, ऊँची नौकरियाँ तथा जीवन निर्वाह के लिए अन्य साधनों की आवश्यकता होगी। उनकी सामाजिक स्थिति सुधरने पर तथा अन्य लोगों के बराबर का समाज में स्थान प्राप्त होने पर कट्टर हिंदुओं का उनके प्रति दृष्टिकोण बदल जाएगा। यदि इस तरह का परिवर्तन नहीं हुआ, तब भी अछूतों की किसी तरह की हानि नहीं होगी, इस दृष्टि से देखने पर अछूतों को मंदिर प्रवेश जैसे बेकार मुद्दे पर अपनी शक्ति तथा समय खर्च नहीं करना चाहिए।

मंदिर प्रवेश आंदोलन चलाने की दिशा में अवरोध उत्पन्न करनेवाली दूसरी बात यानी आत्मगौरव की भावना है। कुछ समय पहले भारत में रहनेवाले अंग्रेजों के क्लब के दरवाजों पर लिखा होता था ··· 'कुत्तों तथा हिंदुस्तानियों को अंदर आने की इजाजत नहीं है।' हिंदू मंदिरों के दरवाजों पर भी अछूतों के लिए इसी तरह के बोर्ड लगाए हुए हैं। इसमें फर्क केवल इतना है कि सभी हिंदू अपने कुत्तों तथा पशुओं सहित मंदिर में प्रवेश कर सकते हैं, केवल अछूत को अंदर जाने की अनुमति नहीं है।

इस मंदिर प्रवेश के प्रश्न पर मैं हिंदुओं से इतना ही कहना चाहूँगा कि अछूतों के लिए मंदिर खोलना या फिर न खोलना, यह तुम्हारी सोच का विषय है, मेरे आंदोलन का नहीं। मानवीय पवित्रता का अपमान करना अनुचित बात है, ऐसा यदि आपको लगता हो, तो फिर आप मंदिर के दरवाजे खोलकर सभ्य नागरिक बन सकते हैं। यदि आपको इस तरह सभ्य आदमी बनने के बजाय केवल 'हिंदू' बनकर रहना अधिक पसंद है, तब आप लोग अपने मंदिर के दरवाजे अवश्य बंद रखें। मुझे आपके मंदिरों में जाने की कोई जरूरत नहीं है।

मंदिर प्रवेश के संबंध में और भी अनेक प्रश्न हैं। अछूतों को मंदिर प्रवेश का अधिकार अब ही क्यों देने में आ रहा है? उसके मूल में हिंदुओं का क्या उद्देश्य है? मंदिर प्रवेश क्या अछूतों की उन्नति का अंतिम उद्देश्य है? या फिर उनकी उन्नति में यह पहला कदम है? यदि यह प्रारंभ है तो फिर उसका अंतिम ध्येय कौन सा है? मंदिर प्रवेश आंदोलन का अंतिम ध्येय होने पर ऐसे आंदोलन का अछूत लोग बिल्कुल समर्थन नहीं करेंगे, उलटे वे कहेंगे कि हिंदू समाज ने अछूतों का स्वीकार नहीं किया है। अत: उन्हें कोई और विकल्प तलाशना होगा। वास्तव में अस्पृश्यों को समानता पर आधारित धर्म चाहिए। जिस धर्म में जन्मजात भेदभाव तथा सामाजिक विषमता है, ऐसा धर्म उन्हें कदापि नहीं चाहिए।

हिंदू धर्म अछूतों का धर्म होने पर उसे पहले समानता का धर्म बनना होगा। केवल मंदिर प्रवेश की अनुमति से हिंदू धर्म समता का धर्म नहीं बन सकता है। इस स्पृश्य-अस्पृश्य, ऊँच-नीच तथा जातिभेद पर आधारित चातुर्य वर्ण सिद्धांत को नष्ट करना होगा।

□

मैं हिंदू रहकर मरूँगा नहीं

13 अक्तूबर, 1935 को येक्ला (नासिक) में डॉ. बाबासाहेब आंबेडकर द्वारा की गइ धर्मांतर की ऐतिहासिक घोषणा

सामाजिक, आर्थिक, शैक्षणिक तथा राजनीतिक स्तर पर दलित वर्ग की हर तरह से नाकाबंदी की जाती है। हिंदू धर्म के दबाव में हमें मनुष्य के सामान्य अधिकार हासिल करना भी असंभव हो गया है। उसके लिए मैंने हद से बाहर का स्वार्थ त्याग किया, किंतु सब व्यर्थ गया है। पिछले पाँच वर्षों में नासिक के कालाराम मंदिर में प्रवेश का प्रयत्न, हिंदू समाज में समान अधिकार तथा समान दरजा प्राप्त करने के लिए किए गए प्रयत्न निरूपयोगी ही सिद्ध हुए हैं।

सामान्य मूलभूत अधिकार प्राप्त करने के लिए स्पृश्य हिंदुओं का मन परिवर्तन करने के लिए, जो हमने निरर्थक प्रयत्न किए, उसमें हम अपने पास की अल्प पूँजी भी गँवा बैठे हैं। उनकी ओर से हमारी जो अपरिमित मानहानि हुई है, उसे भी हमने सहन किया है। किंतु यह सारा स्वार्थ त्याग निष्फल ही साबित हुआ है। चुपचाप तथा विनम्रता से आज तक हमने जो अन्याय सहन किया, किंतु उसका लेशमात्र भी परिणाम हिंदुओं के अंत:करण पर नहीं हो पाया है। हम यदि दूसरे धर्म के अनुयायी होते तथा आज हम जीवन निर्वाह हेतु जो काम कर रहे हैं, वे ही काम हमने किए होते, तब इन हिंदुओं ने हमारे साथ क्या इसी तरह का अपमानजनक व्यवहार किया होता?

हिंदू धर्म में हमने जन्म लिया है, यह जो दाग हमें लगा हुआ है, यही दाग हमारी प्रगति में बाधक है। हमारी मानहानि का व सवर्ण हिंदुओं द्वारा हमारे साथ किए गए तुच्छता के व्यवहार का यही एक कारण है। यदि यह सत्य है, तब फिर धर्म के नाम का यह सिक्का लेकर बैठकने का क्या उपयोग है? जिस तरह हमें इनसानियत के साथ न रहने को मजबूर किया जाता है, फिर उस हिंदू धर्म का अंश बनकर, हमें अपना जीवन क्यों व्यर्थ करना चाहिए? ऐसी अवस्था में रहने के बजाय इस धर्म से अलग होकर तथा

दूसरे धर्म में जहाँ अपनी मानहानि नहीं होगी व नीचे दरजे में रहने को हम विवश नहीं होंगे, उस धर्म को स्वीकार करना क्या योग्य नहीं होगा?

अछूतों द्वारा हिंदू धर्म का त्याग करने के पश्चात् वे फिर किस धर्म को स्वीकार करेंगे, यह प्रत्येक की इच्छा पर निर्भर होगा। उन्हें केवल वही धर्म स्वीकारना चाहिए, जहाँ समानता के अधिकार मिलते हों।

दु:ख के साथ कहना पड़ता है कि मै अछूत हिंदू का दाग लेकर पैदा हुआ हूँ, परंतु यह बात मेरे स्वाधीन नहीं थी। तथापि इस नीच दरजे को ठोकर मारकर इस स्थिति को सुधारना मेरे लिए संभव है तथा मैं वह अवश्य करूँगा। इसमें किसी तरह का संदेह नहीं है। मैं आप लोगों को बताना चाहता हूँ कि मैं हिंदू रहकर मरूँगा नहीं।

□

हिंदू समाज जातिहीन बनेगा, तभी आत्मरक्षा की ताकत आएगी

'जाति का विनाश' पुस्तक का अंश, लाहौर में होनेवाले जात-पाँत तोड़क सम्मलेन हेतु तैयार किया भाषण। लेकिन सम्मलेन रद्द हुआ और डॉ. आंबेडकर ने भाषण नहीं दिया। उस भाषण को डॉ. आंबेडकर ने पुस्तक के रूप में मार्च 1936 को प्रकाशित किया था—

लूथर नें जिन धार्मिक सुधारों की शुरुआत की, वे यूरोपीय लोगों के राजनीतिक उद्धार के पूर्वगामी थे। इंग्लैंड में भी शुद्धाचारवाद के बाद राजनीतिक स्वतंत्रता की स्थापना हुई। शुद्धाचारवाद-प्यूरिटनवाद से नए विश्व का उदय हुआ। इसी के दम पर अमेरिकी स्वतंत्रता की लड़ाई जीती गई और शुद्धाचारवाद एक धार्मिक आंदोलन था। मुसलिम साम्राज्य के साथ भी ऐसा ही हुआ। अरबों के राजनीतिक ताकत बनने से पहले उन्होंने पैंगबर मोहम्मद द्वारा आरंभ की गई राजनीतिक क्रांति में हिस्सा लिया। भारतीय इतिहास भी इसी नतीजे का समर्थन करता है। चंद्रगुप्त के नेतृत्व में राजनीतिक क्रांति से पहले बौद्ध ने धार्मिक और सामाजिक क्रांति की। शिवाजी के नेतृत्व में राजनीतिक क्रांति से पहले महाराष्ट्र में संतों ने सामाजिक और धार्मिक सुधार आरंभ किए थे। सिखों की राजनीतिक क्रांति से पहले गुरुनानक के नेतृत्व में धार्मिक और सामाजिक क्रांति हुई। और उदाहरण देने की जरूरत नहीं है। ये यह साबित करने के लिए काफी है कि लोगों के राजनीतिक विस्तार के लिए आत्मा और दिमाग की शुद्धि पहले जरूरी है।

यह विडंबना है कि आज भी लोग जातिवाद के समर्थक हैं। वे लोग यह तर्क देते हैं कि जातिवाद कुछ और नहीं, बल्कि श्रम विभाजन का दूसरा नाम है, और यदि श्रम का विभाजन हर सभ्य समाज की जरूरत है, तो जाति व्यवस्था में कोई बुराई नहीं

है। अब इसके खिलाफ सबसे पहली दलील तो यह है कि जाति व्यवस्था सिर्फ श्रम का विभाजन नहीं है। यह श्रमिकों का भी विभाजन है। सभ्य समाज को निस्संदेह श्रम के विभाजन की जरूरत है, लेकिन किसी भी सभ्य समाज में श्रमिकों को इस तरह अखंडनीय दरजे में नहीं बाँटा जाता। जाति व्यवस्था सिर्फ श्रमिकों का ही विभाजन नहीं है, जो श्रम के विभाजन से अलग है। यह ऐसी अनुक्रम व्यवस्था है, जिसमें श्रमिकों को एक-दूसरे से ऊपर ग्रेड दिए जाते हैं। किसी भी और देश में श्रम के विभाजन के साथ श्रमिकों का इस तरह श्रेणीकरण नहीं होता। इस जाति व्यवस्था के खिलाफ आलोचना का एक और मसला भी है। श्रमिकों का विभाजन प्राकृतिक योग्यता के आधार पर नहीं होता, यह स्वत:स्फूर्त भी नहीं है। किसी भी व्यक्ति को अपना खुद का कॅरियर बनाने के लिए सामाजिक और व्यक्तिगत कार्यक्षमता की जरूरत होती है। जाति व्यवस्था में इस सिद्धांत का हनन किया गया है, क्योंकि इसमें व्यक्तियों को अग्रिम काम सौंप दिया जाता है, जो उनकी मूल प्रशिक्षित क्षमता के आधार पर नहीं, बल्कि उनके माता-पिता के सामाजिक दरजे के आधार पर होता है। दूसरे नजरिए से देखें तो जाति व्यवस्था के आधार पर काम का यह विभाजन घातक है। उद्योग कभी स्थिर नहीं रहता। इसमें तेजी और अचानक बदलाव आते रहते हैं। इन बदलावों के साथ व्यक्ति को अपने पेशे में भी बदलाव की स्वतंत्रता होनी चाहिए। बदलते हालात में खुद को बदलने की स्वतंत्रता के बिना व्यक्ति अपनी आजीविका नहीं तलाश सकेगा। जाति व्यवस्था के तहत हिंदू वह काम नहीं कर सकेंगे, जहाँ उनकी जरूरत है, अगर उनका इससे आनुवंशिक ताल्लुक नहीं हो। यदि कोई हिंदू जाति व्यवस्था के तहत उसके अनुकूल नहीं माना गया पेशा नहीं अपनाता है और भूखा रहता है तो इसका कारण यह जाति व्यवस्था है। पेशे में बदलाव की अनुमति नहीं देकर जाति व्यवस्था देश में फैली बेरोजगारी का सीधा कारण बन गई है। श्रम विभाजन के रूप में जाति व्यवस्था एक और त्रुटि से जूझ रही है। जाति व्यवस्था के आधार पर किया गया श्रम विभाजन इच्छा पर आधारित नहीं है। इसमें व्यक्तिगत भावनाओं, योग्यता की कोई जगह नहीं है। यह नियति पर आधारित मत प्रणाली की देन है। भारत में ऐसे भी पेशे हैं जिन्हें हिंदू निम्न मानते हैं, जिससे उनसे जुड़े लोगों को विरक्ति होने लगती है। वे उससे बच निकलने की लगातार कोशिश करते हैं, क्योंकि हिंदू धर्म ने उसे तुच्छ और कलंकित माना है। ऐसी व्यवस्था में क्या कार्यक्षमता रहेगी, जिसमें आदमी का दिल और दिमाग काम में है ही नहीं? एक आर्थिक संगठन के रूप में जाति व्यवस्था हानिकारक है। यह इनसान की नैसर्गिक ताकतों को गौण बनाती है और सामाजिक नियमों के प्रति झुकाव उसकी बाध्यता बन जाती है।

जाति से आर्थिक सक्षमता भी सुनिश्चित नहीं होती। जाति वंश को बेहतर नहीं कर सकती और न ही किया है। इसने एक बात जरूर की है। इसने हिंदुओं को असंगठित

किया और उनका मनोबल तोड़ा है। सबसे पहले तो यह जानना जरूरी है कि हिंदू समाज एक मिथक है। हिंदू नाम ही विदेशी है। यह मूल निवासियों को मुसलमानों ने अलग पहचान के लिए दिया था। मुसलमानों के आक्रमण से पहले संस्कृत में कहीं इसका जिक्र नहीं मिलता है। उन्हें किसी आम नाम की जरूरत ही महसूस नहीं हुई, क्योंकि समुदाय बनाने की कोई धारणा ही नहीं थी। हिंदू समाज था ही नहीं। यह जातियों का संग्रहण है। हर जाति अपने अस्तित्व के बारे में सचेत है। जातियाँ एक महासंघ भी नहीं बनातीं। हिंदू–मुसलमान दंगों के अलावा कभी किसी जाति को यह महसूस नहीं होता कि वह दूसरी जातियों से संबंधित है। बाकी सभी मामलों में हर जाति खुद को दूसरी जातियों से अलग कर लेती है। हर जाति के लोग न सिर्फ आपस में ही खाते–पीते और विवाह करते हैं, बल्कि हर किसी की पोशाक भी अलग है। वास्तव में तो आदर्श हिंदू अपने बिल में रहनेवाले चूहे की तरह होगा, जिसे दूसरों से संपर्क करने में कोई दिलचस्पी नहीं है। हिंदुओं में किसी तरह की चेतना का अभाव है। हिंदू सिर्फ अपनी जाति को लेकर जागरूक है। यही वजह है कि हिंदू एक समाज या देश नहीं बनाते।

हिंदुओं में संगठन का अभाव—पराजय का कारण

जिस कारण से हिंदुओं के लिए शुद्धि असंभव हो गई है, उन्हीं कारणों से संगठन भी असंभव हो गया है। जब एक सिख खतरे में होगा तो सारे सिख उसकी मदद को चले आएँगे और यदि एक मुसलमान पर हमला होगा तो सारे मुसलमान उसकी मदद को दौड़ पड़ेंगे। हिंदुओं में वह ताकत नहीं हो सकती। उसे इस बात का आश्वासन नहीं होगा कि उसकी मदद के लिए उसकी जाति के लोग आएँगे। अकेला और अलग-थलग होने के कारण वह शक्तिहीन हो गया, जिससे कायरता पैदा हुई और लड़ाई में या तो वह घुटने टेक देता है या भाग जाता है। सिख और मुसलमान निर्भय रहते हैं, लड़ते हैं, क्योंकि उन्हें पता है कि वे अकेले नहीं हैं। इस विश्वास के होने से एक तो ताकत मिलती है और जिसके पास यह भरोसा नहीं होता, वह कमजोर पड़ जाता है। यदि आप इस मसले पर आगे गौर करें और पूछें कि ऐसा क्या है जिससे सिख और मुसलमान इतना आश्वस्त महसूस करते हैं और हिंदू इतने कमजोर हैं, तो आपको पता चलेगा कि अंतर वास्तव में उनकी संबंध जीवनशैली की वजह से है। सिख और मुसलमान संबद्ध जीवनशैलियों के कारण सहानुभूति जुटा पाते हैं, लेकिन हिंदू ऐसा नहीं कर पाते। सिखों और मुसलमानों में सामाजिक जुड़ाव है, जो उन्हें भाई बनाता है। हिंदुओं में ऐसा नहीं है और एक हिंदू दूसरे हिंदू को भाई नहीं समझता। यही वजह है कि एक सिख महसूस करता है और कहता है कि एक खालसा सवा लाख आदमियों के बराबर है! इससे साबित होता है कि क्यों एक अकेला मुसलमान हिंदुओं की राशि के बराबर है।

यह अंतर जाति के कारण है। जब तक जातिवाद रहेगा और संगठन नहीं बनेगा, हिंदू क़मजोर ही रहेंगे। रूढ़िवादियों के हाथों में जाति हर तरह के सुधार को खत्म करने का ताकतवर जरिया बन गई है।

हिंदुओं के आचरण पर जातिवाद का प्रभाव निंदनीय है। जातिवाद से जनभावना मर गई है। इससे परोपकार की भावना खत्म हो गई है। इससे जनमत बनाना असंभव हो गया है। हिंदू की जनता उसकी जाति में है। उसकी जिम्मेदारी सिर्फ उसकी जाति के प्रति है। उसकी वफादारी सिर्फ उसकी जाति के लिए है। गुण अब जाति आधारित हो गए हैं और नैतिकता जाति तक सिमटकर रह गई है। काबिलों के लिए कोई हमदर्दी नहीं है। उनके लिए कोई प्रशंसा नहीं है। जरूरतमंदों के लिए कोई सहायता नहीं। परोपकार है, लेकिन जाति से आरंभ होकर उसी पर खत्म हो जाता है। सहानुभूति है, लेकिन दूसरी जाति के लोगों के लिए नहीं। क्या एक हिंदू एक महान् एवं अच्छे इनसान का नेतृत्व स्वीकार करेगा और उसका अनुसरण करेगा? आपसे पूछा जाएगा कि यदि आप जाति व्यवस्था नहीं चाहते तो आपका आदर्श समाज क्या होगा? यदि आप मुझसे पूछें तो मेरा आदर्श समाज समानता, स्वतंत्रता और बंधुभाव के आधार पर बनेगा। और क्यों नहीं? बंधुभाव पर किसी को क्या एतराज हो सकता है। मुझे नहीं लगता कि किसी को एतराज होगा। एक आदर्श समाज वह होता है, जो गतिशील और परिवर्तनशील हो। एक आदर्श समाज में कई हितों का संचार साथ-साथ होना और उन्हें आपस में बाँटा जाना चाहिए। दूसरे शब्दों में कहें तो सामाजिक अंतराभिसार होना चाहिए। बंधुभाव ही लोकतंत्र का दूसरा नाम है। लोकतंत्र सिर्फ सरकार का एक प्रारूप नहीं है, बल्कि संबद्ध जीवनशैली का एक जरिया है। यह साथियों के प्रति सम्मान का भाव है।

स्वतंत्रता पर किसी को एतराज है? कुछ ही लोग इस पर एतराज व्यक्त करेंगे, स्वतंत्र गतिविधियों का अधिकार या जीवन का अधिकार। संपत्ति, उपकरणों और सामान पर अधिकार की स्वतंत्रता पर कोई एतराज नहीं है, क्योंकि यह शरीर को स्वस्थ बनाए रखने के लिए आवश्यक है। व्यक्ति के अधिकारों के प्रभावी और सक्षम इस्तेमाल के जरिए होनेवाले लाभों को स्वतंत्रता की अनुमति क्यों नहीं दी जानी चाहिए? जातिवाद के समर्थक जिंदगी, जमीन और संपत्ति की स्वतंत्रता की अनुमति देते हैं, वे किसी को अपना पेशा चुनने की स्वतंत्रता नहीं देते। इस तरह की स्वतंत्रता पर एतराज करना किसी को गुलामी क़ी ओर धकेलना है। गुलामी का मतलब आधिपत्य का वैधानिक प्रारूप ही नहीं है। यह समाज की ऐसी दशा है जिसमें कुछ लोगों को दूसरों के अनुसार जीवन जीने पर मजबूर होना पड़ता है। यह भले ही कानून की नजर में गुलामी न हो, लेकिन असल में गुलामी ही है। जाति व्यवस्था में कुछ लोग ऐसी आजीविकाएँ अपनाने को बाध्य हैं, जो उनकी पसंद की नहीं हैं।

मान लिया जाए कि चातुर्वर्ण्य व्यावहारिक है, तो भी मैं दलील दूँगा कि यह क्रूरतापूर्ण व्यवस्था है। यह कि ब्राह्मण शिक्षा का प्रसार करें, क्षत्रिय अस्त्र धारण करें, वैश्य व्यापार करें या शुद्र सेवा करें, यह श्रम का विभाजन लगता है। यदि मान भी लिया जाए कि यह चातुर्वर्ण्य की आधारभूत संरचना का सही आकलन है, मुझे लगता है कि यह व्यवस्था मूर्खता या दुर्जनता के परे नहीं है। शिक्षा हर किसी को हासिल करनी चाहिए। हर किसी के पास आत्मरक्षा के साधन होने चाहिए। हर व्यक्ति के आत्मरक्षण के लिए यह जरूरी है। पड़ोसी के शिक्षित और सशस्त्र होने से निरक्षर और नि:शस्त्र पड़ोसी का भला कैसे होगा? पूरी 'थिअरी' ही बकवास है। ऐसे कई सवाल हैं, जिनकी चातुर्वर्ण्य का समर्थन करनेवालों ने परवाह नहीं की। लेकिन ये सभी जरूरी सवाल हैं।

हिंदुओं में एक-दूसरे को आपस में बाँध के रखनेवाले बंधन हैं ही नहीं। वहीं गैर हिंदुओं में ऐसे कई संबंध हैं, जो आपस में उन्हें जोड़े रखते हैं। समाज की ताकत आपसी संपर्क, विभिन्न समूहों में संपर्क पर निर्भर करती है। कार्लाइल ने इसे 'जैविक तंतु' कहा, यानी ऐसे लचीले धागे, जो अलग-अलग तत्त्वों को आपस में जोड़ते हैं। हिंदुओं में ऐसा आपस में जोड़नेवाला कोई शक्ति-स्रोत नहीं है, जो जातिवाद से हुए अलगाव का जवाब बन सके। गैर हिंदुओं में ऐसे कई जैविक तंतु हैं, जो उन्हें वापस में बाँधे रखते हैं। एक बार फिर यह ध्यान में रखना होगा कि गैर हिंदुओं में भी जातियाँ हैं, लेकिन उनका उतना सामाजिक महत्त्व नहीं है, जितना कि हिंदुओं में है। एक मुसलमान या सिख से पूछें कि वह कौन है, तो उसका जवाब होगा कि वह मुसलमान या सिख है। वह अपनी जाति नहीं बताएगा और आप उसके जवाब से संतुष्ट हो जाएँगे। जब वह कहेगा कि वह मुसलमान है, तो आप उससे नहीं पूछेंगे कि वह शिया है या सुन्नी, शेख है या सैयद, खटीक है या पिंजारी। जब वह आपको कहेगा कि वह सिख है, तो आप नहीं पूछेंगे कि वह जाट है या रोडा, मजहबी है या रामदासी। लेकिन जब एक व्यक्ति कहेगा कि वह हिंदू है, तो आप संतुष्ट नहीं होंगे। आप उससे उसकी जाति जरूर पूछेंगे। क्यों? क्योंकि हिंदुओं में जाति इतनी महत्त्वपूर्ण है कि उसे जाने बिना आपको पता ही नहीं चलेगा कि वह कौन है?

गैर हिंदुओं में जाति उतनी अहम नहीं है और यह जाति का उल्लंघन करने पर होनेवाले परिणामों से स्पष्ट हो जाता है। सिखों और मुसलमानों में भले ही जातियाँ हों, लेकिन जाति का उल्लंघन करने पर सिख या मुसलमान किसी व्यक्ति का बहिष्कार नहीं करते। वास्तव में तो सिखों और मुसलमानों में बहिष्कार की संकल्पना है ही नहीं। लेकिन हिंदुओं का मामला एकदम अलग है। जाति का उल्लंघन करने पर उसका बहिष्कार तय है। इससे साबित होता है कि हिंदुओं और गैर हिंदुओं में जातियों का क्या महत्त्व है! यह अंतर का दूसरा बिंदु है। लेकिन तीसरा और अधिक महत्त्वपूर्ण बिंदु भी है। गैर हिंदुओं में

जातियों का कोई धार्मिक पवित्रीकरण नहीं होता, लेकिन हिंदुओं में ऐसा होता है।

गैर हिंदुओं में जाति सिर्फ एक पद्धति है, पवित्र संस्था नहीं। वे इसे सामाजिक कलंक नहीं मानते। धर्म, हिंदुओं को जातियों के अलगाव और विभाजन को एक सद्गुण मानने पर मजबूर करता है। गैर हिंदुओं में जाति के प्रति ऐसा रवैया नहीं है। यदि हिंदू जाति व्यवस्था को तोड़ना चाहता है तो धर्म आड़े आ जाता है। लेकिन गैर हिंदुओं में ऐसा नहीं है। इसलिए बिना यह जाने कि जाति का उनके जीवन में क्या महत्त्व है और क्या ऐसे जैविक तंतु हैं, जो सामुदायिकता की भावना को जाति से ऊपर रखते हैं, गैर हिंदुओं में जातिवाद होने से तसल्ली महसूस करना बहुत ही खतरनाक भ्रम है। जितनी जल्दी हिंदू इस भ्रम से बाहर निकल आएँ, उतना ही अच्छा होगा।

मेरे हिसाब से इसमें कोई शक नहीं कि जब तक आप अपनी सामाजिक व्यवस्था को नहीं बदलेंगे, प्रगति से आपको अधिक कुछ हासिल होनेवाला नहीं है। आप रक्षण या आक्रमण के लिए समाज को संघटित नहीं कर सकते। जातिवाद की बुनियाद पर कुछ भी खड़ा नहीं किया जा सकता। आप कोई देश नहीं बना सकते, कोई नैतिकता नहीं बना सकते। जातिवाद के आधार पर जो कुछ भी खड़ा करेंगे, उसमें दरारें होंगी और वह कभी संपूर्ण नहीं हो सकेगा।

वह सवाल जिस पर गौर किया जाना चाहिए—वह यह है कि हिंदू सामाजिक व्यवस्था में बदलाव कैसे लाया जाए? जातिवाद को खत्म कैसे किया जाए? यह सबसे अधिक महत्त्व का सवाल है। एक नजरिया यह है कि जाति के सुधार के लिए पहला कदम उपजातियों का खात्मा होना चाहिए। यह नजरिया इस कल्पना पर आधारित है कि उपजातियों के बीच रीति-रिवाजों और दरजे में जातियों के बीच के रीति-रिवाजों एवं दरजे से अधिक समानता है। लेकिन मान लिया जाए कि उपजातियों का एकीकरण संभव है, तो क्या गारंटी है कि उपजातियों के खात्मे से जातिवाद मिट ही जाएगा? उलटे यह भी हो सकता है कि उपजातियों के खात्मे के साथ ही प्रक्रिया खत्म हो जाए। ऐसे में उपजातियों के खात्मे से जातियाँ और मजबूत हो जाएँगी और अधिक ताकत के साथ अधिक धूर्त भी। लिहाजा यह उपाय व्यावहारिक या प्रभावी नहीं है और आसानी से गलत हल साबित हो सकता है।

जातिवाद को खत्म करने का एक और तरीका अंतरजातीय खान-पान की शुरुआत है। मेरे हिसाब से यह भी उचित हल नहीं है। कई जातियाँ ऐसी हैं, जो अंतरजातीय खानपान की अनुमति देती हैं। लेकिन यह आम अनुभव है कि इससे जातिवाद की भावना और जाति की चेतना नहीं जाती। मुझे यकीन है कि असली हल अंतरजातीय विवाह है। खून के मिश्रण से रिश्तेदारी और आपस में रिश्ता होने की भावना आती है। जब तक यह रिश्तेदारी की भावना पैदा नहीं होगी, तब तक जातिवाद से उपजी एक-

दूसरे से अलग होने की भावना खत्म नहीं होगी। हिंदुओं में अंतरजातीय विवाह को सामाजिक जीवन का अहम हिस्सा बनाना गैर हिंदुओं से अधिक जरूरी है। गैर हिंदुओं में समाज वैसे ही दूसरे बंधनों से आपस में जुड़ा हुआ है और विवाह जीवन की एक आम घटना है, लेकिन जहाँ समाज अलग-अलग समूह में बाँट देता है, वहाँ आपस में बाँधनेवाली ताकत के रूप में विवाह अनिवार्य है। जातिवाद को मिटाने का असल उपाय अंतरजातीय विवाह है।

छुआछूत और जातिवाद के उन्मूलन के लिए कइयों ने काम किया। इनमें जिनका जिक्र किया जा सकता है, उनमें रामानुज, कबीर और अन्य के नाम उल्लेखनीय हैं। क्या आप इन सुधारकों का अनुसरण करने के लिए हिंदुओं को प्रोत्साहित कर सकते हैं?

मैं पूरी तरह से मानता हूँ कि धर्म जरूरी है और मुझे लगता है कि मुझे आपको वह रूपरेखा बतानी चाहिए, जो इस धार्मिक सुधार के लिए जरूरी है। मेरे हिसाब से इस सुधार में ये चीजें जरूर होनी चाहिए—

1. हिंदू धर्म की सिर्फ एक मानक पुस्तक हो, जिसे सभी हिंदू मान्यता दें और स्वीकार करें। इसके निश्चित तौर पर मायने हैं कि हिंदू धर्म की बाकी सारी पुस्तकें मसलन वेद, शास्त्र और पुराण, जिन्हें पवित्र एवं सर्वमान्य माना जाता है, उन पर रोक लगाई जाए और इनमें समाविष्ट किसी भी धार्मिक या सामाजिक नियम का पालन करने पर दंड का प्रावधान हो।

2. यह बेहतर होगा अगर हिंदुओं में पुरोहिती खत्म कर दी जाए, लेकिन चूँकि यह असंभव लगता है, तो इसे आनुवंशिक होने से रोक दिया जाए। हर व्यक्ति जो हिंदू है, पुजारी बनने के काबिल हो। यह कानून बना दिया जाए कि कोई भी हिंदू पुरोहित नहीं बन सकता, अगर वह राज्य द्वारा ली जा रही परीक्षा में उत्तीर्ण न हो और राज्य से पुरोहिती करने की सनद न ले।

3. जिस पुरोहित ने सनद नहीं ली है, उसके द्वारा कराया गया कोई भी संस्कार कानून की नजर में वैद्य नहीं होगा और सनद लिये बिना पुरोहिती करनेवाले के खिलाफ काररवाई हो।

4. एक पुरोहित सरकार का सेवक हो और उसकी नैतिकता, मान्यता और पूजा के मामले में सरकार अनुशासनात्मक काररवाई कर सके। वह आम नागरिकों की तरह देश का कानून माने।

5. सरकार की जरूरत के अनुसार पुजारियों की संख्या निर्धारित हो, जैसाकि आईसीएस (ICS) में किया जाता है। कुछ को यह कठोर लगेगा, लेकिन इसमें कुछ भी क्रांतिकारी नहीं है। भारत में हर पेशे का नियमन है। इंजीनियरों को दक्षता दिखानी होगी, वकीलों को दक्षता दिखानी होगी, उसके बाद ही वे काम कर सकेंगे। अपने पूरे

कॅरियर में वे सिर्फ देश के कानून का पालन ही नहीं करेंगे, बल्कि अपने पेशे से जुड़ी नैतिक संहिता का भी पालन करेंगे। पुरोहिती एकमात्र पेशा है, जहाँ कौशल की जरूरत नहीं है। हिंदू पुजारी का पेशा ही ऐसा पेशा है, जिसमें कोई संहिता नहीं है। मानसिक रूप से भले ही पुजारी मूर्ख हो, शारीरिक रूप से भले ही किसी बीमारी से ग्रस्त हो, नैतिक रूप से भले ही कमजोर हो, लेकिन वह पवित्र समारोहों का संचालन कर सकता है, हिंदू मंदिर के गर्भगृह में प्रवेश कर सकता है और हिंदू देवताओं की पूजा कर सकता है। यह सब इसलिए संभव है, क्योंकि एक पुजारी के लिए पुजारी के घर में जन्म लेना ही काफी है। इसका कारण यह है कि हिंदुओं में पुरोहितों पर कोई कानून या कोई नैतिकता लागू नहीं होती। इसके कोई उत्तरदायित्व नहीं हैं। इसे सिर्फ अधिकारों और विशेषाधिकारों के बारे में पता है। मानो यह ऐसा दीमक है, जिसे ईश्वर ने आम जनता के मानसिक और नैतिक अधोगति के लिए भेजा है! पुरोहित वर्ग ऐसे ही किसी कानून से नियंत्रित है, जिनका मैंने ऊपर जिक्र किया है। इससे वे मनमरजी नहीं चला सकेंगे और न ही लोगों को गुमराह कर पाएँगे। सभी के लिए खुला करके इसका लोकतांत्रिकीकरण भी हो जाएगा। इससे ब्राह्मणवाद ऐसा जहर है, जिसने हिंदूवाद को खत्म कर दिया। ब्राह्मणवाद को खत्म करके ही हिंदूवाद को बचाया जा सकता है। किसी भी क्षेत्र से इस सुधार का कोई विरोध नहीं होना चाहिए। आर्यसमाजियों को भी इसका स्वागत करना चाहिए, क्योंकि यह उनके अपने सिद्धांत गुण-कर्म का संप्रयोग है।

आप ऐसा करें या नहीं, लेकिन अपने धर्म को एक सैद्धांतिक आधार जरूर देना चाहिए। ऐसा आधार, जो स्वतंत्रता, समानता और बंधुभाव के अनुरूप हो। संक्षेप में लोकतंत्र के अनुरूप हो। मैं इस विषय पर कोई ज्ञानी नहीं हूँ, लेकिन मुझे बताया गया है कि ऐसे धार्मिक सिद्धांत, जो स्वतंत्रता, समानता और बंधुभाव के अनुरूप हों, विदेशी स्रोत से उधार लेने की जरूरत नहीं है, बल्कि उन्हें उपनिषदों से लिया जा सकता है। इसे पूरी तरह से बदले बिना या कुछ हिस्सा हटाकर ले सकते हैं। इसके मायने हैं कि जीवन की मौलिक अवधारणा में आमूलाग्र बदलाव—इसके मायने हैं कि जीवन-मूल्यों में पूर्ण बदलाव। नजरिए में पूर्ण बदलाव और इनसानों तथा चीजों के प्रति रवैए में पूरा बदलाव। इसके मायने हैं धर्म-परिवर्तन, लेकिन अगर आपको यह शब्द पसंद नहीं तो इसे 'नया जीवन' भी कह सकते हैं। लेकिन एक नया जीवन उस शरीर को नहीं दिया जा सकता, जो मुरदा है। नया जीवन नए शरीर को ही मिल सकता है। नई काया के अस्तित्व में आने के लिए पुरानी को मरना ही होगा। सरल शब्दों में कहूँ—नए में जान फूँकने और उसके धड़कने के लिए पुराने को मिटाना होगा। जब मैं कहता हूँ कि आपको शास्त्रों के प्रभुत्व को खत्म करना होगा और शास्त्रों के धर्म का नाश करना होगा, तो मेरा यही अभिप्राय है।

हिंदुओं को यह सोचना होगा कि उन्हें अपनी सामाजिक विरासत में से सबकुछ संरक्षित रखना है या चुनना है कि क्यों उपयोगी है, जो भावी पीढ़ी को हस्तांतरित किया जा सकता है और बस उसे ही सुरक्षित रखना है। प्रोफेसर जॉन डेवी, जो मेरे शिक्षक थे और मैंने उनसे काफी कुछ सीखा है, ने कहा है, "हर समाज पर अतीत की निरर्थक धरोहरों, घिसी-पिटी बातों का बोझ होता है, लेकिन उनमें से सकारात्मक बातों को संरक्षित करके समाज अधिक प्रबौद्ध हो सकता है। उसे एहसास होता है कि मौजूदा उपलब्धियों में से सबुकछ सहेजना और अगली पीढ़ी को सौंपना जिम्मेदाराना नहीं होगा। ऐसे ही बेहतर समाज की संरचना की जा सकती है।"

हिंदुओं को यह समझना होगा कि क्या वह समय नहीं आया कि वे यह जान लें कि कुछ भी अचल, सनातन और अनंत नहीं है, सबकुछ बदल रहा है और व्यक्तियों तथा समाज के लिए यह परिवर्तन जरूरी है? बदलते समाज में पुराने मूल्यों की लगातार समीक्षा होनी चाहिए और हिंदुओं को यह जरूर समझना चाहिए कि यदि इनसान की गतिविधियों को नापने के लिए मानक जरूरी है, तो उन मानकों में संशोधन के लिए तत्पर रहना भी उतना ही जरूरी है।

आपको जाति व्यवस्था के उन्मूलन के प्रयास करने होंगे, मेरे तरीके से नहीं तो अपने तरीके से ही सही। आप स्वराज की रक्षा नहीं कर सकते, तो उसके होने का कोई फायदा नहीं। स्वराज की रक्षा से अधिक महत्त्वपूर्ण है, स्वराज के तहत हिंदुओं की रक्षा का सवाल। मेरी राय में जब हिंदू समाज जातिहीन समाज बन जाएगा, तभी उसमें आत्मरक्षा की ताकत आएगी। इस आंतरिक शक्ति के बिना हिंदुओं के लिए स्वराज गुलामी की ओर एक और कदम से बढ़कर कुछ नहीं होगा।

—धनंजर कीर, जीवन और कार्य

□

...इसलामी या ईसाई धर्म में गए तो अस्पृश्य लोग अराष्ट्रीय होंगे

डॉ. बाबासाहब आंबेडकर ने धर्मांतर की घोषणा की, उस समय उनका झुकाव सिख धर्म की तरफ था; क्योंकि सिख धर्म को हिंदुधर्म का ही एक अंग मानते थे।

मैंने सिख धर्म क्यों पसंद किया, यह विशद करते समय डॉ. आंबेडकर ने कहा, ''एक सवाल यह है कि हिंदू हित की दृष्टि से सामान्यतया कौन सा धर्म स्वीकार किया जाए—इसलाम, ईसाई या सिख? साफ-साफ कहना हो तो सिख धर्म ही सर्वोत्तम धर्म है। अगर अस्पृश्यों ने इसलाम या ईसाई धर्म स्वीकार किया तो वे हिंदू धर्म की कक्षा से बाहर जाते हैं, इतना ही नहीं, बल्कि हिंदू संस्कृति के बाहर जाते हैं। इसके विपरीत अगर सिख हुए तो वे हिंदू संस्कृति में ही रहते है। यह हिंदुओं के लिए छोटा-मोटा लाभ नहीं है।'

''अस्पृश्यों के धर्मांतरण की वजह से आमतौर पर देश पर क्या असर होगा, यह ध्यान में रखने लायक है। अगर वे इसलाम या ईसाई धर्म में गए तो अस्पृश्य लोग अराष्ट्रीय होंगे। अगर वे मुसलमान हुए तो मुसलमानों की संख्या दुगुनी हो जाएगी। अगर वे ईसाई हुए तो ईसाइयों की संख्या पाँच-छह करोड़ हो जाएगी और इसका नतीजा यह होगा कि इस देश पर ब्रिटिश सत्ता की पकड़ अधिक मजबूत होने में वे सहायक होंगी। इसके विपरीत अगर वे सिख धर्म में गए तो इससे हिंदुस्तान की भवितव्यता को धोखा नहीं पहुँचेगा। इतना ही नहीं, देश की भवितव्यता बनाने में सहयोगी होंगे तथा वे अराष्ट्रीय नहीं बनेंगे। इसके विपरीत वे देश की राजनीतिक प्रगति में सहायता करेंगे। इसलिए अगर अस्पृश्यों को धार्मांरण करना ही है तो वे देशहित की दृष्टि से सिख धर्म में प्रवेश करें।''

□

चातुर्वर्ण्य भारत के पतन और अवनति का कारण

12 फरवरी, 1938, मराठी भाषण, अस्पृश्य सम्मेलन, सटाना, जिला नासिक

कई पुस्तकों के अध्ययन के बाद मुझे यह साफ समझ में आ गया है कि हिंदुस्तान की अवनति और पतन का कारण वह चातुर्वर्ण्य व्यवस्था रही, जिसे हिंदुओं ने स्वीकार किया। हालाँकि इस व्यवस्था को अस्तित्व में आए सदियाँ बीत गईं, इसकी जड़ें हिंदू संस्कृति में गहरी घुस चुकी हैं, लिहाजा भारत को परिणामस्वरूप जो हानि हुई है, उसकी गणना नहीं की जा सकती।

चातुर्वर्ण्य सिखाता है कि ब्राह्मण को शिक्षा हासिल करके शिक्षा प्रदान करनी चाहिए, क्षत्रिय को लड़ना चाहिए, वैश्य को व्यापार करना चाहिए और शुद्र को लोगों की सेवा करनी चाहिए। सबसे अधिक पढ़ा-लिखा एवं सुसंस्कारित वर्ग भी इस व्यवस्था से हमारे देश को हुए गंभीर नुकसान के दायरे और तरीकों के बारे में पूरी तरह अनुमान नहीं लगा सकता। इस देश में एक बड़ी संख्या को सीधे-सीधे एक तरफ दूर फेंक दिया गया। जब भारी तादाद में उन लोगों को बेकार समझकर अलग कर दिया गया, जो हमारी स्वतंत्रता के लिए साथ-साथ लड़ सकते थे, तो देश का विदेशियों के हाथों गुलाम होना अपरिहार्य हो गया।

आज यहाँ मौजूद सभी लोगों से मैं पूछना चाहता हूँ—इस देश में लंबे समय के लिए और स्थायी तौर पर अच्छा दौर क्यों नहीं रहा ? ऐसी स्थिति दूसरे देशों के इतिहास में देखने को क्यों नहीं मिलती ? यदि हम सावधानी से विश्लेषण करें तो पता चलेगा कि हिंदू पुजारियों द्वारा चातुर्वर्ण्य व्यवस्था के तहत हम पर जो सीमाएँ थोपी गईं, उनका परिणाम इस तरह की विपदाओं के रूप में हमें भुगतना पड़ा।

आप एक बात पर सहमत होंगे। ऐसी स्थिति की कल्पना कीजिए कि एक गाँव

पर पठानों ने हमला कर दिया है। यदि सभी जातियों के लोग शस्त्र धारण करके मिलकर उनका सामना करेंगे तो उन्हें मार भगाना संभव है। लेकिन कुछ ही लोग तलवार निकालें और दूसरों को हँसिया भी न उठाने दें, तो वह गाँव अपनी रक्षा कैसे करेगा? फिर हम अपने देश को कैसे बचाएँगे?

अलेक्जेंडर, मोहम्मद तुगलक जैसे लोगों ने आकर भारत पर कब्जा कर लिया। लेकिन चातुर्वर्ण्य ने हमें सिखाया है कि क्षत्रियों के अलावा कोई भी लड़ नहीं सकता और देश की रक्षा नहीं कर सकता। मुट्ठी भर ब्राह्मण शस्त्र नहीं उठा सकते। वैश्य भी शस्त्र हासिल नहीं कर सकते और शूद्रों को भी यह अधिकार नहीं है। यह सीख ही भारत की अवनति और पतन के लिए जिम्मेदार है। यदि अपनी कलाई में ताकत रखनेवाले हर व्यक्ति को हथियार उठाने की स्वतंत्रता होती तो इस गुलामी की विपदा से बचा जा सकता था। ब्राह्मण पुजारियों ने आरंभ में ये उपकरण अपने स्वार्थपरक फायदों के लिए इस्तेमाल किए, लेकिन इस तथ्य से इनकार नहीं किया जा सकता कि बाद में ये देश के विध्वंस के यंत्र बने।

□

कांग्रेसी कहते हैं आंबेडकर विश्वासघाती है

मुंबई में 6 नवंबर, 1938 को व्यापार विवाद विधेयक की निंदा के लिए जनसभा में दिया गया भाषण

हम यहाँ मुंबई प्रांत सरकार द्वारा विधानसभा में पेश 'व्यापार विवाद विधेयक' के खिलाफ प्रदर्शन के लिए एकत्र हुए हैं। फिलहाल मैं इस ब्योरे में नहीं जाऊँगा कि कैसे इस विधेयक ने श्रमिकों का गला काटा है! मैं सिर्फ इतना कहना चाहता हूँ कि जब कांग्रेस सत्ता में आई तो उसने क्रूर बहुमत से कई अनुचित विधेयक पारित किए और लोगों ने उसके खिलाफ आवाज उठाई तो कांग्रेस पार्टी ने सत्य और अहिंसा के अपने पेशेवर मूल्यों से दूर होकर इन लोगों पर बेशर्मी से दुराचार के आरोप लगाए।

कांग्रेसियों को यह प्रचार करने दीजिए 'श्रमिक नेता धूर्त और स्वार्थी हैं।' मैं आपसे एक सीधा सवाल पूछना चाहता हूँ। कौन धूर्त और स्वार्थी है? कांग्रेसी नेता, जो श्रमिकों के हितों के संरक्षण की अपनी नीति से पीछे हट गए और अब उनका गला काटनेवाले नए कानून बना रहे हैं या श्रमिक नेता, जिन्होंने सत्ता में मदहोश कांग्रेसियों द्वारा किया गया सारा अपमान झेलकर भी विधानसभा में निर्भयता से श्रमिकों का समर्थन किया? आप फैसला कीजिए। देशभक्ति और देश के हितों की सुरक्षा की सारी जिम्मेदारी क्या कांग्रेस को विरासत में मिली है? ऐसा उनका दावा है! वे कहते हैं कि डॉ. आंबेडकर जातिवादी हैं! वे कहते हैं कि डॉ. आंबेडकर विश्वासघाती हैं, क्योंकि वह कभी जेल नहीं गया। मुझे समझ में नहीं आता कि जेल जाने से ही कोई व्यक्ति देशभक्त कैसे हो जाता है? यह सही है कि मैं कभी जेल नहीं गया। मेरे जेल जाने से क्या होता? यदि मुझे जेल भेजा जाता तो निश्चित तौर पर ए श्रेणी की सुविधाएँ मिलतीं। मैं ढोंगी नहीं हूँ कि ए श्रेणी की सुविधाएँ भोगकर अपने समर्थकों से झूठ बोलूँ। आज कांग्रेसी सिर्फ नाम के लिए जेल जाते हैं। असली जेल की सजा तो लोकमान्य तिलक और उनके जैसे महाराष्ट्र के नेताओं ने काटी।

कांग्रेस के झूठे और एकतरफा प्रचार से कुछ लोग गुमराह हो सकते हैं, लेकिन एक तटस्थ व्यक्ति इसके खोखलेपन को समझ जाएगा।

जब कांग्रेस के गुरु महात्मा गांधी दूसरे गोलमेज सम्मेल के लिए गए, तब देश ने भारत के एकमात्र प्रतिनिधि के रूप में उन्हें सराहा। महात्मा गांधी के समर्थकों को यह मेरी खुली चुनौती है कि वे एक पुस्तक में मेरे और गांधीजी के भाषणों को एक साथ छापें। वे भाषण गोलमेज सम्मेलन की कार्यवाही में सुरक्षित हैं। वे इसे इस तरह से छापें—डॉ. आंबेडकर भाषण—भाग एक, महात्मा गांधी के भाषण—भाग दो, और लोगों को खुद तय करने दें कि असली विश्वासघाती कौन है? कोई भी स्वतंत्र और निष्पक्ष निर्णायक अपना फैसला बता देगा। मैं उसे स्वीकार करने के लिए तैयार हूँ।

मुंबई प्रांतीय सरकार ने ऐसा विधेयक पारित किया है, जो मालिकों को खुश करने के लिए मजदूरों को खत्म कर देगा।

□

जनसंख्या वृद्धि पर नियंत्रण करना चाहिए

मुंबई प्रांत विधान परिषद्, संबोधित किया गया पी.जे. रोहम द्वारा, क्योंकि किसी व्यक्तिगत कारण से डॉ. आंबेडकर स्वयं असेंबली में नहीं जा सके। मुंबई लेजिस्लेटिव असेंबली, डिबेट्स भाग-2 (नवंबर 1938)

यह असेंबली सरकार से अनुशंसा करती है कि पारिवारिक इकाइयों को सीमित करने की अत्यधिक आवश्यकता के दृष्टिकोण से सरकार को इस प्रांत के जनसमुदाय के पक्ष में सघन प्रचार करना चाहिए और जन्म नियंत्रण हेतु समुचित सुविधाएँ उपलब्ध करानी चाहिए।

इस समय तक शिक्षित वर्ग ने जन्म नियंत्रण की आवश्यकता को पूरी तरह महसूस कर लिया है और सौभाग्यवश हमारे देश के नेतागण भी इस बिंदु पर एकमत हैं। पंडित जवाहरलाल नेहरू, श्रीमती सरोजनी नायडू और रवींद्रनाथ टैगोर जन्म नियंत्रण आंदोलन की जरूरत और अहमियत भलीभाँति जानते हैं तथा गर्भनिरोधक साधनों के पक्ष में हैं। भारतीय राष्ट्रीय कांग्रेस के अध्यक्ष बाबू सुभाषचंद्र बोस ने अपने अध्यक्षीय भाषण में कहा, "यदि जनसंख्या इसी तीव्र दर से बढ़ती रही, जैसाकि हाल के बीते समय में देखने को मिला है, तो हमारी योजनाओं के धरे रह जाने की उम्मीद है।"

महात्मा गांधी ने भी बहुत समय पहले लिखा है, "पाठक से मुझे अपना वह दुःख छिपाना नहीं, जो मुझे तब होता है जब मैं इस देश में जन्म की खबर सुनता हूँ।"

बहुत कम लोगों को उस अपार हानि के विषय में मालूम होगा, जो शारीरिक, मानसिक और वित्तीय रूप से अपंग लोगों के यहाँ जन्म लेनेवाले बच्चों के कारण हुई है। माता-पिता के साथ-साथ समाज को भी इसका दंश झेलना पड़ता है। ऐसे बच्चों के जन्म पर रोक से ऐसी माताओं की मृत्युदर भी घटेगी, जो बच्चे के जन्म लेने के समय और इसके साथ पैदा होनेवाली बीमारियों की चपेट में आ जाती हैं। शिशु मृत्युदर घटेगी, जनता के स्वास्थ्य में सुधार होगा, अत्यधिक गरीबी से पीड़ित लोगों द्वारा किए जानेवाले

अपराधों पर रोकथाम होगी और समाज की आध्यात्मिक उन्नति के साथ चहुँमुखी विकास होगा।

बहुत सी औरतें जीवन भर के लिए बेकार हो जाती हैं और बीमारी की हालत में बच्चे जनने की वजह से कई तो काल का ग्रास बन जाती हैं। अनचाहे बच्चे प्राय: उनकी माताओं द्वारा उपेक्षित कर दिए जाते हैं, जो आगे चलकर समाज के लिए बोझ बन जाते हैं। जन्मदर नियंत्रण ही एक ऐसा उपाय है, जिससे इन समस्याओं से निबटा जा सकता है। समाज किसी भी तरह अनचाहे जनन से लाभान्वित नहीं हो सकता। केवल वे बच्चे, जिनके माता-पिता उनके जन्म पर स्वागत करते हैं, समाज के लिए लाभदायक हो सकते हैं। इसलिए प्रत्येक महिला को गर्भधारण रोकने में सक्षम बनाना होगा।

गरीबी ही अनैतिकता की जड़ है। प्रोफेसर जॉ. टोंडलर द्वारा सन् 1935 में वियना कांग्रेस में पठित निबंध का निम्न गद्यांश निवास की अपर्याप्तता की बुराई के निष्कर्षों को दरशाता है। प्रोफेसर ने कहा, "औसत रूप से जर्मनी में प्रत्येक परिवार के पास एक कमरा व फ्रांस में ढाई कमरे होते हैं। सन् 1925 में बर्लिन के आँकड़े बताते हैं कि वहाँ 75 प्रतिशत लोगों के पास उनके कमरे नहीं हैं। परिणामस्वरूप बच्चे वयस्कों के साथ न केवल एक ही कमरे में, बल्कि एक ही बिस्तर पर सोते हैं। बहुत से बच्चे गंदगी के हालात में अत्यधिक संख्या के कारण अपनी जान से हाथ धो बैठते हैं। लड़के चोरी करना सीख जाते हैं और लड़कियाँ वेश्या बन जाती हैं। वही हालात वियना में हैं। चौदह से अठारह हर्ष के बच्चों में से 20 प्रतिशत के पास सोने के लिए अपने बिस्तर भी नहीं रहते, कस्बों और गाँवों में तो और बदतर हालात हैं।"

हमारे देश में मुंबई जैसे शहरों में वैसे ही हालात हैं। कुछ अपवादों के अलावा देखा जाता है कि जहाँ गरीबी होती है, वहाँ सभी अच्छाइयों को दरकिनार कर दिया जाता है। आगे यह बताया जाएगा कि कैसे बिना जन्म नियंत्रण के गरीबी का निर्मूलन करना असंभव है।

जब हमने महसूस कर लिया है कि जन्म नियंत्रण ही हर तरह की प्रगति के लिए अत्यावश्यक है, तो हमें इस लक्ष्य को पाने के लिए इसके साधनों पर विचार करना होगा।

यह मानना गलत है, चूँकि बड़े परिवारों का आदर्श अभी भी समाज के सामने है, इसलिए कोई भी अपना परिवार सीमित करना नहीं चाहता है। बहुत कम लोग ही परिवार को बहुत बढ़ाने के पक्ष में हैं। सामान्य व्यक्ति अपने परिवार को सीमित करना चाहते हैं और इसके लिए वे गर्भपात, शिशुहत्या जैसे तरीके अपनाने में भी संकोच नहीं करते। सन् 1934 में 'पीपुल्स ट्रिब्यून' में प्रकाशित एक विवरण में पाया गया कि मात्र शंघाई की एक सड़क पर सन् 1933 में शिशुओं के लगभग 24,000 फेंके हुए शव उठाए गए। जबकि यही स्थिति चीन के अधिकतर भागों में पाई जाती है। इसलिए यह स्पष्ट है कि

बिना आधुनिक गर्भनिरोधक के ऐसी स्थितियों पर नियंत्रण लगाने का कोई चारा नहीं है।

कुछ लोगों का मानना है कि बाल विवाह समाप्त कर देने से जनसंख्या वृद्धि रुक सकती है। लेकिन यह सिद्धांत भी आधारहीन है। सबसे पहले तो यह मालूम होना चाहिए कि लड़कियों के प्रजनन की सबसे ज्यादा प्रभावी उम्र 18 से 22 साल के बीच होती है। पश्चिमी देशों में औरतें इसी उम्र के पश्चात् शादी करती हैं, अर्थात् प्रजनन के सर्वाधिक प्रभावी अवधि के बाद वे विवाह करती हैं। जब हम शारदा अधिनियम के लागू करने की कठिनाइयों पर ध्यान देते हैं तो शादी की अधिकतम उम्र 14 वर्ष निर्धारित करते हुए हम आसानी से देख सकते हैं कि हमारे देश में औरतें 22 साल तक शादी को स्थगित करने की फिलहाल निकट भविष्ट में सोच भी नहीं सकतीं।

श्रीमान् पी.के. वत्तल ने सन् 1931 की जनगणना के संबंध में की कई प्रजनन जाँच में दो निष्कर्ष निकाले हैं—20 साल से कम उम्र में विवाह करनेवाली लड़की बीस से अधिक उम्र में विवाह करनेवाली लड़की की अपेक्षा कम संख्या में बच्चों को जन्म देती है। 20 साल से कम उम्र में विवाह करनेवाली लड़कियों की होनेवाली संतानों के जीवित बचने की संभावना 20 से अधिक उम्र में विवाह करनेवाली लड़कियों की संतानों से कम होती है।

इन निष्कर्षों से हमें ज्ञात होता है कि जब अधिक उम्र में शादी प्रचलन में आ जाएगी, तब भी इससे जनसंख्या पर कोई प्रशंसनीय रोक नहीं हो सकती। यदि सही उम्र में शादी का लक्ष्य रखा जाता है, तो गर्भनिरोधक उपायों को अपनाना जरूरी है।

ऐसा दृष्टिकोण भी प्रस्तुत किया जाता है कि महिलाओं की आर्थिक स्वतंत्रता से जनसंख्या वृद्धि कम होगी, लेकिन यह भी सही नहीं है। आर्थिक स्वतंत्रता में कामेच्छा को शांत करने की शक्ति नहीं होती। अब भी निम्न वर्गों की महिलाएँ अपनी कमाई से अपने परिवारों की मदद करती हैं। लेकिन इस बात से परिवार को सीमित करने में कोई मदद नहीं मिलती।

कुछ व्यक्तियों का मानना है कि यद्यपि जन्म नियंत्रण औषधीय और स्वास्थ्यकर कारणों से हो सकता है, फिर भी इसकी जरूरत आर्थिक कठिनाइयों को हल करने में नहीं होती। वे मानते हैं कि हमारे देश में आर्थिक और कृषि विकास की अत्यधिक संभावना है और इन दिशाओं में किए जानेवाले प्रयासों से हमारे देश के लोगों के स्तर में प्रशंसनीय सुधार होगा, किंतु बारीकी से जाँचने पर यह दृष्टिकोण भी उतना प्रभावी और मान्य नहीं है। पर्याप्त पूँजी और धनी ग्राहकों के अभाव में हमारे उद्योगों का विकास भी अवरोधक होगा। इसी तरह उपजाऊ भूमि, वर्षा और खाद की कमी हमारे कृषि उत्पादन की बढ़त में बाधा डालते हैं। असम को छोड़कर ऐसी कोई उपजाऊ जमीन नहीं है, जिसे कृषि के तहत प्रयोग में लाया जा रहा है और उस प्रांत की ऐसी भूमि के आँकड़े से कुछ लोग यह

मानने लगें कि भारत में बिना कृषि प्रयोगवाली पर्याप्त जमीन नहीं है। हमारे प्रांत में कृषि योग्य भूमि का 86.4 प्रतिशत पहले ही कृषि कार्य में प्रयुक्त किया जा चुका है। भारतीय कृषि पर रॉयल कमीशन की रिपोर्ट के अनुसार शेष रह गई भूमि का अधिकतर भाग अनुपयोगी है। हमारे देश में कृषि भूमि का एक बहुत बड़ा भाग सतत फसल लेने और पर्याप्त खाद की कमी के कारण बंजर हो गया है।

जनसंख्या की अत्यधिक वृद्धि से हमारा देश जंगल और चरागाह भूमियों की कमी से पीड़ित है। कनाडा में कृषि योग्य भूमि का 34.3 प्रतिशत भाग चरागाह के लिए सुरक्षित है। यह अनुपात का प्रतिशत फ्रांस में 21.5, इटली में 18.3, जर्मनी में 14.3 है, जबकि हमारे देश में यह सिर्फ 1.6 प्रतिशत है। ये आँकड़े दरशाते हैं कि हमारे गाय, बैल कितने संकुचित स्थानों में रहते हैं। कुछ लोग जापान और चीन में प्रति एकड़ चावल के विशाल उत्पादन की ओर इशारा करते हुए कहते हैं कि हमारे यहाँ भी फसलों के उत्पादन में बढ़त की संभावनाएँ हैं। किंतु वे ये भूल जाते हैं कि जापान में साल भर पर्याप्त वर्षा और पर्याप्त खाद की उपलब्धता है। जो कि इस विस्तीर्ण वन क्षेत्र के कारण है। इसके लावा वहाँ की जलवायु चावल की फसल के लिए उपयुक्त है।

हालाँकि यह स्वीकार किए जाने योग्य बात है कि स्वशासन से हमारी जनसंख्या का कल्याण हो सकता है, किंतु जब तक हमारी जनसंख्या पर सोच-समझकर नियंत्रण नहीं रखा जाता, तब तक हमारे देशवासियों की आर्थिक स्थिति में सराहनीय सुधार नहीं हो सकता। कई स्वाधीन राष्ट्रों के उदाहरणों से यह सिद्ध होता है कि स्वशासन मात्र से हमारे देश के लोगों की दशा में चहुँमुखी सुधार नहीं लाया जा सकता। गरीबी की वजह से हमारे देश में लोगों को पौष्टिक भोजन उपलब्ध नहीं होता। इस पर भी पूर्ण स्वास्थ्य के लिए आवश्यक स्तर कायम रखने में बहुतेरों को कठिनाई महसूस होती है। अकेले मुंबई प्रेसीडेंसी में ही प्रति व्यक्ति प्रतिदिन दुग्ध की उपलब्धता मात्र सवा तोला है। पोषण से संबंधित प्राधिकारियों के अनुसार, प्रत्येक व्यक्ति को औसत रूप से प्रतिदिन 100 ग्राम दूध की आवश्यकता होती है।

जन्मदर आंदोलन का प्रमुख उद्देश्य ऐसी दशाओं का निर्माण करना है, जिनसे प्रत्येक देश की जन्मदर अनुकूल रूप से घट जाएगी, ताकि इससे वहाँ की उपलब्ध उत्पादन से जनसंख्या का भरण-पोषण हो सके।

□

बिना चरित्र के शिक्षित मनुष्य जानवरों से भी ज्यादा खतरनाक

अध्यक्षीय भाषण, मुंबई प्रांत बहिष्कृत वर्ग युवा सम्मेलन, मनमाड (12 फरवरी, 1938)

डॉ. आंबेडकर ने कहा, "युवाओं को जीवन में एक नियम याद रखना चाहिए कि वे अच्छे विचार मन में सँजोएँ। किसी का आदर्श कुछ भी हो; राष्ट्रीय तरक्की या आत्मविश्वास का, हमें संयम के साथ यहाँ पहुँचने का प्रयास करना चाहिए।"

उनका अवलोकन था कि संसार की सभी महान् चीजें सब्र के उद्योग से और कष्ट एवं मेहनत से उपलब्ध हुई हैं। आगे उन्होंने कहा कि हमें अपना मन और शक्ति अपने लक्ष्य पर केंद्रित करनी चाहिए। इनसान को मात्र जीने के लिए खाकर समाज की भलाई में कार्य करना चाहिए।

फिर शिक्षा की समस्या पर आते हुए डॉ. आंबेडकर ने शिक्षा को ऐसी तलवार की तरह बताया जिसमें दोनों ओर धार हैं और जिसे चलाने में खतरा भी है। बिना चरित्र के एक शिक्षित व्यक्ति को उन्होंने जानवर से ज्यादा खतरनाक बताया। यदि ऐसे व्यक्ति की शिक्षा गरीबों की भलाई में बाधा डालती है, तो उन्होंने कहा कि ऐसा शिक्षित व्यक्ति समाज के लिए अभिशाप है। धिक्कार है ऐसे शिक्षित व्यक्ति पर! "चरित्र शिक्षा से कहीं ज्यादा अहमियत रखता है।" उन्होंने आगे कहा, "मुझे यह देखकर पीड़ा होती है कि युवा वर्ग धर्म के प्रति तटस्थ हो रहे हैं, मेरे अंदर जो भी अच्छाइयाँ हैं या जो कुछ भी मेरी शिक्षा से समाज लाभान्वित हुआ है, उसका श्रेय में अपने अंदर मौजूद धार्मिक भावनाओं को देता हूँ। मैं धर्म चाहता हूँ, लेकिन मैं धर्म के नाम पर ढोंग नहीं चाहता।"

□

मैं कम्युनिस्टों का पक्का दुश्मन हूँ

बहिष्कृत वर्गों के जिला सम्मेलन में अध्यक्षीय भाषण,
मसुर जिला, शुरुआती सितंबर 1937

डॉ. आंबेडकर ने अपने श्रोताओं से कहा कि उनकी दृढ राय है कि मजदूर वर्गों और गरीबों के हितों को देखने के लिए गांधी सही आदमी नहीं हैं। अगर कांग्रेस एक क्रांतिकारी संगठन होती तो वह इसमें शामिल हो जाते। लेकिन उन्हें यकीन है कि यह एक क्रांतिकारी संगठन नहीं है। कांग्रेस इतनी साहसी नहीं है कि वह सामाजिक एवं आर्थिक समानता के आदर्श की उद्घोषणा करे, ताकि आम आदमी को अपनी पसंद के अनुसार खुद को विकसित करने के लिए आराम और स्वतंत्रता मिले। उन्होंने टिप्पणी की कि जब तक उत्पादन के साधनों का नियंत्रण चंद लोगों द्वारा अपने हित में किया जाता है, तब तक यह संभव नहीं है। उन्होंने कहा कि गांधीवाद के अनुसार किसान की हैसियत यह होगी कि हल जोतने में वह दो प्राकृतिक बैलों के साथ खुद तीसरे बैल की भूमिका निभाएगा।

जहाँ तक कम्युनिस्टों द्वारा मजदूर आंदोलन चलाए जाने की बात है, उन्होंने आगे कहा कि उनकी उन लोगों के साथ जाने की कोई संभावना नहीं है। वह उनके आंदोलन में शामिल नहीं होंगे। उन्होंने घोषणा की कि वह कम्युनिस्टों के पक्के दुश्मन हैं। उन्होंने कहा कि कम्युनिस्टों ने अपने राजनीतिक लक्ष्यों को साधने के लिए मजदूरों का शोषण किया है।

□

मैं प्रथम भारतीय तथा अंत में भी भारतीय हूँ

(4 अप्रैल, 1938 को कर्नाटक के विभाजन का प्रस्ताव विधानसभा में रखा गया। प्रस्ताव पर रखे गए बाबासाहेब के विचार, 'जनता' 9 अप्रैल, 1938)

मेरी दृष्टि में यह प्रस्ताव अत्यंत गंभीर स्वरूप का है। यह काम हमें भावना में बहकर नहीं करना है। मैं इस प्रश्न को भावना विरहित दृष्टि से देखता हूँ। अपने मुंबई प्रदेश के संयुक्त कुटुंब में इन तीनों प्रांतों के लोग पिछले 115 वर्षों से हिल-मिलकर रहते हैं। सिंध प्रांत अपने साथ लगभग 90 सालों तक रहा। अब उसका विभाजन हो चुका है, परंतु इस आर्थिक परिस्थिति में अब विभक्त सिंघ की कितनी विकट स्थिति होगी, इसकी आप सबको कल्पना है ?

कर्नाटक का विभाजन करने का मुख्य कारण कन्नड़ बोलनेवालों का अलग राज्य होना चाहिए। परंतु यह एकीकरण कितना उपयोगी होगा, इसमें संदेह है। वजह यह है कि कर्नाटक का बहुत सारा क्षेत्र संस्थानों के पास है। कन्नड़ संस्थानों का क्षेत्र कर्नाटक में शामिल करने पर उसके बदले दूसरा क्षेत्र उनको देना होगा। ऐसी दशा में शामिल प्रांत के लोग दूसरे संस्थान में जाने को तैयार नहीं होंगे। क्या इसका आपने कभी विचार किया है ?

अकाल से हमेशा पीड़ित तथा जनता की अन्न तथा वस्त्र से होनेवाले इस राज्य का खर्च कैसे पूरा होगा ? जिन थोड़े लोगों को सत्ता-सुख की भूख लगी है, बस उन्हें ही इसका संतोष होगा। अत: मैं इस प्रांत के विभाजन से सहमत नहीं हूँ। जब बीजापुर तथा वल्लारी जैसे अकालग्रस्त जिले अपना मुँह खोलकर खड़े हैं, तब आप प्रांत के जमा खर्च का कैसे सामना करोगे ? हमारे समाज को इस प्रांत में केवल दो स्थान प्राप्त है। इस विधानसभा में हमारा अन्य प्रतिनिधियों के कारण उन्हें समर्थन है। मैं किसी भी तरह का प्रांतभेद नहीं मानता हूँ। इतना ही नहीं ? मैं स्वयं को महाराष्ट्रीयन कहकर शेखी नहीं

मारूँगा। मैं भाषा, प्रांत तथा संस्कृति का भेदभाव नहीं मानता हूँ। "मैं प्रथम भारतीय, फिर हिंदू या मुसलमान" यह बात मुझे मान्य नहीं है। दरअसल मैं प्रथम भारतीय तथा अंत में भी भारतीय हूँ। यही वृत्ति भारत की आजादी के लिए पोषक है। अत: मैं इस प्रस्ताव का पूरी ताकत के साथ विरोध करता हूँ।

□

आत्मविश्वास दैवी शक्ति…

11 सितंबर, 1938 को पुणे में
आयोजित विद्यार्थी सम्मेलन में अध्यक्षीय प्रवचन

विद्यार्थी को विद्याध्ययन के पश्चात् गृहस्थ जीवन में किस तरह व्यवहार करना चाहिए, मैं यह उपदेश देने के अयोग्य हूँ। आपको मैं कौन सा उपदेश दूँ, इस सोच में पड़ गया हूँ। वजह यह है कि मेरा गृहस्थ जीवन बेकार ही गया है। फिर भी विद्यार्थी को किस तरह का आचरण करना चाहिए, यह मैं अपने अनुभव से कुछ-न-कुछ जरूर बता सकता हूँ। जिस समाज को हजारों वर्षों से शिक्षा का नाम नहीं ज्ञात था, उस समाज के अब बहुत सारे लोग बी.ए. एम.ए., हो रहे हैं। यह देखकर किसे नहीं संतोष होगा? भूतकाल में अपने समाज से बी.ए. व्यक्ति ढूँढ़ने से नहीं मिलता था। कुछ माह पहले कृष्णा जिले से अपने समाज का एक विद्यार्थी बी.ए. हुआ। उसका नाम इतना प्रसिद्ध हुआ कि वह अपना नाम लिखकर फिर केवल बी.ए. लिखने पर डाकिया उसके घर पर पत्र पहुँचा देता था। आज तो हमारे समाज में अनेक बी.ए. हो चुके हैं। मजाक के तौर पर बोला जाए तो यहाँ बैठे हुए लोगों पर यदि कंकड़ फेंका जाए तो वह जाकर बी.ए. हुए व्यक्ति को ही लगेगा।

आज बी.ए. लोगों को यह बात अवश्य ध्यान में रखनी चाहिए कि हमें जिन लोगों के साथ संघर्ष करना है, वे बहुत प्रगतिशील हैं। आज के संघर्ष में हम यदि उन लोगों से पीछे रह गए, तो हमारी बहुत फजीहत होगी। कारण यह है कि यही लोग सत्ता में बैठे हुए हैं। किसी भी कार्यालय में नौकरी के लिए जाने पर वहाँ के वरिष्ठ अधिकारी अपने ही लोगों की भरती करते हैं, यह एकदम निर्विवाद सत्य है। आपको केवल बी.ए. होने से नौकरी नहीं मिलेगी। इन प्रगतिशील लोगों के साथ स्पर्धा कर वहाँ अपनी बौद्धि की अमिट छाप छोड़े बगैर आपकी शिक्षा से कोई लाभ नहीं होगा। इसके बगैर उच्च जातिवाले हमसे नहीं दबेंगे।

हमें प्रभावशाली काम करना होगा, तब ही हमें महत्त्व प्राप्त हो सकेगा। अन्य समाज का ऐसा नहीं है। जब हम सोने के मूल्य का काम करेंगे, तब दूसरे वर्ग के लोग हमारे कार्य को चाँदी के मूल्य में आँकेंगे। उन्होने यदि चाँदी के मोल का काम किया, फिर भी उन्हें सोने की कीमत आती है। यह तो आज का व्यवहार है। हम कोई भी काम जब तक उनसे सौ गुना अच्छा नहीं करेंगे, तब तक हम उनकी बराबरी में नहीं गिने जाएँगे। यह सब करने के लिए आपको अपने आप में आत्मविश्वास का निर्माण करना होगा।

आत्मविश्वास की तरह दूसरी कोई दैवी शक्ति नहीं है। हमको हमारे अंदर का आत्मविश्वास खोना नहीं चाहिए। उदाहरणार्थ कुश्ती के लिए अखाड़े में उतरा हुआ पहलवान यदि दूसरे पहलवान के मजबूत दंड देखकर निराश हो जाता है, तब ऐसे हालात में पहले पहलवान से आखिर क्या अपेक्षा की जा सकती है? मैं तो हमेशा यही करता हूँ कि मैं जो करूँगा, व होगा। यह सब अपने आत्मविश्वास पर ही आधारित है। मेरे इस कथन से मुझे कुछ लोग घमंडी कहेंगे, परंतु यह घमंड न होकर मेरा आत्मविश्वास है। मैंने यदि मन में निश्चय किया तो एक लाख की बात सहज कर सकता हूँ। मैंने भी आपकी तरह महारिन माँ के पेट से जन्म लिया है। गरीबी की दृष्टि से विचार किया जाए तो मेरी अवस्था भी गरीबों में से अतिगरीब विद्यार्थी की थी। मुंबई डेवलपमेंट डिपार्टमेंट, चार से दस फीट लंबे तथा दस फीट चौड़े छोटे कमरे में माँ-बाप व भाइयों के साथ रहकर एक पैसे के मिट्टी तेल की ढिबरी पर मैंने अध्ययन किया है। इतना ही नहीं, अनेक संकटों का सामना कर मैं यदि इतना कर सका, आज आप साधन सामग्री से एकदम सुसज्ज हैं, आज आपको यह सब करना कठिन नहीं है। कोई भी व्यक्ति निरंतर परिश्रम करके ही पराक्रमी व बुद्धिमान हो सकता है। कोई भी आदमी जन्म से बुद्धिमान व पराक्रमी नहीं होता है। मैं विद्यार्थी दशा में जब इंग्लैंड में था, जिस पदवी को प्राप्त करने के लिए आठ वर्ष लगते थे, मैंने वहीं कोर्स केवल 2 साल 3 माह में पूरा किया था। यह सब करने के लिए मुझे 24 घंटों में से रोज 21 घंटे अध्ययन करना पड़ता था। आज मेरी आयु 40 वर्ष से अधिक हो गई है, फिर भी मैं रोज कुरसी पर बैठकर 18 घंटे अध्ययन करता हूँ। आज का विद्यार्थी यदि आधा घंटा भी अध्ययन करने बैठता है तो वह कई बार अपनी उँगली नाक में ठूँसते रहता है अथवा सिगरेट पीकर या हाथ-पैर आड़े-टेढ़े कर उत्साह निर्माण करता है। मुझे इस उम्र में भी इन सब बातों की कोई जरूरत नहीं होती है।

कठोर परिश्रम से ही यश प्राप्त हो सकता है। केवल पदवी हासिल करने से कुछ होनेवाला नहीं है। पदवी, यह ज्ञान न होकर शिक्षक की सहायता से ज्ञानार्जन हेतु जमा की गई साधन सामग्री है। विश्वविद्यालय की पदवी तथा बुद्धिमानी का कोई संबंध नहीं है। इस बारे में मैं एक उदाहरण देना चाहूँगा। सातवें एडवर्ड के पश्चात् जब जार्ज पंचम सन्

1911 में सिंहासन पर बैठे, तब उन्होंने हिंदुस्तान में आकर यहाँ के विश्वविद्यालय को लाखों रुपयों का अनुदान दिया। इस राशि से गणित का विशेषज्ञ व प्रोफेसर को बुलाकर उसका लाभ इस देश को देने का विचार किया गया। उस प्रोफेसर की कक्षा में वे ही छात्र सम्मिलित हो सकते थे, जिन्होंने एम.ए. किया था। उस समय मद्रास में रामानुज नामक एक लिपिक रेल विभाग में 20 रुपए माह पर नौकरी कर रहा था। इस रामानुज को अपनी नौकरी करते हुए गणितीय प्रोफेसर के व्याख्यान सुनने की प्रबल इच्छा जाग्रत् हुई, उसने प्रोफेसर से कक्षा में प्रवेश हेतु अनुमति माँगी, किंतु रामानुज केवल मैट्रिक पास था। प्रोफेसर ने विचार किया कि आवेदक का केवल मैट्रिक होने के कारण कक्षा में दिया गया व्याख्यान उसे समझ में नहीं आएगा। फिर भी उसने कहा कि यदि रामानुज आना चाहता है, तो उसे उपस्थित रहने की अनुमति दे दी जाती है। रामानुज ने प्रोफेसर के 5-6 व्याख्यान सुने, परंतु प्रत्येक व्याख्यान के दौरान गणितशास्त्र में विशेषज्ञ इस प्रोफेसर का भाषण सुनने के बजाय वह अपनी कॉपी पर कुछ लिखते रहता था। वह देख प्रोफेसर बहुत आगबबूला हुआ तथा बोला, "तुम्हें जो अवसर प्राप्त हुआ है, उसका तुम दुरुपयोग कर रहे हो।" इस कथन पर रामानुज ने उत्तर दिया, "महोदय, आप जो कक्षा में पढ़ा रहे हैं, वह सभी गणित के सूत्र मैंने अपनी विद्यार्थी जीवन में ही हल कर लिये हैं, इसमें कुछ नया दिखाई नहीं दे रहा है। उतना ही नहीं, मैंने इसके आगे के गणितीय सूत्र अपनी कॉपी में हल कर लिये हैं।" प्रोफेसर ने कॉपी की जाँच की। उस कॉपी में गणित के कठिन से कठिन प्रश्न, सूत्र द्वारा हल किए गए थे। यह देख प्रोफेसर ने गवर्नमेंट ऑफ इंडिया को लिखकर सूचित किया कि रामानुज गणितशास्त्र का प्रतिभाशाली व्यक्ति है। उसे केवल 20 रुपये की नौकरी पर रखा गया है, जोकि बहुत खेदजनक है। इतना हीं नहीं, इस प्रोफेसर ने रामानुज को इंग्लैंड बुला लिया तथा वहाँ उसे बड़े वेतन पर रखकर अंग्रेजों को गणित पढ़ाने के लिए नियुक्त किया एवं प्रोफेसर स्वयं भी रामानुज का विद्यार्थी बना।

अपने विद्यार्थियों की सोच हो गई है कि बी.ए. हो जाने के पश्चात् सीखने लायक कुछ नहीं रह जाता है। परंतु वास्तव में देखा जाए तो बी.ए. होने के पश्चात् भी शिक्षक के अतिरिक्त स्वतंत्र रूप से अध्ययन किया जा सकता है। यानी वास्तव में सीखने का काम भविष्य में ही रहता है। मनुष्य ने यदि मन में पढ़ने का ठान लिया, तो विद्या के सागर में हम ज्यादा-से-ज्यादा घुटने भर ही (ज्ञान सागर में) जा सकते हैं।

शील का महत्त्व

विद्या के साथ-साथ शील की अत्यंत आवश्यकता है। शील के बगैर विद्या का कोई महत्त्व नहीं है। कारण, विद्या शस्त्र के समान है। किसी के पास यदि शिक्षारूपी शस्त्र है तथा वह शीलवान है, तब वह उस शस्त्र से दूसरों की रक्षा करेगा। लेकिन वही

व्यक्ति शीलवान न होने पर विद्यारूपी शस्त्र से दूसरों का घात करेगा। विद्या तलवार के सदृश्य है, किंतु उसका, महत्त्व उसके उपयोग पर आधारित है। निरक्षर व्यक्ति दूसरों को धोखा नहीं दे सकता है, कारण उसे दूसरों को फँसाना नहीं आता है। किंतु पढ़ा-लिखा व्यक्ति अपने कौशल से दूसरों को बहुत युक्ति के साथ धोखा दे सकता है। सच को झूठ तथा झूठ को सच का आभास वह बहुत सफाई के साथ करा सकता है। कुछ पढ़े-लिखे बदमाश, लोगों को धोखा देकर फँसाते हैं। इस धूर्तता के लिए बौद्धि कौशल तथा चतुराई की जरूरत होती है, परंतु बौद्धि तथा चतुराई को सदाचार का साथ मिलने पर व्यक्ति दूसरों के साथ धोखाधड़ी नहीं कर पाएगा। इसीलिए शिक्षित लोगों में शील की अति आवश्यकता है। शील के अभाव में पढ़े-लिखे लोगों की जमात से शिक्षा, समाज तथा राष्ट्र का अहित होगा। अत: शिक्षा से कहीं अधिक शील का महत्त्व है। यह बात आप लोगों के ध्यान में आ गई होगी। इसी कारण प्रत्येक मनुष्य के लिए शील आवश्यक है।

अपने समाज में एकता की अति आवश्यकता है। एकता के बल पर ही हम यह काम कर सकते हैं, ऐसा मेरा विश्वास है। इस संबंध में कठोर अनुशासन की अति आवश्यकता है, तब ही हम कुछ कर पाएँगे, अन्यथा समाज का अहित ही होगा। अत: सबको अपनी जिम्मेदारी समझनी चाहिए। अंत में आप सबको संगठन, शील तथा अनुशासन को स्वीकार करते हुए समाज को उन्नति के पथ पर ले जाना है।

□

स्वयं सुधरे बिना आप दूसरों को क्या सिखाएँगे?

अस्पृश्य विद्यार्थी सम्मेलन, मुंबई के अध्यक्ष पद से, 'जनता', 17 दिसंबर, 1938

आप लोगों ने आज मुंबई में अस्पृश्य विद्यार्थी सम्मेलन का आयोजन किया है तथा यह सम्मेलन हर दृष्टि से सफल हुआ है। अत: मैं इस सम्मेलन का आयोजन करनेवाले विद्यार्थियों का अभिनंदन करता हूँ। इस तरह के सम्मेलन बहुत होते हैं तथा उस सम्मेलन का अध्यक्ष भी होता है। मैं हमेशा देखता हूँ कि भाषण में अध्यक्ष विद्यार्थियों पर टीका कर कहता है कि तुम पढ़कर क्या करोगे? सरकारी नौकरी? उन्हें देशसेवा करने का उपदेश दिया जाता है, परंतु इसका कुछ लाभ नहीं। विद्यार्थियों के संबंध में मैंने कुछ विचार किया है। मैं बताना चाहता हूँ कि यह उपदेश एकदम झूठा है। मैं ऐसा उपदेश नहीं दूँगा। विद्यार्थियों ने पढ़कर यदि नौकरी की, तो इसमें क्या पाप है? उनका अपना जीवन है, उनकी कुछ भावनाएँ हैं। प्रत्येक मनुष्य का कुछ ध्येय होता है। पास के निहित गुणों का विकास होकर उसका सुपरिणाम आए, यही व्यक्ति का ध्येय होता है। इसलिए मैं आपको उपदेश नहीं देना चाहता हूँ। अत: आप लोगों को सरकारी नौकरी प्राप्त करने हेतु प्रयत्नशील रहना चाहिए। इसी प्रयत्न से समाज की उन्नति हो सकती है। अत: सब कठिन परिश्रम करो।

शिक्षित व्यक्ति में भी कुछ दोष होते हैं। शिक्षित होकर नौकरी ढूँढ़ने में कोई दोष नहीं है। आपको इस बात का अवश्य ध्यान रखना चाहिए कि आपके पास दुर्गुण न आए। पहली बात तो यह है कि शिक्षा पूरी हो जाने के बाद मनुष्य स्वार्थी बनता है। मनुष्य का स्वार्थी होना, यह उसका स्वाभाविक गुण है, परंतु पढ़ा-लिखा मनुष्य केवल स्वयं का हित देखता है, समाज का हित नहीं देखता है। वह अपनी पत्नी तथा बच्चों की व स्वयं

की ही चिंता करता है। मैजिनी का कथन है, "लोग गुलामी में हैं, आदमी पढ़-लिख गए, फिर भी उनमें कर्तव्य के बजाय अधिकारों का एहसास अधिक होता है।" अपना कर्तव्य क्या है, इसकी भावना जाग्रत् नहीं होती है। यही एक शिक्षित व्यक्ति का दोष है।

मुझे दुःख होता है कि पढ़े-लिखे व्यक्ति को पदवी मिलने पर, फिर उसे नौकरी लगने के पश्चात् उसके विद्यार्जन का मार्ग अवरुद्ध हो जाता है। विद्या का महत्त्व कम हो जाता है। मुझे यात्रा करते समय जो पढ़े-लिखे व्यक्ति दिखते हैं, उनके हाथ में पुस्तक या समाचार-पत्र के बजाय सिगरेट दिखाई देती है। मनुष्य बी.ए. हो जाने पर, क्या फिर उसे अधिक शिक्षा की आवश्यकता नहीं है? बी.ए. या एम.ए. हो जाने पर उसने संपूर्ण ज्ञान प्राप्त कर लिया है, यह भावना ही एकदम गलत है।

अगस्त मुनि ने जिस प्रकार सागर पी डाला था, उसी तरह हमें एकाध पदवी मिलने पर, हमने सारी विद्या प्राप्त कर ली है, ऐसा ही शिक्षित लोगों को महसूस होता है। बड़ौदा रियासत में एक आदमी बी.ए. पास हुआ था। महाराज ने उसकी नियुक्ति गाँव में की थी। उस समय संस्थान का काम गुजराती भाषा में चलता था, अंग्रेजी में नहीं। वह व्यक्ति बहुत आलसी था। वह कभी समाचार-पत्र नहीं पढ़ता था। इसका परिणाम यह हुआ कि कुछ सालों बाद उसे ए.बी.सी.डी. का ज्ञान तक नहीं रहा। यह बात एकदम सत्य है।

मेरा भी अनुभव ऐसा ही है। पी-एच.डी. पदवी प्राप्त करने के लिए फ्रेंच व जर्मन भाषा की अनिवार्यता थी। उस समय मुझे ये दोनों भाषा अवगत थीं। परंतु आज उन भाषाओं का अभ्यास न होने के कारण अब उनको बोलना मेरे लिए कठिन है। विगत दिनों मैं फ्रांस तथा जर्मनी गया था, मुझे उन भाषाओं को बोलने में बहुत कठिनाई हुई। इसीलिए विद्या का अभ्यास अति आवश्यक है। मनुष्य एक बार शराब पीना प्रारंभ करने पर फिर वह जन्म भर पीते ही रहता है। उसी तरह विद्यार्जन के संबंध में भी ऐसा ही कुछ होना चाहिए। विद्या का महत्त्व किसने समझा है? परीक्षा के बाद जो अपनी पुस्तकें बाजार में बेचता है, क्या उसने? बच्चों, पत्नी से अधिक जिसको विद्या से प्रेम है, उसे ही विद्या से प्रेम होता है। मैं तो यही बात कहूँगा।

आप में से अधिकांश अविवाहित होंगे। कुछ की शादियाँ भी हुई होंगी। किंतु शादी हो जाने के पश्चात् फिर आप लोग क्या करोगे? आप पर इस बारे में बहुत जिम्मेदारी है। मैं आपके पिताजी का उदाहरण न लेते हुए अपने ही पिताजी का उदाहरण लेता हूँ। उन्हें कुल मिलाकर चौदह संतानें हुईं तथा उनमें से मैं चौदहवाँ रत्न। मैं जब एलफिस्टन कॉलेज में पढ़ रहा था, तब मेरी अवस्था बहुत दयनीय थी। मेरे पैर में चप्पल नहीं थी। बदन पर लठ्ठे का शर्ट तथा पिताजी का फटा हुआ कोट। आप लोग यदि एलफिस्टन कॉलेज जाएँगे, तो वहाँ पर मुल्लर साहब की तसवीर दिखाई देगी। उन्होंने मुझे अंतिम दो वर्षो तक शर्ट दी थी। मैं सोचता हूँ कि यदि मेरे पिताजी की चौदह के स्थान पर यदि

चार ही संतानें हुई होतीं, तो मेरे दिन अच्छे बीते होते। मेरी उस पीड़ा के लिए मेरे पिताजी ही जिम्मेदार हैं। एक बार मैं कॉलेज जाते समय रेलवे की पास घर पर ही भूल गया तथा उसी दिन चैकिंग थी। टिकट चैकर ने मुझे रोक लिया। मेरे पास एक धेला भी नहीं था। मैं चार बजे तक चर्चगेट स्टेशन पर ही बैठा रहा। बाद में कैकिणी नामक मेरा मित्र (सहपाठी) आया तथा बोला, 'तू यहाँ क्यों बैठा है?' मैंने उसे सारी हकीकत बताई। उसने तब चार आने भरकर मेरी मुक्ति कराई तथा वापसी का टिकट निकालकर मुझे घर की ओर भेज दिया। इसीलिए मैं अपने पिताजी को दोष देता हूँ। कारण यह कि उन्होंने अपनी जवाबदारी समझी नहीं। पिताजी से यदि गलती हुई है, तो उस बात को बताने में मुझे कुछ गलत नहीं लगता है।

आप पर अब यह सारी जिम्मेदारी है। उसी भाँति महिलाओं पर भी जवाबदारी है। मैं केवल पुरुषों के लिए नहीं बोल रहा हूँ। महिलाओं को भी अपने उत्तरदायित्व को पहचानना होगा। इसका आप सबको विचार करना चाहिए। आगे चलकर आप लोग नौकरी करेंगे। मुझे लगता है कि उसमें से अधिकांश लिपिक ही बनेंगे। आपको अधिकतर 50-60 रुपए वेतन मिलेगा और फिर यदि आपको चौदह बच्चे हुए, तब उन बच्चों का क्या होगा? उनकी जिम्मेदारी क्या समाज पर डालेंगे? इसपर आप अच्छी तरह विचार करें। आप लोग संन्यास नहीं लेंगे, किंतु यदि किसी ने लिया तो वह बहुत ही उत्तम होगा (हँसी)! हँसिए मत, यह महत्त्वपूर्ण बात है। मुझे पाँच संतान हुईं, जिसमें से चार का देहांत हो गया। इस बात का मुझे बुरा नहीं लगता है, वरन् आनंद ही होता है। यदि ये बच्चे जीवित रहे होते तो फिर उनकी शिक्षा, भोजन, निवास आदि का भार मुझ पर पड़ा होता तथा वह सब मेरे लिए कष्टदायक हुआ होता।

मुझे एक ही लड़का है। मुझ पर उसकी जवाबदारी है। उसकी दस प्रतिशत जवाबदारी भी यदि आपने अपने बच्चों के प्रति निभाई, तो बहुत अच्छा होगा। यह समाज के हित की बात होगी। यदि आपको 5-6 बच्चे हुए, तब उनको शिक्षा किस प्रकार देंगे? उनकी परवरिश कैसे करेंगे? मुझे लगता है, यह चढ़ता क्रम न होकर उतरता क्रम होगा। अतः स्त्री-पुरुष का पशु की तरह जीना मनुष्यता के लिए कलंक है। इस बात पर आप अवश्य विचार कीजिए।

□

मंदिर प्रवेश का संघर्ष हिंदू समाज में समानता के लिए था

8 जनवरी, 1939 को मुंबई में आयोजित समता सैनिक दल के सम्मेलन में दिया गया भाषण, 'जनता', 14 जनवरी, 1939

सन् 1927 के दौरान महाड के चवदार तालाब सत्याग्रह के समय समता सैनिक दल की स्थापना की गई। उस समय महाड के सत्याग्रह का कार्य बिना रोक-टोक तथा यशस्वी रूप से सफल होने के लिए किसी संगठित दल की अति आवश्यकता थी। हमारे द्वारा स्थापित समता सैनिक दल की पूर्व पीठिका को देखते हुए तथा समग्र परिस्थिति का विचार करते हुए दल की स्थापना न मेरे नाम के लिए, न ही जय-जयकार के लिए और न ही बाबा, महात्माओं के काम के लिए की गई है। इनसानियत के लिए समता का उज्ज्वल सिद्धांत अपने हृदय में रखकर इन सैनिकों को अपने कार्यों को पूरा करना चाहिए। इन सबको शपथ लेनी चाहिए कि हम जातिभेद नहीं मानेंगे। हम ऊँच-नीच का भेद नहीं मानेंगे। हम सब मनुष्य हैं, हम दूसरों के साथ मनुष्यता का व्यवहार करेंगे। हम विषमता के जहर भरे बीजों को समाज से नष्ट करने की प्रतिज्ञा लेते हैं। यही समता सैनिक दल का संकल्प होना चाहिए। आपको अपनी कर्तव्यपरायणता के परिणामस्वरूप देश के आदर्श सैनिक होना चाहिए। आपकी ओर देखते ही यह महसूस होना चाहिए कि ये उत्कृष्ट सैनिक हैं। आपकी कीर्ति भारत में ही नहीं वरन् विश्व में गूँजनी चाहिए। सदाचार, अनुशासन तथा संगठन के बल पर अपना दल मजबूत बनना चाहिए। हममें सदाचार तथा समता का भाव होना चाहिए। तवे का निचला भाग काली परत (राख) से गंदा हो जाता है, किंतु उसे मेहनत से साफ करने पर वह स्वच्छ हो जाता है। उसी भाँति हमारे समाज में कुछ गलत रीति-रिवाज परंपरा कायम हो गई है। अब शराब की आदत लग गई है। पान-तंबाकू का व्यसन लग गया है, जिससे समय का अपव्यय तथा शरीर

को हानि पहुँचती है। अतः सबको व्यसनमुक्त होना चाहिए। इस तरह की अनिष्ट आदतें, परंपराओं पर नियंत्रण रखने से दूसरे हम पर आरोप नहीं कर सकेंगे। दूसरे हमें कष्ट पहुँचाने का साहस नहीं कर पाएँगे। इस तरह के उज्ज्वल ध्येय को लेकर काम करने पर कोई भी हम पर आरोप नहीं लागा सकेगा।

□

सयाजीराव गायकवाड को श्रद्धांजलि

अस्पृश्य समाज पर उनके बहुत बड़े उपकार हैं

डॉ. बाबासाहेब आंबेडकर द्वारा महाराजा सयाजीराव गायकवाड को दी गई श्रद्धांजलि, 'जनता', 11 फरवरी, 1939

श्री सयाजीराव महाराज का निधन, यह मेरी व्यक्तिगत तथा बहुत बड़ी हानि है। मैं उनके उपकार कभी नहीं भूल पाऊँगा। उन्होंने मुझे जो शिक्षा दी, उसी के फलस्वरूप आज मुझे योग्यता प्राप्त हुई है। अस्पृश्य समाज पर उनके बहुत बड़े उपकार हैं। उनके जितना अस्पृश्य समाज हेतु किसी ने कार्य नहीं किया है।

वे बहुत बड़े समाज सुधारक थे। बड़ौदा संस्थान में सामाजिक सुधार के लिए कानून बनाए गए। यूरोप तथा अमेरिका जैसे सुधरे हुए राष्ट्रों से भी कहीं अधिक प्रगतिशील कानून बड़ौदा रियासत के थे। उन्होंने सामाजिक गंदी कुरीतियों का अध्ययन कर, उनके दोष दूर करने में महत्त्वपूर्ण भूमिका अदा की।

प्रजा के कल्याण हेतु जितने सारे प्रयत्न उन्होंने किए, उतने प्रयत्न किसी दूसरे संस्थानिकों ने नहीं किए। वे राष्ट्रवादी होकर देशभक्त थे। यह सद्गुण संस्थानिकों में कम ही दिखाई देता है। कई बातों में उन्होंने ब्रिटिशों के समक्ष आदर्श प्रस्तुत किया। महाराज अंग्रेजों के दबाव में कभी नहीं आए। उनके जीवन के अंतिम समय में (कुछ सप्ताह में) कुछ लोगों ने रियासत में जातीय भावना भड़काकर प्रजा के बीच वैमनस्य फैलाने का प्रयत्न किया। यह बात बहुत दुःखदायक थी। महाराष्ट्रीयन होकर भी उन्होंने गुजराती जनता के प्रति कभी दुर्भावना से काम नहीं किया। उनकी इस बात को सभी मान्य करते है। मेरी जानकारी के अनुसार उनके मन में कभी अशुद्ध विचार आए ही नहीं।

सयाजीराव महाराज की मृत्यु से हिंदुस्तान ने एक बहुत बड़े आदमी को खो दिया है। बड़ौदा रियासत भी बहुत बड़े राजनेता को खो चुकी है। महाराष्ट्र की महान् विभूति का अस्त हो गया है। सामाजिक सुधारों का नेता अब नहीं रहा है। अछूतों का हितैषी चला गया है। रियासत ने अपना भविष्यद्रष्टा खो दिया है।

□

कांग्रेस जैसी देशद्रोही-स्वार्थसाधु से सहानुभूति कैसे दिखा सकता हूँ?

'केसरी ट्रस्ट' कांग्रेस के हाथों में दिया जाए, जिसके लिए रामभाऊ तिलक ने आमरण अनशन किया था। बाबासाहेब आंबेडकर किसी काम से पुणे गए थे, तब उन्होंने श्री तिलक से मुलाकात की थी। इस भेंट संबंधी विकृत समाचार 'नागरिक' (मुंबई) समाचार-पत्र में प्रकाशित हुआ था। इसी संदर्भ में 'जनता' के संवाददाता ने डॉ. बाबासाहेब आंबेडकर से 27 जनवरी, 1941 को साक्षात्कार लिया था, जो 'जनता' में 1 फरवरी, 1941 को प्रकाशित हुआ था।

प्रश्न—आपने रामभाऊ तिलक से मुलाकात जान-बूझकर की थी, इस बात में कितनी सत्यता है ?

उत्तर—मुझे बहुत सारे महत्त्वपूर्ण काम रहते हैं। इनके अतिरिक्त पुणे जाने पर मैंने 'शादी करके देखिए' नामक सिनेमा देखा। पश्चात् मैं विधायक भोले के साथ वापस हो रहा था। तब उन्होंने बताया कि "तिलक के पुत्र ने आमरण अनशन प्रारंभ किया है। अतः आप रामभाऊ तिलक से अवश्य मिल लीजिए।" मेरा विचार था कि भेंट भूमि-तल पर ही हो जाएगी, किंतु मुझे तीसरी मंजिल तक जाना पड़ा, जिसके कारण मैं थक गया था।

प्रश्न—इस झंझट में क्या आप रामभाऊ तिलक को कोई कानूनी मदद करनेवाले हैं ?

उत्तर—'केसरी' हो या फिर रामभाऊ तिलक हो, मुझे इस झंझट में पड़ना नहीं है। कुल मिलाकर मैं वहाँ पाँच मिनट रुका था। वहाँ जाने पर रामभाऊ ने अपने सारे कागजात मेरे हाथ में दिए। हर आनेवाले को वे एक प्रति देते हैं। उन्होंने मुझे ही दिया, ऐसा भी कुछ नहीं है। अब उन पाँच मिनटों में मैं रामभाऊ को मदद करने तैयार हो जाऊँगा, क्या आपको इसमें कोई सच्चाई नजर आती है ?

मेरे बारे में इस तरह की झूठी खबर फैलानेवालों को इतनी भी अक्ल नहीं है कि मैं कांग्रेस जैसी देशद्रोही, स्वार्थसाधु तथा फंड (निधि) जमा करने में निपुण संस्था के हाथों में 'केसरी ट्रस्ट' देने संबंधी सहानुभूति कैसे दिखा सकता हूँ? लोकमान्य तिलक के संबंध में मुझे हमेशा आदर रहा है। ऐसे आदरणीय व्यक्ति की संस्था गांधी जैसे भोंदू व्यक्ति के हाथों में जाए, इसके लिए सहयोग करने हेतु मैं कदापि तैयार नहीं होऊँगा। 'केसरी ट्रस्ट' कांग्रेस को दिया जाए तथा रामभाऊ तिलक के आमरण अनशन संबंधी जो असत्य जानकारी कांग्रेस प्रवृत्ति के समाचार-पत्रों ने प्रकाशित की है, उन्हें कांग्रेस के सच को भी उजागर करना चाहिए।

□

पत्रकारिता पर कानून का नियंत्रण आवश्यक

राजगृह, दादर-मुंबई , 31 जनवरी, 1941, भीमराव रा. आंबेडकर, पत्रक—'जनता', 1 फरवरी, 1941

मैं मराठी समाचार-पत्रों का पाठक नहीं हूँ। यदि समाचार-पत्रों में मेरे विरोध में कुछ लिखकर आता है, तो वह मुझे ज्ञात नहीं हो पाता है। 'नागरिक' समाचार-पत्र में जो कुछ छपकर आया है, इसकी मुझे कोई जानकारी नहीं थी। लोगों से पूछने पर मुझे ज्ञात हो पाया कि इस तरह का समाचार 'नागरिक' में प्रकाशित हुआ है। 'नागरिक' को पढ़कर मैं आश्चर्यचकित हो गया। वजह यह कि उसमें जो कुछ प्रकाशित हुआ था, उसमें एक भी वाक्य मेरा नहीं था। उसी तरह 'नागरिक' के विशेष प्रतिनिधि ने मेरा कभी साक्षात्कार नहीं लिया था। मुलाकात के दौरान मैंने रामभाऊ तिलक से केवल दो ही प्रश्न पूछे थे··· आपके उपवास के कारण विरोधी पक्ष पर क्या कुछ प्रभाव पड़ा? इसका उन्होंने नकारात्मक उत्तर दिया था। इसके पश्चात् मैंने दूसरा प्रश्न पूछा था कि आप उपवास करने के बजाय कोर्ट में क्यों नहीं जाते हो? इस पर वे बोले, "मेरे पास पैसा नहीं है। पिछले केस की सोलिसिटर को फीस देना अभी बाकी है।" इसके पश्चात् मैं कुछ बोला नहीं। उन्होंने कहा कि मैंने डिक्लेरेशन दिया है। अब किसी को यदि कुछ करना हो तो वह करे। मैं उसके बाद बोला, "डिक्लेरेशन कैसा?" उन्होंने इसके पश्चात् मुझे प्रकाशित पत्रक दिए तथा बोले, "इसे आप पढ़िए, तब आपको मेरी बात समझ में आ जाएगी।" वे पत्रक लेकर मैं वापस चला आया। इससे अधिक और कुछ बात नहीं हुई। बात बस इतनी सी है, किंतु समाचार एकदम विकृत प्रकाशित किया गया है, जो बहुत ही खेदजनक तथा आश्चर्यजनक है।

आज मराठी पत्रकारिता का व्यवसाय दरअसल नौटंकी-तमाशे का व्यवसाय हो

गया है। मुझे तो ऐसा ही महसूस होता है। गाने में रंगत लाने के लिए तमाशेबाज अर्थ का अनर्थ करते हैं। उन्हें यह सब करते हुए थोड़ी भी शर्म महसूस नहीं होती है। उसी भाँति मराठी संवाददाता अपने समाचार को आकर्षक बनाने के लिए कुछ भी झूठ-मूठ लिखने के लिए आगे-पीछे नहीं देखते हैं। उन्हें किसी प्रकार की लज्जा महसूस नहीं होती है। उनका एकमात्र उद्देश्य होता है कि समाचार-पत्र की अधिकाधिक बिक्री हो। समाचार-पत्रों का मुख्य उद्देश्य लोक शिक्षा है। किंतु उनके पास तो योग्यता नाम की चीज नहीं है। आधे से अधिक संपादक तो मैट्रिक भी नहीं हैं। 'लंदन टाइम्स' जैसे समाचार-पत्र के संपादक से तुलना करने पर तो यही कहना पड़ेगा कि 'कहाँ राजा भोज और कहा गंगू तेली' ये वही लोग हैं जो समाचार-पत्रों की स्वतंत्रता के लिए झगड़ते रहते हैं, यह तो वही बात हुई कि 'चोर को डाका डालने की सुविधा प्रदान की जाए।' मराठी पत्रकारिता के इस निंदनीय आचरण पर कानून का नियंत्रण आवश्यक है, तब तक चुपचाप बैठने के सिवाय और कोई चारा नहीं है। यदि प्रत्येक समाचार-पत्र के झूठे समाचारों का खंडन करते रहने पर फिर जीवन में और कुछ दूसरा नहीं करते आएगा। यह मुलाकात 'नागरिक' में प्रकाशित हुई थी, अतः इसका खंडन करना अति आवश्यक है।

'नागरिक' के कारण मुझे यह सब लिखना पड़ा। किंतु मेरा आरोप मराठी के सभी समाचार-पत्रों पर है। उड़द में से काला-सफेद कैसे चुनें? ऐसी अवस्था हुई है। 'नागरिक' में प्रकाशित मुलाकात का खंडन करते हुए मुझे जो कुछ आवश्यक लगा, उसके अनुसार स्पष्टीकरण दिया है।

□

अपनी मातृभूमि की रक्षा के लिए जीवन न्योछावर कर दूँगा

डॉ. आंबेडकर लिखित 'पाकिस्तान के बारे में विचार' इस ग्रंथ पर आयोजित चर्चा में टिप्पणी, मुंबई में वसंत व्याख्यान श्रृंखला के तहत, फरवरी 1942

डॉ. आंबेडकर ने कहा कि वे अपने शब्दों को उन पर व्यर्थ नहीं करेंगे, जिन्होंने सोचा कि पाकिस्तान बहस का विषय कतई नहीं है। अगर यह सोचा गया कि यह माँग अनुचित है, तो पाकिस्तान का बनना उनके लिए भयावह चीज होगी। उन्होंने कहा कि लोगों से इतिहास भूल जाने को कहना गलत है। उन्होंने कहा, "जो इतिहास को भूलते हैं, वे इतिहास को बना नहीं सकते हैं।"

भारतीय सेना में मुसलिमों के बाहुल्य को कम करने और सेना को सुरक्षित बनाने के लिए यह बौद्धिमानी की बात है कि शत्रुतापूर्ण तत्त्व को निकल जाने दें। हम अपनी मातृभूमि की रक्षा करेंगे। इस झूठी धारणा को न पालें कि पाकिस्तान अपने मुसलिम साम्राज्य को भारत पर फैलाने में समर्थ होगा। हिंदू उन्हें धूल चटा देंगे। मैं मानता हूँ कि कुछ बातों पर मेरा हिंदू जाति से झगड़ा है, लेकिन मैं आपके समक्ष शपथ लेता हूँ कि मैं अपनी मातृभूमि की रक्षा के लिए अपना जीवन न्योछावर कर दूँगा।

□

समाज की प्रगति का मापदंड महिलाओं की प्रगति

अखिल भारतीय अनूसूचित जाति वर्ग परिषद्—
महिला सम्मेलन, नागपुर—20 जुलाई, 1942

इस अवसर पर महिला परिषद् में बोलते हुए मुझे बहुत आनंद हो रहा है। दलित वर्ग की प्रगति तथा कल्याण की इच्छा रखनेवाले व्यक्ति को महिलाओं के इस समुदाय को देखकर जितना आनंद होगा, उससे अधिक आनंद किसी दूसरे अवसर पर कदापि नहीं होगा। आज आप 20 से 25 हजार की संख्या में यहाँ पर उपस्थित हैं। दस वर्ष पूर्व ऐसी कल्पना बिल्कुल नहीं की जा सकती थी। मैं महिलाओं के संगठन पर विश्वास रखनेवाला आदमी हूँ। यदि आपको विश्वास में लिया जाए, तो आप सामाजिक सुधार के लिए क्या कुछ नहीं कर सकती हैं ? इसे मैं अच्छी तरह जानता हूँ। आपने समाज के दोष नष्ट करने हेतु बहुत बड़ी सेवा की है। मैं स्वयं के अनुभव से यह सिद्ध कर दिखाऊँगा। दलित वर्ग में काम करने की मैंने जब से शुरुआत की है, तब से पुरुषों के साथ-साथ महिलाएँ भी सहभागी हुई हैं। अत: हमारी परिषद् मिश्र परिषद् है। महिलाओं की प्रगति जिस प्रमाण में होगी, उससे ही मैं उस समाज की प्रगति का मूल्यांकन करता हूँ। इसीलिए यह समुदाय देखकर मुझे विश्वास के साथ-साथ आनंद हो रहा है कि हमने अवश्य प्रगति की है। अब मैं कुछ बातें बताने जा रहा हूँ, जिसे आप सब अवश्य ध्यान में रखेंगे।

आप लोगों को साफ-सुथरे रहना चाहिए। आपको सब दुर्गुणों से मुक्त रहना चाहिए। आप अपने बच्चों को पढ़ाइए, उनके मन में महत्त्वाकांक्षाएँ जाग्रत् कीजिए। वे महापुरुष बनेंगे, ऐसा उनके मन पर प्रभाव डालिए। उनकी हीन भावना खत्म कीजिए। शादी की बिल्कुल जल्दी न कीजिए, शादी यानी जवाबदारी होती है। शादी होने पर आर्थिक जिम्मेदारी का भार आ पड़ता है। वे जब तक आर्थिक दृष्टि से सक्षम नहीं हो

पाते, तब तक उनकी शादी मत कीजिए। जो शादी करेंगे, उन्हें यह बात ध्यान में रखना चाहिए कि अधिक संतान होना, यह दुष्कृत्य है। हम बचपन में जिस अवस्था में थे, उससे अधिक अच्छी अवस्था में बच्चों को रखना प्रत्येक माता-पिता का कर्तव्य है। सबसे अधिक महत्त्व की बात यह है कि प्रत्येक पत्नी को अपने पति की मित्र बनकर हर काम में सहयोग करना चाहिए, जबकि गुलाम की तरह व्यवहार होने पर उसका विरोध करना चाहिए, पत्नी को पति से समानता का आग्रह करना चाहिए। आपने यदि इन उपदेशों का पालन किया तो आपका मान-सम्मान बढ़ेगा। इतना ही नहीं, अस्पृश्य समाज को सम्मान प्राप्त होगा तथा चहुँओर कीर्ति फैलेगी। ऐसा मेरा दृढ विश्वास है।

□

अहिंसा और दुर्बलता में अंतर

अखिल भारतीय अनुसूचित जाति परिषद्,
समता सैनिक दल, नागपुर—20 जुलाई, 1942

एक समय था, जब हमारा उद्‌देश्य था कि हम हिंदू समाज के एक घटक हैं, अतः हिंदू समाज में हमें समता का स्थान प्राप्त होना चाहिए। किंतु हम आज भारतीय राष्ट्रीय जीवन के स्वतंत्र घटक हैं तथा हम भी हिंदुओं के बराबर है। हमारी अब ऐसी सोच है। हमारे आंदोलन के उद्‌देश्य के साथ-साथ अब समता सैनिक दल के उद्‌देश्य में भी परिवर्तन हुआ है। इस स्वयंसेवक संगठन की स्थापना का मूलभूत उद्‌देश्य, हिंदू समाज में समता प्राप्ति के लिए बहिष्कृत वर्ग की माँगों को प्रोत्साहन देना था। संगठन के नाम अनुसार ही हिंदू समाज तथा समाज में समता स्थापित करने के उद्‌देश्य से यह संगठन स्थापित किया गया था। आज अस्पृश्य समाज हिंदू समाज से पूर्णतः विभक्त अस्पृश्य तथा हिंदुओं की बराबरी में सामाजिक सत्ता प्राप्त करना अब उसका ध्येय है।

इस स्वयंसेवक संगठन का विरोध करनेवाले कुछ लोग भी हैं। वे अहिंसा पर विश्वास करते हैं तथा इस संगठन की शक्ति प्रदर्शन का विरोध करते हैं। मैं भी स्वयं अहिंसा के सिद्धांत का समर्थक हूँ। परंतु मैं अहिंसा तथा लाचारी में फर्क करता हूँ। लाचारी यानी दुर्बलता है तथा स्वयं पर दुर्बलता ओढ़ लेना कोई सद्‌गुण नहीं है। उपनिषद् में बकरी के बच्चे की एक कथा है। बच्चा भगवान् के पास गया तथा शिकायत की— "भगवान्! तू सब प्राणियों का पिता है। अतः सभी प्राणी भाई-भाई हैं। परंतु प्रत्येक प्राणी मेरे साथ बंधुप्रेम न रखते हुए मुझे खाना चाहता है। मैं अब क्या करूँ ?" भगवान ने प्रश्न का उत्तर दिया, जो बहुत विचार करने योग्य है। भगवान् बोला, "तू बहुत विनम्र तथा कोमल दिखता है। तुझे खाने का मेरा भी मन करता है।" इस कथा की भाँति हमारी स्थिति भी आज तक ऐसी ही थी। इसीलिए हमको हर कोई खाने की धमकी देता था। स्वयं पर दुर्बलता रूपी लाचारी ओढ़ लेना सद्‌गुण नहीं है। ऐसा मेरा

दृढ विश्वास है। मैं अहिंसा पर श्रद्धा रखनेवाला व्यक्ति हूँ।

संत तुकाराम अभंग में कहते हैं, "समस्त प्राणिमात्र पर प्रेम तथा दया करनी चाहिए, किंतु दुष्ट लोग यदि अत्याचार करें तो, उनका विनाश भी करना चाहिए।" अहिंसा की व्याख्या में दूसरे भाग की ओर बहुत अनदेखी की जाती है। फलस्वरूप इस अनदेखी से अहिंसा का सिद्धांत हास्यास्पद हो जाता है। दुष्ट लोगों का नाश करना, यह अहिंसा के सिद्धांत का महत्त्वपूर्ण घटक है, वरना अहिंसा कचरे सदृश्य होगी। तब अहिंसा केवल कल्पना-सुख की वस्तु साबित होगी तथा वह व्यवहार में कदापि नहीं आ पाएगी। जब तक दूसरों को दुःख देने की दुष्ट प्रवृत्ति रहेगी, तब तक दुष्टों का नाश करने हेतु किसी सीमा का निर्धारण अति आवश्यक है। ऐसे समय शक्ति तथा संगठन की नितांत आवश्यकता होगी। शील से नियंत्रित की गई शक्ति हमारा आदर्श है। आपको किसी भी टीका-टिप्पणी से घबराना नहीं चाहिए। मन में अविचार लाकर दूसरों को कष्ट मत दीजिए। जिन-जिन को आपकी सहायता की जरूरत है, उन्हें हर प्रकार से मदद कीजिए। जिससे यही साबित होगा कि आप लोगों ने हमारी बहुत बड़ी सेवा की है।

□

भारत में विद्युत् ऊर्जा का रोडमैप विकास

पुनर्निर्माण नीति समिति में अध्यक्षीय भाषण, नई दिल्ली
(25 अक्तूबर, 1943)

हमारी यह बैठक पुनर्निर्माण समिति, संख्या 3सी के तहत हो रही है। इस समिति की जिम्मेदारी विद्युत् ऊर्जा से जुड़ी समस्याओं को सुलझाना तथा उन्हें सुलझाने के सर्वोत्तम उपाय सुझाना है। इससे पहले कि मैं समस्याओं के विश्लेषण की बात करूँ, एक प्रश्न विद्युत् ऊर्जा के उत्पादन से जुड़ा है, जिस पर मैं जल्दी-से-जल्दी चर्चा करना चाहता हूँ और उस समस्या को दूर करना चाहता हूँ। यह प्रश्न मशीनरी, औजार तथा संयंत्र की खरीद से जुड़ा है, जिनकी आवश्यकता विद्युत् ऊर्जा के उत्पादन के लिए आवश्यक है।

सर्वप्रथम, विद्युत् ऊर्जा शुद्ध रूप से प्रांतीय विषय है, इसलिए औजारों और मशीनों के मूल्य का अनुमान प्रांतों से आना चाहिए। केंद्र उन्हें सिर्फ जोड़ सकता है। दूसरा, विद्युत् ऊर्जा के उत्पादन के लिए किस प्रकार की मशीनरी की आवश्यकता है, इस पर फैसला लेना भी बेहद अहम है, यानी जल, वाष्प, तेल इत्यादि। तीसरी समस्या उन सरकारों के रवैए की अनिश्चितता की वजह से है, जो युद्ध के बाद बनेंगी।

बिजली के सार्वजनिक हित का विषय : मैं इस विषय को अत्यावश्यक और महत्त्वपूर्ण करार देता हूँ। लेकिन मुझे यकीन है कि आप यह समझेंगे कि यह ऐसा मुद्दा नहीं है, जो इस समिति की चिंता का मुख्य विषय है। यह एक नीति समिति है और हमारी मुख्य चिंता उन समस्याओं से निपटने की है, जो प्रशासन, उत्पादन तथा विद्युत् वितरण की है तथा भविष्य में भारत के मार्गदर्शन करनेवाले सिद्धांतों का प्रतिपादन करना है।

बिजली को सार्वजनिक हित का विषय माना जाए, इसके लिए काफी उतार-चढ़ाव के बाद प्रस्ताव पास किया गया है। भारत सरकार को इस बात का एहसास पहली बार सन् 1905 में हुआ था, जब मैं समझता हूँ, इसके द्वारा प्रांतीय सरकारों को एक परिपत्र जारी किया गया था। उसके बाद प्रांतीय और केंद्रीय सरकार, दोनों ही गहरी नींद में सो

गईं। उनकी नींद तब खुली, जब बिजली के प्रति तुरंत ध्यान देने की आवश्यकता पर सन् 1918 में छपी भारतीय औद्योगिक कमीशन की रिपोर्ट तथा एक साल बाद आए भारतीय गोला-बारूद बोर्ड ने जोर दिया।

औद्योगिक कमीशन ने भारत सरकार से सिफारिश की, कि निजी उपक्रमों की बजाय खुद सरकार भारत में जल सर्वेक्षण अनिवार्य रूप से कराए। भारत सरकार ने इस सिफारिश को स्वीकार किया और स्व. श्री जी.टी. बालो को चीफ इंजीनियर के तौर पर जल सर्वेक्षण का प्रभारी बनाया, जो उस वक्त संयुक्त प्रांत में सिंचाई विभाग के चीफ इंजीनियर थे। यही नहीं, श्री जे.एम. मेयर्स को उनका सहयोगी बनाया, जो भारत सरकार के बिजली सलाहकार थे। कुछ दिनों बाद श्री बार्लो की मृत्यु हो गई और उनका कार्य श्री मेयर्स ने आगे बढ़ाया, जिन्होंने सन् 1919 और सन् 1922 के बीच तीन शानदार रिपोर्ट पेश कीं, जिनमें बिजली आपूर्ति की संभावनाओं को प्रांत-दर-प्रांत के लिहाज से पाँच शीर्षकों के तहत बताया गया था—

पहले से विकसित पनबिजली (वाटर-पावर) निर्माणाधीन प्लांट, इलाके जिनकी जाँच हुई, लेकिन विकसित नहीं किए गए, जाने हुए इलाके, जिनका गहन परीक्षण किया जाना चाहिए और वे इलाके तथा स्थल, जिनकी जाँच नहीं हुई।

बिजली एक प्रांतीय विषय

दुर्भाग्य से सन् 1919 के अधिनियम की वजह से भारत सरकार ने जो परिवर्तन किए, उनके मुताबिक बिजली एक प्रांतीय विषय बन गई। उस अधिनियम में दुर्भाग्य से वह प्रस्ताव नहीं था, जो मौजूदा अधिनियम में है, जो केंद्र सरकार को उन विषयों पर पैसे खर्च करने की इजाजत देता है, जो उसे उचित तथा उपयुक्त प्रतीत होती है, जबकि वे शासन के क्षेत्र के बाहर हैं। इसका नतीजा यह हुआ कि भारत सरकार के लिए जल सर्वेक्षण के लिए पैसे खर्च करना नामुमकिन हो गया। भारत के लिए बिजली आपूर्ति करनेवाली एक अच्छी और शानदार योजना का अंत वहीं हो गया। भारत में बिजली के विकास के लिए केंद्र में एक भी अफसर नहीं था, जिसका नतीजा यह हुआ कि हाल के दिनों तक केंद्र के पास भारत में बिजली के उत्पादन, वितरण तथा प्रशासन से जुड़ा कोई आँकड़ा नहीं था।

इसलिए मुझे खुशी है कि भारत में बिजली का विषय गंभीर चर्चा के लिए फिर से हमारे समक्ष आया है। जहाँ तक मैं देख पा रहा हूँ कि जिन प्रश्नों पर इस समिति को अपना ध्यान केंद्रित करना चाहिए, वे इस प्रकार हैं—

बिजली का स्वामित्व निजी होना चाहिए या सरकारी? यदि इस पर निजी स्वामित्व होना है तो क्या ऐसी शर्तें हैं, जिन्हें लागू कर सार्वजनिक हितों को सुरक्षित रखा जा

सकता है? क्या बिजली के विकास की जिम्मेदारी केंद्र सरकार पर होनी चाहिए या प्रांतीय सरकारों पर? यदि जिम्मेदारी केंद्र सरकार की होनी चाहिए तो इसके प्रशासन की सबसे प्रभावी विधि क्या होगी, ताकि सस्ती एवं सुलभ बिजली मिले और जल संसाधनों का दुरुपयोग भी न हो? यदि जिम्मेदारी प्रांतों पर होगी, तो क्या प्रांतों के प्रशासन को अंतर-प्रांतीय बोर्ड के तहत लाया जाना चाहिए, जिनके पास सलाह देने तथा संयोजन की शक्ति हो?

तीन विचारणीय बातें—इनमें से हर एक प्रश्न के दो पहलू थे। हर एक के अपने ही तरफदार हैं। मैं अपने विचार इस वक्त व्यक्त नहीं करना चाहता हूँ। मैंने अपना दिमाग खुला रखा है। लेकिन यह खाली दिमाग नहीं है। कुल मिलाकर मैं यही कहना चाहता हूँ कि इस निष्कर्ष पर पहुँचने के लिए कि बिजली पैदा करने का बेहतर तरीका क्या है, हमें इन तीन बातों को ध्यान में रखना होगा—

1. इन दोनों में से कौन हमें बिजली को सस्ते नहीं, सबसे सस्ते दर पर दे सकता है।
2. इनमें से कौन हमें इतनी बिजली दे सकता है, जो पर्याप्त नहीं बल्कि भरपूर हो।
3. इनमें से कौन भारत को रेलवे की तर्ज पर बिजली संपन्न बना सकता है? यहाँ कहने का तात्पर्य यह है कि ऐसा उपक्रम बना दे, जो तात्कालिक मुनाफे का खयाल किए बगैर शुरू किया जा सके।

विद्युतीकरण को सफल बनाना है तो इन प्राथमिक प्रश्नों के अलावा अन्य सवाल भी हैं, जो किसी भी लिहाज से कम महत्त्वपूर्ण नहीं हैं। यदि विद्युतीकरण को सफल बनाना है तो हमें उससे जुड़े प्रश्नों पर विचार करने से पीछे नहीं हटना चाहिए। और ये प्रश्न हैं—

क्या यह आवश्यक है कि केंद्र में एक ऊर्जा आपूर्ति विभाग हो, जिसका कर्तव्य ऊर्जा के उपलब्ध साधनों, जैसे कोयला, पेट्रोल, शराब और बहती धाराओं का सर्वेक्षण करना हो तथा वह ऊर्जा के उत्पादन को बढ़ाने के सुझाव दे? क्या यह अनिवार्य है कि केंद्र में एक ऊर्जा शोध ब्यूरो स्थापित किया जाए, जो ऊर्जा के स्त्रोतों और प्लांट्स के बीच संबंधों से जुड़ी समस्याओं का अध्ययन करें, ताकि उपलब्ध ऊर्जा के बेहतरीन इस्तेमाल को बढ़ावा मिले?

क्या यह आवश्यक है कि कुछ ऐसे साधन अपनाए जाएँ, जिनसे भारतीयों को विद्युत् तकनीक में प्रशिक्षित किया जा सके, ताकि भारत के पास इतने कर्मचारी हों, जो विद्युत् प्लांट्स और उपकरणों के निर्माण, देख-रेख एवं विकास की योजनाओं को तैयार करें तथा उन्हें लागू कर सकें?

इससे पहले कि मैं अपनी बात खत्म करूँ, मैं चाहता हूँ कि उन बिंदुओं को आपके समक्ष रखूँ, जो भारत में विद्युतीकरण के विकास के महत्त्व को स्पष्ट करेंगे। यह अनिवार्य है कि जिन लोगों पर इस विषय की जिम्मेदारी है, उन्हें इसके महत्त्व और उद्देश्यों का पूरा एहसास होना चाहिए। यदि आप इस बात पर मुझसे सहमत हैं तो मैं आपसे कहूँगा कि आप खुद से यह प्रश्न करें, 'हम भारत में सस्ती और प्रचुर मात्रा में बिजली क्यों चाहते हैं?' उत्तर है कि बिना सस्ती और प्रचुर बिजली के भारत में औद्योगिकीकरण का कोई भी प्रयास सफल नहीं हो सकता है। इस उत्तर से समिति के द्वारा किए जानेवाले कार्य के महत्त्व का सिर्फ एक ही पहलू सामने लाता है। आप एक और सवाल कीजिए, 'औद्योगिकीकरण क्यों आवश्यक है?' तब आपको एक ही बार में इसका पूरा महत्त्व समझ में आ जाएगा, क्योंकि इस प्रश्न का उत्तर है कि हम भारत में औद्योगिकीकरण चाहते हैं, क्योंकि वह भारत के लोगों को गरीबी के चिरकालिक कुचक्र से, जिसमें वे फँसे हैं, उससे निकालने का सबसे उपयुक्त साधन है। इसी वजह से भारत में औद्योगिकीकरण की चुनौती की ओर तुरंत कदम उठाना चाहिए।

भारत का औद्योगिकीकरण—भारत में औद्योगिकीकरण की बात कई वर्षों से चल रही है, लेकिन इस ओर एक भी गंभीर प्रयास नहीं किए गए हैं। आज भी ऐसे लोग हैं, जो बस खानापूर्ति के लिए बयान दे देते हैं। दूसरे इस ओर एक सनक नहीं तो शौक के रूप में देखते हैं। ऐसे लोगों की कमी नहीं, जो यह उपदेश देते नहीं थकते कि भारत एक कृषि प्रधान देश है और सबसे अच्छा उपाय है कि सारी ऊर्जा कृषि के विकास में लगा दी जानी चाहिए तथा औद्योगिकीकरण की ओर नहीं भागना चाहिए।

यह किसी को भी बताने की जरूरत नहीं है कि भारत मुख्य रूप से एक कृषि प्रधान देश है। यह बात हम सभी जानते हैं। लेकिन आश्चर्य इस बात का है कि बहुत कम ही लोग यह समझते हैं कि यह कितना बड़ा दुर्भाग्य है! मैं जानता हूँ कि इस बात को सहर्ष स्वीकार नहीं किया जाएगा। यह साबित करने के लिए कि यह एक दुर्भाग्य है, बंगाल और भारत के अन्य इलाकों में अकाल की मार से बड़ा उदाहरण और क्या हो सकता है, जहाँ कृषि पर निर्भर लोग या जिनके पास पैसे नहीं हैं, वे भोजन के बिना हर दिन मौत के मुँह में समा रहे हैं? मैं सोचता हूँ कि यह बताने के लिए भारत की कृषि विफल साबित हुई है और बुरी तरह विफल रही है, इससे बड़ा कोई और उदाहरण नहीं हो सकता, जबकि यह एक सीधी सी बात है कि भारत, जो सिर्फ-और-सिर्फ खाद्य का उत्पादन करता है, वह इतना अनाज नहीं पैदा कर पाता कि अपने लोगों का पेट भर सके। आखिर ऐसा क्यों हो रहा है? मैं मानता हूँ कि भारत में गरीबी सिर्फ इस वजह से है, क्योंकि इसे कृषि पर आश्रित कर दिया गया है।

भारत की आबादी दशक-दर-दशक ज्यामितीय प्रगति की दर से बढ़ती जा रही है।

जनसंख्या की इस बेलगाम बढ़ोतरी के मुकाबले, खेती के लिए न सिर्फ थोड़ी सी जमीन मिलती है, बल्कि उस सीमित जमीन की उत्पादन क्षमता भी साल-दर-साल खत्म होती जा रही है। भारत चिमटे के दो सिरों के बीच फँसा हुआ है, एक सिरा तेजी से बढ़ती जनसंख्या का है और दूसरा मिट्टी की तेजी से घटती उत्पादन क्षमता का।

'एक सड़न आ गई है'

नतीजा यह है कि दशक के अंत में हमारे पास आबादी और उत्पादन का एक नकारात्मक आँकड़ा तथा निचुड़ता जीवन स्तर हाथ लगता है। प्रत्येक दशक में आबादी और उत्पादन का यह नकारात्मक शेष खतरनाक हद तक बढ़ता जा रहा है, जो भारत के हिस्से सिर्फ गरीबी, ज्यादा गरीबी और चिरकालिक गरीबी देता जा रहा है। इस प्रकार एक सड़न आ गई है। मुझे यकीन है कि यह सड़न खेती और पशु मेले के आयोजन या बेहतर खाद की तरफदारी करने से दूर नहीं होनेवाली है। यह तभी दूर होगी जब कृषि को लाभप्रद बनाया जाए। भारत में कृषि को लाभप्रद बनाने की संभावना तब तक नहीं जग सकती, जब तक कि औद्यौगिकीकरण की दिशा में गंभीर प्रयास न किए जाएँ, क्योंकि औद्यौगिकीकरण से ही सीमित जमीन पर भारी जनसंख्या के दबाव को कम किया जा सकता है और लोगों को कृषि के अलावा अन्य फायदा देनेवाले धंधों में लगाया जा सकता है। संक्षेप में कहूँ तो जहाँ तक हमारी मंशा और उद्देश्य है, हमारी पुनर्निर्माण समितियों को ज्यादातर उन यूरोपीय देशों की तर्ज पर ढाला गया है, जिनके औद्योगिक संगठनों को जर्मनों ने तहस-नहस कर दिया था। पुनर्निर्माण की समस्याएँ अलग-अलग हैं और उनमें एक देश से दूसरे देश के मुताबिक फर्क आना भी चाहिए। कुछ देशों में पुनर्निर्माण की समस्या बंद पड़े कल-कारखानों को फिर से चलाने की है।

भारत में पुनर्निर्माण

कुछ देशों में पुनर्निर्माण की समस्या पार्ट-पुरजों और प्लांट्स को बदलने की है, जिन्हें युद्ध में तबाह कर दिया गया था। भारत में पुनर्निर्माण की समस्या में उन सभी विषयों को शामिल किया जाना चाहिए, जिनसे युद्ध में शामिल अन्य देश जूझ रहे हैं।

इसके साथ ही हमें यह नहीं भूलना चाहिए कि भारत में पुनर्निर्माण की समस्या अन्य देशों में पुनर्निर्माण की समस्या से मूलतः अलग है। दूसरे देशों में पुनर्निर्माण की समस्या पहले से मौजूद उद्योगों को फिर से चालू करने की है, जबकि भारत में, जहाँ तक मैं देखता हूँ, औद्योगिकीकरण की समस्या मुख्य रूप से उद्योगों और औद्यौगिकीकरण की है। यह बंद उद्योगों को फिर से चालू करने से अलग है, लेकिन कुल मिलाकर इसका

मकसद चिरकालिक गरीबी को मिटाने का ही है।

इसलिए मुझे उम्मीद है कि हम बिजली से जुड़ी समस्या को जल्दी-से-जल्दी और एक राजनेता की तरह सुलझाएँगे, जिसमें हमारी सोच मानव जीवन से जुड़ी होनी चाहिए, न कि केंद्र बनाम प्रांत के बीच प्रतिद्वंद्वी दावों की होनी चाहिए। मैं निराशावादी मोड़ पर अपनी बात खत्म नहीं करना चाहता, लेकिन यह सच है कि पुनर्निर्माण के पिछले प्रयास कुछ और नहीं, बल्कि दुःखद ही रहे हैं। युद्ध के बाद पुनर्निर्माण की एक इच्छा जाग्रत् हुई है और यह परिस्थिति ऐसी है, जैसी किसी आविष्कार के लिए या विपरीत परिस्थिति में ईश्वर पर विश्वास जगने जैसी होती है। हालाँकि इस इच्छा के साथ यह कटु सत्य जुड़ा है कि यह पैदा युद्ध के साथ होती है, लेकिन शांति स्थापित होते ही इसकी मौत भी हो जाती है। यही भारत के साथ हुआ, जब पिछले युद्ध के बाद भारतीय औद्योगिक आयोग और भारतीय गोला-बारूद बोर्ड ने पुनर्निर्माण योजना का प्रस्ताव रखा। मुझे भरोसा है कि इस बार पुनर्निर्माण की योजना को दुर्बल या खत्म होने नहीं दिया जाएगा।

□

राष्ट्रीय जल नीति

कलकत्ता सम्मेलन में अंग्रेजी भाषण (3 जनवरी, 1945) उपस्थित प्रतिनिधि, केंद्र सरकार तथा बंगाल और बिहार प्रांत**

इस बैठक का मकसद उन तौर-तरीकों तथा पद्धतियों पर विचार करने का है, जिनसे सन् 1944 में बंगाल सरकार के द्वारा नियुक्त 'दामोदर रिवर फ्लड इनक्वायरी कमेटी' के प्रावधानों को लागू किया जा सके। इससे पहले कि मैं आगे बढ़ूँ, यह उचित होगा कि मैं इस कमेटी की नियुक्ति के लिए बंगाल सरकार को बधाई दूँ। मैं कमेटी के प्रति उनके उन विचारों के लिए अपना आभार अवश्य प्रकट करना चाहता हूँ, जो उन्होंने दामोदर नदी की बाढ़ से निपटने तथा देश में जल संसाधनों के बेहतरीन इस्तेमाल की समस्या के इन दो मुद्दों पर दिए हैं।

दामोदर नदी पर बाँध बनाने की परियोजना—मैं विशेष तौर पर इसकी दो सिफारिशों का जिक्र करना चाहूँगा, यानी, सिफारिश संख्या आठ और तेरह। सिफारिश संख्या तेरह में कमेटी ने कहा है कि चर्चा के दौरान कमेटी ने यह महसूस किया कि बाढ़ नियंत्रण तथा मिट्टी के संरक्षण की समस्या को सुलझाने में फायदा मिलेगा, यदि भारत की नदियों और जंगलों की चिंता केंद्र सरकार के जिम्मे छोड़ दिया जाए। अपनी सिफारिश संख्या आठ के जरिए कमेटी ने यह सुझाव दिया है कि दामोदर नदी पर बाँध बनाने की परियोजना का अपना एक उद्देश्य होना चाहिए, और यह न सिर्फ बाढ़ रोकने का होना चाहिए, बल्कि इसमें बिजली उत्पादन और सिंचाई के जलापूर्ति के उद्देश्य शामिल किए जाने चाहिए। जो लोग भारत में जल संसाधनों की वर्तमान नीति से या उसमें कमी को जानते हैं, वे स्वीकार करेंगे कि ये ऐसी सिफारिशें हैं, जिनके महत्त्व को बढ़ा-चढ़ाकर नहीं बताया जा सकता है। यदि यह कहा जाए कि अब तक जलमार्गों के विकास के लिए पूरे भारत के लिए किसी नीति का अभाव रहा है, तो यह असत्य नहीं होगा। दूसरा, इस बात का एहसास पूरी तरह नहीं हुआ है कि जलमार्गों के लिए हमारी

नीति हर हाल में बहु-उद्देश्यीय होनी चाहिए, चूँकि इसमें सिंचाई, विद्युतीकरण और नौचालन के प्रावधान शामिल हों।

रेल मार्ग और जलमार्ग—हमारी जलमार्ग नीति का इकलौता मकसद सिंचाई ही था। यही नहीं, हमने इस बात पर पूरी तरह गौर नहीं किया है कि रेलमार्गों और जलमार्गों में कोई फर्क नहीं है। यदि रेलवे को प्रांतीय सीमाओं में नहीं बाँधा जा सकता है तो जलमार्गों को भी नहीं बाँधा जा सकता, क्योंकि वे एक प्रांत से निकलकर दूसरे प्रांत में जाते हैं। इसके विपरीत हमने अपने संविधान में रेलमार्गों और जलमार्गों में अंतर कर दिया है, जिसका नतीजा यह हुआ है कि रेलवे को केंद्रीय विषय माना जाता है, जबकि जलमार्गो को प्रांतीय समझा जाता है।

इस गलती के कई नुकसान हैं, जो स्पष्ट हैं। उदाहरण के लिए, एक प्रांत को बिजली चाहिए और वह चाहता है कि इस मकसद से जल संसाधनों का इस्तेमाल करे, लेकिन वह ऐसा नहीं कर सकता है, क्योंकि जिस बिंदु पर जल को बाँध में बाँधा जा सकता है, वह दूसरे प्रांत में पड़ता है, जिसे कृषि प्रधान होने की वजह से बिजली नहीं चाहिए। उसकी इसमें कोई दिलचस्पी नहीं है, या पैसा नहीं है, जिसे वह परियोजना पर खर्च कर सके। वह नहीं चाहेगा कि अपनी जमीन का इस्तेमाल दूसरे प्रांत को करने दे। इसकी चाहे कितनी भी शिकायत क्यों न की जाए, एक प्रांत ऐसा अमित्रवत् रवैया अपना लेगा और उसे प्रांतीय स्वायत्तता के नाम पर उचित भी ठहराएगा।

जल संसाधनों का उपयोग—मैंने इन बातों का जिक्र दोहरे उद्देश्य से किया है। इस पृष्ठभूमि के साथ आप बंगाल सरकार द्वारा नियुक्त दामोदर नदी बाढ़ जाँच समिति की सिफारिशों का मूल्यांकन करने के लिए बेहतर स्थिति में होंगे, जिसका कि मैंने विशेष जिक्र किया है। मेरा दूसरा मकसद आपको यह बताने का है कि भारत सरकार मौजूदा माहौल से हो रहे नुकसान के प्रति पूरी तरह जागरूक है और चाहती है कि ऐसे कदम उठाए जाएँ ताकि एक ऐसी नीति बने, जो देश के जल संसाधनों का इस्तेमाल सभी के हित में सबसे अच्छी तरह कर सके, जैसाकि अन्य देशों में किया जा रहा है।

संविधान का संशोधन इस प्रकार किया जाए कि रेलमार्ग की तरह ही जलमार्ग को महत्त्व दिया जाए तो इसमें कोई संदेह नहीं कि इस बदलाव के कई फायदे होंगे। लेकिन भारत सरकार सोचती है कि संविधान में इस प्रकार का बदलाव किए जाने तक वक्त नहीं गँवाया जाए, न ही सरकार यह सोचती है कि यदि प्रांत जल संसाधनों की सरकारी परियोजना में सहयोग करने की इच्छा प्रकट करते हैं तो संविधान के द्वारा पैदा की जानेवाली मुश्किलें उनके रास्ते में आएँगी। भारत सरकार के दिमाग में काफी हद तक अमेरिका में चलाई जा रही टेनेसी घाटी योजना है। वह उस योजना का अध्ययन कर रही है तथा यह चाहती है कि भारत में उसी तर्ज पर कुछ किया जा सकता है, यदि

प्रांत सहयोग करते हैं तथा प्रांतीय सीमाओं को तोड़ने के लिए सहमत हो जाते हैं, जिनकी वजह से उनकी तरक्की और समृद्धि का रास्ता बंद है।

देश के जलमार्गों का बेहतरीन इस्तेमाल करने की दिशा में भारत सरकार ने पहले कदम उठाते हुए एक केंद्रीय संगठन बनाया है, जिसे 'केंद्रीय तकनीकी ऊर्जा बोर्ड' नाम दिया गया है तथा केंद्रीय जलमार्ग सिंचाई तथा नौचालन (नेवीगेशन) कमीशन बनाने की तैयारी की जा रही है। इन दो संगठनों की स्थापना प्रांतों को यह सुझाव देने के लिए की गई थी कि कैसे उनके जल संसाधनों को सबसे अच्छी तरह इस्तेमाल में लाया जा सकता है तथा कैसे एक परियोजना बनाई जा सकती है, जो सिंचाई के अलावा दूसरे मकसदों को पूरा कर सके। दामोदर नदी इस तर्ज पर शुरु की जानेवाली पहली परियोजना है। यह एक बहु-उद्‌देशीय परियोजना होगी। इसका उद्‌देश्य न सिर्फ दामोदर नदी में आनेवाली बाढ़ को रोकना होगा, बल्कि इसके उद्‌देश्यों में सिंचाई, नौचालन तथा बिजली पैदा करना भी होगा। दामोदर घाटी परियोजना के तैयार हो जाने पर इसका कार्यभार जिस प्राधिकरण को सौंपा जाएगा, वह काफी हद तक टेनेसी वैली प्राधिकरण के तर्ज पर तैयार किया जाएगा। यह एक सरकारी उपक्रम होगा, जिसमें बिहार और बंगाल के प्रांत केंद्र के के साझीदार होंगे। मुझे उम्मीद है कि सम्मेलन सभी अलग किए जाने के काबिल मुद्‌दों को नजरअंदाज करेगा तथा अपने काम को इस निश्चय के साथ बढ़ाएगा कि बेहतरीन समाधान मिले तथा जलमार्गों के लिहाज से एक नई नीति की शुरुआत का रास्ता खुले और देश के लाखों अभावग्रस्त लोगों के लिए एक समृद्ध व्यवस्था की नींव रखी जा सके। भारत सरकार इस परियोजना को रूप, ढाँचा और जीवन देने के लिए उत्सुक थी तथा इस बात को लेकर चिंतित थी कि इस काम में जरा भी समय बरबाद न किया जाए।

मुझे उम्मीद है कि हम सही भावना के साथ काम करेंगे तथा अंतर करनेवाले सभी मुद्‌दों को दरकिनार करेंगे और अपने उस काम की ओर आगे बढ़ेंगे, जिससे हमारे जलमार्गों के लिए एक नई नीति की शुरुआत होगी तथा हम देश के लाखों निर्धनों के लिए एक समृद्ध व्यवस्था सुनिश्चित कर पाएँगे।

□

दामोदर नदी के पानी का उपयोग

कलकत्ता सम्मेलन में भाषण, 23 अगस्त, 1945

दामोदर नदी के पानी के उपयोग पर चर्चा के लिए हम दूसरी बार बैठक कर रहे हैं। जैसाकि आपको याद होगा, इस संबंध में हमारी पहली बैठक 3 जनवरी, 1945 को हुई थी। तब हमने दामोदर नदी बाढ़ जाँच समिति की रिपोर्ट पर विचार किया था, जिसकी नियुक्ति बंगाल सरकार ने 1944 में की थी। हमारे सामने यह विषय था कि क्या हमें नदी पर बाँध सिर्फ बाढ़ से बचने के लिए बनाना चाहिए या क्या हमें इसे बहु उद्देशीय परियोजना बनाना चाहिए, ताकि इसके तहत बिजली का उत्पादन एवं सिंचाई तथा नौचालन के लिए पानी की सप्लाई की जा सके। उस सम्मेलन में इस बात पर आम राय बनी थी कि हमें दूसरे उद्देश्य के लिए प्रयास करना चाहिए। उसके अनुरूप ही सम्मेलन में अगला कदम उठाने का निर्णय लिया जाए, यानी आवश्यक आँकड़े जुटाने के लिए एक मशीनरी बनाई जाए, जिसके आधार पर एक बहुउद्देश्यीय परियोजना का खाका तैयारी किया जा सके। भारत सरकार की ओर से मैंने इस शुरुआती कार्य के लिए तकनीकी विशेषज्ञों से हर संभव सहयोग का आश्वासन दिया था। उन विशेषज्ञों ने बंगाल के इंजीनियरों के सहयोग से, दामोदर नदी घाटी के एकीकृत विकास के लिए एक प्राथमिक ज्ञापन तैयार कर लिया है। इस ज्ञापन की प्रतियाँ बंगाल तथा बिहार सरकार के द्वारा पहले ही भेजी जा चुकी हैं।

फिलहाल हमारे सामने एक बेहद स्पष्ट, बहुत व्यापक और बेहद आवश्यक सर्वे है, जो दामोदर नदी घाटी की पूर्ण संभावनाओं पर है, जिसके साथ पर्याप्त आँकड़े हैं, जो हमें पूरे आत्मविश्वास के साथ अगले चरण तक ले जाएँगे। हमारी आज मिलने की वजह भी यही प्राथमिक ज्ञापन और इससे पैदा होनेवाले मुद्दे हैं। इन मुद्दों को बैठक के लिए तैयार किए गए एजेंडे में रखा गया है। मैं अपने आपको इन दो बातों को रखने तक ही सीमित रखूँगा—(1) मुद्दा और नीति संबंधित, और (2) पद्धति तथा प्रक्रिया के प्रश्नों से संबंधित।

बाढ़ नियंत्रण एक नीतिगत मुद्दा है। मुझे उम्मीद है कि बाढ़ से रक्षा के लिए इस उपाय को अपनाए जाने पर आम सहमति होगी, क्योंकि इससे दामोदर घाटी के सबसे खतरनाक इलाकों को निकट भविष्य में सबसे भयंकर किस्म की प्राकृतिक आपदाओं से सुरक्षा मिलेगी। मुझे यह कहते हुए खुशी हो रही है कि प्राथमिक ज्ञापन में तैयार की गई योजना में उस पूर्ण सुरक्षा के उपाय की बात शामिल है।

नीति का दूसरा मुद्दा है, तीन सरकारों की साझा जिम्मेदारी, कि वे इस कार्य के लिए कंधे से कंधा मिलाकर काम करें। मैं समझता हूँ कि इस बात पर आम सहमति होगी कि प्राथमिक ज्ञापन के निष्कर्ष तीनों सरकारों को पूरी ऊर्जा के साथ दामोदर नदी घाटी के विकास के लिए ज्ञापन के दिशा-निर्देशों के मुताबिक प्रयास करने को सही ठहराते हैं। भारत सरकार के लिए यह परियोजना स्वागतयोग्य है। इसमें नदी पर नियंत्रण की, बाढ़ नियंत्रण की, एक बेहतरीन इलाके को सालों भर सिंचाई की गारंटी देने की बात किसी बीमा से कम नहीं है और विद्युत् ऊर्जा की आपूर्ति की जिसकी सबसे ज्यादा जरूरत है, इन सभी की बेहतरीन संभावना की गारंटी है। मुझे यकीन है कि बंगाल और बिहार सरकारों के लिए भी यह योजना स्वागत योग्य से कहीं अधिक होगी, बशर्ते वे इसका अंदाजा लगा सकें कि इससे उन्हें और उनके लोगों को कितना फायदा मिलेगा!

ठोस कारणों पर बात करें तो इस परियोजना से उन्हें (1) कुल नियंत्रित जलाशय क्षमता मिलेगी, जो 47,00,000 एकड़ इलाके को हरा-भरा रखेगी, (2) नौचालन के लिए आवश्यक पानी के अलावा सालों पर 7,60,000 एकड़ इलाके की सिंचाई करने की क्षमतावाला जलाशय (3) 3,00,000 किलोवाट की विद्युत् क्षमता, और (4) सीधे तौर पर यह करीब पचास लाख लोगों के कल्याण का कार्य करेगी तथा अप्रत्यक्ष रूप से कई और लाख लोगों को फायदा पहुँचाएगी।

अब पद्धतियों और प्रक्रियाओं की बात करें तो हमें निम्नलिखित बिंदुओं पर विचार करना होगा, जिन्हें मैं प्राथमिकता के क्रम में आपके सामने रख रहा हूँ—

बाँध के इलाकों का चुनाव—चुने गए बाँध के इलाकों की निर्माण कार्य शुरू होने से पहले गहन जाँच, इन शुरुआती जाँच के लिए एजेंसी, उच्च स्तर की प्रशासकीय मशीनरी, जो तकनीकी एवं प्रशासनिक, दोनों प्रकार के कार्यों की भारी मात्रा को संयोजित करे और आगे बढ़ाए, जिन्हें जाँच तथा आगे किए जानेवाले निर्माण के दौरान करना होगा और सर्वेक्षणों की एक श्रृंखला, जो पानी तथा बिजली का सर्वोत्तम इस्तेमाल बताएगी, जो अंततः इन विकसित इलाकों में उपलब्ध होगी।

मैं पद्धति और प्रक्रिया से जुड़े इन मुद्दों पर तुरंत फैसला करने की जरूरत पर जोर देना चाहूँगा। इसमें कोई संदेह नहीं कि परियोजना प्राथमिक रूप से सुरक्षा की

स्थापना तथा बहुउद्देशीय नदी घाटी परियोजना के विकास के लिए है। लेकिन यह नहीं भूलना चाहिए कि यह परियोजना युद्ध के बाद रोजगार देने के उद्देश्य से बनाई जा रही है। चूँकि अब सभी मोरचों पर युद्ध समाप्त हो चुका है, हमारे सामने शांति की समस्या है, ऐसी समस्या, जो बेरोजगारी को दूर करने की है, जो युद्ध के रोजगार और खर्चों के अचानक बंद हो जाने से पैदा हुई है, और यह हमारी घरेलू अर्थव्यवस्था के लिए सबसे गंभीर समस्याओं में से एक होने जा रही है।

दामोदर परियोजना से समृद्धि—इस नजरिए से दामोदर घाटी परियोजना की अत्यावश्क जरूरत है और जल्दी-से-जल्दी फैसले पर नहीं पहुँचने की गलती आपराधिक हो सकती है, क्योंकि फैसले के बगैर हम आगे नहीं बढ़ सकते हैं। इसलिए मुझे उम्मीद है, और मैं भरोसा करता हूँ कि आपके सहयोग से हम आज पूरी तरह और निश्चित रूप से अपने फैसले तक पहुँच जाएँगे। अपनी बात समाप्त करने से पहले, मैं बता देना चाहता हूँ कि भारत सरकार इस परियोजना को लागू करने में अपनी पूरी भूमिका अदा करना चाहती है।

अपनी पूर्ववर्ती घोषणाओं के अनुसार भारत सरकार ने इस परियोजना के लिए उसे जो कुछ भी करना है, उसे पूरी गति के साथ स्वीकृति के मुताबिक लागू करने के प्रति प्रतिबद्ध है तथा इसके लिए अपनी पूरी क्षमता के साथ काम करेगी। हालाँकि परियोजना को चलानेवाले प्राधिकार का प्रारूप तथा इसकी स्थापना के तरीके को अब तक तय नहीं किया गया है, फिर भी सरकार की यह मूल भावना कि इस प्रकार के एक प्राधिकार की स्थापना की जानी चाहिए, इसमें कोई बदलाव नहीं आया है।

भारत सरकार इस प्रकार की सभी प्राथमिक जाँच के लिए आवश्यक कर्मियों एवं संगठन के इंतजाम की पूरी जिम्मेदारी सीधे तौर पर अपने ऊपर लेने को तैयार है, जिससे कि निर्माण कार्य तेजी से हो सके और इस कार्य में दोनों प्रांत इस प्रकार अपना सहयोग दें कि युद्ध के बाद के विकास कार्यों पर कोई बुरा असर न पड़े। हालाँकि भारत सरकार को एहसास है कि बंगाल में इंजीनियरिंग के कार्य करनेवाले लोगों की कमी है तथा उनके लिए आवश्यक कदम उठाएगी, यदि किसी सैन्य इकाई इत्यादि में उस प्रकार के कर्मचारी मौजूद हैं तो उनकी और उनके उपकरणों की शुरुआती जाँच में मदद ली जाएगी। इससे प्रांत में जरूरत से काफी कम संख्या में मौजूद इंजीनियरिंग स्रोतों पर पड़नेवाले दबाव को टाला जा सकेगा और इससे उपकरणों को सबसे ज्यादा तेजी से हासिल किया जा सकेगा।

सिर्फ एक काम है, जो भारत सरकार चाहती है कि प्रांतों को करना चाहिए। वह चाहती है कि प्रांत इस बात को सुनिश्चित करने की बात अपने दिमाग में रखें कि परियोजना का फायदा आखिरकार जमीनी स्तर तक पहुँचे, यानी घाटी में रहनेवाले हर

व्यक्ति तक और उन लोगों तक, जो आस-पास रहते हैं। इस परियोजना से आनेवाली समृद्धि पर सबका हक होगा। मेरे विचार से यह आवश्यक है। इस वजह से ही हम जल्दी-से-जल्दी एक ऐसी एजेंसी की स्थापना करना चाहते हैं, ताकि वह तुरंत इसकी योजना बना सके कि आवश्यक और अंतिम उद्देश्य की प्राप्ति किस प्रकार होगी।

□

नदियों पर बाँध बनाने से समृद्धि बढ़ेगी

कटक सम्मेलन में भाषण (8 नवंबर, 1945)

उड़ीसा बाढ़ के अभिशाप से छुटकारा पाना चाहता है। उड़ीसा मलेरिया से छुटकारा पाना चाहता है तथा अमेरिकी जुबान में कहें तो 'लो इनकम' बीमारियों से निकलना चाहता है, ताकि लोग स्वास्थ्य बिगाड़नेवाली बीमारियों से बच सकें और उनकी शारीरिक क्षमता का क्षय न हो। उड़ीसा चाहता है कि उसके लोगों का जीवनस्तर सुधरे तथा सिंचाई, नौचालन और सस्ती बिजली से उनकी समृद्धि बढ़ सके। ये सभी उद्देश्य सिर्फ एक योजना से पूरे किए जा सकते हैं, यानी बाँध बनाने से तथा नदियों में बहते पानी को जमा करने से।

समस्या को अलग नजरिए से देखें—यह कहना कि समस्या सिर्फ बाढ़ की है, एक बेहद सरल नजरिया रखने जैसा और कुछ भी न कहने जैसा होगा। मैं समस्या को कुछ अलग नजरिए से देखता हूँ। जब मैं उड़ीसा के बारे में सोचता हूँ, तो मेरे दिमाग में ऐसे लोगों की तसवीर आती है जो एक नहीं, अनेक दुःखों से जूझ रहे हैं। उनमें से एक दुःख जिसके बारे में सभी बात कर रहे हैं, वह है वहाँ के लोगों के सामने बार-बार आनेवाली बाढ़ की समस्या, जो उनकी जान और माल को भारी नुकसान पहुँचाता है तथा सामान्य रूप से देखें तो एक असुरक्षा की भावना पैदा कर देता है। यह दुःख सिर्फ बाढ़ की वजह से नहीं है, बल्कि सूखा और अकाल की वजह से भी है। सूखा और अकाल से होनेवाला नुकसान बाढ़ से होनेवाले नुकसान जितना ही भयानक होता है।

ऐसा कहा जाता है कि सन् 1866 में पड़े सूखे ने पुरी जिले की करीब 40 फीसदी आबादी को खत्म कर दिया था। उड़ीसा के लोगों की एक समस्या स्वास्थ्य में गिरावट की है। पूरे उड़ीसा की आबादी करीब 77 लाख है। प्रांत की स्वास्थ्य रिपोर्ट के मुताबिक सन् 1944 में राज्य में कुल मृत्यु की संख्या 2,35,581 थी। इनमें से 1,30,000 की मौत एक प्रकार के बुखार से हुई तथा ज्यादातर की मौत मलेरिया से हुई। इसका अर्थ है कि

सन् 1944 में 3 प्रतिशत लोगों की मौत हुई और इनमें से आधे की मौत मलेरिया से हुई। यद तादाद काफी बड़ी है। सन् 1944 में 19 प्रतिशत छात्रों में कुपोषण के स्पष्ट लक्षण थे तथा 8.7 प्रतिशत में विटामिन की कमी थी। यदि ये तथ्य सही हैं तो यह नहीं कहा जा सकता है कि उड़ीसा गरीबी रेखा से ऊपर है। उड़ीसा एक बंद किया गया राज्य है। उसके पूर्वी समुद्र तट पर इकलौती रेलवे लाइन को छोड़कर न तो रेलवे के द्वारा और न नहर के द्वारा भीतरी प्रदेशों को समुद्र तट से जोड़ने का कोई रास्ता है।

क्या आज जिस दयनीय स्थिति में उड़ीसा है, उसी हालात में उसे रहना चाहिए? नहीं, कतई नहीं। इसके प्राकृतिक संसाधन हैं, और वे किसी प्रकार से कम नहीं हैं। उड़ीसा के पास कोयला, लोहा, क्रोम, ग्रैफाइट, बोकसाईट, चूना, अभ्रक एवं बाँस भी हैं और इनके अलावा भी कई प्राकृतिक संसाधन हैं।

उड़ीसा के पास एक और कीमती खान है, और वह है उसके पानी की दौलत। उड़ीसा डेल्टा से जितना पानी बहता है, उसकी मात्रा बहुत बड़ी है। इस डेल्टा में तीन जिले आते हैं—कटक, पुरी और बालासोर। इनमें करीब 8,000 वर्गमील का इलाका शामिल है। इस इलाके में कई उपनदियाँ भी हैं, जो मुख्य रूप से—महानदी, ब्राह्मणी तथा वैतरणी से निकलती हैं। दो और नदियाँ—बुरबलांग और सुवर्णरिखा, उतने महत्त्व की नहीं हैं, लेकिन इसी डेल्टा से गुजरती हैं।

तीन प्रमुख नदियाँ डेल्टा से ऊपर करीब 69,000 वर्गमील के इलाके के बीच से होते हुए आती हैं। इन इलाकों में पूर्वी राज्य, केंद्रीय प्रांत तथा बिहार शामिल हैं। इनमें से महानदी, जो तीनों में सबसे बड़ी है, वह 51,000 वर्गमील के इलाके के काम आती है। इन सभी को मिला दें तो तीनों नदियाँ प्रतिवर्ष समुद्र में करीब 90 मिलियन एकड़ फीट पानी गिराती हैं।

जल के धन का इस्तेमाल—इतने संसाधनों के बावजूद आखिर उड़ीसा गरीब क्यों है, क्यों इतना पिछड़ा और कंगाल प्रांत है? मैं सिर्फ एक ही जवाब दे सकता हूँ कि उड़ीसा को अपने जल संसाधन के सर्वोत्तम इस्तेमाल का उपाय नहीं मिला है।

बहुत ज्यादा प्रयास यह जानने के लिए किए गए हैं कि बाढ़ क्यों आती है? बहुत पहले, यानी सन् 1872 में श्री रेहनांड ने एक सामान्य पूछताछ की थी। मुझे नहीं मालूम कि उनकी रिपोर्ट का क्या हुआ। उसके बाद सन् 1928 तक कुछ भी नहीं किया गया। उसके बाद से लेकर सन् 1945 तक एक के बाद एक कई समितियाँ इस समस्या से निबटने के लिए बनाई गईं। सन् 1928 की उड़ीसा फ्लड इनक्वायरी कमेटी के अध्यक्ष बंगाल के चीफ इंजीनियर मिस्टर एडम्स विलियम्स थे। सन् 1937 में जाँच की जिम्मेदारी श्री एम. विश्वेसरैया के काबिल हाथों में सौप दी गई, जिन्होंने दो रिपोर्ट सौंपीं—एक सन् 1937 में और दूसरी सन् 1939 में। उनके बाद उड़ीसा बाढ़ सलाहकार समिति ने उस

काम को आगे बढ़ाया। समिति ने सन् 1938 में एक प्राथमिक रिपोर्ट सौंपी तथा अपना काम सन् 1942 तक जारी रखा। इस दौरान तीन अंतरिम रिपोर्ट सौंपी गईं। इस दिशा में आखिरी कोशिश 15 मार्च, 1945 को की गई, जब बाढ़ सम्मेलन का आयोजन कटक में उड़ीसा सरकार के द्वारा किया गया। इस समिति के सदस्यों के प्रति पूरे सम्मान के साथ मुझे अफसोस है कि उन्होंने समस्या को सही नजरिए से नहीं देखा। वे उस विचार से प्रभावित हुए कि पानी जरूरत से ज्यादा हो तो मुसीबत बन जाता है। वह भी तब, जब भारी मात्रा में बह रहा हो, तो होना यह चाहिए कि इसे व्यवस्थित रूप से समुद्र में गिरने देना चाहिए। इन दोनों ही दृष्टिकोणों को अब गंभीर गलतफहमी तथा लोगों के हित के नजरिए से निश्चित रूप से खतरा माना जाता है।

जल संरक्षण से समृद्धि—ऐसा सोचना गलत है कि बेहिसाब पानी एक बुराई होता है। पानी चाहे कितना भी ज्यादा हो, बुरा नहीं हो सकता है। इनसान जितना पानी के ज्यादा होने से नहीं तड़पता, उतना पानी की कमी होने से तड़पता है। मुश्किल यह है कि प्रकृति न सिर्फ जिस मात्रा में वह पानी देती है, उसमें कंजूस है, बल्कि यह उसका बँटवारा करने में भी अस्थिर है, कभी सूखा तो कभी तूफान। लेकिन इससे यह सच्चाई नहीं बदल जाती कि पानी एक धन है। लोगों का धन होने की वजह से और इसके वितरण में अनिश्चितता की वजह से। इस प्रकृति को कोसने की बजाय पानी का संरक्षण किया जाना चाहिए। यदि पानी की बचत आम जनता की भलाई के लिए अनिवार्य है तो तटबंधों की योजना भी गलत है। यह एक ऐसा जरिया है जो कोई नतीजा नहीं देता है, यानी पानी का संरक्षण नहीं होता, और इसीलिए इसे त्याग देना चाहिए। केवल उड़ीसा डेल्टा ही ऐसा अकेला इलाका नहीं है, जहाँ पानी अधिक मात्रा में है। एक समय था, जब अमेरिका के सामने भी ऐसी ही समस्या थी। वहाँ की कुछ नदियाँ—मिसौरी, मियामी और टेनेसी अकसर बाढ़ लाती थीं और अंत में उनका उपाय निकाला गया।

इसलिए उड़ीसा को भी वही तरीका अपनाना चाहिए, जो अमेरिका ने बाढ़ से निबटने के लिए अपनाया था, यानी विभिन्न मोड़ पर बाँध बनाकर स्थायी रूप से जलाशयों में पानी बचाना चाहिए। सिंचाई के अलावा ऐसे और भी उद्देश्य हैं, जिनकी पूर्ति इन जलाशयों से की जा सकती है। मुझे बताया गया है कि यदि महानदी से बह जानेवाले पूरे पानी को बचाया जा सकता तो उससे दस लाख एकड़ जमीन की सिंचाई की जा सकती थी। जलाशयों में जमा किए गए पानी से बिजली भी पैदा की जा सकती है। यदि अपने प्राकृतिक संसाधनों के बीच रहते हुए भी उड़ीसा औद्योगिक रूप से अविकसित राज्य रह गया है, तो उसकी वजह फैक्टरियों को चलाने के लिए सस्ती बिजली की कमी है। अब उड़ीसा में इतनी बिजली होगी कि वह लंबे समय तक उसकी खपत कर सकेगा। इस पानी का इस्तेमाल नौचालन के लिए भी किया जा सकता है।

भारत में जहाजरानी या नौचालन का बड़ा ही अजीब इतिहास रहा है। ईस्ट इंडिया कंपनी के शासन में लोक निर्माण के कार्यों के बजट में आंतरिक नौपरिवहन को एक महत्त्वपूर्ण स्थान दिया गया था। वर्तमान में भारत में जितनी भी नौपरिवहन की नहरें हैं—और उनमें से एक उड़ीसा में भी है, वे उसी नीति की वजह से हैं। रेलवे बाद में आया और कुछ समय तक उस नीति में रेलवे के साथ-साथ नहर के नौपरिवहन को भी शामिल किया गया था। सन् 1875 आते-आते एक बड़ा विवाद खड़ा हो गया, जिसमें मुद्दा था, रेलवे बनाम नहर। नहरों के लिए स्वर्गीय सर थर्र कॉटन ने, जो महान् विचारोंवाले चुनिंदा इंजीनियरों में से एक थे, एक साहसिक जंग लड़ी। दुर्भाग्य से जीत रेलवे के समर्थकों की हुई।

मैं नहर के ऊपर रेलवे की इस जीत से खुश नहीं हूँ। इससे कहीं ज्यादा परेशान करनेवाली बात रेलवे के समर्थकों में ज्ञान की कमी की वजह से है, जो कहते हैं कि नहरों का कोई फायदा नहीं है, बिना जाने कि नहरों से आमदनी क्यों नहीं होती? ऐसा नहीं कि नहरों से कमाई नहीं हो सकती, बल्कि उन्हें अधूरा छोड़कर उनकी कमाई करने की क्षमता को नष्ट कर दिया गया है। मुझे उम्मीद है कि आंतरिक नौपरिवहन की उपेक्षा पहले की तरह नहीं की जाएगी। इस मामले में हमें जर्मनी और रूस से कुछ सीखना चाहिए तथा न सिर्फ हमें अपनी नहरों के पुनर्निर्माण को फिर से शुरू करना चाहिए, बल्कि नई नहर भी बनानी चाहिए तथा रेलवे के लिए उनकी बलि नहीं दी जानी चाहिए।

मुझे बताया गया है कि चंदबली को संबलपुर और उससे आगे के इलाकों को आंतरिक जलमार्ग के निर्माण के बाद नौपरिवहन से जोड़ा जा सकेगा। इसके लिए कोई तीन बाँध बनाए जाएँगे—(1) पहाड़ी से उतरने की जगह पर (नरज से सात मील ऊपर), (2) तिक्कीपारा, तथा (3) संबलपुर से ऊपर। यदि यह योजना काम कर गई तो नौपरिवहन के लिए 350 मील लंबी नहर होगी, जिसे पूरे साल चालू रखा जा सकेगा, जिससे कि एक सुगम और सस्ता तथा अच्छा परिवहन का जरिया उपलब्ध रहेगा। इसकी संभावना का अंदाज लगाइए, कटक के समुद्री किनारे से तटीय नाव या हलके जहाज एक नहर के रास्ते संबलपुर तक और उसके बाद केंद्रीय प्रांतों तक आसानी से चले जाएँगे। यह एक ऐसी योजना है, जो बुराई की ताकत को अच्छाई की शक्ति में बदल देती है।

एक तुलनात्मक बयान से इस प्रसार का विचार दिया जा सकता है। आपने भी अमेरिका में बने बोल्डर डैम के विषय में सुना होगा, जो दुनिया में इनसानों द्वारा बनाया गया सबसे बड़ा जलाशय है। हमने मद्रास के मेटूर डैम के बारे में भी सुना है और हैदराबाद में तुंगभद्रा डैम बनाने का प्रस्ताव रखा है, जो इसके प्रतिद्वंद्वी होंगे। पहले से तुलना करें तो उड़ीसा की नदियों के द्वारा जितना पानी बहाया जाता है, वह बताई गई

झील को तीन बार भर सकता है। मद्रास के मेटूर डैम और हैदराबाद के तुंगभद्रा डैम के मुकाबले, यह कहा जा सकता है कि महानदी अकेले 65 मिलियन एकड़ फीट पानी लेकर चलती है, जो मद्रास के मेटूर डैम के जलाशय की क्षमता का तीस गुना और तुंगभद्रा में प्रस्तावित डैम की क्षमता का बीस गुना है। हम इसमें से कितने पानी को आर्थिक और प्रभावी रूप से बचा सकते हैं, यह जाँच का विषय है। उड़ीसा सरकार, उड़ीसा के राज्य और उड़ीसा के लोगों को चाहिए कि वे इस परियोजना की वजह से खुद को खुशकिस्मत समझें और इसे साकार करने के प्रयास में सहयोग करें।

बैठक का एजेंडा ज्यादा नहीं है—(1) इसका लक्ष्य उड़ीसा की नदियों की जाँच और तुरंत एक सर्वेक्षण करना है, ताकि एकीकृत और बहु-उद्देशीय विकास की इस योजना की तैयारी की जा सके, जिसका मकसद है—(क) बाढ़ नियंत्रण, (ख) नौपरिवहन (ग) सिंचाई एवं नाले (घ) मिट्टी का संरक्षण, और (ङ) ऊर्जा का विकास (2) सबसे पहले महानदी नदी पर किए गए सर्वेक्षणों और जाँच पर ध्यान केंद्रित करना, जिससे कि नदी के नियंत्रण और विकास पर विचार किया जा सके, (3) ऐसे सर्वेक्षण और जाँच कराने की इच्छा, जो प्रांतीय सरकारों द्वारा केंद्रीय जलमार्ग, सिंचाई तथा नौपरिवहन आयोग के सामान्य निर्देशन में किए जाते हैं।

स्थिति के संतुलित अध्ययन के लिए यह आवश्यक है कि व्यापक सर्वेक्षण और जाँच कराई जाए, जिससे कि सिंचाई की संभावनाओं, जलपरिवहन, ऊर्जा के विकास तथा डेल्टा और उसके साथ जल निकासी के क्षेत्र को उनसे होनेवाले फायदे का अंदाजा लगाया जा सके। अब तक की जाँच ज्यादातर डेल्टा तक ही सीमित थी। हालाँकि सन् 1852 में महानदी की पाँच उपनदियों पर छोटे जलाशयों के लिए डैम के इलाकों का सर्वेक्षण किया गया था, इनमें शामिल हैं—टेलकोमा, इबकोमा, मौडकोमा, हस्त और जोंक। भारत सरकार द्वारा योग्य और मशहूर सिंचाई इंजीनियर राय बहादुर खोसला की अध्यक्षता में केंद्रीय जलमार्ग सिंचाई नौपरिवहन कमीशन का गठन किया गया था। वह जल्दी ही उड़ीसा की नदियों का जल विज्ञान संबंधी तथा अन्य सर्वेक्षण करने जा रहा है।

इस सम्मेलन में शामिल पक्षों का ध्यान मैं दो बिंदुओं पर ले जाना चाहूँगा। वे परियोजना की सफलता से अंदरूनी तौर पर जुड़े हैं तथा जिनके विषय में उन्हें अपना विचार जल्दी ही बनाना पड़ेगा। पहला सवाल डूब के क्षेत्रों का है, जिसके लिए उन्हें तैयार रहना होगा। बाँध बनने के बाद आकार लेनेवाले जलाशय न सिर्फ उड़ीसा, बल्कि पूर्वी भारत के बहुत बड़े इलाके को डुबानेवाले हैं। अगर इन बाँधों को नदी या उसकी उपनदियों की ऊँचाई की ओर ले जाया गया तो मध्य प्रांत के कुछ इलाके भी डूब जाएँगे। इस प्रश्न पर एकीकृत योजना से होनेवाले कुल फायदे के लिहाज से विचार करना होगा। इलाकों का डूबना तय हो जाएगा। यदि नदियों के पानी को लाभ के लिए इस्तेमाल किया

जाना है, न कि बरबाद होने देना है और रास्ते में तबाही मचाने देना है, तो कई इलाकों का डूबना तय है। एकीकृत तथा बहुद्देशीय विकास की योजना से होनेवाले फायदे जमीन के डूबने से होनेवाले नुकसान से कई गुना ज्यादा हैं।

यह परियोजना तभी सफल हो सकती है, यदि इसे एक क्षेत्रीय परियोजना माना जाएगा। इसे स्थानीय उपायों से सफल नहीं बनाया जा सकता है। उड़ीसा प्रांत ने यदि इसे अपने दायरे तक सीमित रहनेवाली योजना के रूप में लिया तो उसे विफलता ही मिलेगी। अनिवार्य रूप से क्षेत्रीय होने की वजह से यह परियोजना संस्थानों और प्रांतीय संप्रभुता को डूबने के प्रश्न को उसी हद तक महत्त्व देती है, जितना जरूरी है। यह दूसरा प्रश्न है जिसकी चर्चा मैं करना चाहता हूँ। उड़ीसा के संस्थानों और प्रांत की सरकार को साथ मिलकर काम करना होगा, ताकि वे अपने इलाके से होकर गुजरनेवाली नदियों के विभिन्न हिस्सों को लेकर अपनी संप्रभुता की बात को थोड़ी देर के लिए भुला दें, जिससे कि परियोजना की शुरुआत, योजना, प्रकल्पना और उसे एक ही अधिकरण के द्वारा चलाया जा सके तथा एक बार स्थापित हो जाने के बाद किसी प्रकार का दखल न तो प्रांत और न ही संस्थानों से हो। मुझे यह कहने की आवश्यकता नहीं कि उड़ीसा की सरकार के साथ-साथ प्रभावित भारतीय संस्थानों को भी अपनी संप्रभुता से ज्यादा जनकल्याण की चिंता होनी चाहिए। उनकी संप्रभुता का इस्तेमाल लोगों के कल्याण को बढ़ाने में किया जाना चाहिए, न कि उसे रोकने में। केंद्र सरकार तथा प्रांतीय और संस्थान सरकारों के सहकारी और संयोजित प्रयासों से उड़ीसा की नदियों में जल रूपी धन के इस बारहमासी स्रोत को सर्वोत्तम लाभ के लिए उपयोग करना संभव हो सकेगा, जो वर्तमान में बरबाद हो जाता है और समुद्र तक के रास्ते में बेहिसाब तबाही मचाता है।

□

कांग्रेस-कम्युनिस्ट का अछूतों के प्रति स्नेह नेस्तनाबूद करने के लिए

अखिल भारतीय शेड्यूल्ड कास्ट फेडरेशन के तीसरे अधिवेशन (मुंबई) में 6 मई, 1945 को दिया गया भाषण, 'जनता', 12 मई, 1945)

सार्वजनिक कार्य करनेवाले कार्यकर्ता को विशेष विद्या तथा बौद्धि की आवश्यकता होती है, ऐसा भी नहीं है। काम करने की वास्तविक इच्छा तथा त्याग करने की तैयारी होने पर कोई भी व्यक्ति अच्छा काम कर सकता है। मेरा विश्वास है कि ऐसे लोग अपने में हैं तथा ऐसे ही लोगों का और निर्माण हो सकता है। अपना काम बहुत कठिन है। अपने आंदोलन के प्रचार हेतु हमारे पास समाचार-पत्र नहीं हैं। कांग्रेस के समाचार-पत्र हमारी खबरों को प्रकाशित नहीं करते हैं। यदि उन्होंने खबर छापी भी, तो वह विकृत स्वरूप की होती है। इस जनसमुदाय को देखकर कोई भी कहेगा कि यहाँ सवा या डेढ़ लाख लोग उपस्थित हैं। परंतु कल एक मराठी समाचार-पत्र लिखेगा कि केवल छह सौ लोग उपस्थित थे।

आज बहुत सारे लोग अछूत वर्ग की तरफ एकटक निहार रहे हैं। अछूतों को पहले कोई पूछता नहीं था। सन् 1928 में साइमन कमीशन की नियुक्ति हुई। उस समय लॉर्ड बर्कन हेड ने हिंदी लोगों से कहा कि आप लोग राजनीतिक संविधान का निर्माण कर दिखाएँ। लॉर्ड बर्कनहेड के कहने पर कांग्रेस ने सन् 1928 में 'नेहरू समिति' बनाई थी। इस समिति ने हिंदी संविधान संबंधी जो रिपोर्ट तैयार की, वह पढ़ने लायक है। अछूतों को तो उसे अवश्य पढ़ना चाहिए। 150 पृष्ठों की रिपोर्ट में अछूतों की बात केवल तीन वाक्यों में पूरी की गई है। नेहरू समिति ने रिपोर्ट के तीन वाक्य में कहा है कि अछूतों का प्रश्न राजनीतिक न होकर धार्मिक है। सिख तथा ईसाइयों के संदर्भ में कुछ प्रश्नों को हल किया जाएगा। इस बात से आखिर क्या दिखाई देता है ? सन् 1928 में कांग्रेस 7 करोड़ अछूतों को शून्य समझती थी।

इन दो वर्षों के पश्चात् गोलमेज परिषद् आयोजित की गई, वहाँ अछूतों ने शून्य को दस कर दिया। परंतु गांधी ने दस को शून्य करने का दाँव चला, किंतु दाँव सफल नहीं हो पाया। पिछले वर्ष सबको खुश करने के लिए 'सप्रू समिति' का जन्म हुआ। समिति ने एक दस्तावेज तैयार किया है, जो संविधान की रूपरेखा से संबंधित है। सप्रू समिति का विचार है कि 10 के अंक को 50 तक ले जाना चाहिए। इसका तात्पर्य यह है कि अछूतों की उन्नति शून्य से पचास पर आई है। कांग्रेस, राय-समूह तथा कम्युनिस्ट हम पर स्नेह जताते हैं। दरअसल वे हमारे आंदोलन को नेस्तनाबूद करने के लिए हैं। कम्युनिस्टों का एक पत्र इसी विचार से आया है। मैंने कल वह पत्र आधा पढ़कर ही रख दिया।

सन् 1920 से आज तक हमारा कांग्रेस के साथ विवाद है। वह समाप्त होगा या नहीं, यह बताया नहीं जा सकता है। पिछले अनेक वर्षो से कांग्रेस के साथ हमारा घनघोर युद्ध जारी है। कम्युनिस्ट तथा राय-ग्रुप उसे चुपचाप देखते हैं तथा हमारा मजाक उड़ाते हैं। हमें राजनीतिक दृष्टि से संरक्षण चाहिए, इस संबंध में इन लोगों ने बीस सालों में कुछ नहीं किया है। अब अभी ही क्यों इनमें इतना स्नेह जागा है ?

राय-समूह कहता है कि अछूतों को हमारे साथ आना चाहिए। कम्युनिस्ट कहते हैं कि हमारे साथ आना चाहिए। कांग्रेसी महिलाएँ महारवाड़े में जाकर हमारी महिलाओं के सिर की जुएँ निकालती हैं, उनके कपड़े धोती हैं तथा बच्चों को नहलाती हैं। पिछले दिनों कांग्रेसी महिलाओं ने पुणे के माँग मोहल्ले में जाकर बच्चों को दूध पिलाया है। परंतु दूसरे ही दिन उन बच्चों को पेचिश लगी, ऐसी खबर आई है। यह स्नेहभाव ये लोग क्यों दिखाते हैं ? इस बात को आपको अच्छी तरह समझना चाहिए।

हमारे विद्यार्थी कामरेड तथा रायीस्ट के पीछे लगते हैं। परंतु जिन्होंने हमारा सदैव विरोध किया है, उन लोगों के दिल में आज इतनी ममता कैसे जागी है ? इसे अच्छी तरह समझना होगा। गुड़ को मकोड़े लगते हैं, वे गुड़ की रक्षा करने हेतु एकत्रित नहीं होते हैं, वरन् उसे खाने के लिए जमा होते हैं। अछूत लोग भी गुड़ के सदृश्य हैं। अत: कम्युनिस्ट, रायिस्ट (मकोड़े) आए तो, वे गुड़ खाएँगे। सबको इस बात को ध्यान में रखना चाहिए।

स्वराज्य का तात्पर्य क्या है ? हमें यह अच्छी तरह ज्ञात है। कम्युनिस्ट अथवा दूसरे लोग बताएँगे, तब ही हमें समझ आएगा, ऐसा कुछ भी नहीं है। हम कांग्रेस को राजनीति सिखा सकते हैं। हमें अपनी हिम्मत तथा कर्तव्य परायणता से स्वयं तथा देश के लिए जो करना है, उसे हम अपने बलबूते पर करेंगे। हमें उसके लिए किसी की सहायता की जरूरत नहीं है।

आपको तैयार रहना चाहिए। अब जो संविधान बनने जा रहा है, वह अंतिम होगा। इसी समय हमको जोरदार टक्कर देनी चाहिए। यही अंतिम अवसर है। हमारा आज तक कांग्रेस तथा हिंदुओं से झगड़ा था, परंतु अब मुसलमानों से भी संघर्ष करना पड़ेगा। सप्रू

समिति के कारण मुसलमानों की ओर से अछूतों पर प्रहार हो रहे हैं। मुसलमान कहते हैं कि अछूत हिंदू ही हैं। हिंदू के स्थान कम कर वह अछूतों को देने से हमारा क्या फायदा है ? मुझे मुसलमानों के इन विचारों पर दु:ख होता है। मुझे उनके साथ विवाद नहीं करना है।

□

कम्युनिस्टों से सावधान रहो

डॉ. बाबासाहेब आंबेडकर द्वारा दिया गया भाषण, नागपुर, 4 दिसंबर, 1945

यहाँ सभी दलों को स्वराज्य चाहिए। मतभेद केवल एक ही मुद्दे पर है, वह यह कि अंग्रेजों के हिंदुस्तान छोड़ने के बाद यहाँ राज किसे करना है? कांग्रेस के नेता कहते हैं कि कांग्रेस के अतिरिक्त अन्य दलों को स्वराज्य की जरूरत नहीं है, किंतु यह बात एकदम गलत है।

मैं सारे दलितों की ओर से आपको बताना चाहता हूँ कि इसके आगे हिंदुस्तान की सरकार में अजूतों को दोयम स्थान मिलने पर वे इसे कदापि सहन नहीं करेंगे। हमें हमारे राजनीतिक अधिकार मिलने ही चाहिए तथा उनको हासिल करने के लिए हमने संघर्ष करने का निर्णय लिया है।

अपने हाथों में सत्ता आए बगैर राज्य कारोबार में हमें कोई महत्त्व नहीं मिलनेवाला है। आप लोग सारे कष्ट सहन करें, निर्भय बनें, अपने अंदर की हीन मानसिकता को निकाल फेंकें तथा देश के राज्य कारोबार में उचित हिस्सा मिलना चाहिए, इसका अवश्य आग्रह करें। आगामी चुनाव हमारे समाज की दृष्टि से अत्यंत महत्त्वपूर्ण है। हमें यदि प्रगति करनी है, तो हमें राजकीय सत्ता प्राप्त करनी ही होगी। अपने राजनीतिक अधिकारों संबंधी हमारी कौन सी आशा-आकांक्षा होनी चाहिए? हमको इस संबंध में कोई दूसरा दर नहीं बता सकता है। हमें कोई भी राजकीय सत्ता इस बारे में पीछे हटने को बाध्य नहीं कर सकती है। मुझे विश्वास है कि भविष्य में कोई भी नेता यदि अछूतों को गौण स्थान देना चाहे, तो वह बात हमको सहन नहीं करनी चाहिए।

मेरा आप लोगों को संदेश है कि सब कम्युनिस्ट दल से सावधान रहें। वजह यही है कि पिछले कुछ वर्षों से वे लोग मजदूरों का अहित कर रहे हैं या फिर यूँ कहिए कि वे मजदूरों के शत्रु हैं। मेरा ऐसा ही विश्वास हो चला है।) कांग्रेस पूँजीपतियों की संस्था है, ऐसा कम्युनिस्ट कहते हैं। उसी समय वे मजदूरों को वहाँ शामिल होने का उपदेश भी

देते हैं। हिंदुस्तानी कम्युनिस्टों की कोई नीति नहीं है। उन्हें सारी स्फूर्ति रशिया से मिलती है। भारतीय मजदूरों हेतु कम्युनिस्ट जो बताते हैं, क्या वास्तव में उन्हें मजदूरों के प्रति लगाव है? यदि ऐसा होता तो उन्होंने भारतीय मजदूरों हेतु एक स्वतंत्र राजनीतिक दल स्थापित किया होता। वे यह उपदेश (मजदूरों को) कदापि नहीं देते कि आप कांग्रेस से जाकर मिलें।

अब कांग्रेस ने उन्हें निकाल बाहर किया है, जिसके कारण वे यहाँ से निकलकर हमारे यहाँ आए हैं तथा यहाँ फिर उपद्रव करना चालू कर दिया है। इसीलिए मेरा आप लोगों से कहना है कि आप कम्युनिस्टों से दूर ही रहें। उन लोगों को अपना उपयोग (उनके प्रचार हेतु) न करने दें।

□

मुझे व्यक्ति पूजा अच्छी नहीं लगती

डॉ. बाबासाहेब आंबेडकर के 55वें जन्मदिवस (14 अप्रैल, 1946) पर उनके द्वारा 'जनता' को दिया गया संदेश, मद्रास से प्रकाशित 'जयभीम' मासिक का विशेषांक

मेरे 55वें जन्मदिवस पर आपने विशेषांक के लिए संदेश भेजने को लिखा है। भारत में राजकीय नेता को किसी धर्म संस्थापक के आसन तक चढ़ाया जाता है, जो बहुत दु:खद बात है। दूसरे देशों के लोग अपने-अपने धर्म संस्थापकों की जयंती करते हैं, परंतु भारत में धर्म संस्थापकों व राजनीतिक नेताओं की जयंती उत्सव रूप में मनाई जाती है, यह बहुत ही चिंतनीय बात है। व्यक्तिगत तौर पर मुझे अपनी जयंती मनाना पसंद नहीं है। मैं इतना अधिक प्रजातंत्र का समर्थक हूँ कि मुझे व्यक्ति पूजा अच्छी नहीं लगती है। कारण यही है कि व्यक्तिपूजा लोकतंत्र के विपरीत है। कोई नेता गौरव, प्रेम, सम्मान तथा आदर का हकदार होगा, तो उस नेता के प्रति भावना व्यक्त करना, यह नेता तथा लोगों के लिए काफी है। परंतु नेता की पूजा हेतु कोई जगह नहीं है। यह बात दोनों को भ्रष्ट करनेवाली है। आपने किसी नेता को धर्म संस्थापक के आसन पर बिठाया, तो फिर उसको धर्मसंस्थापक की भाँति अभिनय करना चाहिए तथा धर्मसंस्थापक ने अपने अनुयायियों को जैसा संदेश दिया, वैसा संदेश नेता को भी देना चाहिए।

मैं अस्पृश्यों को कौन सा संदेश दे सकता हूँ? मैं उन्हें कोई संदेश नहीं दे सकता हूँ, परंतु मैं ग्रीक पुराण की एक कथा जरूर बताना चाहता हूँ तथा उसके महत्त्व की ओर ध्यान आकर्षित कराना चाहता हूँ। यह कथा होमर के स्रोत से है। महान् ग्रीक देवी डिमेटर अपनी बेटी को खोजते हुए राजा किलास के दरबार में आई। उसने दूध पिलानेवाली गरीब दाई का रूप धारण किया। परिणामत: उसे कोई पहचान नहीं पाया। रानी मिटोनेरिया ने तुरंत ही प्रसव हुए अपने बेटे डेमोफून को सेवा-सुश्रुषा हेतु उसके स्वाधीन किया। यही बच्चा आगे चलकर ट्रिप्टोलिमस नाम से पहचाना जाने लगा।

हर शाम महल में नीरवता छाने पर डिमेटर अपने कमरे का दरवाजा बंद कर नीरवता लेती थी। डिमेटर को उस बच्चे से बहुत स्नेह था। उसकी महत्त्वाकांक्षा थी कि बच्चे को देवत्व प्राप्त हो। वह नन्हे डेमोफून को आरामदायक पालने से निकालती थी तथा दिखावटी गुस्सा जताते हुए उसके कपड़े निकालकर उसे अंगारों पर रखती थी। वह नन्हा बालक डेमोफून उस अंगारे की आँच सहन करता था तथा उसे शक्ति प्राप्त होती थी। वह सामान्य बालक से अलग ही रूप में विकसित हो रहा था। परंतु एक दिन रानी मिटोनेरिया पुत्र की याद में बहुत व्याकुल हुई। उस रात डिमेटर के कमरे में यह प्रयोग चालू रहते समय अचानक रानी ने प्रवेश किया। यह दृश्य देखकर वह बहुत क्रोधित हुई तथा उसने डिमेटर को धक्का देकर अपने बेटे को अंगारों के ऊपर से उठा लिया। उसका परिणाम यह हुआ कि बच्चा तो बच गया, किंतु वह देवत्व प्राप्त करनेवाले असामान्य मानव से वंचित रह गया।

यह कथा हमें क्या शिक्षा देती है? मुझे लगता है कि कठिन परिश्रम तथा त्याग से ही महानता प्राप्त होती है। देवत्व या मनुष्यता अग्नि द्वय से गुजरने पर ही प्राप्त होती है। आग शुद्ध करती है, आग शक्ति देती है, उसी भाँति कष्ट व यातना भी देती है। कष्ट तथा यातना सहन किए बगैर कोई भी पददलित महान् नहीं हो सकता है। अपने भविष्य के निर्माण हेतु उसे अपने वर्तमान के सुखों तथा आवश्यकताओं का त्याग करना चाहिए। बाइबल की भाषा में बोला जाए तो, "जीवन की स्पर्धा में सभी आमंत्रित रहते हैं, किंतु चयन कुछ लोगों का ही होता है।" आखिर क्यों? इसका कारण एकदम स्पष्ट है। इस स्पर्धा में महानता प्राप्त करने से अधिकांश पददलित वंचित रह जाते हैं। वजह यह है कि भविष्य के लिए वे वर्तमान के सुखों का त्याग करने का साहस बटोर नहीं पाते हैं, उनके पास दृढ निश्चय का अभाव रहता है।

मेरा संदेश है··· संघर्ष। और अधिक संघर्ष।। त्याग। और अधिक त्याग।। त्याग तथा यातनाओं की गिनती न करते हुए हमें केवल संघर्ष ही मुक्ति दिला सकता है। मुक्ति दूसरे किसी मार्ग से नहीं मिलेगी।

जिन लोगों में अपना जन्म हुआ है, उनका उद्धार करने के लिए तन-मन-धन से कुरबान होने के लिए जो युवक शपथ लेते हैं, वे धन्य हैं! अछूतों को उनकी इनसानियत पूर्णत: मिलने तक अपने अच्छे-बुरे की, सुख-दु:ख की, संकटों की, आँधी-तूफान की तथा मान-अपमान की परवाह किए बगैर जो अनवरत संघर्ष करते रहेंगे, वे धन्य हैं!

—डॉ. भीमराव आंबेडकर (न्याय मंत्री, भारत सरकार)

□

महात्मा गांधी को श्रद्धांजलि, दलितों और पीड़ितों का सहारा चला गया…

'गांधीजी : श्रद्धांजलियाँ' (संपादन : कमलापति त्रिपाठी) भाग-1, पृष्ठ-39

डॉ. बाबासाहब आंबेडकर ने महात्मा गांधी के निधन पर अपनी विनम्र श्रद्धांजलि देते हुए उनके जीवन को प्रेरणात्मक बताया। कमलापति त्रिपाठी द्वारा संपादित 'देश-विदेश के महानुभावों की श्रद्धांजलियाँ'।

'गांधीजी : श्रद्धांजलियाँ' नामक दो भाग में प्रकाशित पुस्तक प्रकाशित है। उसके भाग-1 में, पृष्ठ-39 पर डॉ. आंबेडकर की यह श्रद्धांजलि प्रकट हुइ है।

गांधीजी को खोकर वस्तुत—
भारत ने अपना बहुत कुछ खो दिया है।
मानवता को उन पर गर्व था।
दलितों और पीडितों का एक सहारा चल गया।
उनका जीवन ही परोपकार के लिए था,
वे उसी के लिए जिए
और
उसी के लिए मरे!
भारतीय राजनीति को उनकी देन अमर
और है प्रेरणात्मक!

□

हिंदू कोड बिल : मुख्य विशेषताएँ

केंद्रिय विधान मंडल में दिया गया भाषण, संविधान सभा (विधायी) बहसें, भाग-2 (26 फरवरी, 1948) तथा 3 (9 अप्रैल, 1948)

यह विधेयक, जिसका उद्‌देश्य उन नियमों को संहिताबद्ध करना है, जो उच्च न्यायालयों और सर्वोच्च न्यायालय के असंख्य निर्णयों में बिखरे हुए हैं, जो एक आम आदमी के लिए चकरा देनेवाला धालमेल बन जाता है तथा लगातार मुकदमेबाजी को जन्म देता है, सात विभिन्न मुद्‌दों से संबंधित कानून को संहिताबद्ध करने का प्रयास करता है। पहला, वह एक मृत हिंदू (स्त्री और पुरुष दोनों), जिसकी मृत्यु वसीयत बनाए बिना हो जाती है, की संपत्ति के अधिकारों से संबंधित कानून को संहिताबद्ध करने का प्रयास करता है। दूसरा, वह बिना वसीयत किए स्वर्ग सिधार गए हिंदू की संपत्ति को उसके विभिन्न उत्तराधिकारियों के बीच वितरण के लिए उत्तराधिकारक्रम का एक परिवर्तित स्वरूप निर्धारित करता है। अगला विषय, जिसपर वह विचार करता है, वह है गुजारा, विवाह, तलाक, गोद लेना, अवयस्कता और संरक्षण से संबंधित कानून। यह सदन देखेगा कि ये ही विधेयक का क्षेत्र और परिधि हैं।

शुरुआत में उत्तराधिकार के प्रश्न को लें। इस शीर्षक के अंतर्गत यह विधेयक एक नए सिद्धांत, कम-से-कम ब्रिटिश भारत के कुछ भागों के लिए, को आधार बनाता है। जहाँ तक उत्तराधिकार का संबंध है, हिंदू कानून की दो भिन्न प्रणालियों द्वारा शासित है। एक पद्धति को मैं 'मिताक्षर' के नाम से जानता हूँ और दूसरे को 'दायभाग' के नाम से जाना जाता है। इन दोनों पद्धतियों में एक मूलभूत अंतर है। मिताक्षर के अनुसार एक हिंदू की संपत्ति उसकी व्यक्तिगत संपत्ति नहीं है। यह वह संपत्ति है, जो एक समूह (कोपार्सनरी) के स्वामित्व में होती है, जिसमें पिता, पुत्र और प्रपौत्र शामिल हैं। इन सभी लोगों का उस संपत्ति पर जन्मसिद्ध अधिकार है और इस समूह (कोपार्सनरी) के किसी सदस्य की मृत्यु होने पर उसकी संपत्ति उत्तरजीविता (सर्वाईवलशिप) की व्यवस्था के

जरिए मृतक के उत्तराधिकारियों नहीं, बल्कि कोपार्सनरी के बचे हुए सदस्यों के पास चली जाती है। इस विधेयक में शामिल हिंदू कोड 'दायभाग' नियम अपनाता है, जिसके अंतर्गत उपरोक्त मामले में मृतक सदस्य की संपत्ति अपनी व्यक्तिगत संपत्ति के रूप में उसके उत्तराधिकारी के स्वामित्व में चली जाएगी और उसे उपहार या अपनी पसंद के किसी भी रूप में उस संपत्ति को हस्तांतरित करने या बेचने का पूर्ण अधिकार होगा।

यह एक मूलभूत परिवर्तन है, जो यह विधेयक लाना चाहता है। दूसरे शब्दों में, दायभाग नियम को उन क्षेत्रों तक विस्तारित करके, जहाँ 'मिताक्षर' पद्धति का चलन है, वह उत्तराधिकार संबंधी कानून को देशव्यापी बना देता है।

उत्तराधिकारियों के बीच संपत्ति के वितरण हेतु उत्तराधिकार क्रम के प्रश्न पर भी मिताक्षर के नियम और दायभाग के नियम के बीच सामान्य प्रकृति का एक मूलभूत अंतर है। मिताक्षर नियम के अंतर्गत मृतक से भिन्न गोत्र के व्यक्तियों पर सगोत्रीय व्यक्तियों को प्राथमिकता दी जाती है, दायभाग नियम के अंतर्गत उत्तराधिकार का आधार मृतक के साथ रक्त-संबंध है, न कि गोत्र के आधार पर बने संबंध। वह एक परिवर्तन है, जो यह विधेयक लाता है। दूसरे शब्दों में, यहाँ भी वह मिताक्षर के नियम की बजाय दायभाग का नियम अपनाता है।

इनके अतिरिक्त यह विधेयक चार अन्य बदलाव लाने का प्रयास करता है। एक परिवर्तन यह है कि मृतक की विधवा, पुत्री या पहले ही मृत्यु को प्राप्त हो चुके पुत्र की विधवा, इन सभी को उत्तराधिकार के मामले में वही श्रेणी दी जाएगी, जो पुत्र को दी जाती है। इसके अतिरिक्त पुत्री को पिता की संपत्ति में भी एक भाग दिया जाता है, उसका हिस्सा पुत्र को दिए गए हिस्से का आधा निर्धारित किया गया है। विधेयक में प्रस्तावित दूसरा परिवर्तन, जहाँ तक महिला उत्तराधिकारियों का संबंध है, यह है कि महिला उत्तराधिकारियों, जिनको मान्यता दी गई है, की संख्या अब मिताक्षर या दायभाग के अंतर्गत मान्य संख्या से अधिक हो गई है।

विधेयक द्वारा प्रस्तावित तीसरा परिवर्तन यह है कि पुराने कानून, चाहे वह मिताक्षर हो या दायभाग, उनमें महिला उत्तराधिकारियों के बीच भेदभाव किया गया था, अर्थात् क्या वसीयतकर्ता की मृत्यु के समय प्रश्नगत महिला अमीर थी या गरीब, वह विवाहित थी या अविवाहित, या उसकी कोई संतान थी या नहीं। इस विधेयक के द्वारा अब महिला उत्तराधिकारियों के साथ किए जानेवाले भेदभाव के ये सभी आधार खत्म कर दिए गए हैं। एक महिला, जिसे पुरखों की संपत्ति पाने का अधिकार है, किसी अन्य आधार से निरपेक्ष, केवल इस तथ्य के आधार पर संपत्ति प्राप्त करती है कि वह एक उत्तराधिकारी घोषित कर दी गई है।

विधेयक में किया गया आखिरी बदलाव दायभाग में उत्तराधिकार के नियम से

संबंधित है। दायभाग के अंतर्गत उत्तराधिकार क्रम में पिता माँ से पहले आता है, वर्तमान विधेयक के अधीन यह स्थिति बदल दी गई है, ताकि माँ पिता से पहले आ सके। एक मृत हिंदू पुरुष के उत्तराधिकारियों के क्रम के बारे में इतना ही।

अब मैं विधेयक के उन प्रावधानों पर आता हूँ, जो बिना वसीयत किए परलोक सिधार गई महिलाओं के उत्तराधिकार से संबंधित हैं। वर्तमान कानून के अंतर्गत एक हिंदू महिला के स्वामित्ववाली संपत्ति दो श्रेणियों में आती है, एक को उसका 'स्त्रीधन' कहा जाता है और दूसरी को 'महिला की संपत्ति' कहा जाता है।

जहाँ तक स्त्रीधन का संबंध है, वर्तमान विधेयक दो परिवर्तन प्रस्तावित करता है। इनमें से एक परिवर्तन यह है कि वह स्त्री धन की विभिन्न श्रेणियों को संपत्ति की एकल श्रेणी में समेकित कर देता है और उत्तराधिकार का एकरूपी नियम निर्धारित कर देता है। स्त्री धन की विभिन्न श्रेणियों के अनुसार उसके बँटवारे के लिए कई तरह के उत्तराधिकारी नहीं हैं, सारा स्त्रीधन एक है और उत्तराधिकार का नियम भी एक है। मृत महिला के उत्तराधिकारियों के मामले में यह विधेयक, जो दूसरा बदलाव लाने का प्रयास करता है, वह यह है कि अब पुत्र को भी स्त्रीधन को विरासत में पाने का अधिकारी बना दिया गया है और उसे पुत्री को दिए जानेवाले हिस्से के आधे मूल्य के बराबर संपत्ति दी जाती है।

इस विधेयक को तैयार करने और उत्तराधिकार के नियमों में बदलाव लाने में यह प्रावधान किया गया है कि जहाँ पिता की संपत्ति में से पुत्री को आधा हिस्सा मिल रहा है, पुत्र को भी माँ की संपत्ति में आधा हिस्सा मिले एवं इस तरह से एक अर्थ में विधेयक पुत्र और पुत्री की स्थिति में बराबरी कायम रखने का प्रयास करता है।

महिलाओं की भू-संपत्ति के सवाल पर आएँ तो हिंदू कानून के अधीन जहाँ एक महिला विरासत में कोई संपत्ति प्राप्त करती है तो उसे केवल वह मिलता है, जिसे 'लाईफ एस्टेट' कहा जाता है। वह उस संपत्ति से प्राप्त आमदनी का लाभ ले सकती है, परंतु किसी कानूनी जरूरत के सिवाय वह उसका सौदा नहीं कर सकती। उस स्त्री की मृत्यु के बाद वह संपत्ति उसके पति के स्वामित्व में जानी ही चाहिए। यहाँ भी विधेयक दो बदलाव करता है। वह इस सीमित भू-संपत्ति को एक एब्सोल्यूट एस्टेट बना देता है, ठीक वैसे ही जैसे एक पुरुष को विरासत में मिली भू-संपत्ति पर उसका पूर्ण अधिकार होता है और दूसरे, वह विधवा के बाद उस संपत्ति पर दावा करने का उत्तर-भोगियों का अधिकार खत्म कर देता है।

इस विधेयक में एक महत्त्वपूर्ण प्रावधान, जो विरासत में संपत्ति प्राप्त करने के महिलाओं के अधिकारों से आनुषंगिक है, दहेज से संबंधित है। इस सदन के सभी सदस्य जानते हैं कि यह कितना लज्जाजनक विषय है कि उदाहरणार्थ, कैसे लड़कियाँ दहेज

अथवा स्त्री धन या उपहार के रूप में अपने माता-पिता से बेशुमार संपत्ति लाती हैं और फिर भी उनके साथ किस तरह नफरत, दमन एवं अत्याचार किया जाता है! मेरे विचार से विधेयक के सबसे हितकारी प्रावधानों में एक यह है कि वह संपत्ति, जो एक लड़की के विवाह के अवसर पर दहेज के रूप में दी जाती है, उसे एक ट्रस्ट प्रोपर्टी माना जाएगा और जिसका उपयोग उसे सुरक्षा प्रदान करेगा तथा अठारह वर्ष की आयु पूरी करने पर उसे उस संपत्ति को हासिल करने का अधिकार होगा, ताकि न तो उसका पति और न पति के रिश्तेदार उस पर दावा कर सकेंगे तथा न उनके पास उस संपत्ति को जाया करने एवं उसे जीवन भर के लिए असहाय बना देने का कोई अवसर होगा।

गुजारे से संबंधित प्रावधानों की बात करें तो विधेयक विहित करता है कि मृतक के आश्रितों को उन लोगों से निर्वाह-राशि प्राप्त करने का अधिकार होगा, जिन्हें मृतक की संपत्ति बिना वसीयत उत्तराधिकार के नियमों के तहत या उसकी वसीयत के अनुसार मिली है। विधेयक में विभिन्न प्रकार के ग्यारह आश्रितों की गिनती की गई है। मेरी व्यक्तिगत राय में यह दुर्भाग्यपूर्ण है कि आश्रितों की श्रेणी में एक रखैल को भी शामिल किया गया है, परंतु यह एक हकीकत है और यह एक विचारणीय विषय है। गुजारा राशि देने की जिम्मेदारी उन पर डाली गई है, जिन्हें मृतक की भू-संपत्ति प्राप्त होती है।

विधेयक का एक और भाग है, जो महत्त्वपूर्ण है तथा वह अपने पति से अलग रहने की स्थिति में अलग से निर्वाह-राशि का दावा करने के पत्नी के अधिकारों से संबंधित है। आमतौर पर हिंदू कानून के प्रावधानों के तहत अगर पत्नी पति के घर में उसके साथ नहीं रहती तो उसे पति से गुजारा-राशि दावा करने का अधिकार नहीं होता है। परंतु इस विधेयक की मान्यता है कि निस्संदेह ऐसी स्थितियाँ होती हैं, जहाँ यदि पत्नी पति से दूर रही है तो जरूर ऐसे कारण रहे होंगे, जिन पर पत्नी का कोई नियंत्रण नहीं था, तो उन कारणों का संज्ञान न लेना और उसे अलग से निर्वाह-राशि न देना गलत होगा। इसीलिए विधेयक में प्रावधान है कि पत्नी को अपने पति से पृथक् निर्वाह-राशि दावा करने का अधिकार होगा, यदि पति (1) किसी घृणास्पद रोग से ग्रस्त हो, (2) यदि उसने कोई रखैल रखी हुई हो, (3) यदि वह निर्दयता का दोषी हो, (4) यदि उसने दो साल से पत्नी को छोड़ रखा हो, (5) यदि उसने कोई दूसरा धर्म अपना लिया हो, और (6) कोई भी अन्य कारण, जो पत्नी के अलग रहने को उचित ठहराए।

अगला विषय, जिस पर मैं बात करना चाहता हूँ, विवाह के प्रश्न से संबंधित है। यह संहिता दो तरह की शादियों को मान्यता देती है। एक को 'सांस्कारिक' विवाह कहा जाता है और दूसरे को 'कानूनी' या रजिस्ट्री के जरिए किया गया विवाह। जैसाकि सदस्यगण जानते होंगे, यह वर्तमान कानून से भिन्न है। वर्तमान हिंदू कानून केवल 'सांस्कारिक' विवाह को मान्यता देता है, परंतु जिसे हम कानूनी या 'सिविल' मैरेज कहते

हैं, उसे मान्य नहीं करता। जब इस संहिता के तहत एक वैद्य सांस्कारिक विवाह और एक वैद्य पंजीकृत विवाह की शर्तों पर विचार करते हैं, तो दोनों के बीच असल में बहुत कम फर्क पाते हैं।

विधेयक में वर्णित विवाह के नियमों की वर्तमान कानूनों से तुलना करने पर यह देखा जा सकता है कि दोनों के बीच तीन अंतर हैं। एक यह है कि जहाँ एक वैध सांस्कारिक विवाह के लिए वर्तमान कानून में दोनों पक्षों की जाति और उप-जाति की पहचान अनिवार्य है, यह विधेयक इस शर्त को निरस्त कर देता है। इस विधेयक के अधीन किया गया विवाह वैध होगा, चाहे उसमें शामिल दोनों पक्षों की जाति या उपजाति कुछ भी हो।

विधेयक में दूसरा प्रावधान यह है कि 'गोत्र प्रवर' की पहचान विवाह के मार्ग में बाधा नहीं है, जबकि वर्तमान कानून के तहत वह है। दोनों में भेद करनेवाली तीसरी विशेषता यह है कि पुराने कानून के अधीन बहु-विवाह की अनुमति थी। नए कानून के अधीन एक विवाह का पालन निर्धारित किया गया है।

सांस्कारिक विवाह एक ऐसा विवाह था, जो अटूट था। उसमें तलाक नहीं हो सकता था। विवाह के विघटन के लिए प्रावधान करके वर्तमान विधेयक एक क्रांतिकारी परिवर्तन लाता है। कोई भी पक्ष, जो इस कोड के तहत शादी करता है, शादी के अनुबंध से बाहर निकलना चाहता है तो उसके पास तीन उपाय हैं। एक है विवाह को बातिल और शून्य (नल ऐंड वॉइड) घोषित करवा लेना। दूसरा, विवाह को अमान्य घोषित करवा लेना, और तीसरा, उसका विघटन करवा लेना।

अब विवाह को बातिल और शून्य घोषित करने के दो आधार हैं—एक, अगर शादी के समय शादी के दोनों पक्षों में से किसी एक की जीवित पत्नी या पति हो तो ऐसा विवाह बातिल और शून्य होगा। दूसरा, यदि दोनों पक्षों के आपसी संबंध प्रतिबंधित स्तरों की सीमा में आ जाते हैं तो उनके विवाह को बातिल और शून्य घोषित किया जा सकता है। विवाह को अमान्य किए जाने के चार आधार हैं। पहला, नपुंसकता। दूसरा, दोनों पक्षों का सगोत्रीय होना। तीसरा, पक्षों का जड़बौद्धि या पागल होना। चौथा, अभिभावकों की सहमति बलपूर्वक या धोखे से प्राप्त की गई हो।

दोनों पक्षों के सिर पर विवाह के विघटन की तलवार लटकती न रहे, इसके लिए मेरे विचार से विधेयक में बहुत समझदारी से विवाह के अमान्यीकरण की एक सीमा निर्धारित की गई है। उसमें व्यवस्था है कि विवाह के अमान्यीकरण के लिए वाद-विवाद की तारीख से तीन वर्षों के भीतर ही दायर किया जाना चाहिए, अन्यथा ऐसा वाद विचारार्थ स्वीकार नहीं किया जाएगा और विवाह यथावत् बना रहेगा, मानो उसे अमान्य करने का कोई आधार नहीं है। विधेयक में यह प्रावधान भी है कि यद्यपि एक न्यायालय

द्वारा विवाह को अमान्य कर उसे बातिल और शून्य घोषित किया जा सकता है, विवाह के अमान्य हो जाने पर भी उस संबंध से उपजी संतानों की वैधता प्रभावित नहीं होगी और वे यथावत् वैध बने रहेंगे।

फिर यदि हम तलाक के सवाल पर बात करें तो सात आधारों पर तलाक पाया जा सकता है—(1) परित्याग, (2) धर्मांतरण, (3) रखैल रखना या बन जाना, (4) लाइलाज दिमागी बीमारी, (5) भीषण और लाइलाज प्रकृति का कुष्ठ रोग, (6) संक्रामक प्रकृति का यौन रोग, और (7) निर्दयता।

(बच्चा) गोद लेने के सवाल पर आएँ तो दो नए प्रावधान हैं। पहला, इस कोड के अधीन यदि पति कोई बच्चा गोद लेना चाहता है तो उसके लिए उसे अपनी पत्नी की, और अगर उसकी एक से अधिक पत्नियाँ हैं तो कम-से-कम उनमें से एक की सहमति लेना आवश्यक होगा। दूसरे, उसमें यह प्रावधान भी है कि यदि कोई विधवा बच्ची गोद लेना चाहती है तो वह उसी दशा में ऐसा कर सकेगी, जब उसका पति ऐसे सकारात्मक निर्देश छोड़ गया हो, जिनमें पति के निधन के बाद विधवा को बच्चा गोद लेने के लिए अधिकृत किया गया हो और इस बात पर मुकदमेबाजी को रोकने के लिए कि उसने वास्तव में ऐसे निर्देश पत्नी के लिए छोड़े हैं, इस कोड में प्रावधान है कि ऐसे निर्देशों का साक्ष्य एक रजिस्टर्ड डीड के जरिए होगा या वसीयत में तत्संबंधी प्रावधान के जरिए। कोई मौखिक साक्ष्य स्वीकार्य नहीं होगा। इससे मुकदमेबाजी की संभावना बहुत कम रह जाती है।

कोड में यह प्रावधान भी है कि पंजीकरण के जरिए भी एडॉप्शन का साक्ष्य जुटाया जा सकता है। इस देश में मुकदमेबाजी का एक बड़ा स्त्रोत एडॉप्शन से जुड़ा सवाल है। हर तरह के मौखिक साक्ष्य गढ़े जाते हैं, गवाहों से झूठी गवाही दिलाई जाती है, विधवाओं को मूर्ख बनाया जाता है, वे एक दिन घोषित करती हैं कि उन्होंने एक बच्चा गोद लिया है और बाद में वे स्वयं कहती हैं कि उन्होंने कोई बच्चा गोद नहीं लिया है और इस गरज से कि इस तरह की मुकदमेबाजी पर रोक लगाई जा सके, यह कोड एक हितकारी प्रावधान करता है कि एक हिंदू द्वारा गोद लेने की कार्यवाही का पंजीकरण कराया जा सकता है।

विधेयक जिस आखिरी विषय को संहिताबद्ध करने का प्रयास करता है, वह है अवयस्कता और संरक्षण (गार्डियनशिप) का सवाल। कोड के इस भाग में कुछ भी नया नहीं है और इसलिए, जहाँ तक विधेयक के इस भाग का संबंध है, मुझे कुछ नहीं कहना है।

□

समान नागरिक संहिता जरूरी

संविधान सभा में दिया गया अंग्रेजी भाषण (23 नवंबर, 1948), संविधान सभा में हुई बहसें, बुक नं. 2 , भाग, पृ. 550-2

मुझे डर है कि मैं इस अनुच्छेद से संबंधित संशोधनों को स्वीकार नहीं कर सकता। इस विषय पर विचार करने में मैं इस प्रश्न के गुण-दोषों में नहीं जाऊँगा कि क्या इस देश में एक नागरिक संहिता होनी चाहिए या नहीं ?

इन संशोधनों के समर्थन में खड़े होते हुए मेरे मित्र श्री हुसैन इमाम ने पूछा है कि क्या भारत जैसे विशाल देश के लिए एक यूनिफोर्म कोड ऑफ लॉज का होना संभव और वांछनीय होगा ? अब मुझे स्वीकार करना होगा कि इस सीधी सी बात के कारण मुझे इस कथन पर घोर आश्चर्य है कि इस देश में मानवीय संबंधों के लगभग हर पहलू को अपने दायरे में लिये हुए पहले ही एक यूनीफोर्म कोड ऑफ लॉज (समान विधि संहिता) है। हमारे पास एक पूरा क्रिमिनल कोड है, जो पूरे देश में चलन में है और जो दंड संहिता और क्रिमिनल प्रोसीजर कोड में समाहित है। हमारे पास संपत्ति हस्तांतरण कानून है, जो संपत्ति से जुड़े संबंधों का नियमन करता है और जो पूरे देश में चलन में है। फिर नेगोशिएबल इस्ट्रुमेंट्स ऐक्ट हैं, और मैं ऐसे असंख्य कानूनों का हवाला दे सकता हूँ, जो यह साबित करेंगे कि इस देश में व्यावहारिक रूप से एक नागरिक संहिता है, जिसकी अंतर्वस्तु (कंटेंट) समान है और जो पूरे देश में लागू है।

केवल एक क्षेत्र ऐसा है जिस पर दीवानी कानून अब तक अपनी पकड़ नहीं बना पाया है और वह है विवाह और उत्तराधिकार। यही एक छोटा सा कोना है, जिस पर हम अब तक हमला नहीं कर पाए हैं और यही उन लोगों की मनीषा है, जो अनुच्छेद 35 को संविधान का हिस्सा बनाकर ऐसा बदलाव लाना चाहते हैं। इसलिए मुझे यह सवाल कुछ बेतुका लगता है कि क्या हमें ऐसा कोई कोड अपनाने की कोशिश करनी चाहिए ? क्योंकि सीधी सी बात यह है कि हम असल में समान नागरिक संहिता के अंतर्गत

आनेवाले विषयों में से अधिकांश को पहले ही ले चुके हैं। इसलिए अब यह सवाल पूछने में बहुत देर हो चुकी है कि क्या हम ऐसा कर सकते हैं ? जैसा मैं कहता हूँ, हम पहले ही ऐसा कर चुके हैं।

संशोधनों पर आएँ तो मैं केवल दो टिप्पणियाँ करना चाहूँगा। मेरी पहली टिप्पणी यह होगी कि जिन सदस्यों ने ये संशोधन पेश किए हैं, कहते हैं कि मुसलिम पर्सनल लॉ, जहाँ तक इस देश का संबंध है, अपरिवर्तनीय और पूरे भारत में एक समान है। अब मैं इस कथन को चुनौती देना चाहता हूँ। मैं समझता हूँ, मेरे अधिकांश मित्र, जो इस संशोधन पर बोले हैं, यह बात बिल्कुल भूल गए हैं कि सन् 1935 तक उत्तर-पश्चिम सीमांत प्रांत शरीयत कानून के अधीन नहीं था। उत्तराधिकार और अन्य मामलों में वह हिंदू कानून का अनुसरण करता था और बात यहाँ तक पहुँची थी कि उत्तर-पश्चिमी सीमांत प्रांत के मुसलमानों पर प्रभावी हिंदू कानून को रद्द करके उन पर शरीयत कानून लागू करने के लिए सन् 1939 में केंद्रीय विधानमंडल को मैदान में उतरना पड़ा था। और कहानी यहीं खत्म नहीं होती।

मेरे माननीय मित्र भूल गए हैं कि उत्तर-पश्चिमी सीमांत प्रांत से अलग, शेष भारत के विभिन्न भागों, जैसे संयुक्त प्रांत, मध्य प्रांत और मुंबई में भी सन् 1937 तक उत्तराधिकार के मामले में मुसलमान एक बड़ी हद तक हिंदू कानून से शासित थे। उन्हें उन मुसलमानों को, जो शरीयत कानून का पालन करते थे, उनकी धारा में लाने के लिए सन् 1937 में विधानमंडल को हस्तक्षेप करके एक कानून पास करना था, जो शरीयत कानून को शेष भारत में लागू करता था।

मेरे मित्र श्री करुणाकर मेनन द्वारा मुझे यह भी बताया गया है कि उत्तरी मलाबार में मरुमक्कथायम कानून न केवल हिंदुओं, बल्कि मुसलमानों पर भी लागू होता है। यह याद रखा जाना चाहिए कि मरुमक्कथायम कानून का एक पितृसत्तात्मक स्वरूप नहीं, बल्कि एक मातृसत्तात्मक स्वरूप है। इसलिए उत्तरी मलाबार के मुसलमान अब तक मरुमक्कथायम कानून का पालन करते आए थे। इसलिए पक्के तौर पर यह कहना फिजूल है कि इसलामिक कानून एक अपरिवर्तनीय कानून है, जिसका वे प्राचीन काल से पालन करते आए थे। अपने मूल स्वरूप में वह कानून कुछ भागों में लागू नहीं था और केवल दस साल पहले उसे लागू किया गया है। इसलिए अगर यह जरूरी समझा गया कि उनके धर्म से निरपेक्ष, सभी नागरिकों के लिए एक एकल नागरिक संहिता तैयार करने के उद्देश्य से अनुच्छेद 35 के अनुसरण में बनाई जानेवाली नागरिक संहिता में हिंदू कानून के कुछ हिस्से समाविष्ट कर लिये जाते हैं, इसलिए नहीं कि वे हिंदू कानून का हिस्सा थे, बल्कि इसलिए कि वे सबसे उपयुक्त पाए गए थे, तो मेरा दृढ मत है कि मुसलमानों के लिए यह कहने का विकल्प खुला नहीं है कि नई नागरिक संहिता के निर्माताओं ने

मुसलिम समुदाय की भावनाओं को गहरी चोट पहुँचाई है।

मेरी दूसरी टिप्पणी उन्हें एक आश्वासन देना है। मैं इस मामले में उनकी भावनाओं को अच्छी तरह समझता हूँ, परंतु मेरा विचार है कि उन्होंने अनुच्छेद 35 से कुछ ज्यादा ही अर्थ निकाल लिया है। वह केवल यह प्रस्तावित करता है कि सरकार देश के नागरिकों के लिए एक समान नागरिक संहिता सुनिश्चित करने के लिए काम करेगी। वह यह नहीं कहता कि संहिता तैयार हो जाने के बाद सिर्फ इसलिए कि वे नागरिक हैं, राज्य उन्हें सभी नागरिकों पर जबरन लागू कर देगा। यह बिल्कुल संभव है कि शुरुआत के तौर पर भावी संसद् इस आशय का प्रावधान कर दे कि यह संहिता केवल उन लोगों पर लागू होगी, जो यह घोषणा करते हैं कि वे उनसे बँधने के लिए तैयार हैं, ताकि शुरुआती दौर में वे शुद्धतया स्वैच्छिक रूप से लागू हों। इस तरह के किसी उपाय से संसद् जनता की नब्ज टटोल सकती है।

यह कोई नया तरीका नहीं है। शरीयत अधिनियम श्रेणी से सन् 1937 में अपनाया गया था, और उसे उत्तर-पश्चिम सीमांत प्रांत से इतर क्षेत्रों में लागू किया गया था। इस कानून में यह कहा गया था कि यहाँ एक शरीयत कानून है, जिसे मुसलमानों पर लागू किया जाना चाहिए, जो मुसलिम भाई चाहता हो कि उसे शरीयत ऐक्ट (के प्रावधानों) से बाँध दिया जाना चाहिए, उसे राज्य के एक अधिकारी के पास जाकर यह घोषणा करनी चाहिए कि वह उससे बँधने के लिए तैयार है तथा ऐसी घोषणा कर देने के बाद यह कानून और उसके उत्तराधिकारियों के लिए बाध्यकारी होगा। संसद् के लिए इस तरह का कोई प्रावधान करना पूर्णतया संभव होगा, ताकि मेरे मित्रों ने जो भय व्यक्त किया है, वह पूरी तरह से दूर हो जाए। इसलिए मेरा निवेदन है कि इन संशोधनों में कोई सार नहीं है और मैं उनका विरोध करता हूँ।

पर्सनल लॉ को बचाने के सवाल पर आएँ तो मैं समझता हूँ, इस मामले पर पूरी तरह और पर्याप्त रूप से उस समय चर्चा और बहस हो चुकी थी, जब हमने संविधान के एक निदेशक सिद्धांत, जो राज्य पर एक समान नागरिक संहिता लाने की दिशा में सक्रिय रहने की जिम्मेदारी डालता है, पर चर्चा की थी और मैं नहीं समझता कि उस पर आगे विचार किए जाने की जरूरत है। परंतु मैं यह कहना चाहूँगा कि अगर संविधान में इस तरह के बचाने के (सेविंग) क्लॉज का समावेश किया गया तो वह भारत के विधानमंडलों को किसी भी सामाजिक विषय पर कानून बनाने में अक्षम बना देगा। इस देश में धार्मिक धारणाएँ इतनी व्याप्त हैं कि वे जन्म से लेकर मृत्यु तक जीवन के हर पहलू को अपने दायरे में लिये हुए हैं। ऐसा कुछ भी नहीं है, जो धर्म न हो और अगर पर्सनल लॉ को बचाना है तो मुझे पक्का विश्वास है कि सामाजिक विषयों पर कानून

बनाने का कार्य ठप्प पड़ जाएगा। मैं नहीं समझता कि उस तरह की स्थिति को स्वीकार करना संभव है।

यह कहने में कुछ भी असाधारण नहीं है कि हमें अब से धर्म को इस तरह से परिभाषित करने की दिशा में काम करना चाहिए कि हम विश्वासों और ऐसे विधि-विधानों से आगे नहीं जाएँगे, जो ऐसे अनुष्ठानों से जुड़े हों, जो आवश्यक रूप से धार्मिक हैं। यह जरूरी नहीं है कि इस तरह के कानून, उदाहरण के लिए काश्तकारी या उत्तराधिकार से संबंधित कानून, धर्म द्वारा शासित हों। यूरोप में ईसाईयत है, परंतु ईसाईयत का अर्थ यह नहीं है कि पूरी दुनिया के ईसाई या यूरोप के किसी भाग में बसे ईसाइयों का उत्तराधिकार के मामले में एक जैसा कानून हो। ऐसी कोई चीज अस्तित्व में नहीं है। मैं व्यक्तिगत रूप से यह नहीं समझ पाता कि धर्म का दखल इतने विस्तृत क्षेत्र में क्यों होना चाहिए कि वह पूरे जीवन को ही समेट ले और विधानमंडल को उस क्षेत्र में घूसने न दे?

आखिर हम यह आजादी क्यों लेना चाहते हैं? हम यह आजादी ऐसी ही हमारी समाज-व्यवस्था में सुधार के लिए लेना चाहते हैं, जो इतने अन्याय, असमानता, भेदभाव और अन्य चीजों से भरी पड़ी है और जो हमारे मूलभूत अधिकारों के मार्ग में आती है। इसलिए किसी के लिए इस बात की कल्पना करना भी असंभव है कि पर्सनल लॉ को राज्य के अधिकार क्षेत्र से बाहर रखा जाना चाहिए।

यह कह चुकने के बाद मैं बताना चाहूँगा कि इस मामले में सरकार केवल कानून बनाने की अपनी शक्ति का दावा कर रही है। सरकार के लिए ऐसी कोई बाध्यता नहीं है कि वह पर्सनल लॉज को हटाए। वह केवल एक शक्ति प्रदान कर रहा है। इसलिए किसी को भी इस सच्चाई से आशंकित होने की जरूरत नहीं है कि अगर सरकार के पास ऐसी शक्ति है, तो वह तुरंत ही उस शक्ति का उपयोग इस तरह से करने लगेगी, जो मुसलमानों या ईसाइयों या किसी अन्य समुदाय को आपत्तिजनक लगे।

मुसलिम समुदाय के उन सदस्यों सहित, जो इस विषय पर बोले हैं, यद्यपि उनकी भावनाओं को अच्छी तरह समझा जा सकता है, हम सबको याद रखना चाहिए कि प्रभुसत्ता हमेशा सीमित होती है, भले ही आप दावा करें कि वह असीमित है, क्योंकि उस सत्ता के उपयोग में प्रभुसत्ता को विभिन्न समुदायों की भावनाओं के साथ सामंजस्य स्थापित करना चाहिए। कोई भी सरकार अपनी शक्तियों का उपयोग इस तरह से नहीं कर सकती कि मुसलिम समुदाय विद्रोह पर उतर आए। मैं समझता हूँ, अगर उसने ऐसा किया तो वह एक पागल सरकार होगी। परंतु वह मामला स्वयं शक्ति से नहीं, शक्ति के उपयोग से संबंधित है।

□

संविधान की प्रस्तावना में फेरबदल करने का कोई औचित्य नहीं

संविधान की प्रस्तावना पर, संविधान सभा में दिया गया भाषण (17 अक्तूबर, 1949)। संविधान सभा में हुई बहसें, बुक नं. 5, भाग-10, पृ. 438-41

अब हमारे पास एक बड़ी संख्या में संशोधन हो गए हैं, जिनके बारे में सदस्यों ने सूचित किया है। संशोधन में जो मुद्दा उठाया गया है या ऐसा मान लिया गया है और जो मसौदा समिति द्वारा तैयार की गई प्रस्तावना से भिन्न है, इन शब्दों को जोड़ने से संबंधित है—'जिनसे सभी शक्ति और सत्ता प्राप्त की गई है।' इसलिए सवाल यह है कि क्या मसौदे में दी गई प्रस्तावना इस सदन की सामान्य मनीषा, अर्थात् किसी स्वीकृति के साथ कि इस संविधान की रचना का एकच्छत्र अधिकार जनता में निहित है, संविधान देश की जनता की देन होना चाहिए? मैं नहीं समझता कि ऐसा और कोई विषय है, जिस पर विवाद हो। मेरा कहना यह है कि इस संशोधन में जो कुछ सुझाया गया है, वह मसौदा प्रस्तावना में पहले से ही है।

महोदय, यदि इस संशोधन का विश्लेषण किया जाए तो वह तीन स्पष्ट भागों में बँटा दिखाई देगा। एक भाग है, जो घोषणात्मक है। दूसरा भाग वर्णनात्मक है। तीसरा भाग वस्तुनिष्ठ, और अगर मैं ऐसा कह सकूँ तो बाध्यकारी है। अब घोषणात्मक भाग में यह वाक्य है, "हम भारतवासी, हमारी संविधान सभा में,⋯दिन⋯महीने⋯वर्ष एतद् द्वारा यह संविधान अपनाते, अधिनियमित करते और स्वयं को सौंपते हैं।" इस सदन के उन सदस्यों, जो इस बात से चिंतित हैं कि प्रस्तावना यह कहती है या नहीं कि यह संविधान तथा उसकी रचना की शक्ति, प्राधिकार और प्रभुसत्ता देश की जनता में निहित है, उनको संशोधन के अन्य भागों को उस भाग से अलग कर देना चाहिए, जिसे मैंने अभी-अभी पढ़ा है, अर्थात् आरंभिक शब्द, "हम भारतवासी हमारी संविधान सभा में⋯दिन एतद्

द्वारा यह संविधान अपनाते, अधिनियमित करते और स्वयं को सौंपते हैं।" उस तरह से पढ़ने पर···

मैं चाहूँगा कि माननीय सदस्यगण अमेरिका के संविधान की प्रस्तावना पर भी विचार करें। मैं उसका एक हिस्सा पढ़ूँगा। वह कहती है, "हम अमेरिकावासी"—मैं दूसरे हिस्से नहीं पढ़ रहा हूँ—"हम अमेरिकावासी संयुक्त राज्य अमेरिका के लिए यह संविधान अधिनियमित और स्थापित करते हैं।" जैसाकि अधिकांश सदस्य जानते हैं, उस संविधान का मसौदा एक बहुत ही छोटे समूह द्वारा तैयार किया गया था। अब मैं उसके ठीक-ठीक ब्योरे और उन राज्यों की संख्या, जिन्हें उस छोटे से दल में प्रतिनिधित्व दिया गया था, भूल रहा हूँ। संविधान की रुपरेखा तैयार करने के लिए इस दल ने फिलाडेल्फिया में बैठक की थी। इसलिए अगर तेरह राज्यों के प्रतिनिधि, जो फिलाडेल्फिया में एक छोटे से सम्मेलन में एकत्र हुए थे, एक संविधान पारित करके यह कह सकते थे कि जो कुछ उन्होंने किया वह जनता के नाम पर, जनता द्वारा दिए गए प्राधिकार पर, जनता की प्रभुसत्ता को संविधान का आधार बनाते हुए किया है, तो व्यक्तिगत रूप से मैं यह समझने में असमर्थ हूँ कि इस विशाल उपमहाद्वीप का प्रतिनिधित्व करनेवाली 292 सदस्योंवाली एक संस्था, अपनी प्रतिनिधिक हैसियत से यह क्यों नहीं कह सकती कि वे देश की जनता के नाम पर कार्य कर रहे हैं? (सुनो! सुनो!)

इसलिए जहाँ तक इस आपत्ति का संबंध है, मेरा निवेदन है कि उस आधार पर किसी तरह के डर या आशंका की जरूरत नहीं है। इस सदन में मौजूद किसी भी व्यक्ति की यह इच्छा नहीं है कि इस संविधान में कुछ भी ऐसा हो, जो यह आभास भी दे सके कि वह ब्रिटिश संसद् की प्रभुसत्ता से हासिल किया गया है। किसी की ऐसी किंचित भी इच्छा नहीं है। जहाँ तक इस मसले का संबंध है, इस सदन के किसी सदस्य और मसौदा समिति के किसी सदस्य के बीच कोई मतभेद नहीं है।

मैं कहता हूँ कि इस प्रस्तावना में सदन के प्रत्येक सदस्य की इस आकांक्षा को स्थान दिया गया है कि इस संविधान की जड़ें, उसकी सत्ता, उसकी प्रभुसत्ता जनता से प्राप्त होने चाहिए। वह उसमें है।

इसलिए मैं यह संशोधन स्वीकार करने के लिए तैयार नहीं हूँ। मैं संशोधन के मूल पाठ (टेक्स्ट) पर कुछ भी कहना नहीं चाहता। संभवत: संशोधन में उपयोग की गई शब्दावली, पूरे सम्मान के साथ, अगर मैं ऐसा कह सकूँ तो, ऐसी है जो उस प्रस्तावना, जिसका मसौदा हमने तैयार किया है, में फिट नहीं बैठेगी, और इसलिए मैं समझता हूँ, इन दोनों आधारों पर मसौदा समिति द्वारा उपयोग की गई भाषा में फेरबदल करने का कोई औचित्य नहीं है।

□

खून की आखरी बूँद रहने तक स्वतंत्रता की रक्षा का दृढ संकल्प...

भारत के संविधान के अंतिम प्रारूप को प्रस्तुत करते समय संविधान सभा में (संसद् में) डॉ. बाबासाहेब आंबेडकर द्वारा दिए गए भाषण का अंश, दिल्ली, 25 नवंबर, 1949

संविधान सभा की पहली बैठक 9 दिसंबर, 1946 को हुई। दिनांक की ओर ध्यान देने पर ज्ञात होगा कि आज संविधान सभा के काम को 2 वर्ष 11 माह तथा 17 दिन हो रहे हैं। इस दौरान संविधान सभा के 11 अधिवेशन हुए। इनमें से 6 अधिवेशन उद्‌देश्य, मूलभूत अधिकार, केंद्र का संविधान, केंद्र के अधिकार, राज्य का संविधान, अल्पसंख्यक जाति, अनुसूचित विभाग, अनुसूचित जाति संबंधी समितियों की रिपोर्ट पारित करने में व्यतीत हुए हैं। संविधान सभा के 11 अधिवेशनों के कुल 165 दिन होते हैं। इनमें से संविधान के मसौदे हेतु केवल 114 दिन ही उपलब्ध हो पाए।

संविधान सभा की भाँति मसौदा समिति के बैठकों की जानकारी देना भी उचित होगा। इसी आधार पर संविधान निर्माण का कार्य तथा उस संबंध में खर्च हुए दिनों की यथोचित जानकारी मिल सकेगी। 29 अगस्त, 1947 को संविधान सभा ने मसौदा समिति का चयन किया। ठीक दूसरे दिन यानी 30 अगस्त, 1947 को मसौदा समिति की प्रथम बैठक हुई। तब से लेकर मसौदा समिति का कामकाज 141 दिनों तक चला। मूल संविधान के मसौदे में 243 अनुच्छेद तथा 13 परिशिष्ट थे। इसके पश्चात् मसौदा समिति ने उसमें आवश्यक परिवर्तन कर, मसौदा तैयार कर संविधान सभा के समक्ष प्रस्तुत किया, उस समय मसौदे में 315 अनुच्छेद तथा 8 परिशिष्ट थे। मसौदे पर चर्चा करने के पश्चात् अनुच्छेद की संख्या 315 से बढ़ाकर 386 की गई। आज अंतिम स्वरूप में संविधान के मसौदे में कुल 395 अनुच्छेद तथा 12 परिशिष्ट हैं। इस भयंकर उथल–

पुथल में 7735 उपसूचना सुझाई गईं। उनमें से केवल 2473 उपसूचनाओं पर ही सभागृह में चर्चा हो पाई।

मैं इन बातों का खासतौर पर उल्लेख करना चाहता हूँ। वजह यही कि संविधान सभा पर आरोप लगाया जा रहा था कि संविधान निर्माण का कार्य बहुत धीमी गति से हो रहा है। इस दौरान यह भी उपमा दी जा रही थी कि रोम जब आग में जल रहा था, तब निरो संगीत में मशगूल था, वैसा ही कुछ संविधान निर्माण में हो रहा है।

इस तरह की शिकायतों के लिए वास्तव में कोई जगह है ? इसके लिए हम यह भी देख लें कि अन्य देशों के संविधान निर्माण के दौरान कितना समय लगा ? अमेरिका के संविधान निर्माण का काम 25 मई, 1787 को अमेरिकन कन्वेंशन ने प्रारंभ किया तथा 17 सितंबर, 1787 को पूरा हुआ। तात्पर्य यह कि अमेरिकी संविधान को 4 माह लगे। कनाडा के संविधान निर्माण का कार्य 10 अक्तूबर, 1864 को प्रारंभ हुआ तथा मार्च 1867 को समाप्त हुआ। इस काम में लगभग 2 वर्ष 5 माह लगे। ऑस्ट्रेलिया का संविधान निर्माण मार्च 1892 में प्रारंभ हुआ तथा उसका कानूनन रूपांतर 9 जुलाई, 1900 को हुआ, यानी संविधान निर्माण में 9 वर्ष लगे। दक्षिण अफ्रीका के संविधान का काम अक्तूबर 1908 में शुरू हुआ तथा 1 वर्ष पश्चात् 20 सितंबर, 1909 को उसका क्रियान्वयन प्रारंभ हुआ।

हमारे संविधान को अमेरिका तथा दक्षिण अफ्रीका से अधिक समय लगा। यह बात एकदम सत्य है। परंतु कनाडा के संविधान से अधिक समय नहीं लगा। समय की दृष्टि से तुलना करने पर दो महत्त्वपूर्ण बातों पर ध्यान देना आवश्यक है। पहली बात यह है कि अमेरिका, कनाडा, दक्षिण अफ्रीका तथा ऑस्ट्रेलिया आदि देशों के संविधान हमारे संविधान की अपेक्षा छोटे हैं। हमारे संविधान में 395 अनुच्छेद हैं, जबकि अमेरिका के संविधान में केवल 7, कनाडा के संविधान में 147, ऑस्ट्रेलिया के संविधान में 128 तथा दक्षिण अफ्रीका के संविधान में 153 ही अनुच्छेद हैं। दूसरी बात यह कि अमेरिका, कनाडा, ऑस्ट्रेलिया आदि देशों के संविधान निर्माताओं को उपसूचना जैसे गंभीर प्रश्नों का सामना नहीं करना पड़ा। उनके पास जैसी उपसूचनाएँ आईं, वैसी उन्होंने पारित कर की, किंतु हमारी संविधान सभा को 2473 उपसूचनाओं के अंबार को पार करना पड़ा। इन सारी परिस्थितियों को देखने पर लेट-लतीफी का आरोप लगाना अनुचित लगता है। इसके विपरीत, इतने कम समय में इतना बड़ा महान् कार्य पूरा करने के लिए संविधान सभा को स्वयं का अभिनंदन करना चाहिए।

नसीरुद्दीन की आँखों में गंदा पानी

मसौदा समिति के कार्य का आकलन करने पर क्या दिखाई देता है ? नसीरुद्दीन अहमद को लगता है कि संविधान का धिक्कार करना उनका परम कर्तव्य है। उनके

मतानुसार मसौदा समिति का कार्य अभिनंदनीय नहीं है। इतना ही नहीं, वह सामान्य दरजे से भी हीन दरजे का है। मसौदा समिति के काम का आकलन करने का अधिकार प्रत्येक व्यक्ति को है। मसौदा समिति के सदस्यों से कहीं अधिक मैं बौद्धिमान हूँ, ऐसा नसीरुद्दीन को लगता है। इस संबंध में नसीरुद्दीन को आह्वान करने की मसौदा समिति की कतई इच्छा नहीं है। इसके विपरीत नसीरुद्दीन मसौदा समिति में बैठने लायक हैं, ऐसा यदि संविधान सभा को महसूस हुआ होता, तो सभा ने उन्हें अवश्य लिया होता। संविधान निर्माण करने के काम में उन्हें जगह नहीं मिल पाई, इसमें मसौदा समिति का कोई दोष नहीं है।

ड्राफ्टिंग एवं डिफ्टिंग

मसौदा समिति का तिरस्कार करने के लिए नसीरुद्दीन अहमद ने नया नाम ढूँढ़ निकाला है, वे ड्राफ्टिंग कमेटी को ड्रिफ्टिंग कमेटी (बहनेवाली) कहते हैं। वे अपनी इस बौद्धिक चालाकी पर बहुत खुश होंगे। परंतु अपना अस्तित्व रखकर बहना तथा अपना अस्तित्व न रखते हुए बहना, इसमें जो अंतर है, शायद उन्हें वह ज्ञात नहीं है। मसौदा समिति ने जहाँ-जहाँ भी अपना रुख बदला है, किंतु उसने अपने प्रभुत्व को बदला नहीं है। मछली पकड़ने के लिए हुक को इधर-उधर हिलाया जाता है, वैसा मसौदा समिति ने बिल्कुल नहीं किया है। जहाँ अधिक पानी था, उस जगह मछली पकड़ने के लिए मसौदा समिति ने हुक डाला था। अच्छी बात की तलाश करना यानी 'बहना' नहीं होता है।

सच्ची बात तो यह है कि अधिक अच्छी चीज की तलाश कर, फिर उसका चयन करना अभिनंदनीय है। मसौदा समिति इस बात पर गर्व महसूस करती है। स्वयं की सदोष उपसूचना वापस लेकर उस स्थान पर अच्छी उपसूचना स्वीकार करने की ईमानदारी तथा धीरज मसौदा समिति ने दिखाया न होता, तब मसौदा समिति पर कर्तव्यच्युत होने का तथा अहंकार का आरोप होता। एक व्यक्ति का अपवाद यदि छोड़ दिया जाए, तो संपूर्ण सदन मसौदा समिति के कामों का गुणगान कर रहा है। इस बात का मुझे बहुत आनंद हो रहा है। संपूर्ण सदन द्वारा खुले मन से गौरव गान करने पर मसौदा समिति भी अपने आप को धन्य महसूस करती होगी, ऐसा मुझे विश्वास है। संविधान सभा के सदस्यों ने तथा मसौदा समिति के मेरे सहयोगी मित्रों ने मुझ पर जिस अभिनंदन की वर्षा की है, उससे मैं बहुत गद्गद हो गया हूँ। आप सबके प्रति कृतज्ञता व्यक्त करने हेतु मुझे शब्द नहीं सुझ रहे हैं।

देश की सेवा करने का अवसर

संविधान सभा में प्रवेश करते समय अछूत समाज के हित संरक्षण के अतिरिक्त

मेरे मन में दूसरा कोई विचार नहीं था। संविधान सभा का अत्यंत महत्त्वपूर्ण काम करने हेतु मेरा चयन किया जाएगा, मेरे मन में यह बात बिल्कुल नहीं थी। जब मुझे मसौदा समिति में लिया गया, तब तो मुझे आश्चर्य ही हुआ। और जब मुझे मसौदा समिति का अध्यक्ष बनाया गया, तब मेरे आश्चर्य की कोई सीमा नहीं रही। मुझसे बुजुर्ग, अधिक लायक तथा विद्वान् लोग मसौदा समिति में थे। मैं इस संदर्भ में सर अल्लादि कृष्णस्वामी अय्यर का उल्लेख करना चाहूँगा। संविधान सभा ने मुझ पर इतना अधिक विश्वास कर मुझे प्रतिनिधि चुना तथा देश की सेवा करने का अवसर प्रदान किया। अत: मैं अत्यंत आभारी हूँ।

श्रेय के अन्य साथी

संविधान निर्माण के लिए मेरा जो गौरव गान किया जाता है, उसका मैं अकेला ही हिस्सेदार नहीं हूँ। भारत सरकार के संवैधानिक सलाहकार सर बी.एन. राव को भी इस संविधान का श्रेय मिलना चाहिए। भारत सरकार के सलाहकार, इस नाते से उन्होंने संविधान की स्थूल रूपरेखा मसौदा समिति के समक्ष रखी थी। उसी भाँति संविधान निर्माण के श्रेय का कुछ हिस्सा मसौदा समिति के सदस्यों को भी दिया जाना चाहिए। उन्होंने अलग-अलग फॉर्मूले तैयार किए। उन्हें भिन्न-भिन्न दृष्टिकोणों से समझाने का कौशल तथा उनकी सहनशीलता का बखान नहीं किया जा सकता है।

इन सबसे कहीं अधिक श्रेय सरकार के प्रमुख ड्राफ्टमेन श्री एस.एन. मुकर्जी को देना चाहिए। बहुत क्लिष्ट सूचनाओं को सरल तथा कानूनी भाषा में प्रस्तुत करने की उनकी योग्यता की बराबरी शायद ही कोई कर पाएगा। उनकी सहायता के बिना संविधान निर्माण के कार्य को अनेकों वर्ष लगे होते। श्री मुकर्जी के सहयोगियों का उल्लेख करना भी मैं आवश्यक समझता हूँ। उन्होंने कभी-कभी तो आधी रात तक काम किया है। यह मुझे अच्छी तरह मालूम है।

अध्यक्ष के प्रति आभार

अंत में अध्यक्ष महोदय, मैं आपके प्रति आभार व्यक्त करता हूँ। आपने संविधान सभा के सदस्यों के प्रति जो सौजन्य दिखाया है, वह अविस्मरणीय रहेगा। केवल तकनीकी दोषों के आधार पर मसौदा समिति की कुछ सूचनाएँ नियम बाह्य ठहराई जाएँगी, ऐसे कुछ प्रसंग उपस्थित हुए थे, मैं उस समय बहुत धर्मसंकट में था। किंतु कानूनी दाँव-पेंच उपस्थित करनेवालों को आपने अवरोध की अनुमति न देकर संविधान निर्माण का कार्य सुनकर किया, मैं उसके लिए आपका विशेष आभारी हूँ।

मैं संविधान के गुण-अवगुण में जाना नहीं चाहता हूँ। यदि संविधान का क्रियान्वयन करनेवाले गलत प्रवृत्ति के लोग होंगे, तब संविधान कितना ही अच्छा क्यों न हो, फिर भी वह नकली सिक्का ही साबित होगा। उसी भाँति संविधान का क्रियान्वयन करनेवाले यदि अच्छी प्रवृत्ति के लोग होंगे, तब बेकार संविधान भी उपकारक सिद्ध होगा। संविधान के स्वरूप पर ही संविधान का क्रियान्वयन संपूर्ण रूप से आधारित होता है, ऐसा भी नहीं है। विधान मंडल, मंत्रिमंडल तथा न्यायपालिका, ये 'राज्य के अंग' हैं, जिसकी आपूर्ति संविधान करता है। इन अंगों की कार्यक्षमता जनता पर तथा विभिन्न राजनीतिक दलों पर निर्भर रहती है।

भारत की जनता तथा राजनीतिक दल कैसा आचरण करेंगे, क्या यह कोई बता सकता है? अपना उद्‍देश्य प्राप्त करने के लिए वे क्या कानूनी मार्ग का अवलंब करेंगे या फिर क्रांतिकारी मार्ग का अनुसरण करेंगे? यदि वे क्रांतिकारी तथा विध्वंसक मार्ग का अवलंब करेंगे, तब संविधान कितना भी निर्दोष हो, फिर भी वह असफल ही होगा। भविष्य बताने के लिए क्या किसी भविष्यवेत्ता की आवश्यकता है? अत: भारतीय जनता तथा राजनीतिक दलों के बगैर, संविधान की सफलता की बात करना एकदम बेकार है।

सोशलिस्टों-कम्युनिस्टों ने संविधान को धिक्कारा

विशेषत: कम्युनिस्ट तथा सोशलिस्ट दलों की ओर से संविधान को धिक्कारा जाता है। क्या संविधान वास्तव में बुरा है? क्या इसलिए वे उसको धिक्कारते हैं? किंतु बिल्कुल ऐसा नहीं है। कम्युनिस्टों को तानाशाही तत्त्वों पर आधारित संविधान चाहिए। किंतु यह संविधान संसदीय लोकतंत्रीय मूल्यों पर आधारित है, इसी कारण वे उसका विरोध करते है। सोशलिस्टों को दो बातें चाहिए। पहली बात यह है कि यदि वे सत्ता में आएँ, तब उन्हें राष्ट्रीयकरण की स्वतंत्रता चाहिए। दूसरी बात यह है कि उन्हें असीमित (व्यक्ति की) स्वतंत्रता के अधिकार चाहिए। तात्पर्य यही कि यदि वे राजसत्ता हासिल नहीं कर सके, तब उन्हें संघ राज्य को उलटकर रखने का लाइसेंस चाहिए।

इस प्रमुख मुद्‍दे (बिंदु) पर संविधान का विरोध किया जा रहा है। संसदीय लोकतंत्र पर आधारित राज्य प्रणाली ही आदर्श प्रणाली है, ऐसा मैं नहीं कहता हूँ। उसी भाँति "मुआवजे बगैर संपत्ति का अधिग्रहण राष्ट्र को नहीं करना चाहिए।" यह सिद्धांत नहीं बदला जा सकता है, ऐसा भी मैं नहीं मानता हूँ। मूलभूत अधिकार कभी भी अनियंत्रित नहीं हो सकते हैं अथवा उसकी सीमा बदली नहीं जा सकती है, मैं ऐसा भी नहीं कहता हूँ। तब मसौदा समिति को दोष देने का कौन सा कारण है? इतना ही नहीं, मैं कहता हूँ कि संविधान सभा के सदस्यों को क्यों दोष दिया जा रहा है?

देशद्रोह का इतिहास

राष्ट्र के भविष्य को लेकर मेरा हृदय भर आता है। अतः मैं इस बारे में अपने विचार व्यक्त करना आवश्यक समझता हूँ।

भारत 26 जनवरी, 1950 को स्वतंत्र होगा। इस स्वतंत्रता का क्या होगा? इस स्वतंत्रता की हम रक्षा कर पाएँगे या फिर उसे पुनः गँवा बैठेंगे? मेरे मन में यह प्रश्न खड़ा है। भारत पहले कभी स्वतंत्र नहीं था, ऐसा भी नहीं है। परंतु यहाँ प्रश्न उपस्थित होता है कि एक समय यह देश स्वतंत्र था, किंतु उसके पश्चात् वह अपनी स्वतंत्रता गँवा बैठा। क्या दूसरी बार वह अपनी आजादी गँवा बैठेगा? देश के भविष्य का यही प्रश्न मुझे अधिक चिताक्रांत कर रहा है। मेरे मन को जो बात सबसे अधिक कष्ट दे रही है, वह यह कि भारतवर्ष ने पहले अपनी आजादी एक बार गँवाई है, वह इस देश के कुछ लोगों की कपट कारिस्तनी के कारण! यह सत्य बहुत असहनीय है।

मोहम्मद बिन कासिम ने सिंध पर जब आक्रमण किया था, तब सिंध का राजा दाहीर था। उसके सेनापति से मोहम्मद बिन कासिम के सैनिकों ने रिश्वत ली तथा हम आपके विरोध में नहीं लड़ेंगे, ऐसा राजा दाहीर को कहा। भारत पर आक्रमण करने तथा पृथ्वीराज के विरुद्ध युद्ध करने का निमत्रंण जयचंद ने मोहम्मद गौरी को दिया था। इस क्रम में मैं तथा सोलंकी घराने के राजा आपकी मदद करेंगे। यह आश्वासन जयचंद ने मोहम्मद गौरी को दिया था।

शिवाजी महाराज हिंदुओं की स्वतंत्रता हेतु लड़ रहे थे, उस समय मराठा सरदार तथा राजपूत राजा मुगल बादशाह की ओर से लड़ रहे थे। जब अंग्रेज सिख राजा को परास्त करने में जुटे हुए थे, तब सिखों का प्रमुख सेनापति गुलाबचंद चुपचाप बैठा था। अंग्रेजों के चंगुल से राजपूत राजा को छुड़ाने का उसने कुछ भी प्रयत्न नहीं किया था। सन् 1857 में भारत के अधिकांश भाग में अंग्रेजी सत्ता के विरोध में विद्रोह हुआ था। उस समय सिख लोग चुपचाप खड़े रहकर केवल तमाशा देख रहे थे तथा विद्रोह का नाटक कर रहे थे।

भारत के इतिहास में जो कुछ हुआ, क्या उसकी फिर पुनरावृत्ति हो सकती है? इस प्रश्न से मेरा मन द्रवित हो उठता है। जातिभेद तथा धर्मभेद अपने पुराने शत्रु हैं। नए-नए तथा अलग-अलग उद्देश्यों को लेकर जो राजनीतिक दल स्थापित हुए है तथा और भी दल होंगे। परिणामस्वरूप अपने पुराने शत्रुओं में और वृद्धि होनेवाली है। इस बात का एहसास होने के कारण अब मुझे और अधिक चिंता हो रही है कि देश का भविष्यकाल कैसा होगा? हिंदीजन अपने दल की मतप्रणाली को अधिक महत्त्व देंगे या फिर अपने देश को अधिक महत्त्व देंगे? मैं इस संबंध में कुछ बता नहीं सकता हूँ। किंतु इतना सत्य है कि विभिन्न दल यदि अपने देश को छोड़ अपनी दलीय मत प्रणाली को अधिक महत्त्व

देंगे, तब अपनी आजादी और खतरे में पड़ जाएगी तथा वह हमेशा के लिए नष्ट हो जाएगी। अत: हमें सब तरह से सावधान रहना होगा। अपने शरीर में खून की आखिरी बूँद रहने तक हमको अपनी स्वतंत्रता की रक्षा का दृढ संकल्प लेना चाहिए।

प्रजातंत्र का भविष्य

26 जनवरी, 1950 को भारत एक गणतंत्र देश होनेवाला है। तात्पर्य यह कि लोगों का, लोगों ने, लोगों के लिए चलाया जानेवाला राज्य। मेरे मन में विचार आता है कि भारत के गणतंत्रीय संविधान का क्या होगा? भारत संविधान का संरक्षण करेगा या उसे पुन: नष्ट करेगा? मेरे मन को यह विचार चिंताक्रांत कर रहा है।

प्रजातंत्र क्या चीज है, यह भारत को ज्ञात नहीं है, ऐसी बात नहीं है। एक समय था, जब भारत में बहुत से गणतंत्रीय राज्य थे। जिन प्रदेशों में राजतंत्र था, वहाँ राजा की नियुक्ति जनमत से होती थी तथा उनके अधिकारों पर नियंत्रण होता था। बौद्ध के भिक्षु संघ का जिसने अध्ययन किया होगा, उसे यही दिखाई देगा कि संघ यानी साक्षात् लोकसभा है। वर्तमान लोकसभा में जिस नियमावली का पालन होता है, वही सब बातें भिक्षु संघ की बैठकों में पालन की जाती थीं। भिक्षु को कहाँ बैठना चाहिए, प्रस्ताव कैसे रखे जाएँ, भाषण कैसे किए जाएँ, मतदान की गणना कैसे की जाए, कितने भिक्षुओं की उपस्थिति पर संघ का कामकाज चलेगा, संघ का प्रमुख कैसा होना चाहिए? आदि विषयों के लिए संघ के नियम बने थे। लोकसभा के इन नियमों को बौद्ध ने अपने संघ के कामकाज हेतु उपयोग में लाया है। इन्हीं नियमों को इस देश की प्राचीन लोकसभा ने (बौद्ध के पहले) उपयोग में लाया होगा।

प्रजातंत्रीय प्रणाली को भारत भुला बैठा था। क्या वह दूसरी बार इस प्रणाली को भुलाएगा? मैं यह बता नहीं सकता हूँ। जिस देश में लोकतंत्र का अधिक उपयोग नहीं हो पाया है, उस देश में प्रजातंत्र को नई चीज माना जाता है। ऐसे देशों में भारत भी एक देश है। ऐसे देशों में लोकतंत्रीय प्रणाली से कामकाज चलाते समय तथा अपने को प्रस्थापित करने के लिए तानाशाही को निमंत्रण देने की संभावना रहती है। भारत का नया लोकतंत्र क्या अपने बाह्य स्वरूप को सुरक्षित रख पाएगा? किंतु व्यवहार में तानाशाही की छुपे पैर आने की संभावना बनी रहती है। जहाँ की सतह चिकनी है, वहाँ धोखा है। किंतु उस चिकनाई पर से फिसलते हुए गहरी खाई में गिरने का बहुत धोखा है।

विध्वंसक मार्ग से दूर रहें

प्रजातंत्र को अंतर-बाह्य स्वरूप में तथा प्रत्यक्ष व्यवहार में रखने हेतु हमको क्या

करना चाहिए? प्रजातंत्र के अस्तित्व को यदि टिकाए रखना हो, तो फिर मेरे मतानुसार पहली बात यह है कि अपने सामाजिक तथा आर्थिक उद्देश्य साध्य करने के लिए कानूनन उचित मार्ग का अवलंब करना चाहिए। इसका अर्थ यही है कि क्रांति के विध्वंसकारी मार्ग को त्यागना चाहिए। तात्पर्य यह कि हमें 'कानून भंग, असहयोग तथा सत्याग्रह के मार्ग को त्यागना चाहिए। सामाजिक तथा आर्थिक उद्देश्यों को प्राप्त करने के लिए जब कानूनी मार्ग स्वीकार करना अपने हाथ में नहीं रहता है, तब क्रांतिकारी मार्ग का समर्थन किया जा सकता है। परंतु यदि हमने क्रांतिकारी मार्ग को स्वीकार किया, तो वह काम उचित नहीं होगा। यह गैरकानूनी काम अलोकतांत्रिक है। हम इस मार्ग को जितनी जल्दी त्यागें, उतना वह हितकारी होगा।'

व्यक्ति पूजा से दूर रहें

लोकतंत्र का अस्तित्व बनाए रखने के लिए हमें जो दूसरी बात करनी है, वह यह कि प्रजातंत्र का ध्वज हमेशा ऊँचा रखने हेतु जो उत्सुक हैं, उनके लिए जॉन स्टुअर्ट ने जो भयसूचक संदेश दिया है, उसका पालन करना होगा। वह संदेश है··· "हमारे बीच में कोई व्यक्ति यदि कितना भी बड़ा क्यों न हो, हमको अपनी व्यक्त स्वतंत्रता को उसके चरणों में नहीं रखना चाहिए।" जिसने जन्म भर अपनी मातृभूमि की सेवा की है, ऐसे व्यक्ति के बारे में कृतज्ञता व्यक्त करने में कोई गलती नहीं है। परंतु कृतज्ञता व्यक्त करने की भी कुछ सीमा होती है। इस संदर्भ में आयरलैंड के देशभक्त डेनियल ओ कोनेल के बहुत ही महत्त्वपूर्ण उद्गार है। वह कहता है। "स्वाभिमान की बलि देकर कोई भी व्यक्ति कृतज्ञता व्यक्त नहीं कर सकता है। शील की बली देकर कोई भी स्त्री कृतज्ञ नहीं रह सकती है।"

इस भयसूचक संदेश की आवश्यकता दूसरे राष्ट्रों से कहीं अधिक भारत को है। इसका कारण यह है कि भारत की राजनीति में भक्ति अथवा व्यक्ति पूजा की भावना ने जितना कोहराम मचाया है, उतना विश्व के किसी अन्य देश की राजनीति में नहीं मचा है। किसी ने यदि धार्मिक क्षेत्र में भक्ति दिखाई, तब उसकी जन्म-मरण के फेरे से मुक्ति हो सकेगी। परंतु किसी ने यदि राजनीति में भक्ति अथवा व्यक्ति पूजा दिखाई, तो फिर राजनीति में तानाशाही प्रस्थापित होगी।

सामाजिक एवं आर्थिक समता

प्रजातंत्र का अस्तित्व टिकाए रखने के लिए हमें जो तीसरी बात करनी है, वह है, हमको राजकीय प्रजातंत्र से सामाजिक प्रजातंत्र स्थापित करने के लिए प्रयत्नशील रहना चाहिए। सामाजिक लोकतंत्र आखिर क्यों है? सामाजिक लोकतंत्र यानी स्वतंत्रता, समता

तथा बंधुत्व यह प्रत्येक व्यक्ति के जीवन मूल्य हैं। समता, स्वतंत्रता तथा भाईचारा यह त्रिवेणी संगम के विभिन्न भाग हैं, ऐसा नहीं माना जा सकता है। वरन् यह घटक त्रिवेणी संगम में एकता स्थापित करते हैं। उन्हें यदि एक-दूसरे से अलग किया गया तो लोकतंत्र का जीवन सत्व नष्ट हो जाएगा। समता से स्वतंत्रता को अलग नहीं किया जा सकता है तथा स्वतंत्रता से समता को अलग नहीं किया जा सकता है। उसी भाँति स्वंतत्रता तथा समता को बंधुत्व से अलग नहीं किया जा सकता है। स्वतंत्रता के साथ यदि समता नहीं होगी, तब स्वतंत्रता मुठ्ठी भर लोगों की सत्ता बनकर सब पर शासन करेगी। समता के साथ स्वतंत्रता के न होने पर केवल समता व्यक्तिगत कर्तव्यशक्ति की ज्योति बुझा डालेगी। स्वतंत्रता एवं समता सामाजिक व्यवहार को गति प्रदान नहीं कर सकती है, इसे गति देने की नितांत आवश्यकता है।

सामाजिक विषमता से देश बरबाद होगा

भारत की सामाजिक परिस्थिति में दोनों तत्त्वों का अभाव है। यह मान्य करके ही सामाजिक लोकतंत्र का निर्माण करना चाहिए। इन दो तत्त्वों में पहला तत्त्व 'समता' है। सामाजिक दृष्टि से देखने पर ज्ञात होता है कि भारतीय समाज रचना चढ़ते क्रम तथा उतरते क्रम के सिद्धांत पर खड़ी है। कुछ जातियों को उच्च दरजा प्राप्त है। आर्थिक दृष्टि से दृष्टिपात करने पर कुछ लोगों के घरों में संपन्नता विराजमान है, जबकि अधिकांश लोगों के यहाँ गरीबी का साम्राज्य है। इस तरह के परस्पर विंरोधी वातावरण में हम 26 जनवरी, 1950 को नए राष्ट्रीय जीवन को प्रारंभ करने जा रहे हैं। इस दिन से (राजनीतिक आधार पर) हमें समता प्राप्त होनेवाली है, परंतु सामाजिक और आर्थिक आधार पर हम असमान ही रहनेवाले हैं। राजकीय दृष्टि से एक व्यक्ति को एक मत का अधिकार तथा एक मत की कीमत का एहसास होनेवाला है। सामाजिक तथा आर्थिक दृष्टि से हमारी विशेष सामाजिक तथा आर्थिक रचना के कारण हम 26 जनवरी, 1950 से नए जीवन का प्रारंभ करेंगे या फिर पुराने परंपरागत कामों को चालू रखेंगे? हम परस्पर विरोधी जीवन को और कितने दिन चालू रखेंगे? हम सामाजिक तथा आर्थिक क्षेत्र में समता स्थापित करने को और कितने दिन टालते रहेंगे? यह टाल-मटोल हमने यदि बहुत दिनों तक चालू रखी तो अपना राजनीतिक लोकतंत्र खतरे में आएगा। यह टाल-मटोल (परस्पर भिन्नता) जितनी जल्दी हो सके, हमको वह नष्ट करना चाहिए, अन्यथा असंतोष का यह लावा मन में उबलते रहेगा। संविधान सभा ने जिस अथक परिश्रम के साथ शासकीय लोकतंत्र का निर्माण किया है, उसे असंतुष्ट लोग आकाश में उछाल देंगे।

हम भाईचारे के तत्त्व को अपने व्यवहार में नहीं लाते हैं, यह हमारी दूसरी कमजोरी है। पूरे भारत के हिंदी जन एक-दूसरे के भाई हैं। सारी हिंदी जनता प्रेमभाव से एक ही

जनता है, ऐसी जो मन में भावना होती है, उसे ही बंधुप्रेम कहा जाता है। सामाजिक जीवन में एकता का अमृत यदि कोई तत्त्व सींचता है, तो वही यह बंधुप्रेम है। इसे दैनंदिन के व्यवहार में, आचरण में लाना कठिन है। भारत में अनेक जातियाँ हैं, ये जातियाँ देश के लिए घातक हैं। इसका पहला कारण यह है कि ये सामाजिक जीवन में अलगाव पैदा करती है। जाति देशहित के लिए खतरा है। इसका दूसरा कारण यह है कि जातियाँ आपस में वैमनस्य तथा तिरस्कार पैदा करती हैं। यदि हम भारत को वास्तव में राष्ट्र बनाना चाहते हैं तो हमें इन सारी कठिनाइयों को अपने मार्ग से दूर करना होगा। कारण यह है कि जहाँ राष्ट्र अस्तित्व में होता है, वहीं पर बंधुप्रेम जीवित रहता है। यदि बंधुप्रेम अस्तित्व में नहीं होगा, तब समता तथा स्वतंत्रता का भी अस्तित्व नहीं होगा।

भारतीय लोगों के सामने बहुत बड़ा काम है। उस संबंध में मेरी जो सोच है, वह कुछ लोगों को पसंद नहीं आएगी। इस देश के कुछ लोगों ने राजसत्ता को बहुत समय तक भोगा है। शेष बहुजन इस सत्ताधीशों की आज्ञा का पालन करते रहे हैं। ये पददलित अपना जीवन बड़ी कठिनाई में गुजारते रहे। इस वंश परंपरागत राजकीय सत्ता के परिणामस्वरूप बहुजन समाज को अपने सर्वांगीण विकास का कभी अवसर नहीं मिल पाया। फलस्वरूप मानवीय जीवन का क्या महत्त्व है, इसका आकलन बहुजन समाज को नहीं हो पाया। सत्ताधारियों के पैरों तले कुचले गए लोग अब दूसरों के प्रभुत्व से परेशान हो गए हैं। उन्हें लगता है कि हमको अपना व्यवहार खुद ठीक करना चाहिए। उन्हें इसके लिए अधिकार चाहिए तथा वह प्राप्त करने के लिए वे एकदम तैयार हैं। बहुजनों में स्वाभिमान अब जाग उठा है। उन्हें कर्तव्यबोध हो गया है। अत: उसका रूपांतर वर्ग कलह अथवा वर्गयुद्ध में नहीं होना चाहिए। यदि वैसा हुआ तो फिर देश में फूट पड़ेगी। देश में यदि ऐसी स्थिति उत्पन्न हुई तो वह देश के लिए अहितकारी सिद्ध होगी। अब्राहम लिंकन ने कहा है कि "छिन्न-विच्छिन्न घर अधिक दिनों तक खड़ा नहीं रह सकता है।" अत: बहुजनों को स्वयं निर्भर होने के लिए उन्हें वह अवसर उपलब्ध कराना मुट्ठीभर सत्ताधीशों के हित में है, देश की प्रगति तथा देश की स्वतंत्रता हेतु आवश्यक है। प्रजातंत्र तथा उन तत्त्वों का पालन करने पर ही उक्त परिस्थिति का निर्माण किया जा सकता है। इसीलिए मैंने इन दो बातों पर विशेष जोर दिया है।

स्वतंत्रता आनंददायक होती है, इसमें कोई संदेह नहीं है। परंतु इस स्वंतत्रता ने हम पर बहुत जिम्मेदारी डाली है। इस बात को हमको भूलना नहीं चाहिए। कुछ भी गलत हो जाने पर पहले हम अंग्रेजों को उत्तरदायी ठहराते थे। वह परिस्थिति अब स्वतंत्रता ने खत्म कर दी है। भविष्य में अब कोई गलती हुई, तब हम वह जिम्मेदारी दूसरों पर नहीं डाल सकते हैं। हमें अब उसे स्वयं स्वीकारना होगा। यदि ऐसी गलत बातें हुईं, तब देश संकट में पड़ जाएगा। समय बहुत जल्दी व्यतीत हो रहा है। दूसरे देशों के लोग तथा अपने लोग

नई मत प्रणाली का आग्रह कर रहे हैं। सत्ताधारियों ने आज तक जो राज्य किया, उससे अब लोग मुक्ति चाहते हैं।

लोगों के लिए चलाए जानेवाले राज्य को स्वीकार करने हेतु वे तैयार हैं। वह राज्य लोगों का है तथा उसे लोग चला रहे हैं। लोग यह सब देखने को उत्सुक नहीं हैं। "लोगों द्वारा लोगों के लिए चलाए जानेवाले राज्य" इस सिद्धांत की मूर्ति हमने जिस संविधान रूपी मंदिर में स्थापित की है, वह संविधान का मंदिर यदि पवित्र एवं सुरक्षित रखना हो, तो फिर हमारे मार्ग में कौन सी गलत बातें हो रही हैं, हमें वह सब समझने के लिए समय नहीं गँवाना चाहिए। लोगों द्वारा चलाए गए राज्य से बेहतर हैं, लोगों के लिए चलाए जाने वाला राज्य! जनता में ऐसी जागृति होनी चाहिए। हमारे मार्ग में जो अवरोध हैं, उसे दूर करने के लिए समय नहीं गँवाना चाहिए। देश सेवा का यह एकमात्र मार्ग है। मुझे इसके अतिरिक्त दूसरा मार्ग नजर नहीं आता है।

□

हिंदू कोड कॉमन सिविल कोड की दिशा में एक सही कदम था

सिद्धार्थ कॉलेज, मुंबई की विद्यार्थी परिषद् में प्रवचन का अंश, 11 जनवरी, 1950

हिंदू कोड बिल को उग्र सुधारवादी या क्रांतिकारी बताना गलत होगा। डॉ. आंबेडकर ने कहा कि जहाँ यह विधेयक प्रगतिशील नए तरीकों को स्वीकृति देता है, वह वैवाहिक मामलों में रूढ़िवादी चलन का विरोधी नहीं है। उन्होंने आगे कहा कि भारत के नए गणतांत्रिक संविधान ने एक सकारात्मक दिशा दी थी, ताकि सरकार पूरे देश के लाभार्थ एक 'कॉमन सिविल कोड' तैयार कर पाए।

उन्होंने समझाया कि हिंदू कोड बिल का उद्‌देश्य हिंदू कानून की कुछ शाखाओं को संशोधित और संहिताबद्ध करना है। उसके महत्त्व के बारे में विस्तार से बताते हुए उन्होंने कहा कि देश की एकजुटता की दृष्टि से यह लाभदायक है कि हिंदुओं का सामाजिक और धार्मिक जीवन एक जैसे कानूनों से शासित हो। उन्होंने अपने श्रोताओं को आगे बताया कि हिंदू कानून इसलिए संशोधित नहीं किए जा रहे हैं कि हिंदू समाज इतना कमजोर है कि वह अपने पुनरोत्थान की राह रोकेगा, बल्कि उन कानूनों में एकरूपता लाने के लिए ऐसा किया जा रहा है। हिंदू संहिता एक नागरिक संहिता की दिशा में सही कदम है। कानून सुबोध होने चाहिए और उन्हें क्षेत्रीय सीमाओं से आगे जाकर लागू किया जाना चाहिए। इसके अतिरिक्त एक हिंदू, हिंदू समाज से किसी को भी गोद लेने के लिए स्वतंत्र है और वह अगर चाहता है तो ऐसी वसीयत तैयार करवा सकता है, जिससे उसकी पुत्री को कोई हिस्सा न मिले।

उस अथॉरिटी, जिसके अधीन संहिता का मसौदा तैयार किया गया था, उसके बारे

में उन्होंने कहा कि प्रस्तावित संशोधन हिंदू शास्त्रों और स्मृतियों पर आधारित थे। संपत्ति दायभाग प्रणाली से शासित थी, पित्रसावर्ण्य के अधीन बच्चा पिता की जाति का था, कौटिल्य और पाराशर स्मृति द्वारा तलाक का समर्थन किया गया था तथा संपत्ति पर स्त्रियों के अधिकार का समर्थन बृहस्पति स्मृति द्वारा किया गया था।

□

खिलजी ने नालंदा में छह हजार विद्यार्थियों की हत्या की

विश्व बौद्ध भ्रातृत्व सम्मेलन, कोलंबो में दिया गया भाषण, 6 जून, 1950

किसी विषय की परंपरा का ज्ञान होने पर फिर उसका यथार्थ ज्ञान होता है। वैदिक धर्म के प्रचार के बाद भारत में तीन बार धार्मिक परिवर्तन हुआ है। वैदिक धर्म का रूपांतर ब्राह्मण धर्म में हुआ तथा फिर ब्राह्मण धर्म का रूपांतर हिंदू धर्म में हुआ। समाज का विविध वर्णों में विभाजन होने की बात को लेकर बौद्ध धर्म विरोध में था। इस चतुर्थ वर्ण का प्रारंभ ब्राह्मण धर्म ने किया।

प्रचार बढ़ने से पुरोहितों का महत्त्व बढ़ गया था। ऐसे ही समय ब्राह्मणवाद का उदय हुआ। इस ब्राह्मणवाद ने समाज को ब्राह्मण, क्षत्रिय, वैश्य तथा शुद्र, इन चार वर्णों में विभाजित किया।

तथागत ने कहा, "जटा, दाढ़ी, गौत्र अथवा जन्म से कोई ब्राह्मण नहीं होता है। जो सत्यानुसार तथा धर्मानुसार आचरण करता है, जो मन, वाणी, कर्म से कोई पाप नहीं करता है, जो काम-क्रोध रहित है, जो शीलवान, दानी तथा जितेंद्रीय है, जो तृष्णारहित तथा शंका रहित है, जो राग-द्वेष व मदविहिन है, जो निर्मल, शुद्ध तथा शोक रहित है, जिसने भवचक्र में फँसनेवाले मोह का त्याग किया है, जिसने रती तथा अरती का त्याग किया है और जो शांतचित्त है, जो गंभीर, प्रज्ञावान, मेघावी, आर्य-अष्टांगिक मार्ग का ज्ञाता तथा निर्वाण का अधिकारी है, उसे ही ब्राह्मण कहते हैं।"

आप ही विचार करो कि जो धर्म मानव जाति के कल्याण में सहायक होता है, जहाँ मानव मुक्ति के द्वार खुले हैं तथा जहाँ मानव-मानव में भेदभाव न होकर समता व्याप्त है, वही सच्चा धर्म है, वही धर्म कहलाने योग्य है। जिस धर्म के मूल तत्त्व मानव-मानव में भेद निर्माण करते हैं, वह धर्म, धर्म कहने लायक नहीं है।

बौद्ध धर्म का भारत में प्रादुर्भाव तथा फ्रांस की राज्य क्रांति, ये दोनों युगांतकारी घटना हैं। बौद्ध धर्म के उदय के पूर्व कोई शूद्र राजा हो सकता है, यह कल्पना नहीं की जा सकती थी। परंतु भारतीय इतिहासकारों को ज्ञात है कि बौद्ध धर्म के प्रादुर्भाव पश्चात् शूद्रों को भी सिंहासन पर बैठने का अवसर प्राप्त हुआ और देश में सामाजिक समता की स्थिति निर्माण हुई। गणतंत्रीय राज्य प्रणाली यह बौद्धकाल की देन है। तथागत बौद्ध के परिनिर्वाण के पश्चात् ई.पू. 274 तक बौद्ध धर्म की स्थिति कैसी थी, यह जानने के पर्याप्त साधन उपलब्ध नहीं हैं। तथापि सम्राट् अशोक के काल से बौद्ध धर्म का तीव्रगति से प्रसार हुआ। अशोक तथा चंद्रगुप्त जैसे बलशाली सम्राट् बौद्धकाल में ही हुए हैं। बौद्ध काल में भारत की स्थापत्य कला, चित्रकला, मूर्तिकला आदि का विकास हुआ। बौद्ध काल में साहित्य तथा तत्त्वज्ञान की इतनी प्रगति हुई कि अनेक देशों के विद्यार्थी नालंदा तथा तक्षशिला विश्वविद्यालय में विद्यार्जन हेतु आए। देश को ऐसा गौरव कभी प्राप्त नहीं हुआ था।

भारत से बौद्ध धर्म का लोप होने में विदेशी आक्रमण भी जिम्मेदार रहे। परंतु यूनानी लोगों के आक्रमण से बौद्ध धर्म को हानि नहीं हुई, उलटे इन्होंने बौद्ध धर्म के प्रचार में आर्थिक सहायता प्रदान की। इसके प्रमाण इतिहास में मिलते हैं। गुप्तकाल में भारत पर हूणों ने आक्रमण किया, परंतु हूण गुप्त राजाओं से परास्त होकर यहीं बस गए। इनसे बौद्ध धर्म को कोई हानि नहीं हुई। इसके विपरीत पेशावर के शक राजा कनिष्क ने बौद्ध धर्म की दीक्षा ली। उसने तक्षशिला में विशाल बौद्ध विश्वविद्यालय खोला तथा बौद्ध धर्म की चौथी धर्म संगति कराई। इसी धर्म संगति में महायान का उदय हुआ। बौद्ध साहित्य अब संस्कृत में भी लिखा जाने लगा। विदेशी आक्रमकों में से मुसलमानों ने बौद्ध धर्म को बहुत हानि पहुँचाई। मुसलमान प्रतिमा तथा मूर्ति विरोधी थे। उन्होंने बौद्ध की मूर्तियाँ तोड़ीं तथा भिक्षुओं का कत्ल किया। उन्होंने नालंदा के विशाल बौद्ध विश्वविद्यालय को सैनिकों का किला समझकर व चीवरधारी भिक्षुओं को सैनिक समझकर उनका कत्लेआम किया। जो भिक्षु इस भीषण रक्तपात से बच गए, वे नेपाल, तिब्बत, चीन आदि देशों में पलायन कर गए।

नालंदा के विशाल ग्रंथालय में ताड़पत्र तथा भोजपत्र पर लिखे गए लगभग दो लाख ग्रंथ थे। वहाँ हजारों वर्षों का ज्ञान संचित था। इस पुस्तकालय को बख्तियार खिलजी ने आग लगा दी। वहाँ अध्ययन कर रहे छह हजार विद्यार्थियों की हत्या कर दी तथा कुछ को जबरन मुसलमान बनाया। जहाँ-जहाँ मुसलमानों ने आक्रमण किया, वहाँ-वहाँ उन्हें (बौद्धों) मार डाला गया या फिर मुसलमान बनाया गया। बौद्ध मूर्तियाँ फोड़ीं, विहार नष्ट किए तथा ग्रंथालय जलाए।

किसी भी धर्म को जीवित रहने हेतु उस धर्म के धर्मगुरु तथा पुरोहितों का रहना

आवश्यक होता है। बौद्ध धर्म का लोप होने का विशेष कारण भिक्षुओं का अभाव था। भिक्षु की कोई जाति नहीं थी। कोई भी व्यक्ति बौद्ध धर्म की शरण में आकर उपासक, श्रामणेर, भिक्षु, स्थविर या महास्थविर हो सकता था। भिक्षु समाज से दूर विहार में रहते थे।

वर्तमान में हिंदू धर्म बहुत बदल गया है। बौद्ध धर्म के अनेक तत्त्व हिंदू धर्म ने ग्रहण कर लिये हैं। प्रतिमा, विहार, चैत्य तथा भिक्षु की दृष्टि से आज बौद्ध धर्म भारत में न भी हो, फिर भी सिद्धांत रूप में वह आज भी पूरे भारत में फैला है।

□

हिंदू कोड बिल से ही हिंदू धर्म का उद्धार होगा

हिंदू कोड बिल पर बहस के दौरान दिया गया उत्तर, 'जनता', 22 सितंबर, 1951

हिंदुओं की पवित्र विवाह पद्धति यानी पुरुष को बहुपत्नित्व का अधिकार देना तथा स्त्री को हमेशा गुलाम बनाए रखना है। अर्थशास्त्र में गुलामी तथा स्वायत्त श्रम में जो अंतर है, वही अंतर इसमें भी है। स्वायत श्रम की संकल्पना में नौकरी के अनुबंध को इच्छा अनुसार तोड़ा जा सकता है। इस बिल में तलाक संबंधी जो शर्तें हैं, उन्हें कम करने हेतु यदि किसी सदस्य ने नई योजना प्रस्तुत की, तो मैं उस पर अवश्य विचार करूँगा। भारतीय संविधान में महिलाओं को स्वतंत्रता दी गई है। आप यदि महिलाओं को स्वतंत्रता प्रदान करना चाहते हैं, तो संविधान में वह प्रावधान पहले से ही है, अन्यथा संविधान को लागू रखना अयोग्य होगा।

मेरा ध्येयवाद तो हमारे द्वारा निर्मित संविधान में से जनमा है। इस संविधान की प्रस्तावना में ही स्वतंत्रता, समता तथा बंधुत्व की संकल्पना है। यही आधार देश की प्रत्येक सामाजिक संस्था का होना चाहिए। ऐसा माना जाता है कि हिंदू समाज प्रगतिशील है, यह उसकी विशेषता है, इसमें कोई संदेह नहीं है। वजह यह है कि उसने अनेक विरोधियों को स्वीकार कर इस चीज को प्राप्त किया है। हिंदू समाज अन्य कोई भी बात मान्य करेगा, परंतु वह अपनी समाज रचना यानी शूद्रों तथा स्त्रियों की गुलामी में कोई बदलाव नहीं करेगा। इसी बात के लिए कानून को सामने आना चाहिए, तब ही हिंदू समाज प्रगति-पथ पर चल पाएगा।

प्राचीन हिंदू समाज में कदाचित् जातीयता नहीं होगी, किंतु वर्ण व्यवस्था थी। वर्ण व्यवस्था विवाह में कभी अवरोध नहीं बनी। स्त्रियों को पुरुषों के बराबर हिस्सेदारी थी,

परंतु कालांतर में हिंदू समाज की स्त्रियों को संपत्ति के अधिकार से बेदखल कर दिया गया। आप इसे बदलाव कहेंगे या अध:पतन कहेंगे? इन सब बातों को अलग दृष्टि से देखने की आवश्यकता है। कानून के द्वारा हिलाए बगैर समाज जागेगा नहीं।

सदन में आज तक जो भी बिल बहस के लिए आए, डॉ. मुकर्जी ने एक बार भी उनका विरोध किया हो, ऐसा प्रसंग याद नहीं आता है। सरकार की ओर से आनेवाली प्रत्येक बात का विरोध करना, यह विरोधी दल की आदत होती है। अब मुकर्जी विरोधी दल में गए है। वे पहले सरकार में थे, तब हमारी बैठकों में उन्होंने कभी विरोध किया हो, ऐसा याद नहीं आता है।

मद्रास तथा मुंबई राज्य में तलाक तथा विवाह संबंधी कानून हैं। हमने इन कानूनों को यदि ऐच्छिक रखा तो केंद्रीय होने के कारण इसकी प्रगति में बाधा आएगी तथा उन्होंने आज तक जो प्रगति की है, वह सब बेकार जाएगी। इस बात के लिए कानून बनाने की कोई आवश्यकता नहीं है। यदि कानून बनाना ही हो, तो फिर अखिल भारतीय स्वरूप का कानून होना चाहिए। अन्यथा एक राज्य से दूसरे राज्य में जाने पर लोग कानून का पालन नहीं करेंगे।

कुछ सदस्यों का कहना है कि यह कोड बिल भेदभाव करता है। संविधान के अनुच्छेद 25 की ओर दृष्टिपात करने पर स्पष्ट होता है कि प्रत्येक व्यक्ति को अपने धर्मानुसार आचरण करने की अनुमति प्रदान की गई है। भारत में धर्माचार के साथ-साथ कानून भी आता है, अत: संविधान के अनुसार मुसलमानों को धर्म की स्वंतत्रता है। अत: हमको उनको (कानून के पालन की) स्वतंत्रता देनी होगी, ऐसी स्थिति में मुसलमानों को अलग मानकर भेदभाव नहीं हो सकता है। यह सब होकर भी इस देश की किसी भी जमात के कानून में हस्तक्षेप करने का अधिकार सरकार के पास है।

इस बिंदु पर कोई बहस नहीं हो सकती है। हमारे व्यक्तिगत कानून में लोकसभा को हस्तक्षेप करने का अधिकार नहीं है, ऐसा कोई भी जाति नहीं कह सकती है। कारण यह है कि लोकसभा के पास वह संपूर्ण अधिकार है। यह बिल केवल हिंदू समाज पर ही लागू होगा।

भूपेंद्र सिंह का आरोप गलत है। उनका कहना है कि कानून का मसौदा तैयार करने से पहले सिखों से चर्चा नहीं की गई है। यदि उनका आरोप सही मान भी लिया जाए, तो भी चर्चा करने की कोई आवश्यकता नहीं थी। वजह यह है कि 'राव समिति' के समक्ष सिख नेताओं ने साक्ष्य दे दी है, उस समय किसी ने नहीं बताया कि सिखों पर यह कानून न लागू किया जाए। इस कानून अनुसार सिख भी हिंदू ही समझे जाते हैं।

मैंने इस्तीफा क्यों दिया ?

डॉ. बाबासाहेब आंबेडकर ने 10 अक्तूबर, 1951 को पंडित नेहरू के मंत्रिमंडल से कानून मंत्री के पद से इस्तीफा दे दिया। डॉ. बाबासाहेब आंबेडकर ने इस्तीफा क्यों दिया, इस बारे में इस्तीफा देनेवाले पाँच कारणों वाला पत्र पढ़ें तो पता चलेगा कि इस्तीफा देने का मूल कारण मंत्रिमंडल में उनकी सतत अवगणना और अपमान तथा अनुसूचित जाति पर हो रहा कारण ही अभिभूत है। डॉ. बाबासाहेब आंबेडकर ने 10 अक्तूबर को कानून मंत्री के पद से इस्तीफा दिया, उस समय इस्तीफा क्यों दिया, यह बताने की प्रणाली लोकतंत्र में है। परंतु डॉ. बाबासाहेब आंबेडकर ने इस्तीफा दिया, तब उन्हें यह बयान लोकसभा में देने से प्रधानमंत्री जवाहरलाल नेहरू ने मना कर दिया था। हालाँकि डॉ. बाबासाहेब आंबेडकर इस राजनीति को समझ रहे थे। उन्होंने लोकसभा के बाहर पत्रकार परिषद् आयोजित कर इसका कारण और वेदना से अवगत करवाया।

त्यागपत्र—10 अक्तूबर, 1951

लोकसभा के सम्माननीय सदस्यो,

आपको निजी तौर पर ही सही, किंतु ज्ञात हो चुका होगा कि मैं अब मंत्रिमंडल का सदस्य नहीं हूँ। मैंने 27 सितंबर को ही प्रधानमंत्री को अपने मंत्रीपद का त्यागपत्र सौंप दिया है तथा मैंने निवेदन किया है कि मुझे जिम्मेदारी से तुरंत मुक्त किया जाए। प्रधानमंत्री ने मुझे लोकसभा की बैठकों के आखिर तक मंत्रिपद का निर्वाह करने का निवेदन किया है। वह निवेदन ऐसा है कि लोकसभा के शिष्टाचार हेतु उसको स्वीकार करना उचित होता है। अत: 28 सितंबर के बाद भी मैं मंत्रिमंडल का सदस्य हूँ।

यदि कोई मंत्री त्यागपत्र देता है, तब लोकसभा की कार्यप्रणाली अनुसार उसे अपने त्यागपत्र पर वक्तव्य देने का अवसर मिलता है। मेरे कार्यकाल के दौरान अनेक मंत्रियों ने त्यागपत्र दिए, परंतु इन त्यागपत्रों के वक्तव्य में एकरूपता दिखाई नहीं देती है। कुछ मंत्रियों ने मंत्रिमंडल से जाने के पूर्व ही अपना वक्तव्य सादर किया, तो कुछ बिना कुछ वक्तव्य दिए ही चले गए। मुझे इस संबंध में क्या करना चाहिए, इसका मैं बहुत दिनों तक निर्णय नहीं ले पाया। तथापि सभी बातों पर विचार करने पर मैं इस निर्णय पर पहुँचा हूँ कि त्यागपत्र देनेवाले मंत्री को इस प्रकार का वक्तव्य देना आवश्यक ही नहीं, वरन् उसका लोकसभा के प्रति अनिवार्य कर्तव्य बन जाता है तथा उसकी उसका पालन करना ही चाहिए।

मंत्रिमंडल के अंदर कारोबार किस प्रकार चलता है, इस बात की जानकारी लोकसभा के सामान्य सदस्यों को बहुधा ज्ञात नहीं रहती है। मंत्रिमंडल का कामकाज सहजता से हो रहा है या फिर कहीं कुछ खींचतान है, उन्हें इसकी जानकारी नहीं होती

है। इसका कारण यही है कि मंत्रिमंडल का निर्माण सामूहिक उत्तरदायित्व के सिद्धांत पर होता है। जिस मंत्री के पास बहुमत नहीं होता है, उसके पास मंत्रिमंडल के मतभेद को सार्वजनिक रूप से बताने का अधिकार नहीं होता है। परिणामस्वरूप मंत्रिमंडल में कुछ मतभेद या विवाद रहने पर भी लोकसभा सदस्य यही मानकर चलते हैं कि मंत्रिमंडल में कोई मतभेद नहीं है। इस तरह जो मंत्री मुक्त होकर जाना चाहता है, उस लोकसभा के सदस्यों को अपने त्यागपत्र का कारण बताकर वह सामुदायिक उत्तरदायित्व का निर्वाह क्यों नहीं कर सका है, इसे उसको अपने वक्तव्य में स्पष्ट करना चाहिए।

दूसरी बात यह है कि इस तरह का स्पष्टीकरण देकर यदि कोई मंत्री चला गया, तब उसके व्यक्तिगत या सार्वजनिक आचरण में कुछ तो गड़बड़ी हुई होगी, इस तरह की शंका लेने की जगह तैयार होती है। मेरे मतानुसार किसी भी मंत्री को इस तरह की शंका निर्माण नहीं करनी चाहिए। बस इसका एकमेव उपाय स्पष्टीकरण देना होता है।

तीसरी बात, अपने जो समाचार-पत्र हैं; ये समाचार-पत्र निरंतर किसी का पक्ष लेते रहते हैं या फिर विरोध करते हैं। इन्होंने गुण-दोष के आधार पर परीक्षण कर फिर निर्णय दिया है, ऐसा बहुत कम होता है। इन्हें अपने समाचार-पत्रों की खाली जगह भरनी होती है। अत: त्यागपत्र देनेवाले मंत्री को बिना पूछे झूठे कारण छाप दिए जाते हैं। इसका परिणाम यह होता है कि जिस व्यक्ति का वे पक्ष लेते हैं, उसका वर्णन बड़े ही मोहक शब्दों मे करते हैं, जिससे जनता को लगता है कि वह व्यक्ति बहुत श्रेष्ठ है। यदि किसी के विरोध में होने पर फिर ये समाचार-पत्र उसका वर्णन लोगों के सामने बहुत ही निचले स्तर पर करते हैं। मेरे स्वयं के विषय में ऐसा ही कुछ हुआ है। इन सब कारणों से आपसे विदा लेने के पूर्व मैंने वक्तव्य देने का निर्णय किया है।

प्रधानमंत्री ने मुझे कानून मंत्री की जिम्मेदारी सँभालने को कहा था, जिसे आज 4 साल, 1 माह, 27 दिन हो रहे हैं। मुझे इस प्रस्ताव से बहुत आश्चर्य हुआ था, कारण, मैं विरोधी पक्ष में था। जब 1946 के अगस्त में अंतरिम सरकार बनी, तब ऐसे किसी भी पद के लिए मुझे अयोग्य घोषित किया गया था। प्रधानमंत्री के दृष्टिकोण में या उनके व्यवहार में इस तरह का अंतर क्यों आया ? मैं इसके बारे में कोई कल्पना नहीं कर सकता था, मेरा मन संदेह से भरा हुआ था। जो लोग कभी मेरे मित्र नहीं थे, उनके साथ मेरी पटरी कैसे बैठेगी ? यह मुझे ज्ञात नहीं था। मेरे पहले जिन लोगों ने कानून मंत्री की जवाबदारी सँभाली, उतने ही सामर्थ्य के साथ मैं इस पद का रक्षण कर पाऊँगा या नहीं, इसका मेरे मन में संदेह था। परंतु मैंने अपनी शंका का दमन किया। यदि प्रधानमंत्री राष्ट्र निर्माण के कार्य हेतु मुझसे सहकार्य की अपेक्षा करते होंगे, तो उससे इनकार करना उचित नहीं है। मैंने इसी भावना के साथ उस पद को स्वीकार किया। मैंने इतने दिनों तक कानून मंत्री के रूप में जो कार्य किया है, उसका मूल्यांकन करना मेरा काम नहीं है।

मैंने जिन कारणों से अपने सहयोगियों के साथ संबंध तोड़े हैं, मैं उसकी चर्चा करना आवश्यक समझता हूँ। अनेक कारणों से मैं यहाँ से विदा लूँ, यह इच्छा मेरे मन में बहुत दिनों से थी।

प्रथमतः मेरे त्यागपत्र को जो छोटी-मोटी बातें (व्यक्तिगत) उत्तरदायी हैं, मैं उनकी यहाँ चर्चा करता हूँ। वायसराय की कार्यकारिणी का सदस्य रहने के कारण मुझे पहले ही ज्ञात है कि कानून मंत्री पद सामान्य स्वरूप का होता है। भारत के नीति निर्धारण के काम में कानून मंत्री को किसी प्रकार का अवसर प्राप्त नहीं होता है। यह पद यानी पुराने वकीलों को खेलने हेतु 'साबुन का खाली डिब्बा' मात्र है। जिस समय प्रधानमंत्री ने मेरे समक्ष कानून मंत्री का प्रस्ताव रखा था, तब ही मैंने कहा था कि "मेरी शिक्षा व अनुभव की योग्यता से मैं एक वकील होकर भी दूसरे किसी विभाग को सँभालने की क्षमता मेरे पास है। वायसराय की कार्यकारिणी में मेरे पास श्रम विभाग तथा सेंट्रल पब्लिक वर्क्स डिपार्टमेंट जैसे दो विभाग थे। इस विभाग का प्रमुख होने के कारण मेरा योजना निर्मिती से सीधा संबंध था। अतः मुझे कोई शासकीय विभाग दिया जाए, ऐसी मेरी इच्छा है।" प्रधानमंत्री ने तब सहमति प्रदान की थी। इस कानून मंत्री के अतिरिक्त (मेरी इच्छा अनुसार) आपको योजना विभाग भी दिया जाएगा। ऐसा उन्होंने मुझसे कहा था। किंतु दुःख की बात यह है कि योजना विभाग का निर्माण बहुत विलंब से किया गया तथा जब वह निर्माण किया गया, तब मुझे नजरअंदाज किया गया। मेरे कार्यकाल के दौरान बहुत सारे मंत्रियों के विभाग बदले गए। आज एक विभाग जिस मंत्री के पास है, कल वह दूसरे मंत्री के पास चला जाता था। मुझे भी किसी विभाग के योग्य समझा जाएगा, ऐसी मुझे आशा थी, परंतु मेरी ओर किसी की नजर नहीं गई। कई मंत्रियों को दो-दो, तीन-तीन विभाग सौंपे गए, उन पर अधिक कार्यभार आ पड़ा। परंतु मेरे जैसा अधिक काम की अपेक्षा करनेवाला मंत्री वैसा ही रहा। जब कभी कोई मंत्री विदेश दौरे पर गया, तब भी उसकी अनुपस्थिति में मुझे उस काम के योग्य नहीं समझा गया। सरकारी कामों का बँटवारा करते समय प्रधानमंत्री किस सिद्धांत का अवलंब करते थे, यह बताना बहुत कठिन है। सहयोगी के सामर्थ्य का विचार किया जाता था या विश्वसनीय होना आवश्यक था या फिर मित्रता निभानी थी अथवा किसी की ओर अधिक झुकाव का परिणाम था? मुझे कभी भी विदेश व्यवहार समिति अथवा संरक्षण समिति का सदस्य नहीं बनाया गया। जब आर्थिक व्यवहार का विचार करने हेतु समिति की रचना की गई, तब उस समिति में मुझे लिया जाएगा, ऐसी आशा थी। वजह यही थी कि मैं अर्थशास्त्र का छात्र था, परंतु वहाँ भी मुझे नहीं लिया गया। जब प्रधानमंत्री विदेश दौरे से वापस आए, तब उन्होंने अपने मंत्रिमंडल की पुनर्रचना की, वे तब भी मुझे भूल गए। बाद में जब समिति की पुनर्रचना की गई, तब मेरा नाम शामिल किया गया, दरअसल वह मेरे विरोध का ही परिणाम था।

मैंने इस संबंध में कभी शिकायत नहीं की। इस बात को प्रधानमंत्री भी स्वीकार करेंगे, ऐसा मुझे विश्वास है। मंत्रिमंडल में शक्ति प्रदर्शन तथा खींचतान का जो खेल चलता रहता है, उसमें मैंने कभी भाग नहीं लिया था। कोई विभाग खाली रहने पर भी उसे हड़पने का मैंने प्रयत्न नहीं किया। सरकार के प्रमुख, इस नाते से प्रधानमंत्री जो भी काम मुझे सौपेंगे, वही काम सेवा-भाव से किया जाए, ऐसी मेरी सोच है। तथापि मेरे बारे में जो अनुचित हो रहा था, वह सब अमानवीय ही था।

मेरे मन में सरकार के विरोध में असंतोष निर्माण करने का जो दूसरा कारण था, उसका मैं विवेचन करता हूँ। इसका संबंध दलितों तथा पिछड़ी जाति के साथ हो रहे व्यवहार से था। संविधान में दलित एवं पिछड़ी जाति को किसी प्रकार का संरक्षण न मिलने पर मुझे बहुत दुःख था। राष्ट्रपति द्वारा नियुक्त कमीशन की सिफारिश अनुसार कार्यवाही करने की जिम्मेदारी प्रशासकीय विभाग पर सौंपी गई है। अपने संविधान को स्वीकार किए एक वर्ष से अधिक हो गया है, परंतु सरकार ने आज तक कमीशन की नियुक्ति पर विचार तक नहीं किया है। सन् 1946 में मुझ पर जब किसी भी विभाग की जिम्मेदारी नहीं थी, तब मैं तथा अन्य पिछड़ी जाति के नेता चिंतातुर थे। संविधान में दलित जाति हेतु संरक्षण व्यवस्था करने का अभिवचन ब्रिटिश सरकार ने दिया था, किंतु अब वे मुक्त हो चुके थे। इस बारे में अब विधानसभा कोई काम करनेवाली है अथवा नहीं, इसकी कुछ भी कल्पना अस्पृश्य जाति को नहीं थी। इस चिंताग्रस्त अवस्था में (संयुक्त राष्ट्र संघ के समक्ष रखने हेतु) मैंने अस्पृश्यों की स्थिति संबंधी निवेदन तैयार किया था।

परंतु मैंने वह निवेदन प्रस्तुत नहीं किया। देश की संविधान निर्माण समिति में तथा भावी लोकसभा में, इस संबंध में क्या किया जाता है, मैंने फिर इंतजार करने का विचार किया। संविधान में अस्पृश्य जाति के संरक्षण हेतु जो व्यवस्था की गई है, वह मेरे लिए बिल्कुल ही संतोषजनक नहीं थी। सरकार इसे प्रभावी करने हेतु कुछ कदम उठाएगी, ऐसी मुझे आशा थी। परंतु आज भी अस्पृश्य जाति की क्या स्थिति है? मेरी जानकारी अनुसार पहले जैसी अवस्था थी, वैसी ही आज भी है। पहले अन्याय, अत्याचार, शोषण, भेदभाव होता था, किंतु आज उससे भी अधिक बुरी स्थिति है। मैं इसके सैकड़ों उदाहरण दे सकता हूँ। कारण, दिल्ली तथा आसपास के लोगों ने मेरे पास आकर सवर्ण हिंदुओं द्वारा किए गए अन्याय की करुण कहानी बताई है। उन्होंने यह भी बताया है कि पुलिस के पास शिकायत करने पर भी पुलिस ने किसी प्रकार की सहायता नहीं की है। भारत में अछूतों की जो विपन्नावस्था है, उसकी तुलना विश्व के किसी भी देश से नहीं की जा सकती है। मुझे ऐसा उदाहरण कहीं भी नहीं दिखाई देता है। भारत में अछूतों को किसी प्रकार की सुविधा प्रदान नहीं की गई है। सरकार को मुसलमानों के संरक्षण की ही अधिक चिंता है। आपको इन दोनों के बीच अवश्य तुलना करनी चाहिए। हमारे

प्रधानमंत्री का पूरा समय मुसलमानों की चिंता में ही खर्च होता है। भारतीय मुसलमानों को, जिस बारे में तथा जब संरक्षण की आवश्यकता होगी, तब वह उन्हें मिलनी चाहिए, इस बारे में मैं प्रधानमंत्री से भी पीछे नहीं हूँ। परंतु मैं जनता चाहता हूँ कि ऐसे संरक्षण की मुसलमानों को क्यों जरूरत है? इस तरह व्यवस्था की आवश्यकता अस्पृश्य जाति तथा भारतीय ईसाइयों को क्यों नहीं है? वस्तुत: मुसलमानों से कहीं अधिक सुरक्षा की आवश्यकता जिन लोगों को है, उन लोगों की चिंता प्रधानमंत्री को कितनी है? सरकार ने अछूत जाति के बारे में जो उपेक्षापूर्ण व्यवहार किया है, उसके कारण मेरे मन में रोष उत्पन्न हुआ है। उसे मैं अपने तक ही सीमित नहीं रख पाया। मैंने अछूत जाति की एक सभा में उसे आवाज दी है।

माननीय गृहमंत्री के द्वारा मुझसे एक प्रश्न पूछा गया है कि, "अछूतों को बारह प्रतिशत स्थान देने के नियम से क्या अछूतों को कोई लाभ नहीं हुआ? क्या यह आपका आक्षेप है? और फिर गृहमंत्री ने स्वयं ही उत्तर दे डाला कि 'मेरा वह आक्षेप निराधार है।' परंतु स्वयं के समाधान हेतु या अन्य किसी कारण से उन्होंने बाद में सरकार के सभी विभागों को पत्र भेजकर··· 'कि पिछले समय में कितने अछूत उम्मीदवारों को नौकरी पर लिया गया है?' उन्होंने यह जानकारी प्राप्त करने का प्रयत्न किया। लगभग सभी विभागों में 'कोई जगह नहीं भरी गई है', यह जानकारी उन्हें मालूम हुई है, ऐसा मैंने सुना है। मेरी यह जानकारी यदि सही होगी तो माननीय गृहमंत्री के उत्तर पर अधिक टिप्पणी करने की फिर कोई आवश्यकता नहीं है।"

जिस अस्पृश्य समाज में मेरा जन्म हुआ है, उस समाज के उद्धार के लिए मैंने स्वयं को बचपन से ही समर्पित कर दिया है। मेरे इस मार्ग में बहुत प्रलोभन आए हैं। यदि मैंने अपने स्वार्थ की चिंता की होती, तो मुझे जो चाहिए, वह मैंने प्राप्त किया होता। मैं यदि कांग्रेस में शामिल हुआ होता, तो वहाँ मैं उच्च पद पर गया होता। परंतु मैंने स्वयं को अपनी अछूत जाति के उद्धार हेतु समर्पित किया है। मेरा विचार है कि यदि आपको किसी भी काम में सफलता हासिल करनी हो तथा वह उत्साह कायम रहे, तब आपको अपना ध्येय निश्चित करना चाहिए। इससे आप अनुमान लगा सकते हैं कि अछूत जाति के हितों की अवहेलना से मुझे कितनी पीड़ा होती है!

मैं केवल असंतुष्ट ही नहीं, वरन् चिंताग्रस्त भी हूँ, जिसका तीसरा कारण अपने देश की विदेश नीति है। जिस किसी ने अपनी विदेश नीति का ध्यानपूर्वक निरीक्षण किया होगा तथा भारत के बारे में दूसरे देशों के विचारों की जाँच-पड़ताल की होगी, तब यह दृष्टिगोचर हुआ होगा कि इन देशों ने हमारे देश के साथ हो रहे व्यवहार में आकस्मिक बदलाव किया है। 15 अगस्त, 1947 को हमें स्वतंत्रता मिली। तब हमारे विरोध में एक भी देश नहीं था। अब इन चार वर्षों में हमारे सभी मित्रों ने हमारा त्याग किया है, अब

हमारे कोई मित्र नहीं रहे हैं। हमने स्वयं को दूसरों से अलग कर लिया है, हम अपनी नाव अकेले ही खे रहे हैं। संयुक्त राष्ट्र संघ में हमारे प्रस्ताव का समर्थन देने के लिए अब हमें कोई मिलता नहीं है। जब मैं विदेश नीति पर विचार करता हूँ, तब मुझे बिस्मार्क तथा बर्नार्ड शॉ के कथन का स्मरण हो आता है। बिस्मार्क कहते हैं, "राजनीति किसी आदर्श को प्रत्यक्ष में उतराने का खेल न होकर जो संभव है, उसे वास्तव में उतारने का खेल है।" कुछ दिनों पूर्व ही बर्नार्ड शॉ बोले, "उच्च आदर्श अच्छे होते हैं, परंतु हमको इसका स्मरण रखना चाहिए कि जरूरत से ज्यादा अच्छा होना खतरनाक होता है।" इन विश्व प्रसिद्ध विद्वानों के संदेशों के विरुद्ध हमारी विदेश नीति है।

असंभव को संभव बनानेवाली तथा व्यर्थ की भलमनसाहत वाली हमारी विदेश नीति, हमारे लिए बहुत खतरनाक साबित हुई है। हम सेना पर जो बेतहाशा खर्च कर रहे हैं, इससे यह बात एकदम स्पष्ट हो जाती है, जिसके कारण करोड़ों जनता को हम खाद्यान्न की आपूर्ति करने में अक्षम पा रहे हैं। औद्योगिक विकास हेतु सहायता करने में हम स्वयं को असमर्थ पा रहे हैं।

हमारे देश की वार्षिक आय 350 करोड़ है, जिसमें से 180 करोड़ हम सेना पर खर्च कर रहे हैं। यह खर्च बहुत अधिक है। इस भयानक खर्च का हमारी विदेश नीति पर सीधा परिणाम हो रहा है। अपने संरक्षण का सारा खर्च हमें ही करना पड़ रहा है। कारण, आकस्मिक संकट के समय दूसरा कोई हमें मदद करने आएगा, ऐसा कोई मित्र अब शेष नहीं है। क्या ऐसी ही हमारी विदेश नीति होनी चाहिए?

हमारा पाकिस्तान के साथ विवाद चल रहा है, वह भी हमारी विदेश नीति का ही परिणाम है। मैं इस संबंध में बहुत असंतुष्ट हूँ। पाकिस्तान के साथ हमारे जो संबंध बिगड़े हैं, उनके मूल में दो कारण हैं—पहला कश्मीर प्रश्न तथा दूसरा पूर्व बंगाल में हमारे लोगों की स्थिति। समाचार-पत्रों को देखने पर ज्ञात होता है कि पूर्वी बंगाल में अपने लोगों की स्थिति बहुत दयनीय है। हमें कश्मीर से कहीं अधिक इस ओर ध्यान देना चाहिए। परंतु इस बात की परवाह न करते हुए हम कश्मीर प्रश्न पर ही अपनी पूरी ताकत खर्च कर रहे हैं। इससे मुझे यही लगता है कि हम किसी अयथार्थ बात हेतु झगड़ रहे हैं। किसका पक्ष न्यायपूर्ण है तथा किसका पक्ष अन्यायपूर्ण है, हम इसके निर्णय हेतु झगड़ रहे हैं। मेरे विचारोनुसार किसका पक्ष न्यायपूर्ण है? यह प्रश्न नहीं है। परंतु किसका पक्ष सही है? इस बात को मूल आधार मानकर विचार करने पर (मेरे) हमेशा के मतानुसार कश्मीर का विभाजन, यही एक उत्तम मार्ग है। कश्मीर का हिंदू तथा बौद्ध प्रदेश भारत को दिया जाए और मुसलिम प्रदेश पाकिस्तान को दिया जाए। भारत का विभाजन भी इसी आधार पर हुआ है। वस्तुतः कश्मीर का जो मुसलिम व्याप्त प्रदेश है, उससे हमारा कोई लेना-देना नहीं है। पाकिस्तान के मुसलमानों तथा कश्मीर के मुसलमानों द्वारा आपस में निर्णय करने

का यह प्रश्न है, वे निर्णय ले सकते है। यदि आपको मान्य हो तो कश्मीर के तीन विभाग किए जा सकते हैं। (1) युद्ध विराम संघ क्षेत्र (2) कश्मीर घाटी (3) जम्मू-लद्दाख व क्षेत्र।

मैं प्रस्तावित मतगणना से घबराता हूँ। कारण यह है कि कश्मीर की हिंदू तथा बौद्ध जनता पाकिस्तान में घसीटी जाएगी। आज पूर्वी बंगाल में जो स्थिति निर्माण हुई है, वैसी ही स्थिति कश्मीर में निर्माण होने की आशंका है।

अपने त्यागपत्र के चौथे कारण की ओर मैं आपका ध्यान आकर्षित कराना चाहता हूँ। अलग-अलग समितियों में लिये गए निर्णयों की नोटिंग करना ही मंत्रिमंडल का (आज) काम रह गया है। मेरे बताए अनुसार मंत्रिमंडल समितियों के माध्यम से काम करता है। एक सुरक्षा समिति है तथा दूसरी विदेश समिति है। संरक्षण संबंधी जो महत्त्वपूर्ण बातें हैं, इनका निर्णय सुरक्षा समिति में लिया जाता है तथा विदेश संबंधी महत्त्वपूर्ण विषयों पर निर्णय विदेश समिति लेती है। इन दोनों समितियों में से मैं किसी भी समिति का सदस्य नहीं हूँ। ये समितियाँ परदे के पीछे काम करती हैं। जो लोग इन समितियों के सदस्य नहीं हैं, उन्हें भी इन निर्णयों की सामूहिक जिम्मेदारी अपने कंधों पर लेनी पड़ती है, किंतु उनके परिणामों की जवाबदारी इन पर नहीं होती है। यह एक असहनीय स्थिति है।

अंतिम, जिस कारण से मैंने त्यागपत्र देने का निर्णय लिया है, वह है सरकार का हिंदू कोड बिल के संबंध में किया गया आचरण। 11 अप्रैल, 1947 को यह बिल लोकसभा में पहली बार लाया गया था, इसे चार वर्ष जीवित रखकर फिर मार दिया गया है। इसके शोक में किसी ने चार आँसू भी नहीं बहाए। इसकी केवल चार धाराएँ ही पारित हो पाई हैं। जितने दिन यह बिल लोकसभा में रहा, उतने दिन वह अंतिम साँसें गिन रहा था। पूरे एक साल तक यह बिल किसी सलेक्ट कमेटी की ओर भेजा जाए, यह भी सरकार ने समझा नहीं। 9 अप्रैल, 1948 को यह सलेक्ट कमेटी के सुपुर्द किया गया। 12 अगस्त, 1948 को इसकी रिपोर्ट आई। 31 अगस्त, 1948 को इस रिपोर्ट पर विचार किया जाए, ऐसा प्रस्ताव मैंने लोकसभा में उपस्थित किया। केवल प्रस्ताव सादर होने तक ही बिल का कार्यक्रम में समावेश किया गया। फरवरी 1949 को लोकसभा की बैठक शुरू होने तक प्रस्ताव पर चर्चा करने की अनुमति प्रदान नहीं की गई थी। जब चर्चा की अनुमति दी गई, तब निरंतर चर्चा की अनुमति अस्वीकार की गई। यह चर्चा दस माह तक चली। फरवरी के 4 दिन, मार्च का एक दिन, अप्रैल के दो दिन तथा दिसंबर का एक दिन।

जिस स्वरूप में सलेक्ट कमेटी ने मेरे इस बिल की सिफारिश की, लोकसभा ने 19 दिसंबर, 1949 को उसी स्वरूप में चर्चा करने को स्वीकार किया। सन् 1950 के पूरे वर्ष में बिल को बिल्कुल समय नहीं दिया गया। पश्चात् 5 फरवरी, 1951 को बिल पुन: लोकसभा में आया और फिर प्रत्येक धारा पर पृथक् रूप से विचार किया गया। बिल को

फरवरी के केवल 3 दिन (5,6,7) ही मिले। उसके बाद वह सड़ता रहा।

लोकसभा की यह अंतिम बैठक होने के कारण मन में विचार आया कि इस हिंदू कोड बिल का यदि कानून में रूपांतर करना हो तो फिर लोकसभा का अधिवेशन समाप्त होने के पूर्व ही इस पर विचारमंथन कर इसको कानूनी जामा पहनाना होगा, या फिर इसे नवीन लोकसभा के सुपुर्द किया जाएगा। मंत्रिमंडल ने निर्णय दिया कि इस बिल का फैसला इसी बैठक में होना चाहिए। इसलिए बिल पुनः 1951 के सितंबर मास की कार्यक्रम पत्रिका में डाला गया तथा फिर प्रत्येक धारा पर विचारमंथन चालू हुआ। जितना समय शेष था, उतने समय में यह बिल शायद पूरा नहीं हो पाएगा, ऐसी शंका मन में आने पर पूरा बिल बेकार में ही चला जाएगा। अतः प्रधानमंत्री ने एक नया प्रस्ताव रखकर कम-से-कम बिल के एक भाग को पारित कर उसे कानून का स्वरूप दिया। यह सब देख मुझे बहुत दुःख हुआ। परंतु 'सर्वनाशे समुत्पन्ने अधः त्यजति पंडितः' इस न्याय से मैंने सहमति व्यक्त की।

प्रधानमंत्री ने प्रस्ताव रखा कि 'विवाह तथा तलाक' को कानून में रूपांतर किया जाए। अब इस भाग पर बाल की खाल निकालनेवाली चर्चा प्रारंभ हुई। बिल पर दो-तीन दिन ही विचार हो पाया था कि अब प्रधानमंत्री ने एक नया प्रस्ताव रखा कि संपूर्ण बिल को ही छोड़ दिया जाए। यह सबकुछ मेरे लिए वज्राघात जैसा था। मैं बहुत खिन्न था तथा कुछ कहने की अवस्था में नहीं था। समय के अभाव में बिल कानून न बन सका, यह मानने को मेरा मन बिल्कुल तैयार नहीं है। यह बिल जानबूझकर किनारे किया गया तथा अन्य प्रभावशाली सदस्यों ने अपने-अपने बिल सामने सरकाए। बनारस विश्वविद्यालय, अलीगढ़ विश्वविद्यालय, प्रेस बिल आदि को हिंदू कोड बिल के सामने कैसे महत्त्व दिया जा सकता है? यही मेरी समझ के बाहर है। बनारस अथवा अलीगढ़ विश्वविद्यालय का अनुशासन हेतु कानून नहीं था, ऐसा नहीं है। लोकसभा की बैठक में यह कानून पारित न हुआ होता, तो विश्वविद्यालय बंद न पड़ा होता! उसी तरह प्रेस बिल की जल्दी नहीं थी, प्रेस बिल थोड़ी प्रतिक्षा कर सकता था। इन सब बातों से मेरे मन पर यही प्रभाव पड़ा कि प्रधानमंत्री में सत्य के प्रति निष्ठा होगी, किंतु हिंदू कोड बिल के प्रति न उनके पास आकांक्षा थी, न दृढ निश्चय था।

इस बिल के परिणामस्वरूप मुझे बहुत मानसिक कष्ट हुआ। मैं अपने दल को जो मदद करनी चाहिए थी, वह नहीं कर पाया। प्रधानमंत्री ने अपनी पार्टी के सारे सदस्यों को मत की स्वतंत्रता दे डाली थी, जबकि दलीय प्रणाली में यह असामान्य बात थी। मैंने भी इसकी चिंता नहीं की, परंतु मैंने दो बातों की अपेक्षा की थी। मेरी इच्छा थी कि दलों की ओर से जो लंबे-लंबे भाषण दिए जा रहे हैं, उन पर अंकुश लगाया जाए। दल प्रमुख को ऐसा आदेश दिया जाए कि जब चर्चा पूरी हो चुकी हो, तब चर्चा स्थगन का

प्रस्ताव रखा जाए। भाषणों पर समय का बंधन होता, तो हिंदू कोड बिल अवश्य पारित हुआ होता। जब मतदान की स्वतंत्रता दी गई थी, तब लंबे भाषणों के प्रतिबंध पर किसी ने आपत्ति नहीं उठाई होती, परंतु ऐसा प्रतिबंध डाला नहीं गया। हिंदू कोड बिल के मुख्य प्रेरक संसदीय मंत्री का व्यवहार असामान्य था। वे ही इस बिल के प्रबलतम शत्रु निकले। उन्होंने चर्चा बंदी का प्रस्ताव उपस्थित कर मुझे एक बार भी मदद नहीं की। घंटों-घंटों, दिन-पर-दिन बिल की धाराओं पर समय जाया, बहसें कराके बिल का सत्यानाश कर दिया गया। परंतु सरकार ने समय की बचत को नजरअंदाज किया। इस कार्य को गति देने का उत्तरदायित्व जिस संसदीय नेता पर होता है, वह अनुपस्थित रहा। अपने प्रधानमंत्री के प्रति संसदीय प्रमुख इतना गैरजिम्मेदार होगा तथा उस संसदीय प्रमुख के प्रति प्रधानमंत्री इतना ईमानदार होगा, मैंने ऐसा चित्र आज तक नहीं देखा है। इतना अवैधानिक व्यवहार होने के पश्चात् भी संसदीय दल प्रमुख प्रधानमंत्री का प्रेम पात्र बना हुआ है तथा उसे दलीय संगठन में प्रोन्नति मिली है। मेरा ऐसी स्थिति में कोई भी काम करना असंभव था।

मुझे यह बताया गया कि विरोधी दल के ताकतवर होने के कारण बिल को छोड़ देना पड़ा। लेकिन विरोधी पक्ष कितना शक्तिशाली था, इस बिल पर दलीय चर्चा भी हुई थी तथा मतदान भी हुआ था। हर समय विरोधियों की हार हुई थी। पिछले समय जब बैठक में बिल पर चर्चा हुई, तब 120 सदस्यों में केवल 20 ही विरोध में थे। जब दलों में खुली चर्चा हुई, तब 30 घंटों में 44 बिल पारित हुए थे। इससे स्पष्ट होता है कि इस बिल को लेकर पार्टी के अंदर विरोध कितना था ? खुद लोकसभा में दूसरी तथा चौथी धारा पर जब मतगणना हुई, तब प्रत्येक समय बिल को बड़े बहुमत से समर्थन मिला था। इतना ही नहीं, संपूर्ण हिंदू कोड बिल का प्राण यानी चौथी धारा को भी लोकसभा में बहुमत का समर्थन मिला था। इस कारण समयाभाव में बिल को छोड़ना पड़ा, प्रधानमंत्री का यह कथन मुझे पूर्णतः अमान्य है।

मेरा स्वास्थ्य ठीक नहीं है, इसलिए मैं त्यागपत्र दे रहा हूँ, ऐसी अफवाह उड़ाई गई है। मैंने मेरे त्यागपत्र संबंधी हर हिंदू का विस्तार से विश्लेषण किया है। अपने स्वास्थ्य की ओर लापरवाही बरतनेवाला मैं व्यक्ति नहीं हूँ।

मैंने त्यागपत्र देने हेतु उचित समय का चयन नहीं किया है, ऐसा भी कहा जाता है। सरकार की विदेश नीति तथा पिछड़े व अस्पृश्य जाति के प्रति सरकार की जो नीति है, उसके प्रति यदि मैं असंतुष्ट हूँ, तो मुझे बहुत पहले ही त्यागपत्र देना चाहिए था, ऐसा भी कुछ लोग कहते हैं। इस बात में कुछ सच्चाई हो सकती है। परंतु अब तक मंत्रिमंडल में रहने के कुछ खास कारण थे। पहला कारण यह है कि जब से मैं मंत्रिमंडल का सदस्य बना, तब से मैं भारत का संविधान निर्माण करने के कार्य में व्यस्त था। 26 जनवरी, 1950 तक मेरा सारा ध्यान इसी कार्य पर केंद्रित था। उसके पश्चात् मैं जनता

के प्रतिनिधित्व बिल में अटका रहा। पश्चात् विदेशी व्यवहार की ओर ध्यान देने के लिए मेरे पास मुश्किल से थोड़ा ही समय बच पाता था। मेरा इन सब अधूरे कामों को छोड़कर चला जाना उचित नहीं था।

दूसरा कारण यानी हिंदू कोड बिल के लिए मुझे मंत्रिमंडल में रहना अति आवश्यक था। हिंदू कोड बिल के लिए मेरा मंत्रिमंडल में रहना कोई आवश्यक नहीं था, ऐसा कुछ लोग कह सकते हैं। परंतु मेरा दृष्टिकोण भिन्न था। जिस हिंदू कोड बिल पर लोकसभा ने विचार करने का तय किया था, वह इस देश के हिंदू समाज के सुधार हेतु लोकसभा द्वारा पारित होनेवाला सर्वोत्तम विचार था। आज तक विधानसभा ने इतने महत्त्व के कानून पर कभी विचार नहीं किया होगा तथा भविष्य में भी ऐसे कानून पर विचार होने की कोई संभावना नहीं है। वर्ग-वर्ग में चलनेवाली असमानता तथा स्त्री-पुरुष असमानता, यह जो हिंदू समाज का प्राण है, इसे हाथ न लगाते हुए आर्थिक प्रश्न हल करने के नाम पर कानून बनाते रहना, इसे अपने संविधान का मज़ाक ही समझिए और इसे 'गोबर के ढेर पर महल खड़े करने का प्रयत्न' ही कहा जाएगा। मैं हिंदू कोड बिल को बहुत महत्त्वपूर्ण मानता हूँ। मेरे मतभेद होने के बावजूद भी मैं इस बिल के कल्याण हेतु मंत्रिमंडल में रहा। इस कारण मेरी ओर से कुछ अनुचित बात हुई होगी, फिर भी उसका मूल कारण कल्याणकारी ही था। इस कार्य में लोगों की ओर से जो बहुविध प्रकार की बाधाएँ उत्पन्न की गईं, उनको मात देकर हम सफल होंगे, क्या ऐसी आशा मुझे नहीं करनी चाहिए थी? इसी संदर्भ में हमारे प्रधानमंत्री द्वारा सभा में उल्लेखित तीन बातों की ओर आपका ध्यान केंद्रित करना चाहता हूँ।

28 नवंबर, 1948 को प्रधानमंत्री आश्वासन देते हुए बोले, "सबसे बड़ी बात यह है कि इस बिल को पारित करने हेतु सरकार वचनबद्ध है, अत: सरकार बिल पारित करनेवाली है। सरकार यह बिल लेकर उपस्थित होगी, इस सभा का दायित्व है कि इसे कानून के रूप में स्वीकृत किया जाए। परंतु सरकार कोई महत्त्व का कानून बनाना चाहती हो तथा सभा ने उसको स्वीकार नहीं किया हो, तब उसका अर्थ होता है कि बिल के साथ-साथ सरकार भी सभा को मान्य नहीं है। ऐसी स्थिति में उस मंत्रिमंडल को त्यागपत्र देना पड़ेगा, तब उसके स्थान पर नई सरकार आएगी। यह बिल इतना महत्त्वपूर्ण है कि उसके पारित होने पर ही सरकार का अस्तित्व टिका हुआ है।"

19 दिसंबर, 1949 को पुन: प्रधानमंत्री ने कहा, "हम इस बिल को कम महत्त्व देते हैं, ऐसा थोड़ा भी विचार लोकसभा को नहीं करना चाहिए। हम इस कानून को सबसे अधिक महत्त्व देते हैं। मेरे पहले ही बताए अनुसार हमने यह बिल किसी दूसरी धारा के महत्त्व से नहीं स्वीकारा है, इसे तो हमने सामाजिक तथा आर्थिक समस्या के हल संबंधी मौलिक उद्‌देश्य से स्वीकार किया है। हमने देश के लिए राजकीय स्वतंत्रता प्राप्त की है।

राजनीतिक मुक्ति, यह हमारे उद्देश्य का प्रथम चरण है। यदि समाज को उन्नति करनी हो तो उसकी चहुँओर से प्रगति होनी चाहिए।"

पुनः 26 सितंबर, 1951 को प्रधानमंत्री बोले, "जितना अधिक-से-अधिक संभव होगा, उतना प्रयत्न कर इस बिल को कानून का स्वरूप मिलना चाहिए। मैंने लोकसभा को यही बताया है। तथापि जब तक बिल पर विचार करने हेतु समय नहीं प्राप्त होता है, तब तक यह विषय हम स्थगित करते हैं। मुझे आशा है कि संसद् को ऐसा अवसर प्राप्त होगा।"

प्रधानमंत्री के थे विचार बिल को तिलांजलि देते समय के हैं। प्रधानमंत्री की इस घोषणा पर किसी का भी विश्वास बैठ सकता था? प्रधानमंत्री के बोलने तथा उनके आचरण में बहुत अंतर है। यदि मैं इसे समझ न पाया होऊँगा, तो मेरा यह निश्चित ही अपराध है। मेरे इस त्यागपत्र का किसी पर कोई परिणाम न होता होगा तथा शायद इसकी किसी को चिंता भी न होगी। परंतु मुझे स्वयं के प्रति ईमानदार रहना चाहिए, यही बात त्यागपत्र देकर साध्य हो सकती है।

अंत में, मंत्रिमंडल के मेरे सहयोगियों ने मंत्रीत्व के दौरान मेरे साथ जिस सौजन्यता का व्यवहार किया, मैं उनके प्रति कृतज्ञता व्यक्त करता हूँ। मैंने लोकसभा की सदस्यता से त्यागपत्र दिया है, फिर भी लोकसभा के सदस्यों ने मेरे प्रति जो सहनशीलता दिखाई, उनके प्रति भी मैं कृतज्ञता व्यक्त करता हूँ।

□

लोकतंत्र की विफलता बगावत, अराजकता और साम्यवाद को जन्म देगी

28 अक्तूबर, 1951 को डीएवी कॉलेज जालंधर-पंजाब में डॉ. बाबासाहेब आंबेडकर द्वारा दिया गया भाषण

अपनी पूरी जिंदगी मैं घुमक्कड़ रहा हूँ। मैंने 1919 में इंग्लैंड से लौटने के बाद अपनी आजीविका का आरंभ मुंबई के सरकारी कॉमर्स कॉलेज में राजनीतिक अर्थशास्त्र के प्रोफेसर के रूप में किया। लेकिन जल्दी ही मुझे महसूस हुआ कि जनता की सेवा करने के इच्छुक व्यक्ति के लिए सरकारी नौकरी मुनासिब नहीं है।

एक सरकारी नौकर अनुशासन के नियमों में बँधा होता है। सार्वजनिक सेवा के काम में उसे हर कदम पर गतिरोध मिलते हैं। फिर मैं इंग्लैंड वापस गया और कानून की पढ़ाई की। लौटने के बाद कुछ समय वकालत की और बाद में मुंबई के सरकारी लॉ कॉलेज का प्राचार्य बन गया। मैं फिर शिक्षण के पेशे में लौटा और पाँच साल तक इस पद पर रहा।

फिर 1935 में भारत सरकार अधिनियम बना, जिससे पहली बार लोकाभिमुख विधानसभा अस्तित्व में आई। फिर मैंने राजनीति में कूदने की सोची और नौकरी छोड़कर राजनीति में आ गया। उसके बाद से मैं वैकल्पिक रूप से वकालत और जनसेवा कर रहा हूँ।

मुझे अध्यापन का पेशा बहुत पसंद है। मुझे छात्रों से भी काफी लगाव है। मैंने उन्हें पढ़ाया है। कैबिनेट से इस्तीफे के बाद आज पहली बार मुझे छात्रों को संबोधित करने का मौका मिला है। मुझे छात्रों से बात करके बहुत खुशी हो रही है। इस देश का भविष्य छात्रों के कंधों पर ही टिका होना चाहिए। छात्र समाज के बुद्धिजीवी वर्ग हैं और वे जनमत बना सकते हैं। इसलिए मुझे आपको, छात्र-संसद् के सदस्यों को, संबोधित करके खास खुशी हो रही है।

जब आपके प्राचार्य ने आपको संबोधित करने के लिए मुझे पत्र लिखा, तब उन्होंने कोई विषय नहीं बताया था। मेरे दिमाग में भी कुछ नहीं था कि मैं किस बारे में आप लोगों से बात करूँगा! लेकिन अचानक एक विषय मेरे मन में उभर आया, जो मेरे साथ अकसर होता है। मैंने संसदीय सरकार के बारे में आपसे बात करने का फैसला किया। मेरे पास समय बहुत कम है, लिहाजा मैं इस विषय की संक्षिप्त व्याख्या करूँगा।

संविधान सभा में चर्चा के दौरान संविधान के स्वरूप को लेकर कई तरह के विचार थे। कुछ को ब्रिटिश व्यवस्था पसंद थी, तो कुछ को अमेरिकी। कुछ ऐसे भी थे, जिन्हें ये दोनों पसंद नहीं थे। लेकिन लंबी बहस के बाद अधिकांश सदस्य इस नतीजे पर पहुँचे कि ब्रिटेन की तरह संसदीय सरकार ही भारत के अनुकूल होगी।

कुछ लोगों को संसदीय सरकार पसंद नहीं है। वामपंथी रूस की तरह सरकार चाहते हैं। समाजवादी भी भारत के मौजूदा संविधान के खिलाफ हैं। वे इसके खिलाफ प्रदर्शन कर रहे हैं। उन्होंने कह दिया है कि यदि वे सत्ता में आए तो इसे बदल देंगे। निजी तौर पर कहूँ तो मैं सरकार की संसदीय प्रणाली से काफी जुड़ा हुआ हूँ। हमें समझना होगा कि इसके क्या मायने हैं और इसे संविधान में जरूर बनाए रखना चाहिए।

संसदीय सरकार के क्या मायने हैं? वाल्टर बेगेहोट ने ब्रिटिश संविधान पर एक पुस्तक लिखी है, जिसे बाद में लास्की जैसे दूसरे लेखकों ने विस्तारित किया। उन्होंने संसदीय सरकार की अवधारणा को एक वाक्य में समझाया है। उनका कहना है कि संसदीय सरकार मुक्केबाजी पर नहीं, बल्कि परिचर्चा पर चलनेवाली सरकार है। ब्रिटेन की सरकारी व्यवस्था में आप हमेशा देखेंगे कि कोई फैसला लेते समय वे बहुत कम ही शक्ति प्रदर्शन पर मजबूर होते हैं। वहाँ फैसले हमेशा वाद-विवाद के बाद ही लिये जाते हैं और ब्रिटिश संसद् में कोई व्यवधान पैदा नहीं करता।

फ्रांसीसी राजनीति को देखें। वहाँ अकसर फैसले लड़ाई-झगड़े के बाद ही लिये जाते हैं। आप देखेंगे कि यह व्यवस्था उन लोगों के लिए सही नहीं है, जो उस व्यवस्था में पैदा नहीं हुए। उनके लिए यह विचित्र है। हमें संसदीय लोकतंत्र को सीखकर, समझकर कामयाब बनाना होगा।

फिलहाल संसदीय लोकतंत्र हमारे लिए अनजान है। भारत में हालाँकि एक समय पर संसदीय व्यवस्था थी। पुराने जमाने में भारत अधिक उन्नत था। यदि आप महापरिनिब्बाना की सूक्तियों को देखें तो मेरी बात के समर्थन में कई साक्ष्य मिलेंगे। इनमें कहा गया है कि जब भगवान् बौद्ध कुशीनारा में मृत्युशय्या पर थे, तब मल्ल देश के लोग, सत्र में बैठे थे, उनको एक संदेश भेजा गया। वे संसदीय व्यवस्था के प्रति प्रतिबद्ध थे। जब उन्हें बौद्ध के बारे में संदेश मिला तो उन्होंने फैसला किया कि वे सत्र समाप्त नहीं करेंगे, बल्कि संसद् का काम पूरा करके कुशीनारा जाएँगे। हमारे ग्रंथों में

ऐसे असंख्य उदाहरण हैं, जो साबित करते हैं कि संसदीय सरकार की व्यवस्था हमारे लिए नई नहीं है।

संसदीय प्रक्रिया के बारे में कई नियम हैं। आमतौर पर एक नियम का हर जगह पालन किया जाता है कि प्रस्ताव के बिना कोई बहस नहीं होगी। यही वजह है कि किसी सवाल पर कोई वाद-विवाद नहीं होता। इस नियम का पालन हमारे यहाँ पुराने जमाने में भी होता था। गुप्त मतदान की व्यवस्था, जो अभी प्रचलित है, वह भी हमारे लिए नई नहीं है।

बौद्ध संघ इसका पालन करते थे। वे मतपत्रों को 'सालपत्र' कहते थे। दुर्भाग्य की बात है कि ये सब अतीत की विरासतें हमने गँवा दीं। भारत के इतिहासकारों को इस प्रश्न का उत्तर तलाशना चाहिए कि हमारे यहाँ से यह संसदीय व्यवस्था गायब क्यों हो गई? लेकिन मुझे लगता है कि वे इसका कारण तलाश नहीं सकते या तलाशना नहीं चाहते। पुराने जमाने में भारत दुनिया का नेतृत्व कर रहा था। उस समय भारत में इतनी बौद्धिक स्वतंत्रता थी, जो कहीं और नहीं मिल सकती थी।

फिर यह पुरानी सभ्यता नष्टप्राय क्यों हो गई? भारत पर तानाशाहों का राज कैसे हो गया? हम संसदीय व्यवस्था से वाकिफ थे। हमें मतदान, मतों, समितियों और संसदीय व्यवस्था से जुड़ी अन्य बातों के बारे में पता था। आज सरकार की संसदीय व्यवस्था से हम अनभिज्ञ हैं। हम गाँव में जाएँगे तो पता चलेगा कि ग्रामीणों को पता ही नहीं है कि मत क्या है और दल क्या हैं? उन्हें यह अजीब लगता है। इसलिए सबसे बड़ी समस्या यह है कि इस व्यवस्था को कैसे कायम किया जाए? हमें लोगों को जागरूक बनाना होगा और उन्हें संसदीय लोकतंत्र तथा सरकार की संसदीय व्यवस्था के फायदों के बारे में बताना होगा। सरकार की संसदीय व्यवस्था की तीन मुख्य बातें हैं।

संसदीय सरकार के मायने हैं कि वंशानुगत शासन से निषेध। कोई भी व्यक्ति वंशानुगत शासक होने का दावा नहीं कर सकता। जो भी शासन करना चाहता है, उसका समय-समय पर जनता के द्वारा निर्वाचित होना जरूरी है। उसे लोगों की स्वीकार्यता हासिल होनी चाहिए। सरकार की संसदीय व्यवस्था में आनुवंशिक शासन के लिए कोई जगह नहीं है।

दूसरे, आम जिंदगी पर लागू होनेवाला कोई भी कानून जनता द्वारा चुने गए प्रतिनिधियों की राय पर आधारित होना चाहिए। किसी भी व्यक्ति को यह अधिकार नहीं है कि उसे सबकुछ पता है और वह कानून बनाकर सरकार चला सकता है। कानून संसद् में जनता के प्रतिनिधि ही बनाएँगे। सरकार के संगठन के बारे में राजसी व्यवस्था और लोकतांत्रिक व्यवस्था में यह फर्क है।

राजाशाही में लोगों से जुड़े मसलों पर फैसला राजा और उसके अधीन लोग लेते हैं, वहीं लोकतंत्र में राष्ट्राध्यक्ष जनता से जुड़े कार्यों का निष्पादन करता है, लेकिन कानून

और कार्यकारी उपाय ही असल सत्ता हैं, जिनके आधार पर सरकार का संचालन होता है। राष्ट्राध्यक्ष नाममात्र का प्रमुख होता है। वह सिर्फ प्रतीक होता है। वह प्रतिष्ठित मूर्ति के बराबर है। उसकी पूजा हो सकती है, लेकिन वह देश की सरकार का संचालन नहीं कर सकता। उसके नाम पर सरकार का संचालन जनता द्वारा चुने गए प्रतिनिधि करते हैं।

तीसरी और आखिरी बात, सरकार की संसदीय प्रणाली में एक निर्धारित समय तक जो राष्ट्रपति को सलाह देना चाहते हैं, उन्हें पहले खुद लोगों का विश्वास अपने में दोबारा बहाल करना होगा। ब्रिटेन में पहले संसद् के चुनाव हर सात साल में होते थे। चार्टिस्टों ने इसका विरोध किया। वे सालाना चुनाव चाहते थे। इस विरोध का कारण तारीफ के काबिल है। यदि सालाना चुनाव हो पाते तो यह लोगों के हित में ही होता। लेकिन संसदीय चुनाव कराना काफी महँगा होता है, लिहाजा कुछ समझौता हुआ और पाँच साल में चुनाव कराना तय हुआ, जिसमें विधानसभा और संसद् के सदस्य फिर जनता के पास जाकर उनका विश्वास हासिल करने की कोशिश करें।

यह भी काफी नहीं है। सरकार की संसदीय प्रणाली परिचर्चा के द्वारा सरकार से कहीं अधिक है। सरकार की संसदीय प्रणाली दो स्तंभों पर टिकी है। ये दो स्तंभ हैं—विपक्ष और स्वतंत्र तथा निष्पक्ष चुनाव।

पिछले 20 या 30 साल से हम एक ही राजनीतिक दल को देखने के आदी हो गए हैं। हम संसदीय लोकतंत्र के निष्पक्ष रूप से चलने में विपक्ष की जरूरत और महत्त्व को भूल गए हैं। हमें लगातार कहा जा रहा है कि विपक्ष एक बुराई है। यहाँ भी हम भूल गए हैं कि इतिहास ने हमें क्या सिखाया है ? आपको पता है कि वेदों और स्मृतियों की व्याख्या करने के लिए निबंधकार थे। वे श्लोकों और सूत्रों पर अपनी टिप्पणी सबसे पहले पूर्व पक्ष 'यानी सवाल का एक पक्ष' रखकर करते थे। उसके बाद वे 'उत्तर पक्ष' यानी सवाल का दूसरा पहलू बताते थे।

इसके जरिए वे बताना चाहते थे कि उठाया गया प्रश्न आसान नहीं था, यह ऐसा सवाल था जहाँ मतभेद, बहस और संदेह था। इसके बाद दोनों पक्षों की समीक्षा होती थी और बाद में वे अपना निर्णय, यानी सिद्धांत देते थे।

संसदीय लोकतंत्र में एक अहम बात यह है कि यदि सवाल के दो पहलू हैं तो लोगों को दूसरा पक्ष पता होना चाहिए। इसके लिए एक सक्रिय विपक्ष जरूरी है। विपक्ष एक स्वतंत्र राजनीतिक जीवन की कुंजी है। किसी भी लोकतंत्र का इसके बिना गुजारा नहीं है।

अब सवाल यह उठता है कि सत्ता में काबिज दल विपक्ष के होने की इच्छा रखता है ? कांग्रेस विपक्ष नहीं चाहती। कांग्रेस अलग-अलग विचारधारा के लोगों को अपनी छत्रच्छाया में ही लेने की कोशिश में जुटी है। मैं आपसे पूछना चाहता हूँ कि क्या देश के राजनीतिक जीवन में यह चलन सही है ?

संसदीय लोकतंत्र का दूसरा स्तंभ स्वतंत्र और निष्पक्ष चुनाव है। समुदाय के एक तबके से दूसरे को सत्ता के शांतिपूर्ण और रक्तपातरहित हस्तांतरण के लिए यह जरूरी है। पुराने जमाने में राजा के मरने पर महल में कम-से-कम एक हत्या तो जरूर होती थी। देश में नए राजा के सत्ता पर काबिज होने से पहले महल में बगावतें होती थीं और हत्याएँ भी होती थीं। भारत का यह इतिहास रहा है। चुनाव पूरी तरह से स्वतंत्र और निष्पक्ष होने चाहिए। लोगों को खुद यह तय करने का अधिकार होना चाहिए कि वे किसे संसद् अथवा विधानसभाओं में भेजना चाहते हैं।

स्वतंत्र और निष्पक्ष चुनाव क्या है? हमें इस सत्य को अनदेखा नहीं करना चाहिए कि बड़े उद्योग देश के राजनीतिक जीवन में अहम भूमिका निभाने की कोशिश में हैं। वजह व्यवसाय की ओर से कांग्रेस को दिया जानेवाला आर्थिक सहयोग काफी खतरनाक है। यदि धनकुबेर किसी राजनीतिक दल के चुनावी फंड में पैसा देकर चुनावों को प्रभावित करने की कोशिश करते हैं तो नतीजा क्या होगा? यदि जिस दल का उन्होंने समर्थन किया है, वह सत्ता में आ जाता है तो वे या तो मौजूदा कानून में बदलाव करके फायदा उठाने की कोशिश करेंगे या सत्तारुढ़ दल को ऐसा कानून बनाने के लिए कहेंगे, जो उनके हितों को साधता हो।

मैं आपसे पूछना चाहता हूँ कि इस हालात में क्या कोई उम्मीद बाकी रह जाती है कि संसदीय सरकार प्रणाली से देश का कुछ भला होगा? मैं आपको महाभारत का उदाहरण देना चाहता हूँ। पांडवों और कौरवों की लड़ाई में भीष्म एवं द्रोण कौरवों की ओर थे। पांडव सही थे और कौरव गलत। भीष्म ने इसे स्वीकार किया था। जब किसी ने उनसे पूछा कि जब उन्हें पता है कि पांडव सही हैं, तो वे कौरवों की तरफ क्यों हैं? तब उन्होंने जो जवाब दिया, वह यादगार है—

"मुझे नमक का फर्ज अदा करना है। यदि मैं कौरवों का खाता हूँ, तो उनकी तरफ ही रहूँगा, फिर चाहे वे गलत ही क्यों न हों!"

आज ऐसा ही हो रहा है। कांग्रेस धनकुबेरों से आर्थिक मदद ले रही है। कांग्रेस उनका खा रही है, लिहाजा हर समय उसे इन बड़े उद्योग समूहों की तरफदारी करनी होगी।

हमने यह भी देखा है कि सरकारी कर्मचारी उस दल के पक्ष में चुनाव को प्रभावित कर रहे हैं, जो उन्हें और उनके परिवार को पालता है। डॉक्टर श्यामाप्रसाद मुकर्जी जैसे व्यक्ति ने दिल्ली में हाल ही में भारतीय जनसंघ के उद्घाटन सत्र में नौकरशाहों पर कांग्रेस की मदद का खुलेआम आरोप लगाया और कहा कि चुनाव स्वतंत्र और निष्पक्ष नहीं है। इस हालात में क्या आपको संसदीय लोकतंत्र की कामयाबी की तनिक भी उम्मीद नजर आती है?

यदि संसदीय लोकतंत्र इस देश में नाकाम रहता है तो उसके कारण वही होंगे, जो मैंने बताए हैं, इसका परिणाम बगावत, अराजकता और साम्यवाद होगा। यदि सत्ता में काबिज लोग यह नहीं समझना चाहते कि लोग आनुवंशिक सत्ता को बरदाश्त नहीं करेंगे, तो यह देश विनाश की ओर जाएगा। या तो साम्यवाद आ जाएगा, रूस का हमारे देश पर आधिपत्य हो जाएगा, जिससे व्यक्तिगत स्वतंत्रता और हमारी आजादी खत्म हो जाएगी या सत्तारूढ़ दल की नाकामी से असंतुष्ट लोग बगावत आरंभ कर देंगे एवं अराजकता की स्थिति पैदा हो जाएगी।

मैं चाहता हूँ कि आप इन संभावनाओं पर गौर करें, और यदि आप चाहते हैं कि संसदीय लोकतंत्र एवं देश में सरकार की संसदीय प्रणाली कायम हो, यदि आप आश्वस्त हैं कि हमारे विचारों, अभिव्यक्ति और कार्य की स्वतंत्रता बरकरार रहे, तो बौद्धिमान छात्र तथा समाज का बौद्धिजीवी वर्ग होने के नाते आपका कर्तव्य है कि सरकार की संसदीय प्रणाली के लिए भरसक प्रयास करें।

□

समाज का पैसा डकारना जालसाजी

14 जुलाई, 1952 को मुंबई के दामोदर हॉल में भवन निधि के लिए आयोजित अछूत कार्यकर्ताओं की सभा में दिया गया भाषण, 'जनता', 19 जुलाई, 1952

मैंने आपको यहाँ पर निमंत्रण देकर बुलाया है, इसका कारण यह है कि मैंने सन् 1938 में भवन निधि की स्थापना की थी। इस भवन निधि की वर्तमान की जानकारी आपको देनी है तथा अब आगे क्या करना है, यह तय करने के लिए आज की सभा आयोजित की गई है। 1938 में भवन निधि की स्थापना के पश्चात् प्रत्येक चाल तथा मोहल्ले में इस निधि का प्रचार किया गया था, किंतु चौदह वर्ष के पश्चात् भी भवन निधि का लक्ष्य पूरा नहीं हो पाया है। इसके अनेक कारण हैं, परंतु मैं 1942 से मुंबई को छोड़कर दिल्ली गया हूँ, जो प्रमुख कारण है। मेरी अनुपस्थिति में निधि का काम उत्साह के साथ हो नहीं पाया है। मेरे नहीं रहने पर कुछ हो नहीं पाता है, यह बात अच्छी नहीं है। परंतु वैसा हुआ है, यह एकदम सत्य है। मेरी अनुपस्थिति में पिछले दस वर्षों में लोगों के मन में अनेक शंकाएँ पैदा हुई हैं कि भवन निधि का आखिर क्या हुआ अथवा आगे क्या होगा ? इसकी किसी को कोई कल्पना नहीं है। मैं आपको कुछ आँकड़े बताना चाहता हूँ, उससे दिखाई देगा कि भवन निधि का काम बंद नहीं था, वरन वह सुप्त गति से चालू था। मेरे मतानुसार आज तक निधि में बहुत राशि जमा हुई है, इतनी कि आप उसकी स्वप्न में भी कल्पना नहीं कर सकेंगे।

आज भवन निधि में 1,11,228 रुपए 4 आने 3 पैसे जमा हुए हैं। अस्पृश्य समाज के इतिहास में यह सबसे बड़ी राशि है तथा यह पहला उदाहरण है। इस राशि में 31,709 रुपए 4 आने 3 पैसे की राशि आम जनता की है तथा शेष 75,500 रुपयों की राशि मैंने अपने मित्रों की ओर से प्राप्त की है। इस राशि में से 36,535 रुपयों की जमीन खरीदी गई है। यदि इस जमीन को आज बेचा जाए तो कोई भी लेकर आज डेढ़ लाख रुपए

देगा, ऐसी यह महत्त्वपूर्ण जगह है। इस राशि में से दूसरा बड़ा खर्च भवन बाँधने का है, जिसमें 35,000 रुपए खर्च हुए हैं। उक्त दोनों मद पर 71,525 रुपए खर्च हुए हैं तथा शेष 39,693 रुपए 4 आने तथा 3 पाई इंपीरियल बैंक में जमा हैं।

अपने लोगों ने जो राशि दी है, उसमें से विभिन्न स्थानों के लोगों ने, संस्थाओं ने 25 रुपए अथवा उससे अधिक राशि दी है, ऐसी राशि 25,709 रुपए 4 आने है। 25 रुपयों से कम देनेवालों की राशि 1000 रुपए है। जिसका पूरा ब्योरा मिल नहीं पाया है, ऐसी राशि 5000 रुपए है। इसका ब्योरा क्यों हासिल नहीं हो पाया है, इसका कारण यह है कि लोगों ने अभी तक जो रसीद पुस्तकें जमा नहीं की हैं, उन रसीदी-किताबों से और अधिक राशि जमा होने की संभावना है। यह ज्यादा राशि लोगों ने खा मारी, ऐसा संदेह होना स्वाभाविक है। अत: यह संदेह दूर करने के लिए जो लोग रसीदी किताबें ले गए हैं, उन्हें राशि सहित किताबें वापस लाकर देना चाहिए। किताबें वापस न करना अथवा जमा किए रुपए न देना, यह जालसाजी है। कानून की दृष्टि में जालसाजी भी गुनाह है। इस बात को सबको ध्यान में रखना चाहिए।

मेरा विचार है कि निधि जमाकर मुंबई में एक हॉल बनाया जाए, इस हॉल से कुछ आय होगी। उस आय से हम अपने विद्यार्थियों को शिक्षा में मदद कर सकते हैं, उसी भाँति लोकहित के कुछ काम कर सकते हैं। इस वर्ष अथवा आगामी वर्ष में हॉल बनकर तैयार होना चाहिए।

इस हॉल को बनाने मैं पौने दो लाख रुपए खर्च आएगा, ऐसा अंदाज है। आज अपने पास इंपीरियल बैंक में 39,693 रु. 4 आने 3 पाई जमा है। वर्तमान में भवन की जमीन लोगों को किराए पर दी गई है, उससे भी कुछ आय होती है। परंतु हॉल बनाने के लिए लोगों को नोटिस देकर जमीन खाली करवानी पड़ेगी, तब वह आय नहीं मिलेगी। हॉल बनाने के लिए 1 लाख खर्च आएगा तथा फर्नीचर व अन्य सुविधाओं के लिए पौन लाख रुपए लगेंगे, ऐसा अनुमान है। इस अनुमान से कुछ राशि कम या ज्यादा हो सकती है।

इतनी बड़ी निधि कैसे जमा की जाए, यह भी एक प्रश्न है। मेरे 60वें जन्मदिन पर 60,000 रुपए देने का विचार किया गया है। इस राशि में से बारह हजार रुपए जमा हो गए हैं, ऐसा सुनने में आया है। आपने हीरक महोत्सव की प्रतिज्ञा की है, आपको उसे पूरा करना चाहिए। अन्यथा खयाली पुलाव से किसका पेट भरा है? ऐसा नहीं होना चाहिए। आपने अब तक 12 हजार जमा किए हैं, शेष 48 हजार आपको जमा करना है। आपने मुझे 60 हजार रुपए दिए, तो मैं उन्हें जेब में नहीं डालूँगा। मैं उस राशि को हॉल के लिए दूँगा। जीते जी यह काम होना चाहिए, मेरी यही इच्छा है।

अब आप लोग निधि जमा करने के काम में लग जाइए। कुछ लोग सार्वजनिक

काम हेतु पैसा देते हैं, परंतु जो मध्यस्थ होते हैं, वे लोग इस राशि को बीच में ही हड़प लेते हैं तथा डकार जाते हैं। ऐसी अवस्था में लोग सभ्रम की अवस्था में रहते हैं कि हमने जिस काम के लिए पैसा दिया है, वह काम होगा या नहीं? इसीलिए कुछ लोग पैसा देने से कतराते हैं।

ऐसा है तो आप लोग मेरे पास राशि लाकर दीजिए, मैं उसे स्वीकारने को तैयार हूँ। मैंने आजतक अपने लिए कोई पैसा नहीं लिया है, किंतु इस काम के लिए मैं पैसे लेने को तैयार हूँ। जिन्हें मुझे रकम लाकर देनी है, उन्हें रोज शाम 7 से 8 के बीच मेरे बँगले राजगृह, दादर में रकम लाकर देनी चाहिए। वहाँ श्री उपशाम मास्टर आपको रसीद देंगे। वे इस निधि के ट्रस्टी हैं तथा हिसाब का काम भी उनकी ही ओर है।

मुंबई में सभी लोगों के मिल्कियत के हॉल हैं। मुंबई में घर में काम करनेवाले तिरोली कुनबीयों ने परेल 'वाधे हॉल' बनाया है, जो उनके स्वयं के स्वामित्व का है। वे हमारी तुलना में बहुत कम लोग हैं, इतना होकर भी उन्होंने अपने मिल्कियत का हॉल बनाया है। इस बात को सामने रखकर आपको जिद्द के साथ अपने काम में लग जाना चाहिए। मैं पुनः बताना चाहता हूँ कि जो रसीद-किताबें वापस नहीं आई हैं और जिनके कारण हिसाब पूरा नहीं हो पाया है, उन्हें रसीद-किताबों के साथ-साथ जमा रकम लाकर देनी चाहिए। जो लोग ऐसा नहीं करेंगे, फिर उनकी कोई मुख्त नहीं की जाएगी।

☐

विद्यार्थी राष्ट्र का आदर्श नागरिक होगा या नहीं, वह शिक्षा प्रणाली तय करती है

15 दिसंबर, 1952 को एल्फिस्टन कॉलेज, मुंबई में डॉ. बाबासाहेब आंबेडकर द्वारा दिया गया भाषण, 'जनता', 20 दिसंबर, 1952

मैंने इस कॉलेज में चार वर्ष अध्ययन किया है, वह समय मधुर स्मृति का नहीं है। मैं इस कॉलेज में पहला अछूत विद्यार्थी था, मेरा मन सवर्ण विद्यार्थियों से मिलने से कतराता था। इसका कारण डर नहीं था, वरन् मुझे घुलना-मिलना पसंद नहीं था। वजह यही कि मेरी पोशाक दूसरों जैसी टीपटॉप नहीं थी, इसीलिए मुझे उनसे दूर रहना ही अच्छा लगता था। आजकल के विद्यार्थियों की भाँति मेरा कॉलेज जीवन उतना उत्साहवर्धक नहीं था। इसके लिए मैं किसी को दोष नहीं दूँगा। मेरे शिक्षकों तथा विद्यालय के संचालकों ने मेरे साथ अच्छा व्यवहार किया। उस समय के विद्यार्थियों तथा आज के विद्यार्थियों में जमीन-आसमान का अंतर है।

आज के विद्यार्थी जिस विश्वविद्यालय से शिक्षा ग्रहण कर रहे हैं, वे उसके कारोबार की ओर बिल्कुल ध्यान नहीं देते हैं। विद्यार्थी को क्या पढ़ना है, यह तय विश्वविद्यालय करता है। फिर भी हम जो पढ़ रहे हैं, वह हमारे बौद्धिक विकास के लिए पोषक है अथवा नहीं है, इसे भी प्रत्येक विद्यार्थी को देखना चाहिए। उसके भावी जीवन की नींव यही रखी जाती है। वह राष्ट्र का आदर्श नागरिक होगा अथवा उसका जीवन विफल होगा, यह सबकुछ शिक्षा प्रणाली ही तय करती है। इसीलिए विश्वविद्यालय की प्रत्येक गतिविधि पर विद्यार्थियों को नजर रखनी चाहिए, परंतु आज के विद्यार्थी इस दृष्टि से लापरवाह हैं।

उच्च महाविद्यालयी शिक्षा ग्रहण करनेवाले विद्यार्थियों के कॉलेज के चार वर्ष निकल जाते हैं तथा वे पदवी लेकर विश्वविद्यालय से बाहर निकलते हैं, परंतु इन्हें प्लेटो,

बेकन, निसे, स्पिनोझा जैसे महान् दार्शनिकों के दर्शन का एक अक्षर भी मालूम नहीं रहता है। जिस दर्शन ने नए विश्व का निर्माण किया है तथा आज का नवमानव अपने दैनंदिन जीवन में इस दर्शन को जी रहा है, उस महान् दर्शन की उपेक्षा आज के पदवीधारी युवकों की ओर से हो, यह बहुत ही शर्म की बात है। इसके विपरीत आज के विश्वविद्यालय जेम्स तथा चार्ल्स का दर्शन विद्यार्थियों पर जबरदस्ती लाद रहे हैं। विद्यार्थियों को इस बात को स्वयं पहचानना चाहिए तथा हमें उचित शिक्षा मिलनी चाहिए, इस बात का आग्रह करना चाहिए। मानवीय जीवन में वैचारिक तथा नैतिक मूल्य कभी स्थिर नहीं रहते हैं, वे समय-काल अनुसार बदलते रहते हैं। वे केवल बदलते ही नहीं हैं, वरन् विकसित होते रहते हैं। भारतीय विद्यार्थियों को इन नए-नए निर्माण होनेवाले जीवन मूल्यों को स्वीकार करना चाहिए तथा इन्हें आचरण में लाने हेतु प्रयत्नशील रहना चाहिए। इस नए दर्शन को विश्वविद्यालयी संस्था अपने शिक्षा कार्यक्रम में समाहित करती है अथवा नहीं करती है। इस ओर ध्यान देना चाहिए।

दु:ख की बात है कि आधुनिक विद्यार्थियों का बौद्धिक तथा वैचारिक स्तर कमजोर होते जा रहा है। भूतकालीन मानवीय प्रज्ञा से तुलना हो ही नहीं सकती है। यह बौद्धिक स्तर क्यों गिरा है , इस पर विद्यार्थियों को अवश्य विचार करना चाहिए। इस अधोगति का कारण भी बिल्कुल स्पष्ट है। आज का विद्यार्थी भूतकालीन प्रज्ञा तथा प्रतिभा के दर्शन का मन लगाकर अध्ययन नहीं करता है।

इसके विपरीत, आज वह फुटबॉल, क्रिकेट तथा राजनीति में मशगूल है। विद्यार्जन का बहुत महत्त्व है। अपने प्राचीन गुरुकुल एकांत में विद्यादान करते थे, वनों में विद्यालय स्थापित थे। इसका मुख्य कारण यह था कि उन्हें विद्याध्ययन की नई दृष्टि प्राप्त हो, उन्हें सच्चे जीवन मूल्यों की जानकारी हो। परंतु आज विद्यार्थी खेल तथा राजनीति के जाल में फँसकर दिव्य दृष्टि से दूर ही रहता है।

हिंदी विद्यालय का शिक्षक अपना काम है, इसलिए विद्यादान करता है, किंतु वह स्वयं प्रेरणा से विद्यादान नहीं करता है। शिक्षक में अंत:स्फूर्ति, विद्यादान की ललक तथा उसके लिए लगनेवाले कठिन श्रम का अभाव है। आज अध्यापन व्यवसाय को विकृत स्वरूप प्राप्त हुआ है। चलो येनकेन-प्रकारेण पढ़ाना है, इसी मनोदशा ने शायद शिथिलता लाई है। अत: अध्यापक भी विद्यार्थियों को विचार-प्रवर्तक ज्ञान देने में असफल साबित हुए हैं।

विद्यालयों ने बेशुमार शुल्क बढ़ाया है। यह शुल्क ऐसे ही बढ़ते रहा, तो फिर विद्यार्थिंयों के जीवन पर प्रतिकूल परिणाम होगा। उनका भविष्य अंधकारमय होगा। बेकन कहते हैं 'Knowledge is Power' ज्ञान महान् शक्ति है। विद्यार्थियों को ज्ञान के सहारे अपने देश का विकास तथा उद्धार करना हो तो उन्हें विश्वविद्यालय के कारोबार

में अवश्य ध्यान देना चाहिए तथा अपने अधिकारों के लिए संघर्ष करते रहना चाहिए।

विश्वविद्यालय का कारोबार चलाने के लिए सीनेट होता है। ये क्रियाशून्य लोग जब तक जाएँगे नहीं, तब तक विश्वविद्यालय के काम-काज में सुधार नहीं आएगा। उलटे इन पुराने पदाधिकारियों के कारण ही विश्वविद्यालय में भ्रष्टाचार चल रहा है। सीनेट सदस्यों द्वारा शिक्षा संबंधी साहित्य अथवा शास्त्रीय उपकरणों की खरीदी करने की शर्त पर ही, किसी नए स्कूल अथवा कॉलेज को मंजूरी दी जाती है। अत: विद्यार्थियों को विश्वविद्यालय के कामकाज में ध्यान देते हुए अपना हित साधना चाहिए।

□

आधुनिक लोकतंत्र की सफलता के लिए पूर्व शर्तें...

22 दिसंबर, 1952 को पुणे में, पुणे जिला पुस्तकालय में लोकतंत्र विषय पर दिया गया वक्तव्य

अब जिस विषय पर मैं आपके सामने बोलने जा रहा हूँ, वह लोकतंत्र के सफल होने के लिए पूर्व शर्तें हैं। सरकार की संसदीय प्रणाली के बिना रूकावट संचालन के लिए कौन-कौन सी शर्तें पूरी होनी जरूरी हैं, इस विषय पर मैं अपने विचार रखूँगा।

विषय की रुपरेखा

इस विषय के मूल में जाने से पहले मैं इसकी रूपरेखा रखने के लिए कुछ आरंभिक टिप्पणियाँ करूँगा। पहला अवलोकन यह है कि लोकतंत्र हमेशा अपना स्वरूप बदलता रहता है। हम लोकतंत्र की बात करते हैं, लेकिन लोकतंत्र हमेशा समान नहीं रहता। ग्रीस के लोग 'अथेनियन' लोकतंत्र की बात कहते हैं, लेकिन सभी जानते हैं कि उस लोकतंत्र और हमारे आधुनिक लोकतंत्र में जमीन-आसमान का फर्क है। 'अथेनियन' लोकतंत्र में वे लोग थे, जिनमें 50 फीसदी गुलाम थे और सिर्फ 50 फीसदी आजाद थे। पचास प्रतिशत गुलामों के लिए सरकार में कोई जगह नहीं थी। हमारा लोकतंत्र निश्चित तौर पर उससे एकदम अलग है।

आज लोकतंत्र का क्या लक्ष्य है ? आधुनिक लोकतंत्र का उद्देश्य किसी तानाशाह शासक पर अंकुश लगाना नहीं, बल्कि लोगों का कल्याण है। लोकतंत्र के लक्ष्य में यह मूलभूत अंतर है। यही वजह है कि इस विषय के शीर्षक में मैंने लिखा है, 'आधुनिक लोकतंत्र की सफलता के लिए पूर्व शर्तें।'

लोकतंत्र की परिभाषा

लोकतंत्र से हमारा क्या आशय है, अपने विषय पर बोलने से पहले हमें यह समझना जरूरी है। कई लोगों ने लोकतंत्र को परिभाषित किया है। राजनीति विज्ञान के लेखकों ने, दार्शनिकों और समाजशास्त्रियों ने। मैं अपना पक्ष रखने के लिए दो का उदाहरण दूँगा। मुझे नहीं पता कि अंग्रेजों के संविधान पर वाल्टर बेगहोट की मशहूर पुस्तक के बारे में आपमें से किसी को जानकारी है या नहीं! यह लोकतंत्र की साफ तसवीर पेश करने की आधुनिक समय में पहली कोशिश है। उनकी पुस्तक में लोकतंत्र की परिभाषा है 'परिचर्चा के द्वारा सरकार।' उन्होंने इस तरह से लोकतंत्र की व्याख्या की है।

अब्राहम लिंकन की परिभाषा कुछ यूँ है। अपने मशहूर गैटीस्वर्ग भाषण में उन्होंने लोकतंत्र की परिभाषा देते हुए कहा था, "जनता की, जनता के द्वारा और जनता के लिए सरकार।" लोगों की लोकतंत्र के बारे में राय जानने के लिए और भी कई परिभाषाएँ दी जा सकती हैं। लेकिन निजी तौर पर मैं लोकतंत्र की अलग और अधिक ठोस व्याख्या करता हूँ। मेरा मानना है—

'सरकार की ऐसी प्रणाली और व्यवस्था, जिसमें बिना रक्तपात के लोगों के सामाजिक और आर्थिक जीवन में बदलाव लाए जाते हैं।' यह लोकतंत्र की मेरी परिभाषा है।

यदि लोकतंत्र इसे चलानेवाले लोगों की सामाजिक और आर्थिक जिंदगी में मूलभूत बदलाव लाने में सक्षम है और लोग इसे बिना हिंसा के स्वीकार कर लेते हैं, तो मैं कहूँगा कि यह लोकतंत्र है। यह असल परीक्षा है। यह शायद सबसे कठिन परीक्षा भी है।

लेकिन जब आप किसी सामान की गुणवत्ता परखते हैं तो उसे कई कड़े परीक्षण से गुजरना होता है। इसी तरह से मैं लोकतंत्र की व्याख्या करता हूँ। अब ऐसा लोकतंत्र सफल कैसे हो सकता है, यह मेरे भाषण का मुख्य विषय है।

यह दुर्भाग्य की बात है कि लोकतंत्र पर लिखनेवाले किसी भी लेखक ने ऐसे कोई सिद्धांत नहीं बताए हैं, जिनसे हमें पता चल सके कि उनके अनुसार कौन सी ऐसी शर्तें हैं, जो लोकतंत्र को कामयाब बनाती हैं। इसके लिए इतिहास पढ़ना होगा और दुनिया के विभिन्न देशों में लोकतंत्र के बारे में पढ़कर अपना निष्कर्ष खुद निकालना होगा।

पहली शर्त

लोकतंत्र की कामयाबी के लिए सबसे पहली शर्त यह है कि समाज में किसी तरह की असमानता नहीं होनी चाहिए। कोई दलित वर्ग न हो और कोई शोषित वर्ग भी न हो। ऐसा कोई वर्ग नहीं हो, जिसे खास अधिकार मिले हों और ऐसा भी कोई वर्ग नहीं हो, जिसके सिर पर सारा बोझ हो। इस तरह का वर्गभेद हिंसक क्रांति को जन्म देता है और

लोकतंत्र भी उसका उपचार नहीं कर सकता।

लिंकन ने उसी भाषण में एक बार कहा था कि अपने-आप में बँटा हुआ सदन खड़ा नहीं हो सकता है। वे दक्षिण और उत्तरी प्रांतों के बीच टकराव का हवाला दे रहे थे। उन्होंने कहा था, "यदि दक्षिणी प्रांत के आप और उत्तरी प्रांत के हम आपस में बँटे हुए हैं तो विदेशी दुश्मन के आने पर हम एकजुट नहीं हो सकते।" जब उन्होंने यह कहा कि बँटा हुआ सदन कभी खड़ा नहीं हो सकता तो उनका यही आशय था।

लेकिन मुझे लगता है कि उनके इस वाक्य का गहन अर्थ था, जो मेरी समझ में यह आया कि वर्गों के बीच में गहरी खाई लोकतंत्र की कामयाबी की राह में सबसे बड़ा रोड़ा बन सकती है। क्योंकि लोकतंत्र में क्या होता है ? लोकतंत्र में सभी को, दलित हो या शोषित अथवा अपने अधिकारों से वंचित तबका, सभी को उसी तरह मत देने का अधिकार है, जिस तरह खास अधिकार रखनेवालों को, बल्कि वंचित लोगों की संख्या अधिक है। क्योंकि हमारे यहाँ बहुमत का शासन होता है, तो यह संभव है कि यदि विशेष अधिकार रखनेवाले स्वेच्छा से अपने अधिकार नहीं छोड़ेंगे तो उनके और निचले तबके के लोगों में पैदा हुई खाई लोकतंत्र को खत्म कर देगी और कुछ अलग सा अस्तित्व में आ जाएगा।

इसलिए मुझे इसमें कोई संदेह नहीं कि यदि आप दुनिया के विभिन्न हिस्सों में लोकतंत्र का इतिहास पढ़ें तो पता चलेगा कि इसकी नाकामी का एक कारण सामाजिक वर्गभेद है।

दूसरी शर्त

सफल लोकतंत्र के लिए अनिवार्य दूसरी बात विपक्ष की मौजूदगी है। मैंने इस देश में ही नहीं, बल्कि इंग्लैंड में भी कई लोग देखे हैं, जो दलीय व्यवस्था के खिलाफ हैं। मैं यहाँ आने से पहले इंग्लैंड में दलीय व्यवस्था पर हैंसर्ड सोसायटी द्वारा प्रकाशित एक छोटी सी पुस्तक पढ़ रहा था और इसमें एक पूरा अध्याय इस पर था कि दलीय व्यवस्था अच्छी है और इसे लागू करना चाहिए। इस पर अलग-अलग विचार हैं।

अब मुझे लगता है कि दलीय व्यवस्था के खिलाफ लोग, जो विपक्ष के अस्तित्व के भी खिलाफ होंगे, लोकतंत्र के असल मायने ही नहीं समझ सके हैं। लोकतंत्र वंशानुगत शासन या राजशाही के खिलाफ है। लोकतंत्र का मतलब है कि किसी मुकाम पर देश में सत्तारूढ़ लोगों के अधिकार के खिलाफ एक निषेधाधिकार होना चाहिए। राजशाही में ऐसा नहीं होता। एक बार चुने जाने पर राजा ही हमेशा शासक होता है। उसे हर पाँच साल के बाद पद से हटकर यह नहीं पूछना पड़ता, "क्या आपको मैं सही लगता हूँ ? क्या आपको लगता है कि पिछले पाँच साल में मैंने सही काम किया ? यदि लगता है, तो फिर

से मुझे चुनिए।" एक राजा के अधिकारों पर कोई निषेधाधिकार नहीं होता।

लेकिन लोकतंत्र में सत्तारूढ़ शासक को हर पाँच साल में एक बार जनता के बीच जाकर पूछना पड़ता है कि क्या उसने उनके हितों के लिए सही काम किया और क्या वह दोबारा अधिकार पाने का हकदार है? मैं इसे ही निषेधाधिकार यानी 'वीटो' कहता हूँ। अब लोकतंत्र में सिर्फ पंचवार्षिक वीटो ही नहीं होता, यानी सरकार सिर्फ पाँच साल के अंत में ही लोगों के बीच नहीं जाती और ऐसा नहीं है कि इस अवधि में कोई भी उसकी सत्ता को चुनौती नहीं दे सकता।

आप देखेंगे कि विपक्ष का होना कितना अहम है। विपक्ष का मायने है कि सरकार हमेशा चौकस रहती है। सरकार को अपनी हर काररवाई का उन लोगों के सामने स्पष्टीकरण देना होता है, जो उसके दल के नहीं हैं। दुर्भाग्य की बात है कि हमारे देश में सभी अखबार विपक्ष से ज्यादा सरकार का प्रचार करते हैं। इसके पीछे उनको विज्ञापनों से मिलनेवाला राजस्व है, क्योंकि विपक्ष से कमाई नहीं हो सकती। उन्हें सरकार से राजस्व मिलता है और आपको दैनिक अखबारों में सत्तारूढ़ दल के सदस्यों के लंबे-लंबे भाषण छपे दिख जाएँगे तथा विपक्षी सदस्यों के भाषण आखिरी पन्ने पर आखिरी कॉलम में होंगे। मैं लोकतंत्र की आलोचना नहीं कर रहा। मैं बता रहा हूँ कि लोकतंत्र के लिए क्या जरूरी है। लोकतंत्र के लिए विपक्ष का होना जरूरी है।

तीसरी शर्त

लोकतंत्र की कामयाबी के लिए एक तीसरी शर्त भी है और वह है, कानून तथा प्रशासन में समानता। इस समय कानून के समक्ष समानता पर ज्यादा विस्तार में जाने की जरूरत नहीं है, हालाँकि इक्के-दुक्के मामले रहे हैं, जिनमें कानून के समक्ष भी समानता की स्थिति नहीं रही है। लेकिन यहाँ प्रशासन में समान व्यवहार महत्त्वपूर्ण है। आपमें से कईयों ने देखा होगा या कल्पना कर सकते हैं, जहाँ सत्तारूढ़ दल ने अपने दल के सदस्यों के फायदे के लिए प्रशासन का इस्तेमाल किया हो। मैंने ऐसे कई उदाहरण देखे हैं। मान लीजिए कि ऐसा कोई कानून है, जो कहता है कि आप बिना लाइसेंस के किसी पदार्थ का व्यापार नहीं कर सकते। कोई उस कानून पर उँगली नहीं उठाएगा, क्योंकि वह सर्वमान्य है। उस कानून में कोई भेदभाव नहीं है।

लेकिन विस्तार में जाएँ और देखें कि जब कोई व्यक्ति उस पदार्थ के व्यापार के लिए लाइसेंस का आवेदन लेकर मंत्री या अधिकारी के पास जाता है तो क्या होता है? मुझे नहीं पता, लेकिन संभव है कि मंत्री पहले उसकी टोपी को देखते हैं कि उसने किस रंग की टोपी पहनी है? यदि उसकी टोपी उन्हें पसंद आ गई और उन्हें लगा कि वह उनके दल का आदमी है और कोई दूसरा व्यक्ति दूसरे दल की वेशभूषा पहनकर चला जाए

तो फैसला लेते समय वे पहले को लाइसेंस देंगे और दूसरे को मना कर देंगे, हालाँकि दोनों लाइसेंस के समान हकदार हैं। यह प्रशासन में पक्षपात है और इसमें समानता की स्थिति नहीं है।

निश्चित तौर पर लाइसेंस का मामला बहुत छोटा है और सीमित वर्ग को प्रभावित करता है। लेकिन अगर प्रशासन में इस तरह का पक्षपात है तो और क्या हो सकता है? मान लीजिए कि किसी दल के एक सदस्य के खिलाफ किसी अपराध के लिए मुकदमा चल रहा है और उसके खिलाफ ठोस सबूत भी हैं। अगर उस दल का प्रमुख जिला मजिस्ट्रेट के पास जाकर कहे कि वह उस व्यक्ति के खिलाफ मुकदमा नहीं चला सकता, क्योंकि वह उसके दल का है और कहता है, "यदि तुम ऐसा नहीं करते तो मैं मंत्री के सामने यह मसला रखूँगा और यहाँ से तुम्हारा तबादला कहीं और हो जाएगा।"

आप कल्पना कर सकते हैं कि ऐसे में प्रशासन की क्या स्थिति होगी! अमेरिका में ऐसा होता था कि जब एक दल सत्ता में आया तो उसने पूर्व सत्तारूढ़ दल द्वारा नियुक्त सारे कर्मचारियों को हटा दिया, जिनमें क्लर्क और चपरासी भी शामिल थे। उनकी जगह ऐसे लोगों को नियुक्त किया गया, जिनकी मदद से दल सत्ता में आया। इसकी वजह से कई साल तक अमेरिकी प्रशासन प्रभावशाली नहीं रहा। बाद में उन्हें खुद एहसास हुआ कि यह तरीका लोकतंत्र में उपयुक्त नहीं है और उन्होंने उस व्यवस्था को खत्म कर दिया।

इंग्लैंड में प्रशासन को प्रभावी, निष्पक्ष और राजनीति से परे बनाए रखने के लिए उन्होंने राजनीतिक सेवा और प्रशासनिक सेवा को अलग कर दिया। प्रशासनिक सेवा स्थायी है। यह सभी दलों के लिए है ओर जो भी प्रशासनिक अधिकारी हैं, वे किसी मंत्री के दखल के बिना काम करते हैं। हमारे यहाँ भी जब ब्रिटिश शासन था, तब ऐसी व्यवस्था थी।

सरकार का हिस्सा होने के नाते मुझे भी अपने जीवन की एक घटना याद आती है। आपको पता होगा कि दिल्ली में हर वाइसरॉय के नाम पर सड़क या क्लब है। सिर्फ एक गवर्नर जनरल था, जिसके नाम पर कोई सड़क या संस्थान नहीं है और वह लॉर्ड लिंलिथगो है। उसका निजी सचिव मेरा दोस्त था। उस समय मैं लोक कल्याण विभाग का प्रभारी था और मेरे जिम्मे कई काम थे। उसने चुपचाप आकर मुझसे कहा, "डॉक्टर, क्या तुम किसी संस्थान या काम का लॉर्ड लिंलिथगो के नाम पर नामकरण कर सकते हो?" उसने कहा कि सभी के नाम पर कुछ-न-कुछ है, लेकिन उनके नाम पर नहीं। मैंने कहा, "मैं सोचूँगा।" मैं गरमियों में दिल्ली को पानी मुहैया कराने के लिए यमुना के ऊपर एक बैराज के निर्माण पर बात कर रहा था। मैंने अपने सचिव को बुलाया, जो एक यूरोपीय था और उसका नाम प्रायर था। मैंने कहा, "प्रायर, गवर्नर जनरल के सचिव ने मुझसे यह कहा है। क्या हम ऐसा कुछ कर सकते हैं?" उसका जवाब क्या रहा होगा? उसने कहा,

"सर, हमें ऐसा कुछ बिल्कुल नहीं करना चाहिए।"

इस देश में ऐसा कुछ कर पाना बिल्कुल असंभव है। किसी अधिकारी के लिए ऐसा कुछ कर पाना, जो मंत्री की इच्छा के खिलाफ हो, मेरे हिसाब से यहाँ असंभव है। लेकिन उन दिनों में यह संभव था, क्योंकि ब्रिटेन की तरह हमने भारत में भी कुछ अच्छे फैसले लिये कि प्रशासनिक काम में सरकार की दखल न हो और सरकार का काम सिर्फ नीतियाँ बनाना हो, दखल देना नहीं, जिससे पक्षपात होने लगे।

यह काफी मूलभूत है और मुझे दुःख है कि हम उसे भुला चुके हैं एवं उन चीजों को पूरी तरह से त्याग रहे हैं या खत्म कर रहे हैं, जो हमारे यहाँ थीं।

चौथी शर्त

लोकतंत्र की सफलता के लिए चौथी शर्त संवैधानिक नैतिकता का पालन है। कई लोग संविधान को लेकर काफी रोमांचित हैं, लेकिन मैं नहीं। मैं संविधान के पुनः प्रारूपण के लिए इसे मदद करने की माँग करनेवाले लोगों के साथ जुड़ने को भी तैयार हूँ। लेकिन हम भूल गए हैं कि हमारे पास कानूनी प्रावधानों वाला जो संविधान है, वह सिर्फ हड्डियों का ढाँचा है। इसका हाड़-मांस संवैधानिक नैतिकता में मिलेगा। इंग्लैंड में इसे संविधान की परंपराएँ कहते हैं और लोगों को नियमों का पालन करने के लिए तैयार रहना चाहिए। इस समय मेरे जेहन में जो एक या दो उदाहरण आ रहे हैं, मैं आपके सामने रखता हूँ।

आपको याद होगा कि जब अमेरिका की 13 कॉलोनियों ने बगावत की तो उनके नेता वाशिंगटन थे। उन्हें सिर्फ नेता कहना अमेरिकी जीवन पर उस समय उनके असर को कम करके बताना होगा। अमेरिकियों के लिए वाशिंगटन भगवान् थे। यदि आप उनका जीवन और इतिहास पढ़ें तो संविधान के बनने के बाद अमेरिका में उन्हें पहला राष्ट्रपति बनाया गया। उनका कार्यकाल पूरा होने के बाद क्या हुआ, उन्होंने दूसरी बार चुनाव लड़ने से इनकार कर दिया। मुझे इसमें तनिक भी संदेह नहीं कि अगर वाशिंगटन एक के बाद एक, दस बार भी राष्ट्रपति पद का चुनाव लड़ते तो निर्विरोध जीत जाते, लेकिन उन्होंने दूसरी बार में इनकार कर दिया।

जब उनसे इसका कारण पूछा गया तो उन्होंने कहा, "मेरे प्यारे लोगो, आप उस लक्ष्य को भूल गए हैं, जिसके लिए यह संविधान बनाया गया था। हमने यह संविधान बनाया, क्योंकि हम वंशानुगत राजशाही नहीं चाहते थे और हम एक वंशानुगत राजा या तानाशाह नहीं चाहते थे। यदि इंग्लैंड के राजा को छोड़ने के बाद आप इस देश में आकर साल-दर-साल और एक के बाद एक कार्यकाल में मेरी पूजा करेंगे तो आपके सिद्धांतों का क्या होगा? क्या आप दिल पर हाथ रखकर कह सकेंगे कि इंग्लैंड में राजा के खिलाफ आपने बगावत करके सही किया, जबकि आप उसकी जगह मुझे बिठा रहे

हैं?" उन्होंने कहा, "यदि आपके जज्बात आपको इस बात के लिए मजबूर कर रहे हैं कि आप मुझसे अनुरोध करें कि मैं दूसरी बार खड़ा होऊँ, तो इस सिद्धांत का प्रतिपादक होने के नाते मैं आपकी भावनाओं में नहीं बहूँगा।" उन्होंने फिर भी कम-से-कम दूसरी बार उनसे चुनाव लड़ने का आग्रह किया तो उन्होंने माना, लेकिन जब तीसरी बार वे उनके पास गए तो उन्होंने इसे ठुकरा दिया।

लोकतंत्र की सफलता के लिए एक और बात जरूरी है और वह यह कि लोकतंत्र के नाम पर बहुमत को अल्पमत का दमन करने का अधिकार न मिल जाए। अल्पमतवाले हमेशा सुरक्षित महसूस करें कि भले ही सरकार बहुमत की है, लेकिन अल्पमत के अधिकारों का हनन नहीं होगा। हाउस ऑफ कॉमंस में इसका बड़ा सम्मान किया जाता है। आपमें से कईयों को 1931 में इंग्लैंड में हुए चुनावों के नतीजे पता होंगे, जब श्री रामसे मैकडोनाल्ड ने लेबर पार्टी छोड़कर राष्ट्रीय सरकार बनाई थी। जब चुनाव आए तब लेबर पार्टी के 650 में से सिर्फ 50 सदस्य थे। उस समय मैं वहीं था, लेकिन मैंने एक भी ऐसी घटना नहीं सुनी, जब लेबर पार्टी के 50 सदस्यों में से किसी को बहुमत में आए कंजरवेटिवज् ने अभिव्यक्ति के, विरोध करने के या प्रस्ताव लाने के अधिकार से रोका हो।

हमारी अपनी संसद् को लीजिए। मैं विपक्षी सदस्यों द्वारा बार-बार कार्य स्थगन या निंदा प्रस्ताव लाए जाने को सही नहीं ठहरा रहा हूँ। संसद् में बार-बार इस तरह के प्रस्ताव लाना कामकाज के लिए अच्छा नहीं है। लेकिन आपने यह भी देखा होगा कि कार्य स्थगन या निंदा में से कोई भी प्रस्ताव शायद ही बहस में शामिल किया जाता है। मैं इससे हैरान रह जाता हूँ।

एक और बिंदु मैं रखना चाहूँगा। मुझे लगता है कि लोकतंत्र के लिए समाज में नैतिक व्यवस्था के क्रियान्वयन की जरूरत है। हमारे राजनीतिशास्त्रियों ने न जाने कैसे लोकतंत्र के इस पहलू पर कभी गौर नहीं किया! नीतिशास्त्र राजनीति से अलग है। आप भले ही राजनीति सीख जाएँ और आपको नीतिशास्त्र के बारे में कुछ भी न पता हो, क्योंकि राजनीति में नीतिशास्त्र के बिना भी काम चल सकता है।

मुझे यह बड़ा विस्मयकारी लगता है। आखिरकार लोकतंत्र में क्या होता है? लोकतंत्र में स्वतंत्र सरकार की बात की जाती है। स्वतंत्र सरकार से हमारे क्या मायने हैं? स्वतंत्र सरकार का मायने है कि सामाजिक जीवन के व्यापक पहलुओं में लोग कानून के दखल के बिना बसर कर सकते हैं और यदि कानून बनाया भी जाए तो उसे बनानेवाले उम्मीद करते हैं कि समाज में उसे कामयाब बनाने की नैतिकता होगी। लोकतंत्र के इस पहलू का सिर्फ लास्की ने जिक्र किया है। अपनी एक पुस्तक में उन्होंने साफ तौर पर कहा है कि लोकतंत्र में नैतिक व्यवस्था को हमेशा कम करके आँका जाता है। यदि कोई नैतिक व्यवस्था नहीं

है तो लोकतंत्र खंड-खंड हो जाएगा, जैसाकि इस समय हमारे देश में हो रहा है।

आखिरी बात जो मैं कहना चाहता हूँ, वह यह है कि लोकतंत्र में सार्वजनिक चेतना होना जरूरी है। इसमें कोई संदेह नहीं कि सभी देशों में अन्याय है, लेकिन वह बराबर नहीं है। कुछ देश ऐसे हैं, जहाँ अन्याय का प्रभाव बहुत कम है और कुछ ऐसे हैं, जहाँ यह बहुत अधिक है। कई ऐसे हैं, जो अन्याय के बोझ तले कुचले हुए हैं।

यह सार्वजनिक चेतना की बात है। सार्वजनिक चेतना, जिसमें अंतरात्मा ऐसी हो, जो हर गलत काम पर व्यथित हो, फिर चाहे पीड़ित कोई भी हो और इसका तात्पर्य है कि हर कोई चाहे वह पीड़ित हो या नहीं, उसे मुक्ति दिलाने के लिए उसका साथ देने को तैयार है।

सबसे ताजा उदाहरण दक्षिण अफ्रीका का है। वहाँ पीड़ित भारतीय हैं, गोरे नहीं। फिर भी आपको वहाँ ऐसे गोरे मिल जाएँगे, जो इस अन्याय को खत्म करने के लिए अपनी ओर से पूरी कोशिश कर रहे हैं। हाल ही में मैंने पढ़ा कि बड़ी संख्या में श्वेत युवा लड़के और लड़कियाँ दक्षिण अफ्रीका में भारतीयों के संघर्ष में जुड़ रहे हैं। यह सार्वजनिक चेतना है। मैं आपको सदमा नहीं पहुँचाना चाहता, लेकिन कई बार मुझे लगता है कि हम कितने लापरवाह हैं!

हम दक्षिण अफ्रीका की बात कर रहे हैं। मैं खुद हैरान हूँ कि हम जो अलगाववाद के खिलाफ इतना बोल रहे हैं, क्या हमारे यहाँ हर गाँव में दक्षिण अफ्रीका नहीं है? हमें जाकर देखने की जरूरत है। हर गाँव में यहाँ एक दक्षिण अफ्रीका है और मुझे ऐसा कोई उदाहरण मुश्किल से ही मिलता है, जब गैर अनुसूचित जाति के लोगों ने अनुसूचित जाति के संघर्ष में साथ दिया हो। ऐसा क्यों है?

क्योंकि सार्वजनिक चेतना का अभाव है। यदि ऐसा ही चलता रहा तो अन्याय झेल रहे अल्पसंख्यकों को इस अन्याय से मुक्ति दिलाने में दूसरों का साथ नहीं मिलेगा, तो बगावत की मानसिकता पैदा होगी, जिससे लोकतंत्र के लिए खतरा पैदा हो जाएगा।

अब जैसाकि मैंने कहा और मेरा मानना भी है कि ये लोकतंत्र की रक्षा के लिए जरूरी शर्तें हैं। ये सिलसिलेवार सिद्धांत नहीं हैं, जिनकी व्याख्या किसी राजनीतिशास्त्री ने की हो, बल्कि विभिन्न देशों के राजनीतिक इतिहास पढ़कर मैंने ये निष्कर्ष निकाले हैं।

मुझे इसमें कोई संदेह नहीं कि मैंने आज शाम जिस विषय पर बोला, वह देश के लिए बहुत जरूरी है। हमने यह सोच लिया है कि हमें आजादी मिल गई है। अंग्रेज चले गए। हमें ऐसा संविधान मिल गया, जो लोकतंत्र देता है। इससे ज्यादा हमें क्या चाहिए?

हम चुपचाप नहीं बैठ सकते। मैं आपको इस आत्मसंतुष्टि के खिलाफ चेतावनी देना चाहता हूँ कि यह न सोचें कि संविधान बन जाने से काम खत्म हो गया। ऐसा नहीं है। अभी तो शुरुआत हो गई है।

आपको याद रखना होगा कि लोकतंत्र कोई पौधा नहीं है, जो हर जगह पैदा हो जाता है, यह अमेरिका में पनपा, इंग्लैंड में भी। फ्रांस में भी कुछ हद तक। आपको याद होगा कि पहले यूरोपीय युद्ध के बाद और आस्ट्रिया-हंगरी साम्राज्य के विघटन के बाद विल्सन ने अपने स्वनिर्णय के बल पर छोटे-छोटे देशों को आस्ट्रिया से स्वतंत्र कराया। उन सभी ने लोकतांत्रिक संविधान, लोकतांत्रिक सरकार से आरंभ किया और संविधान में मौलिक अधिकार भी दिए। उस लोकतंत्र का क्या हुआ? क्या उसके कोई अवशेष भी नजर आते हैं? सबकुछ खत्म हो गया। वे दूसरे देशों के प्रभुत्व या निगरानी मैं हैं। कोई लोकतंत्र नहीं बचा है।

ताजा उदाहरण लेते हैं। सीरिया में लोकतांत्रिक सरकार बनी। कुछ साल बाद वहाँ सेना ने बगावत की और सीरिया का मुख्य कमांडर शासक बन गया एवं लोकतंत्र की धज्जियाँ उड़ गईं। दूसरा उदाहरण लीजिए। मिस्र में क्या हुआ? वहाँ भी 1922 से 30 साल तक लोकतांत्रिक सरकार रही। एक रात फारुक को जाना पड़ा और नगीब मिस्र का तानाशाह बन बैठा, जिसने संविधान को खत्म कर दिया।

ये सारे उदाहरण हमारे सामने हैं। लिहाजा हमें अपने भविष्य के बारे में काफी सावधानी बरतनी होगी। आपको सोचना होगा कि क्या हमें अपने लोकतंत्र को सुरक्षित बनाने की राह में खड़े अवरोधों और पत्थरों को हटाने के लिए कुछ सकारात्मक कदम नहीं उठाने चाहिए?

यदि मैंने यहाँ अपनी बातों के जरिए आपकी अंतरात्मा को जगाया हो कि ये समस्याएँ हैं, जिनके रहते हम चैन से सो नहीं सकते, तो मैं खुद को धन्यवाद दूँगा कि मैं अपना काम कर सका।

□

मैं ही भारत का संविधान जलाऊँगा

2 सितंबर, 1953 को संसद् में दिया गया भाषण, 'जनता', 5 सितंबर, 1953

बहुमत वाली सरकार के निवेदन पर मैंने संविधान का निर्माण किया। लोकमत के अनुसार मुझे संविधान बनाना पड़ा, उसके लिए मैं असहाय था। भारतीय संविधान में अछूतों की सुरक्षा के विशेष अधिकार राज्यपाल के पास न होने के कारण, उनका योग्य संरक्षण नहीं हुआ और न ही हो सकता है, इसी कारण मैं सबसे पहले संविधान को जला डालूँगा।

आंध्र प्रदेश में रेड्डी जाति बहुसंख्या में होकर सभी बड़े-बड़े जमींदार हैं, उसके पश्चात् जमीन की मिल्कीयत कामा तथा काकू जाति के पास है। परंतु निम्न स्तर पर बिना खेती के रह रहा खेतीहर मजदूर पीड़ित-शोषित पददलित समाज है। आंध्र प्रदेश निर्माण संबंधी बिल को सामने लाकर बहुसंख्यकों ने अछूतों पर हो रहे अन्याय व उनकी सुरक्षा करने हेतु अपने कर्तव्य का निर्वाह नहीं किया है। उनका प्रस्ताव कल्पना शून्य तथा अविवेकपूर्ण है। उस बिल में पददलित जनता का भविष्य तथा सुरक्षा का कोई प्रावधान नहीं है।

भाषावार प्रांत निर्माण करने से पहले अल्पसंख्यकों की सुरक्षा से संबंधित दो बातों पर ध्यान देना आवश्यक था।

भारत के सत्ताईस राज्यों में से तेईस राज्य पहले ही भाषाई तत्त्व पर आधारित हैं, इसके पूर्व भाषानुरूप राज्यों ने भारत की एकसूत्रता में कोई बाधा नहीं डाली है। इंग्लैंड में आज भी स्कॉटलैंड हेतु स्वतंत्र सेक्रेटरी ऑफ स्टेट है। वेल्स तथा ऑनमाउथशायर भाग के कल्याण हेतु विशेष मंडल बनाए गए हैं। उसी भाँति कनाडा में गवर्नर जनरल को, फ्रेंच भाषी अल्पसंख्यक कैथोलिक जाति के लिए विशेष अधिकार दिए गए हैं। ऐसा सब होने पर भारतीय संविधान में अल्पसंख्यकों के समान संरक्षण की व्यवस्था क्यों नहीं की

गई है ? यह बहुत ही खेदजनक है। भाषाई प्रांत रचना के कारण जातिवाद को इस देश में यदि बढ़ावा मिलता होगा, तो फिर आज का जो बहुभाषिक प्रांत है, उसे जैसा है, वैसा ही रखना श्रेयस्कर होगा। अन्यथा भाषानुरूप प्रदेश रचना के कारण देश में जातिवाद का आडंबर नंगा नाच करेगा।

इस सरकार ने विगत बीस वर्षों से भाषावार प्रांत रचना का समर्थन किया है तथा अब उसी पार्टी को भाषावार प्रांत रचना करते समय क्यों कँपकँपी छूट रही है ? मुझे इस बात का बहुत आश्चर्य हो रहा है। परंतु सन् 1949 से इस सरकार ने पकड़ने-छोड़ने की जो नीति अपनाई है, वही इसके लिए उत्तरदायी है। ऐसा मेरा निश्चित मत है। सरकार को आवश्यक उपाय कर वर्तमान के बहुभाषिक प्रांत को यथावत् बनाए रखना चाहिए। जिस समय भाषाई प्रांत के बगैर जब कुछ चल ही नहीं पाएगा, तब ऐसी स्थिति में सरकार की भाषावार प्रांत की निर्मिती जरूर करनी चाहिए।

□

जो धर्म समझा, वही देश का कल्याण करेगा

महात्मा फूले के जीवन पर आधारित सिनेमा के उद्घाटन समारोह में बाबासाहेब आंबेडकर द्वारा दिया गया भाषण, 'जनता', 6, फरवरी, 1954

पहले विवाद चलता था कि सामाजिक सुधार प्रथम हो या राजनीतिक सुधार प्रथम हो? पहले समाज सुधार होना चाहिए, ऐसा रानाडे, गोखले तथा आगरकर कहते थे। परंतु तिलक का जोर राजकीय सुधार पर था। इस संबंध में तिलक अपने विरोधियों पर विजय प्राप्त नहीं कर पाए। परंतु समाज सुधार होने के पहले ही देश को राजनीतिक स्वतंत्रता मिली, किंतु उसके परिणाम अच्छे नहीं हुए। आज देश में चरित्र शेष नहीं बचा है, जिस देश के पास नैतिकता नहीं है, उस देश का भविष्य बहुत कठिन है। आपके प्रधानमंत्री जवाहरलाल नेहरू हों या फिर मोरारजी देसाई हों, आपका भविष्य अंधकार से भरा हुआ है। देश के मंत्री देश का उद्धार नहीं कर सकते हैं, वरन् जिसे धर्म अच्छे ढंग से समझ आ गया हो, वही देश का कल्याण कर सकता है। महात्मा फूले ऐसे ही धर्म सुधारक थे। इस दृष्टि से इस महान् समाज सुधारक के जीवन पर आधारित यह सिनेमा सबके लिए उपयोगी सिद्ध होगा।

□

दोषपूर्ण विदेश नीति

राज्यसभा, संसद्, बहस भाग-7 ए, राज्यों का परिषद्, 26 अगस्त, 1954

विदेश नीति पर इस चर्चा में हम उन सिद्धांतों पर बात कर सकते हैं, जिन पर सरकार की विदेश नीति चल रही है। इसके अलावा कुछ करने का समय नहीं है। सिद्धांत निश्चय ही बहुत मूल्यवान होते हैं, पर राजनीतिज्ञों को सिद्धांत हमेशा नापसंद रहते हैं और विशेषत: विदेश नीति से जुड़े हुए राजनीतिज्ञों को।

मैं सन् 1924 के आसपास की बात याद करता हूँ। मिस्टर लो, जो एक महान् कार्टूनिस्ट थे, उन्होंने लंदन के 'इवनिंग स्टैंडर्ड' समाचार-पत्र में एक कार्टून बनाया, जिसमें यूरोप के कई देशों के विदेश मंत्रियों को यूरोपीय समस्या के समाधान का उपाय, हैट और कोट पहनकर तथा धारियोंवाली पतलून पहने एक-दूसरे के हाथ पकड़े नाचते हुए और यह कहते हुए दिखाया गया—'हमें बिना सिद्धांतों के शांति चाहिए, हमें बिना सिद्धांतों के शांति चाहिए।' पूरा विश्व इस कार्टून पर हँस रहा था।

मुझे प्रसन्नता है कि हमारे प्रधानमंत्री के लिए यह नहीं कहा जा सकता। उनके पास कुछ सिद्धांत हैं, जिन पर वे चल रहे हैं। यह सदन को तय करना है कि उन सिद्धांतों पर चलकर क्या हम सुरक्षित रह पाएँगे और क्या उन सिद्धांतों पर इस देश का भविष्य सुरक्षित रहेगा? मैं इसी प्रश्न पर चर्चा करूँगा और इसी सिद्धांत पर अपने आपको सीमित रखूँगा।

प्रधानमंत्री मुख्यत: 3 सिद्धांतों पर आगे बढ़ रहे हैं। पहला, शांति का, दूसरा, सभी समुदायों को साथ-साथ रहना और स्वतंत्र रूप से गणतंत्र रखना तथा तीसरा सिद्धांत है, सिएटो (SEATO) का विरोध। ये विदेश नीति के तीन मुख्य बिंदु हैं। इन सिद्धांतों की योग्यता को समझने के लिए हमें आजकल की समस्याओं की पृष्ठभूमि को समझना होगा, जिनके लिए यह सिद्धांत अब अपनाए गए हैं।

मैं सरकार के इन सिद्धांतों पर नजर डालता हूँ। पहले शांति के सिद्धांत के अनुसार

हम शांति चाहते हैं और कोई भी लड़ाई नहीं चाहता। प्रश्न है कि शांति किस कीमत पर होनी चाहिए? क्यों शांति को देश के विभाजन से पाना चाहिए? मैं आस्ट्रिया और हंगरी का विभाजन समझ सकता हूँ, जहाँ अलग तरह के लोग, भाषा और सार्वभौमिकतावाले लोग थे। पहले विश्वयुद्ध ने आस्ट्रियन सत्ता के स्वत: निर्धारण के सिद्धांत को समाप्त कर दिया। पर यहाँ पर देश है, जो एक सभ्यता, एक समाज, एक भाषा, एक वर्ग, एक भाग्य और साथ रहने की इच्छा रखते हैं। आप उनकी लाशों को काटकर लाश के हिस्से को क्या कर सकते हैं? ऊपर के आँकड़ों से स्पष्ट है कि कम्युनिस्ट देश बहुत बड़े हो गए हैं।

यहाँ पर एक बड़ा देश है, जो दूसरे लोगों को अपने अंदर लाता है और कहता है कि उन्हें आजाद कर रहा है। रूस की आजादी की कहानी ऐसी है, जिसमें आगे गुलामी होगी, न कि आजादी और स्वतंत्रता। इस तरह की शांति से आप केवल एक बड़े दैत्य को भोजन दे रहे हैं, जब भी वह अपना मुँह खोलता है। यह बड़ा दैत्य एक दिन आपके पास आकर कह सकता है कि मैंने अब सबको खा लिया है और केवल तुम लोग बचे हो, इसलिए अब तुम्हें खाऊँगा।

इस पर श्री एच.पी. सक्सेना ने कहा कि तब हम उस दैत्य को खा लेंगे।

हमें अपने पर अधिक घमंड नहीं करना चाहिए। अभी तक हमने किसी अंतरराष्ट्रीय खेल में भाग नहीं लिया है और जब इसमें भाग लेंगे, तभी पता चलेगा कि हम हालातों का सामना कैसे कर पाते हैं? मेरे कहने का अर्थ है कि इस दैत्य को खिलाते रहना एक घृणित सिद्धांत है। क्या रूसवाले यह अहसान याद रखेंगे कि भारतीय प्रधानमंत्री एवं संसद् ने इंडो चाइना का बँटवारा या कोरिया के बँटवारा का समर्थन किया था और वे हमारी तरफ नहीं आएँगे।

अब दूसरा प्रश्न सहअस्तित्व का है। यह एक प्रश्न है कि क्या कम्युनिज्म और प्रजातंत्र साथ रह सकते हैं? क्या इन दोनों में झगडा नहीं होता? यह धारणा बिल्कुल गलत हैं, क्योंकि कम्युनिज्म के केंद्र से दूर के देश सोच सकते हैं कि जंगल की आग उन तक पहुँचने से पहले बुझ जाएगी या उन तक नहीं पहुँचेगी। पर इसके पास रहनेवाले लोग कैसे बचेंगे? क्या मनुष्य की आबादी और जंगल की आग साथ-साथ रह सकते हैं? कनाडा और यूरोप के कुछ नेताओं ने इस सहअस्तित्व की नीति की सराहना की है, पर मैं उनकी राय को नहीं मानता। वे ऐसा कह सकते हैं, क्योंकि कनाडा चीन और रूस से हजारों मील दूर है। इसी तरह इंग्लैंड भी इसे मान सकता है, क्योंकि वह भी बहूत दूर है।

किसी देश की विदेश नीति में उसकी भौगोलिक स्थिति महत्त्वपूर्ण होती है और स्थिति के अनुसार नीति बदल जाती है। कनाडा और इंग्लैंड के लिए जो अच्छा हो, वह हमारे लिए शायद न अच्छा हो। इसलिए सहअस्तित्व की बात प्रधानमंत्री ने बिना अधिक विचार के स्वीकार की है। मैं अब सिएटो के बारे में कुछ कहूँगा। प्रधानमंत्री ने इस बारे

में अपना मत नहीं बनाया है। उन्होंने कहा कि हमारे देश ने किसी कमीशन का 'जिनेवा निर्णय' के अनुसार अध्यक्ष बनना स्वीकार किया है, अतः हमारे देश को सिएटो में नही जाना चाहिए। ये दोनों बातें साथ–साथ नहीं चल सकतीं, पर हमें सिएटो में जाने के बारे में विचार करना चाहिए।

सिएटो से दूर रहने के दो कारण समझ में आते हैं। प्रधानमंत्री को अमेरिका के साथ थोड़ी दुश्मनी या कुछ परेशानी है। प्रधानमंत्री तथा अमेरिका एक–दूसरे को नहीं पसंद करते और इस कारण अमेरिका से आनेवाली किसी बात पर प्रधानमंत्री दूर रहना चाहते हैं।

मैंने रूस से प्रभावित हुए देशों की सूची दी है। ऐसा अमेरिका के युद्ध में बेवकूफीवाले कामों से हुआ है। रूस को इन इलाकों का कब्जा रुजवेल्ट की रजामंदी और चर्चिल की इच्छा से मिला है। चर्चिल ने युद्ध समाप्ति के बाद कहा कि उन्होंने हिटलर से जीतने के लिए इतने देशों की आजादी कुरबान की और यह उनकी बहुत बड़ी गलती थी।

यदि मैं अमेरिका की नीति को समक्ष पाया हूँ तो उन्हें लगता है कि रूस को युद्ध में दस देशों को पाकर संतुष्ट हो जाना चाहिए। मेरे विचार से अमेरिका और ब्रिटिश का कर्तव्य था कि इन देशों को आजाद कराएँ पर किसी देश में इच्छा या शक्ति इतना बड़ा काम करने के लिए नहीं थी। इन कारणों से अब वे रक्षा की दूसरी पंक्ति में खड़े हैं और वे चाहते हैं कि रूस एवं चीन को अब आगे और किसी जगह पर कब्जा न करने दिया जाए। मेरे विचार से सभी आजादी से प्यार करनेवाले लोग इस पर सहमत होंगे।

इसी विचार से वे लोग सिएटो बनाना चाहते हैं। सिएटो किसी देश पर आक्रमण के लिए बना संगठन नहीं है। यह आजाद देशों पर आक्रमण रोकने के लिए बनाया संगठन है। क्या प्रधानमंत्री इस सिद्धांत को मानेंगे कि जो देश स्वतंत्र बचे हुए हैं, उन्हें स्वतंत्र बने रहने दिया जाए? भारत में भी आक्रमण का अंदेशा है, क्योंकि यह देश पाकिस्तान और दूसरे मुसलिम देशों से घिरा है। अब जबकि मिस्र और इंग्लैंड के बीच की दीवार स्वेज नहर के कारण खत्म हो गई है, मुसलिम देशों को पाकिस्तान के साथ मिलकर एक गुट बनाना आसान हो गया है। दूसरे, प्रधानमंत्री ने चीन को तिब्बत (लहसा) पर कब्जा देकर वास्तव में चीन को भारत की सीमा के समीप कर दिया है।

इन बातों को देखकर मुझे लगता है कि भारत पर आक्रमण कभी भी हो सकता है और यह आक्रमण उन लोगों की तरफ से हो सकता है, जिन्हें इसकी आदत है।

अब प्रश्न है कि यदि हम सिएटो में जाते हैं तो रूस क्या कहेगा? हमारी विदेश नीति का मुख्य काम दूसरे देशों की समस्याएँ हल करना प्रतीत होता है, न कि अपनी समस्या। यहाँ पर कश्मीर की समस्या है, जिसे हम हल नहीं कर पाए और सब भूल गए हैं कि यह भी एक समस्या है। पर एक दिन इसका भूत जरूर उठेगा और सामने खड़ा होगा। प्रधानमंत्री ने एक योजना कश्मीर को सुरंग द्वारा बाकी भारत से जोड़ने की बनाई

है। हमने इंग्लिश चैनल के नीचे एक सुरंग 50 सालों से फ्रांस और इंग्लैंड को जोड़ने के लिए बन रही है, सुनी है, पर अंग्रेजों ने इस योजना को पूरा नहीं किया, क्योंकि यह दो धारवाला हथियार हो सकता है। कोई शत्रु फ्रांस को जीतकर इस सुरंग के रास्ते इंग्लैंड में सेना भेजकर उसे जीत सकता है। प्रधानमंत्री को सोचना चाहिए कि सुरंग से दोनों तरफ का रास्ता होगा और यदि कोई कश्मीर पर कब्जा करता है तो वह सीधे पठानकोट तक या फिर प्रधानमंत्री के घर तक आ सकता है।

प्रधानमंत्री, माओ द्वारा निकाले पंचशील और जिसे प्रवेश न करनेवाले तिब्बत समझौते में माना गया, पर विश्वास करते हैं। मुझे आश्चर्य है कि प्रधानमंत्री पंचशील में विश्वास करते हैं, क्योंकि यह बौद्ध धर्म में आवश्यक भाग है और यदि माओ को इसमें विश्वास होता तो बौद्धों को अपने देश में अच्छी तरह रखते। पंचशील का किसी कम्युनिस्ट देश की राजनीति में कोई स्थान नहीं है। उनके अपने अलग सिद्धांत होते हैं जिसमें नैतिक मूल्यों को धुँधला रखा जाता है। आज की नैतिकता कल नहीं रहती और अपने शब्दों को नैतिकता की परिभाषा से ही कल तोड़ा जा सकता है, क्योंकि कल किसी और नैतिकता की बात होगी।

दूसरी बात कि रूस का कम्युनिस्ट राष्ट्र जब दूसरे राज्यों से बात करता है तो हरेक को अलग दृष्टि से देखता है। हम जब किसी से बात करते हैं तो पहले अच्छी भावना से प्रारंभ करते हैं और फिर आभार प्रकट करके समाप्त करते हैं। रूसवाले ऐसा नहीं करते। प्रधानमंत्री कहते रहे हैं कि एशिया एशियावालों के लिए होना चाहिए, पर एशिया इस समय बँटा हुआ है और आधे से अधिक कम्युनिस्ट हैं, जिनकी सरकार का तरीका अलग है। बाकी के एशिया में जीवन और सरकार का तरीका अलग है। इस तरह से एशियावालों में कैसे एकता हो सकती है? और एशियावालों के लिए एशिया कहना उचित नहीं है। इसलिए हमें स्वतंत्र देशों, जिनका आजादी में विश्वास हो, उनके साथ रहना चाहिए।

मैं एक बात और कहना चाहूँगा। मैं एक पुस्तक, जो अंतरराष्ट्रीय मामलों की संस्था द्वारा चाथम हाउस से प्रकाशित की गई, देख रहा था। इसमें दूसरे विश्वयुद्ध के कारणों का सर्वेक्षण हुआ है और लेखक ने दो निष्कर्ष निकाले हैं कि युद्ध क्यों हुआ? पहला कारण कि चैंबरलेन की नि:शस्त्रीकरण की नीति थी, जिसका लेबर पार्टीवाले विरोध कर रहे थे और इस नीति से वे यूरोप में शक्ति संतुलन नहीं रख सके और हिटलर बहुत आगे बढ़ गया और उसे नियंत्रित करना कठिन हो गया। दूसरी बात, उन्होंने कहा कि चैंबरलेन ने हिटलर की बात पर विश्वास करके बड़ी गलती की, क्योंकि उससे बड़ा झूठा कोई न था। संधि करने के अगले ही दिन हिटलर चेकोस्लोवाकिया में घुस गया था। आशा है कि हमारे प्रधानमंत्री इस तरह की बड़ी गलती नहीं करेंगे।

□

प्रधानमंत्री नेहरू अछूत विरोधी

अनुसूचित जाति आयोग की रिपोर्ट, 1953 पर शब्द सभा में भाषण

अनुसूचित जाति-जनजाति के लिए नियुक्त कमिश्नर द्वारा राष्ट्रपति को सौंपी गई यह तीसरी रिपोर्ट है। इस रिपोर्ट को पढ़ते समय प्रारंभ में ही एक बात ध्यानाकर्षण करने वाली है कि रिपोर्ट में जिन अनेक बिंदुओं का उल्लेख किया गया है, उस संदर्भ में सांसदों ने कोई काररवाई नहीं की है। तात्पर्य यह की कमिश्नर ने सांसदों को दोषी ठहराया है। उसके कथन अनुसार… अनुसूचित जाति-जनजाति का कमिश्नर क्रियान्वयन अधिकारी न होकर वह केवल रिपोर्ट प्रस्तुत करनेवाला अधिकारी मात्र है। उसका काम केवल रिपोर्ट प्रस्तुत करना है। संसद् सदस्य इस बात को भूल गए हैं कि उसने जो कुछ सूचना एवं सुझाव दिए हैं, उसका क्रियान्वयन सरकारी विभागों को करना चाहिए।

आप सबको ज्ञात है कि गाँव में अनुसूचित जाति के लोगों को जिन लोगों के साथ रहना पड़ता है, वे लोग इन पर जिस प्रकार के अन्याय, अत्याचार तथा दुराचार करते हैं, उन्हें जान लेना अति आवश्यक है। कमिश्नर को अपनी रिपोर्ट में इन अत्याचारों का उल्लेख करना चाहिए था। परंतु अछूतों की दृष्टि से अत्यंत महत्त्वपूर्ण विषय पर कमिश्नर ने पूर्णतः मौन धारण किया है। मुझे यह दृष्टिगोचर हुआ है कि मेरी ओर जो शिकायतें आई हैं, उससे कहीं अधिक शिकायतें कमिश्नर की ओर पहुँची होंगी, जो पाँच सौ से हजार के बीच होंगी। मैं यहाँ पर नजर में आई एक या दो घटनाओं का उल्लेख करना चाहूँगा, जो अभी हाल ही में घटित हुई हैं। एक अत्यंत विश्वसनीय अधिकारी की ओर से ज्ञात हुआ है कि राजस्थान के डाकुओं ने अनुसूचित जाति के तीस लोगों को बंदूक की गोलियों से भून डाला है। सच बात तो यह है कि राजपूत तथा उच्च वर्णीय हिंदुओं को अनुसूचित जाति के लोगों द्वारा संविधान द्वारा प्रदत्त अधिकारों का उपयोग मंजूर नहीं है, क्योंकि उन्हें इससे अन्य हिंदुओं के बराबर का दरजा प्राप्त होता है।

मैं एक और दूसरी घटना का उल्लेख करना चाहता हूँ। यह घटना मुंबई की है। गाँव के लोगों को संदेह था कि भंगी गाँव में विशेष रोग लेकर लाया है। लोगों का अनुमान था कि गाँव में जो रोग फैला है, उसका कारण भंगी के पास की शैतानी शक्ति है। लोगों ने उसे पकड़ा तथा जलती आग को उसके सिर पर रख उसे गाँव का चक्कर लगाने को कहा। उनकी सोच थी कि ऐसा करने पर भंगी की दुष्ट शक्ति का प्रभाव नष्ट होगा। उसने पगड़ी बाँधी हुई थी, जिसका परिणाम यह हुआ कि उसके सिर पर बरतन में रखी आग ने लगभग उसकी आधी खोपड़ी ही जला दी। किंतु कमिश्नर ने इस घटना का उल्लेख अपनी रिपोर्ट में नहीं किया है। हैदराबाद राज्य के औरंगाबाद जिले की घटना की मुझे जानकारी है। वहाँ के एक गाँव में संक्रामक रोग फैला था। गाँव के लोगों का वहम था कि अनुसूचित जाति की महिला ने जादू कर यह रोग फैलाया है। लोगों ने उस महिला से स्पष्टीकरण माँगा, परंतु वह अपने निरपराध होने के दावे को प्रमाणित नहीं कर पाई। लोगों ने उसे मारा ही नहीं वरन् उसका घर जलाया तथा उसके पति व बच्चों को कठोर यातनाएँ दीं। कमिश्नर इस घटना का भी उल्लेख नहीं कर सका है।

मेरे सम्माननीय मित्र तथा गृहमंत्री इस बात को मानेंगे कि अनुसूचित जाति के लोग अपने अन्याय-अत्याचार की जानकारी मेरी ओर तथा सरकार की ओर भेजते हैं। अत: मेरे पास इस अन्याय-अत्याचार की लंबी-चौड़ी सूची है। इस सार्वजनिक रिपोर्ट में इन जुल्मों का उल्लेख अवश्य होना चाहिए था तथा मुझे इसकी पूरी उम्मीद थी, परंतु वहाँ इन घटनाओं का कोई उल्लेख नहीं है। कमिश्नर के पद का निर्माण जिस उद्देश्य को लेकर किया गया है, उस महत्त्वपूर्ण उद्देश्य को शायद कमिश्नर भूल गए हैं। उद्देश्य यही था कि सवर्ण हिंदू अनुसूचित जाति के साथ जो तिरस्कारपूर्ण व्यवहार करते हैं, उसे सार्वजनिक रूप से सामने रखने पर, उनमें सद्बौद्धि जाग्रत् की जाए। फलत: लोगों में भी सद्बौद्धि जाग्रत् होगी तथा लोगों में यह संदेश जाएगा कि इस तरह का व्यवहार क्या सभ्य लोगों हेतु शोभनीय है ? परंतु इस तरह की घटना यदि लोगों के समक्ष नहीं रखी जाएगी व उन्हें दबाकर रखा जाएगा, तब इस महत्त्वपूर्ण पद के निर्माण का उद्देश्य ही नष्ट हो जाता है। मुझे आशा है कि आगामी रिपोर्ट तैयार करते समय अन्यायग्रस्त अनुसूचित जाति के लोगों की शिकायतें जैसी की वैसी रखी जाएँ। वे इस बात को ध्यान में रखेंगे तथा रिपोर्ट तैयार करने में किसी प्रकार का संकोच नहीं करेंगे। कमिश्नर की रिपोर्ट पर यह मेरा पहला अभिप्राय है।

मैंने तथा कमिश्नर ने जिन घटनाओं का उल्लेख किया है, उसमें कानून का उल्लंघन हुआ है तथा अनुसूचित जाति के लोगों पर अनेकों तरह के अन्याय-अत्याचार किए गए हैं। मुझे लगता है, ये मामले गृहमंत्री के अधिकार क्षेत्र में आते हैं। अनुसूचित जाति के संरक्षण हेतु कौन से कानून बनाए गए हैं, सामान्य सभ्य नागरिकों हेतु कौन से

कानून बनाए गए हैं तथा कानून तोड़नेवालों के लिए कानून में कौन से दंड का प्रावधान है ? महोदय, पहले दिन जब गृहमंत्री ने सदन में रिपोर्ट प्रस्तुत की, उस दिन मुझे आने में विलंब हुआ था, परंतु मैंने उनके भाषण का अंतिम भाग सुना था। उनके भाषण से प्रतीत होता है कि उनके कहने का भावार्थ ही कुछ और था। वे कहते हैं—"लोगों पर केस दर्ज करने से क्या होगा ? लोग सत्याग्रह प्रारंभ करेंगे। लोगों के मन में जो आएगा, वे करेंगे। कानून का हमें संरक्षण है, इसलिए हमें इस पर आश्रित नहीं रहना चाहिए।" ठीक है, गृहमंत्री का यही विचार है कि अनुसूचित जाति के विरोध में हजारों वर्षों से जो चल रहा है, वह कानूनन सही है तथा वही कानून चलते रहेगा। कारण, कानून तोड़नेवालों के विरोध में अनुसूचित जाति के लोगों द्वारा आगे आकर केस दर्ज करना असंभव है। कमिश्नर का कथन है कि अनुसूचित जाति के लोग आर्थिक दृष्टि से परावलंबी हैं। सवर्ण हिंदुओं ने उनको दबाकर रखा है, जिनके भरोसे ये लोग अपना जीवनयापन करते हैं, उनके विरोध में ये लोग सामने कैसे आ पाएँगे ? यह असंभव है।

कमिश्नर ने एकदम प्रारंभ से ही इस बात को मान लिया है। उनकी पहली रिपोर्ट, दूसरी रिपोर्ट तथा तीसरी रिपोर्ट में भी इस बात की पुनरावृत्ति की गई है कि अनूसूचित जाति अपने अधिकारों का संरक्षण कर पाएगी, इस बात पर भरोसा करना व्यर्थ है। उन पर जो अन्याय-अत्याचार करते हैं, उनको कोर्ट में घसीटने के लिए वे आर्थिक दृष्टि से सबल नहीं हैं, साथ ही वे साधन विहीन हैं।

मेरा प्रश्न है, अनुसूचित जाति के लोगों ने जो प्रत्यक्ष शिकायत की है, क्या वह मूलभूत कानून तथा मूलभूत अधिकारों का उल्लंघन नहीं है ? यह मूलभूत अधिकार क्या संविधान के एक भाग में नहीं हैं ? दंगाई तथा गुंडों को आप यदि मूलभूत अधिकारों के हनन की छूट देते होंगे, तब संविधान के प्रति तिरस्कार फैलाने में क्या आप भी सहायक नहीं हैं ? इसके बंदोबस्त हेतु आपके स्वयं के विभाग को अलग से व्यवस्था करना क्या आपका कर्तव्य नहीं है ? यूनाइटेड स्टेट में एक विशेष न्याय विभाग है, जिसका काम संविधान तथा संघ राज्य के कानूनों का सम्मान होता है अथवा नहीं, यही देखना है। संविधान का सुचारू रूप से पालन हो, मूलभूत कानून का पालन हो तथा सारी जनता उसका आदर करे, यह बात यदि गृहमंत्री को मंजूर है, तब जनता से कानून का पालन करवा लेना यह उनका कर्तव्य है। इस बात को उन्हें पहचानना चाहिए। उनको इसका उत्तरदायित्व स्वीकार करना एकमेव मार्ग है। यह वाद उन्होंने राज्य सरकार पर नहीं छोड़नी चाहिए, कारण राज्य सरकार इसे पूरा नहीं कर सकती है। उसी भाँति अनुसूचित जाति के लोगों पर भी यह जिम्मेदारी नहीं ढकेलनी चाहिए, कारण, वे तो साधन विहीन हैं। अत: मुझे विश्वास है कि वे इस प्रश्न को गंभीरता के साथ एक कुशल राजनायक की तरह हल करेंगे।

मैं अब शिक्षा के विषय पर आता हूँ। अनुसूचित जाति की शिक्षा के ऊपर सरकार

प्रतिवर्ष अधिकाधिक राशि खर्च करती है। यह बहुत ही संतोष की बात है। मैं यहाँ स्वयं का उल्लेख करना चाहता हूँ, अत: सम्मानीय मित्र मुझे माफ करेंगे। ···आपको इस देश में दो राष्ट्र दिखाई देंगे, पहला राज्यकर्ताओं का राष्ट्र तथा दूसरा प्रजाजनों का राष्ट्र।

समस्त पिछड़े लोग प्रजाजन हैं, उन्हें कहीं पर कोई भी अधिकार नहीं है। सरकारी नौकरियों में उन्हें कोई स्थान नहीं है। प्रशासन में भी उन्हें कोई स्थान नहीं है। उच्च वर्ग ने शासकीय स्थानों पर अपना एकाधिकार स्थापित किया है, वे ऊँची शिक्षा प्राप्त करने में समर्थ हैं, इसीलिए उन्होंने एकाधिकार स्थापित किया है। भारत सरकार के सभी सचिवालयों का परीक्षण करने पर दिखाई देता है कि प्रत्येक सचिव का पुत्र या पुत्री कैंब्रिज या ऑक्सफोर्ड विश्वविद्यालय में मिलेंगे। इन्होंने अपने बच्चों के रहने की व्यवस्था करने के लिए दो-तीन बार विदेश यात्रा की है। वजह यही है कि उनके पास विपुल धन है, जबकि पिछड़े वर्ग के बच्चों को प्राथमिक शिक्षा तक सुलभ नहीं हो पाती है। दो वर्गों में इस तरह का व्यवहार सैकड़ों वर्षों से चला आ रहा है। यह व्यवहार असहनीय है, जिसे हम अब अनंतकाल तक चलने नहीं देंगे। ये लोग कुछ काल तक ऐसा कर सकते हैं, किंतु दूसरे वर्ग को भी शैक्षणिक दृष्टि से सबल होना चाहिए तथा शासन की बागडोर सँभालना चाहिए। संपूर्ण काल के लिए अब हम प्रजाजन रहने को तैयार नहीं हैं।

अत: मेरा इतना ही कहना है कि आपको यदि लोगों को एकत्र करना है, सबको सम-समान स्तर पर लाना है, तब फिर एक को उच्च शिक्षा मिले तथा दूसरों को प्राथमिक शिक्षा तक नहीं मिल पाए, यह उचित नहीं है। इस दृष्टिकोण से आपको उच्च शिक्षा की योजना बनानी चाहिए।

महोदय, मेरी नजर में और एक बात आई है। शिक्षा विभाग ने एक या दो माह पूर्व एक आदेश जारी किया है कि अनुसूचित जाति के जो विद्यार्थी परीक्षा में 50 टका अंक प्राप्त करेंगे, उन्हें ही छात्रवृत्ति दी जाएगी। अनुसूचित जाति की उन्नति के लिए सहृदय तथा उदार सरकार 50 टका की कठिन शर्त निकालने पर क्या विचार करेगी? इसका मुझे इंतजार रहेगा। अनुसूचित जाति के विद्यार्थी किन परिस्थितियों में रहते हैं, इस पर आपको विचार करना चाहिए। उनके माता-पिता के पास उनके अध्ययन हेतु अलग कमरा भी नहीं होता है, रात को पढ़ाई करने के लिए चिराग भी नहीं होता है। वे भीड़ में रहते हैं, फिर भी उन्हें 50 टका अंक मिलना चाहिए, आप ऐसी अपेक्षा कैसे करते हैं? इसे मूर्खता नहीं, महामूर्खता कहा जाएगा। सभी विश्वविद्यालयों ने मान्य किया है तथा सरकारी नौकरी के लिए आपको भी मंजूर है कि सामान्य योग्यता 33 टका है, अत: आपको उसे मानना चाहिए। किसी की शैक्षणिक प्रगति में अवरोध निर्माण करना उचित नहीं है। केवल उत्तीर्ण हुआ छात्र यदि सरकारी नौकरी की योग्यता रखता है, तब वह आगामी शिक्षा हेतु छात्रवृत्ति के लिए कैसे योग्य नहीं है?

मैं अब नौकरियों की ओर आपका ध्यान आकृष्ट कराना चाहता हूँ। कमिश्नर ने तीन प्रकार की नौकरियों के आँकड़े प्रस्तुत किए हैं। सेना, भारत सरकार की अखिल भारतीय नौकरियाँ तथा केंद्रीय नौकरियाँ। सेना की नौकरियों के संबंध में दृष्टिगोचर हुआ है कि एक विशिष्ट दरजे की नौकरियों की स्थिति बहुत निकृष्ट है। सन् 1952 में दुच्यम नायक के पद पर अनुसूचित जाति के व्यक्ति थे, 1953 में अब एक भी कार्यरत नहीं हैं। 1952 में जूनियर कमीशंड ऑफिसर के पद पर 601 व्यक्ति थे, जबकि 1953 में यह संख्या 435 रह गई है। 1952 में नॉन कमीशंड ऑफिसर 3273 थे, 1953 में यह आँकड़ा 2533 तक नीचे आ गया है। सेना में अनुसूचित जाति की संख्या में जो ह्रास हो रहा है, वह समझ के बाहर है। मुझे लगता है, सेना वह जगह है, जहाँ बौद्धिक क्षमता की आवश्यकता नहीं है। मैं यह साधारण नौकरी के संबंध में बोल रहा हूँ। उच्च दरजे की नौकरियों में अधिक बौद्धिक योग्यता की आवश्यकता हो सकती है, परंतु मैं उस संबंध में नहीं बोल रहा हूँ। तथापि सामान्य नौकरियों की बात करें, तब दिखाई देता है कि यह आँकड़ा 22,000 से 18,000 तक नीचे आ गया है। मेरा आकलन है कि कोई भी यही अपेक्षा करेगा कि सेना में नौकरियों की वृद्धि के साथ-साथ अनुसूचित जाति के लोगों की संख्या भी बढ़नी चाहिए। शेष सभी स्थानों पर उन्हें अयोग्य कहा जाता है। यह तो सामान्य वाक्य प्रचार हो गया है। सभी लोक सेवा आयोगों ने तथा नियुक्ति अधिकारियों ने इसको मखाग्र पाठ कर लिया है। आप बस इतना कहिए कि यह व्यक्ति अयोग्य है, बस वहीं पर विषय समाप्त हो जाता है। अन्य सरकारी विभागों में उन्हें नौकरी नहीं दी जा रही है, परंतु सेना तथा पुलिस दल में नौकरी के लिए उन्हें छूट मिलनी चाहिए, क्योंकि यहाँ शिक्षा उतनी महत्त्वपूर्ण नहीं है। परंतु आप तो सौतेली माँ की तरह व्यवहार कर रहे हैं। गृह विभाग इन आँकड़ों की जाँच कर तथा जानकारी हासिल कर इसका समर्थन करने को उत्सुक है या नहीं? यह समझ से परे है। नौकरियों में घटोत्तरी क्यों हुई? इसका जवाब कमांडर-इन-चीफ से अवश्य पूछना चाहिए।

महोदय, मैं अब भारत सरकार की नौकरियों की ओर मुखातिब होता हूँ, जो सरकारी नौकरियों तथा पुलिस दल की नौकरियों से संबंधित हैं। मुझे ज्ञात है कि लोकसेवा आयोग के द्वारा 1952 में नौकरियों की भरती प्रारंभ की गई थी।

प्रांतीय सरकार की ओर से जो भरती की गई है, मैं उनको हिसाब में नहीं ले रहा हूँ। एक अथवा दो अपवाद छोड़ दिए जाएँ तो प्रांतीय सरकारों को जो पूर्णत: योग्य लगे, फिर यहाँ लगभग सबको अयोग्य क्यों ठहराया गया है? केंद्रीय लोकसेवा आयोग को वे एकदम अयोग्य क्यों लगे? यह सब पुराना इतिहास है। परंतु मैं वर्तमान के संदर्भ में बोल रहा हूँ। सन् 1952 से संविधान अमल में आया है, तब से भारतीय प्रशासकीय नौकरियों में क्या किसी एक की भी भरती हो पाई है? भारत की प्रशासकीय नौकरी में लोकसेवा

आयोग द्वारा अनुसूचित जाति का एक भी सदस्य नहीं चुना गया है, उसी तरह भारत की पुलिस सर्विस में लोकसेवा आयोग ने अनुसूचित जाति का एक भी सदस्य नहीं लिया है। पिछले वर्ष मैंने लोकसेवा आयोग से झगड़ा किया, तब जाकर भारतीय पुलिस सुरक्षा दल एक व्यक्ति लेने को तैयार हुआ। इस नौकरी का प्रभार स्वीकार करनेवाला गृह विभाग मानता है कि यह विषय महत्त्वपूर्ण नहीं है, जबकि ये नौकरियाँ प्रशासकीय हैं। मेरे माननीय मित्र को प्रशासकीय (Executive) तथा प्रबंधकीय (Administrative) नौकरी के बीच का अंतर अच्छी तरह मालूम है।

जब तक आपका प्रबंधकीय विभाग अनुसूचित जाति के संबंध में सहानुभूतिपूर्वक विचार नहीं करेगा, तब तक आपके किसी भी कानून को सफलता नहीं मिल पाएगी।

जिसे केंद्रीय नौकरी (Central Service) कहा जाता है, मैं आपका ध्यान उस ओर आकृष्ट करना चाहता हूँ। दिसंबर 1952 को जो स्थायी नौकरी में थे, मैं उनके आँकड़े गिना रहा हूँ। कमिश्नर का कहना है कि रेल-मंत्रालय, परिवहन मंत्रालय, वित्त मंत्रालय, सूचना विभाग तथा उसके अधिकार में आनेवाले अन्य संस्थाओं ने इस मुद्दे से संबंधित जानकारी नहीं भेजी है। अत: जिन्होंने जानकारी भेजी है, उनके ही ये आँकड़े हैं। ये आँकड़े बहुत ही आश्चर्यजनक हैं। प्रथम श्रेणी अधिकारियों की संख्या 752 है, जबकि अनुसूचित जाति की संख्या केवल 10 है। गृह विभाग ने जो अनुपात निर्धारित किया है, उस अनुसार यह संख्या 175 होनी चाहिए थी। द्वितीय श्रेणी (Gazetted Posts) अधिकारियों की कुल संख्या 642 है, तो अनुसूचित जाति की संख्या केवल 7 है, जबकि यह 107 होनी चाहिए थी। द्वितीय श्रेणी अराजपत्रित (Non Gazetted) अधिकारयों की कुल संख्या 1123, तो अनुसूचित जाति की संख्या 44 है, जबकि यह 185 होनी चाहिए थी। तृतीय श्रेणी के कुल स्थान 10372 हैं, जबकि अनुसूचित जाति की संख्या 536 है, जबकि वास्तव में यह आँकड़ा 728 होना चाहिए था। चतुर्थ श्रेणी की कुल संख्या 18807 है। अनुसूचित जाति की संख्या 1251 है, जबकि यह 1478 होनी चाहिए थी। मुझे लगता है, चपरासी चतुर्थ श्रेणी कर्मचारी होते हैं तथा वहाँ अनुसूचित जाति के लोगों का ही आँकड़ा अधिक दिखाई देता है। इन आँकड़ों पर गृह विभाग को अवश्य नजर डालनी चाहिए। कारण, उन्होंने ही कर्मचारी भरती के अनुपात को तय किया है। अत: विभिन्न विभागों ने नियमानुसार क्रियान्वयन किया है अथवा नहीं, यह देखने का काम उनका है। यदि नियमों की अवहेलना की गई है, तब उन पर कौन सी काररवाई की गई है? अनुसूचित जाति के संबंध में सब अंधकार है, मुझे तो यही प्रतीत होता है।

मैंने नौकरी में भरती संबंधी विवेचन किया है। मैं अब प्रचार तथा प्रसार के संबंध में बोलता हूँ। सन् 1953-54 में अस्पृश्यता विरोधी प्रचार के लिए भारत सरकार ने लगभग 50 लाख रुपए मंजूर किए हैं। मेरी जानकारी अनुसार इस राशि का एक भाग राज्य सरकार

द्वारा चयन की गई निजी संस्थाओं को दिया गया है तथा दूसरा भाग भारत सरकार ने स्वयं अखिल भारतीय संस्थाओं को दिया है। इस तरह की यह योजना है। अस्पृश्यता नष्ट करना यानी क्या करना है ? मेरे सम्माननीय मित्र का इस संबंध में क्या विचार है ? मुझे इसकी कल्पना नहीं है। अस्पृश्यता आखिर क्या है ? हमको इसे अत्यंत सावधानी के साथ समझना होगा। मेरे विवेक अनुसार, अस्पृश्यता हिंदुओं की अलग बीमारी है। वह मानसिक रोग नहीं है, शरीर की कोई गाँठ नहीं है, न वह संधिवात है, शारीरिक विकलांगता भी नहीं है, वह तो एक पक्की मानसिक गाँठ है। प्रत्येक हिंदू को लगता है कि अस्पृश्यता का पालन करना एकदम उचित है। सारे हिंदुओं को पागलखाने में भेजे बगैर यह मानसिक गाँठ छूटनेवाली नहीं है। मुझे उनको वहाँ भेजना नहीं है। हिंदुओं के मन में हजारों वर्षों से जो गाँठ बँधी पड़ी है, उसे मेरे मित्र (गृहमंत्री) किस तरह खोल पाएँगे, मुझे यही समझ में नहीं आता है।

प्रचार का गणित मेरे समझ के बाहर की बात है। मेरे सम्माननीय मित्र श्री कुंजरू के विचारों से मैं सहमत हूँ कि इसका परिणाम सार्वजनिक राशि का केवल अपव्यय है और कुछ नहीं।

दूसरी बात यह है कि जिन्हें समाजसेवी संस्था कहा जाता है, उन संस्थाओं के ऊपर यह काम ढकेल दिया गया है, ये सब समझ के बाहर है। इस देश में समाज सेवक, व्यावसायिक समाजसेवक होता है, उसके पास अंत:करणपूर्वक सहानुभूति का अभाव रहता है। मुसलिम लीग को जरूरत होगी, तो वह मुसलिम लीग की सेवा करेगी। हिंदू महासभा को आवश्यक हुआ, तो वह हिंदू महासभा की सेवा करेगी। कांग्रेस को गरज हुई तो वह कांग्रेस की सेवा करेगी। परंतु व्यावसायिक के पास आंतरिक प्रेम का अभाव होता है। टॉलस्टाय ने कहा है कि सेवा करने से पहले प्रेम करना सीखना होगा। कोई भी व्यक्ति दूसरे पर प्रेम किए बगैर उसकी सेवा नहीं कर सकता है। शायद उक्त तीनों दलों की ओर से उन्हें पारिश्रमिक मिलता होगा। मुझे इस बात में कोई आश्चर्य नहीं हो रहा है। मैं उन पर कोई आरोप भी नहीं लगा रहा हूँ।

मेरे मित्रों को यदि उचित कार्य करना हो तो उन्हें बेरोजगार ग्रेजुएट युवकों से हाथ मिलाना चाहिए। इस संबंध में जिनकी सार्वजनिक सद्विवेक बौद्धि जाग्रत् हुई है तथा जिन्होंने जीवन के आधुनिक दृष्टिकोण को स्वीकार किया है, ऐसे बौद्धिमान तथा सुशिक्षित युवक बहुत हैं। आपको उनको समुचित वेतन पर नियुक्त करना चाहिए। आप उनको साइकिल या मोटर साइकिल दीजिए तथा उन्हें गाँव-गाँव भेजकर सभा करने को कहिए। आधुनिक विश्व में इस देश को अस्पृश्यता के कारण नीचे देखना पड़ता है, यह बात इन युवकों को गाँव-गाँव जाकर लोगों को समझानी चाहिए। मेरे मित्र ने वर्तमान में जिस तरीके को अपनाया है, उसके बजाय इस ढंग से काम करने पर उसके अधिक सुपरिणाम नजर

आएँगे। इस सेवाधारी संगठन पर कांग्रेस सरकार इतनी लट्टू क्यों है? यह आकलन के बाहर की चीज है। पुराने ब्रिटिश राज में केंद्रीय सरकार कलेक्टर के मार्फत कार्यान्वयन किया करती थी। उन्हें राशि दी जाती थी तथा क्षेत्र विशेष का काम करने को बताया जाता था। सरकार उन्हें जवाबदेह देती थी। इसी कारण उनका पैसा सुरक्षित रहता था। आपको यदि कलेक्टर नहीं चाहिए, तब मेरे सुझाव अनुसार आपको बौद्धिमान युवकों को (जिन्हें यह काम अच्छा लगता है) यह काम सौंपना चाहिए। इस संदर्भ में लोगों का ध्यान आकर्षित करने के लिए हो-हल्ले का कोई परिणाम नहीं होगा। (के.बी. लाल, बिहार—क्या ये व्यावसायिक नहीं होंगे?)

सरकारी कर्मचारी व्यावसायिक नहीं होता है। दरअसल चुनाव के मत प्राप्त करने के लिए प्रचारक के बतौर आप उनका उपयोग कर लेना चाहते हैं। दरअसल यही तो असली पीड़ा है।

महोदय, मैं अब अनुसूचित जाति की उन्नति की ओर अग्रसर होता हूँ। शिक्षा तथा नौकरी के साथ-साथ अनुसूचित जाति के उत्थान हेतु यह पहलू भी बहुत महत्त्वपूर्ण है। अनुसूचित जाति की उन्नति के साधन कौन से हैं? वास्तव में आय के जो उद्योग हैं, उसमें प्रवेश करने के अवसर प्राप्त होने पर ही अनुसूचित जाति की आर्थिक मुक्ति हो सकती है। जब तक इनके लिए (आय के) उद्योगों के दरवाजे नहीं खुलेंगे, तब तक इनकी आर्थिक मुक्ति नहीं हो पाएगी, अन्यथा वे गुलाम ही रहेंगे। यदि वे गुलाम नहीं होंगे, तो फिर वे गाँव के जमींदार के दास होंगे, इस संदर्भ में कोई भी संदेह नहीं है। मुझे महसूस होता है कि आय के लिए इन्हें खेती योग्य जमीन सरकार को देना चाहिए। जमीन मिलने पर ये लोग स्वतंत्र रूप से उदर निर्वाह कर सकते हैं। वे किसी से नहीं डरेंगे, वे अपनी गरदन सीधी करके चलेंगे तथा निर्भय होकर धैर्यपूर्वक जीवन व्यतीत करेंगे। मुझे लगता है, यह ऐसा बिंदु है, जहाँ सभी मंत्रियों की आम सहमति होगी तथा सरकार उन्हें जमीन मुहैया कराएगी।

हम अब दूसरे मुद्दे की ओर बढ़ते हैं। प्रश्न ऐसा है कि अनुसूचित जाति को देने के लिए क्या जमीन उपलब्ध है? जमीन मालिक के पास की जमीन अपने अधिकार में लेने अथवा जब्त करने के अधिकार क्या सरकार के पास हैं? जमीन प्राप्त करने के लिए सरकार क्या अनुसूचित जाति को आर्थिक सहायता प्रदान कर सकती है? अनुसूचित जाति को जमीन देने के तीन रास्ते हैं—

1. सरकार को कानून द्वारा तय करना चाहिए कि भूमिधारी न्यूनतम कितनी जमीन अपने पास रख सकता है। सीमा से अधिक जमीन होने पर उसे कब्जे में लेकर सरकार वह जमीन अनुसूचित जाति को प्रदान करे।

2. यदि कोई मालिक जमीन बेचना चाहता है, तो सरकार को उस जमीन को खरीदने के लिए अनुसूचित जाति को आर्थिक सहायता देनी चाहिए।

महोदय, सबको ज्ञात है कि भारत में भूमिधारी होना केवल उदरनिर्वाह का साधन न होकर वह मामला सामाजिक प्रतिष्ठा से भी जुड़ा है। जिसके पास जमीन नहीं है, उससे कहीं अधिक सामाजिक प्रतिष्ठा भूमिधारी की होती है। इससे स्पष्ट होता है कि गाँव में आर्थिक दरजे के लिए जमीन हर किसी को महत्त्वपूर्ण लगती है। किसी भी हिंदू की यह इच्छा नहीं रहती है कि कोई अस्पृश्य हमसे जमीन लेकर वह उच्च दरजा प्राप्त करे। महोदय, अनुसूचित जाति के व्यक्ति को गाँव में जमीन का टुकडा हासिल करना बहुत ही दुष्कर कार्य है। सरकार भूमिधारी की न्यूनतम सीमा कितनी रखनेवाली है, मुझे यह ज्ञात नहीं है। इस प्रश्न पर विवाद हो सकता है। सरकार को जमीन संबंधी कानून बनाते समय भूमि स्वामित्व का अधिकार अपने पास रखना चाहिए था। यदि यह अधिकार हुआ होता, तो किसान फिर सीमा से अधिक (अपने पास) जमीन नहीं रख सकता था। परंतु सरकार ने किसान को स्वामित्व का अधिकार देकर मूर्खता की है।

मैं दूसरी बात बताना चाहता हूँ, किंतु वह अनेक सदस्यों को अच्छी नहीं लगेगी। परंतु मुझे लगता है कि वह सुझाने में कोई धोखा नहीं है। मेरा सुझाव है कि आप नमक पर कर लगाइए। हमारे देश में नमक पर कर सहनीय था, किंतु जिस समय कर समाप्त किया गया, उस समय नमक से मिलनेवाली आय दस करोड़ थी, उसे बीस करोड़ तक बहुत सहजता के साथ बढ़ाया जा सकता है।

श्री गांधीजी की स्मृति में नमक पर कर समाप्त किया गया है। मुझे उनके प्रति आदर है। मैं सुझाव देना चाहता हूँ कि आप इस कर से 'श्री गांधीजी ट्रस्ट फंड' स्थापित कर, अछूतों की उन्नति हेतु तथा उनकी स्थिरता हेतु उपयोग कर सकते हैं। आप सबको ज्ञात है कि अछूत उनके सबसे करीब थे तथा प्रिय थे। अत: नमक पर कर लगाकर प्राप्त आय से परती जमीन सुधारी जा सकती है। उस जमीन पर अछूतों को बसाने पर गांधीजी स्वर्ग से आशीर्वाद ही देंगे। इस योजना में केवल आशा की किरण ही नहीं है, वरन् वह वास्तविक होने में बहुत अंतर है। आपको ज्ञात है कि नमक कर से देश को आय हो सकती है, फिर अस्पृश्य लोगों को उत्थान हेतु क्यों न मदद की जाए? आप इस राशि को 'गांधी वेलफेयर स्कीम' के नाम से राष्ट्रीय बजट के बाहर रख सकते हैं। आप अनुसूचित जाति का उत्थान तथा संरक्षण कर गांधीजी का नाम अमर कर सकते हैं। मैं आशा करता हूँ कि गृहमंत्री महोदय मेरे प्रस्ताव पर गंभीरतापूर्वक विचार करेंगे।

मुझे जो बताना चाहिए था, वह मैंने बताया है। मैं इससे अधिक कुछ बताना नहीं चाहता हूँ। बस मैं एक बात कहना चाहता हूँ कि सरकार ने विभिन्न समाज सेवकों द्वारा तथा समाज संगठनों द्वारा जो प्रयत्न जारी रखे हैं, वह देखकर मेरे मन में एक दु:खदायक विचार आया है कि हमारे प्रधानमंत्री ने इस बाबत कोई आस्था नहीं दिखाई है। वस्तुस्थिति यह है कि वे अछूतों के संबंध में एकदम सहानुभूति शून्य हैं। कहीं वे अछूतों के विरोधी तो

नहीं हैं? उनका जीवन चरित्र मेरे पढ़ने में आया है। अछूतों को जब स्वतंत्र निर्वाचन क्षेत्र मंजूर किए गए थे, तब श्री गांधी ने आमरण अनशन किया था, तब की उत्पन्न स्थिति के संबंध में वे अपने जीवन चरित्र में लिखते हैं कि 'इस विश्व के इतने क्षुद्र प्रश्न के लिए गांधीजी इतनी चिंता क्यों करते हैं?' महोदय, प्रधानमंत्री श्री नेहरू के उस समय के बोल पढ़कर मुझे बहुत आश्चर्य हुआ तथा बहुत धक्का लगा।

मुझे लगा कि सरकार चलाने की जिम्मेदारी उनके कंधों पर आने के कारण उन्होंने अपने विचार बदले होंगे। गांधीजी ने जिस जवाबदारी को स्वीकार किया था, शायद वे उस दायित्व का निर्वाह करेंगे, परंतु उनका मन परिवर्तित नहीं हुआ। मुझे तो यही लगता है।

सन् 1952 में मेरे मित्र बाबू जगजीवनराम की अध्यक्षता में नागपुर में एक परिषद् आयोजित की गई थी। वहाँ बहुत बड़ा शामियाना लगाया गया था। मंच पर दो चाँदी की कुरसियाँ रखी गई थीं, जिसमें एक श्री जगजीवनराम के लिए तथा दूसरी पं. जवाहरलाल नेहरू के लिए थी। वहाँ दो-तीन सौ श्रोता थे तथा एक हजार पुलिस के जवान थे। उस परिषद् का उदघाटन पं. जवाहरलाल नेहरू के हाथों होना था। उनका वह भाषण मुझे प्राप्त हुआ है। परंतु वह भाषण पढ़कर मैं सदन को तकलीफ नहीं देना चाहता हूँ, फिर भी उस भाषण का सारांश इस प्रकार है…"अस्पृश्यता एक समस्या है तथा वह अस्तित्व में है, यह मुझे मंजूर नहीं है। यहाँ आर्थिक दृष्टि से गरीबी है, वही सर्वसाधारण समस्या है तथा अस्पृश्यता उसी का एक भाग है। अन्य समस्याओं की भाँति उसकी ओर भी ध्यान दिया जाएगा। इस समस्या की ओर विशेष ध्यान देने की कोई आवश्यकता नहीं है तथा वैसी कोई घटना नहीं घटी है।" मुझे बताया गया था कि बाबू जगजीवनराम द्वारा परिषद् आयोजित करने पर वे बहुत गुस्सा हुए थे।

प्रधानमंत्री ठंडा पानी ही नहीं, फ्रिज के पानी की तरह हैं। फिर इस विकट समस्या को हल करने की जवाबदारी जिन कार्यकर्ताओं पर डाली गई है, उनकी ओर से उत्साह की कैसे अपेक्षा की जा सकती है? मुझे नहीं लगता है कि अस्पृश्यता नष्ट हो जाएगी। उनका विश्वास 'हाँ' में है, जबकि मेरा विश्वास 'नहीं' में है। कारण यह है कि वह एक मानसिक गाँठ है, इसके लिए अनेकानेक वर्ष लगेंगे। ऐसी स्थिति में अस्पृश्यता जाए अथवा रहे, सामाजिक, आर्थिक, राजकीय तथा संवैधानिक अधिकारों की रक्षा के लिए हम आंदोलन अवश्य खड़ा करेंगे तथा हमें उसके लिए बहुत प्रयत्न करना होगा।

महोदय, आपने मुझे बोलने का अवसर दिया, अत: इसके लिए मैं आपका अत्यंत आभारी हूँ।

□

मेरा जीवन दर्शन : स्वतंत्रता, समता एवं बंधुत्व

आकाशवाणी के दिल्ली केंद्र से
दिनांक 3 अक्तूबर, 1954 को दिया गया भाषण

मुझे पाँच मिनट में अपने जीवन के दर्शन को बताना है। मैं तत्त्वज्ञान (दर्शन) शब्द का अर्थ सामाजिक तत्त्वज्ञान ही मानता हूँ। प्रत्येक मनुष्य का जीवन संबंधी कुछ तो दर्शन होना चाहिए। मनुष्य को अपने आचरण का आकलन करने हेतु कुछ कसौटी तय करनी होती है तथा जीवन संबंधी दर्शन यही उसकी कसौटी है। प्रत्येक मनुष्य को जीवन संबंधी तत्त्वज्ञान चाहिए, यह मेरा विचार है। इसी दर्शन की कसौटी पर आकलन हो पाता है कि हमने कहाँ गलती की है ? हमारी गलती होने पर इसी तत्त्वज्ञान के आधार पर हम उसे सुधारकर अपनी उन्नति साधने का प्रयत्न कर सकते हैं। मैंने अपने जीवन संबंधी तत्त्वज्ञान को निश्चित किया है, जिसके दो पक्ष हैं ...एक नकारात्मक तथा दूसरा सकारात्मक। मैं उन्हें स्पष्ट कर रहा हूँ।

नकारात्मक पक्ष शाक्यदर्शन के त्रिगुण पर आधारित है, जिसका वर्णन भगवत् गीता में विषद रूप से किया गया है। हिंदुओं का सामाजिक दर्शन मुझे पसंद नहीं है। मेरे मतानुसार कपिल के तत्त्वज्ञान का वह विकृत स्वरूप है, जिसके कारण जाति व्यवस्था तथा क्रमानुसार विषमता उत्पन्न हुई है तथा यही प्रणाली हिंदू समाज जीवन का मूलभूत आधार बनी है। सकारात्मक पक्ष यह है कि मेरा जीवन दर्शन तीन शब्दों पर आधारित है...स्वतंत्रता, समता एवं बंधुत्व। किसी को यह नहीं समझना चाहिए कि मैंने अपना जीवन दर्शन फ्रेंच राज्य क्रांति से उधार लिया है। मैं स्पष्ट तौर पर बताना चाहता हूँ कि मेरे दर्शन का मूल राजनीति में न होकर धर्म में है। मेरे गुरु तथागत बौद्ध हैं तथा उनकी शिक्षा से मैंने इस दर्शन को स्वीकार किया है।

मेरे जीवन दर्शन में स्वतंत्रता को स्थान है, परंतु यह भी बताना आवश्यक है कि असीमित स्वतंत्रता समता हेतु मारक सिद्ध होती है। मेरे तत्त्वज्ञान में समता का स्थान स्वतंत्रता से ऊपर है, फिर भी संपूर्ण समता का कोई स्थान नहीं है। कारण यह है कि असीमित समता, स्वतंत्रता के अस्तित्व पर प्रश्नचिह्न लगाती है, जबकि स्वतंत्रता का होना आवश्यक है।

मेरे तत्त्वज्ञान में स्वतंत्रता तथा समता की अतिक्रमण से रक्षा हो, इसलिए कानून का प्रावधान है। फिर भी मैं कानून के स्थान को गौण समझता हूँ, क्योंकि स्वतंत्रता तथा समता का भंग होने पर कानून प्रभावी होगा, ऐसा मुझे लगता नहीं है। मैं बंधुत्व को सर्वोच्च स्थान देता हूँ। कारण यह है कि स्वतंत्रता तथा समता को नकारने पर बंधुत्व ही सच्चा रक्षक हो सकता है। सहभाग यह बंधुत्व का दूसरा नाम है तथा बंधुभाव अथवा मानभाव यह धर्म का दूसरा नाम है। कानून तथा सहभाग का मूल्यांकन करते समय यह अंतर महसूस होता है। वजह यह है कि कानून धर्मातीत होने के कारण उसे कोई भी तोड़ सकता है। इसके विपरीत सहभाग अथवा धर्म पवित्र होने से उसका सम्मान करना हर किसी का कर्तव्य है।

मेरा दर्शन किसी आरामपसंद व्यक्ति का ध्येयवाद है, ऐसा नहीं मानना चाहिए। सामाजिक जीवन में त्रिगुण तत्त्व का नाश कर हिंदू समाज में क्रांतिकारी परिवर्तन ला सकेगा, यही मेरा क्रांतिकारी तत्त्वज्ञान है। इसीलिए मैं इतना आक्रामक हूँ। मेरे बहुत सारे शत्रु हैं, फिर भी मुझे शत्रु पसंद है। कारण यह है कि वे मेरी बातों को ध्यान देकर सुनते हैं।

मेरा तत्त्वज्ञान केवल मेरे लिए न होकर यह दूसरों के लिए भी है। दूसरे शब्दों में बताया जाए तो मेरे दर्शन का विशेष उद्देश्य है। मुझे परिवर्तन करना है। त्रिगुण तत्त्व के अनुयायियों को उसका त्याग करने में लगाना है तथा मेरे दर्शन को स्वीकार करने में लगाना है। यह महान् कार्य है तथा उसके लिए लंबी अवधि की जरूरत है।

आज भारतीय व्यक्ति दो भिन्न ध्येयवाद से नियंत्रित हैं। संविधान की प्रस्तावना में सूचित ध्येयवाद तथा धर्म में अंतरभूत सामाजिक ध्येयवाद, ये दो ध्येयवाद हैं। जो विवेकशील है, वह समझ सकता है कि ये दो परस्पर विसंगत ध्येयवाद हैं। राजकीय ध्येयवाद में स्वतंत्रता, समता तथा सहजीवन के जीवन मूल्यों को मान्यता प्रदान की गई है, परंतु प्रचलित सनातनी प्रवृत्ति के सामाजिक ध्येयवाद में इन तत्त्वों को नकारा गया है। जीवन में यह विसंगति और कब तक चलेगी? कभी-न-कभी एक-दूसरे की शरण में जाना ही होगा। मेरा अपने ज़ीवनदर्शन पर पूरा विश्वास है तथा इसीलिए वह बहुसंख्यक भारतीयों का राजनीतिक ध्येयवाद है। वह सबका सामाजिक ध्येयवाद होगा, ऐसी मैं आशा करता हूँ।

□

मेरे तीन उपास्य देवता–विद्या, स्वाभिमान एवं चरित्र

28 अक्तूबर, 1954 को पुरंदरे स्टेडियम, मुंबई में डॉ. बाबासाहेब आंबेडकर द्वारा दिया गया भाषण, 'जनता', 6 नवंबर, 1954

आप लोगों ने एक लाख अठारह हजार रुपयों की मुझे जो थैली भेंट की है, परंतु वह एकदम हलकी है (हँसी)। मुझे थोड़ी शंका हुई, फिर भी इतनी बड़ी राशि जिस मैनेजिंग ट्रस्टी ने घोषित की है, उसकी सारी जिम्मेदारी मैं उन्हें ही सौंप रहा हूँ।

मेरा हीरक महोत्सव मनाकर (उस निमित्त) मुझे यह थैली दी गई है, ऐसा अभी कहा गया है। मेरा हीरक महोत्सव एक निमित मात्र है। दरअसल ये पैसे आपके ही हैं तथा एक हॉल बनाने के लिए जमा किए गए हैं। उस काम को पूरा करने के लिए मेरी उम्र के साठवें साल में निधि देने को मैंने कहा था, यह निधि जमा करने का काम बहुत पहले शुरू हुआ था।

यह जो पैसा जमा हुआ है, वह सब आपका है। अपने समाज के गरीब स्त्री–पुरुषों के पसीने की कमाई से जमा किया गया यह पैसा है। मैं एक बैरिस्टर हूँ। जब मैं एग्जीक्यूटिव कौंसिल का सदस्य था, उस समय बीमारी के कारण गरीब जनता का पैसा लेना बेशर्मी की बात थी। अत: मेरे कहे अनुसार यह पूरा पैसा हॉल बनाने हेतु खर्च किया जाएगा। मुझे इसमें से एक पाई नहीं चाहिए, ऐसी मैं घोषणा करता हूँ।

मित्रो, हम आज इस जगह बैठे हुए हैं। भूतकाल में मेरे जीवन में जो कुछ बातें घटित हुई हैं, वे सब फिल्म की भाँति आँखों के सामने खड़ी हो जाती हैं। मेरा जन्म कहाँ हुआ, मेरे पिताजी मुझे कहाँ लेकर गए तथा मेरा कौन–कौन सा काम किया, आदि बातें आँखों के समक्ष घूम जाती हैं। मुझे यहाँ एक बात कहनी है कि मेरी उम्र को साठ वर्ष हो चुके हैं। आखिर इस बात का सबूत क्या है ? मेरा किस समय जन्म हुआ ? इसका

कोई रिकॉर्ड नहीं है। मेरे पिताजी छठवीं पायोनियर बटालियन में थे, बाद में वे सातवीं पायोनियर बटालियन में आ गए। उस समय मैं उनका पुत्र हूँ, इस बात का उन्हें कोई महत्त्व नहीं जान पड़ा था। उन्होंने मेरी जन्म तारीख नहीं लिखकर रखी थी। यह बहुत छोटी बात है, किंतु उनसे वह हो नहीं पाई थी। आज जो मेरी जन्मतिथि है, वह वास्तविक है, यह कोई बता नहीं सकता है।

लेकिन मेरे बारे में तीन बातें निश्चित तौर पर बताई जा सकती हैं। राजपूताने के महू नामक गाँव में मेरा जन्म हुआ है, इसी कारण कोकण (मुंबई) से मेरा विशेष संबंध नहीं रहा है। मेरे पिताजी कोकण क्षेत्र से थे, किंतु उन्हें नौकरी के खातिर राजपूताना जाना पड़ा था। इसीलिए मेरा जन्म महू में हुआ, इतना निश्चित है। दूसरी बात यह है कि मेरा जन्म लगभग बारह बजे हुआ। उस समय मेरे पिताजी अपनी ड्यूटी पर गए हुए थे। इस दौरान मेरी माता प्रसव वेदना में थी। मेरा पिंड बहुत बड़ा था। ऐसा कहा जाता है कि जिसके कारण मेरी माता को बहुत वेदना हुई थी। मेरे पिताजी को बहुत चिंता हो रही थी, थोड़ी देर में दाई ने आकर बताया कि आपको पुत्र हुआ है, आप अंदर जाओ। उस समय घड़ी ठीक बारह बजा रही थी। तीसरी बात यह कि मैं मूल नक्षत्र में जनमा था, ज्योतिषी ने कहा था कि लड़का बहुत अपशगुनी है, इसकी माँ जल्दी ही मर जाएगी। इसीलिए मैं अपने भाई-बहनों में बहुत अप्रिय हो गया था। सभी लोग मुझे झटकारते थे तथा कहते थे कि यह लड़का माँ के लिए बहुत खराब है। आखिर मेरी माँ कुछ दिनों पश्चात् चल बसी। इस तरह मेरे जन्म संबंधी ये तीन बातें बताई जा सकती हैं।

मेरे बालपन के संदर्भ में मुझे ही आश्चर्य होता है। मेरी उम्र के 12-13 साल तक सभी लोगों को यही लगता था कि यह लड़का घराने को कलंकित करेगा। इसके हाथ से कुछ नहीं हो सकेगा। मैंने 12-13 साल तक लँगोटी के सिवाय कोई दूसरी चीज नहीं पहनी थी। ऐसी अवस्था में घर-घर जाकर मैं स्त्रियों से पूछता था कि क्या तुम्हारे घर की लकड़ियाँ काटनी हैं? पहले-पहले मेरा पढ़ाई में मन नहीं लगता था। माँ का देहांत हो जाने पर मेरा लालन-पालन मेरी फुआ ने किया। मुझे लगता था कि मैं शिक्षा लेकर क्या करूँगा? मैंने छह माह फूलमाला बेचने का काम किया। मिलिटरी कैंपस में बगीचे थे, वहाँ मैंने माली लड़कों के साथ संगत की। मिट्टी-पत्थर उठाए, जमीन साफ की, नल से बगीचे को पानी देना था, किंतु वह हो नहीं पा रहा था। तब मैंने घर के ऊपर के खपड़े निकालकर नाली बनाई थी। मेरा उस समय का जीवन ऐसा था।

जब हम सतारा में थे, उस समय पड़ोस में दूसरे सुबेदार (रिश्तेदार) भी थे। उनके घर के सामने गोबर तथा कचरे का ढेर था, वहाँ एक कदंब का पेड़ था। मैं पेड़ पर चढ़ने में बहुत माहिर था, बंदर भी इतनी जल्दी पेड़ पर नहीं चढ़ सकता था। आज मैं पैर से कमजोर हो गया हूँ। मैं पेड़ पर चढ़कर कंबल डालकर सो जाता था और लहर आती,

तब उस कचरे के ढेर पर कूदता था। उस समय सतारा में प्लेग आया था। लोग कहते थे कि बहुत लोग प्लेग से मर रहे हैं, परंतु इस लड़के को प्लेग क्यों नहीं होता है? मेरी स्थिति ऐसी थी। एक बार कसाई तीन रुपए में बकरी नहीं दे रहा था, तब मैंने उगाही की तथा दो बकरी लेकर आया था। हम उन्हें लकड़ी पकड़कर चारा खिलाते थे। रास्ते से जानेवाले लोग कहते थे कि ये बकरियाँ अच्छी नहीं हैं, बिना सींगवाली बकरी अच्छी होती है। मेरी ऐसी बाल अवस्था थी।

घर के सभी लोगों ने मुझे लाड़-प्यार के साथ पाला था। हमारी एक बुआ थी, मैं उसका बहुत लाडला था। उसने सबको चेतावनी दे रखी थी कि यह बगैर माँ का लड़का है, उसे तकलीफ नहीं देना और इसी स्वतंत्रता के कारण मैंने उसका दुरुपयोग किया था। सबको लगता था कि इस लड़के के हाथों से कुछ नहीं होगा। जिन्होंने मेरा लालन-पालन किया, उन लोगों में से आज कोई भी जीवित नहीं है। यदि आज वे होते तथा मेरा यह आश्चर्यजनक रूप देखते, तो मुझे बहुत आनंद होता। ऐसी मेरी बाल्यावस्था थी। आप कल्पना नहीं कर सकते कि मेरे जीवन में कितनी क्रांति हुई! मैं या तो गाय-बैल चरानेवाला हो गया होता या फिर मेहनत-मजदूरी करनेवाला रहा होता और इस पद तक नहीं पहुँच पाता। मेरे पिताजी मुझसे हरदम कहा करते थे कि 'छाँव में बैठने का काम सीख।' इन सारी घटनाओं को एकत्रित कर अपना चरित्र लिखने का मेरा विचार है। चरित्र तो नहीं, परंतु 'मेरा बालपन' नामक छोटी सी पुस्तक लिखनेवाला हूँ। उस पुस्तक में ये सारी बातें विस्तारपूर्वक लिखूँगा।

मुझमें कुछ जन्मजात गुण हैं, इस कारण मैं इस पद तक पहुँचा हूँ, दरअसल ऐसा कुछ नहीं है। मेरा जीवन जिस तरह चलता है, यदि उसी तरह चलने दिया होता, तो मैं एक नीतिवान मनुष्य हुआ होता। लेकिन मुझे पूरी तरह याद है, मेरे जीवन में जो बदलाव आया, वह कैसे आया, मैं इसकी यहाँ वजह दे रहा हूँ।

मेरे तीन गुरु हैं। हर मनुष्य के गुरु होते हैं, उसी तरह मेरे भी गुरु हैं। मैं कोई संन्यासी या बैरागी नहीं हूँ, लेकिन मेरे गुरु हैं। मेरे प्रथम और श्रेष्ठ गुरु बौद्ध हैं। मैं दस साल का रहा होऊँगा, तब मेरे पिताजी कबीरपंथी थे। मेरे पिताजी के घर को धर्मासन कहा जा सकता है, उसी भाँति विद्यासन भी कहा जा सकता है। मेरे पिताजी ज्ञान के पूजक थे तथा धर्म के चाहनेवाले थे। बालपन में रामायण, महाभारत व सभी धर्मग्रंथों का उन्होंने मुझसे पाठ करवा लिया था। रामायण, महाभारत को पढ़ने से मेरे मन पर गहरा प्रभाव हुआ। पिताजी मुझसे कहते थे कि हम गरीब लोग हैं, किंतु हमें उससे डरने की कोई आवश्यकता नहीं है। तुम विद्वान् क्यों नहीं हो सकते? एक बार मैं किसी परीक्षा में उत्तीर्ण हो गया, तब गली में रहनेवाले लोगों ने (मेरे पिताजी की इच्छा न होते हुए) दादा केलुस्कर की मदद से मेरा सम्मान करने का विचार किया। मेरे पिताजी तब बोले

थे कि लड़के का सम्मान नहीं करना है। शायद उन्हें लगता होगा कि सम्मान करने से लड़का नेता बन जाएगा। उस वक्त मेरा सम्मान किया गया तथा दादा केलुस्कर ने मुझे 'बौद्ध चरित्र' नामक एक पुस्तक पुरस्कारस्वरूप भेंट की थी। वह पुस्तक पढ़कर मुझ पर अलग ही प्रकाश पड़ा। हनुमान, सीता, राम वनवासी हो गए। धोबी के कहने पर राम ने सीता का त्याग किया तथा कृष्ण की सोलह हजार स्त्रियाँ आदि बातें भयानक लगने लगीं। ये बातें मेरे मन को पसंद नहीं आईं। बौद्ध धर्म के अध्ययन से मुझमें और अधिक अध्ययन करने की जिज्ञासा बढ़ने लगी। मेरे मन पर बौद्ध धर्म की पकड़ और अधिक मजबूत होते गई। मेरा दृढ विश्वास है कि विश्व का कल्याण केवल बौद्ध धर्म से ही हो सकता है। हिंदुओं को अपना राष्ट्र यदि जीवित रखना हो तो फिर उन्हें बौद्ध धर्म को स्वीकार करना चाहिए। मैं यह सलाह हरदम देता हूँ।

मेरे दूसरे गुरु कबीर हैं। मेरे पिताजी कबीरपंथी थे, इसी कारण मुझ पर कबीर के जीवन तथा तत्त्वज्ञान का गहरा प्रभाव है। मेरे मतानुसार कबीर को बौद्ध के ज्ञानदर्शन का ज्ञान हो गया था। मैं किसी को बड़ा नहीं कहता हूँ। गांधी को मैंने महात्मा कभी नहीं कहा। कबीर ने कहा है कि 'मनुष्य बनना कठिन है, तो साधु क्या बनेगा?' जो मनुष्य नहीं बन सका, वह महात्मा कैसे बन सकता है?

मेरे तीसरे गुरु ज्योतिबा फूले हैं। वे ब्राह्मणेतर समाज के सच्चे गुरु हैं। बढ़ई, कुम्हारा, नाई, कोली, महार, मांग, चमारों को फूले ने ही मानवीय पाठ पढ़ाया है। विगत काल की राजनीति में हम ज्योतिबा के मार्ग से ही आगे जाते हैं, बाद में मराठा हमसे टूटकर अलग हो गए। कुछ कांग्रेस में जूठन खाने के लिए गए। उन लोगों में से राव बहादुर होले हैं, जो हिंदू महासभा में गए। राव बहादुर होले यहाँ उपस्थित हैं। कोई कहीं भी जाए, लेकिन हम ज्योतिबा के ही रास्ते से जाएँगे। हम साथ में कार्ल मार्क्स को या किसी दूसरे को ले लेंगे, किंतु ज्योतिबा का मार्ग नहीं छोड़ेंगे। यही मेरे तीन गुरु हैं, इनकी शिक्षा से ही मेरा जीवन बना है।

मेरे तीन उपास्य देवता भी हैं। किसी की मरी माई है, यह अछूतों की देवी थी, अछूत इस देवी की पूजा करते थे। जेजूरी के देवता को 'खंडोबा' कहते हैं। इसी तरह मेरे भी तीन देवता हैं। मेरा प्रथम देवता 'ज्ञान' है। मैं ज्ञान की उपासना करता हूँ, बगैर ज्ञान के मनुष्य को मानवता तथा शांति नहीं प्राप्त हो सकती है। सबको ज्ञानी होना चाहिए। ज्ञान महासागर की भाँति है। बौद्ध ने कहा है, "बौद्ध धर्म शुद्ध धर्म है। यहा विषमता तथा भेदभाव नहीं है। श्रमण, भिक्षु, ब्राह्मण, भंगी कोई भी हो, सब एक हैं। नदी (फिर नाम कोई भी हो) यमुना हो, ब्रह्मपुत्र हो, गंगा हो, गोदावरी हो या फिर कोई भी नदी हो, ये सभी नदियाँ प्रांतों, राज्यों से आकर सागर में विलीन हो जाती हैं। उनका पानी एक हो जाने पर फिर यह नहीं कहते हैं कि यह पानी यमुना का है, गंगा का है या गोदावरी का

है। उसी प्रकार मेरा भिक्षु संघ भी महासागर जैसा है। संघ में जात-पाँत नहीं है।" आप सब लोग एक हो। तुम्हें सिर्फ ज्ञान की पिपासा है, उसे पूरा करो। जिस तरह मनुष्य को जीने के लिए अन्न की आवश्यकता होती है, उसी तरह ज्ञान की भी जरूरत होती है। बगैर ज्ञान के क्या कुछ किया जा सकता है ? ब्रह्मदेश में नब्बे प्रतिशत लोग शिक्षित हैं, जबकि हिंदुस्तान में नब्बे प्रतिशत लोग अशिक्षित हैं। इसका कारण यही है कि ब्राह्मणों ने हमें ज्ञान प्राप्त करने नहीं दिया। धर्म के कानून हमारे आड़े आए और फिर हमारा ज्ञान हमसे छीन लिया गया। हमारे लोग समझते हैं कि पत्थर ही ज्ञान है। यही कारण है कि हमारी धार्मिक समझ रसातल में चली गई है। हम सब लोग पत्थर की पूजा करनेवाले हैं। संत तुकाराम ने एक जगह लिखा है, "कर्मकांड से कन्या तथा पुत्र होने पर फिर पति बनाने की क्या जरूरत है ?" इसका कारण यह है कि उन्हें ज्ञान नहीं दिया गया। दरअसल ज्ञान बहुत बड़ी चीज है। मुझमें ज्ञान प्राप्त करने का भयंकर पागलपन है। ब्राह्मणों के घरों में नहीं होगीं इतनी पुस्तकें, जितनी मेरे पास दिल्ली में हैं। मेरे पास 20 हजार पुस्तकें हैं। क्या किसी ब्राह्मण के पास इतनी पुस्तकें हैं ? उन्हें मुझे दिखा देना चाहिए। ठाकुर ऐंड कंपनी की मुझ पर पुस्तकों की हजारों रुपयों की उधारी बाकी है, मुझे उधारी पर कहीं भी पुस्तकें मिल जाती हैं। जहाँ मेरी उधारी बाकी है, फिर भी मैं उसी दरवाजे के सामने कार खड़ी कर देता हूँ। मुझमें ज्ञान प्राप्त करने का इतना पागलपन भरा है। ज्ञान के प्रति सबमें पागलपन होना चाहिए। जैसे किसी की रखैल होती है, वह दूसरे गाँव चली जाती है। उस रखैल की याद आने पर वह आदमी रात के बारह बजे भी उठकर, चाहे वह श्मशान हो या कोई और जगह हो, वह कुछ देखता नहीं है तथा उसके पास जाता है। इतना ही प्रेम पुस्तकों के प्रति होना चाहिए, तभी वह सच्चे ज्ञान का पुजारी बन पाएगा। मैं चौबीसों घंटे ज्ञान की पूजा करता हूँ।

मेरा दूसरा देवता 'स्वाभिमान' है। मैंने किसी से कभी याचना नहीं की है। मेरा ध्येय था कि अपना पेट तो भरना चाहिए, किंतु साथ ही लोगों की सेवा भी होनी चाहिए। डॉ. परांजपे की विनती से मैं एक कॉलेज में अर्थशास्त्र का प्रोफेसर बना। उस समय उन्होंने तेरह लेक्चर देने को कहा था। मैंने कहा कि मैं चार ही लेक्चर दूँगा, चाहे तो आप मुझे रखो अन्यथा फिर मेरा रास्ता खुला है। वजह यह थी कि मुझे अपने लोगों की सेवा करनी थी, उस काम के लिए समय चाहिए था। मैं पोय बाबली (परेल इलाका) टोल नाके के पास 48 तथा 50 नंबर के कमरे में किराए पर रहता था। मैं कनकी (खंडित चावल) का भात, उसकी रोटी खाता था, लेकिन समाज सेवा को छोड़ मुझे बड़ी नौकरी पसंद नहीं आई, रास्ता जरूर निकला। लोगों ने थैलियाँ स्वीकार कर अपने घर बनाए। मेरी जानकारी के अनुसार एक नेता ने सैंतालीस हजार का प्रोमिसरी नोट लिखकर दिया था। जब लोगों ने एक लाख रुपयों की थैली अर्पित की, तब ही उसने उन रुपयों की अदायगी की। मुझे

ऐसा नहीं करना है। मैंने स्वयं अपना पेट भरकर, मुझे जो कुछ सेवा करते बना, वह मैंने की। नौकरी मुझे नहीं करनी थी। कोई भी गवर्नर जनरल आया, उससे मेरी मित्रता रही। लेकिन मैंने किसी के पास याचना नहीं की कि मुझे यह बना दो या मुझे वह जगह दो। हाँ, मैंने दूसरों के लिए जरूर कुछ किया होगा, किंतु खुद के लिए एक उँगली भर चिट्ठी नहीं लिखी, ऐसा कोई दिखा दे। एग्जीक्यूटिव कौंसिलर बनना मेरी बड़ी इच्छा थी, वह पूरी हो गई। अब मुझे न पेंशन है, न वेतन है और न ही प्रोविडेंड फंड है, कुछ नहीं है। एक बार अंग्रेजों के राज्य में कौंसिलरशिप की व एक बार कांग्रेस के राज में भी की, लेकिन वहाँ कांग्रेस के साथ मेरा मतभेद रहा। मैं जज बन सकता था, लेकिन फिर जज की नौकरी में अटककर रह जाता। इसीलिए मैं कहता हूँ कि मनुष्य में दीनता नहीं रहनी चाहिए। मैं बहुत कुछ हूँ, यही सोचना चाहिए। मैं परमेश्वर को भी अपने स्वाभिमान के आगे कम ही समझता हूँ। ऐसा उज्ज्वल तथा रोबदार मेरा स्वाभिमान है।

मेरा तीसरा देवता 'शील' है। मैंने अपने अनुयायियों के साथ कभी धोखेबाजी नहीं की, विश्वासघात नहीं किया है। उन्हें जाल में फँसाकर अपने स्वार्थ के लिए कोई पाप किया हो, ऐसा मुझे याद नहीं है। मैं अनेक बार विलायत गया, किंतु आज तक मैंने सिगरेट अथवा शराब नहीं पी है। मुझे किसी तरह की बुरी आदत नहीं है। मुझे पुस्तक तथा कपड़े पसंद हैं, शील संवर्धन का मुझमें बड़ा गुण है, मुझे यह कहते हुए बहुत गर्व होता है। इस तरह मेरे तीन गुरु तथा तीन उपास्य देवता हैं, इन्हीं से मेरा निर्माण हुआ है। इन्हीं गुणों की शक्ति के परिणामस्वरूप मैं आज यहाँ तक पहुँचा हूँ। मैं सिर्फ कारण मात्र हूँ। इन गुणों से बना मैं एक पुतला हूँ। अतः आप लोग भी इन गुणों का अनुसरण करो। आप लोगों ने जो समारोह किया है, वह व्यक्ति के लिए नहीं किया है, अपितु इन तीन देवताओं के आदर्श का सत्कार किया है, यही मानकर मैं इस थैली को स्वीकार कर रहा हूँ।

मेरे बारे में कहा जाए तो मेरे आठ-दस साल शेष बचे हुए हैं। बाबासाहेब जिंदा हैं, इसलिए हमें कुछ भी नहीं करना है, ऐसा कहकर काम चलनेवाला नहीं है। मैं अब राजनीति से अलिप्त रहनेवाला हूँ। आपको अपना जीवन उज्ज्वल बनाना है। त्याग, कठोर परिश्रम, लगन व निस्स्वार्थ भावना के साथ अपनी शक्ति को संग्रहित कर काम करते रहो। मेरे रहते आप लोग क्या कर सकते हैं? मैं यह देखना चाहता हूँ। मेरे मरने के पश्चात् आप लोगों ने अच्छा किया अथवा बुरा किया, यह मुझे कैसे समझ आएगा? अपने मन की बात बहुत स्पष्ट रूप से मैंने आपको बताई है।

□

दलितों में राष्ट्रीयता की भावना जाग्रत् होने के कारण ईसाई धर्म शत्रुवत् लगने लगा

रंगून (बर्मा) में अंतरराष्ट्रीय बौद्ध सम्मेलन, 4 दिसंबर, 1954 को प्रस्तुत करने के लिए तैयार किए गए प्रवचन का अंश

भारत बौद्ध धर्म की जन्मभूमि है। यह भारत में 543 ई.पू. से 1400 ईस्वी अर्थात् लगभग 2000 वर्ष तक फला-फूला। यद्यपि बौद्ध धर्म लुप्त हो गया है, फिर भी महात्मा बौद्ध का उतना ही सम्मान है और उनके द्वारा चलाए गए धर्म की स्मृति अब भी हरी-भरी है। भारत में बौद्ध धर्म का पौधा मुरझाया हुआ अवश्य है, किंतु अभी इसकी जड़ें मरी नहीं हैं। हिंदू भी महात्मा बौद्ध को विष्णु का अवतार मानते हैं। भारत में हमें किसी नए देवदूत के प्रति श्रद्धा पुन:स्थापित करने की आवश्यकता नहीं है। हमें इस धर्म को लौटाकर लाने का अनूकुल प्रयास मात्र करना है। ऐसे फलदायी प्रयासों की आसान परिस्थितियाँ अन्य किसी भी देश में नहीं मिलेंगी। अन्य देशों में पहले से ही स्थापित धर्म है। इस स्थिति में बौद्ध धर्म को बिना पासपोर्ट का घुसपैठिया समझा जाएगा। जहाँ तक भारत का संबंध है, तो भगवान् बौद्ध को यहाँ न किसी पासपोर्ट की आवश्यकता है और न ही किसी वीजा की।

भारत में हिंदुओं के कुछ समुदाय, जैसे दलित एवं पिछड़ा वर्ग, हिंदुत्व छोड़ बौद्ध धर्म अपनाने के लिए उत्सुक हैं।

ये समुदाय तीन कारणों से ईसाई धर्म की अपेक्षा बौद्ध धर्म को प्राथमिकता देते हैं—

1. बौद्ध धर्म कोई ऐसा धर्म नहीं है जो भारत के लिए अपरिचित हो।
2. बौद्ध धर्म का मूलभूत सिद्धांत सामाजिक समानता है, जो वे चाहते हैं।
3. बौद्ध धर्म एक तर्कसंगत धर्म है, जिसमें अंधविश्वास का कोई स्थान नहीं है।

प्रारंभ में बौद्ध धर्म को अपनाने के लिए अधिकांशत: निम्न वर्ग के लोग ही आएँगे,

किंतु इस बात को कारण बनाकर इस आंदोलन को प्रारंभ करने में कोई हिचकिचाहट नहीं होनी चाहिए। सासना परिषद् को वे गलतियाँ नहीं करनी हैं, जो ईसाई मिशनरियों ने भारत में की थीं। ईसाई मिशनरियों ने सीधे ब्राह्मणों से ही धर्म परिवर्तन की शुरुआत की। उनकी रणनीति यह थी कि यदि ब्राह्मण धर्म परिवर्तन के लिए तैयार हो जाते हैं, तो बाकी हिंदुओं का धर्म परिवर्तन कराना कठिन नहीं होगा। इसके पीछे उनका तर्क था कि यदि ब्राह्मणों का धर्म परिवर्तन हो गया तो वे अन्य हिंदुओं से कह सकेंगे, 'जब तुम्हारे धर्म प्रमुख ब्राह्मणों ने ईसाई धर्म को स्वीकार कर लिया है तो तुम क्यों नहीं कर सकते?' ईसाई मिशनरियों की यह रणनीति काफी घातक सिद्ध हुई। ब्राह्मणों को लगा, जब हिंदुत्व में उन्हें सभी प्रकार की सुविधा है तो वे धर्म परिवर्तन क्यों करें? जब भारत की ईसाई मिशनरियों को अपनी भूल का एहसास हुआ, तब उन्होंने अपना ध्यान दलितों की ओर लगाया। इस प्रकार ब्राह्मणों का धर्म परिवर्तन कराने के प्रयास में इन मिशनरियों ने सैकड़ों वर्ष व्यर्थ कर दिए। जब वे दलितों की ओर उन्मुख हुए, तब तक लोगों में राष्ट्रीयता की भावना जाग्रत् हो चुकी थी तथा उन्हें हर विदेशी चीज, यहाँ तक कि ईसाई धर्म भी अपने देश के लिए शत्रुवत् लगने लगा। फलस्वरूप ईसाई मिशनरी बहुत ही कम संख्या में दलितों का धर्म परिवर्तन कराने में कामयाब हो पाई। ईसाई मिशनरी भारत में लगभग 400 वर्ष तक सक्रिय रही, फिर भी आश्चर्यजनक रूप से भारत में ईसाई समुदाय काफी छोटा है।

□

मलिन मन को शुद्ध करना ही धर्म है

14 जनवरी, 1955 को मुंबई में दिया गया भाषण,
'जनता', 22 जनवरी, 1955

बहुत दिनों से मैंने एक निर्णय लिया था कि किसी भी सार्वजनिक कार्य में केवल भाषण के लिए मैं कभी भी उपस्थित नहीं रहूँगा। कारण यह है कि मैं भाषण देते-देते थक गया हूँ। भाषण में ही मेरा सारा जीवन गया है, तथापि मेरे भाषण का समाज पर कुछ भी परिणाम नहीं हुआ, ऐसा भी नहीं है। मेरे रहते अस्पृश्य समाज में जो जागृति आई है, वह मेरे भाषणों का ही परिणाम है। मैं यह बात अभिमान के साथ कह सकता हूँ।

जागृति समाज की उन्नति का प्रमुख अंग होकर भी, केवल जागृति का उपयोग कुछ नहीं है। समाज की उन्नति के लिए रचनात्मक कार्यक्रमों की आवश्यकता होती है। समाज में किसी व्यक्ति में जागृति की तथा उसकी मृत्यु के पश्चात् समाज को दिशा दिखलानेवाला यदि दूसरा कर्तव्य दक्ष मनुष्य निर्माण नहीं हो पाया, तब एक खँभेवाले तंबू की भाँति समाज में बिखराव आता है। मुझे रचनात्मक कार्यक्रम चाहिए व उसके लिए पैसा चाहिए। मैं एक बड़ा याचक हूँ। समाज के अन्य लोगों का मन शुद्ध है तथा उन निर्मल मनवालों को महसूस होता है कि यह अपना मंगल कार्य है।

मैं आज बौद्ध धर्म का परिचय कराना चाहता हूँ। मुझे बौद्ध धर्म के संबंध में बताना है। मेरी बौद्ध होने की घोषणा आज-कल की न होकर, पुरानी है। मैं जब चौदह वर्ष का था, तब मेरा बौद्ध धर्म से परिचय हुआ। चौदह वर्ष की आयु में रामायण, महाभारत, कृष्ण लीलामृत, शिव लीलामृत, श्रीधराख्यान आदि मराठी ग्रंथों को, मेरे पिताजी ने मुझसे पढ़वा लिया था।

एल्फिस्टन हाईस्कूल में पढ़ते समय मैंने कोई एक परीक्षा पास की थी। जिस 'आलू की चाल' में मैं रहता था, मेरे पास होने पर वहाँ के लोगों ने मेरा अभिनंदन करने हेतु एक सभा आयोजित करने का विचार किया था। दादा केलुस्कर को मध्यस्थ बनाकर वहाँ के लोगों ने महत् प्रयास से मेरे पिता की अनुमति प्राप्त की थी। एक टेबल-कुरसी रखकर सभा

प्रारंभ हुई थी। परंतु आश्चर्य! कुछ चुनिंदा लोगों को छोड़कर सभा में अन्य कोई उपस्थित नहीं थे। हर कोई लँगोटी लगाकर अपने आँगन या छप्पर में पान-तंबाकू मलते हुए बैठा था। सभा के महत्त्व की किसी को भी समझ नहीं थी।

परंतु आज परिस्थिति भिन्न है। आज अस्पृश्य समाज जागृति के कारण बहुत आगे आया है। बालपन में मेरे अभिनंदन हेतु जो पहली सभा आयोजित की गई थी, उसके अध्यक्ष श्री दादा कुलेस्कर थे। उस सभा में मैंने क्या सही-गलत बोला, वह मुझे आज याद नहीं आ रहा है। भाषण समाप्ति के पश्चात् केलुस्कर दादा ने मुझे पुरस्कारस्वरूप 'गौतम बौद्ध' के चरित्रवाली छोटी पुस्तक दी थी। रामायण-महाभारत जैसे बहुत सारे ग्रंथ मैंने पढ़े थे। उसी तरह मैंने यह पुस्तक भी पढ़ी। मुझे प्रतीत हुआ कि बौद्ध की शिक्षा तथा अन्य ग्रंथों में बहुत अंतर है। आगे चलकर मैं इस पुस्तक की तरह नई-नई पुस्तकें जैसे-जैसे पढ़ने लगा, वैसे-वैसे मेरे मस्तिष्क में नया प्रकाश पड़ने लगा। बौद्ध धर्म कैसा है तथा हिंदू धर्म कैसा है? दोनों में कितना भेद है? कितनी निराली दृष्टि है? यह मुझे समझ आने लगा।

मेरे पिताजी कहा करते थे कि हम गरीब हैं, किंतु हमारी महत्त्वाकांक्षा प्रबल होनी चाहिए। महाभारत का द्रोणाचार्य गरीब था। द्रोण के लड़कों को माँ पानी में बाजरे का आटा मिलाकर उसे दूध समझकर पिलाती थी। कर्ण गरीबी से ऊपर आया है। महापुरुष अधिकांशत: गरीबी में जन्म लेते हैं।

गौतम बौद्ध को सर्वप्रथम पाँच शिष्य मिले, उन्हें 'पंचवर्गीय भिक्षु' कहते हैं। चालीस शिष्य होने के पश्चात् बौद्ध को लगा कि शिष्यों को दूर-दूर भेजकर धर्म प्रचार करने की अनुमति देनी चाहिए। उस समय गौतम बौद्ध ने अपने शिष्यों के समक्ष बौद्ध धर्म को इस तरह परिभाषित किया… "बहुजन हिताय, बहुजन सुखाय, लोकानुकंपाय, हिताय सुखाय देव मनुस्सानं, आदि कल्याणं मध्य कल्याणं, अंतकल्याण।" बौद्ध धर्म यह बहुजनों के हित के लिए, सुख के लिए तथा उन पर प्रेम करने के लिए है। यह धर्म केवल मनुष्यों द्वारा ग्रहण करने से नहीं होगा, वरन् देवताओं को भी इसको स्वीकार करना चाहिए। जिस तरह गन्ना जड़ में भी मीठा होता है, मध्य में भी मीठा होता है तथा उपर भी मीठा रहता है, उसी प्रकार बौद्ध धर्म प्रारंभ में भी कल्याणकारी है, मध्य में भी कल्याणकारी है तथा अंत में भी कल्याणकारी है। यह धर्म शुरू में, मध्य में तथा आखिरी में मीठा, हितकारक तथा कल्याणकारक है।

विश्व में कुछ कम्युनिस्टों को छोड़ दिया जाए, तो फिर एक भी ऐसा व्यक्ति नहीं मिलेगा, जिसे धर्म नहीं चाहिए। उसी भाँति धर्म हमें भी चाहिए, परंतु वह सद्धर्म चाहिए। ऐसा सद् धर्म, जहाँ सब लोग समान होंगे, सबको समान अवसर उपलब्ध होंगे। वही सच्चा धर्म है।

धर्म प्रत्येक मनुष्य के जीवन की अत्यंत आवश्यक तथा पोषक चीज है। बौद्ध धर्म में भेदभाव नहीं है, वहाँ सर्वत्र समानता दिखाई देती है। बौद्ध धर्म में ईश्वर तथा आत्मा

का विचार न करते हुए मनुष्य को किस तरह व्यवहार करना चाहिए, इस संदर्भ में विचार किया गया है। इस धर्म में नैतिकता के बारे में बताया गया है, इसीलिए यह सद् धर्म है। हमें कल्याणकारी बौद्ध धर्म चाहिए। हमें अन्य वर्गों के साथ जाकर खड़े रहना है। धर्म में उन्नति का मार्ग खुला रहना चाहिए।

एक बार अनाथपिंडक ने तथागत से आर्थिक प्रश्न पूछा था। उस समय तथागत ने उत्तर दिया था…"संपत्ति मानवीय जीवन के लिए अति आवश्यक है। आदमी को धन संचय करना चाहिए, किंतु उसका उपयोग शोषण करने हेतु तथा गुलाम बनाने हेतु नहीं होना चाहिए, वरन उसका सदुपयोग होना चाहिए।" धर्म तथा अर्थ, यह दोनों मनुष्य के लिए अत्यंत आवश्यक हैं। जीवनोपयोगी वस्तुओं के लिए धर्म तथा धन की आवश्यकता होती है।

किसान को साल में एक बार भी खेती की जुताई अवश्य करनी चाहिए, शाक्यों की यही परंपरा थी। उसी तरह बौद्ध ने अपने पिता से प्रश्न किया था, "दूसरे के परिश्रम का फल हम लें, क्या यह उचित है?" हमें स्वयं मेहनत कर, अन्न उपजाकर उसे खाना चाहिए। धर्म तथा धन दोनों बातें साथ-साथ करनी चाहिए। अपने काम से आर्थिक हानि होगी, यह बात उन्होंने मुझे समझाकर बतानी चाही। केवल धन प्राप्ति से अनर्थ भी हो सकता है, इसीलिए धन के साथ धर्म की भी आवश्यकता है।

तथागत के अंतिम समय उनके शिष्यों ने पूछा था, "तथागत! आपके जाने के बाद इस धर्म का क्या होगा? इसका कोई तो गुरु रखिए।" तब तथागत ने उत्तर दिया था—"मेरी अनुपस्थिति में धर्म ही तुम्हारा शास्ता होगा। यदि तुम धर्म का पालन नहीं करोगे, तब धर्म का क्या उपयोग है? विशुद्ध मन से ग्रहण किया गया धर्म ही तुम्हारा गुरु होगा।"

जगत् का व्यवहार धर्म से चल रहा है। किसी प्रसव हुई महिला को बताया जाए कि यह बालक तेरा शत्रु है, तू इसे दूध मत पिला। दूध पिलाने से तू कमजोर होगी, बूढ़ी होगी तथा तेरा सौंदर्य खत्म हो जाएगा। यह बालक तेरा काल है। क्या बालक की माँ इस बात को मान लेगी? उसे कितना भी दुःख हो, कितनी भी वह बीमार हो, फिर भी वह अपने बच्चे को दूध पिलाएगी। वजह यही है कि बालक का पालन करना उसका धर्म है। विश्व के सारे व्यवहार धर्म से ही चलते हैं।

पुणे के लोग आधा पेट भोजन कर खाने के डिब्बे पहुँचाते हैं। परंतु ये लोग कर्तव्य बौद्धि से, ईमानदारी के साथ डिब्बे पहुँचाते हैं। इसीलिए सबको धर्म का पालन करना चाहिए। वह सत् धर्म चाहिए, अधर्म नहीं चाहिए। सुकर्म चाहिए, दुष्कर्म नहीं चाहिए। एक बार विशाख नामक शिष्य ने बौद्ध से प्रश्न पूछा, "धर्म क्या है?" तब बौद्ध बोले, "मलिन मन को शुद्ध करना, यही धर्म है।" अस्पृश्यता रास्ते में गिरा हुआ कोई पत्थर नहीं है। जब समाज सुधारक इसे फेंक देंगे, तब ही अपना मनोधर्म बदलेगा, तब ही अपना धर्म बदलेगा। □

जो धर्म साम्यवाद को जवाब नहीं दे सकता वह जीवित नहीं रहेगा

भारतीय महाबोधि सोसाइटी, नई दिल्ली द्वारा दिनांक 5 फरवरी, 1956 को बौद्ध विहार में आयोजित बैठक में दिया गया भाषण

कोई भी धर्म, जो साम्यवाद का जवाब नहीं दे सकता, वह जीवित नहीं रहेगा। मेरे दृष्टिकोण से यदि साम्यवाद का कोई प्रतिरोधी धर्म है, तो वह बौद्ध धर्म है।

मैं उन लोगों से सहमत नहीं हूँ, जो हर धर्म पर विश्वास करते हैं और हर जगह से कुछ-न-कुछ बातें चुन लेते हैं। इस तरह का रवैया भारत में है। धर्म के प्रति व्यक्ति का चुनाव स्पष्ट होना चाहिए और उसे उसी धर्म का पूर्ण निर्वाह करना चाहिए।

एक धर्म दूसरे से भिन्न हो सकता है। बौद्ध धर्म द्वारा उपदेशित अहिंसा, जैन धर्म द्वारा उपदेशित अहिंसा में बहुत बड़ा अंतर है। जैन धर्म अहिंसा को उच्चतम बिंदु पर ले गया है।

□

बौद्ध धर्म ग्रहण करने के पश्चात् मैं अछूत नहीं—आरक्षण का अधिकार नहीं

18 मार्च, 1956 को आगरा में बाबासाहेब आंबेडकर द्वारा दिया गया भाषण, 'जनता', 24 मार्च, 1956

पच्चीस वर्ष पूर्व राजनीति में प्रवेश करते समय मेरे जीवन के तीन उद्देश्य थे। पहला उद्देश्य था, अस्पृश्यों के घर-घर में ज्ञानगंगा का प्रवाह ले जाना। मेरा यह उद्देश्य बहुत प्रमाण में सफल हुआ है। शैक्षणिक क्षेत्र में अछूत सबसे आगे न भी हों, किंतु कुछ दिनों में वे अच्छी प्रगति कर सकते हैं। मुझे इसका विश्वास है। मेरा दूसरा उद्देश्य था, सरकारी नौकरियों में अछूत जाति के लोगों को व्यापक प्रतिनिधित्व दिलवाना। मेरे द्वारा जो प्रयत्न किए गए, उसका यश आज आपको दिखाई दे रहा है। मेरे इन दोनों उद्देश्यों में मुझे सफलता प्राप्त हुई है। परंतु गाँवों में रहनेवाले मेरे अनगिनत दलित भाइयों की परिस्थिति में सुधार लाने का मेरा तीसरा उद्देश्य, चाहे उतना सफल नहीं हो पाया है। इसीलिए अपना शेष जीवन तथा मेरे सामर्थ्य को, गाँवों में रहनेवाली अछूत जनता के सर्वांगीण सुधार हेतु समर्पित करने का मैंने निश्चय किया है।

जब तक वे गाँव छोड़कर शहरों में रहने नहीं आएँगे, तब तक उनके जीवन में कोई सुधार नहीं हो सकता है। गाँव में रहनेवाले मेरे अछूत भाइयों को अपने पूर्वजों के गाँव छोड़ने का मोह छूटा नहीं है। उन्हें लगता है कि वहीं पर हमारी रोटी है, परंतु रोटी से अधिक स्वाभिमान महत्त्वपूर्ण है। जिन गाँवों में इनके साथ कुत्तों की भाँति व्यवहार किया जाता है, जहाँ इनका पग-पग पर अपमान होता है, जहाँ इन्हें अपमान भरा स्वाभिमान शून्य जीवन व्यतीत करना पड़ता है, ऐसे गाँव आखिर किस काम के? गाँव के अछूतों को वहाँ से निकलकर, जहाँ भी परती जमीन होगी, उस जमीन को अपने अधिकार में लेकर तथा नए-नए गाँव बसाकर स्वाभिमानपूर्वक इनसानियत का जीवन व्यतीत करना

चाहिए। वहाँ नया समाज निर्माण करना चाहिए। वहाँ के संपूर्ण काम खुद ही करना चाहिए। फिर ऐसे गाँवों में उन्हें कोई भी अछूत कहकर उनके साथ अपमानास्पद व्यवहार नहीं करेगा।

अपने दरिद्र तथा अज्ञानी भाइयों की सेवा करना हर सुशिक्षित व्यक्ति का पहला कर्तव्य है। बड़े पदों पर जाकर ये सुशिक्षित अपने ही अशिक्षित भाइयों को भूल जाते हैं। इसका कारण यह है कि उनमें स्वयं के समाज के प्रति अपनेपन की भावना नहीं रहती है। उनमें अपने भाइयों के प्रति आस्था व चिंता नहीं रहती है। धर्म भावना का अभाव यह भी एक कारण है। यदि इन्होंने अपने इन अनगिनत भाइयों की ओर ध्यान नहीं दिया, तब फिर अवश्य ही समाज का ह्रास होगा।

दूसरे किसी भी धर्म से बौद्ध धर्म श्रेष्ठ है। मेरी इच्छा है कि आप सबको मेरे साथ बौद्ध धर्म को स्वीकार करना चाहिए। मैं इस संबंध में आप पर कोई दबाव नहीं डालूँगा। यह आपकी इच्छा का प्रश्न है। परंतु मेरे द्वारा बौद्ध धर्म ग्रहण करने के पश्चात् मैं अस्पृश्य नहीं रहूँगा। हम सब को बौद्ध हो जाने के पश्चात् आरक्षण का अधिकार नहीं रहेगा। उसी तरह आपको यह भी ध्यान में रखना चाहिए कि विधानसभा तथा लोकसभा में आरक्षित सीटों की अवधि संविधान के अनुसार केवल दस वर्ष है। वह अवधि भी जल्दी ही समाप्त होगी। जीवन भर आरक्षित सीटें थोड़ी रहेंगी ? अंत में हमको अपने ही पैरों पर खड़ा रहना होगा। आरक्षण की बैसाखी से हम विशेष प्रगति नहीं कर सकेंगे। बौद्ध हो जाने के पश्चात् मैं आप लोगों का नेतृत्व नहीं कर पाऊँगा तथा मैं फेडरेशन में भी नहीं रह पाऊँगा। अत: मेरी हार्दिक इच्छा है कि दलितों में से किसी को भी आगे आना चाहिए, जो मेरी जगह आकर नेतृत्व सँभाल सके। अन्यथा एक खंभे पर आधारित तंबू सदृश्य यह संगठन धराशायी हो जाएगा।

बौद्ध हो जाने के पश्चात् भी मैं राजनीति नहीं छोड़ूँगा। किंतु मैं शेडयूल्ड कास्ट फेडरेशन के टिकट पर उम्मीदवार के रूप में चुनाव नहीं लड़ूँगा। मैं अपने स्वयं के बल पर चुनाव लड़ूँगा, चाहे मेरी विजय हो अथवा पराजय हो। मुझे इसकी बिल्कुल परवाह नहीं है।

□

धर्म सबको चाहिए

15 अक्तूबर, 1956 को नागपुर के बौद्ध धर्म दीक्षा समारोह में डॉ. बाबासाहेब आंबेडकर द्वारा दिए गए ऐतिहासिक प्रवचन का अंश

कल तथा आज सुबह बौद्ध दीक्षा लेने का तथा देने का जो विधि-समारोह इस स्थान पर संपन्न हुआ, उसके लिए विवेकशील लोगों को कदाचित् स्थान के संबंध में असमंजस होगा।

बहुत से लोग मुझसे प्रश्न पूछते हैं कि इस काम के लिए आपने नागपुर शहर ही क्यों चुना है? दूसरी जगह पर यह काम क्यों नहीं किया गया? कुछ लोग कहते हैं कि आर.एस.एस. (राष्ट्रीय स्वयंसेवक संघ) की बड़ी पलटन नागपुर में होने के कारण मैंने उनकी छाती पर यह सभा नागपुर में की। किंतु यह बात एकदम सही नहीं है। इस बात के लिए यह कार्य नागपुर में नहीं किया है। हमारा काम इतना विशाल है कि उसके लिए जीवन का एक-एक मिनट भी कम पड़नेवाला है अपनी नाक खुजलाकर दूसरे को अपशगुन करने के लिए मेरे पास बिल्कुल समय नहीं है।

इस स्थान का चयन करने का कारण कुछ दूसरा ही है। जिन्होंने बौद्ध इतिहास का अध्ययन किया होगा, उन्हें ज्ञात हो जाएगा कि भारत में बौद्ध धर्म का प्रसार यदि किसी ने किया होगा, तो वह नाग लोगों ने किया है। नाग लोग आर्यों के कट्टर शत्रु थे। आर्य तथा अनार्यों के बीच लड़ाइयाँ हुईं, भीषण युद्ध हुए। आर्यों द्वारा नागों को जलाने के प्रमाण पुराणों में मिलते हैं। अगस्त्य ऋषि ने उनमें से केवल एक नाग को बचाया था, उसी के हम वंशज हैं। तथागत बौद्ध के उपदेश को नाग लोगों ने समस्त भारत में फैलाया। हम वही नाग लोग हैं। नाग लोगों की बस्ती नागपुर तथा इसके आसपास थी, ऐसा दिखाई देता है। इसीलिए इस शहर को 'नागपुर' यानी 'नागों का गाँव' कहते हैं। यहाँ से लगभग 27 मील की दूरी पर नागर्जुन की पहाड़ी है। पास ही जो नदी बहती है, वह नाग नदी है, अर्थात् इस नदी का नाम यहाँ रहनेवाले लोगों के कारण ही पड़ा है। नागों की बस्ती

से बहनेवाली नदी ही नाग नदी है। इस स्थल का चयन करने का यही मुख्य कारण है। नागपुर का चयन इसी कारण किया गया है। यहाँ दूसरों को चिढ़ाने का कोई प्रश्न नहीं है। आर.एस.एस. की बात मेरे मन को छू तक नहीं गई है। किसी को ऐसा अर्थ नहीं लगाना चाहिए।

दूसरे कारणों से शायद विरोध जान पड़ता हो, किंतु मैंने यह स्थान विरोध के लिए नहीं चुना है। मैंने जो कार्य हाथों में लिया है, उसके लिए अनेक लोगों ने तथा समाचार-पत्रों ने मुझ पर टीका की है। कुछ की टीका कठोर हैं। उनके अनुसार मैं अपने गरीब अछूत भाइयों को गलत दिशा में ले जा रहा हूँ। हमारे कुछ युवक तथा बुजुर्गों पर कदाचित् इसका परिणाम होता होगा, जिससे लोगों के मन में सभ्रम निर्माण हुआ होगा। अतः संदेह को दूर करना मेरा प्रथम कर्तव्य है।

भूतकाल में हमने मांस न खाने संबंधी आंदोलन किया था। जिसके कारण सवर्णों पर बहुत बड़ी विपत्ति आई, ऐसा उन्हें लगता था। उन्हें जीवित भैंस का दूध पीना चाहिए तथा भैंस के मरने के पश्चात् उस मरी हुई भैंस को हमें कंधों पर ले जाना चाहिए। यह बात कितनी विचित्र है! हम उन्हें कहते हैं, तुम्हारी माँ के मरने पर, फिर उसको हमें क्यों नहीं देते हो? जैसे वे मरी हुई भैंस देते हैं, वैसे ही उन्हें अपनी माँ भी देनी चाहिए। उस समय किसी मनुष्य ने 'केसरी' समाचार-पत्र में पत्र-व्यवहार कर अछूत समाज को सुझाव दिया था कि 'गाँव में प्रतिवर्ष 50 जानवर मरते हैं। उनका चमड़ा, सींग, हड्डियाँ, मांस, पूँछ, खुर आदि को मिलाकर 500 रुपए होते हैं। मृत मांस को छोड़ने पर ये लोग इतनी बड़ी आय से वंचित हो जाएँगे।'

एक बार मैं संगमनेर की सभा में गया था। सायं में भोजन की व्यवस्था की गई थी। उस समय केसरी के संवाददाता ने एक चिठ्ठी मेरे पास भेजी तथा मुझसे पूछा, "आप अपने लोगों को मरे हुए जानवर न ले जाने को कहते हो। उनकी हालत तो बहुत दयनीय है, औरतों को साड़ी-चोली नहीं है, उनके पास अनाज नहीं है, उनके पास खेती नहीं है। ऐसी उनकी विकट परिस्थिति है। प्रतिवर्ष उनको मिलने वाले चमड़े, सींग, मांस आदि की 500 रुपयों की आय को आप फेंक देने को कहते हो। क्या इसमें आपके लोगों का नुकसान नहीं है?"

मैंने कहा, ''तुमको इसका उत्तर कहाँ दूँ? यहाँ छप्पर में दूँ या फिर सभा में दूँ?'' लोगों के समक्ष जवाब देना ही अच्छा रहेगा। मैंने उस सज्जन से पूछा कि तुम्हारा कहना बस इतना ही है या और कुछ है? उसने कहा ''बस इतना ही है, इसी का उत्तर दो। मैंने उस सज्जन से पूछा'' तुमको कितने बच्चे हैं? उसने बताया कि पाँच लड़के हैं। भाई को भी 5-7 बच्चे हैं। मैंने कहा'' फिर तुम्हारा कुटुंब बहुत बड़ा है। तब तुम्हें तथा तुम्हारे रिश्तेदारों को उन मरे हुए जानवरों को जरूर ले जाना चाहिए तथा 500 रुपयों की आय

प्राप्त करनी चाहिए। इस लाभ को तुम्हें अवश्य लेना चाहिए। इसके अतिरिक्त मैं तुम्हें प्रतिवर्ष 500 रुपए देने की व्यवस्था करता हूँ। मेरे लोगों का क्या होगा, उन्हें अन्न-वस्त्र मिलेगा या नहीं मिलेगा, इसे मैं देख लूँगा। परंतु इतने बड़े लाभ की बात को तुम क्यों छोड़ते हो? इस काम को तुम क्यों नहीं करते हो? यदि हमने यह काम किया, तो हमें लाभ होता है और तुम्हारे करने पर क्या लाभ नहीं होता है? क्यों नहीं खींचते तुम मरे हुए जानवर?'

हमारे नुकसान के लिए तुम क्यों रोते हो? मेरा उनसे यही सवाल है। सच देखा जाए तो मानव मात्र को इज्जत प्रिय है, लाभ प्यारा नहीं है। हम जो झगड़ रहे हैं, वह इज्जत के लिए झगड़ रहे हैं। मानवमात्र को पूर्णावस्था में लाने के लिए हम प्रयत्न कर रहे हैं। उसके लिए हमें जो करना पड़े, वह त्याग करने की हमारी तैयारी है।

मुझे एक बात का आश्चर्य होता है। चारों ओर इतना वाद-विवाद हो रहा है, किंतु एक भी आदमी ने मुझसे यह प्रश्न नहीं पूछा कि 'मैंने बौद्ध धर्म को क्यों स्वीकार किया?' किसी दूसरे धर्म को न स्वीकारते हुए मैंने इसी धर्म को क्यों स्वीकार किया? किसी भी धर्मांतर आंदोलन में यह मुख्य तथा महत्त्वपूर्ण प्रश्न होता है। धर्मांतर करते समय कौन सा धर्म लिया जाए तथा क्यों लिया जाए? इसे बहुत जाँच-परखकर देखना चाहिए। हमने हिंदू धर्म त्यागने का आंदोलन सन् 1935 को येवला में एक प्रस्ताव पारित कर शुरू किया था। उस समय मैंने प्रतिज्ञा की थी कि 'मैंने हिंदू धर्म में जन्म लिया है, किंतु हिंदू धर्म में मरूँगा नहीं,' उस प्रतिज्ञा को मैंने कल पूरा करके बताया है।

कार्ल मार्क्स तथा हम

मनुष्यमात्र के उत्कर्ष हेतु धर्म अत्यंत आवश्यक वस्तु है। मुझे ज्ञात है कि कार्ल मार्क्स को पढ़कर एक पंथ तैयार हुआ है। उसके कथनानुसार धर्म कुछ नहीं है, उनके पास धर्म का कुछ महत्त्व नहीं है। उन्हें सुबह नाश्ता चाहिए, जिसमें पाव, मलाई, मक्खन, मुरगी की टाँग आदि रहने पर पेटभर भोजन चाहिए तथा शांति से नींद चाहिए यानी फिर सब पूर्ण! यही उनका दर्शन है। मैं उस मत का नहीं हूँ। मेरे पिताजी गरीब थे, इसी कारण मुझे इस तरह के सुख नहीं मिल पाए। मेरे जैसा कष्टप्रद जीवन किसी ने नहीं बिताया होगा। अत: सुखों के अभाव में मनुष्य का जीवन कष्टमय होता है, मुझे इसका एहसास है। मैं मानता हूँ कि आर्थिक उन्नति का आंदोलन आवश्यक है, मैं उस आंदोलन का विरोधी नहीं हूँ। मनुष्य की आर्थिक उन्नति होनी चाहिए।

परंतु मैं इसमें एक महत्त्वपूर्ण अंतर देखता हूँ। भैंस, बैल तथा मनुष्य में अंतर है। भैंस तथा बैल को रोज चारा चाहिए, मनुष्य को भी अनाज चाहिए। फिर भी दोनों में अंतर है। भैंस तथा बैल का मन नहीं होता है, किंतु मनुष्य को शरीर के साथ-साथ मन भी होता

है। इसी कारण दोनों पर विचार होना चाहिए। मन का विकास होना चाहिए, मन सुसंस्कृत होना चाहिए। जिस देश के लोग कहते हैं कि अनाज के बगैर मनुष्य का सुसंस्कृत मन से कोई संबंध नहीं है, उस देश के लोगों के साथ संबंध रखना मुझे अनुचित लगता है। दूसरों के साथ संबंध रखते समय मनुष्य का शरीर जैसा निरोगी चाहिए, वैसे ही शरीर सुदृढ तथा मन सुसंस्कृत होना चाहिए। अन्यथा मानव जाति का उत्कर्ष हुआ, यह नहीं कहा जा सकता है।

मनुष्य का शरीर अथवा मन क्यों रोगी रहता है? इसका कारण यह है कि एक तो उसे शारीरिक पीड़ा होती है अथवा मन में उत्साह नहीं रहता है। मन में उत्साह न होने पर उसका अभ्युदय नहीं हो सकता है। उसे उत्साह क्यों नहीं रहता है? उसका पहला कारण यह है कि मनुष्य को इस ढंग से रखा गया है कि उसे ऊपर आने का अवसर नहीं मिला है अथवा आशा शेष नहीं है। फिर उसे उत्साह कहाँ से आएगा? वह तो रोगी ही रहेगा। जिस व्यक्ति को अपने काम का प्रतिफल मिल सकता है, उसको उत्साह रहता है। अन्यथा पाठशाला का शिक्षक यह कहने लगे''' कौन है रे यह? यह तो महार है ! और यह महार पहली कक्षा में पास होगा? इसे प्रथम श्रेणी क्यों चाहिए? तू तो तृतीय श्रेणी में ही रहेगा! प्रथम श्रेणी तो ब्राह्मणों के लिए है!

ऐसी अवस्था में उस बच्चे में कहाँ से उत्साह आएगा? उसकी कैसे उन्नति होगी? उत्साह निर्माण करने का केंद्र मन में होता है। जिसका शरीर तथा मन तंदुरुस्त है, जो हिम्मतबाज है, मैं किसी भी परिस्थिति में संघर्ष कर बाहर निकल आऊँगा, ऐसा जिसे विश्वास है, उसमें ही उत्साह का निर्माण होता है तथा फिर उसका उत्कर्ष होता है। हिंदू धर्म की तत्त्व प्रणाली ऐसी विलक्षण है कि वह मनुष्य को निरुत्साही करती है।

लँगोटी पहनकर शिक्षा ग्रहण की

मनुष्य के उत्साह का एकमात्र कारण मन है। आपको मिल मालिक ज्ञात होंगे। वे कपड़ा मिलों पर मैनेजर नियुक्त करते हैं व उनके द्वारा मिल के काम करवा लेते हैं। ये मिल मालिक कई व्यसनों के अधीन रहते हैं। उनके मन का सुसंस्कृत विकास नहीं हुआ रहता है। अपना मन उत्साही रहे, अतः हमने आंदोलन शुरू किया, तब कहीं जाकर शिक्षा प्रारंभ हुई। मैंने शिक्षा की शुरुआत लँगोट लगाकर की। स्कूल में मुझे पीने को पानी तक नहीं मिला। मैंने शाला में पानी बगैर कई दिन गुजारे हैं। मुंबई के एलिफिस्टन कॉलेज में भी वही स्थिति थी। ऐसी परिस्थिति रहने पर फिर दूसरी अवस्था कैसे निर्माण होगी? आखिर लिपिक ही तैयार होंगे !

मैं जब दिल्ली की एक्जीक्यूटिव कौंसिल में था, तब वहाँ लॉर्ड लिनलिथगो वायसराय थे। मैंने उन्हें कहा, ''आप सर्व सामान्य के लिए खर्च करते हैं। मुसलमानों के

लिए अलीगढ़ यूनिवर्सिटी हेतु शिक्षा पर तीन लाख रुपए खर्च करते हैं, उसी तरह बनारस हिंदू विश्वविद्यालय को तीन लाख रुपए देते हैं, किंतु हम न हिंदू हैं और न ही मुसलमान हैं। हमारे लिए यदि कुछ करना हो तो उसे हजार गुना अधिक करना चाहिए। कुछ नहीं तो कम-से-कम मुसलमानों जितना तो कीजिए।" 'तब लिनलिथगो बोले, "आपको इस संदर्भ में जो लिखकर देना है, वह जरूर दें !" उस अनुसार मैंने एक प्रतिवेदन लिखा। वह मसौदा आज भी मेरे पास है। यूरोपियन लोग बहुत सहानुभूतिवाले होते हैं, उन्होंने मेरी बात स्वीकार की। परंतु घोड़ा एक जगह अड़ गया⋯ कि पैसे किस मद पर खर्च किए जाएँ ? उन्हें लगता था कि अछूत समाज की लड़कियाँ शिक्षित नहीं हैं, उन्हें शिक्षित किया जाए, उनके लिए छात्रावास खोले जाएँ तथा उस पर राशि खर्च की जाए। हमारी लड़कियों को पढ़ाया तथा सुशिक्षित किया। परंतु तरह-तरह के पकवान बनाने हेतु उनके घरों में सामान कहाँ है, उनकी शिक्षा का आखिर क्या लाभ होगा ? सरकार ने अन्य मदों पर राशि खर्च की, किंतु शिक्षा पर रोक रखी। मैं एक दिन लिनलिथगो के पास गया तथा शिक्षा संबंधी खर्च पर बोला, "आप यदि गुस्सा न हों, तो एक प्रश्न पूछना चाहता हूँ, कि क्या मैं अकेला पचास ग्रेजुएट के बराबर हूँ या नहीं ?" उन्होंने इसे स्वीकार किया। इसके पश्चात् मैंने पुनः पूछा, "इसका कारण क्या है ?" उन्होंने कहा, "यह मुझे मालूम नहीं है।" मैं बोला⋯मेरी विद्वत्ता इतनी बड़ी है कि मैं राजमहल के शीर्ष पर जाकर बैठ सकता हूँ। मुझे ऐसे ही आदमी चाहिए, जो वहाँ से निगरानी कर सकें। हमारे लोगों की रक्षा करनी हो तो, ऐसी ही निगरानी करनेवाले आदमी तैयार होने चाहिए। लिपिक आखिर क्या करेंगे ? मेरा कहना लिनलिथगो को जँचा। उस वर्ष उच्च शिक्षा हेतु सोलह विद्यार्थियों को विलायत भेजा गया। उन सोलह में से कुछ मटके कच्चे निकले और कुछ मटके पक्के निकले, यह बात अलहिदा है। आगे राजगोपालाचारी ने उच्च शिक्षा की इस योजना को बंद ही कर दिया।

इसे देश में ऐसी परिस्थिति है कि हम हजारों वर्ष निरुत्साही ही बने रहेंगे। यह परिस्थिति जब तक है, तब तक हमारी उन्नति के लिए उत्साह उत्पन्न होना संभव नहीं है। इसी कारण हिंदू धर्म में रहकर हम कुछ नहीं कर सकते हैं। हिंदू धर्म में समता नहीं है।

देश विदेशियों के कब्जे में क्यों गया ?

हमारा देश विदेशियों के कब्जे में क्यों गया ? यूरोप में सन् 1945 तक लड़ाइयाँ चालू थीं। जितने सैनिक मरते थे, उतने ही भरती किए जाते थे। उस समय किसी ने यह नहीं कहा कि हमने लड़ाई जीती है। हमारे देश में कुछ अलग ही है। क्षत्रियों के मरने पर हम सब समाप्त ! हमें यदि शस्त्र धारण करने का अधिकार होता, तो यह देश परतंत्रता की बेड़ियों में नहीं जकड़ा गया होता, फिर किसी ने इस देश पर विजय प्राप्त नहीं की होती।

बौद्ध धर्म में 75 प्रतिशत ब्राह्मण भिक्षु थे तथा 25 प्रतिशत शूद्र भिक्षु थे। तथागत ने बताया, "हे भिक्षुओ, तुम विभिन्न देशों तथा जातियों से आए हो। नदियाँ अपने प्रदेशों से बहती हैं, तब वे पृथक्-पृथक् हुआ करती हैं। परंतु वे जब समुद्र में मिलती हैं, तब पृथक् नहीं होती हैं। वे एक रूप हो जाती हैं तथा समान हो जाती हैं। बौद्ध संघ यह सागर की भाँति है, इस संघ में सब समान हैं।" सागर में जाने पर यह गंगा का पानी है या यह महानदी का पानी है, यह पहचानना असंभव होता है। उसी भाँति बौद्ध संघ में शामिल होने पर अपनी जाति समाप्त हो जाती है तथा सब लोग समान हो जाते हैं। यह समता बतलानेवाला बस एक ही महापुरुष है तथा वह महापुरुष है तथागत गौतम बौद्ध!

गरीबों को धर्म की आवश्यकता

धर्म की आवश्यकता गरीबों को है। धर्म की आवश्यकता पीड़ित लोगों को है। गरीब मनुष्य आशा के भरोसे जीवन जीता है। जीवन का मर्म आशा में है। आशा के समाप्त होने पर फिर जीवन का क्या होगा? धर्म आशावादी बनाता है तथा गरीबों व पीड़ितों को संदेश देता है, 'घबराओ मत, जीवन आशादायी होगा।' इसीलिए गरीब तथा पीड़ित मनुष्य धर्म से अलग नहीं होता है।

हम अपनी राह में जाएँगे, आप लोग अपनी राह से जाओ। हमें नई राह मिल गई है। यह आशादायक दिन है। यह अभ्युदय तथा उत्कर्ष का मार्ग है, यह मार्ग कोई नया नहीं है, यह मार्ग बाहर से लाया नहीं गया है, यह मार्ग यहीं का है, भारत का ही है।

बौद्ध धर्म का ह्रास हुआ, इसका मुख्य कारण मुसलमानों के आक्रमण हैं। मुसलमानों ने आक्रमणों के दौरान मूर्तियाँ तोड़ीं। इस तरह बौद्ध धर्म पर यह पहला आघात था। उनके आक्रमणों से डरकर भिक्षुओं ने पलायन किया। कोई तिब्बत गए, कोई चीन गए, तो कुछ अन्य स्थानों पर गए। धर्म के संरक्षण हेतु उपासकों की जरूरत होती है। वायव्य सरहद प्रांत में एक राजा था, उसका नाम मिलिंद था। यह राजा हमेशा वाद-विवाद में मग्न रहता था। उसे वाद-विवाद का बहुत शौक था। वह हिंदुओं से कहता था कि जो कोई वाद-विवाद में निपुण होगा, उसको आकर मुझसे वाद-विवाद करना चाहिए, उसने अनेकों को निरुत्तर किया था।

एक बार उसे लगा कि बौद्धों के साथ मुझे वाद-विवाद करना चाहिए। उसने लोगों से कहा¨ यदि कोई बौद्ध वाद-विवाद में पारंगत हो तो उसे यहाँ लेकर आओ। तब बौद्धजनों ने भिक्षु नागसेन से निवेदन किया कि 'आप वाद-विवाद में बौद्धों का पक्ष रखिए।' नागसेन विद्वान् था। भिक्षु होने से पहले वह ब्राह्मण था। नागसेन तथा मिलिंद के बीच जो वाद-विवाद हुआ, वह पुस्तक रूप में सारे विश्व को ज्ञात है। उस पुस्तक का नाम 'मिलिंद पन्ह' (मिलिंद प्रश्न) है। मिलिंद राजा ने भिक्षु नागसेन से प्रश्न पूछा कि

धर्म को ग्लानि क्यों आती है? तब नागसेन ने उसके तीन कारण बताए थे—

1. कोई धर्म कच्चा रहता है। उस धर्म के मूल तत्त्व में कोई गंभीरता नहीं होती है। वह कालिक धर्म बनता है, तथा कालानुरूप ही टिक पाता है।
2. धर्म प्रचार करनेवाले विद्वान् न होने से धर्म को ग्लानि आती है। ज्ञानी व्यक्तियों को धर्म-ज्ञान बताना चाहिए। विरोधियों से वाद-विवाद करनेवाले योग्य धर्मप्रचारक न होने पर धर्म को ग्लानि होती है।
3. धर्म तथा धर्म के तत्त्व विद्वानों के लिए हुआ करते हैं, किंतु प्राकृत तथा सामान्य लोगों के लिए मंदिर-विहार होते हैं। वहाँ जाकर लोग अपने श्रेष्ठ विभूति की पूजा करते हैं।

हमको बौद्ध धर्म को स्वीकार करते समय इन कारणों को ध्यान में रखना चाहिए। बौद्ध धर्म के तत्त्व कालिक (केवल कुछ कालहेतु) हैं, ऐसा किसी को कहते नहीं जाएगा। आज 2500 वर्षों के पश्चात् भी बौद्ध के तत्त्वों को सारा विश्व मानता है।

बौद्ध धर्म का मूल आधार क्या है? बौद्ध धर्म तथा दूसरे धर्मों में क्या अंतर है? अन्य धर्मों में परिवर्तन नहीं हो सकता है, क्योंकि वे धर्म मनुष्य तथा ईश्वर के बीच संबंध स्थापित करते हैं। अन्य धर्मों का कथन है कि ईश्वर ने सृष्टि का निर्माण किया है। ईश्वर ने आकाश, वायु, चंद्र, सूर्य सबकुछ निर्माण किया है। ईश्वर ने हमारे लिए कुछ करने को शेष नहीं रखा है। अतः ईश्वर का हमको पूजन करना चाहिए। ईसाई धर्म में तो मृत्यु के पश्चात् एक 'निर्णय का दिन' (Day of Judgement) होता है तथा उस निर्णय के अनुसार सबकुछ घटित होता है। देव तथा आत्मा का बौद्ध धर्म में कोई स्थान नहीं है। तथागत बौद्ध ने बताया कि विश्व में सर्वत्र दुःख है, नब्बे प्रतिशत जनता दुःख से पीड़ित है। उस दुःख से पीड़ित, गरीब जनता को मुक्त करना, यही बौद्ध धर्म का मुख्य कार्य है। बौद्ध से अलग कार्ल मार्क्स ने क्या बताया है? तथागत ने जो बताया है, वह आड़े-तिरछे मार्ग से नहीं बताया है।

आप पर बहुत बड़ी जिम्मेदारी है। दूसरों के मन में आपके प्रति आदर उत्पन्न होगा, ऐसी कृति आपको करनी चाहिए। यह धर्म यानी गले में हमने मटका लटका लिया है, ऐसा न समझें। बौद्ध धर्म की दृष्टि से भारत की भूमि वर्तमान में शून्यवत् है। अतः हमें उत्तम रीति से धर्म पालन का निश्चय करना चाहिए। अन्यथा महारों ने इस धर्म को निंदाजनक स्थिति में ला खड़ा किया है, ऐसा नहीं होना चाहिए। अतः आप सबको दृढ निश्चय करना चाहिए। यदि हमें यह साध्य हो गया, तो हम अपने साथ-साथ देश का ही नहीं, विश्व का कल्याण कर सकेंगे। कारण, बौद्ध धर्म से ही विश्व का कल्याण होगा तथा शांति स्थापित होगी।

यह नया मार्ग बहुत जवाबदारी का है। हमने जो संकल्प किया है, जो इच्छाएँ मन

में पाल रखी हैं, युवकों को उस पर अपना ध्यान केंद्रित करना चाहिए। वे अपना पेट पालने तक ही सीमित न रहें, वरन् उन्हें यह संकल्प करना चाहिए कि मैं अपनी आय का बीसवाँ भाग जनकल्याण में खर्च करूँगा। मैं सबको साथ लेकर चलूँगा। तथागत ने प्रथम कुछ व्यक्तियों को दीक्षा दी थी तथा उन्हें कहा था कि, 'इस धर्म का प्रचार करो।' यही आदेश दिया था। उस अनुसार यश तथा चालीस मित्रों ने बौद्ध धर्म की दीक्षा ली थी। यश धनश्रेष्ठी का पुत्र था। तथागत ने इनको बताया कि यह धर्म कैसा है ? यह धर्म... 'बहुजन हिताय, बहुजन सुखाय, लोकानुकंपाय, धम्म आदि कल्याण, मध्य कल्याणं, पर्यावसन कल्याणं है।' उस समय की परिस्थिति अनुसार तथागत ने अपने धर्म प्रचार का मार्ग तैयार किया था। अब हमें भी इसी तरह का मार्ग तैयार करना होगा।

□

कम्युनिस्ट को हिंसा प्रिय है

20 नवंबर 1956, विश्व बौद्ध सम्मेलन, काठमांडु, नेपाल

बौद्धिज्म हर किसी के जीवन का सच्चा मार्ग है, उसी तरह कम्युनिज्म को भी जीवन का मार्ग कहा जा सकता है। इन दोनों मार्गों में से कौन सा मार्ग अधिक अच्छा है, इसे बौद्धजनों को अच्छी तरह समझ लेना अति आवश्यक है। विशेष रूप से कम्युनिज्म जो जीवन मार्ग बताता है, उससे बौद्धिज्म का जीवन मार्ग अधिक योग्य है। इसे बौद्धजनों को, विशेषत: युवकों को अच्छी तरह जान लेना आवश्यक है, अन्यथा बौद्धिज्म नष्ट हुए बगैर नहीं रहेगा। अत: बौद्धिज्म पर जिनकी श्रद्धा है, उन्हें अपनी नई युवा बौद्ध पीढ़ी को जाग्रत् करना चाहिए। इतना ही नहीं, कम्युनिज्म से बौद्धिज्म कैसे श्रेष्ठ है, यह उन्हें समझा देना चाहिए। यदि ऐसा हुआ, तब ही बौद्धिज्म जीवित रह पाएगा।

एशिया के युवकों की मनोदशा का विचार करने पर कौन सी बात दृष्टिपथ पर दिखती है? उन्हें लगता है कि कार्ल मार्क्स ही एकमात्र द्रष्टा है, वह मानवीय जीवन को प्रकाशमान करनेवाला महापुरुष है। अत: उसे सर्वप्रथम प्रणाम करना चाहिए। हमें इस बात को ध्यान में रखना होगा कि इन युवकों को बौद्ध धर्मीय भिक्षु के बारे में क्या महसूस होता है? वैसे ही अपना बौद्धिज्म कम्युनिज्म से कैसे श्रेष्ठ हो सकेगा? इसके लिए सुधारवादी योजना तैयार करनी चाहिए।

इसके लिए बौद्धिज्म तथा कम्युनिज्म के ध्येय में कहाँ भिन्नता है? इसका विचार करना चाहिए। अंततोगत्वा बौद्धिज्म का जीवनपथ चिरंतन है अथवा कम्युनिज्म का मार्ग चिरंतन है, इसको जान लेना आवश्यक है। जो मार्ग चिरंतन नहीं है, वह मार्ग आपको जंगल की ओर लेकर जाएगा। वह आपको साध्य की ओर न ले जाकर अराजकता की ओर ले जाएगा, अत: उस मार्ग से जाना उचित नहीं है। परंतु आपको जो मार्ग बताया गया है, वह धीमी गतिवाला तथा लंबी दूरीवाला है, तथापि वह विश्वसनीय व सुरक्षित मार्ग है। आपने जिस उद्‌देश्य को अपने सामने रखा है, उसे पूर्णत्व की ओर ले जाने के लिए इस

मार्ग से ही जाना उचित होगा, ऐसा मेरा विचार है। कम दूरी का तथा उलझन भरा मार्ग अच्छा या फिर थोड़ी लंबी दूरी का सीधा मार्ग अच्छा? यह प्रश्न आपके समक्ष उपस्थित होगा। जीवन में कभी भी जल्दीवाले तथा कम अंतर के मार्ग धोखादायक साबित होते हैं।

कम्युनिज्म क्या है?

कम्युनिज्म का वास्तविक सिद्धांत क्या है? इसके मूलभूत तत्त्व कौन से हैं? सामान्यत: विश्व के मानव जीवन का विचार करने पर यही दिखाई देता है कि विश्व में चहुँओर शोषण-ही-शोषण है। इसी मूल सिद्धांत को लेकर कम्युनिज्म का प्रारंभ हुआ है। धनी वर्ग के पास अकूत धन-संपत्ति है, उसी के जोर पर पूँजीपति गरीबों का शोषण करते हैं, उन्हें दयनीय अवस्था में रखते हैं। यही कार्ल मार्क्स का प्रारंभिक मुद्‌दा है। मार्क्स ने शोषण शब्द का उच्चार किया है। एक वर्ग की गरीबी तथा दु:ख समाप्त करने के लिए निजी संपत्ति पर रोक लगानी होगी। मार्क्स का कथन है कि किसी भी व्यक्ति को अपने पास निजी संपत्ति नहीं रखनी चाहिए। मार्क्स की तकनीकी भाषा में बोला जाए तो निजी संपत्ति का मालिक यही मजदूरों की श्रमशक्ति के उत्पादन का अधिकृत मालिक होता है व स्वामित्व पर कब्जा करता है। उसी भाँति वह मजदूरों से अधिक श्रम लेकर अधिक धन कमाता है, किंतु मजदूर को कुछ नहीं मिलता है। इस प्रकार सारा धन मालिक ही प्राप्त करता है। इस संदर्भ में मार्क्स का विचार है कि श्रमिक के श्रम से निर्माण किया गया अधिक धन मालिक को ही क्यों रख लेना चाहिए? यह ज्यादा धन किसको लेना चाहिए? इस संबंध में मार्क्स का उत्तर है कि अधिक धन का स्वामी केवल राज्य है। अत: इसे राज्य को अपने पास रखना चाहिए। इसी विचारधारा को लेकर मार्क्स ने श्रमिकशक्ति के तानाशाही सिद्धांत को प्रतिपादित किया है। तात्पर्य यह है कि यदि राज्य को चलाना हो, तो उसे शोषित वर्ग को ही चलाना चाहिए, शोषण करनेवाले वर्ग को नहीं। रूस में कम्युनिज्म का जो प्रचार किया जाता है, उसका मूलभूत सिद्धांत यही है।

कम्युनिज्म तथा बौद्धिज्म

बौद्धिज्म की तत्त्व प्रणाली की जाँच करते समय यह दिखाई देता है कि मार्क्स ने जो मुद्‌दे उपस्थित किए हैं, उन्हें तथागत बौद्ध ने बहुत पहले ही बताया है। मार्क्स ने प्रारंभ गरीबों के शोषण से किया है। उसी तरह तथागत बौद्ध ने भी आज से 2500 वर्ष पहले अपने धर्म को गरीबों के दु:खों पर ही आधारित किया है। बौद्ध ने कहा है कि संसार में दु:ख है। उन्होंने 'शोषण' शब्द का प्रयोग नहीं किया है। इतना सत्य है कि बौद्ध ने अपने धर्म की बुनियाद दु:ख पर ही रखी है। दु:ख शब्द का अर्थ अनेकों प्रकार से लगाया

जाता है। कुछ लोग पुनर्जन्म अथवा पुनर्जन्म के फेर को दुःख कहते हैं। मैं इस विचार से सहमत नहीं हूँ। बौद्ध धर्म के ग्रंथों में ऐसे अनेक जगहों पर दुःख का अर्थ गरीबी से लगाया गया है। तब बौद्धिज्म तथा कम्युनिज्म का आधार एक ही है। दोंनो में किसी तरह का भेद नहीं है। अत: मूलभूत आधार हेतु बौद्ध बंधुओं को मार्क्स की ओर जाने की कोई आवश्यकता नहीं है। तथागत ने सैकड़ों वर्ष पूर्व इस आधार को बौद्ध धर्म में स्थापित किया है। उन्होंने गरीबी की मजबूत बुनियाद पर 'धम्म चक्र प्रवर्तन' नामक बौद्ध धर्म का पहला प्रवचन दिया है।

इसीलिए मैं कहता हूँ कि कार्ल मार्क्स की ओर जो लोग आकर्षित हुए हैं, उन्हें धम्म चक्र प्रवर्तन का प्रवचन 'सुत्त' अवश्य पढ़ना चाहिए तथा तथागत ने क्या कहा है, यह अवश्य देखना चाहिए। किसी ने भी यदि इस सुत्त का अध्ययन किया, तो उसे जरूर समझ में आएगा कि मैं क्या कह रहा हूँ! बौद्ध ने अपने धर्म का आधार ईश्वर, आत्मा तथा चमत्कारिक बातों को नहीं बनाया है। उन्होंने जीवन की वस्तुस्थिति को रेखांकित किया है। यह वास्तविकता है कि लोग दुःखी हैं। इस तरह कम्युनिज्म के जो सिद्धांत हैं, उसके सारे मूल सिद्धांत बौद्धिज्म में है। विशेषत: तथागत ने जो कुछ बताया है, वह मार्क्स के जन्म से दो हजार वर्ष पूर्व बताया है।

निजी संपत्ति के संदर्भ में बौद्ध तथा मार्क्स के दर्शन में करीबी संबंध है। निजी संपत्ति उत्पादन का साधन होने के कारण, शोषण की रोकधाम के लिए संपत्ति पर राज्य का स्वामित्व होना चाहिए। फलत: निजी संपत्ति के आधार पर मालिक वर्ग मजदूरों का शोषण नहीं कर पाएँगे। यह मार्क्स का दर्शन है। हम अब देखते हैं कि बौद्ध ने संघ के बारे में क्या बोला है? तथागत ने भिक्षु संघ हेतु कौन से नियम बनाए हैं? उन्होंने कहा है कि किसी भी भिक्षु को निजी संपत्ति नहीं रखनी चाहिए। इस संबंध में कुछ भिक्षुओं की ओर से कुछ गलती होती होगी। परंतु यह सत्य है कि अधिकांश भिक्षु निजी संपत्ति बिल्कुल नहीं रखते हैं। इतना ही नहीं, निजी संपत्ति के संबंध में संघ के नियम इतने अधिक कठोर हैं, जितने रूस में भी नहीं हैं। इस बिंदु पर आज तक चर्चा नहीं हुई है।

कम्युनिज्म का ध्येय

कार्ल मार्क्स या कम्युनिज्म का ध्येय प्राप्त करने के लिए किस मार्ग का तथा कौन से साधनों का उपयोग किया जाता है, यह देखना बहुत महत्त्वपूर्ण है। कम्युनिज्म की स्थापना हेतु विरोधियों की हत्या करने तक को आगे-पीछे नहीं देखा जाता है। यही बौद्धिज्म तथा कम्युनिज्म में मूलभूत अंतर है। तथागत बौद्ध का मार्ग एकदम सरल तथा प्रामाणिक है। किसी भी गलत मार्ग से लोगों को वह दूर करता है। वह किसी भी विवादित विषय को तर्क, नैतिकता तथा करुणा के मार्ग से हल करने में विश्वास रखता है। तथागत

ने अपने विरोधियों को भी अपने धर्म की ओर आकर्षित किया है। वे किसी भी व्यक्ति पर ताकत के बल पर विजय पाने में विश्वास नहीं रखते हैं, वरन् उनके मन को ममता तथा करुणा से जीतने में विश्वास करते हैं। यही कम्युनिज्म और बौद्धिज्म में अंतर है। बौद्ध धर्म कभी भी हिंसा की शिक्षा नहीं देता है, जबकि कम्युनिस्ट अराजक हैं, उन्हें हिंसा का मार्ग प्रिय लगता है। आपको लगेगा कि बौद्ध का मार्ग लंबा है तथा नीरसता पूर्ण है, परंतु यह मार्ग पूरा, सच्चा तथा विश्वासजनक है, इसमें कोई संदेह नहीं है।

मेरे कुछ मित्र कम्युनिस्ट हैं। मैं उनसे हमेशा कुछ प्रश्न पूछता हूँ, परंतु मेरे प्रश्नों का उन्होंने आज तक संतोषजनक उत्तर नहीं दिया है। सच कहा जाए तो वे हिंसा के मार्ग से शोषित वर्ग की तानाशाही स्थापित करते हैं, जिनके पास संपत्ति है, उनका वे स्वामित्व समाप्त करते हैं। कम्युनिस्ट मित्रों से मैं जब पूछता हूँ, 'तानाशाही द्वारा क्या राज्य कारोबार करने की पद्धति अच्छी है?' उनका उत्तर 'नहीं' में होता है। वे कहते हैं कि हमें तानाशाही पसंद नहीं है !'फिर आप तानाशाही से राज्य कारोबार करने को क्यों मान्यता प्रदान करते है?' वे कहते हैं, "ऐसी तानाशाही अल्पकालिक होती है, कुछ समय तक के लिए होती है।" मैं आगे पूछता हूँ, ''यह अल्पकाल कितने दिनों का होगा? बीस, तीस, चालीस, पचास या सौ वर्ष?'' इसका उनके पास कोई उत्तर नहीं होता है। वे बस इतना ही कहते हैं कि भविष्यकाल में तानाशाही अपने आप समाप्त हो जाएगी। फिर मैं उनसे पूछता हूँ कि तानाशाही नष्ट होने पर फिर क्या होगा? तानाशाही का स्थान कौन लेगा? मनुष्य को किसी-न-किसी सरकार की जरूरत होगी अथवा नहीं होगी? वे इस प्रश्न का उत्तर नहीं दे पाते हैं।

अब हम तथागत के धर्म का विचार करते हैं। गौतम बौद्ध ने विश्व का सर्वश्रेष्ठ यदि कोई तत्त्व बताया होगा, तो वह है मन को स्वच्छ रखना। मन का सुधार किए बगैर मानव तथा विश्व का सुधार नहीं हो पाएगा। जब मनुष्य बौद्धिज्म को ग्रहण करता है तथा निष्ठा से बौद्ध तत्त्वों का पालन करता है, तब उसके अच्छे आचरण के लिए किसी पुलिस अथवा सैनिक की क्या जरूरत है? इसका उत्तर यही है कि तथागत बौद्ध की अच्छी शिक्षा आपकी सद्विवेक बौद्धि को इतना गतिमान करती है कि आप अपने मार्ग से विचलित न हों। इसके लिए वह सद्विवेक, बौद्धि चौकीदार का काम करती है। मन शुद्ध होने पर न कोई गड़बड़ हो सकती है और न कोई दंगा हो सकता है।

बौद्धिज्म तथा प्रजातंत्र

बौद्धिज्म में प्रजातंत्रीय तत्त्व का समर्थन किया गया है। बौद्धिज्म यानी विशुद्ध प्रजातंत्रवाद। तथागत बौद्ध प्रजातंत्र के महान् समर्थक थे। मानव जाति के दुःख निवारण हेतु बौद्ध ने जो उपदेश दिए हैं, जो प्रणाली बताई है, वह अत्यंत सुरक्षित तथा कल्याणकारी

है। मेरी समस्त बौद्ध जनों को सलाह है कि उन्हें यदि सम्मान के साथ दुनिया में जीना है, तो उन्हें तथागत की शिक्षा का अधिक-से-अधिक अध्ययन व आचरण करना चाहिए। यदि बौद्ध देश में बौद्ध धर्म पर संकट आया, तो मैं उसका अधिकाधिक दोषी भिक्षुओं को ही मानूँगा। वजह यह है कि भिक्षुगण अपने कर्तव्य का निर्वाह अच्छी तरह से नहीं करते हैं। यही उसका निष्कर्ष है।

मुझे यह बात स्पष्ट रूप से कहनी चाहिए कि धर्म प्रचार का काम करना हो तो बौद्ध की शिक्षा को गरीबों के कानों तथा उनके मन पर हमेशा प्रतिबिंबित करते रहना चाहिए। पाठशाला में शिक्षा ग्रहण करने में बच्चों को कितने वर्ष लगते हैं! बच्चे को एक दिन पाठशाला में भेजकर आप उसे पाठशाला से निकालते नहीं हैं। अन्यथा बच्चे कैसे शिक्षा ग्रहण कर सकेंगे? बच्चों को रोज पाठशाला में भेजना चाहिए। उन्हें प्रतिदिन पाँच घंटे पाठशाला में बैठना चाहिए तथा अखंड अध्ययन करना चाहिए। ऐसा होने पर ही बच्चों का मन पढ़ाई में लगेगा तथा उनके ज्ञान में अभिवृद्धि होगी। भिक्षुओं को भी लोक शिक्षण हेतु ऐसा ही करना चाहिए। उन्हें नैतिक शिक्षा पर विशेष जोर देना चाहिए।

तथागत गौतम बौद्ध जितने प्रज्ञावान थे, उनके एक दशांश भी यदि हम जाग्रत् हुए, तो फिर हमारे हाथों करुणा, न्याय तथा सदिच्छा से जनहित के कार्य होंगे।

□

वैदिक काल में कहीं कोई अस्पृश्यता नहीं थी

बाबासाहेब डॉ. आंबेडकर संपूर्ण वाङ्मय खंड-14
'अछूत कौन थे और वे अछूत कैसे बने?' अध्याय-16, पृष्ठ 137-147

पूर्ववर्ती शोध और विचार-विमर्श से यह बात सिद्ध हो गई है कि एक समय था, जब भारत के प्रत्येक गाँव के दो हिस्से होते थे। एक बसे हुए लोगों का, दूसरा छितरे हुए लोगों का। यद्यपि दोनों अलग-अलग रहते थे। बसे हुए लोग गाँव के अंदर और छितरे हुए लोग गाँव के बाहर, तो भी दोनों के पारस्परिक सामाजिक आचार-व्यवहार में किसी प्रकार की कोई बाधा नहीं थी। अस्पृश्यता का बीज कब पनपा होगा, यह कल्पनातीत है। कोई निश्चित तिथि तो क्या, उसके आसपास का कोई काल भी निश्चित नहीं किया जा सकता।

कोई अधिक सीमा निश्चित करने के संबंध में जो पहली बात ध्यान देने की है, वह यह है कि जो अंत्यज कहलाते हैं, उनका उल्लेख वेद में आता है, लेकिन उन्हें जब अछूत नहीं समझा जाता था तो उन्हें अपवित्र भी नहीं माना जाता था। इस निष्कर्ष के समर्थन में काणे (1. धर्मसूत्र खंड-2, भाग-1, पृ. 165) का यह कथन उद्धृत किया जा सकता है—

आरंभिक वैदिक वाङ्मय में ऐसे अनेक नाम आते हैं जिन्हें स्मृतिकारों ने 'अंत्यज' कहा है। 'ऋग्वेद' (8.8.38) में चर्मणा आया है। चांडाल और पौल्कस 'वाजसनेयि संहिता' में आए हैं। वेया अथवा वेप्ता। ऋग्वेद में विदलकार अथवा बीदलकीर स्मृतियों के अनुसार बुरुद वाजस्नेही संहिता में तैत्तिरीय ब्राह्मण में आए हैं। वासहपलपुली, स्मृतियों में रजकों की प्रतिनिधि वाजसनेधि संहिता में, किंतु इन उद्धरणों में इस बात की ओर कहीं इशारा नहीं है कि यदि ये लोग जातियाँ भी बन गए थे तो क्या वे लागू अछूत थे?

इस प्रकार वैदिक काल में कहीं कोई अस्पृश्यता नहीं थी। जहाँ तक धर्म सूत्रों के काल की बात है, हम देख चुके हैं कि उस समय अपवित्रता थी, किंतु अस्पृश्यता नहीं थी।

क्या मनु के समय में अस्पृश्यता (1. 'मनु स्मृति' अध्याय-10, श्लोक 4) थी? इस प्रश्न का बिना सोचे-समझे उत्तर नहीं दिया जा सकता। 'मनु स्मृति' का एक श्लोक है, जिसमें मनु का कथन है कि केवल चार वर्ण हैं, पाँचवाँ है ही नहीं। यह श्लोक एक पहेली का रूप लिये हुए है। कौन कह सकता है कि इसका ठीक तात्पर्य क्या है? ऐसा प्रतीत होता है कि यह विवाद चातुर्वर्ण्य को लेकर किसी जाति के संबंध में रहा होगा। यह भी उतना ही स्पष्ट है कि विवाद का केंद्रबिंदु क्या रहा होगा? संक्षेप में कहना हो तो विषय यही था कि जाति विशेष को चातुर्वर्ण्य के भीतर स्वीकार किया जाए अथवा वह चातुर्वर्ण्य के बाहर पाँचवीं जाति मानी जाए? यह सब एकदम स्पष्ट है। अस्पष्ट तो यही है कि यह विवाद किस जाति के संबंध में है? इसलिए जिस जाति के संबंध में यह विवाद है, मनु ने उसका विशेष रूप से उल्लेख नहीं किया।

रूढ़िवादी हिंदू की परंपरागत व्याख्या है कि 'मनुस्मृति' के इस उद्धरण का अछूतों से संबंध है। यह अछूतों का ही दरजा था, जो विवाद का विषय था, और अछूतों के दरजे के संबंध में ही मनु का यह निर्णय है। यह व्याख्या इतनी जटिल हो गई है कि इससे यह हुआ कि हिंदू दो वर्गों में विभाजित हो गए। सवर्ण हिंदू तथा अवर्ण हिंदू, अर्थात् अछूत चातुर्वर्ण्य से अलग। प्रश्न है कि क्या यह मत ठीक है? मनु के इस श्लोक का तात्पर्य किससे है? क्या इसका तात्पर्य अछूतों से है? संभव है कि इस विषय की चर्चा का विचाराधीन विषय से कोई संबंध अथवा मेल न हो।

लेकिन ऐसी बात नहीं है, क्योंकि यदि श्लोक का संबंध अछूतों से ही है, तो इससे यह सिद्ध हो सकता है कि मनु के समय में छुआछूत थी। यह एक ऐसी आस्था है, जिसका विचारणीय विषय से सीधा संबंध है। इसलिए इस विषय को लेकर विवेचन करना ही होगा।

मेरा निश्चित मत है कि उक्त व्याख्या गलत है। मेरी मान्यता है कि इस श्लोक का अछूतों से कोई भी संबंध नहीं है। मनु ने यह कहीं नहीं कहा है कि वह कौन सी जाति थी, जिसका दरजा विवाद का विषय था और जिसके विषय में मनु ने अपना निर्णय दिया। क्या यह अछूतों की जाति थी अथवा यह कोई दूसरी जाति थी? अपने मत के समर्थन में कि इस श्लोक का अछूतों से कुछ भी संबंध नहीं है, मैं दो बातों पर निर्भर करता हूँ—पहली बात तो यही है कि मनु के समय में छुआछूत नहीं थी, उस समय केवल अपवित्रता/अशुचिता थी। चांडाल के प्रति मनु का भाव एकमात्र घृणा का है। वह चांडाल भी अपवित्र ही था। ऐसा होने पर इस श्लोक का किसी तरह भी अस्पृश्यता से कोई संबंध

नहीं हो सकता। दूसरी बात यह है कि हमारे पास इस बात के समर्थन में प्रमाण हैं कि इस श्लोक का संबंध अछूतों से नहीं, दासों से है। इस मत का आधार 'नारद स्मृति' के उस श्लोक की भाषा से है जिसका उद्धरण इसी पुस्तक के सातवें अध्याय में दिया गया है, जहाँ छुआछूत का आधार पेशा कहा गया है। यह बात ध्यान देने की है कि 'नारद स्मृति' दासों का पाँचवाँ वर्ण मान कर उनका उल्लेख करती है। यदि 'नारद स्मृति' में पाँचवें वर्ण का अर्थ दास हो सकता है तो कोई कारण नहीं कि 'मनुस्मृति' में पाँचवें वर्ण का अर्थ दास न हो। यदि तर्क ठीक है तो इससे यह कथन निरर्थक हो जाता है कि मनु के समय में अस्पृश्यता थी और मनु अछूतों को वर्ण व्यवस्था के अंतर्गत लेने को तैयार नहीं थे। इन कारणों से 'मनुस्मृति' के इस श्लोक का संबंध अछूतपन से नहीं है और इसलिए यह मानने का कोई कारण नहीं है कि मनु के समय में छुआछूत थी।

इस प्रकार हम निश्चयात्मक रूप से अस्पृश्यता के काल की ऊपरी सीमा का निर्णय कर सकते हैं। हम निश्चित रूप से कह सकते हैं कि 'मनुस्मृति' ने छुआछूत का आदेश नहीं दिया, तो भी एक महत्त्वपूर्ण प्रश्न बाकी रह जाता है। 'मनुस्मृति' का काल क्या है? इस प्रश्न के उत्तर के बिना एक सामान्य आदमी के लिए किसी विशेष काल में अस्पृश्यता के होने के बारे में कुछ भी कह सकना कठिन है। 'मनुस्मृति' के बारे में पंडितों में मतैक्य नहीं। कुछ इसे अत्यंत प्राचीन मानते हैं और कुछ अत्यंत अर्वाचीन। सभी बातों पर विचार करके प्रो. बूहलर ने 'मनुस्मृति' का एक समय निश्चित किया है, जो युक्तिसंगत प्रतीत होता है। प्रो. बूहलर के अनुसार, जो 'मनुस्मृति' जिस रूप में हमें मिलती है, ईसा की दूसरी शताब्दी में अस्तित्व में आई। (1. बूहलर-लाइफ ऑफ मनु (एस.बी.ई.) खंड-15, भूमिका सी.एस.एन.) प्रो. बूहलर ने ही 'मनुस्मृति' के लिए इतना समीप का समय निश्चित नहीं किया। श्री दफतरी भी इसी परिणाम पर पहुँचे हैं। उनका मत है कि 'मनुस्मृति' 185 ई. पूर्व के बाद अस्तित्व में आई, इससे पहले नहीं। श्री दफ्तरी का तर्क है कि मौर्य वंश के बौद्ध नरेश महाराज बृहद्रथ की हत्या उसके ब्राह्मण सेनापति पुष्थमित्र ने की थी। 'मनुस्मृति' का इस घटना से सीधा संबंध है। क्योंकि यह दुर्घटना 185 ई. पूर्व में हुई, इसलिए 'मनुस्मृति' 185 ई. पूर्व के बाद लिखी गई होगी। ऐसे महत्त्वपूर्ण निष्कर्ष का समर्थन करने के लिए पुष्यमित्र द्वारा बृहद्रथ मौर्य की हत्या और 'मनुस्मृति' के लिखे जाने में जो संबंध रहा है, उसे जोरदार अकाट्य प्रमाणों से सिद्ध करने की आवश्यकता है। दुर्भाग्य से श्री दफ्तरी ने ऐसा नहीं किया, परिणामस्वरूप उनका निष्कर्ष निराधार प्रतीत होता है। इस प्रकार के संबंध को सिद्ध करना अनिवार्य है। सौभाग्य से इस संबंध में प्रमाणों की कमी नहीं है।

'मनुस्मृति' की ओर ध्यान आकर्षित करनेवाली विशेषता यह है कि यह न केवल चातुर्वर्ण्य को देश का विधान बताती है और न केवल पशुबलि को कानून की दृष्टि से

उचित ठहराती है, बल्कि यह भी बताती है कि ब्राह्मण को कब हाथ में शस्त्र लेना चाहिए और वह राजा की हत्या करके भी अधर्म नहीं करता। इस मामले में 'मनुस्मृति' ने वह काम किया, जो पहले की किसी स्मृति ने नहीं किया। यह नितांत नया मार्ग विशुद्ध नवीन सिद्धांत है। 'मनुस्मृति' को ऐसा करने की आवश्यकता क्यों पड़ी? इसका केवल एक ही उत्तर है कि पुष्यमित्र ने जो राजक्रांति की थी, उसका दार्शनिक समर्थन किया जाए। पुष्यमित्र और 'मनुस्मृति' के इस नए सिद्धांत के बीच के संबंध से यही प्रकट होता है कि 'मनुस्मृति' 185 ई. पूर्व के कुछ बाद में अस्तित्व में आई। यह ऐसी तिथि है कि प्रो. बूहलर की तिथि से बहुत दूर नहीं है। 'मनुस्मृति' का काल निर्णय हो जाने पर हम कह सकते हैं कि दूसरी शताब्दी में अस्पृश्यता नहीं थी।

अब हम अस्पृश्यता की उत्पत्ति के निर्धारण के बाद की सीमा की ओर ध्यान दें। इसके लिए हमें चीनी यात्रियों के प्रसंग देखने होंगे, जो भारत आए और जिन्होंने अपने समय के भारतीय रीति-रिवाजों का उल्लेख किया। इसमें से फाहियान नामक चीनी यात्री का कथन विशेष है।

वह सन् 400 ई. में भारत आया, जो कुछ उसने देखा और लिखा। अपने उस वर्णन में एक जगह वह लिखता है (1. बौद्धिस्ट रिकार्डस इन वेस्टर्न इंडिया बिल, भूमिका, पृ. 38)—

'इस (मथुरा) से दक्षिण में विख्यात मध्य देश है। यहाँ की जलवायु ऊष्ण और सम शीतोष्ण है। यहाँ न पाला पड़ता है, न बर्फ गिरती है। लोग समृद्धशाली हैं। उन पर व्यक्ति कर नहीं हैं तथा दूसरे राजकीय प्रतिबंध से भी मुक्त हैं। जो शासकीय जमीन जोतते रहना चाहें तो जोतते रह सकते हैं, यदि बंद करना चाहे तो बंद कर सकते हैं। राजा बिना शारीरिक दंड के शासन करते हैं। अपराधियों को परिस्थिति के अनुसार हलका या भारी जुरमाना किया जाता है। बार-बार विद्रोह करने पर भी केवल उनका दाहिना हाथ ही काटा जाता है। राजा के दाएँ रहनेवाले उसके अंगरक्षकों का निश्चित वेतन है। देश भर में केवल चांडालों के अतिरिक्त कोई भी न किसी जीव की हत्या करता है, न सुरापान करता है और न लहसुन या प्याज खाता है। चांडालों को 'कुपुष' कहा जाता है। वे दूसरों से अलग रहते हैं। यदि वे बस्ती या बाजार में प्रवेश करते हैं तो वे अपने आप को पृथक् करने के लिए लकड़ी के टुकड़े से एक विशेष प्रकार की आवाज करते हैं। लोगों को उनके आगमन का पता लग जाता है, वे उनसे बचकर चलते हैं। इस प्रदेश में लोग न सूअर पालते हैं, न मुरगी। ये पशुओं का क्रय-विक्रय भी नहीं करते। इनके यहाँ खुले बाजारों में न पशु वधशालाएँ हैं और न शराब की दुकानें। क्रय-विक्रय में ये कौड़ियों का उपयोग करते हैं। चांडालों का काम है केवल शिकार करना और बेचना।'

क्या इस उद्धरण को फाहियान के समय अस्पृश्यता की उपस्थिति का प्रमाण

स्वीकार किया जा सकता है? चांडालों के प्रति जो व्यवहार किया जाता था, उस वर्णन के एक हिस्से से ऐसा अनुमान निकाला जा सकता है कि फाहियान के समय छुआछूत का अस्तित्व था।

किंतु इस निष्कर्ष के स्वीकार करने में एक कठिनाई है। कठिनाई इस कारण पैदा होती है कि जो कुछ कहा गया है, वह केवल चांडालों के विषय में ही है। छुआछूत का अस्तित्व अथवा अनस्तित्व सिद्ध करने के लिए चांडालों का उदाहरण एक अच्छा उदाहरण नहीं है। ब्राह्मण चांडालों को अपना परंपरागत शत्रु समझते रहे हैं। उनके लिए नीच शब्दों का प्रयोग करें और अपनी जुगुप्सा की शांति के लिए उनके प्रति विषवमन का मिथ्या प्रचार करें। इसलिए जो कुछ भी चांडालों के बारे में कहा गया है, उस पर बहुत सोच-विचारकर विश्वास करना चाहिए।

...हम यह कह सकते हैं कि 200 ई. में तो अस्पृश्यता का अस्तित्व नहीं था, किंतु 600 ई. तक इसका जन्म हो गया था।

इसलिए हम कुछ विश्वास के साथ कह सकते हैं कि छुआछूत 400 ई. के आसपास किसी समय बौद्ध धर्म और ब्राह्मण धर्म के संघर्ष में से पैदा हुई है। इस संघर्ष ने भारत के इतिहास को पूरी तरह बदल दिया है। खेद है कि भारत के इतिहास के विद्यार्थियों ने इसके अध्ययन की उपेक्षा की है।

□

भारत पर आर्य आक्रमण का सिद्धांत गलत

मैं बार-बार कह चुका हूँ कि आर्य शब्द का संबंध न रक्त से है, न शारीरिक ढाँचे से, न बालों से और न कपाल से।

मैक्समूलर कभी आर्य प्रजाति के सिद्धांत को मानते थे और उन्होंने उसका प्रचार भी किया था, वे उनके विचारों की प्रशंसा करेंगे। इस प्रकार हमारे सामने दो मत हैं, जिनमें कोई समानता नहीं है। (1) एक मत के अनुसार आर्य जाति का अस्तित्व उनकी शरीर रचना, उनके कपाल व मुखाकृति के आधार पर निर्धारित किया जाता था।

(2) प्रोफेसर मैक्समूलर के अनुसार, एक भाषा-भाषी जन समुदाय के रूप में आर्य जाति का अस्तित्व था।

मतों के विरोधाभास की दृष्टि से यह प्रश्न उत्पन्न होता है कि वैदिक साहित्य में कौन-से साक्ष्य उपलब्ध हैं? वैदिक साहित्य के विवेचन से पता चलता है कि ऋग्वेद में 'आर्य' और 'अर्य' दोनों शब्दों का प्रयोग किया गया है, एक दीर्घ 'आ' के साथ है, दूसरा ह्रस्व 'अ' के साथ।

'अर्य' शब्द का प्रयोग ऋग्वेद में 88 बार हुआ है। इसका उपयोग चार विविध अर्थों—(1) शत्रु, (2) संभ्रांत नागरिक, (3) भारत देश का नाम, और (4) स्वामी, वैश्य अथवा नागरिक के अर्थ में किया गया है।

'आर्य' शब्द 31 बार आया है। किंतु इसका उपयोग कहीं भी जाति के अर्थ में नहीं किया गया है।

उपरोक्त चर्चा से यह सिद्ध होता है कि वेदों में 'अर्य' या 'आर्य' का शब्द उल्लेख जाति के अर्थ में कहीं भी नहीं किया गया। अत: 'आर्य' या 'अर्य' का अर्थ किसी जाति विशेष का नाम या संबोधन नहीं है।

आर्य जाति भारत में कहाँ से आई? आर्य जाति के मूल स्थान का पता लगाने के बारे में बहुत भ्रामक विचार हैं।

ऐसा कौन सा साक्ष्य है, जिससे पता चले कि आर्यों ने भारत को आक्रांत किया और यहाँ के मूल निवासियों को अपने अधीन कर लिया? जहाँ तक ऋग्वेद का संबंध

है, उसमें रंचमात्र भी भारत पर बाहर से आक्रमण का संकेत नहीं है। श्री पी.टी. श्रीनिवास आयंगर कहते हैं—

"मंत्रों की सावधानीपूर्वक की गई मीसांसा से, जहाँ-जहाँ आर्य, दास और दस्युओं का संदर्भ मिलता है, पता चलता है कि वह पूजा-पद्धति का संघर्ष है, प्रजाति का नहीं। ये शब्द अधिकांशतः ऋग्वेद संहिता में आते हैं। 1,53,972 शब्दों में से इनकी आवृत्ति 33 बार हुई है। इतना अल्प प्रसंग इस बात का प्रमाण है कि आर्य कबीला आक्रांता नहीं था, जिसने विजय के पश्चात् स्थानीय लोगों को भगा दिया हो, क्योंकि विजेता जाति अपनी विजयों का बार-बार जिक्र करती है।"

जहाँ तक वैदिक साहित्य का प्रश्न है, उससे पता नहीं चलता कि आर्य बाहर से आए। इस संदर्भ में ऋग्वेद के मंत्र 75 में सात नदियों का प्रसंग महत्त्वपूर्ण है। प्रोफेसर डी.एम. त्रिवेदी के अनुसार, "नदियों का संबोधन मेरी गंगा, मेरी यमुना और मेरी सरस्वती कहकर किया गया है। कोई भी विदेशी ऐसा संबोधन क्यों करेगा? ऐसा संबोधन वही कर सकता है, जिसका इनसे निकट का भावात्मक संबंध हो।"

जय-पराजय के प्रश्न का उत्तर वेदों में सुलभ है। दास और दस्यु आर्यों के शत्रु के रूप में वर्णित हैं। इसके वध और उन्मूलन के लिए अनेक बार वैदिक ऋषियों ने देवों का आह्वान किया है। किंतु आर्यों की विजय के विषय में कोई निर्णय करने से पहले निम्नलिखित बातों पर विचार करना आवश्यक है—

पहले ऋग्वेद में आर्यों और दास तथा दस्युओं में युद्ध के प्रसंगों की कोई विशेष कथा नहीं मिलती। केवल छोटी-छोटी झड़पों का उल्लेख मिलता है। यह जय-पराजय का प्रमाण नहीं हो सकता। ऋग्वेद में 33 स्थानों पर इस शब्द का उल्लेख है। केवल आठ में उन्हें दासों का विरोधी कहा गया है। सात स्थानों पर दस्युओं के विरुद्ध हैं। कहीं-कहीं दोनों के बीच संघर्ष का उल्लेख है। जय-पराजय का प्रमाण नहीं मिलता।

आर्य और दास एवं दस्युओं में जो भी विरोध रहा है, उनमें जातिगत विरोध नहीं रहा। ऋग्वेद के अनुसार संघर्ष जातीय नहीं, धार्मिक आधार पर था। ऋग्वेद में इसका प्रमाण है।

ऋग्वेद (10-22.8) में कहा गया है—'हम दस्यु जातियों के बीच रहते हैं। ये न तो यज्ञ करती हैं और न किसी की पूजा। उनके संस्कार-अनुष्ठान भी भिन्न हैं। अतः वे मनुष्य कहलाने योग्य नहीं हैं। हे शत्रु हंता! इन दासों का विनाश करो।'

इस विवेचन से ऋग्वेद के अनुसार इस मत का खंडन होता है कि आर्य बाहर से आए और उन्होंने यहाँ के मूल निवासियों दास-दस्युओं को जीता।

जो लोग दासों और दस्युओं से जातीय संघर्ष मानते हैं, वे निम्नांकित प्रश्नों का उत्तर दें—

1. ऋग्वेद में प्रयुक्त मृध्रावक और अनास को दस्युओं के लक्ष्य-गुण के समान बताया गया है।
2. ऋग्वेद में दास कृष्ण वर्ण कहे गए हैं।

ऋग्वेद में 'मृध्रावक' से आशय है, वह व्यक्ति, जो गँवार है और अपरिष्कृत भाषा का प्रयोग करता है। क्या भाषा का गँवारूपन या अपरिष्कृत होना जाति भिन्नता का साक्ष्य माना जा सकता है? इसे साक्ष्य के रूप में ग्रहण करना विवेकशीलता नहीं है।

ऋग्वेद (5-29.10) में 'अनास' का अर्थ क्या है? इसकी दो व्याख्याएँ मिलती हैं। प्रो. मैक्समूलर के अनुसार, 'अनास' का अर्थ बिना नाकवाला या चपटी नाकवाला है। सायणाचार्य इसका अर्थ बिना मुँहवाला, अर्थात् कटुभाषी बताता है; अर्थात् देव वचनों से वंचित। सायणाचार्य ने इस शब्द को अन असा पढ़ा है, मैक्समूलर के अन्नासा अर्थात् बिना नासिकावाला। इनमें शुद्ध क्या है? उनका मत विसंगत प्रतीत होता है। इसके पक्ष में दो बातें प्रमुख हैं—एक तो यह कि शब्द के अर्थ का अनर्थ नहीं किया गया, और दूसरा यह कि दस्युओं को कहीं भी बिना मुँह अथवा बिना नाकवाला नहीं बताया गया। उन्हें मृध्रावक का पर्याय माना जाना चाहिए। अस्तु, ऐसा कोई प्रमाण उपलब्ध नहीं है, जो इस मत की पुष्टि करे कि दस्यु एक भिन्न जाति थी।

अब दासों को लें। यह सच है कि ऋग्वेद 6-47.21 में दासों को कृष्णांग बताया गया है। फिर भी इस मत को स्वीकार करने से पूर्व निम्नांकित बातों पर विचार करना आवश्यक है—

1. ऋग्वेद में दासों के लिए केवल एक बार कृष्ण योनि शूद्र का प्रयोग किया गया है।
2. यह स्पष्ट नहीं है कि क्या यह शब्द लाक्षणिक रूप से प्रयोग किया गया है अथवा शाब्दिक अर्थ में।
3. हमें यह पता नहीं है कि क्या यह यथार्थ है अथवा घृणा का प्रतीक।

जब तक इन प्रश्नों का समुचित उत्तर न मिले, यह मत स्वीकार करना संभव नहीं कि दासों को कृष्ण योनि का कहा जाने मात्र से उन्हें काले रंग की जाति का माना जाए!

देखिए ऋग्वेद के निम्नांकित मंत्र—

1. ऋग्वेद (6.22.10)—हे वज्रि, तुमने दासों को आर्य बनाया है, अपनी शक्ति से बुरे को अच्छा बनाया है। हमें भी यही शक्ति दो, जिससे हम शत्रुओं पर विजय पा सकें।
2. ऋग्वेद (10.49.3)—इंद्र कहते हैं—मैंने दस्युओं को आर्य संबोधन से वंचित कर दिया है।

3. ऋग्वेद (1-15.108)—हे इंद्र! यह मालूम करो कि आर्य कौन है और दस्यु कौन। इनको पृथक् करो।

इन मंत्रों से क्या पता चलता है? उनसे यह स्थापित होता है कि आर्यों और दासों तथा दस्युओं के बीच अंतर न तो प्रजातीय था और न ही शारीरिक बनावट का। इसी लिए दास और दस्यु आर्य कहे जा सकते हैं। अत: इंद्र से कहा गया कि उन्हें आर्यों से अलग किया जाए।

***

पश्चिमी लेखकों द्वारा आर्य जाति के विषय में प्रतिपादित सिद्धांत का आधार निर्मूल है। यह आश्चर्य की बात है, क्योंकि पश्चिमी विद्वानों के निष्कर्ष आमतौर पर गहन गवेषणा और विश्लेषण पर आधारित होते हैं। इस सिद्धांत पर वे क्यों विफल रहे? यह जानना महत्त्वपूर्ण है कि वे क्यों असफल रहे? ध्यान से निरूपण करने पर पता चलता है कि वे दुहरी भ्रांतियों से ग्रसित हैं। पहली बात तो यह है कि वे खुशफहमियों और उन पर आधारित अटकलों से ग्रस्त रहे। दूसरी बात यह है कि यह सिद्धांत वैज्ञानिक अनुसंधानों के प्रतिकूल हो गए। इस कारण तथ्य प्रकट न हो सके। इसके विपरीत उन्होंने इसे सिद्ध करने के लिए पूर्वनिर्णित और चुनिंदा सिद्धांत अपनाए। आर्य जाति का सिद्धांत अनुमान के सिवाय कुछ नहीं है।

इन परिकल्पनाओ में कोई भी तथ्यों पर आधारित नहीं है। आर्य जाति के मूल को ही लें। इस सिद्धांत में यह बात ध्यान में नहीं रखी गई है कि शारीरिक बनावट एक बात है और तथ्य अलग है। यह संभव है कि यदि कोई जाति शारीरिक बनावट में भिन्न है, तो भी उसका कोई मूल स्थान रहा होगा। वह भाषायी दृष्टि से किसी अन्य स्थान की भी हो सकती है। आर्य जाति के मूल का सिद्धांत समान भाषा पर आधारित है और यह मान लिया गया है कि उसकी बनावट भी समान होगी। यह दावा कि आर्य बाहर से आए और भारत में आक्रमण किया और यह कल्पना कि दास या दस्यु भारत के मूल निवासी थे, एकदम गलत है।

फिर यह कहना कि चातुर्वर्ण्य व्यवस्था आर्यों की रंगभेद की नीति पर आधारित है, यथार्थ से बहुत दूर है। यदि जातीय भेदभाव का आधार रंग ही है, तो चारों वर्णों के चार ही रंग होने चाहिए थे, जो चातुर्वर्णय में शामिल हों। किसी ने नहीं बताया कि वे चार रंग कौन से हैं और वे चार जातियाँ कौन सी हैं। यह सिद्धांत आर्य और दासों की कल्पना पर आधारित है। पहले को श्वेत और दूसरो को कृष्ण मान लिया गया।

आर्य जाति के अभ्युदय के सिद्धांत के प्रतिपादक अपने मत की पुष्टि में इतने उत्कंठित हैं कि वे यह भी भूल बैठे हैं कि उनकी परिकल्पना में कितनी विसंगतियाँ हैं। ये केवल उत्पत्ति को सिद्ध करना चाहते हैं और इसलिए उन्होंने वेदों से जो कुछ उन्हें

अनुकूल लगा, सिद्ध साक्ष्य के रूप में प्रस्तुत किया।

प्रोफेसर माइकल फोस्टर ने कहीं कहा है कि अटकलें विज्ञान की सहायक हैं। बिना अटकलों के अनुसंधान सफल नहीं हो सकते। साथ ही यह भी सत्य है कि जब अटकलों का ही वर्चस्व हो जाता है तो यह विज्ञान के लिए घातक होता है। पश्चिमी विद्वानों का आर्य जाति का सिद्धांत एक दृष्टांत है कि किस प्रकार अटकलों ने विज्ञान को विषाक्त बना दिया है।

आर्य जाति की उत्पत्ति का सिद्धांत एक पुरानी भ्रांति है। इसका अंत बहुत पहले हो जाना चाहिए था। किंतु इसके विपरीत इसका जनसाधारण पर प्रभाव दृढ हुआ है।

जब तक वर्ण की यह व्याख्या मानी जाती रहेगी, आर्य सिद्धांत जीवित रहेगा। अतः आर्य सिद्धांत के ये अंश महत्त्वपूर्ण हैं और उनका सूक्ष्म विश्लेषण जरूरी है। यह तीन प्रकार के हो सकते हैं—

(अ) क्या यूरोपीय जातियाँ गोरी थीं या काली?

(ब) क्या भारतीय आर्य गोरे थे?

(स) वर्ण-शूद्र का वास्तविक अर्थ क्या है?

प्राचीनतम यूरोपियनों के रंग के बारे में प्रोफेसर रिप्ले निश्चित रूप से कहते हैं कि वे काले थे। अब तक के अनुसंधान और विविध तथ्यों के निरूपण से यूरोपीय केवल लंबोतरे सिरवाले ही नहीं थे, बल्कि वे काले रंग के भी थे।

अब वेदों पर आते हैं। संभव है, कोई ऐसा उदाहरण मिल जाए, जो आर्यों की रंगभेद की नीति का संकेत दे—

ऋग्वेद (1.117.8) में प्रसंग है कि आश्विन ने श्याथा और रूसति से विवाह किया। श्याथा काली थीं और रूसति गोरी।

ऋग्वेद (1-117.5) में कहा गया है कि आश्विन की स्तुति कुंदनवर्णा वंदना के उद्धार के लिए की गई।

ऋग्वेद (9-3.9) में कहा गया है कि एक आर्य ने पिशांक रक्ताम ताम्रवर्णवाले गुणी पुत्र के लिए देवताओं की आराधना की।

इन उदाहरणों से यह सिद्ध होता है कि आर्य वर्णभेद के समर्थक नहीं थे। वे ऐसा क्यों करते? उनकी अनेक जातियाँ थीं। जिनका रंग भिन्न-भिन्न था, जैसे ताम्रवर्ण, श्वेतांग, श्यामल आदि। दशरथ के पुत्र राम और यदु के वंशज कृष्ण को श्याम वर्ण दिखाया जाता है। वे आर्य थे। ऋग्वेद के अनेक मंत्रों के सृष्टा ऋषि दीर्घात्तमा थे। वे श्याम वर्ण के थे। ऋग्वेद के मंत्र 10.31.11. के अनुसार महान् ऋषि कण्व भी श्याम वर्ण के ही थे।

अब अंतिम पहलू वर्ण शब्द के अर्थ को लेते हैं। सर्वप्रथम हम यह देखेंगे कि

ऋग्वेद में इसका प्रयोग किस अर्थ में किया गया है। ऋग्वेद में 'वर्ण' शब्द 22 बार आया है। इसका प्रयोग ऊषा, अग्नि, सोम आदि आराध्यों के रूप, स्वरूप या रंग के अर्थों में सत्रह बार किया गया है। देव आराध्यों के लिए प्रयुक्त होने के कारण यह अनुमान लगाना श्रेयस्कर नहीं होगा कि वर्ण शब्द को ऋग्वेद में मानवों के लिए कब प्रयुक्त किया गया। ऋग्वेद में चार-पाँच बार इसका प्रयोग प्राणियों के लिए किया गया है। देखिए ये मंत्र हैं—

(1) 1-104.2 (2) 1-179.6 (3) 7-12.4

(4) 3-34.5, (5) 9-76.21

इससे यह प्रकट नहीं होता कि शारीरिक रंग के लिए ऋग्वेद में वर्ण शब्द का प्रयोग किया गया है अथवा नहीं।

ऋग्वेद के मंत्र 3-34.5 से संदेह उत्पन्न होता है। इसकी व्याख्या विन्यास शुक्ल वर्ण का वृद्धि श्लेष अलंकार है। एक अर्थ तो यह है कि इंद्र ने ऊषा को अपने प्रकाश से शुक्ल रंग की वृद्धि अर्थात् प्रकाश की वृद्धि के लिए आदेश दिया और दूसरा अर्थ यह होता है कि शुक्लांगों की संख्या में वृद्धि।

ऋग्वेद के मंत्र 9-71.2 की व्याख्या भी 'असुर वर्ष निकंदन' अपने आप में स्पष्ट नहीं है। यह सूक्त सोम-पावनम से संबंधित है। यह बात ध्यान में रखनी होगी कि सोम असुर वर्ण निकंदन के रूप में वर्णित है। यहाँ 'वर्ण' का अर्थ रूप है। पद का दूसरा भाग कहता है, 'उसने अपने श्यामल या काले आवरण को उतार फेंका और आकर्षक आवरण को धारण किया।' यहाँ 'वर्ण' का अर्थ काला रंग होता है।

ऋग्वेद का मंत्र 1-179.6 बहुत ही सहायक है। इसके अनुसार ऋषि अगस्त्य ने प्रजा, संतति और बल प्राप्त करने के लिए लोप मुद्रा से सहवास किया और उससे दो वर्ण उत्पन्न हुए। यद्यपि इस पद से यह स्पष्ट नहीं हो पाया कि वे दो वर्ण कौन थे, फिर भी यह कहा जा सकता है कि दो वर्ण से अर्थ आर्यों और दासों से है। यदि ऐसा ही मान लिया जाए तो निस्संदेह 'वर्ण' का अर्थ 'वर्ण' होता है, न कि शरीर का रंग।

निष्कर्ष यह है कि पश्चिमी सिद्धांत की समीक्षा की जाए तो ऐसा प्रकट होता है—

1. वेदों में आर्य जाति का कोई संकेत नहीं है।
2. भारत पर आर्य प्रजाति के आक्रमण का वेदों में कोई साक्ष्य नहीं मिलता कि आर्यों ने भारत के आदिम निवासी समझे जानेवाले दास या दस्युओं को पराजित किया।
3. कोई ऐसा प्रमाण नहीं मिलता कि आर्यों, दासों या दस्युओं में प्रजातीय भेद है।
4. वेदों से यह प्रमाणित नहीं होता कि आर्यों और दास-दस्युओं के रंग में कोई अंतर है।

□

भारत विभाजन के पीछे की मानसिकता

डॉ. बाबासाहेब आंबेडकर कृत अंग्रेजी ग्रंथ
'Pakistan or Partition of India' से एक अंश

हिंदुओं की एकता के खंडित होने की शिकायत करने से पूर्व यह सुनिश्चित कर लेना चाहिए कि जिस एकता पर वे जोर दे रहे हैं, वह विद्यमान भी है या नहीं, और क्या पाकिस्तान और हिंदुस्तान के बीच एकता है?

एकता के पक्षधर हिंदू मुख्यत: इस तथ्य पर भरोसा करते हैं कि जिन क्षेत्रों को मुसलमान भारत से पृथक् करना चाहते हैं, सदैव भारत का अंग रहे हैं। ऐतिहासिक दृष्टि से निश्चय ही यह सत्य भी है। यह क्षेत्र उस काल में भारत के अंग थे, जब चंद्रगुप्त मौर्य भारत के शासक थे। चीनी तीर्थयात्री ह्वेनसांग की भारत-यात्रा के दौरान भी यही स्थिति यथावत् रही। उसने अपनी डायरी में यह उल्लेख किया था कि भारत पाँच भागों में विभाजित था। यदि उनकी भाषा में ही कहा जाए तो यहाँ पाँच इंडीज थे—1. उत्तरी भारत, 2. पश्चिमी भारत, 3. मध्य भारत, 4. पूर्वी भारत, 5. दक्षिणी भारत; और इन्होंने इन पाँचों भागों में 80 रियासतों का उल्लेख भी किया है। ह्वेनसांग के अनुसार, उत्तरी भारत में पंजाब था, जिसमें कश्मीर और उसके आसपास के पहाड़ी राज्य तथा सिंध-पार का समस्त पूर्वी अफगानिस्तान शामिल था और सरस्वती नदी के पश्चिम तक के वर्तमान-सतलुज राज्य शामिल थे। इसी तरह उत्तरी भारत में काबुल, जलालाबाद, पेशावर, गजनी और बन्नू के जिले शामिल थे, जिन पर कपिसा के हिंदू क्षत्रिय शासन था और जिसकी राजधानी संभवत: काबुल से 27 मील दूर स्थित चारीकार थी। खास पंजाब में तक्षशिला के पर्वतीय जिले सिंहपुरा, उरासा, पुंछ और राजौरी शामिल थे, जो कश्मीर के राजा के शासन में थे; जबकि सारा मैदानी क्षेत्र, जिसमें मुलतान और सियालकोट शामिल थे, लाहौर के समीप बर्फी अथवा संगला के शासक के अधीन थे। ह्वेनसांग की तीर्थयात्रा काल में भारत की उत्तरी सीमा का निश्चय ही उपरोक्त विस्तार था।

निस्संदेह यह सत्य है कि ह्वेनसांग काल में न सिर्फ पंजाब, अपितु आज का अफगानिस्तान भी भारत का भाग था और इसके अलावा पंजाब और अफगानिस्तान के निवासी वैदिक अथवा बौद्ध धर्म के अनुयायी थे। परंतु हमें ध्यान रखना चाहिए, ह्वेनसांग के भारत लौटने के बाद क्या हुआ?

सर्वाधिक महत्त्वपूर्ण बात यह है कि मुसलिम आक्रांताओं ने भारत पर पश्चिमोत्तर से हमला किया। भारत पर पहला मुसलिम आक्रमण अरबों ने मुहम्मद बिन कासिम के नेतृत्व में सन् 711 में किया और उसने सिंध पर विजय प्राप्त की थी। इस पहले मुसलिम आक्रमण का परिणाम देश पर स्थायी अधिकार के रूप में सामने नहीं आया, क्योंकि बगदाद के खलीफा को, जिसके आदेश और आह्वान पर यह हमला हुआ था, नौंवी शताब्दी के मध्य में सिंध के इस सुदूर प्रांत से अपना प्रत्यक्ष नियंत्रण हटाने पर बाध्य होना पड़ा था। इसके बाद सन् 1001 में गजनी के मुहम्मद के भीषण आक्रमणों का ताँता लग गया। मुहम्मद की मृत्यु 1030 ई. में हो गई, परंतु तीस वर्ष की अल्पावधि में ही उसने भारत पर सत्रह बार आक्रमण किया। उसके बाद 1173 ई. में मुहम्मद गौरी ने भारत पर आक्रमण किया। वह 1206 ई. में मारा गया। तीस साल तक गजनी के मुहम्मद ने भारत को रौंदा और तीस साल तक उसी तरह मुहम्मद गौरी भी इस देश को रौंदता रहा। उसके बाद आक्रांता चंगेज खान के मंगोल झुंडों ने 1221 ई. में धावे बोले। तब उन्होंने भारत की सीमाओं पर ही आक्रमण किए और भीतर प्रविष्ट नहीं हुए। लेकिन बीस वर्ष बाद उन्होंने लाहौर पर धावा बोला और उसे लूटा भी। उन हमलों में से सर्वाधिक भीषण हमला 1398 में तैमूरलंग के नेतृत्व में हुआ। उसके बाद बाबर के रूप में उभरे एक नए आक्रांता ने 1526 ई. में भारत पर हमला किया। दो और आक्रमण भी हुए। आक्रांता (1738 ई.) नादिर शाह के नेतृत्व में पंजाब पर चढ़ाई कर दी। उनका यह आक्रमण नदी में आई भीषण बाढ़ या फिर सागर के रौद्र रूप जैसा था। उसके बाद 1761 ई. में भारत पर अहमदशाह अब्दाली ने हमला किया। उसने पानीपत में मराठों की सेनाओं को पराजित किया और हिंदुओं द्वारा मुसलिम आक्रांताओं के हाथों गँवाए आधार को पुन: प्राप्त करने के लिए होनेवाले प्रयासों की हमेशा के लिए कमर तोड़ दी।

ये मुसलिम हमले मात्र लूटमार अथवा विजय की आकांक्षा से प्रेरित होकर ही नहीं किए गए थे, इनके पीछे एक और उद्देश्य भी था। मुहम्मद बिन कासिम ने सिंध पर जो हमला किया, उसका स्वरूप दंडात्मक भी था। यह हमला सिंध सम्राट् दाहिर को सजा देने के लिए किया गया था, जिसने देवल में, जो कि सिंध का एक बंदरगाह था, पकड़े गए एक अरब जहाज को मुक्त करने से इनकार कर दिया था। हालाँकि निस्संदेह भारत में मूर्ति-पूजा और हिंदुओं के बहुदेववाद पर प्रहार कर यहाँ इसलाम धर्म की स्थापना भी इन हमलों का एक उद्देश्य निश्चित था। इस संबंध में हज्जाज को भेजे गए एक पत्र

में मोहम्मद बिन कासिम का यह उल्लेखन विचारणीय है—

"राजा दाहिर के भतीजे, उसके योद्धाओं और प्रमुख अधिकारियों को ठिकाने लगा लिया गया है और मूर्तिपूजकों को या तो इसलाम में दीक्षित कर दिया गया है अथवा उन्हें तबाह कर दिया गया है। मूर्तियोंवाले मंदिरों के स्थान पर मसजिद और अन्य इबादत-स्थल बनाए गए हैं, कुतबाह पढ़ी जाती है, अजान दी जाती है, ताकि निर्धारित घंटों पर इबादत हो सके। तकबीर और 'अल्लाह-हू-अकबर' की सदाएँ हर सवेरे-शाम गूँजती है।"

यह पत्र राजा के सिर के साथ भेजा गया था। इसे प्राप्त करने के बाद हज्ज ने अपने सेनापति को निम्नलिखित पत्र भेजा था—

"इसके अलावा तुम सभी बड़े और छोटे को सुरक्षा दो। शत्रु और मित्र में भेद न करो। खुदा का कथन है कि मूर्तिपूजकों से कोई रियायत न बरतो, अपितु उनके गले काट दो। यह समझ लो कि यही महान् अल्लाह का आदेश है। तुम्हें अभयदान देने के लिए तुरंत तैयार नहीं होना चाहिए, क्योंकि इससे तुम्हारा काम और बढ़ जाएगा। इसके बाद उन दुश्मनों के अलावा जो सामान्य सैनिक हैं, किसी को न बख्शो।"

गजनी के मुहम्मद ने भी भारत पर अपने हमलों को 'जिहाद' छेड़ने की संज्ञा दी थी। मुहम्मद के इतिहासकार अल उतबी ने उसके हमलों के बारे में लिखा था—

"उसने मंदिरों में मूर्तियों को तोड़कर इसलाम की स्थापना की। उसने शहरों पर कब्जा किया। नापाक कमीनों को मार डाला, मूर्ति-पूजकों को तबाह किया और मुसलमानों को गौरवान्वित किया। तदुपरांत वह घर लौटा और इसलाम के लिए की गई विजयों का ब्योरा दिया और यह संकल्प व्यक्त किया कि वह हर वर्ष हिंद के खिलाफ जिहाद करेगा।1"

मुहम्मद गौरी भी भारत पर किए हमलों में उसी धार्मिक जोश से प्रभावित था। इतिहासकार हसन निजामी ने उसके क्रियाकलाप का विवरण इन शब्दों में दिया है—

"उन्होंने अपनी तलवार से हिंद को कुफ्र की गंदगी से साफ किया और पाप से मुक्त किया तथा उस सारे मुल्क को बहुदेववाद के कंटक से स्वच्छ किया और मूर्तिपूजा की अपवित्रता से पाक किया और अपने शाही शौर्य और साहस का प्रदर्शन करते हुए एक भी मंदिर को खड़ा नहीं रहने दिया।"

तैमूर अपने संस्मरण में भारत पर हमला करने को प्रेरित करनेवाले कारणों का उल्लेख करते हुए कहता है—

"मेरा हिंदुस्तान पर हमलों का मकसद काफिरों के खिलाफ अभियान चलाना और मुहम्मद के आदेशानुसार उन्हें सच्चे दीन में धर्मांतरित करना है। (उस पर और उसके परिवार पर अल्लाह की दया और रहमत हो) उस धरती को मिथ्या आस्था और

बहुदेववाद से पवित्र करना है तथा मंदिरों और मूर्तियों का विध्वंस करना है, हम गाजी और मुजाहिद होंगे और अल्लाह की नजर में सहयोगी और सैनिक सिद्ध होंगे।"

भारत पर मुसलमानों के हमले भारत के विरुद्ध आक्रमण होने के साथ-साथ ही वे मुसलमानों में पारस्परिक युद्ध भी थे। यह तथ्य इसलिए छिपा रहा है, क्योंकि सभी आक्रांताओं को बिना किसी भेदभाव के सामूहिक तौर पर मुसलमान करार दिया जाता है। परंतु तथ्य यह है कि वे तातार, अफगान और मंगोल थे। मुहम्मद गजनी तातार था। मुहम्मद गौरी अफगानी था। तैमूर मंगोल था और बाबर तातार था, जबकि नादिरशाह और अहमदशाह अब्दाली अफगानी थे। अफगानों का भारत पर हमला करने के पीछे एक मकसद तातारों को तबाह करना था और मंगोल हमलावर तातारों व अफगानों को तबाह करना चाहते थे। इसलामिक भाईचारे से उत्पन्न प्रेम की डोर में बँधे भाई-बंधु न होकर वे एक-दूसरे के जानी दुश्मन थे और उनके युद्धों का मकसद एक-दूसरे का सफाया करना भी था। मगर इस बात को दिमाग में रखना महत्त्वपूर्ण है कि अपने इन सभी विवादों और संघर्षों के बावजूद सभी आक्रांता जिस इस एक सामूहिक उद्देश्य से प्रेरित और एक मत थे, 'वह था—हिंदू धर्म का विध्वंस'।

भारत पर आक्रमण करनेवाले मुसलमानों द्वारा अपनाए गए तरीके भी उनके हमलों के मकसद को देखते हुए भारत के बाद के इतिहास की दृष्टि से कम महत्त्वपूर्ण नहीं हैं।

मुहम्मद बिन कासिम ने मजहबी जोश के साथ पहला कार्य देवल नगर पर अधिकार कर लेने के बाद वहाँ के ब्राह्मणों का खतना करने का किया था। परंतु इस तरह के धर्मांतरण पर आपत्ति करने की बात सामने आने पर उसने सत्रह वर्ष से अधिक की आयुवाले सभी लोगों का वध करा दिया और यह आदेश दिया कि अन्य सभी को औरतों और बच्चों सहित गुलाम बना लिया जाए। हिंदुओं के मंदिरों को लूटा गया और लूट की इस प्रचुर संपदा के पाँचवें हिस्से को सरकार के कानूनी हिस्से के रूप में अलग करके शेष सारी संपदा सैनिकों में बराबर-बराबर बाँट दी गई।

मुहम्मद गजनी ने प्रारंभ से ही हिंदुओं के हृदय आतंकित करनेवाली योजनाएँ अपनाईं। सन् 1001 में राजा जयपाल को पराजित करने के बाद मुहम्मद ने आदेश दिया कि 'जयपाल को सड़कों पर घुमाया जाए, ताकि उसके बेटे और सरदार उसे लज्जा, कैद और अपमान की उस हालत में देख सकें और देश भर के काफिरों में इसलाम की ताकत का खौफ बैठ जाए।'

"काफिरों के संहार में मुहम्मद को खासतौर के आनंद का अनुभव होता था।"

चाँदराय पर 1019 ई. में किए गए एक हमले में अनेक काफिरों को मौत के घाट उतार दिया गया अथवा बंदी बना लिया गया तथा मुसलमानों ने लूट के माल को तब

तक कोई महत्त्व नहीं दिया, जब तक कि उन्होंने स्वयं को काफिरों तथा सूर्य और चंद्रमा के उपासकों के संहार से तृप्त नहीं कर लिया। इतिहासकार ने बड़े सरल भाव से यह भी लिखा है कि हिंदू सेना के हाथी मूर्तियों को छोड़कर स्वत: मुहम्मद के पास आ गए और उन्होंने इसलाम धर्म की सेवा करना ही श्रेयस्कर समझा।"

हिंदुओं की बार-बार हत्याओं से मुहम्मद बख्तियार खिलजी की बिहार-विजय की तरह हिंदुओं की अपनी संस्कृति को गहरा आघात लगा। 'तबकाते-नसीरी' से हमें यह जानकारी मिलती है कि जब उसने निद्दिया (बिहार) पर कब्जा कर लिया तो क्या हुआ—

"विजेताओं ने भयंकर लूटपाट की। वहाँ के अधिकांश निवासी ब्राह्मण थे, जिनके सिर मुंडे हुए थे। उन्हें मौत के घाट उतार दिया गया। बहुत भारी संख्या में पुस्तकें प्राप्त हुईं, परंतु उनके अर्थ स्पष्ट करनेवाला कोई था ही नहीं, क्योंकि सभी लोग मार डाले गए थे, हालाँकि सारा किला और नगर ही अध्ययन का एक स्थान था।"

इस बिंदु पर उपलब्ध साक्ष्य का सारांश प्रस्तुत करते हुए डॉ. टाइटस ने कहा है—

"मंदिरों के विध्वंस और प्रतिमाओं को अपवित्र किए जाने के पर्याप्त साक्ष्य उपलब्ध हैं। हम देख चुके हैं कि मुहम्मद बिन कासिम ने सिंध में बड़े योजनाबद्ध ढंग से विनाश की अपनी योजना को क्रियान्वित किया था। परंतु उसने राजस्व के मकसद से मुलतान के एक सुप्रसिद्ध मंदिर को छोड़ दिया था, क्योंकि यह मंदिर तीर्थयात्रियों का आवासस्थल था, जो प्रतिमा के सामने काफी बड़ी मात्रा में उपहार समर्पित करते थे। साथ ही उसने जहाँ इस मंदिर को अपनी धनलोलुपता को संतुष्ट करने के लिए खड़ा रहने दिया, वहीं उसने गौ-मांस का एक टुकड़ा प्रतिमा की गरदन में बाँधकर अपनी विद्वेष-भावना को भी प्रकट कर दिया।

'मिन्हास-अस-सिराज' ने एक हजार मंदिरों तथा सोमनाथ के मंदिरों को विध्वस्त करनेवाले तथा उसकी प्रतिमा को ले जाने का साहसिक कृत्य करनेवाले के रूप में मुहम्मद के व्यापक तौर पर चर्चित होने का भी उल्लेख किया है। उसका यह भी दावा था कि मूर्ति के चार टुकड़े कर दिए गए थे। उसका एक भाग गजनी की जामा मसजिद में जमा कराया गया। एक को उसने शाही महल के प्रवेशद्वार पर रखा और तीसरा भाग मक्का तथा चौथा मदीना भेजा गया।"

लेन पूल महोदय ने कहा है कि वह हिंदुस्तान के काफिरों के खिलाफ हर वर्ष जिहाद करने तक अपना मूर्ति-भंजन-अभियान चलाते रहने का संकल्प लेनेवाले मुहम्मद गजनी ने सोमनाथ का मंदिर अक्षत रहने दिया। अपनी जीवन-लीला समाप्त होने से कुछ ही समय पूर्व इसी विशेष लक्ष्य को ध्यान में रखकर उसने मुलतान के अन्हलवाड़ा में तटवर्ती क्षेत्र के रेगिस्तान को पारकर भयानक चढ़ाई की और

अंततोगत्वा इस सुप्रसिद्ध मंदिर को ध्वस्त करने तक युद्ध किया—

"वहाँ लाखों तीर्थयात्री एकत्रित होते थे। एक हजार ब्राह्मण इस देवालय में पूजन-वंदना करते थे और इसके कोष की रक्षा करते थे। सैकड़ों नर्तक और गायक उसके द्वारा पर अपनी कला का प्रदर्शन करते थे। इसके अंदर, जो पाषाण का एक स्थूल स्तंभ सुप्रसिद्ध लिंग था, उस पर हीरे-जवाहरात जड़े हुए थे और वह रत्नजड़ित दीपाधार से सजे-धजे थे और इस देवालय को महिमामंडित करते थे। उसकी प्राचीरों पर काफिर ब्राह्मणों के झुंड एकत्रित रहते थे, जो उन विदेशी काफिरों के निष्फल दर्प का परिहास करते थे, जिनके बारे में वे सोचते थे कि उन्हें सोमनाथ भगवान् सुनिश्चित रूप से लील लेंगे। विदेशी निर्द्वन्द्व दीवारों पर चढ़ गए। भगवान् अपने सेवकों की प्रार्थनाओं पर भी मूक बना रहा। पचास हजार हिंदुओं ने अपनी आस्था के कारण यातना भोगी और इस पवित्र देवालय को सच्ची आस्थावालों ने सोल्लास लूटा। वह महान् पाषाण ध्वस्त कर दिया गया और उसके खंडों को विजेता के महल की शोभा बढ़ाने के लिए ले जाया गया। मंदिर के द्वार गजनी में लगाए गए और मूर्तिभंजकों को दस लाख पौंड मूल्य का खजाना पुरस्कार तुल्य प्राप्त हुआ।"

गजनी के मुहम्मद द्वारा किया गया कृत्य एक पावन परंपरा बन गया और उसके बाद के आक्रांताओं ने उसका निष्ठापूर्वक पालन किया। डॉ. टाइटस के शब्दों में—

''मुहम्मद गजनी के एक उत्साही उत्तराधिकारी मोहम्मद गौरी ने अजमेर की विजय के दौरान मूर्तियोंवाले मंदिरों के स्तंभों और आधारों को ध्वस्त किया और उनके स्थान पर मसजिदों का निर्माण करवाया और मकतब बनवाए और इसलाम के नियम और कानून की प्रथाएँ तैयार कर उन्हें स्थापित किया। दिल्ली नगर और उसके आसपास के क्षेत्रों को मूर्तियों और मूर्तिपूजकों से मुक्त कर दिया गया और देव-प्रतिमाओं के स्थान पर खुदा की इबादत करनेवालों ने एक मसजिद खड़ी कर दी।

''कहा जाता है कि कुतुबुद्दीन ऐबक ने भी लगभग एक हजार मंदिरों को ध्वस्त कर उनके स्थान पर मसजिदें खड़ी की थीं। उसी लेखक का कहना है कि उसने दिल्ली की जामा मसजिद का निर्माण कराया और उसे उन मंदिरों से प्राप्त हुए स्वर्ण तथा पाषाणों से सजाया, जिन्हें हाथियों द्वारा तोड़ा गया था। उसे उन शिलालेखों से भर दिया, जिसमें कुरान के आदेश उत्कीर्ण थे। दिल्ली की इस मसजिद के पूर्वी प्रवेशद्वार पर जो शिलालेख अंकित है, उसमें यह बताया गया है कि इस मसजिद के निर्माण में 27 मंदिरों की सामग्री का उपयोगी किया गया था।

"जामा मसजिद की कुतुबुद्दीन ऐबक द्वारा बनाई गई एक मीनार के मुकाबले अलाउद्दीन ने दूसरी मीनार बनाने के जोश में अमीर खुसरो के कथनानुसार पहाड़ियों से खोदकर पत्थर ही नहीं निकाले, अपितु सामग्री के लिए काफिरों के मंदिरों को भी तोड़ा।

दक्षिण भारत की अपनी विजयों में भी अलाउद्दीन ने मंदिरों को भी उसी तरह तोड़ा, जिस तरह उत्तर में उसके पूर्ववर्तियों ने तोड़ा था।"

हमने पढ़ा है कि शाहजहाँ के शासनकाल में भी हिंदुओं के पुनः निर्मित मंदिरों को तोड़ा गया था और इस तरह हिंदुओं की धर्मपरायणता पर इस सीधे हमले का उल्लेख 'बादशाहनामा' में भी गौरव के रूप में दर्ज है—

"यही इतिहासकार कहता है कि जब बादशाह का ध्यान इस ओर दिलाया गया कि पिछले (अकबर के) शासन के दौरान अनेक मंदिरों का, जिनमें मूर्तियाँ हैं, बनारस में निर्माण शुरू हो गया था, जो अपूर्ण है। वह कुफ्र का सुदृढ केंद्र है। काफिर अब उन्हें पूरा करने के इच्छुक हैं तो दीन के रक्षक बादशाह सलामत ने आदेश दिया कि बनारस और उनकी पूरी स्लतनत में हर जगह उन मंदिरों को गिरा दिया जाए, जिनका निर्माण शुरू हुआ था। इलाहाबाद प्रांत से यह सूचना मिली है कि बनारस जिले में 76 मंदिरों को गिराया गया है।"

मूर्तिपूजा को उखाड़ फेंकने का अंतिम प्रयास औरंगजेब के जिम्मे आया। 'माआथिर-ए-आलमगीरी' में हिंदू शिक्षा के उन्मूलन और उसके द्वारा मंदिरों का विध्वंस किए जाने का विस्तृत विवरण निम्नलिखित शब्दों में किया गया है—

"अप्रैल 1669 ई. में औरंगजेब को यह ज्ञात हुआ कि थट्टा, मुलतान और बनारस प्रांतों, खासतौर पर अंतिम में मूर्ख ब्राह्मण अपनी पाठशालाओं में तुच्छ पुस्तकों की व्याख्याएँ करते हैं और शिष्य, जिनमें मुसलमान और हिंदू दोनों हैं, लंबी दूरी तय कर वहाँ जाते हैं। परिणामतः दीन के निगबहान ने सभी प्रांतों के सूबेदारों को यह आदेश दिया कि वे काफिरों की पाठशालाओं और मंदिरों को निस्संकोच गिरवा दें और उन्हें यह काम भी सौंपा गया कि वे मूर्ति-पूजा की शिक्षा और चलन को पूरी तरह रोक दें···। बाद में दीन के रक्षक को यह बताया गया कि सरकारी अधिकारियों ने बनारस के विश्वनाथ मंदिर को ध्वस्त कर दिया है।"

डॉ. टाइटस ने ही लिखा है—

"मुहम्मद और तैमूर जैसे आक्रांता बलात् धर्मांतरण के बजाय आर्थिक भावना अर्थात् लूट से धन-संग्रह, बंदी बनाए लोगों को गुलाम बनाने और धर्मांतरण की तलवार से काफिरों को दोजख भेजने पर ही ज्यादा ध्यान देते थे। परंतु जब शासक स्थायी तौर पर बस गए तो धर्मांतरितों का विश्वास पाना सर्वोच्च महत्त्व बन गया। राज्य की नीति का यह एक भाग ही बन गया कि सारे देश का धर्म इसलाम ही बनाया जाए।

"कुतुबुद्दीन ऐबक ने बारहवीं शताब्दी के अंतिम चरण और तेरहवीं शताब्दी के प्रारंभ में मंदिरों को तोड़ने के लिए ख्याति प्राप्त की थी। मुहम्मद ने धर्मांतरण के लिए अकसर ताकत का सहारा भी लिया था। इसका एक दृष्टांत दिया जा सकता है—जब

वह 1194 ई. में कोइल (अलीगढ़) पहुँचा तो तोपखाने में जो लोग चतुर और निपुण थे, उन्हें इसलाम में दीक्षित कर लिया गया और अन्य लोगों को तलवार से मौत के घाट उतार दिया गया।

"धर्मांतरण के लिए बाध्य करने हेतु अनेकानेक कठोर कदम उठाए गए थे। एक हृदयविदारक मामले का उल्लेख फिरोजशाह के शासनकाल (1351-1388) का है। दिल्ली के एक ब्राह्मण पर आरोप लगाया गया कि अपने घर में मूर्तियों की पूजा करते और मुसलिम महिलाओं को काफिर बनाते उसको पकड़ा गया और उसका मामला न्यायाधीशों, चिकित्सकों, बुजुर्गों और वकीलों के समक्ष पेश किया गया। उन्होंने उत्तर दिया कि कानून के प्रावधान सुस्पष्ट हैं। ब्राह्मण या तो मुसलमान बन जाएँ अथवा उन्हें जला दिया जाए।''

मुहम्मद ने मंदिर ही नहीं तोड़े, अपितु जिन हिंदुओं पर उन्होंने विजय प्राप्त की थी, उन्हें गुलाम बनाना भी उन्होंने अपनी नीति का हिस्सा बना लिया था। डॉ. टाइटस के शब्दों में—

"इसलाम के भारत से संपर्क में आने की प्रारंभिक अवधि में ही न केवल काफिरों का संहार और उनके मंदिरों का विध्वंस किया गया, अपितु जैसाकि हमने देखा है, पराजितों में से अनेक गुलाम भी बना लिये गए। इन आक्रमणों में लूट के माल का सरदारों और सामान्य सैनिकों के बीच बँटवारा एक विशेष आकर्षण था। ऐसा प्रतीत होता है कि मुहम्मद ने काफिरों के संहार, उनके मंदिरों और पुजारियों की संपदा की लूट को अपने हमलों का एक विशेष उद्देश्य बना लिया था। बताया जाता है कि अपने पहले हमले में ही वह बहुत अधिक लूट का माल और पचास हजार सुंदर पुरुष और महिला हिंदुओं को गुलाम बनाकर गजनी ले गया था।"

1070 ई. में जब मुहम्मद ने कन्नौज पर कब्जा किया तो उसने इतनी अधिक संपदा लूटी और लोगों को बंदी बनाया कि "उनकी गणना करनेवालों की उँगलियाँ थक गईं।"

1019 ई. के आक्रमण के बाद गजनी और मध्य एशिया में भारतीय गुलामों का विवरण देते हुए उस समय का एक इतिहासकार कहता है—

''बंदियों की संख्या का अनुमान इस तथ्य से लगाया जा सकता है कि हर गुलाम को दो से दस दिरहम तक में बेचा गया। बाद में ये गजनी ले जाए गए और सुदूर नगरों से व्यापारी उन्हें खरीदने आए तथा गोरे और काले, धनी और निर्धन एक साझी दासता में जकड़ लिये गए।

"सन् 1202 ई. में कुतुबुद्दीन का कालिंजर पर अधिकार हो जाने पर मंदिरों को मसजिदों में बदलने और मूर्तिपूजा का नामोनिशान मिटाने के बाद हजारों लोग गुलामी

के बंधन में जकड़े गए और मैदान हिंदुओं से ठसाठस भरा काला सा दिखाई देने लगा।

"जिहाद में पकड़े गए हिंदुओं की नियति गुलामी ही बनती थी। परंतु जब युद्ध नहीं होता था, तब भी हिंदुओं का अपमान मुसलिम आक्रांताओं द्वारा अपनाए गए हथकंडों का कम महत्त्वपूर्ण भाग नहीं था। अलाउद्दीन के शासनकाल में चौदहवीं शताब्दी के प्रारंभ में कुछ इलाकों में हिंदुओं ने सुल्तान को काफी परेशान किया था। इसलिए उसने उन पर ऐसे कर लगाने का फैसला किया, जिससे कि वे पुनः विद्रोह करने का साहस न कर सकें।

"हिंदुओं को इतनी लाचार स्थिति में लाकर खड़ा कर दिया गया था कि वे सवारी के लिए घोड़ा तक भी नहीं रख सकें और न ही अच्छे वस्त्र पहन सकें और न ही जीवन का कोई और सुखोपयोग कर सकें।"

जजिया कर लगाए जाने के बारे में डॉ. टाइटस कहते हैं—

"हिंदुओं द्वारा जजिया का चुकाया जाना मुसलमानों, बादशाहों और शाहों के शासनकाल में भारत के विभिन्न भागों में न्यूनाधिक नियमित ही था।"

लेन पूल महोदय कहते हैं—

"हिंदुओं पर कर (Tax) उनकी भूमि के उत्पादन में से आधा तक था और उन्हें अपनी सभी भैंसों, बकरियों और अन्य दुधारू पशुओं पर भी कर चुकाना पड़ता था। धनी और निर्धन सभी को प्रति एकड़ और प्रति पशु की दर से समान रूप से कर चुकाना होता था। रिश्वतखोर संग्राहक या अधिकारी को सरसरी तौर पर सुनवाई के बाद बरखास्त कर दिया जाता था और उसकी बेंतों, चिमटों से पिटाई की जाती थी तथा मुश्कें और हथकड़ियाँ-बेड़ियाँ डालने जैसी कड़ी सजा दी जाती थी। नए नियमों को कड़ाई से लागू किया जाता था, ऐसी व्यवस्था की गई थी, जिससे कि एक राजस्व अधिकारी बीस विशिष्ट हिंदुओं को शिकंजे में कसकर उन पर घूसों से प्रहार करें और वसूली कर सकें। किसी भी हिंदू घर से सोना अथवा चाँदी तो क्या, सुपारी, जिसे किसी खुशी के अवसर पर पेश किया जाता है, तक भी दिखाई नहीं देती थी और इन असहाय बना दिए गए देशज अधिकारियों की पत्नियों को मुसलिम परिवारों में नौकरी करके गुजारा करना पड़ता था। राजस्व अधिकारियों को प्लेग से भी ज्यादा घातक माना जाने लगा था और किसी का भी सरकारी लिपिक बनाया जाना मौत से भी बुरा माना जाता था। यहाँ तक कि कोई हिंदू ऐसे किसी व्यक्ति से अपनी बेटी का विवाह नहीं करना चाहता था।''

उस समय के इतिहासकार का कथन है—

"ये राजाज्ञाएँ इतनी कठोरता से लागू की गई थीं कि चौकीदार, खूट और मुकद्दिम घोड़े की सवारी नहीं कर सकते थे, हथियार नहीं रख सकते थे, न ही अच्छे कपड़े

पहन सकते थे और पान भी नहीं चबा सकते थे...कोई भी हिंदू अपना सिर नहीं उठा सकता था...वसूली करने के लिए घूँसे मारा जाना, माल भत्ता जब्त किया जाना, कैद और बेड़ियाँ डाले जाने आदि सभी तरीके अपनाए जाते थे। यह सबकुछ सनक अथवा नैतिक विकृति मात्र का ही परिणाम नहीं था, अपितु वह व्यापक तौर पर इसलाम के रहनुमाओं की हाकिमों के रूप में सोच के अनुरूप होता था। सुल्तान अलाउद्दीन ने मुसलिम कानून के अंतर्गत हिंदुओं की स्थिति के बारे में जब काजी से सवाल किया तो काजी ने इन्हीं विचारों को भली-भाँति स्पष्ट करते हुए बताया—

"उन्हें खिराज (कर) अदा करनेवाला कहा जाता है और जब राजस्व अधिकारी उनसे चाँदी माँगें तो उन्हें बिना सवाल उठाए अति विनम्रता और आदर व्यक्त करते हुए सोना देना चाहिए। यदि अधिकारी उनके मुँह में मैला फेंके तो उन्हें निस्संकोच अपना मुख खोलकर उसे ले लेना चाहिए...। मुँह में मैला फेंके जाने और इस विनम्र अदायगी से धर्म की अपेक्षित अधीनता ही व्यक्त होती है। इसलाम का गरिमागान एक कर्तव्य और दीन के प्रति अनादर दंभ है। खुदा उनसे नफरत करता है और उसका आदेश है कि उन्हें दासता में रखा जाए। हिंदुओं को अपमानित करना खासतौर पर एक मजहबी फर्ज है, क्योंकि वे पैगंबर के सर्वाधिक कट्टर दुश्मन हैं और क्योंकि पैगंबर ने हमें उनका कत्ल करने, उन्हें लूटने और गुलाम बनाने का आदेश यह कहते हुए दिया है—उन्हें इसलाम में दीक्षित करो अथवा मार डालो और उन्हें गुलाम बनाओ और उनकी धन-संपदा को नष्ट कर दो। किसी अन्य धर्माचार्य ने नहीं, अपितु महान् धर्माचार्य (हनीफ) ने, जिसकी राह के हम अनुगामी हैं, हिंदुओं पर जजिया लगाए जाने की इजाजत दी है। अन्य पंथों के धर्माचार्य भी किसी अन्य विकल्प की नहीं, अपितु 'मौत या इसलाम' की ही अनुमति देते हैं।"

मुहम्मद गजनी के आने और अहमदशाह अब्दाली की वापसी के बीच जो 762 वर्षों की अवधि है, उसकी यही कहानी है।

इन आक्रमणों की पहली परिणति उत्तरी भारत और शेष भारत की एकता का विखंडन थी। मुहम्मद गजनी ने उत्तरी भारत की अपनी विजय के बाद इसे शेष भारत से अलग करके इस पर शासन किया। जब एक विजेता के तौर पर मोहम्मद गौरी सामने आया तो उसने इसे पुनः भारत में मिला दिया और इस पर क्रमशः लाहौर और दिल्ली से शासन किया।

अकबर के भाई हाकिम ने काबुल-कंधार को भारत से पृथक् किया। परंतु अकबर ने उसे पुनः उत्तरी भारत में मिला दिया। सन् 1738 ई. में नादिरशाह ने इन्हें पुनः अलग कर दिया और साथ ही यह भी कि सिखों के उत्थान के कारण मिली सुरक्षा के चलते समूचा उत्तरी भारत ही भारत से कट जाने से बच गया। इसलिए उत्तरी भारत एक

रेलगाड़ी में लगे डिब्बे जैसा रहा है, जिसे संचालन की परिस्थितियों के अनुसार जोड़ा या अलग किया जा सकता है। यदि सादृश्य ही अपेक्षित हो, तो अलसास लौरेन का उदाहरण दिया जा सकता है। अलसास लौरेन मूलतः जर्मनी का एक भाग था, जैसेकि शेष स्विट्जरलैंड और निचले देश थे। उसकी यही स्थिति 1680 ई. तक बनी रही। जब उसे फ्रांस ने ले लिया और फ्रांसीसी क्षेत्र में विलीन कर लिया। यह 1918 तक फ्रांस का भाग रहा। उसी वर्ष यह जर्मनी से अलग होकर फ्रांस का हिस्सा बना और 1940 ई. में फिर जर्मनी का भाग बना दिया गया।

इन आक्रांताओं के हथकंडे अपने पीछे दूरगामी परिणाम छोड़ते गए। उनमें से ही एक हिंदुओं और मुसलमानों के बीच की कटुता है, जो उन उपायों की देन है। दोनों के बीच यह कटुता इतनी गहराई से बैठी हुई है कि एक शताब्दी का राजनीतिक जीवन न तो इसे शांत कर पाने में सफल हुआ है और न ही लोग उस कटुता को भुला पाए हैं, क्योंकि इन हमलों के साथ-ही-साथ मंदिरों का विध्वंस, बलात् धर्मांतरण, संपत्ति की तबाही, संहार और गुलामी तथा नर-नारियों और बालिकाओं का अपमान जिस पैमाने पर हुआ था, उसके दृष्टिगत उनकी स्मृति रह जाना किंचित मात्र भी आश्चर्यजनक नहीं है। ये मुसलमानों के लिए गर्व का स्रोत बने, तो हिंदुओं के लिए शर्म का। परंतु इन बातों के अलावा भारत का यह पश्चिमोत्तर कोना एक ऐसा मंच भी रहा है, जिस पर एक निर्मम नाटक खेला जाता रहा। मुसलमानों के दल एक के बाद दूसरी लहर के रूप में इस क्षेत्र पर चढ़कर आते रहे और वहाँ से उन्होंने स्वयं को शेष भारत में फैलाया। ये छोटी-छोटी धाराओं के रूप में शेष भारत में पहुँचे। समय आने पर वे अपनी सुदूरतम सीमाओं से पीछे भी हटे। वहाँ रहकर उन्होंने भारत के इस पश्चिमोत्तर कोने में आर्य-संस्कृति पर इसलामी संस्कृति का गहन प्रभाव भी छोड़ा, जिसने धार्मिक और राजनीतिक, दोनों ही दृष्टि से इसे एक सर्वथा अलग ही रंगत दे दी। मुसलिम आक्रांता निस्संदेह हिंदुओं के विरुद्ध घृणा के गीत गाते हुए आए थे, परंतु वे घृणा का वह गीत गाकर और मार्ग में कुछ मंदिरों को आग लगाकर ही वापस नहीं लौटे, ऐसा होता तो यह वरदान माना जाता। वे ऐसे नकारात्मक परिणाम मात्र से संतुष्ट नहीं थे। उन्होंने इसलाम का पौधा लगाते हुए एक सकारात्मक कार्य भी किया। इस पौधे का विकास भी उल्लेखनीय है। यह ग्रीष्म में रोपा गया कोई पौधा नहीं है। यह तो ओक (बांज) वृक्ष की तरह विशाल और सुदृढ है। उत्तरी भारत में इसका सर्वाधिक सघन विकास हुआ है।

पाकिस्तान और हिंदुस्तान के बीच हिंदू कौन सी एकता देखते हैं? यदि यह भौगोलिक एकता है, तो वह कोई एकता नहीं है। भौगोलिक एकता प्रकृति-पोषित एकता होती है। भौगोलिक एकता के आधार पर राष्ट्रीयता के निर्माण में यह अवश्य ही स्मरण रखना चाहिए कि यह 'प्रकृति सुझाती है, मानव निपटाता है' जैसा मामला है।

दूसरे, जीवन-संबंधी आदत और रिवाज भी कोई एकता नहीं है। ऐसी एकता तो साझे परिवेश का परिणाम होती है। यदि यह प्रशासनिक एकता है, तो भी इसे एकता नहीं कहा जा सकता। वस्तुतः स्थायी स्वरूपवाली एकता के लिए उसका सजातीयता की अनुभूति से प्रेरित हो, बंधुता पर आधारित होना आवश्यक है। संक्षेप में यह निश्चित रूप से आध्यात्मिक होनी चाहिए। इन तर्कों और विचारों के आधार पर कसौटी पर कसे जाने पर तो पाकिस्तान और हिंदुस्तान के बीच एकता एक कल्पित बात भर दिखाई देती है। वास्तव में पाकिस्तान और हिंदुस्तान के बीच की अपेक्षा हिंदुस्तान और बर्मा के बीच अधिक आध्यात्मिक एकता है, और यदि हिंदू बर्मा के भारत से अलग होने पर आपत्ति नहीं करते, तो यह समझ में आना कठिन है कि हिंदू पाकिस्तान से राजनीतिक तौर पर वियोज्य (Detachable), सामाजिक तौर पर विद्वेषी तथा आध्यात्मिकता की दृष्टि से विदेशी (Alien) है।

□

संदर्भ सूची

- बाबासाहब डॉ. आंबेडकर संपूर्ण वांङ्मय,
  डॉ. आंबेडकर प्रतिष्ठान
- डॉ. आंबेडकर : जीवन और कार्य
  (लेखक : धनंजय कीर)
- डॉ. आंबेडकर और सामाजिक क्रांति की यात्रा
  (लेखक : दत्तोपंत ठेंगडी)
- डॉ. आंबेडकर का सामाजिक दर्शन
  (डॉ. डी.आर. जाटव)
- संघर्ष महामानव का
  (लेखक : रमेश पतंगे)
- सामाजिक क्रांति के महानायक : डॉ. बाबासाहब आंबेडकर
  (लेखक : किशोर मकवाणा)
- डॉ. आंबेडकर : आत्मकथा एवं जनसंवाद, डॉ. आंबेडकर : सामाजिक विचार एवं दर्शन, डॉ. आंबेडकर : राजनीति, धर्म और संविधान विचार, डॉ. आंबेडकर : आर्थिक विचार एवं दर्शन
  (लेखन-संपादन : डॉ. नरेंद्र जाधव)
- सामाजिक समरसता
  (चिंतन-आस्वाद : नरेंद्र मोदी-संपादन : किशोर मकवाणा)
- सामाजिक क्रांति का दर्शन
  (संपादक : राकेश सिन्हा)
- डॉ. आंबेडकर विशेषांक, पाञ्चजन्य साप्ताहिक

□□□